tentação

TRACY WOLFF

tentação

TRADUÇÃO
MARCIA BLASQUES

Copyright © 2022, Tracy Deebs-Elkenaney
Título original: Charm
Publicado originalmente em inglês por Entangled Publishing, LLC
Tradução para Língua Portuguesa © 2023, Marcia Blasques
Todos os direitos reservados à Astral Cultural e protegidos pela
Lei 9.610, de 19.2.1998.
É proibida a reprodução total ou parcial sem a expressa anuência
da editora.
Este livro foi revisado segundo o Novo Acordo Ortográfico da
Língua Portuguesa.

Editora Natália Ortega
Editora de arte Tâmizi Ribeiro
Produção editorial Ana Laura Padovan, Brendha Rodrigues, Esther Ferreira
e Felix Arantes
Preparação Letícia Nakamura
Revisão Carlos César da Silva, João Rodrigues e Luisa Souza
Capa Bree Archer
Fotos de capa Stock art by Renphoto/gettyimages and Dem10/gettyimages
Foto da autora Mayra K Calderón

Dados Internacionais de Catalogação na Publicação (CIP)
Angélica Ilacqua CRB-8/7057

W837s

    Wolff, Tracy
       Tentação / Tracy Wolff; tradução de Marcia Blasques. — Bauru, SP :
Astral Cultural, 2023.
       592 p. (Série Crave)

    ISBN 978-65-5566-317-4
    Título original: Charm

       1. Ficção infantojuvenil norte-americana I. Título II. Blasques, Marcia
III. Série

23-2157   CDD 813.6

Índices para catálogo sistemático:
1. Ficção infantojuvenil norte-americana

BAURU
Avenida Duque de Caxias, 11-70
8º andar
Vila Altinópolis
CEP 17012-151
Telefone: (14) 3879-3877

SÃO PAULO
Rua Major Quedinho, 111 - Cj. 1910,
19º andar
Centro Histórico
CEP 01050-904
Telefone: (11) 3048-2900

E-mail: contato@astralcultural.com.br

Para Andrea Deebs,
a mãe mais valente que uma garota poderia pedir.
Obrigada por ser a minha.

Capítulo 1

GRACE QUASE SEM ENTRANHAS

— Grace —

Minha cabeça está estranha.

Na verdade, *cada parte de mim* está estranha, e não tenho ideia do que está acontecendo.

Lembro-me do que aconteceu no último minuto, enquanto tento descobrir por que me sinto tão vazia e sem amarras, mas tudo o que consigo ver é o rosto de Jaxon. Ele sorri para mim enquanto seguimos pelo corredor, e estamos brincando sobre...

Simples assim, tudo vem à tona de repente. Um grito sai das minhas entranhas, e instintivamente me afasto da lâmina de Hudson.

Só que, ao arquear o corpo para trás, percebo que não há lâmina. Não há Hudson.

Nem Jaxon.

Nada de corredor — e *nada da Academia Katmere*. Em vez disso, há um vazio amplo e escuro, e o pânico me arranha por dentro enquanto luto para descobrir o que está acontecendo.

Onde estou?

Para onde foi todo mundo?

O que é esta estranha ausência de peso que preenche cada uma das minhas células?

Será que o irmão de Jaxon me matou mesmo com aquela espada?

Será que estou morta agora?

A ideia se infiltra no canto da minha mente e toma conta da minha respiração e dos meus pulmões.

O pânico aumenta até se transformar em horror completo, enquanto meus olhos se esforçam para enxergar mais do que poucos centímetros no vazio mais preto do que tinta, e que me cerca. Passo as mãos pelo corpo freneticamente, em um esforço para encontrar o golpe mortal. Para confirmar

— ou, pelo amor de Deus — desmentir a ideia de que estou morrendo ou que *já estou morta.*

Ah, Deus, não quero estar morta. O pensamento me atinge com força. *Por favor, não permita que eu esteja morta — ou, pior, que seja um fantasma.*

Namorar um vampiro é uma coisa, mas, *por favor, por favor, por favor,* não me torne uma fantasma. Ficar presa assombrando os corredores da Academia Katmere por toda a eternidade como Grace Quase Sem Entranhas *não* é o que considero diversão.

Mas, quando termino minha autoinspeção, percebo que não há ferimento em parte alguma.

Nada de sangue.

Nem mesmo dor. Só essa dormência estranha que se recusa a sumir e que me deixa com mais frio a cada segundo que passa.

Tento piscar rapidamente algumas vezes para limpar a minha visão, e, quando isso não funciona, esfrego os olhos e me obrigo a observar ao redor de novo, ignorando as mãos suadas e trêmulas enquanto faço isso.

Mas nada mudou. A escuridão ainda me cerca por todos os lados — e não é qualquer escuridão. É o tipo que acontece quando não há lua nem estrelas. Só um céu preto e vazio ao passo que o terror cresce dentro de mim.

— *É sério isso? Um céu preto e vazio ao passo que o terror cresce dentro de você?* — uma voz sarcástica, com um sotaque britânico característico pergunta no fundo da minha mente. — *Não é um pouco melodramático demais?*

Ao longo das últimas semanas, eu tinha me acostumado a uma voz em minha mente que às vezes me dizia como sobreviver, mas isso era totalmente diferente. Esse cara parece mais a fim de me machucar do que de me ajudar.

— Quem é você? — indago.

— *Sério? Essa é sua grande dúvida?* — Ele boceja. — *Tããão original.*

— Tudo bem, então pelo menos vai me dizer o que está acontecendo? — exijo, em um tom de voz um pouco mais agudo, e um pouco mais assustado, do que eu gostaria. Mas é claro que nem sempre dá para vender gato por lebre... mesmo assim, limpo a garganta e tento mais uma vez: — Quem é você? O que você quer de mim?

— *Tenho quase certeza de que quem devia fazer essas perguntas sou eu, Princesa, considerando que foi você quem me arrastou para este passeio.*

— Arrastei você? — Minha voz falha. — Eu que estou presa, sem uma pista sequer de onde *aqui* é, e muito menos acerca de com quem estou presa. Claro que tenho perguntas, em especial considerando que está escuro demais para eu enxergar qualquer coisa.

Ele faz um barulho que devia soar compreensivo, mas que é tudo, menos isso.

— *Sim, bem, existe uma solução para a maior parte disso...*
A esperança dá um salto em meu estômago.
— E qual é?
Ele solta um longo suspiro sofrido.
— *Acenda a maldita luz, é óbvio.*
Um clique rápido e nítido de um interruptor sendo acionado ecoa no vazio.
Meio segundo depois, um clarão invade o mundo ao meu redor.

Capítulo 2

ESPAÇO NA MENTE, ESPAÇO NA CONVERSA,
NENHUM ESPAÇO PARA MIM

— Grace —

A dor ataca minhas órbitas oculares e passo segundos intermináveis piscando, como uma toupeira que acabou de sair de baixo da terra. Mas quando por fim consigo ver novamente, percebo que estou em um quarto. Um sótão bem grande, pelo menos metade do tamanho de um campo de futebol, com estantes de livros que vão do chão ao teto e se estendem por todo o comprimento da parede diante de mim.

A prateleira de cima está repleta de todos os tamanhos e formas imagináveis de velas e, por um momento, uma nova preocupação se instala. Mas uma rápida espiada ao redor mostra que não há altar algum à vista. Nenhum vaso de sangue. Nenhum livro de feitiços assustador cujo objetivo é acelerar minha jornada para a vida após a morte.

Isso é um sinal muito bom. Quero dizer, existe um número limitado de vezes que uma garota pode passar uma agradável tarde de sacrifícios humanos. E tenho quase certeza de que já alcancei meu limite... e mais um pouco.

Outra espiada rápida ao redor revela que não há nada assustador no aposento atual. Na verdade, a área toda parece um daqueles *showrooms* de catálogo de móveis chiques.

As três paredes principais que não são cobertas por estantes de livros estão pintadas em um branco reluzente, com lâmpadas e candelabros cobrindo todo o espaço com uma luz suave e calorosa. Percebo o espaço aos poucos, uma mistura de muito bom gosto de móveis modernos e rústicos em tons de branco, marrom ou preto. Tudo está arrumado em oito áreas distintas, separadas pela colocação de tapetes e assentos.

Há uma área com duas estantes pretas de metal, repletas de discos de vinil, e um rack com um aparelho de som impressionante. Um pouco mais distante fica um espaço para exercícios, uma área para prática de tiro ao alvo, e também uma seção de jogos dominada por uma imensa TV de tela plana e um sofá de aparência superconfortável, com controles de games espalhados pelo estofado branco. É possível distinguir também a área do quarto, que inclui uma grande cama branca, um espaço de biblioteca, com fileiras e mais fileiras de livros que lotam tantas estantes, que é quase impossível contá-los, um recanto de leitura com uma parede pintada de outra cor, depois a cozinha, e, no fundo, o que deve ser o banheiro.

Tudo parece quase reconfortante. Como voltar para casa.

Bem, a menos, é claro, se você contar a voz desencarnada que continua falando no fundo da minha mente. Uma voz que, sem dúvida alguma, não pertence a mim *ou* à minha consciência.

— *Você gosta daquela parede com cor diferente? É o preto da Armani* — diz ele, e tenho de travar os dentes para não falar o que ele pode fazer com seu *preto da Armani*, sem mencionar o ar de condescendência que parece escorrer de cada sílaba pronunciada naquele sotaque britânico característico.

Mas antagonizar com quem quer que seja esse cara não parece a melhor aposta agora, em especial não quando ainda preciso descobrir onde estou. Em vez disso, esforço-me para tentar — mais uma vez — conseguir algumas respostas.

— Por que está fazendo isso comigo?

Um suspiro pesado.

— *Lá vai você de novo, roubando minhas falas.*

Estou tão assustada que preciso de um momento para processar suas palavras. Quando isso acontece, não consigo me conter: dou um grito estrangulado e jogo as mãos para o ar.

— Já te falei que não estou fazendo isso! Sequer sei o que é *isso*.

— *Sim, bem, sinto contradizer sua autoilusão, mas só pode ser você. Porque vampiros podem fazer muitas coisas, mas tenho certeza absoluta de que não conseguimos fazer isso.*

Seu sotaque fica mais carregado a cada palavra, e tenho uma vontade boba de rir.

— Sim, bem, nem eu consigo. Na verdade... — Paro de falar quando o restante de suas palavras me chama a atenção. — Você é um vampiro?

— *Bem, tenho certeza de que não sou um lobisomem. E, já que não estou soltando fogo pelas ventas ou sacudindo uma varinha mágica com o traseiro, você pode concluir sozinha.*

— Não sei o que você está sacudindo... com o traseiro ou com qualquer outra parte do corpo... porque não consigo *ver* você — retruco. — Onde exatamente você está? E, mais importante ainda, *quem* é você?

Ele não responde — mas que surpresa. Entretanto, antes que eu possa dizer qualquer coisa, há um barulhinho atrás de mim, como o sussurro de um tecido caro roçando contra si mesmo.

Dou meia-volta, com os punhos erguidos e o coração acelerado, e encontro um cara ridículo de tão bonito, com um cabelo estilo pompadour moderno e um gosto excelente para roupas, se é que a camisa de seda preta e a calça social da mesma cor são indicativos de alguma coisa. Um de seus ombros está encostado na estante enquanto me encara com seus olhos azul-ártico, as mãos enfiadas nos bolsos da calça.

Preciso de uns segundos para processar o que estou vendo, mas, quando isso acontece... ah, meu Deus. Ah. Meu. Deus. Este é *Hudson*. Onde quer que este salão esteja — *seja lá* o que for —, estou presa nele. Com o *irmão mais velho e sociopata* de Jaxon.

Capítulo 3

BEM QUE EU GOSTARIA
DE UMA XÍCARA DE CHÁ

— Grace —

Só de pensar a respeito, meu estômago já revira de nervoso e gotas de suor escorrem pela minha espinha. Contudo, se o pouco tempo que passei em Katmere me ensinou alguma lição, ela é: nunca demonstrar medo a um paranormal... pelo menos não se a intenção é sair viva da situação.

Então, em vez de me acabar de gritar — algo que parte de mim quer muito —, estreito os olhos e o encaro. E me preparo para só Deus sabe o que quando digo:

— Parece que o diabo realmente usa Gucci.

Ele bufa.

— Já falei para você que sou um vampiro, não o diabo... embora eu imagine que dê para perdoá-la por confundir os dois, já que conhece meu irmãozinho indócil. Além disso, para deixar claro, *isso* é Armani.

Ele pronuncia a última palavra com a mesma reverência que eu em geral reservo para os biscoitos sabor cereja da marca Pop-Tarts e os refrigerantes Dr Pepper durante uma longa sessão de estudos.

Quase caio na gargalhada, e provavelmente o teria feito se ainda não estivesse me recuperando do choque de saber que este cara *é* realmente Hudson. O que quer dizer que todo aquele instante no corredor, quando parei diante de uma espada, não era alucinação. O plano de Lia funcionou — Hudson está mesmo de volta. E, por motivos que não entendo, estou presa com ele em um catálogo da Tok & Stok.

Enquanto tudo o que ouvi sobre ele nas últimas semanas dá voltas na minha cabeça, quase me engasgo com as palavras:

— O que, exatamente, você espera conseguir com isso?

— Já falei que essa festinha é sua, não minha. — Ele olha ao redor com desdém. — E não é lá muito animada, não é?

— Meu Deus, como você é babaca. — A frustração percorre meu corpo, sobrepujando o medo que eu provavelmente deveria sentir. Sei que esse cara é um assassino frio, mas também é bem irritante. Pra. Caramba. — Será que você pode esquecer só um segundo que é um psicopata e me dizer o que quer?

No início, parece que ele vai continuar a discussão. Mas então fecha a cara, seus olhos ficam inexpressivos, e ele responde:

— Não é óbvio? Eu queria companhia para o chá. — Seu sotaque britânico é tão afiado quanto um canivete enquanto desliza pela minha pele. — Espero que goste de Earl Grey.

Quase não consigo resistir à vontade de dizer o que ele pode fazer com seu Earl Grey — e com seu sarcasmo. Mas tenho um peixe maior para pescar:

— Se acha que vou ajudá-lo a machucar Jaxon, já informo que isso não vai acontecer. — Prefiro que ele me mate neste instante a deixá-lo me usar como arma contra o garoto que amo.

— Por favor. Se eu quisesse machucar aquele bastardinho, ele já estaria morto. — A voz dele é monótona e seu olhar entediado, enquanto tira um lenço azul-cobalto do bolso e começa a polir o mostrador de seu relógio, que parece ser *muito* caro.

Porque polir joias é de fato a coisa mais importante neste momento.

— Me corrija se eu estiver errada — falo, com um ar cético. — Mas não foi *ele* quem matou *você*?

— É isso o que o idiota está dizendo por aí? Que *ele me* matou? — Ele solta uma bufada indignada. — Bastante improvável.

— Bem, considerando que faz cerca de uma semana e meia que participei... a contragosto, veja bem... de uma cerimônia para trazê-lo de volta dos mortos...

— Então toda aquela algazarra era para isso? — Hudson me interrompe, com um bocejo. — E todo esse tempo eu pensando que vocês estavam fazendo um teste para a maratona anual de uivos dos lobisomens.

Estreito os olhos ante o insulto.

— Sabe, você é ainda bem mais babaca do que me contaram.

— Para ser justo, qual a vantagem de ser pouco babaca? — pergunta, erguendo a sobrancelha. — Minha querida mãe sempre me ensinou que, se vai fazer alguma coisa, você pode muito bem ser o melhor nisso.

— É a mesma "querida mãe" que atacou Jaxon quando você morreu? — pergunto, com tom mordaz.

Ele para.

— Foi assim que ele conseguiu aquela cicatriz? — Ele ainda observa o relógio, porém, pela primeira vez desde que começamos a falar, sua voz perde o sarcasmo usual. — Ele deveria ter imaginado que não devia fazer isso.

— Não devia ter matado você, apesar de tudo o que fez?

— Não devia ter confiado nela — murmura, e parece estar a quilômetros de distância. — Eu tentei... — Ele para de falar no meio da frase, balançando a cabeça como se quisesse tornar mais nítidos seus pensamentos.

— Tentou o quê? — As palavras escapam, ainda que eu diga para mim mesma não fazer isso, e eu pergunto. De qualquer maneira, não posso acreditar em nada do que ele afirma.

— Agora não importa. — Hudson dá de ombros e retoma o polimento do relógio, com um sorriso torto que ao mesmo tempo me dá vontade de gritar e de levar a melhor sobre ele.

Enfio as mãos nos bolsos — assim, não corro o risco de tentar estrangulá-lo — e minha mão direita encosta em algo que faz meu coração cantar de alegria. Tiro o celular do bolso e mostro para ele, com ar triunfante.

— Vou ligar para Jaxon e pedir a ele que venha até aqui... para dar um jeito em você de uma vez por todas!

Hudson murmura algo entredentes, mas não presto atenção. Minha pulsação está acelerada quando abro o aplicativo de mensagens. Não consigo acreditar que não pensei no celular até agora. Mordo o lábio inferior enquanto penso no que digitar. Não quero deixar Jaxon em pânico pela minha segurança, mas quero de verdade que ele venha logo. No fim, contento-me com uma mensagem curta.

Eu: Estou bem. Mas presa com Hudson. Enviando a localização.

Aperto enviar e clico em "compartilhar localização". E espero.

Depois de vários segundos, aparece uma notificação avisando que a mensagem não pôde ser enviada, e quase choro quando percebo que estou sem sinal. Tento controlar as lágrimas enquanto guardo o celular no bolso e digo a única coisa que importa:

— Quero voltar para Katmere.

— Como quiser. — Hudson deve ter percebido que meu telefone não está funcionando, porque gesticula na direção da porta elaboradamente esculpida, que está a vários metros de nós. — Sinta-se livre.

— Você não me trouxe até aqui por aquela porta. — Não entendo como sei disso, considerando que tudo o que aconteceu entre Katmere e aqui está em branco, mas eu sei.

— Mais uma vez, *eu* não trouxe você até aqui de jeito algum — ele responde, e a expressão de divertimento presunçoso está de volta.

— Não minta para mim — eu o repreendo. — Eu *sei* que você fez isso.

— Sabe mesmo? — Ele ergue uma sobrancelha arqueada e perfeita. — Bem, então. Já que você sabe *tudo*, me explique. Por favor. Como, supostamente, consegui fazer tudo *isso*?

— Como diabos vou saber de que jeito você fez? — retruco, e enfio as unhas com tanta força nas palmas das mãos, que acho que vou tirar sangue...

e isso levará a uma nova série de problemas. Em especial, considerando minha situação. — Só sei que foi você. Afinal, você é o vampiro.

— Eu sou, de fato. E isso importa porque...? — Dessa vez, ele ergue as duas sobrancelhas.

— Porque é você quem tem poder. Obviamente.

— Obviamente — ele repete, com uma pitada de desprezo. — Exceto que já expliquei para você. Vampiros não conseguem fazer isso.

— Não espera de verdade que eu acredite em você, espera?

— Por que não? — Todavia, o olhar que ele me dirige é ao mesmo tempo condescendente e acusatório. — Ah, certo. Porque, se algo estranho acontece, deve ser culpa do vampiro.

Sem chance que vou cair no papo de "pobre vampirinho", com o qual ele parece querer me enrolar agora. Sei exatamente o que ele fez. E exatamente quantas pessoas machucou com suas ações.

Incluindo Jaxon.

— O motivo pelo qual não confio em você não tem nada a ver com o fato de você ser um vampiro — digo para ele. — E tudo a ver com você ser um idiota psicopata com complexo de Deus.

Minhas palavras lhe arrancam uma gargalhada, e, depois, com expressão divertida, Hudson responde:

— Não se contenha. Me diga exatamente como se sente.

— Ah. Estou só me aquecendo. — Tento fazer a pose mais audaciosa que consigo. — Mantenha-me aqui por muito mais tempo, e prometo que farei você se arrepender.

É óbvio que se trata de uma ameaça vazia, considerando que não há muito o que eu possa fazer para machucar Hudson.

E, a julgar pela expressão em seus olhos, ele está bem ciente disso — sem mencionar o sorriso que diz "é mesmo?" em seu rosto quando ele se afasta da estante e endireita o corpo. Bem antes de me dizer:

— Diga-me, Grace. Como exatamente planeja fazer isso?

Capítulo 4

CADA COISINHA QUE ELE FAZ NÃO É MÁGICA

— Grace —

Hudson cruza os braços diante do peito enquanto espera minha resposta. O único problema? Não tenho uma. Em parte porque não sou integrante deste novo mundo há tempo o bastante para entender como funcionam os poderes de alguém, mesmo os de Jaxon ou os de Macy. E em parte porque Hudson está sendo tão babaca nesta história toda, a ponto de impossibilitar o raciocínio.

Quero dizer, como vou criar um plano quando ele me encara daquele jeito, com uma expressão de divertimento nos olhos azuis e brilhantes, e seus lábios ridículos retorcidos naquele sorriso torto e detestável que começo a conhecer bem demais?

Não tem como. Não quando ele está só à espera de que eu falhe. Ou pior. Que peça sua ajuda.

Até parece.

Prefiro enfrentar outra rodada com Cole e seu bando não tão feliz de lobisomens do que pedir a ajuda do irmão de Jaxon. Além disso, não posso confiar em nada do que ele diz. Hudson é um assassino declarado, mentiroso, sociopata e só Deus sabe mais o quê...

É esse último pensamento que me faz agir, que me faz sair em disparada em direção à porta. Hudson alega que não é culpa dele estarmos aqui, que sou eu quem está fazendo isso. Mas não é o que qualquer mentiroso sociopata diria se quisesse convencer uma pessoa a permanecer onde está?

Se for isso, não vou cair nessa nem por um segundo a mais. Eu gostaria de sair dessa com minha pele — e tudo mais — ainda intacta.

— Ei! — Pela primeira vez, Hudson parece um pouco alarmado. O que, para mim, é só mais uma prova de que tomei a decisão certa. — O que está fazendo?

— Ficando longe de você — retruco por sobre o ombro ao abrir a porta, então saio correndo antes que o nervoso que percorre minha espinha me faça mudar de ideia.

Está escuro do lado de fora, tão escuro que meu coração começa a bater com força e meu estômago se contrai de medo. Por um instante, penso em mudar de ideia, em dar meia-volta e entrar novamente. No entanto, o único modo de voltar para Katmere, e para Jaxon, é ficando bem longe de Hudson. Além disso, nunca vou descobrir onde estou — ou qualquer outra coisa — enquanto estiver presa naquele quarto.

Então me obrigo a continuar correndo pelo escuro, apesar da inquietação que faz meu coração bater rápido demais. O céu noturno é um completo breu, um vazio acima de mim, sem estrelas ou lua para ajudar no caminho até a segurança, o que já é assustador o suficiente.

Mas, desde que este caminho me leve para longe de Hudson, já é bom o bastante para mim.

Só que, de repente, ouço um farfalhar bem atrás de mim. O medo me trava a garganta, ainda que eu me obrigue a correr mais rápido. Não que eu seja capaz de superar um vampiro — Lia me ensinou isso —, mesmo assim, vou tentar.

Mas o farfalhar se repete, seguido de um barulho de asas bem acima de mim. Tenho um segundo para olhar para o alto, um segundo para perceber que um vampiro — mesmo Hudson — é a menor das minhas preocupações, antes que um grito agudo e aterrorizante corte o ar noturno.

Capítulo 5

LINDA E NÃO TÃO AGRADÁVEL

— Hudson —

A maneira como Grace corre até a fera gigante que cospe fogo enquanto rasga o ar bem na sua direção me indica que a máquina de propaganda anti-Hudson vem trabalhando duro no período em que estou fora. Quero dizer, quão ruim ela pode pensar que sou se está disposta a se arriscar a ser atacada por *aquilo* em vez de ficar comigo aqui, em segurança?

Na minha opinião, o modo como me encara por sobre o ombro, como se tivesse medo de que eu esteja prestes a rasgar a garganta dela com minhas presas, quando deveria estar concentrada na ameaça bem acima dela, basicamente prova minha teoria.

Estou prestes a voltar para dentro — não é problema meu se ela virar petisco —, mas então a maldita besta grita e mergulha na direção de Grace. Espero, certo de que ela enfim vai descobrir que não sou o vilão aqui e dará meia-volta.

Em vez disso, ela relanceia para o alto e *continua correndo* para longe da segurança.

Esqueça a rainha. Deus salve as garotas que acreditam em tudo o que escutam. E dê o fora antes que alguém perceba.

Desta vez, quando a besta ruge, também cospe uma torrente de fogo que transforma o céu diante de Grace em um inferno. Mesmo assim, ela não retorna. Em vez disso, fica paralisada, tornando-se um alvo gigante, do tamanho de um humano. Um que a besta — ou seria um dragão? — parece mais do que animada em acertar.

Que grande surpresa.

Outro jato de chamas rasga a noite. Grace consegue desviar pulando para a esquerda, mas é por pouco. Por pouco demais para o meu gosto, o que pode ser comprovado pelo odor de cabelo chamuscado que preenche o ar entre nós.

É um cheiro nauseante.

Penso novamente em entrar. Afinal, quem sou eu para interferir na carreira recém-descoberta dela como churrasquinho? Em especial depois que Grace deixou bem óbvio que prefere ser queimada viva a passar mais algum tempo comigo.

Quase consigo. Chego até o umbral. Mas então ela grita.

É um som fraco e agudo, que provoca um calafrio até em meus ossos. Merda. Merda, simplesmente. Ela pode ter atraído isso para si, mas não posso ignorar seu medo, não importa o quanto mereça.

E ela bem que merece. Para começar, foi ela quem nos colocou nesta maldita confusão. Contudo, por mais que eu desejasse o contrário, ser um pé no saco não é motivo suficiente para deixar alguém morrer. Se fosse, eu teria deixado meu irmãozinho encontrar seu canto a sete palmos há muito tempo.

Viro-me a tempo de ver o dragão circundá-la em chamas. Dou a mim mesmo um momento para lamentar — afinal, esta camisa Armani que estou usando é a minha favorita —, antes de acelerar até ela.

Sinto as chamas antes mesmo de alcançá-la. Elas fervem enquanto lambem meu rosto, minha pele, mas entro e saio tão rápido que tudo o que consigo são algumas queimaduras. A dor é infernal — chamas de dragão têm esse efeito, em geral —, porém não são nada com o que não possa lidar.

E não são nada se comparadas às minhas sessões de treinamento mensais com meu velho e querido pai.

É difícil ganhar de um homem que acha que os únicos ferimentos que importam são aqueles que ninguém consegue ver.

Agarro Grace enquanto o dragão se prepara para outra rodada, puxando-a em meus braços. Ao fazê-lo, tropeço em uma pedra no chão e acabo segurando-a mais apertado do que pretendia, enquanto luto para manter o equilíbrio.

Ela fica tensa de encontro a mim.

— O que está...

— Salvando seu traseiro — retruco, protegendo-a com meu corpo o máximo que posso, em um esforço para mantê-la longe das chamas. Então acelero diretamente para o aposento onde começamos. O dragão está atrás de mim o tempo todo, voando mais rápido do que qualquer outro dragão que já vi.

Atravesso o umbral com Grace em meus braços e fecho a porta atrás de nós.

Mal tenho chance de colocá-la em pé antes que o dragão acerte a porta com tanta força que sacode a estrutura inteira.

Grace grita, mas estou ocupado demais lutando contra o ferrolho da porta para percebê-la. Consigo travar um pouco antes que o maldito dragão acerte a porta novamente. E mais uma vez. E outra.

— O que ele quer? — Grace pergunta.

— Está falando sério? — Fito-a sem conseguir acreditar. — Não sei de onde você veio, mas, neste mundo, há coisas que comem você no instante em que abaixa a guarda.

— Você incluído? — ela pergunta maliciosamente.

E aí está. Mais uma prova de que nenhuma boa ação passa impune. De alguma forma, continuo me esquecendo disso.

— Por que não me testa um pouco mais e acaba descobrindo? — Eu me inclino para a frente, batendo os dentes com um clique alto. — De nada, a propósito.

Ela me olha com incredulidade.

— Espera mesmo que eu o agradeça?

— É o costume, quando alguém salva sua vida. — Todavia, ao que parece, aquilo não importa para ela.

— Salvar minha vida? — A gargalhada dela me incomoda como um prego raspando em uma lousa. — Você é o motivo pelo qual fiquei em perigo.

Já estou bem cansado dessa garota me acusando de merdas que não fiz.

— É sério que voltamos a isso?

— Nunca deixamos isso. É meio que o motivo inteiro pelo qual eu... — Ela para, como se procurasse a palavra certa.

— Correu lá para fora e quase virou churrasquinho? — sugiro, com meu tom de voz mais solícito.

Grace estreita os olhos na minha direção.

— Você precisa ser sempre tão babaca?

— Desculpa aí. Da próxima vez, deixo você torrar. — Começo a passar por ela, mas Grace dá um passo na minha frente, impedindo meu caminho, o olhar fixo em algo sobre meu ombro.

Há um lampejo de medo no fundo de seus olhos, mas tudo o que vejo é um céu preto, vasto e vazio, emoldurado por uma janela refletida em seu olhar. E é assim que tenho a primeira pista de onde podemos estar. E não é bonito.

Capítulo 6

DENTRO DE UMA CABEÇA
E FORA DA OUTRA

— Grace —

— Sim, bem, para começar é sua culpa que quase fui queimada — rosno para ele enquanto afasto o olhar da janela. Se ele não tivesse nos prendido aqui, nada disso estaria acontecendo.

Em vez de correr para salvar minha vida de algum tipo de monstro-dragão cuspidor de fogo, eu estaria passando um tempo com Jaxon na torre dele. Talvez aconchegada no sofá, com um livro, ou deitada ao seu lado, no quarto, falando sobre...

— Ah, pelo amor de Deus. Diga-me que não vou ter de aguentar outra ladainha sobre quanto você gostaria de estar na cama com meu irmão. — Hudson leva a mão ao peito, no que suponho ser algum tipo bizarro de imitação de mim. — Ah, Jaxy-Waxy. Meu vampirinho gótico. Você é tão forte e tããããoo malvadão. Amo taaaaaanto você. — Ele revira os olhos na última frase.

— Quer saber? Você é nojento — declaro, passando por ele com um empurrão.

— Sim, como se essa fosse a primeira vez que me chamam disso — responde, com um dar de ombros. — Porém repito que seu julgamento *está* seriamente prejudicado.

— *Meu* julgamento? Foi você quem matou metade da Academia Katme...

— Não foi nem de perto a metade. — Ele boceja. — Pesquise os fatos direito.

Inicio outro comentário sobre como menos da metade não torna a situação nem um pouco melhor, mas há algo em sua expressão, em sua voz, que me faz pensar que ele não é tão imune à minha observação quanto gostaria de ser.

Não que eu devesse me importar — afinal, o cara é um assassino em massa —, contudo nunca fui de chutar alguém que está caído. Além disso, ofendê-lo não é o melhor jeito de dar o fora deste lugar.

— Vá em frente e me insulte o quanto quiser — comenta Hudson, enquanto enfia as mãos nos bolsos e recosta um ombro na parede mais próxima. — Mesmo assim, isso não vai resolver nosso problema.

— Não, só você pode fazer isso... — Paro de falar quando percebo uma coisa. — Ei! Pare com isso!

— Parar com o quê? — questiona, erguendo as sobrancelhas.

Estreito os olhos na direção dele.

— Você sabe exatamente o que está fazendo.

— *Au contraire*. — Ele dá de ombros com ar de inocência, e aquilo me faz querer acreditar que a violência realmente resolve algum problema. — Sei o que *você* está fazendo, e só estou pegando carona no passeio.

— Sim, bem, se isso envolve ler minha mente, *pare*.

— Acredite em mim, nada me deixaria mais feliz do que isso — rebate, com aquele sorriso torto e ridículo. Estou começando a *odiar* aquele sorriso. — Não é como se alguma coisa interessante acontecesse aí.

Fecho os punhos com força e o ultraje toma conta de mim com a admissão e o insulto implícitos em tais palavras. Tudo o que quero é soltar os cachorros, porém, não importa o que ele diga, sou esperta o bastante para já ter percebido que isso vai apenas instigá-lo.

Já que a última coisa que desejo é que Hudson Vega resolva se tornar residente permanente em minha mente, aperto os dentes. Obrigo-me a engolir a irritação. E, meio sussurrando, meio gritando, digo:

— Bem, então você não deveria ter problemas em dar o fora, não é?

— Se fosse tão fácil assim. — Ele balança a cabeça, fingindo tristeza. — Mas, já que foi você quem nos prendeu aqui, não é como se eu tivesse escolha.

— Já falei para você. Não sou eu quem está nos prendendo neste salão...

— Ah. Não estou só falando deste salão. — O brilho em seus olhos se torna predatório. — Estou falando do fato de que você nos prendeu dentro da sua mente. E nenhum de nós vai sair daqui até que você aceite isso.

— Dentro da minha mente? — zombo. — Você está mentindo ou está delirando?

— Eu não minto.

— Então está delirando? — pergunto, ciente de que pareço desagradável, e não me importo nem um pouco. Deus sabe que Hudson está sendo desagradável desde o segundo em que me disse para acender as *malditas luzes*.

— Se tem tanta certeza de que estou errado...

— Tenho — eu o interrompo. Porque ele está.

Hudson cruza os braços diante do peito, continuando como se eu não o tivesse interrompido.

— Então por que não arruma uma explicação melhor?

— Já falei qual é a minha explicação — rosno para ele. — Você...

É a vez de ele me interromper.

— Uma que não envolva eu ser responsável por isso. Porque já te falei que não é o caso.

— E já falei que não acredito em você — retruco. — Porque, se está tudo na minha mente, se eu tivesse mesmo como escolher com quem ficar presa, você seria a última pessoa da lista. Sem mencionar que tenho certeza de que não traria no passeio uma besta do inferno que cospe fogo. Não tenho ideia do que é aquela coisa, mas sei que minha imaginação não é distorcida o bastante para ter inventado aquilo.

Olho ao redor do salão. Para a área de prática de tiro ao alvo. Para o sofá repleto de controles de videogames. Para a parede cheia de discos de vinil. Para o bilhão de pesos espalhados no banco de couro.

Para Hudson.

E então continuo:

— Minha imaginação não teria pensado em *nada* disso como prisão.

Como se para enfatizar meu argumento, o dragão — ou o que quer que aquela coisa seja — atinge a porta com força o bastante para sacudir o salão inteiro. As paredes estremecem, as prateleiras balançam, a madeira racha. E meu coração, que já bate com força, passa a bater como um metrônomo no nível máximo.

Imitando Hudson, coloco as mãos nos bolsos e me recosto na cadeira mais próxima. Se faço isso para esconder o fato de que minhas mãos tremem — e meus joelhos estão tão instáveis que não tenho certeza se vão aguentar meu peso por muito mais tempo —, não é problema de ninguém, só meu.

Não que eu espere que ele vá notar. Neste momento, Hudson está ocupado demais com a tentativa de me vender sua versão distorcida dos acontecimentos para prestar atenção em mim e perceber que mal consigo controlar os estágios iniciais de um ataque de pânico.

— Por que diabos eu inventaria isso tudo? — pergunto, depois de limpar a garganta para me livrar do aperto súbito que sinto ali. — Asseguro a você que não preciso de um pico de adrenalina para me sentir viva. E *não* sou masoquista.

— Então escolheu um péssimo consorte, não é mesmo? — A resposta de Hudson é cáustica. Mas ele se move, e presto mais atenção a isso do que às suas palavras, à medida que cada célula do meu corpo grita para que eu não tire os olhos dele. Grita que não posso me dar ao luxo de deixá-lo ir a algum lugar onde eu não possa vê-lo.

— Sim, eu sou a ameaça aqui — ele zomba, quando o monstro se joga contra a parede bem atrás do local por onde ele acabou de passar. — Em vez de qualquer que seja o demônio lá fora.

— Então admite que não estou fazendo isso! Que essa coisa, o que quer que seja, não é criação minha — comemoro e, sim, estou ciente de que celebrar esta vitória enquanto o monstro nos circunda é como a banda do filme *Titanic* que toca "Nearer My God to Thee" enquanto o navio afunda. Mas as pequenas vitórias, e por "pequenas" quero dizer que duram *minutos*, andam em falta na minha vida desde que cheguei à Academia Katmere, então vou me apegar a qualquer uma que conseguir.

Hudson não responde de pronto. Não sei se é porque tenta pensar em uma boa maneira de refutar o que falei ou se é porque meu estômago resolve roncar — alto — naquele instante. Mas, qualquer que seja o motivo, deixa de importar quando o dragão solta um rugido de gelar o sangue. Bem antes de fazer outra tentativa de entrar.

E, desta vez, ele não ataca a porta. Ele vai direto para a janela gigantesca que está bem diante de mim.

Capítulo 7

O FOGO QUEIMA RESISTÊNCIAS

— Hudson —

Já acelerei vários metros para a esquerda quando Grace abre a boca para gritar.

Agarro-a pela segunda vez esta noite, puxando-a de encontro a mim, bem quando o dragão enfia a cabeça imensa pela janela atrás de nós. O vidro se estilhaça, voando para todos os lados, mas continuo no mesmo lugar, fazendo o melhor possível para bloquear os cacos que se espalham no ar em todas as direções.

É claro que Grace me agradece gritando bem alto no meu ouvido. Que grande surpresa.

A dor se irradia pelo meu tímpano sobrenaturalmente sensível e, não pela primeira vez esta noite, penso em deixá-la para que cuide dos próprios problemas. Toda essa confusão *é* culpa dela, no final das contas. Mas vários disparos de fogo se seguem imediatamente à explosão do vidro, e não tenho coragem de acelerar e deixá-la ali, à mercê do dragão.

Enquanto fugimos dele, a besta ruge alto o bastante para abafar os gritos de Grace — uma pequena bênção —, mas isso não dura muito tempo. Aquela garota certamente tem um belo par de pulmões.

É uma pena.

— Fique quieta por um minuto, sim? — exijo ao acelerar na direção do pequeno banheiro na extremidade do salão. Ela pode achar que gritar é algum tipo de proteção contra ser frita, mas sei que não é nada disso. Na melhor das hipóteses, só vai irritar ainda mais o maldito dragão.

Vampiros não são os únicos com audições sensíveis. E este dragão parece um pouco mais sensível — e um pouco mais tudo — do que a maioria.

As labaredas passam por nós enquanto atravessamos a porta estreita do banheiro, seguido de perto por um baque alto. Mais uma vez, o salão balança violentamente.

Olho para trás a fim de ver o que a maldita criatura está aprontando agora. Meio que espero ter de desviar de mais fogo, mas as chamas desaparecem tão de repente quanto apareceram.

Assim como o dragão. Não por escolha própria, mas porque a janela que ele acabou de arrebentar também desapareceu. Em seu lugar jaz uma série de tijolos pintados, da mesma cor que a parede ao redor.

— Não está fazendo isso o escambau — bufo, soltando Grace na pia do banheiro com um baque. Janelas não se transformam sozinhas em paredes. Alguém precisa *fazer* isso. E, neste caso, este alguém é Grace.

Se ela vai querer ou não admitir — para si mesma ou para mim — é algo que só o tempo dirá.

Pelo menos, parou de gritar. Posso estar preso aqui com ela pelo futuro próximo, mas ainda considero isso uma vitória. Em especial se o silêncio durar mais do que cinco minutos.

— Como você conseguiu fazer com que ele parasse? — Grace pergunta, bem antes que meus desejados cinco minutos acabem. Mas ela não grita, então ainda conto como um sucesso.

— Não consegui. — Aceno com a cabeça na direção da janela que se tornou uma parede. — Foi você.

— Impossível. — Mas ela encara a parede recém-construída com os olhos arregalados. — Paredes não se formam do ar.

— Aparentemente, formam-se, sim. — Minhas costas ardem como se eu estivesse no inferno. Um pequeno subproduto desagradável de quando se é atingido por fogo de dragão. Tiro o que sobrou da minha camisa, em um esforço para avaliar o dano. E para impedir que o tecido restante fique roçando no ferimento.

— O que está fazendo?! — Grace exclama, novamente, perto demais do meu tímpano.

Parece que cinco minutos eram uma estimativa muito otimista da minha parte. O que, em si, já quer dizer algo, considerando que não sou conhecido exatamente pela minha visão positiva da vida.

— Você precisa continuar gritando? — rosno enquanto me afasto dela com um passo largo para trás. — Estou bem aqui.

— Você precisa tirar a roupa? — Ela me imita, estremecendo de desgosto. — Estou bem aqui.

Será que algum humano *já foi* mais irritante?

Travo os dentes em uma tentativa de me controlar e não os afundar nela — e não estou falando de um jeito bom. Nunca drenei alguém completamente antes, mas sempre há uma primeira vez. E, nesse instante, Grace Foster parece a candidata perfeita para essa nova experiência.

Claro, se o fizer, posso ficar preso aqui para sempre, mas não será nenhuma novidade. Passei a maior parte da vida preso em algum lugar. Pelo menos, tudo ficará em silêncio outra vez.

— Na próxima, vou deixar o dragão se resolver com você. — Viro-me para olhar por sobre o ombro, tentando descobrir quanto estrago a besta voadora causou. Mas, ao contrário do que diz a sabedoria popular mais extravagante sobre os paranormais, vampiros não são equipados com a capacidade de virar a cabeça por 360 graus.

É uma pena. Esse truque seria bem útil aqui, em especial considerando que não posso exatamente me olhar no espelho. Mas já estive em situações piores do que esta e consegui me consertar e seguir em frente. Por que desta vez seria diferente?

— O que está fazendo? — Grace insiste na pergunta, dessa vez em um decibel normal. Graças a Deus.

Talvez seja por isso que falo a verdade.

— O dragão me pegou.

— O quê? — Ela se surpreende. — Me deixe ver!

— Não é nece...

— Não venha me dizer o que é necessário — Grace responde, segurando-me pelo ombro antes que eu termine de protestar.

Fico tão surpreso que não ofereço resistência quando ela me vira como um disco de vinil na minha vitrola favorita.

— Ah, meu Deus!

E *voltamos* aos gritos. Juro que a voz dessa garota só tem dois tons. Normal e torturante.

É um milagre que Jaxon aguente isso.

Mas é óbvio que ter alguém que se importa o bastante para ficar chateado provavelmente compensa a dor no tímpano. Sem mencionar o restante da dor também.

— O dragão fez isso com você? — ela pergunta, ainda alto o bastante para fazer meu ouvido doer.

Dessa vez, não me preocupo em disfarçar meu incômodo — talvez ela enfim entenda a mensagem e abaixe um decibel... ou noventa — enquanto coloco um pouco mais de distância entre nós.

— Bem, tenho certeza de que não fiz isso comigo mesmo.

— Sim, mas pensei que os vampiros se curassem com rapidez. Não é uma das vantagens de ser um?

— Para ser justo, não há muitas desvantagens — respondo.

Estou de frente para o espelho agora e, ainda que não possa ver meu reflexo, posso ver com nitidez quando ela revira os olhos para mim.

— Sim, ok. Talvez não. Mas isso não responde à minha pergunta. Um desses seus poderes especiais já não devia ter curado esse ferimento?

— Sou um vampiro — retruco, minha voz seca como poeira. — Não um super-herói.

Ela dá uma gargalhada.

— Sabe o que quero dizer.

Na verdade, sei. E é provavelmente por isso que cedo e explico, ainda que tenha o hábito de *nunca* explicar nada sobre mim mesmo.

— Se tivesse sido queimado por fogo normal, eu sentiria dor, mas estaria curado em alguns minutos. Mas essas queimaduras vieram de fogo de dragão. O que quer dizer que doem muito mais do que as queimaduras comuns. E levam mais tempo para sarar.

— Quanto tempo mais? — Grace pergunta.

Dou de ombros, e lamento o gesto quando isso causa outra onda de dor nas minhas costas.

— Alguns dias, mais ou menos.

— Que droga — ela sussurra e, dessa vez, quando olha para minhas costas, a dureza em sua expressão desaparece. Foi substituída por algo mais suave. Algo que parece demais com preocupação... ou pena.

De todo modo, a circunstância me deixa desconfortável. E isso antes que ela estenda a mão de maneira gentil e passe nas minhas costas doloridas e queimadas.

Preparo-me para a dor, mas não é o que sinto. De fato, é agradável. Muito mais agradável do que deveria.

Que merda. Simplesmente, que merda.

Porque tudo nessa situação continua ficando *cada vez pior*.

Capítulo 8

COMER, BEBER, TOMAR CUIDADO

— Grace —

Hudson estremece quando passo o dedo pelas bordas de sua pele machucada.

— Sinto muito. — Puxo a mão, sentindo-me um monstro. — Tentei ser gentil. Machuquei você?

— Não. — A resposta dele é curta, mas, pela primeira vez, seu tom de voz não exibe raiva. É apenas vazio. Não sei por que isso parece muito pior.

Ele está de costas para mim, então olho para o espelho a fim de avaliar se posso ler sua expressão. Exceto que não há nada refletido ali além de mim. Definitivamente, não há um vampiro com expressão dura e a personalidade de um tigre enjaulado que, de algum modo, consegue ter os olhos mais expressivos que já vi.

Porque vampiros não têm reflexos...

A percepção do fato toma conta de mim e, não pela primeira vez, sinto nesse instante como minha vida é diferente de como era há algumas semanas. Não só por causa de meus pais, da Academia Katmere e de *Jaxon*, mas porque estou de fato vivendo entre monstros.

Bem, um monstro em particular neste momento, penso à medida que encaro as costas de Hudson. E não é qualquer monstro. Estou presa aqui com o monstro do qual os outros monstros têm medo.

O monstro que conseguiu destruir tantos deles apenas com um pensamento. Com um sussurro.

É uma constatação apavorante. Ou deveria ser. Contudo, enquanto analiso as costas machucadas de Hudson, ele não parece nem de perto tão assustador quanto todo mundo fez parecer. Parece qualquer outro garoto machucado.

E um bem atraente.

O pensamento desliza em minha mente sem querer, mas assim que está ali não posso deixar de reconhecer a verdade naquilo. Se, de algum modo, você ignora as tendências sociopatas e psicopatas, Hudson é um cara muito atraente.

Não tão atraente quanto Jaxon, obviamente — ninguém é —, mas definitivamente de muito boa aparência. De um jeito bastante objetivo e "jamais terei interesse nele", claro. No entanto, como poderia ser diferente quando tenho o cara mais bacana e mais sexy do mundo esperando por mim na escola?

Esperando por mim e, provavelmente, surtando porque não sabe o que aconteceu comigo.

As lágrimas ardem no fundo dos meus olhos quando penso a respeito.

Odeio que Jaxon esteja preocupado comigo neste momento. Odeio que é provável que Macy e o tio Finn também estejam. Passei a amar tanto todos eles no pouco tempo em que estou na Katmere, e não suporto a ideia de que minha ausência os faça sofrer. Odeio especialmente que isso esteja fazendo Jaxon sofrer, pois ele é mais do que meu namorado. É meu consorte.

Ainda não sei exatamente o que significa ter um consorte, mas sei que Jaxon é o meu. Dói estar distante dele, mas pelo menos sei que ele está em segurança. Não consigo imaginar como deve ser muito pior para ele, sem saber onde estou ou se estou bem. Em especial desde que a última pessoa com quem ele me viu foi *Hudson*.

— Pobrezinho do Jaxy-Waxy. Deve estar sofrendo tanto. — Não preciso ver o rosto de Hudson para saber que ele está revirando os olhos novamente.

E isso me deixa irritada o bastante para bufar.

— Só poque você possivelmente não consegue entender a situação pela qual ele está passando, não quer dizer que precisa tirar sarro dele.

— Tem medo de que o ego frágil dele não consiga aguentar? — Hudson retruca.

— É mais provável que eu tenha medo de acabar estrangulando você caso não pare de ser um babaca.

— Como quiser. — Ele dobra os joelhos o suficiente para deixar o pescoço acessível para mim. — Dê o pior de si.

Parte de mim deseja aceitar a oferta, para lhe mostrar que deveria ter medo de mim, ainda que seja óbvio que não é o caso. Entretanto, outra parte de mim está assustada demais até para tentar. Com a ajuda de Jaxon, posso ter me livrado da armadilha que Lia preparou para mim, mas sem chance que sou forte o bastante para lidar sozinha com um vampiro. Em especial um tão forte quanto Hudson.

Ser humana definitivamente tem suas desvantagens neste mundo. Mas acho que há desvantagens em qualquer outro. Olhe só para meus pais.

Por um instante, o rosto de minha mãe dança diante dos meus olhos. Mas bato a porta com força na lembrança — nela —, antes que comece a afundar na tristeza. A afundar na dor da saudade que sinto dela, principalmente quando estou presa neste lugar com um...

— Sinto muito interromper seu momento deprê antes que fique ainda mais sentimental — Hudson intervém com um tom de voz que contradiz suas palavras. — Mas preciso perguntar. Se vai passar a noite toda sentindo pena de si mesma, será que posso ter uns dez minutos para me limpar primeiro? Eu gostaria pelo menos de tomar uma ducha antes que você me faça dormir de tédio.

Preciso de um instante para processar suas palavras. Quando isso acontece, o ultraje explode através de mim. Minhas mãos tremem, meu estômago se contorce e preciso de cada grama de autocontrole para não descontar nele. Porém, não vou lhe dar a satisfação de saber que me atingiu. Ele não merece isso.

— Odeio ser o estraga-prazeres aqui, princesa. Mas estou dentro da sua mente. Já sei que atingi você. — Ele parece ainda mais entediado, se é que é possível.

E isso só me irrita mais uma vez. Já é ruim o bastante ter de aturar esse cara na minha mente, mas saber que ele escuta cada um dos meus pensamentos está me apavorando.

Mesmo assim, mesmo sabendo que é isso que ele procura, não consigo me impedir de grunhir.

— Eu desprezo você.

— E eu aqui pensando que íamos nos tornar melhores amigos — ele retruca. — Estava ansioso para fazer pulseiras da amizade e poder trocar dicas de namoro com você.

— Ah, meu Deus. — Dessa vez, fecho os punhos com força. Punhos que quero, mais do que qualquer coisa, enfiar naquele nariz hipócrita e perfeito demais. — Você *nunca* se cansa de ser um babaca?

— Ainda não aconteceu. — Ele para, como se ponderasse sobre o assunto. Então dá de ombros. — Mantenha a gente aqui tempo o suficiente, e talvez nós dois possamos descobrir.

— É sério que voltamos a essa história de novo? — pergunto, com um suspiro resignado. Já estou assustada e cansada. Quem não estaria na minha situação? E discutir com Hudson só piora as coisas. — Você parece um disco riscado.

— E você parece completamente ingênua.

— *Ingênua?* — repito, e sei que meu tom de voz denota meu insulto.

O vampiro ergue uma sobrancelha.

— Ou é ingenuidade ou ignorância intencional. Qual das duas você prefere?

— Aquela que me fizer ficar longe de você o mais rápido — retruco.

Estou bem orgulhosa da minha resposta — ou estaria, se meu estômago não resolvesse escolher aquele exato segundo para roncar de novo. Bem alto.

Minhas bochechas ficam coradas de constrangimento, e a situação só piora quando Hudson dá um sorriso torto.

— Sabe — ele reflete, esfregando a mão na nuca —, há uma forma de resolver essa discussão de uma vez por todas.

— Ah, é? — falo, um pouco alto demais, tentando disfarçar o fato de que meu estômago resmunga novamente. — E que forma é essa?

Ele sai do banheiro e vai até a cozinha minúscula perto do canto da frente do salão.

— Vamos descobrir que tipo de comida está estocada neste lugar.

— O que isso vai mostrar? — pergunto, enquanto vou atrás dele.

Hudson me olha como se perguntasse se estou sendo deliberadamente burra. Mas, no fim, responde:

— Sou um vampiro.

Como se isso explicasse tudo — e meio que explica, porque ele obviamente está fazendo referência à questão do sangue —, ele abre o armário da cozinha.

— Se eu estivesse fazendo isso, tenho bastante certeza de que eu não teria enchido esse armário de... — Ele pega uma caixa azul retangular. — Biscoitos de cereja?

Capítulo 9

UM PISCAR DE OLHOS
ATÉ O PESCOÇO

— Grace —

— Nem sei o que é isso — ele continua dizendo enquanto vira a caixa várias e várias vezes nas mãos, como se ficar encarando lhe desse alguma pista do que se trata.

A julgar pela expressão questionadora em seus olhos, não adianta de muita coisa. Pela primeira vez, suponho se talvez — apenas talvez — Hudson está falando a verdade. Vai contra tudo o que sei sobre ele, tudo que quero acreditar a respeito dele, mas, enquanto abro mais armários, é difícil pensar que há outra explicação para o que está acontecendo aqui.

Em especial porque os armários estão lotados com os meus lanches favoritos. Bolachas de manteiga de amendoim. Pipoca. Batatas chips com sal e vinagre. E metade de um pacote de vinte unidades do meu amado Dr Pepper. O que parece curioso — pelo menos até que abro a pequena geladeira perto do fogão e encontro dez Dr Pepper enfileiradas na porta, sem mencionar várias águas com gás Liquid Death — sabor limão, é claro — e latas de La Croix sabor toranja.

Também há uma gaveta cheia com as minhas maçãs favoritas, um cacho de uvas-rubi, algumas peras e ingredientes para vários tipos de sanduíche de queijo quente.

Ou quem abasteceu essa cozinha tem gostos assustadoramente similares aos meus ou, de algum modo, sou a responsável pela coisa toda. Considerando que sou humana, sem nenhum poder, uma coisa dessas parece completamente impossível. Mas aqui estamos.

E já que duas semanas atrás nada disso parecia possível — em especial estar apaixonada por um vampiro e ser parente de um bando de bruxos —, decido evitar qualquer julgamento. Pelo menos por enquanto.

Depois de pegar uma maçã e uma lata de La Croix da geladeira, viro-me para Hudson, que acaba de voltar à cozinha usando uma camisa nova. Graças a Deus.

Espero que ele se gabe, ou pelo menos que me lance um olhar triunfante — ou dez deles —, mas só fica parado ali, com a cabeça inclinada e as mãos apoiadas no balcão, como se aquela fosse a única coisa que o mantivesse em pé.

Pior ainda, ele está tremendo. É um tremor leve, que eu talvez não tivesse notado se não o observasse com atenção. Mas estou observando-o bem de perto agora, e é impossível não enxergar. Seu rosto pode estar impassível, e aqueles olhos expressivos fixados no chão, mas, se aquelas últimas semanas me ensinaram alguma coisa, foi a capacidade de reconhecer a dor quando ela está diante de mim.

Ainda que algumas pessoas afirmem que Hudson merece toda a dor que possa estar sentindo depois de toda a merda que fez, não consigo deixar de lembrar que ele ganhou aquelas queimaduras de dragão em uma tentativa de me resgatar. E isso quer dizer que cabe a mim ajudá-lo, quer eu queira, quer não.

Sem me dar tempo para refletir — ou tempo para ele dizer algo que me faça mudar de ideia novamente —, vou até o banheiro e pego um frasco de água oxigenada no armário da pia. Não me dou a chance de questionar como sei onde os suprimentos de primeiros socorros estão, junto a um frasco de Tylenol e um tubo de creme antibiótico com propriedades analgésicas. Em vez disso, pego tudo, além de um pouco de gaze e alguns curativos, e retorno à cozinha.

Até Hudson.

— Tire a camisa — ordeno para ele, com a voz mais pragmática que consigo, ao passo que abro a tampa do frasco de água oxigenada.

Ele não se mexe. Embora seus lábios se encurvem em um sorriso torto quando ele responde:

— Sem ofensa, Cachinhos, mas você realmente não é meu tipo.

— Olhe, Hudson, sei que essas queimaduras doem. Estou oferecendo ajuda. E desta vez não vou mudar de ideia.

— Não se preocupe com isso. — Ele se levanta, enfiando as mãos nos bolsos, em um movimento que sei que faz quando quer parecer indiferente. É provável que tivesse sido mais eficiente se não continuasse tremendo de leve. — Posso cuidar de mim mesmo.

— Tenho certeza de que, se isso fosse verdade, você já teria feito — respondo. — Então, pare de besteira e tire a camisa para que possamos acabar com isso, ok?

Hudson ergue uma sobrancelha na minha direção.

— Uau, como posso resistir a uma oferta tão charmosa quanto esta? — Ele olha para os remédios na minha mão. — Olhe, aprecio a intenção, mas nada disso vai funcionar.

— Ah. — Eu não tinha considerado a hipótese. — Vampiros são imunes a remédios humanos?

— Não. Mas somos imunes a praticamente tudo que possa precisar da medicina humana para ser curado. — Hudson acena com a cabeça na direção do Neosporin na minha mão. — Como as bactérias que essa pomada é projetada para matar. Não preciso do creme, porque as bactérias não vão me fazer mal.

— Muito bem. — Inclino a cabeça em um gesto de concordância. — Mas peguei isso por causa da característica analgésica, não pela capacidade de matar germes. E ainda acho que vale a pena tentar. A menos que você não ache que esse tipo de remédio vá funcionar contra algo sobrenatural, como fogo de dragão.

Ele começa a dar de ombros, mas faz uma careta por causa da dor.

— Não sei se funciona ou não. Deixe aí e eu experimento.

— Você experimenta? — Eu o encaro com uma expressão de dúvida. — Sei que vampiros conseguem fazer praticamente qualquer coisa... ou pelo menos é o que dizem... mas tenho quase certeza de que você precisa de um pouco de ajuda para alcançar as próprias costas.

— Estou acostumado a fazer as coisas por conta própria. Não preciso de nenhuma...

— Ajuda — termino a frase por ele, ignorando a pontada de pena que me atravessa quando penso em alguém, mesmo Hudson, que seja tão sozinho a ponto de ser obrigado a aprender a fazer tudo por conta própria. — Blá-blá--blá. Poupe-me, Carrapatinho. Já ouvi todas as desculpas.

— *Carrapatinho*? — ele repete, com seu sotaque britânico marcado. Só o conheço há algumas horas, mas tenho quase certeza de que ele nunca ficou tão ofendido na vida.

Ótimo. A última coisa que quero é fazer amizade com o irmão mais velho malvado de Jaxon. Mas não tenho coragem de vê-lo sofrer se não for preciso. Eu faria o mesmo por qualquer um.

Além disso, se estiver mentindo para mim e for o responsável por fazer isso conosco, imagino que seja melhor mantê-lo vivo. Como diabos encontrarei sozinha a saída deste lugar?

— Não fique tão surpreso — comento, enquanto abro um pacote de gaze para ter acesso fácil a elas. — Vocês dois sugam sangue, não é mesmo?

— Não é a mesma coisa — ele rosna.

Abro a tampa do creme antibiótico para deixá-lo pronto para o uso também.

— Você só diz isso porque não sabe como é quando se alimentam de você.

— E você sabe, hum? — Há uma nova expressão em seu olhar, uma que me faz tremer na base.

Não que esteja prestes a permitir que ele saiba disso. Dê um dedo para um cara como Hudson, e ele vai querer o braço inteiro.

— Pode se virar? — peço, com o tom de voz mais entediado de que sou capaz, enquanto pego a água oxigenada.

Felizmente, a expressão estranha dele desaparece com a mesma rapidez com que apareceu. E agora sua única resposta é cruzar os braços diante do peito e me olhar feio, com cara de irritado. Hudson ainda parece muito intimidador, mesmo com a dor óbvia em seu rosto.

Mas essa é uma intimidação com a qual posso lidar. Afinal, passei a maior parte da minha primeira semana na Academia Katmere com Jaxon me encarando feio igualzinho. A essa altura estou basicamente imune.

— Vai ter que mostrar muito mais das suas presas se quiser *me* assustar — aviso-lhe, com a voz mais monótona que consigo fazer.

— Posso providenciar isso. — Em um piscar de olhos, ele cobre a distância entre nós. E suas presas estão no meu pescoço. — Não me tente — Hudson rosna, tão perto que consigo sentir sua respiração roçar no meu ouvido. — Você não é a única faminta aqui.

O terror faz meu coração bater como as asas de um beija-flor, rápido e um pouco doloroso. Mas nunca vou dar a Hudson a satisfação de saber o quão apavorada estou.

Com medo dele, deste lugar, de nunca mais ver Jaxon.

Então puxo meus cachos com a mão e viro a cabeça até que estamos olho no olho, nariz a nariz. E retruco:

— Você me deixa mordida! — Um pouco antes de derramar metade do frasco de água oxigenada nas costas dele, com camisa e tudo.

Capítulo 10

SEM AS CALÇAS

— Hudson —

— Por que diabos você fez isso? — berro, quando minhas costas começam a pegar fogo de um jeito totalmente novo, com a camisa molhada grudando nas queimaduras.

— Pare de ser um bebezão — Grace rebate enquanto sai do meu alcance. — Suas costas precisam ser desinfetadas.

— Já falei para você que essa merda não importa — urro, pegando a bainha da camisa a fim de poder tirá-la por sobre a cabeça. Quando o ar frio atinge as queimaduras, estremeço. — Nós não pegamos infecções!

— Bem, você não é exatamente a pessoa mais confiável que já conheci — ela responde, enquanto se posiciona atrás de mim. — Não tenho certeza se a água oxigenada vai ajudar em alguma coisa, mas definitivamente não vai piorar nada.

— Diz a mulher cujas costas não ardem neste momento como se estivessem no inferno.

— Será que pode parar de choramingar por dez segundos? — Não consigo ver a maldita garota, mas é como se eu pudesse ouvi-la revirar os olhos. — Já está ficando cansativo.

Duas dúzias de respostas malcriadas dançam na ponta da minha língua, mas travo os dentes. Conhecendo Grace como começo a conhecer agora, tenho quase certeza de que qualquer coisa que eu disser, ela vai chamar de choramingo.

O que é incrível, considerando que ela é consorte do meu irmãozinho desbocado, e que cada palavra falada por ele ou é um choramingo ou uma reclamação. Mas acho que o elo entre consortes faz até a pior merda parecer arco-íris e confete. Que pena.

Grace tira algumas gazes do pacote no balcão, e eu a fito com cautela.

— Posso assumir a partir daqui.

— Ah, claro, dá para ver.

Pela primeira vez, a voz dela é tão seca quanto a minha. E Grace não parece nada impressionada. Preciso admitir que não inspira exatamente confiança em suas habilidades como enfermeira.

Preparo-me para aguentá-la esfregar minhas queimaduras com a gaze, já que a compaixão acima da competência parece ser o objetivo dela. Contudo, o toque dela é surpreendentemente gentil quando passa a gaze nas minhas costas, secando o excesso de água oxigenada com batidinhas em vez de fazer de um jeito que irritaria ainda mais a pele queimada.

A gentileza dela não impede a dor de irradiar pelos meus músculos, até os ossos, mas isso tampouco piora as circunstâncias. Por isso, permaneço no mesmo lugar e a deixo fazer seja lá o que está fazendo. Bem, sem contar o fato de que ter alguém me tocando — mesmo que seja platônico, mesmo que ela seja a consorte do meu irmão — parece muito bom depois de décadas de solidão.

— Vou passar o creme agora — Grace avisa, depois que secou minhas costas inteiras. — Com sorte, vai ajudar.

Não conto com isso, mas fico onde estou enquanto ela coloca a pomada em seus dedos. Mas, no instante em que encosta em mim, fico tenso.

— Dói? Estou tentando tomar o máximo de cuidado possível...

— Está tudo bem — respondo. Porque, por mais surpreendente que seja, está mesmo. Em todos os lugares que seus dedos tocam, a queimadura arde menos. A dor não desaparece, mas o fato de passar de excruciante para irritante me parece incrível.

Seus dedos continuam a deslizar sobre minha pele marcada, e uma frieza nada agradável assume o lugar da queimadura. É seguida por um novo tipo de calor que me faz espiar por sobre o ombro. Porque Grace pode insistir o quanto quiser que é humana, mas não é possível que um creme humano — analgésico ou não — faça tanta diferença.

Não, a cura, ou o que quer que seja, necessariamente vem de Grace. Quer ela saiba ou não.

Não estou no clima para outra dissertação sobre todos os motivos pelos quais não sei o que estou falando, então guardo a descoberta em curso para mim mesmo. E, de toda forma, não tenho intenção de lhe dar nenhuma informação que ela possa tentar usar contra mim.

Duzentos anos à mercê dos caprichos de meu pai me ensinaram a tolice que é isso.

— Ok, acho que passei em todas. — Grace dá um passo para trás. — Não acho que devemos fazer curativo. Já parecem melhores, então provavelmente seria bom deixá-las respirar um pouco.

Observo enquanto ela fecha o tubo de pomada e tento ignorar o fato de que minhas costas doem mais agora que ela não está me tocando. Isso me irrita, ainda que eu saiba que é só porque Grace tem algum tipo de dom de cura do qual não está ciente. Mas não gosto de precisar de ninguém para nada. E tenho certeza de que não gosto de me sentir em dívida com a consorte do meu irmão.

É por isso que não a agradeço pela ajuda. E tampouco fico por perto para mais conversas fiadas. Acelero até a área do quarto, no outro lado do salão, enquanto Grace se dirige à pequena pia da cozinha a fim de lavar as mãos.

— Ei! O que está fazendo? — ela exclama, quando começo a pegar uma quantidade realmente copiosa de almofadas da cama e jogo-as no chão.

Já que considero que o que estou fazendo é bem autoexplicativo, não me incomodo em responder. Em vez disso, analiso ao redor em busca de mais alguma coisa para fazer e resolvo pegar a parte de cima da coberta e puxá-la até os pés da cama.

Grace não pode acelerar, e suas pernas são ridiculamente curtas — assim como o restante dela —, então precisa de mais de um minuto para fazer a mesma jornada que me custou cerca de três segundos. Todavia, depois de um tempo, ela chega à área do quarto e coloca as mãos no quadril enquanto pergunta:

— Vai mesmo para a cama? Agora?

— Foi uma longa semana, princesa. Estou cansado. — Mantenho as costas viradas para ela enquanto arrumo os lençóis.

— Sim, mas ainda não descobrimos o que fazer! — Ela está tão indignada que sua voz fica um pouco esganiçada no fim da frase.

— E não vamos descobrir hoje à noite. — Para reforçar minha declaração, o dragão escolhe este momento para se chocar contra o telhado. Como resultado, o salão todo balança.

— Não acha mesmo que seremos capazes de dormir com esta coisa dando voltas, tentando achar um jeito de entrar? — Grace olha para o teto, como se o esperasse desabar a qualquer minuto.

— Ele não vai entrar — respondo com mais confiança do que realmente sinto. — E, se entrar, vamos dar um jeito nele.

— Dar um jeito nele? — Ela passa de esganiçada a completamente aos berros. — E como exatamente você acha que faremos isso?

— Tenho alguns truques na manga — respondo, fitando mais uma vez a janela que se transformou em parede. — E você também.

— Você não vai mesmo voltar a isso novamente, vai? — ela quer saber.

— Não fiz aquilo.

— Ok.

Como estou realmente exausto — ser trazido de volta "dos mortos" não é exatamente fácil para um cara —, não discuto com ela. Em vez disso, começo a abrir meu cinto.

Imagino que será o suficiente para fazê-la sair correndo, mas Grace apenas estreita os olhos na minha direção. Ao que parece, está entrincheirada e pronta para outra batalha.

Pena que eu não estou. É por isso que vou em frente e abro o botão da calça.

Mas isso só faz com que ela cruze os braços diante do peito enquanto paga para ver até onde vou com aquilo e recosta um ombro na parede mais próxima.

Vou admitir que estou um pouco impressionado e me divertindo muito. Mas tampouco vou recuar diante do desafio implícito em seus olhos.

Então só me resta uma opção a este ponto.

Abro o zíper e deixo minha calça de lã da Armani escorregar até meus pés.

Capítulo 11

DORMINDO COMO OS MORTOS-VIVOS

— Grace —

Hudson Vega usa cueca boxer.

E não é qualquer cueca boxer. É uma cueca boxer da Versace, vermelha, verde, azul, pêssego e *dourada*, que cobre muito menos do que quaisquer shorts cobririam.

Não que aquilo se pareça com qualquer short que eu já tenha visto. Não, aquela boxer é espalhafatosa como o inferno e sabe disso. Não, ela celebra o inferno. Tem um brasão de armas de um lado, uma coroa elaborada do outro, com blocos coloridos e uma espada — uma maldita espada — bem em cima da virilha.

Não sei se é para promover a verdade ou se é delírio de grandeza, e não tenho intenção de descobrir. Mas até eu preciso admitir que Hudson deve ser a única pessoa no planeta que de fato fica bem naquilo.

Não que algum dia eu vá permitir que ele saiba disso — em especial que não me importa nada se ele fica bem ou não usando boxer.

Então, em vez de ficar boquiaberta, encarando a roupa íntima mais chamativa que já vi, sem mencionar o vampiro que a usa naquele momento, indago:

— Então o quê? Você acha que automaticamente fica com a cama porque é o vampiro e eu sou a pequena humana patética?

— Só quero destacar que essas palavras foram suas, não minhas. — Ele me dá um sorriso projetado para me irritar: arrogante, despreocupado e perigoso o bastante para que os pelos da minha nuca fiquem arrepiados.

Tudo aquilo já deveria ser aviso suficiente, mas de alguma forma ainda me surpreendo quando ele se vira para afofar um travesseiro — e, ah, meu Deus, tem um castelo de verdade em seu traseiro. Ou será que aquilo era um templo grego, tipo o do Monte Olimpo? É tão difícil determinar — e então comenta casualmente, olhando por sobre o ombro:

— Além disso, imaginei que você ia se deitar comigo.

Ok, talvez eu *seja* ingênua, porque realmente não esperava por essa.

— Sou a *consorte* do seu irmão — retruco, quando enfim o choque arrefece. — Sem chance de eu dormir com você. *Jamais.*

— Ah, não, isso não — ele responde, totalmente inexpressivo. — Será que vou sobreviver à devastação?

— Você é um verdadeiro babaca, sabe disso? — falo, com rispidez.

— Acredito que esse assunto já tenha surgido antes, sim. — Hudson se estica para afofar o travesseiro do outro lado da cama, totalmente despreocupado com qualquer coisa que eu esteja dizendo.

E isso não me impede de falar. Se vamos ficar presos aqui, sabe lá Deus por quanto tempo, precisamos deixar algumas coisas claras. Incluindo:

— Não sei o que acha que vai acontecer, mas posso garantir que não vai.

Ele se vira para me olhar, e o imbecil sarcástico com quem tive de lidar a noite toda se foi. Em seu lugar está um cara de aparência muito, muito cansada.

— Dormir, Grace. O que eu quero é dormir. — Com isso, ele sobe na cama e puxa as cobertas sobre si, antes de virar, de modo que suas costas fiquem voltadas para o meio da cama.

Só mais uma maneira de me mostrar quão pouco — e quando digo pouco, quero dizer nadica de nada — ele se sente ameaçado por mim. O constrangimento me invade, mesmo antes que Hudson conclua:

— Você é bem-vinda para se deitar do outro lado. Prometo não afundar minhas presas em você enquanto estiver dormindo.

— Não é com suas presas que estou preocupada — retruco, antes de pensar no que estou prestes a verbalizar. O constrangimento se transforma em humilhação total enquanto as palavras pendem no ar entre nós.

Ah, meu Deus. Sério? Não consigo acreditar que acabei de falar isso.

Minhas bochechas queimam, meu estômago se revira, mesmo antes que ele murmure:

— Bem, tampouco precisa se preocupar com isso. — Pela primeira vez, sua voz é tão cansada quanto sua aparência. — Boa noite, Grace.

Não respondo, mas é óbvio que ele não espera realmente que eu faça isso. Pelo menos não se o jeito como ele fecha os olhos e começa imediatamente a dormir é indicativo de alguma coisa.

A parte do meu cérebro que mais cedo gritava para que eu fugisse volta com força total. Se tenho qualquer chance de me livrar dele, ela diz, é agora. Quando está exausto e com a guarda baixa, e com dor demais para se importar se eu resolver dar o fora ou não.

Mas o dragão ainda está lá fora. Consigo ouvi-lo bater as asas enquanto circunda o telhado, posso sentir seus gritos primitivos bem no fundo da minha alma.

O que quer dizer que estou presa entre dois superpredadores.

Quem quer que tenha dito que os humanos estavam no topo da cadeia alimentar aparentemente era um otimista míope.

Capítulo 12

GRACE DE BANDEJA

— Grace —

Não sei quanto tempo fico parada ali vendo Hudson dormir.

Segundos que parecem minutos?

Minutos que parecem horas?

Mas, conforme o tempo passa, fica cada vez mais óbvio que Hudson está dormindo de verdade. E que, para todos os efeitos, planeja continuar desse jeito.

É uma boa notícia — uma ótima notícia, na verdade —, e enfim me permito respirar de verdade pela primeira vez desde que acabamos aqui. Então respiro fundo algumas vezes e me afasto até ficar bem longe da área que funciona como quarto.

Ainda estou faminta — acabei não comendo a maçã que peguei mais cedo —, então volto para a área da cozinha. Mexo-me devagar, com atenção, para ter certeza de que não vou trombar em nada ou fazer algum movimento súbito que possa despertar Hudson. Ou, pior ainda, irritá-lo.

Meu estômago ronca no instante em que coloco o pé na cozinha, quase como se esperasse o momento em que se sentisse seguro — o momento em que *eu* me sentisse segura — para chamar atenção para si. Mas segurança é uma coisa relativa quando se divide o espaço com um sociopata, então não me permito ficar confortável demais.

Em vez disso, mantenho a cabeça virada na direção dele enquanto remexo as gavetas em silêncio e encontro alguns outros utensílios essenciais, como um abridor de latas e um carregador de celular. Até que encontro o que realmente procuro. Uma faca. E não qualquer faca. Uma faca de açougueiro extra-afiada.

Penso em pegar um dos machados da área de treino de arremesso, mas só há quatro deles. A chance de ele perceber que um está faltando é bem alta, e é a última coisa que desejo.

Claro que sei que, se Hudson me atacar, um machado ou uma faca não vão proporcionar muita proteção — se é que vão dar alguma. Mas tampouco vou simplesmente servir a mim mesma em uma bandeja.

O sangue de Grace — assim como o restante de mim — está fora do maldito cardápio, muito obrigada. Prefiro morrer lutando a simplesmente virar de lado e deixar o irmão mais velho de Jaxon me matar. Ele já machucou meu consorte o suficiente. Sem chance de eu deixá-lo me tirar de Jaxon também.

Não sem uma luta das boas, pelo menos.

Deixo a faca perto de mim no balcão enquanto pego um pouco de pão e faço um rápido sanduíche de queijo. Como em pé, com os olhos fixos na forma adormecida de Hudson na cama. Ele não se mexe.

Quando termino de comer, pego uma lata de Dr Pepper da geladeira e sigo até o sofá que fica mais perto da porta — e o mais distante possível da cama. Acomodo-me em um canto e deixo a lata de refrigerante na mesinha lateral, porém decido guardar a faca entre duas almofadas perto de mim. Estico o corpo e pego o celular do bolso mais uma vez.

Enquanto jogo com os aplicativos no meu telefone — os únicos programas que funcionam, já que não posso fazer ligações ou enviar mensagens de texto —, espero que Hudson desista de qualquer que seja o jogo que está fazendo e se torne o predador que sei que ele é. O predador que ele sequer tentou esconder de mim.

Entretanto, uma hora se passa, e ele não se mexe. Na verdade, está *completamente* imóvel. Está tão quieto, deitado na cama, que mais de uma vez preciso observá-lo de perto para confirmar que ainda está respirando. Infelizmente, está.

O cansaço toma conta de mim como um tsunami que me arrasta rumo ao mar. Afogando minha determinação de permanecer acordada — de ficar vigilante —, onda após onda de exaustão. A última coisa que faço antes de enfim cair no sono é olhar para uma foto minha com Jaxon.

Eu a tirei há três dias, quando estávamos passando o tempo juntos no quarto dele. Minha sessão de estudos com Macy e Gwen terminara mais rápido do que planejáramos, então, em vez de retornar para o quarto com Macy, fui até a torre para lhe dar boa noite.

Ele tinha acabado de sair do chuveiro, com aparência e aroma deliciosos. Seu cabelo preto estava molhado e grudado no rosto, seu torso desnudo ainda estava um pouco úmido e seu sorriso era completamente contagioso.

Foi por isso que encostei o corpo naquele peito — minhas costas na frente dele —, com um sorriso em meu rosto mais brilhante do que a aurora boreal que aparecia na janela atrás de nós. Ele tinha tentado me convencer a desistir da selfie e ir para a cama desarrumada diante de nós, mas me mantive firme.

Apesar de tudo o que passamos juntos, nosso relacionamento é recente. O que quer dizer que há poucas e preciosas fotos de nós dois juntos. Eu queria aquela e garanti que Jaxon soubesse disso.

E agora, sentada aqui neste sofá, sozinha, estou feliz de ter insistido. Porque isso me dá algo em que me concentrar em meio a essa imensa e confusa bagunça. Algo para o qual tentar voltar.

Então seguro o celular — com nossa foto — o mais apertado que posso.

E tento me lembrar de como é quando Jaxon diz que me ama.

Capítulo 13

MINHA VIDA É UM CELULAR ABERTO

— Grace —

Acordo devagar, com a sensação de estar quentinha e o som da voz da minha prima me dizendo que não vê a hora que eu vá para a Academia Katmere.

Preciso de um minuto para me orientar — para me lembrar de onde estou e de quem está comigo. Entretanto, quando cada uma das coisas horríveis que aconteceram ontem invade meu cérebro, eu me sento tão rápido que quase caio do sofá.

— Macy? — chamo, tirando meus cachos rebeldes do rosto enquanto rezo para que tudo não passe de um sonho. Que cada coisa maluca que aconteceu ontem seja parte do pesadelo mais elaborado que já tive. — O que está acontecen...

Paro de falar quando três coisas me atingem ao mesmo tempo.

Um: estou coberta com o que deve ser o cobertor mais suave e quentinho já produzido.

Dois: Macy não está aqui comigo.

E, três: Hudson Vega está com meu celular.

Pior ainda: parece que está se aproveitando o máximo possível do fato de eu estar dormindo para revirar cada parte de conteúdo que seus polegares conseguem acessar. O bastardo.

— Ei! — grito, lançando-me na direção do telefone. Mas minha garganta está seca, meus olhos mal se abriram e minha coordenação recém-desperta não é nada se comparada à de um vampiro. Em especial quando esse vampiro é Hudson.

Ele saiu do sofá e está do outro lado do salão antes que eu consiga fazer mais do que sair de baixo daquele cobertor ridículo com o qual ele obviamente me cobriu. Por um segundo, o gesto me confunde — o fato de Hudson fazer algo gentil por mim —, já que tenho uma vaga lembrança de ter sentido frio no meio da noite.

— Que diabos acha que está fazendo? — exijo saber, ignorando meu coração acelerado e a faca ainda escondida no sofá, enquanto corro em sua direção. Uma parte do meu cérebro me informa, aos berros, que confrontá-lo é uma ideia muito ruim, mas a outra metade grita que preciso pegar meu celular de volta.

Escuto a segunda metade, porque me recuso a ficar, sei lá até quando continuaremos presos neste lugar, morrendo de medo de Hudson o tempo todo. Não importa quão assustador ele seja.

— Me devolva — insisto, enquanto tento pegar o telefone.

— Calma, princesa — ele responde, segurando o aparelho fora do meu alcance. — Só estava olhando para ver se encontro algo que possamos usar para dar o fora daqui.

— Tipo o quê? Um código secreto do qual me esqueci? — pergunto, com desprezo.

— Talvez. — Hudson dá de ombros. — Coisas mais estranhas já aconteceram.

— Sim, bem, e você chegou a pensar em me pedir, em vez de simplesmente invadir minha privacidade?

— Considerando que você não tem ideia do que está fazendo? — responde, recostando um ombro na parede mais próxima. — Não, não pensei nisso.

Então ele abaixa meu celular e aciona outro vídeo — o do dia em que Jaxon e eu fizemos um boneco de neve juntos.

Meu coração estremece um pouco ante o som da voz do meu namorado. Profunda, carinhosa, feliz. Ver Jaxon feliz é uma das coisas de que mais gosto no mundo — ele já sofreu tanto — e essa lembrança é uma das melhores de toda a minha vida. Tudo nela é perfeito.

— Maldição! — Penso em voltar ao sofá e pegar a faca enquanto tento mais uma vez pegar o telefone, mas Hudson desvia sem sequer tirar os olhos da tela. — Pare de assistir às minhas coisas!

— Mas Jaxy-Waxy parece tão fofo com esse chapeuzinho de vampiro. Foi você que fez para ele?

— Não, não fiz. — Mas adoro aquilo. Adoro o fato de ele ter comprado o chapéu para nosso boneco de neve e adoro ainda mais a expressão em seu rosto quando damos um passo para trás a fim de admirar o resultado final.

Agora, Hudson assiste à cena com olhos impassíveis, vasculhando minhas lembranças mais pessoais e procurando pistas inexistentes. Julgando Jaxon e me julgando por algo que não é da conta dele. Isso faz com que eu o odeie um pouco mais.

Dessa vez, quando tento pegar o telefone, Hudson dá meia-volta, ficando de costas para mim, e perco a paciência. Perco totalmente. Seguro o ombro dele e puxo para trás com o máximo de força que consigo, o sangue fervendo de raiva.

— Só porque você não tem ninguém que queira fazer um boneco de neve ou um vídeo com você, não quer dizer que você tem o direito de espiar o das outras pessoas.

O fato de que usei toda a minha força e Hudson não se mexeu um centímetro me irrita ainda mais do que imaginei ser possível. Assim como a sobrancelha que ele ergue ao me encarar, como se perguntasse o que penso que estou fazendo.

Isso é inacreditável, considerando o que ele está fazendo neste exato momento.

Contudo, quando nossos olhares se cruzam pela primeira vez desde que acordei hoje de manhã, não posso deixar de recuar um passo. Porque há uma raiva crescente que arde em seus olhos, que não se parece com nada que vi antes. Aquilo faz com que o olhar predatório que me deu noite passada pareça brincadeira de criança.

Dou mais um passo cambaleante para trás, com o coração na garganta enquanto analiso ao redor, em busca de uma arma.

— Está na gaveta — Hudson me revela, com voz entediada. E é quando a raiva desaparece de sua expressão e, em seu lugar, há apenas o vazio, a impassividade com a qual começo a me acostumar.

Meu estômago se contorce de maneira doentia.

— O quê? — pergunto, embora tema já saber do que ele está falando.

— Não banque a ignorante, Grace. Isso só faz com que nós dois pareçamos tolos.

Ele se afasta da parede e me joga o celular. Pego o aparelho com os dedos entorpecidos, enquanto ele caminha para longe de mim.

— Aonde você vai? — questiono, quando o pânico ameaça tomar conta de mim. Odeio estar presa aqui com ele, mas, de repente, a ideia de Hudson ir embora e me deixar sozinha parece muito pior.

— Tomar um banho? — O desdém escorre de sua voz. — Sinta-se livre para se juntar a mim, se quiser.

O pânico se transforma imediatamente em raiva.

— Você é nojento. Eu jamais ficaria nua com você.

— Quem falou alguma coisa sobre ficar nua? — ele retruca, enquanto abre a porta. — Só pensei que a distração lhe daria a oportunidade perfeita para enfiar aquela sua faca bem nas minhas costas.

Capítulo 14

DIÁRIO DE UM JOVEM VAMPIRO

— Grace —

Fico encarando a porta fechada do banheiro enquanto algo que se parece muito com vergonha se espalha pelas minhas entranhas. Hudson parecia entediado, e não magoado, porém não consigo deixar de pensar naquele momento de raiva na expressão dele.

Raiva pelo fato de eu ousar tentar matá-lo?

Ou raiva pelo fato de eu pensar que poderia ter de fazer isso?

Algo me diz que é a última opção, e a vergonha se aprofunda ainda mais.

Embora eu não tenha absolutamente nada do que me envergonhar, asseguro a mim mesma enquanto obrigo meus pés a se mexerem.

Foi ele quem matou todas aquelas pessoas em Katmere.

Foi ele quem quase matou Jaxon.

E foi ele quem não hesitou em mexer no meu telefone, como se tivesse algum tipo de direito de invadir minha privacidade.

Claro que tenho o direito de tentar me proteger contra um assassino. Todo mundo com um pouco de bom senso faria exatamente o mesmo que eu.

Exatamente a mesma coisa que vou fazer de novo. Hudson pode ficar irritado o quanto quiser. Todavia, isso só significa que ele é mais perigoso, e não menos.

É esse pensamento que me impele pela cozinha, até o sofá onde escondi a faca noite passada. Metade de mim espera que a arma não esteja ali, mas está exatamente onde a deixei. Claro, está curvada até formar um círculo, de modo que a ponta da lâmina toque a extremidade do cabo. E quando vou até a gaveta novamente, vejo que o mesmo aconteceu com todas as facas que estão ali, exceto a faca de descascar, que está dobrada ao meio.

Hudson destruiu cada uma delas, deixando-as inutilizadas e me deixando sem defesas. O fato de que elas fariam muito pouco a meu favor, caso ele resolvesse me atacar, não importa. O que importa é que ele fez questão de destruir qualquer segurança módica que eu possa ter encontrado. E isso é muito cruel.

Cogito fechar a gaveta com força, mas não darei essa satisfação a Hudson. Mesmo com o chuveiro ligado, ele provavelmente ouviria o barulho, e não quero que saiba quão irritada — e assustada — na verdade estou.

Então fecho a gaveta bem devagar e me concentro no que *posso* controlar, o que não é muito. Meu estômago está roncando novamente — o estresse sempre me deixa com fome —, então pego um pacote de biscoitos de cereja e uma maçã e volto para o sofá onde dormi noite passada.

Estava frio, pelo menos até Hudson me envolver com um cobertor — e o que foi isso, aliás, considerando quão bravo ele estava de manhã? —, e então ficou superconfortável. E preciso de um pouco de conforto agora.

É com tal ideia em mente que paro com o intuito de analisar a estante. Os livros sempre foram um consolo para mim, durante toda a minha vida, e não é uma sorte, se estou presa neste lugar, onde quer que *aqui* seja, que esteja cercada por milhares e milhares de livros?

Mastigo a maçã enquanto ando de um lado para o outro, contemplando as prateleiras, descobrindo uma tonelada de velhos títulos favoritos — *O apanhador no campo de centeio, Jogos vorazes, Poemas reunidos*, de Sylvia Plath —, junto a um monte de livros que sempre quis ler, mas ainda não tive oportunidade, e vários outros dos quais nunca ouvi falar.

Paro quando encontro uma estante cheia de livros com capa de couro vinho, bastante manuseados. Há pelo menos uma centena deles e, embora alguns pareçam muito mais velhos do que outros, são obviamente parte de uma coleção — não só porque têm a capa da mesma cor, mas porque todos têm o mesmo tipo de lombada e, quando tiro alguns, percebo que têm as mesmas bordas douradas também.

Além disso, cada um deles tem um cadeado na frente. Diários? E, se for isso, de quem são? Acho que nunca saberei, considerando que estão trancados, mas é interessante especular a respeito.

Os cadeados em si são bonitos — de aparência antiga e ornamentados —, e, quando viro o primeiro livro nas minhas mãos, não consigo resistir e passo o dedo sobre a pequena fechadura. Para minha surpresa, no instante em que meu dedo entra em contato com o cadeado, ele se abre.

O livro é meu, para que eu o possa ler.

Hesito por um instante — são os diários de alguém. Mas, a julgar pela idade deste diário, é de alguém que já morreu há muito tempo, raciocino, e não vai se importar se eu passar algum tempo lendo seus pensamentos.

Abro o volume com cuidado — ele durou muito tempo, e não quero ser a pessoa que vai estragá-lo. A primeira página está em branco, exceto por uma dedicatória: *Para meu aluno mais brilhante, que merece muito mais deste mundo. Sinceramente, Richard.*

É uma dedicatória estranha, ainda que fascinante, e passo um instante traçando as letras prodigamente escritas com a ponta do dedo. Mas minha curiosidade passou de aguçada para ardente com essas palavras, e não demora muito antes que eu vire a página para ver o que o aluno brilhante escreveu.

Abro na primeira página, e no alto está a data de 12 de maio de 1835. Ela é seguida por um texto escrito com uma caligrafia infantil.

Entrei em uma briga hoje.

Eu não devia ter feito isso. Sei que não devia, mas não pude evitar! Fui ~~povo~~ provocado.

Richard diz que isso não importa. Ele diz que o autocontrole é a marca de um homem ~~ciliv~~ civilizado. Eu disse para ele que não sei o que isso quer dizer, e ele me disse que "o autocontrole é a capacidade de um homem de controlar suas emoções e desejos mesmo em face da maior das ~~povo~~ provocações". Falei para ele que estava muito bem, mas que qualquer um que tenha dito isso não tem um irmãozinho irritante.

Richard riu e então me disse que futuros reis devem ter autodisciplina o tempo todo e fazer só o que acham ser o melhor para seu povo, ainda que seu povo sejam irmãozinhos irritantes. Até mesmo irmãozinhos superirritantes?, perguntei. E Richard disse que especialmente eles.

Isso faz sentido, acho, só que meu pai não parece nem um pouco disciplinado. Ele faz o que quer, sempre que quer e, se alguém o questiona, ele faz a pessoa ~~dezapa~~ desaparecer, às vezes por um tempo e às vezes para sempre.

Quando falei isso para Richard, no entanto, ele apenas me olhou e perguntou se eu queria mesmo ser o tipo de rei que meu pai é. Eu falei para ele que a resposta para isso é <u>NÃO!!!!!</u> Nunca vou querer ser o tipo de rei ou de pessoa ou de vampiro ou de <u>QUALQUER COISA</u> que meu pai seja. Ele pode ter muito poder, mas também é muito malvado com todo mundo.

Não quero ser esse tipo de rei. E não quero ser esse tipo de pai. Não quero que todo mundo, incluindo minha família, tenha medo de mim o tempo todo. Especialmente minha família. Nunca vou querer que eles tenham medo de mim. E nunca vou querer que me odeiem do jeito que odeio meu pai.

É por isso que eu não devia ter feito o que fiz. Não devia ter dado um soco na cara do meu irmão, ainda que ele tenha me batido antes. E me chutado. E me mordido duas vezes, o que doeu de verdade. Mas ele é meu irmãozinho, e é meu trabalho tomar conta dele. Mesmo quando ele é super, super, superirritante.

É por isso que estou escrevendo isso aqui. Para que eu não esqueça jamais. E, como Richard diz que um bom homem sempre mantém suas promessas, eu prometo SEMPRE tomar conta de Jaxon, não importa o que aconteça.

Fico paralisada quando leio o nome de Jaxon no pé da página. Digo a mim mesma que é uma coincidência, que não é possível que a pessoa que escreveu este diário, que a pessoa que jurou sempre tomar conta de seu irmãozinho, é Hudson.

Só que há muitas coisas neste texto que me fazem pensar que é realmente ele. *Vampiro. Futuro rei. Irmão mais velho...*

Se este é o diário de Hudson, e não o de algum príncipe morto há muito tempo, eu deveria parar de ler. Deveria mesmo. Porém, mesmo enquanto digo para mim mesma que vou guardar o livro, viro para a próxima página. Só para ver se realmente é ele. Só para ver como as coisas podem ter mudado tanto a ponto de ele ter ido de jurar sempre proteger o irmão até tentar matá-lo.

Começo a ler o texto seguinte do diário, algo sobre aprender a talhar madeira para poder fazer um brinquedo para o irmãozinho, mas preciso parar depois de alguns poucos parágrafos.

Como esse menininho doce e sério se tornou o monstro que causou tantas mortes em Katmere?

Como a criança que jurou proteger o irmão para sempre se tornou um sociopata que se esforçou tanto para matar o mesmo irmão?

Não faz sentido.

Outras milhares de perguntas percorrem minha mente enquanto viro a página e continuo lendo... bem quando a porta do banheiro se abre e Hudson sai por ela.

Meu estômago dá um pulo quando os olhos dele me encontram, e se estreitam de imediato quando veem o tomo em minhas mãos. Assustada demais para esboçar qualquer movimento súbito, engulo em seco devagar. E espero que o lugar se transforme em um inferno.

Capítulo 15

A MELHOR DEFESA É MAIS DEFESA

— Hudson —

Bem, que merda. Certamente eu não esperava que *isso* fosse acontecer.

O que, olhando para trás, me torna tão desatento quanto fico acusando Grace de ser. É claro que ela encontraria meus diários enquanto eu estava no banho. E é claro que ela não veria nada de errado em lê-los depois de passar a manhã me vendo mexer em seu celular sem sua permissão.

Isso é o que chamo de provar do próprio veneno. Mas saber que o veneno é justificado não torna mais fácil lidar com suas consequências. Na verdade, acho que só dificulta tudo ainda mais, considerando que me deixa sem recurso. E sem qualquer argumento.

Merda, merda, merda.

Penso em ir até ela e arrancar a maldita coisa de suas mãos, mas isso só deixaria tudo pior. Sem mencionar que lhe daria mais poder do que ela já tem, e não tenho intenção de fazer isso. Não quando ela já me olha como se eu fosse algo que quer esmagar com o sapato.

Então não me resta nada a fazer além de fingir que está tudo bem. Mesmo quando o que desejo fazer, de fato, é colocar fogo na coleção inteira de diários. Foda-se o sentimentalismo que me fez guardá-los todos esses anos. As malditas coisas precisam desaparecer.

Só que não esta noite.

— Então, por qual volume você começou? — pergunto, enquanto atravesso o salão na direção dela.

Como de modo algum vou me sentar no sofá com ela neste momento, recosto um ombro na parede mais próxima, determinado a parecer que não dou a mínima. A respeito de tudo.

Quando ela não responde imediatamente, cruzo os braços e os tornozelos sinalizando que irei esperar o quanto for preciso. Afinal, a melhor defesa que existe é *mais* defesa.

É uma lição que aprendi graças ao meu velho e querido pai, embora ele tenha passado muitos anos tentando me ensinar exatamente o oposto. Sem mencionar a sua tentativa de me transformar no mesmo tipo de monstro que ele era.

Azar o dele que há muito tempo resolvi ser meu próprio tipo de monstro, e fodam-se as consequências.

Obviamente, até agora está tudo indo superbem.

— Não sabia que eram seus.

Considerando a expressão de culpa que ela tinha no segundo em que saí do banheiro, não vou comprar essa história.

— Talvez não quando pegou. Mas você não parou de ler quando descobriu, não é mesmo?

Ela não responde, só olha de novo para meu diário.

— Não que isso importe. Pode ler. Embora eu sugira que você pule os volumes do meio. Minha adolescência foi muito... — Faço uma pausa para causar efeito, e até balanço a cabeça um pouco, com ar triste, apenas para demonstrar quão pouco me importo de fato. — Emo.

— Só sua adolescência? — ela pergunta, sem perder a chance, com as sobrancelhas erguidas.

— *Touché.* — Inclino a cabeça em uma leve mesura. — Mas depois de um tempo eles melhoram. Realmente não acertei o ritmo até que li *Apologia de Sócrates*, de Platão. Pensamento rigoroso e reflexivo, à la Sócrates, e tudo mais.

— E eu pensando que você tinha aprendido tudo o que sabe com o Marquês de Sade.

Afasto o olhar e escondo o sorriso atrás da mão. Grace é rápida. Preciso admitir isso. Uma bela mala sem alça, mas realmente rápida. E bastante engraçada também.

— Tenho uma pergunta, no entanto — ela anuncia, e novamente contempla o diário diante de si.

Fico tenso, e meu corpo todo fica em alerta vermelho enquanto espero a pergunta da qual tenho certeza de que não vou gostar. Provavelmente algo sobre meu relacionamento com Jaxon, o que basicamente garante que não terei resposta. Tentei entender como eram as coisas entre meu irmão e eu durante a maior parte da minha vida, mas é como bater a cabeça em uma parede de tijolos.

Ou pelo menos era, até que ele decidiu que me matar era o único jeito de resolver nossas diferenças. Então basicamente decidi que ele podia ir se foder. Até pensei em matar o babaquinha quando tive chance. Não é como se ele tivesse algum escrúpulo em fazer o mesmo comigo.

No fim, no entanto, não consegui. Para dizer a verdade, nem tentei. Só pareceu ser melhor para todo mundo se eu desaparecesse por um tempo. Talvez até para sempre.

— Qual é sua pergunta? — pergunto, preparando-me para o pior.

Grace ergue o diário.

— Se está tão convencido de que sou eu quem está fazendo isso, que sou eu quem está nos mantendo neste lugar, como diabos eu estaria sentada aqui lendo o seu diário?

— É sério? Voltamos a isso? Essa é sua grande dúvida? — Não sei se estou aliviado ou insultado.

— É uma questão válida — ela responde. — Quer dizer, eu nem sabia que essas coisas existiam antes de pegar uma delas na estante. Como diabos eu poderia saber o que há nelas?

— Do mesmo jeito que sei que cookies de chocolate com gotas de chocolate são seus favoritos.

— Cookies de chocolate com gotas de chocolate não são os favoritos de todo mundo? — ela retruca.

— Como diabos vou saber disso? — indago, exasperado. — Sou um vampiro.

— Ah, certo. Bem, confie em mim. Cookies de chocolate com gotas de chocolate são os favoritos de todo mundo.

— Não de todo mundo — respondo. Porque, nesta situação, ela não é a única que pode ver mais do que qualquer um deveria ter acesso. Eu também posso. E é como sei o que falo a seguir: — Algumas pessoas gostam mais de cookies de aveia e passas. E outras pessoas realmente gostam dos esboços de Dalí e das colagens de John Morse.

Ela arregala os imensos olhos castanhos.

— Como sabe disso? — ela sussurra.

É uma pergunta complexa, cuja resposta pode fazê-la sair correndo lá para fora, no escuro que nunca parece desaparecer, se eu não tomar cuidado. Mas também é a distração perfeita daquele livro maldito em seu colo.

E é o jeito perfeito de convencê-la, de uma vez por todas, de que é realmente ela quem está nos mantendo aqui. Bem, ela e o dragão lá fora, mas esse é um problema para outra hora.

No momento, estou mais concentrado em descrever as coisas — só que não do jeito que as crianças fazem no jardim de infância.

Não, para essa lição temos de ir a um lugar inteiramente diferente. Só que... não de verdade.

Para não a assustar, estendo a mão devagar e pego o diário do colo dela.

— O que está fazendo?

Não respondo. Por que deveria, quando sua distração me proporciona a abertura pela qual eu estava procurando?

Então, em vez de responder, aproveito a oportunidade que ela me dá de atravessar suas defesas. E é assim que estendo a mão e agarro uma lembrança.

Capítulo 16

NENHUM VAMPIRO É UMA ILHA

— Grace —

Estamos na praia.

E não é qualquer praia. É Coronado Beach, em San Diego. Eu a reconheceria em qualquer lugar. Em parte porque é bem icônica, muito fácil de reconhecer com o telhado vermelho do Hotel del Coronado bem diante de mim, e em parte porque é o lugar para onde eu mais gostava de ir.

Eu costumava passar o tempo todo lá — às vezes sozinha, às vezes com Heather. Até mesmo antes de tirarmos a carteira de motorista e podermos atravessar a ponte sempre que quiséssemos, nós pegávamos a balsa e íamos até a pequena ilha na Baía de San Diego. Assim que deixávamos o barco, descíamos pela Orange Street até a praia, e parávamos ao longo do caminho para olhar as lojas e as galerias de arte que se enfileiravam no pequeno boulevard.

Quando ficávamos com fome, comprávamos sorvetes de casquinha na MooTime ou cookies na padaria da senhorita Velma, e caminhávamos pela praia. No verão, quando a água finalmente esquentava o suficiente, gostávamos de nadar. Nas outras estações, apenas entrávamos no mar até ficarmos com a água nos joelhos.

Coronado é basicamente meu lugar favorito na Terra, e várias das minhas melhores lembranças são nessa rua. A última vez que estive aqui foi uma semana antes da morte dos meus pais, e é estranho voltar agora, ainda mais acompanhada por Hudson, de todas as pessoas.

— Não entendo — sussurro, enquanto uma jovem mãe com um moletom amarelo-vivo empurra o carrinho de bebê bem diante de nós. — Como viemos parar aqui?

— Isso importa? — ele responde, erguendo os olhos para o céu.

Entendo o que quer dizer. Ainda que estejamos presos naquele salão apenas por um dia, de algum modo parece muito mais tempo.

Parece uma eternidade desde que caminhei sob o céu azul brilhante, contando as nuvens fofas enquanto o calor do sol me atinge.

Uma eternidade desde que senti o vento passar por mim, flertando com as bainhas das minhas roupas e bagunçando meus cachos.

Uma eternidade desde que respirei o ar salgado do mar, ouvindo a quebra incessante das ondas na praia.

Eu sentia falta disso — sentia falta de casa —, mais do que jamais imaginei ser possível.

— Acho que não — respondo, enquanto paro para apreciar a vitrine da minha galeria favorita.

Solto um suspiro de alívio quando percebo que nada mudou. A pintura *Alice no país das Maravilhas*, de Adam Scott Rote, ainda está pendurada na vitrine, com uma linda Alice adulta nos encarando enquanto a Rainha Vermelha se assoma por detrás dela.

— Eu me apaixonei por essa pintura quando tinha catorze anos — conto para Hudson. — Minha mãe me deixou faltar à aula para meio que pudéssemos comemorar meu aniversário, e me trouxe aqui para Coronado, para passearmos. Ela me disse que podíamos fazer qualquer coisa que eu quisesse durante o dia todo, e acontece que a coisa que eu mais queria fazer era explorar esta galeria e admirar todos aqueles artistas incríveis nas paredes.

— É onde a colagem de John Morse está também, não é? — Hudson pergunta enquanto entramos.

— É, sim — confirmo. — Mas ela fica do outro lado da galeria. Pelo menos, era onde costumava ficar. — Passo por uma exposição de outros trabalhos de Rote e sigo até o pequeno enclave onde costumava passar tanto do meu tempo. Hudson não hesita em me acompanhar.

E sim!

— Continua aqui — murmuro, quase não resistindo à vontade de encostar os dedos no vidro frio de proteção que se sobrepõe à colagem mais impressionante retratando Einstein que eu jamais poderia imaginar.

O rosto dele tem um milhão de cores, e seu cabelo despenteado é feito de tiras de todos os tipos de embalagens de produtos como Hot Tamales, Lunchables, Cheez-Its e papel-manteiga.

— Nunca vi nada parecido — Hudson comenta, de algum lugar atrás de mim.

— Nem eu. — Fecho minhas mãos em punhos, só para ter certeza de que não vou tocá-la. — Estou tão feliz que ainda esteja aqui.

— Eu também. — Ele sorri para mim, e é mais suave e doce do que eu teria esperado.

Mais uma vez, alguma coisa inquietante cutuca o fundo da minha mente, mas é fácil ignorar quando estou cercada por tanta beleza.

Passamos um bom tempo andando pela galeria. Hudson faz comentários concisos sobre a arte da qual ele não gosta enquanto teço os elogios mais prolixos sobre as peças que amo. Eventualmente, no entanto, já vimos tudo o que há para ver e voltamos para a rua.

— Está com fome? — pergunto, quando o aroma de cookies recém-saídos do forno toma o ar. — A padaria da senhorita Velma fica logo ali.

— É ela quem faz os cookies de aveia com passas, não é? — Hudson pergunta.

— É, sim — respondo, enquanto o encaro com curiosidade. — Como sabe a respeito desses cookies?

— Isso importa? — Hudson dá de ombros. — Achei que o objetivo era comer os cookies, não falar sobre eles.

— Ah, acredite em mim, podemos fazer as duas coisas.

Corro os trinta metros que nos separam do estabelecimento da senhorita Velma, com Hudson em meu encalço. Uma sineta toca quando abrimos a porta, e a senhorita Velma ergue os olhos de onde estava arrumando uma fornada recém-saída de cookies na vitrine e acena para nós.

Ela é uma mulher negra e alta, com um rosto estreito cercado pelo cabelo cacheado e grisalho mais bonito que já vi. Por um segundo, o alívio toma conta de mim por ela ainda estar ali. Ela já é idosa e tem aparência frágil, com os ombros meio encurvados e os dedos retorcidos pelo tempo. Mas seu sorriso ilumina a loja toda, da mesma maneira de sempre.

— Grace! — ela exclama e, por um momento, soa e parece uma garotinha enquanto pula na ponta dos pés e vem na minha direção. — Minha menina! Eu não tinha certeza se veria você outra vez.

— Você devia saber que alguns milhares de quilômetros jamais me afastariam de seus cookies, senhorita Velma — garanto-lhe.

— Você está certa. Eu devia saber — ela responde, com uma gargalhada, enquanto observa Hudson com curiosidade. — Quem é seu amigo?

— Senhorita Velma, este é Hudson. Hudson, esta é a senhorita Velma.

— Que faz o melhor cookie de San Diego — ele diz para a mulher, com um sorriso suave.

— Que faz o melhor cookie no país inteiro — eu o corrijo, e a senhorita Velma cai na risada.

Então ela pega uma caixinha atrás do balcão e começa e encher com cookies de chocolate com gotas de chocolate antes mesmo que eu diga uma palavra.

— Queremos alguns de aveia com passas também — Hudson sugere, e a senhorita Velma abre um sorriso de orelha a orelha para ele.

— Excelente escolha. São os meu favoritos! Minha cliente favorita, Lily, sempre os pedia também. Infelizmente, são os que eu menos vendo, então não os faço há semanas — ela conta, ao fechar a tampa da caixa. — Todo mundo quer o de gotas de chocolate, de açúcar e canela ou os de chocolate com gotas de chocolate. Nada que finja ser um pouquinho saudável, mesmo que não seja. Mas algo me disse para preparar uma fornada hoje de manhã, e estou feliz por tê-lo feito.

— Eu também — Hudson lhe garante fervorosamente. — Nunca experimentei, e não posso esperar para prová-lo.

Algo incomoda o canto da minha mente, uma sensação de que alguma coisa não está certa. Mas, antes que eu possa descobrir o que está me incomodando, a senhorita Velma pega a mão de Hudson e a aperta.

— Quando comer o cookie, espero que sinta todo o amor que coloquei nele.

Hudson não se manifesta por um instante, apenas observa a mão velha e cheia de artrite segurando sua mão mais jovem e mais forte. Quando o silêncio se estende um pouco além da conta, ele limpa a garganta e sussurra:

— Obrigado.

— Não tem de quê, meu querido rapaz. — Ela aperta a mão dele antes de soltá-la com relutância. — Agora, deem o fora daqui e vão aproveitar a praia. Deve chover mais tarde, então precisam aproveitar o tempo bom enquanto têm chance.

— Chuva? — pergunto, mas a senhorita Velma já voltou para os fundos da loja.

— Vamos? — Hudson convida, abrindo a porta e dando um passo para o lado para que eu passe primeiro, deixando-me pouca escolha além de pegar a caixa de cookies e sair da padaria.

Quando o faço, miro o céu e vejo que a senhorita Velma está certa. Neste curto período em que estivemos na padaria, o céu passou de azul brilhante para cinza sinistro. O sol desapareceu e o mundo ao redor agora parece sombrio e escuro, algo que San Diego nunca foi para mim.

Não gosto daquilo. Nem um pouco. E, quando Hudson se junta a mim na rua, não posso evitar ponderar se é um presságio.

E, se for, exatamente sobre o que está me avisando?

Capítulo 17

E É ASSIM QUE MEUS COOKIES SE DESFAZEM

— Grace —

O vento fica mais forte conforme nos aproximamos da praia. O oceano está bem diante de nós e posso vislumbrar as ondas se erguendo, posso ouvi-las se quebrar com mais força e mais rapidez a cada segundo que passa.

Meu estômago se aperta um pouco enquanto meus nervos se retorcem dentro de mim, mas tento ignorar a sensação desesperadora. É quando Hudson pergunta:

— O que aconteceu com Lily?

Suspiro.

— Ela morreu de câncer há dezoito meses. Tinha nove anos, e os cookies de aveia e passas da senhorita Velma eram a coisa de que ela mais gostava no mundo. Quando chegou perto da morte, ela só conseguia comer isso.

Hudson trava a mandíbula enquanto contempla o mar.

— Não sei dizer se isso é incrível ou horrível.

— Pois é. — Dou uma risadinha fraca. — Nem eu. Prefiro ficar com incrível, porque ela era uma garotinha muito maravilhosa. Sempre feliz, não importava quão doente a quimioterapia a deixava ou quanta dor sentia.

— Você a conhecia? — Ele parece surpreso.

— Só porque a mãe dela costumava levá-la com frequência à padaria. Sentavam-se a uma mesa de canto e Lily ficava pintando seus livros de colorir, enquanto a senhorita Velma preparava um lote de cookies de aveia e passas especialmente para ela. — Não posso deixar de sorrir enquanto me lembro do cuidado com que ela pintava os desenhos.

Quando eu crescer, Grace, serei uma artista como aqueles que têm pinturas na galeria do sr. Rodney.

Não tenho dúvidas, Lily. Você desenha as flores mais incríveis que já vi.

Porque sou uma flor. A flor mais bonita. É o que minha mãe me diz.

Sua mãe está absolutamente certa.

O trecho de uma das nossas últimas conversas surge em minha mente, e engulo em seco. Hudson não pergunta em que estou pensando, mas acho que é bastante óbvio. Em especial, considerando que ele passa a caixa de cookies para a mão que está mais distante de mim enquanto começa a caminhar um pouco mais rápido em direção à praia.

— Ei! Precisamos comer um cookie antes de chegar na água — digo-lhe ao obrigar minhas pernas curtas a se moverem mais rápido. — É a tradição.

— Achei que talvez você não quisesse comer depois dessa história — ele responde. Ele deve perceber meu esforço em acompanhá-lo, porque diminui o passo novamente.

— Você não está errado — afirmo. — Mas precisamos.

Ele ergue uma das sobrancelhas.

— Tradição é tradição?

— É o que estou dizendo. — Abro-lhe um sorriso.

Ele parece querer discutir, mas, no fim, limita-se a concordar com um gesto de cabeça antes de abrir a caixa de cookies com relutância.

Pego os cookies de aveia que estão em cima, entrego um para ele e digo:
— Para Lily.

— Para Lily — ele ecoa, antes de darmos uma mordida.

O gosto familiar atinge minha língua, e as lágrimas ardem no fundo dos meus olhos. Nunca fui muito fã de cookies de aveia e passas, e esses não são diferentes, mesmo assim, como um sempre que venho até aqui. Por Lily. Por minha mãe também, que adorava cookies de aveia. Por meu pai, que os odiava, mas os comia mesmo assim, porque sabia que minha mãe não os prepararia só para si.

Sinto tanta falta deles. É estranho, de verdade. Há dias em que acordo e não parece tão terrível. Mas, de algum modo, esses dias são piores do que aqueles que começam realmente mal. Porque, nesses dias, simplesmente vou em frente, faço o que tenho que fazer e então alguma coisa dispara uma lembrança do nada, e não estou preparada para isso.

E me sinto arrasada novamente. É como me sinto agora, como se eu tivesse de atravessar todo o meu luto novamente.

— Ei. Você está bem? — Hudson pergunta e estende a mão na minha direção, como se quisesse me consolar. Ou me abraçar.

Afasto-me instintivamente. Lembro a mim mesma de que o fato de ele estar sendo gentil neste momento não quer dizer que ele não é um sociopata. Um assassino. Um monstro.

— Estou bem — asseguro-lhe, engolindo os resquícios da dor, porque não posso lidar com o fato de ser vulnerável. Não neste momento, e não diante dele. — Vamos comer nossos cookies.

Para enfatizar que estou falando sério, dou uma grande mordida no cookie de aveia. Então mastigo com entusiasmo, fingindo que ele não acabou de se transformar em serragem na minha boca.

Hudson não se pronuncia, apenas me observa com uma expressão séria enquanto também dá uma mordida no cookie.

Ele mastiga por alguns segundos, e então todo o seu rosto se ilumina.

— Ei! Isso é realmente bom.

— Você deveria experimentar o de chocolate com gotas de chocolate — sugiro, depois que consigo engolir o cookie que mastiguei pelo que pareceu uma eternidade.

— Eu vou — Hudson garante, ao tirar da caixa um dos meus cookies favoritos da padaria da senhorita Velma. Dá uma mordida entusiasmada e arregala os olhos para o que sei, por experiência, ser a proporção perfeita de massa de cookie e gotas de chocolate em sua língua.

— Isso é...

— Incrível — respondo no lugar dele. — Delicioso. A perfeição.

— Tudo isso — ele concorda. — E mais.

Hudson me dá um sorriso antes de desferir outra mordida no cookie e, quando o vento sopra, desfazendo seu pompadour perfeito pela primeira vez, ele parece diferente do que costuma ser. Mais jovem. Mais feliz. Mais vulnerável.

Talvez seja isso que faz tudo dentro de mim congelar enquanto as perguntas dançam nas bordas da minha mente.

— Espere um minuto — murmuro, quando as coisas que aprendi na Academia Katmere começam a se infiltrar entre todas as emoções que rodopiam dentro de mim porque estou em *casa*. — Como você consegue comer esse cookie? — pergunto. — Jaxon comeu um morango na minha frente uma vez, e disse que aquilo o deixou completamente mal. Como você consegue ficar parado aí, comendo dois cookies imensos como se não fossem nada?

Ele não responde. Em vez disso, olha para mim enquanto a felicidade é drenada de sua expressão, só para ser substituída por uma cautela que não entendo.

Até que, de repente, a ficha cai.

— Nada disso é real, é? — sussurro, enquanto o horror toma conta de mim. — É só outro truque? Só outro meio para você...

— Não é um truque — Hudson me interrompe, e sua voz soa estranha, quase como se implorasse. E talvez eu devesse me concentrar nisso, se a padaria da senhorita Velma não estivesse falhando, como se fosse uma conexão de Wi-Fi ruim, bem atrás dele.

Por um momento, o rugido do oceano fica mais alto em meus ouvidos, tão alto que parece que as ondas vão quebrar sobre nós a qualquer instante.

Todavia, quando me preparo para ficar encharcada, o rugido desaparece por completo.

Assim como o cookie em minha mão.

Assim como a senhorita Velma.

Assim como tudo e todos, exceto Hudson e eu.

Pior ainda, voltamos à escuridão. Pelo menos até que Hudson aciona um interruptor, e as luzes se acendem.

Mesmo antes que meus olhos se ajustem, sei onde estamos. E finalmente sei o que aconteceu.

— Foi tudo uma lembrança, não foi? — questiono. Sequer é uma acusação a essa altura, só a declaração de um fato. — De algum modo, você entrou na minha mente e roubou uma lembrança.

— Não entrei simplesmente em sua mente, Grace. E não roubei nada. Você me deu.

As palavras dele me atingem como um fósforo atinge a gasolina, e o fogo percorre minha pele, escorre pelo meu corpo, me preenche até que tudo o que consigo ver e sentir é uma raiva ardente.

— Eu nunca faria isso! — cuspo as palavras para ele. — Eu jamais lhe daria algo tão precioso para mim como isso.

— Ah, é? — Agora os olhos dele estão tão apertados que são apenas duas fendas. — E por que isso exatamente? Porque não sou digno?

— Porque você é meu... — Paro de falar antes de pronunciar a palavra "inimigo". Não porque não seja verdade, não porque ele não seja exatamente isso, ainda que eu tenha me esquecido por um minuto ou dois. Mas porque a palavra em si parece tão antiquada e melodramática, enquanto todas as emoções que tomam conta do meu corpo não são nenhuma dessas coisas.

Contudo, parece que não preciso realmente verbalizar a palavra para que ele saiba em que estou pensando. Está escrito por todo o rosto dele, mesmo antes que diga:

— Não sou seu inimigo. Achei que já tivesse entendido que estamos juntos.

— Sério? Juntos? É por isso que você acha que está tudo bem mexer no meu telefone e roubar da minha mente uma lembrança profunda e pessoal? Porque estamos nessa juntos?

— Não foi da sua mente — ele reitera.

— Não tenho ideia do que isso significa.

— Tem certeza? — Hudson ergue uma sobrancelha, enquanto apoia o ombro na parede e cruza os braços. — Porque tenho quase certeza de que sabe.

— Que absurdo! — vocifero. — Como eu poderia... — Porém, mais uma vez, paro de falar quando as peças espalhadas dentro de mim se encaixam lentamente do único modo que fazem sentido.

O horror toma conta de mim.

— Você consegue ver minhas lembranças porque nada disso é real. Você pode enxergar dentro da minha mente porque nada disso — aceno com o braço para mostrar todo o salão — existe de verdade.

No entanto, Hudson nega com a cabeça.

— É real, Grace. Só não o tipo de real com que você está acostumada.

Mas estou muito enfiada na toca do coelho para me concentrar em qualquer coisa que ele esteja me dizendo. Distante demais no meu pesadelo pessoal para me concentrar em qualquer coisa além da verdade que brilha como um farol em meu interior.

Sei que Hudson me falou isso antes, várias vezes, mas não acreditei nele. Por que acreditaria? Porém, agora não posso deixar de notar a verdade que está bem na minha frente. E ela me assusta de um jeito que não consigo nem explicar.

Mas me esconder disso não vai resolver o problema, assim como não vai tirar Hudson e a mim desta confusão que criei. Mas talvez falar sobre isso, sim.

Trabalhe no problema, meu professor de álgebra do segundo ano costumava dizer. *Olhe para a informação que você tem e deixe-a guiá-la até a solução.*

— Posso ler seus diários porque, de algum modo, você estava certo e está preso dentro da minha cabeça. — É a coisa mais difícil que já falei, e faz com que tudo dentro de mim trema. — Posso ler seus diários, mas não sua mente. Mas você sabe em que estou pensando e consegue ver minhas lembranças.

Observo novamente ao redor do salão no qual estamos presos, um espaço que claramente é mais dele do que meu.

— Você criou este espaço, mas eu consigo controlá-lo, o que quer dizer...

Hudson, entretanto, não faz nada além de ficar me olhando. Ergue as sobrancelhas. E espera que eu fale.

E espera.

E espera.

E espera.

O silêncio se estende entre nós, mas, pela primeira vez, não me sinto na obrigação de interrompê-lo. Não quando minha mente ainda está acelerando com as implicações do que enfim comecei a aceitar.

Então espero até que Hudson suspire, parecendo um professor que tenta obter a resposta certa de um aluno resistente.

— E? — ele me incentiva a continuar.

Nunca me considerei uma garota malcriada, mas talvez neste momento — neste assunto — seja exatamente o que tenho sido. Penso novamente na página do diário que li hoje, no garotinho tão determinado a agir bem com o irmão, com seu tutor, com seu povo.

Não sei onde as coisas deram errado. Não sei como ou quando aquele garotinho sério se transformou em um cara que pode fazer as pessoas matarem umas às outras apenas com um sussurro.

Contudo sei que, em algum lugar bem no fundo deste Hudson, aquele garotinho ainda existe. Tive um vislumbre dele só por um instante noite passada, quando tentava cuidar de suas costas. E o vi novamente hoje, parado do lado de fora da padaria da senhorita Velma, comendo um cookie de aveia e passas que, para todos os efeitos, devia tê-lo deixado doente.

Se ele estava ali naqueles momentos, provavelmente está ali em outros momentos também. Assim como agora, me observando com aqueles olhos azuis, tão azuis, enquanto espera que eu entenda. Espera que eu dê um salto gigante de fé.

Ainda que um salto esteja fora de questão — este é Hudson Vega, afinal de contas —, decido que talvez, apenas talvez, eu possa dar um pulinho.

É o único motivo pelo qual respiro fundo e solto o ar com lentidão.

O único motivo pelo qual abro minhas mãos e relaxo minhas costas.

O único motivo pelo qual chego ao mais profundo de mim e verbalizo a única coisa que jamais pensei que falaria. A única coisa da qual tenho medo mais do que qualquer outra coisa.

— Realmente quero sair daqui. E o único modo que vejo isso acontecendo é se trabalharmos juntos.

O sorriso de Hudson se acende por um instante, transformando todo o seu rosto.

— Achei que nunca fosse pedir.

Capítulo 18

TENTANDO AJEITAR O COVIL

— Hudson —

Grace parece prestes a vomitar.

Não que eu a culpe. Uma mordida naquele cookie de aveia e passas, e também estou me sentindo bem mal. O fato de o cookie não ser real — e de que não comi nada de verdade — não parece importar para meu estômago enjoado.

— Tenho uma pergunta para você — Grace anuncia depois de vários segundos constrangedores. — Você sabia quase de imediato que estávamos presos em minha mente.

— Essa é a pergunta? — questiono, com um sorriso torto. Não porque não entendo aonde ela quer chegar, mas porque é divertido irritá-la. Ela fica toda certinha e ditatorial quando o faço, e é realmente fofa quando banca a certinha e ditatorial.

Não que eu devesse me importar com isso, já que ela é a consorte do meu irmão, mas, por algum motivo, me importa. Além disso, passei os últimos cem anos da minha existência vivendo de acordo com as expectativas das pessoas com relação a mim.

Não vejo por que deveria parar agora.

Grace revira os olhos, mas não pula na minha garganta. *Será um progresso?*, eu me pergunto. Ou ela está só ganhando tempo porque precisa de algo de mim?

O cínico em mim imagina que seja a segunda opção, mas... veremos.

— Você sabia de imediato que estávamos presos na minha mente — ela continua.

Ergo uma sobrancelha.

— Continua não sendo uma pergunta.

— Ok, tudo bem. Eis a pergunta: como você sabia?

É uma boa pergunta, e uma que estava esperando que fizesse desde que descobri. Mas só porque estava esperando, não quer dizer que tenho uma resposta para ela, porque não tenho.

Eu simplesmente sabia.

No entanto, isso não vai nos ajudar a sair daqui, então escavo um pouco mais fundo. Tento descobrir qual foi a pista que segui. Mas o melhor que consigo é:

— Só não parecia real.

— O que não parecia real? — Agora ela parece confusa, além de enjoada.

Gesticulo para o salão ao nosso redor.

— Tudo isso. Parecia um pouco diferente.

— Não entendo. Parece bem real para mim. — Grace olha na direção da única janela restante no aposento. — Em especial aquele dragão.

— Ah, o dragão é real — garanto. — Assim como tudo mais que está além daquelas paredes.

— Ok, estou ainda mais confusa do que quando começamos esta conversa. De que modo o dragão e tudo mais que está lá fora pode ser real, e tudo o que está aqui dentro ser falso? — Ela joga as mãos para o alto, exasperada. — Nunca vi este lugar antes, então, se o estou imaginando, como pode parecer diferente?

— Porque este é o meu covil — explico-lhe, e me divirto ao ver seus olhos se arregalarem.

— Seu covil? — sussurra, olhando ao redor para tudo o que há aqui. Em especial, para a área de treino de arremesso de machado no meio do salão. — É sério?

— Até os livros nas prateleiras. Exceto a cozinha e as janelas, tudo aqui é exatamente como meu covil. Só que não é.

— O que diabos isso quer dizer? — Ela começa a andar de um lado para o outro. Se é de nervoso ou porque quer ficar longe de mim, não sei determinar.

De todo modo, não tento acompanhá-la. A última coisa que desejo é deixá-la nervosa agora que enfim estamos conversando. Quanto mais nervosa ela estiver, mais tempo vai nos manter presos aqui, e já estive preso tempo o suficiente, muito obrigado.

A porra da minha vida toda é mais do que suficiente.

Então, em vez de acompanhá-la, eu me acomodo em meu sofá bem confortável, e a deixo andar. Grace pensa ser humana — quanto tempo será que vai demorar para ela se acalmar?

— E então? — ela me questiona, quando não me apresso em responder sua pergunta.

— Não sei o que quer que eu diga. Estar aqui é como estar no meu covil, mas com pequenas mudanças. — Aceno com a cabeça para a área em que fica o quarto. — Tipo, o quarto costuma ficar do outro lado do salão. E que vampiro que se preze teria janelas em seu covil? Ou precisaria de uma cozinha cheia de biscoitos de cereja? — Dou de ombros. — Além disso, estão faltando algumas obras de artes nas paredes.

Ela perscruta ao redor do salão, com as sobrancelhas erguidas.

— Não parece haver espaço faltando para uma pintura.

Dou de ombros novamente.

— Você parece ter acrescentado mais estantes ou prateleiras. Eu simplesmente presumi que você não conseguiria criar tudo exatamente como é.

Ela balança a cabeça.

— Então por que não imaginar que há uma terceira parte que nos mantém presos aqui? Por que concluir que sou eu que estou fazendo tudo isto?

Por fim, uma pergunta que é fácil de responder.

— Porque consigo ler cada um de seus pensamentos e lembranças, Grace, mas você não consegue ler os meus.

Grace para, estreita os olhos e penso que vai se sentar. Mas, não, ela recomeça a caminhar de um lado para o outro, fazendo uma careta, como se o pequeno ato de ficar parada por mais de dez segundos lhe fosse de fato doloroso.

— Então, se este é seu covil, como eu sabia um modo de nos trazer até aqui? Nunca estive aqui antes. — Ela sequer tenta disfarçar sua desconfiança.

Bem, desta vez foi rápido. A semiamizade dos últimos minutos já era, e em seu lugar reside a mesma desconfiança com a qual Grace me encara desde que acabamos aqui juntos. Eu diria que é um recorde, mas não é exatamente verdade. Ela durou pelo menos trinta segundos a mais do que Jaxon.

Deve ser coisa de consortes — odiar todas as mesmas pessoas, mesmo se você não tem motivo para isso. Só uma versão mais distorcida de lealdade, se me perguntarem.

Não que alguém já tenha me perguntado.

Mas Grace está obviamente canalizando seu Jaxon interior, porque, dessa vez, quando ela para, a velha beligerância retorna.

— Como eu poderia saber como é seu covil? — ela reitera a pergunta. — Se estamos mesmo presos na *minha* mente, por que ela parece ser o *seu* quarto?

É uma pergunta válida, uma na qual também estive pensando. Mas não do jeito que ela perguntou. Não, aquilo foi definitivamente uma acusação, e já estou farto delas.

É por isso que faço questão de que minha voz pingue sarcasmo quando respondo:

— É uma ótima questão. Quando descobrirmos como entrar em contato com seu subconsciente, você pode perguntar.

Duas pessoas podem participar desse jogo de indelicadeza cordial. Quando se vive na Corte Vampírica, aprende-se isso bem cedo.

— Só estou dizendo que não faz sentido.

— E a culpa é minha? — pergunto, e em um piscar de olhos a irritação se transforma em raiva. — Eu estava cuidando da minha vida, felizmente sem saber de *nada*, quando, de repente, tudo se transformou em um verdadeiro inferno. Em um segundo, minha ex-namorada está explodindo em um altar, e no segundo seguinte estou de volta ao momento em que o panaca do meu irmão tenta me matar de novo, só que, dessa vez, uma garota entra no meio da briga. Antes que eu sequer perceba o que está acontecendo, paro de ensinar uma lição ao babaca, e aquela mesma garota, que aparentemente é a consorte do meu irmão, me sequestra e me tranca em alguma espécie de cópia do *meu* covil, tudo isso enquanto me trata como se eu fosse a pessoa com problemas. Desculpe-me se ainda não tenho todas as malditas respostas.

Sem me incomodar em esperar para ver a resposta de Grace para tudo o que acabo de lhe contar, saio batendo os pés até a cozinha e pego uma garrafa de água da geladeira. Bebo tudo com alguns goles longos, e jogo a garrafa em uma lata cujo rótulo indica ser o recipiente para lixo reciclável.

Porque é claro que essa garota tem uma lata de lixo reciclável em qualquer que seja o sonho febril e estranho no qual nos prendeu. Podemos muito bem matar um ao outro, ou sermos devorados por um dragão gigante e feioso, mas pelo menos teremos reciclado de mentirinha nossas garrafas de plástico.

Faz todo o sentido para mim.

— Você está certo — ela concorda.

— O que disse? — Minha resposta é o mais perto que chego de um grito. Porque aquelas são as últimas palavras que espero ouvir daqueles lábios cheios.

Não que eu esteja prestando qualquer atenção aos lábios dela. Mas o sentimento permanece.

— Eu disse que você está certo. — Ela faz questão de destacar cada sílaba, porque essa garota aceita críticas tanto quanto sabe criticar. Talvez aceite até melhor.

Isso faz com que eu pondere como ela pode ser consorte de um cara como meu irmão, que definitivamente não é o tipo que aprecia isso. Assim que começo a supor isso, não consigo me impedir de mergulhar bem fundo na mente dela e dar uma espiada no elo existente entre os dois.

É um ato canalha?

Absolutamente.

Faço isso mesmo assim?

Com toda certeza.

Vamos apenas atribuir isso ao fato de viver de acordo com as expectativas mais uma vez. Já falei que sou bom nisso.

Só que... alguma coisa não está certa. Quando mergulho fundo para dar uma espiada no elo entre consortes, não encontro um único cordão, encontro dezenas, em todas as cores do arco-íris.

Nunca vi nem ouvi falar de nada do tipo. Sei que Grace está convencida de que é completamente humana, todavia, para mim, isso é só mais uma prova de que ela é qualquer coisa, menos isso.

Só para ter certeza de que estou no lugar correto, estendo a mão e passo um dedo por todos os cordões de cores diferentes. O ruim é que, no instante em que faço isso, percebo que cometi um erro tático imenso. Um que vai doer como o inferno.

Capítulo 19

COLOQUE UM CORDÃO NISSO

— Hudson —

Puxo minha mão para longe dos cordões o mais rápido possível, mas é tarde demais para fazê-lo. De imediato sou invadido por um ciclone de emoções tão poderoso que tudo o que consigo fazer é manter a boca fechada e permanecer em pé.

Alegria, tristeza, orgulho, solidão, confusão, desespero, amor, medo, excitação, ansiedade — tanta ansiedade que sinto meu próprio coração acelerar. Tento recuar, mas estou preso no turbilhão de tantas emoções que chegam até mim com tamanha agilidade que não consigo separá-las o suficiente para as rotular.

Não é de estranhar que Grace esteja tão assustada o tempo todo. Nenhuma pessoa pode sentir todas aquelas coisas simultaneamente e ficar bem. E com certeza não por *todas* aquelas pessoas. É inimaginável.

E terrível.

Definitivamente, esse é meu castigo por enfiar o nariz onde não sou chamado. Em particular já que é impossível encontrar o elo entre consortes em toda essa cacofonia.

Eu poderia abrir caminho entre os cordões — e por todas as emoções subsequentes que viria com eles —, mas isso machucaria Grace, o que é a última coisa que desejo fazer. Apesar do que ela e todo mundo parece pensar de mim, não tenho o hábito de machucar ninguém de maneira deliberada. E sem sombra de dúvida não tenho o hábito de machucar uma garota indefesa só porque cometi um erro.

Então, em vez de abrir caminho à força, mantenho-me o mais estável que posso e espero que a bagunça que causei se acomode.

Só leva alguns segundos, mas, com todas as emoções me acertando, é como se fosse uma eternidade. Assim que as coisas se acomodam e o furacão retrocede, por fim consigo dar mais uma analisada nos cordões.

Dessa vez, quando me inclino sobre eles, tomo todo o cuidado para não encostar em nenhum. Sem chance que vou passar por toda aquela confusão de novo.

Mas é tentador. Se cada um desses cordões leva a uma conexão, a uma pessoa diferente, então estou fascinado. Afinal, como uma garota órfã de San Diego já tem tantos relacionamentos no meu mundo? E como uma garota como essa, que de algum modo consegue se conectar com tantas pessoas, acaba sendo consorte do meu irmãozinho, que é todo "gosto de ficar sozinho"?

Não parece exatamente um elo entre consortes feito no paraíso paranormal.

É por isso que não resisto a observar mais de perto, ainda que possa ouvir Grace falando comigo ao fundo. Algo sobre *você quer pegar ou largar*.

Não tenho ideia do que ela está falando, e não dou a mínima. Porque, quando me inclino mais para perto a fim de dar uma olhada melhor — sem encostar — naqueles malditos cordões, percebo três coisas.

A primeira é que o cordão preto com estranhas faixas verdes, que estou cada vez mais convencido de ser o elo entre consortes com Jaxon, não parece tão brilhante quanto os demais. Na verdade, é quase translúcido, algo que definitivamente não deveria ser. Pelo menos não se alguma coisa que me ensinaram sobre esta merda — coisas que aprendi com meu tutor e com a escola — está certa.

Segunda: há um cordão verde no meio de todos os outros cordões, e ele reluz um pouco quando me aproximo. Afasto-me lentamente e o cordão parece se acalmar. Não tenho ideia da coisa a que esse cordão está conectado, mas algo me sugere que não é algo com o qual devamos mexer agora. Se é que devemos mexer nisso algum dia.

E, por fim, há outro cordão do qual não consigo afastar o olhar nesse emaranhado de conexões. É um azul brilhante e elétrico, e é fino como uma teia de aranha, mas definitivamente está ali. E brilha, ainda que bem de leve.

De algum modo sei, antes mesmo de estender um dedo para tocá-lo, que aquele cordão se conecta comigo.

Capítulo 20

MUITA ELETRICIDADE, NADA DE CORAÇÃO

— Hudson —

Quando a percepção se forma, eu me afasto com tanta rapidez que quase caio de costas.

— Ei! — Grace estende a mão, mas recuo ainda mais antes que ela possa me tocar. — Você está bem?

Eu a encaro por longos instantes, tão preso no que acabo de ver que preciso de alguns segundos para assimilar as palavras dela.

Quando isso acontece, murmuro:

— Estou bem. — E dou mais um passo para trás. Quando o faço, alguma coisa brilha nos olhos dela, mas meu coração está acelerado, o sangue lateja em meus ouvidos e *não tenho tempo* para descobrir o que acontece com ela.

Estou ocupado demais tentando descobrir o que diabos está acontecendo comigo. Conosco.

Não que exista um *nós*, asseguro a mim mesmo. E não há nada com o que surtar aqui. Definitivamente, nenhum motivo para ter todas aquelas emoções bizarras e não identificáveis tomando conta de mim. Apenas presenciei uma prova incontestável de que essa garota faz conexões com todos e com tudo. Só porque uma aparentemente se formou entre nós, isso não quer dizer nada.

Não quer dizer que seremos amigos ou algo do tipo. E tampouco quer dizer que vamos ficar presos por muito tempo aqui. Só quer dizer que neste exato momento, neste mesmo espaço, há algum tipo de *conexão* entre nós.

Isso faz sentido, agora que reflito sobre o assunto. Afinal, *estou* preso na cabeça de Grace. Seria estranho se não estivéssemos ligados de algum modo. E, a julgar pela pouca espessura do cordão, ele provavelmente vai se romper no instante em que descobrirmos como dar o fora daqui.

O alívio toma conta de mim com essa conclusão, acalma as batidas demasiadamente aceleradas do meu coração e a confusão caótica dos meus pensamentos.

Bem a tempo, na verdade, porque, a julgar pela expressão no rosto de Grace, ela está prestes a se encher do meu surto. Sem ofensa, mas ela é bem-vinda ao clube.

— É sério, Hudson? — ela pergunta, afastando os cachos rebeldes do rosto, de um jeito que está se tornando rapidamente familiar para mim. Um jeito que significa que está se preparando para a batalha. Contra mim, é claro, já que esse parece ser seu passatempo favorito. — Por acaso está ouvindo alguma coisa do que estou falando?

— Sim, é claro que estou — respondo, enquanto tento repassar os últimos minutos em minha mente.

— Ah, é? O que foi que eu disse, então? — Grace cruza os braços diante do peito e estreita aqueles grandes olhos cor de chocolate na minha direção, à espera uma resposta.

Por que diabos estou notando a cor dos olhos dela? E o que essa garota faz com o cabelo? Nenhuma dessas coisas me interessa nem um pouco, então por que de repente estou pensando nelas?

Não estou, asseguro a mim mesmo enquanto meu coração começa a enlouquecer de novo. Estou só surtando com o que vi. Vou ficar bem.

Está tudo bem. Completamente bem.

Ou ficará, assim que eu me afastar dela por um tempo. O que é, vamos admitir, difícil, considerando que estamos presos juntos. Mas estou prestes a tentar, porque seja lá o que estiver acontecendo em minha mente neste instante precisa parar agora mesmo.

— Hudson! — Ela soa ainda mais exasperada.

Mas, meu Deus, ela pode esperar na fila. Porque exasperação nem sequer chega perto do que estou sentindo no momento.

— O que foi? — retruco.

Eu não achava que fosse possível, mas ela estreita ainda mais os olhos. E suas bochechas ficam brilhantes, quase rosadas. Não. Não quase rosadas. Só um tom rosa normal e simples.

Que diabos? Passo uma mão pelo cabelo e quase não resisto à vontade de arrancá-lo. Que porra está acontecendo aqui?

— Ah, meu Deus! Em que diabos você está pensando? Você não escutou uma palavra do que eu disse.

— É claro que ouvi. Você está certa, eu estou errado. Pegar ou largar. Por que você não está me escutando? Blá-blá-blá.

— Blá-blá-blá? — Grace ergue tanto as sobrancelhas, e com tanta rapidez que elas quase alcançam a linha de seu cabelo. — Você é *tão* babaca! Mas você sabe disso, certo?

— *Eu sou* um babaca? Só estou tentando resolver esta confusão.

— Sério? Porque parece que tudo o que você está fazendo é me ignorar ou tirar sarro de mim. Achei que estivesse levando isto a sério. — Ela começa a se afastar, mas a impeço com uma das mãos em seu braço. Então a solto assim que sinto um crepitar estranho na ponta dos meus dedos.

— Ai! — Grace puxa o braço, e me olha como se dissesse "que diabos?"

— Você me deu um choque.

— Isso foi um choque? — pergunto, olhando para minha mão. Que agora parece pertencer a outra pessoa.

Mas toda essa experiência parece pertencer a outra pessoa. Como se eu tivesse tanta sorte assim.

Claro que a sorte nunca foi meu ponto forte.

— O que quer dizer? — Pela primeira vez em vários minutos, Grace parece menos agressiva e mais curiosa. — Como você nunca recebeu um choque antes?

Porque tenho quase certeza de que é preciso ser tocado para que isso aconteça, quero lhe responder. E isso é algo que aconteceu poucas vezes na minha vida, e vezes distantes entre si. Lia foi a última pessoa a me tocar assim, e não era como se houvesse muita eletricidade entre nós.

Mas aquilo só faz com que eu pareça mais patético, e acho que já fiz isso o suficiente nos últimos minutos para valer por toda a vida. Além disso, não há eletricidade real entre Grace e eu. Pelo menos, não *daquele* tipo.

Deve ser o tapete sobre o qual estamos. Ou as condições climáticas lá fora. Ou...

— Ai! — É minha vez de gritar quando o braço de Grace roça contra o meu, e um relâmpago sobe até meu ombro.

— Desculpe! — ela exclama, dando um pulo para trás.

Contudo, quando parece que ela vai dizer mais alguma coisa, simplesmente balanço a cabeça e murmuro:

— Talvez seja uma coisa humana.

Ela parece querer discutir, mas no fim deve ter decidido que temos coisas mais importantes sobre o que falar, porque simplesmente deixa para lá.

Felizmente.

— Então, o que eu estava tentando dizer antes é que talvez você esteja certo. — Ela enfia um cacho rebelde atrás da orelha e aguarda em expectativa pela minha resposta.

No entanto, preciso de um pouco mais para seguir com aquilo.

— Em que sentido?

— Quando você disse que meu subconsciente está fabricando tudo isso.

— Não achei que isso estivesse em questão. — Levanto uma sobrancelha e tento não notar quão perto estamos parados um do outro. — A menos que você esteja fazendo isso de forma consciente?

— Por que eu faria isso? — Ela parece ofendida. — Acredite em mim, quero nos tirar daqui mais do que você. Jaxon e Macy provavelmente estão doidos de preocupação comigo.

Agora é minha vez de revirar os olhos.

— Claro. Não queremos preocupar o pequeno Jaxy-Waxy, não é?

— Por que você precisa ser sempre tão desagradável em relação a ele?

— Acha que isso é desagradável? — pergunto. — Acredite em mim quando falo que nem comecei.

— Por que isso não me surpreende? — ela murmura. Então respira fundo e continua: — Mas, se acha que pode manter o autocontrole por mais alguns minutos, acho que tenho uma ideia de como nos tirar daqui.

Capítulo 21

NÃO VOU CONFIRMAR PRESENÇA
NESSE SHOWZINHO DE DÓ

— Grace —

Não sei que diabos há de errado com Hudson, mas definitivamente há alguma coisa. Ele parece um animal que levou um susto e se prepara para fugir no instante em que alguém fizer qualquer tipo de movimento em sua direção. E, quando digo alguém, é claro que estou falando de mim.

Dou um passo mais para perto dele em busca de testar a teoria, e sim. Ele está definitivamente surtando. Se a expressão selvagem em seus olhos não é evidência o bastante, o fato de que suas pupilas estão totalmente dilatadas é.

— Ei, vai dar tudo certo — asseguro-lhe. — Vamos dar um jeito nisso.

Hudson concorda com a cabeça, mas, quando coloco uma mão em seu ombro, para reconfortá-lo, ele se afasta novamente. O que... ok. Mensagem recebida. Ele não quer, *não quer mesmo*, ser tocado por mim. Eu estava tentando reconfortá-lo, mas não é como se quisesse de fato tocá-lo.

Trabalhar juntos para dar o fora daqui não significa que, de repente, vamos nos tornar melhores amigos. Ele é quem é, afinal.

No entanto... se meu plano realmente funcionar, talvez ele não fique assim para sempre.

Hudson concorda com a cabeça e apoia um dos ombros na parede mais próxima. Não consigo decidir se é porque ele acha que isso o faz parecer descolado — o que faz, ainda que eu prefira morrer um milhão de mortes antes de admitir isso para ele — ou se porque lidar com a *humana* é *tão exaustivo* que precisa de um jeito para se manter em pé.

— Então, qual é esse seu plano fantástico? — ele indaga, com um sorriso torto.

— Eu nunca disse que era fantástico. Só mencionei que pode funcionar.

— Dá na mesma, não é? — pergunta. — Ou você simplesmente não quer aceitar?

Meu Deus, como ele é babaca. De repente, não tenho tanta certeza se o plano *vai* funcionar, no fim das contas. Quer dizer, se você quer moldar alguém em uma pessoa minimamente decente — e, sim, sei que estou abaixando bem a régua, mas é sobre Hudson que estou falando aqui —, é preciso ter uma argila razoavelmente maleável com a qual começar.

E, neste instante, com aquele sorriso torto estúpido e aquela linguagem corporal fechada, ele parece qualquer coisa, menos maleável.

Mesmo assim, ainda vale a tentativa. Qualquer coisa para me tirar daqui e me levar de volta para Jaxon. Então respiro fundo e digo:

— Estive pensando. Não é totalmente sua culpa que você é do jeito que é.

Aquilo tira o sorriso torto de seu rosto. Agora ele apenas me encara com uma expressão inescrutável. Encaro seus olhos em busca de uma pista, mas eles também estão inexpressivos.

Espero que ele me diga algo que indique em que está pensando, mas Hudson não abre a boca. E já que eu não suporto, não suporto de verdade, silêncios desconfortáveis, só preciso de alguns segundos antes de começar a tagarelar.

— Só estou dizendo que li aquele registro no seu diário, e que você parecia um garotinho muito bom. Então, obviamente, alguma coisa aconteceu entre aquele momento e agora para deixá-lo desse jeito.

— Desse jeito? — ele questiona, em voz baixa.

— Você sabe. — Aceno com a mão, indicando-o da cabeça aos pés. — Acho que nós dois podemos concordar que você exibe vários comportamentos sociopatas, certo?

Ele ajusta o ombro recostado na parede, cruza um tornozelo por sobre o outro. Ergue uma das sobrancelhas.

— Ah, podemos, não podemos?

Observo a advertência em seu tom de voz, mas não paro. Preciso conseguir isso se queremos ter alguma esperança de dar o fora daqui.

— Mas isso é porque teve uma infância e uma adolescência de merda. Ou pelo menos imagino que tenha tido, se foram parecidas com as de Jaxon.

Hudson dá uma gargalhada, mas não há nada de bem-humorado no som.

— Bem, aí está seu primeiro erro. Acredite em mim: Jaxon e eu fomos criados de maneiras bem diferentes.

Não tenho certeza do que comentar sobre aquilo, considerando a súbita amargura em sua voz. Sei que Jaxon sofreu muito quando era mais jovem — e ainda sofre. A mãe o deixou com uma cicatriz porque estava furiosa com ele pelo que aconteceu com Hudson. Então, é lógico que o passado dele foi mais difícil do que o do irmão, ainda que os dois não tenham sido criados juntos.

Entretanto, ao observar Hudson, com os lábios apertados e um olhar distante, não posso deixar de reavaliar tal opinião. Mas aquilo só torna meu plano mais importante. Não sei o que aconteceu com Hudson na infância, e não posso mudá-la, mesmo se soubesse. Mas posso ajudá-lo a lidar com isso para poder se tornar uma pessoa melhor.

— Apenas me escute — peço, posicionando-me diante dele quando parece que vai embora. — Pense na padaria.

— Acredite em mim, não fiz nada além de pensar naquela maldita padaria na última meia hora. — Ele se vira levemente, como se doesse ficar parado.

Do jeito como parece prestes a vomitar, acho que cookies imaginários não caem melhor para vampiros do que morangos de verdade. Nota para a Grace do futuro: não deixar Hudson comer nada, mesmo em sonhos ou lembranças.

— Sinto muito se os cookies te deixaram enjoado — declaro, com suavidade. — Não foi minha intenção.

— Não estou enjoado — ele responde, ainda que coloque uma mão sorrateira sobre o estômago.

Não acredito nele, obviamente, mas não vou confrontá-lo em sua mentira. Não quando estou no meio de tentar convencê-lo de que meu plano vai funcionar.

Por favor, Deus, faça funcionar.

— Lembra como você estava feliz na padaria? E na galeria de arte? Antes de comer os cookies?

— Não tenho demência — Hudson retruca. — Acho que consigo lembrar o que aconteceu há uma hora com bastante facilidade.

Ok, então obviamente este é um assunto sensível, ainda que eu não saiba o motivo...

— Eu só estava pensando. E se fizermos isso com mais frequência?

— Ir à praia? — ele pergunta sarcasticamente.

— Visitar algumas das minhas lembranças juntos. Para que você possa ver como é uma vida repleta de amor.

— Esse é seu grande plano? Me mostrar momentos felizes e deixar que de algum modo isso nos liberte?

— Quando você fala dessa maneira, faz parecer ridículo.

Hudson finge pensar nas minhas palavras por um segundo. Então diz:

— Não. Você fez tudo isso sozinha.

— Bem, eu estava pensando que, sabe, se é realmente meu subconsciente que está nos prendendo aqui... Bem, o único motivo pelo qual eu nos manteria aqui em vez de ir para casa é para proteger Jaxon de você. — O músculo na mandíbula de Hudson fica tenso. — Então, hum... talvez, se você não for uma... *ameaça*... talvez meu subconsciente nos liberte.

Ele estreita os olhos na minha direção, mas não se pronuncia.

Dou de ombros.

— Podemos fazer uma tentativa, sabe. Ver o que acontece.

E, sim, entendo que parece ridículo pensar que mostrar a ele o que é ser amado e feliz — ajudá-lo a sentir isso — vai mudar a trajetória de sua vida. Mas só li poucas páginas do diário dele ontem, e é óbvio que seu pai é uma pessoa de merda que só se importa consigo mesmo. Acrescente a isso o que sei sobre a mãe de Jaxon, e não dava para esse cara ter tido uma chance. Pelo menos, aqueles diários indicam que Jaxon conseguiu sair antes. Hudson teve de permanecer ali a vida toda.

Ele nunca teve uma chance. Quero lhe dar essa chance e, ao fazê-lo, nos fazer dar o fora daqui. Afinal, se minha mente é de fato uma prisão, então a reabilitação é exatamente aquilo de que Hudson precisa para libertar a nós dois.

— Podia dar certo — falo para ele e, dessa vez, Hudson me deixa colocar uma mão em seu ombro. — Só precisa confiar em mim. Vai dar certo.

Por longos segundos, ele olha do meu rosto para a minha mão e vice-versa. Quando finalmente fala, sua voz está muito mais suave do que segundos atrás.

— Só para deixarmos claro o que está sugerindo. Você acha que o jeito de nos tirar daqui é enganar seu subconsciente para fazê-lo acreditar que sou uma boa pessoa?

— Não enganar. Obviamente o plano é torná-lo uma pessoa melhor.

— Ah, certo. É claro. — Ele olha para as próprias mãos. — Porque sou uma pessoa de merda agora.

O alarme soa no fundo da minha mente, um alarme que indica que talvez eu não tenha lidado tão bem com isso quanto devia.

— Eu não disse isso, Hudson.

— Ah, tenho quase certeza de que disse, sim. — A voz dele ainda é calma, mas mais fria do que o ar no monte Denali. — E tenho de dizer que escolho largar.

Balanço a cabeça.

— Não sei o que isso quer dizer.

— No início da conversa, você me disse que era pegar ou largar. E estou lhe respondendo que minha escolha é largar.

Ele se endireita de sua postura perene "recostada na parede", e tenho um instante para perceber o quanto ele é mais alto do que eu. Um arrepio percorre minha espinha ante sua aproximação. E então ele rosna:

— Foda-se a narrativa de "pobre garotinho rico" que você construiu ao meu redor. Foda-se você cavalgando em um cavalo branco para me salvar. — Hudson se inclina até que nossos rostos estejam a poucos centímetros de distância um do outro, e posso notar a ira ardendo nas profundezas de seus olhos. — E foda-se sua opinião sobre mim. Você pode ficar com ela e com seu pequeno tour pelos momentos felizes de Grace bem distante de mim.

Capítulo 22

SÓ CHORO, NADA DE PUNIÇÃO

— Grace —

A fúria nos olhos dele é avassaladora, e preciso de toda a minha coragem para me manter firme. Isso é importante demais. Então, levanto o queixo e fico cara a cara com Hudson, mesmo depois que ele mostra as presas para mim.

— Você é mesmo um babaca, sabia disso? — Olho feio para ele. — Achei que talvez houvesse algo a mais... algo melhor... atrás dessa fachada. Mas, na verdade, não há. Você é só um cuzão.

— Tentei te contar isso — ele rebate, com um sorriso tão afiado quanto o arrependimento que agora rasga minhas entranhas. — Foi você quem não ouviu. Parece que nós dois temos problemas.

— Sim, bem, pelo menos os meus problemas ainda mostram que tenho fé nas pessoas. *Versus* os seus, que só te tornam mau.

— Seus problemas a farão morrer — ele retruca. — Não reclame que não avisei quando você enfim conseguir voltar para meu querido irmão.

— Jaxon jamais me machucaria — digo.

— Sim, era o que eu costumava dizer para mim mesmo. E olhe onde estamos.

— Não é justo — falo para ele. — Você sabe por que ele fez aquilo.

— Você está certa. Sei, mesmo. — Hudson passa a mão no cabelo antes de me encarar com uma expressão que deixa meu estômago girando, retorcendo-se e virando. — A pergunta é: você sabe?

Quero responder que sei que é um blefe, quero responder que sei que ele está só me sacaneando. Contudo, há algo em seus olhos que deixa as palavras presas na minha garganta. Quando não rebato, o silêncio se estende entre nós, tenso como a corda bamba de um circo. Odeio o peso daquilo, o desconforto — aquilo faz minha pele arrepiar e minha garganta coçar. Mas é ele quem está sendo irracional, quem está encontrando falhas em tudo o que tenho a argumentar.

Se quer avançar com a conversa, Hudson precisa dar um jeito de fazer isso.

Só que, antes que ele esboce qualquer palavra, escutamos um grito alto lá fora, seguido pelo som de alguma coisa grande e pesada se jogando contra a porta.

— Ele voltou — sussurro, esquecendo minha determinação de não falar ante o horror absoluto daquela percepção.

— É claro que voltou — Hudson resmunga. — Não achou mesmo que ele tinha ido embora de vez, achou?

— Não! É claro que não. — Eu tinha esperanças de que o dragão tivesse ido embora, mas não significava que eu acreditasse naquilo. No entanto, estava contando que fosse nos dar um pouco mais de tempo entre os ataques. Parece que ele não tinha os mesmos planos.

— O que vamos fazer? — pergunto quando a coisa urra de raiva. Segundos depois, posso ouvir o bater das asas gigantes. Quero acreditar que o dragão está indo embora, que aquele é o som dele se afastando, porém não sou tão otimista, não importa o que Hudson diga.

— Não tenho ideia do que você vai fazer — ele responde. — Mas eu vou ler um livro.

— Um livro? — repito, boquiaberta. — Acha mesmo que é uma boa ideia agora?

— É uma ideia melhor do que ficar parado aqui me perguntando se o dragão vai conseguir entrar — retruca. — Se ele entrar, vamos lidar com isso. Se não, então tenho certeza de que ele vai continuar voltando até conseguir.

— O que isso significa exatamente? Que não temos como sobreviver?

— Acho que depende de quão rápido você vai conseguir descobrir o que fez para nos prender aqui, para que possa desfazer.

— Já te falei que não tenho ideia de como acabamos aqui. E, se eu soubesse como nos tirar dessa, acredite em mim, já teríamos voltado à Academia Katmere.

— É por isso que avisei que você precisa descobrir — ele reforça antes de me dar as costas e se dirigir à estante mais próxima.

Pensei que ele estivesse só me zoando quando comentou que ia ler, mas acontece que Hudson não fala coisas que não pretende fazer. Então observo enquanto ele vasculha três estantes antes de pegar um exemplar impecável de *O Estrangeiro*, de Albert Camus. Então se acomoda no sofá mais próximo, levanta os pés e começa a ler ao mesmo tempo que um dragão irritado, aos gritos, continua a nos circundar.

Eu, por outro lado, ando de um lado para o outro, esperando que a coisa vá embora. Afinal, como vou relaxar quando há um monstro lá fora determinado a me matar?

Em particular quando tenho quase certeza de que há um monstro aqui dentro que se sente exatamente da mesma maneira?

Depois de certo tempo, no entanto, o pânico retrocede devagar. Minha frequência cardíaca diminui, a fadiga toma conta de mim e fica quase impossível manter os olhos abertos. A adrenalina é ótima quando se trata de salvar sua vida, mas o baque posterior é de fato uma merda.

Entretanto, só porque me acalmei, não significa que estou pronta para dormir com aquele treco pairando em modo "busca e destruição".

Só de desespero, vou até o banheiro.

Depois que fecho e tranco a porta, recosto-me nela e afundo lentamente até o chão. Apesar de todos os esforços que fiz no sentido contrário, caio em prantos.

Choro de terror, porque não tenho ideia do que está acontecendo aqui ou se vou sobreviver a isso.

Choro de tristeza, porque, neste momento, sinto falta da minha mãe e do meu pai mais do que imaginei ser possível. E sinto falta de Jaxon, de Macy e do tio Finn.

E, talvez mais do que tudo, choro de resignação, porque nunca foi mais óbvio que não estou mais no Kansas. Esta é minha nova vida, e será minha vida para sempre.

Eu não trocaria Jaxon e Macy por nada, mas estou tão exausta de não entender como as coisas funcionam aqui. Tão exausta de ter mais perguntas do que respostas. Tão exausta de depender de outras pessoas que me expliquem realidades que jamais sonhei existir.

Tipo agora, quando parte de mim não quer nada além de sair daqui e perguntar a Hudson como essa situação toda está acontecendo. Ele alega que, de algum modo, eu nos tranquei em minha cabeça — não tenho ideia de como isso é possível, mas, depois daquela ida a Coronado, estou disposta a acreditar.

Mas por que eu escolheria nos trancar no covil dele, entre todos os lugares? Por que não na Academia Katmere? Ou na minha antiga casa, em San Diego? Ou basicamente em qualquer outro lugar da Terra? Por que diabos eu escolheria este lugar, onde Hudson obviamente tem a vantagem de conhecer o ambiente — e planos de aproveitar essa vantagem ao máximo?

Além disso, se estamos na minha mente, de onde veio esse dragão? Garanto que nunca pensei em nada assim na vida. E se, de algum modo, consegui criá-lo, como diabos ele arrebentou a janela? Como ele queimou Hudson, que deveria estar em segurança na minha mente?

Nada disso faz sentido — pelo menos, não para mim. Hudson parece saber o que está rolando, mas está mais familiarizado com este mundo e suas regras do que jamais estarei.

E isso é só outra questão que me incomoda. Não confio nesse cara, de jeito algum. E agora, aqui estou eu, presa com ele como basicamente minha única fonte de informação. E não dá para saber quando ele está falando a verdade e quando está falando outra mentira gigante. Sem mencionar que ele não foi exatamente direto com as informações que decidiu me fornecer.

Argh. Posso simplesmente dizer: foda-se. Minha. Vida.

Mais uma vez, tenho quase certeza de que ela já está fodida. Assim como eu.

Passo a mão nas lágrimas que descem pelo meu rosto e as seco. Não importa quanto eu queira ficar aqui neste chão do banheiro pelo restante da noite — ou da eternidade —, não posso fazer isso. Quando eu estava crescendo, minha mãe sempre teve uma regra a respeito do choro. Ela me dava dez minutos para chorar, soluçar, gritar no travesseiro, fazer o que tivesse de fazer. Dez minutos para sentir pena de mim mesma e choramingar sobre como era terrível o que quer que estivesse acontecendo comigo. Mas, quando esses dez minutos terminavam, eu tinha de me recompor e seguir em frente.

Claro que me recompor era algo variado, dependendo da situação e do motivo do choro.

Às vezes, eu tinha que encontrar uma solução.

Às vezes, tinha que cuidar de um joelho ralado ou de um corte no braço.

E às vezes... às vezes, só precisava engolir em seco e aceitar que a vida nem sempre era justa, e que não havia nada que pudesse ser feito a respeito. Eram as vezes que eu mais odiava, e hoje — este momento — definitivamente era uma dessas vezes.

Mas regras são regras, e meus dez minutos acabaram.

Então coloco-me de pé.

Lavo o rosto.

Respiro fundo.

E admito para mim mesma que farei o que precisa ser feito. Mesmo que seja necessário dar um chute na bunda de um vampiro de duzentos anos com transtorno de personalidade. Pode não ser fácil e pode não ser bonito, no entanto — de um jeito ou de outro — posso dar um jeito de providenciar isso.

O pensamento faz com que eu me sinta melhor, ou pelo menos mais estável, enquanto sigo até o salão principal. Até que dou a primeira olhada em Hudson, que me observa com uma expressão nos olhos que só posso descrever como "alegre".

O que, quando se trata dele, *nunca* é um olhar do qual quero ser destinatária. Mesmo assim, ali está ele. O pânico me atinge antes mesmo que diga:

— Novo plano, princesa.

— Ah, é? — Lanço-lhe um olhar cético. — O que exatamente você tem em mente?

— Em vez de convencer você de que sou uma pessoa decente, como você sugeriu, prefiro fazer do jeito mais baixo.

Bem, a ideia parece... assustadora.

Engulo o medo instintivo, passo pelas estantes e paro de costas para a maior delas. Só por precaução.

Então lhe direciono meu melhor olhar que significa "me diga algo que ainda não sei". E respondo:

— E eu pensando que você já tinha feito isso.

Ele devolve meu olhar com um que indica "Você ainda não viu nada".

Como se para prová-lo, Hudson estende a mão e liga o aparelho de som de última geração que ocupa grande parte do espaço de entretenimento. No segundo em que faz isso, "Welcome to the Jungle", do Guns N' Roses, toca tão alto nos alto-falantes que as janelas tremem — junto ao meu cérebro.

Capítulo 23

BEM-VINDA À MINHA SELVA

— Hudson —

— Sério mesmo? — Grace grita alto o bastante para ser ouvida por sobre a música. Mas não adiantou, já que estou com fones de ouvido para abafar o som.

Não que eu precise ouvi-la para perceber como está irritada. O ultraje estampado em seu rosto me faz sorrir. Em geral, não sou o tipo de pessoa que tortura os outros — sou mais o tipo de cara "viva e deixe em paz" —, mas não vou suportar mais sugestões ansiosas de Grace sobre como "me salvar" sem perder a compostura.

Então, na verdade, isso é mais seguro para nós dois. Ela pode tentar me libertar o quanto quiser, e não vou ouvir o suficiente para ficar irritado.

Grace pode pensar que sou um sociopata, e talvez eu seja. Mas o fato de ela ter dito toda aquela merda sobre mim e eu não ter feito nada a respeito deveria me qualificar para alguma coisa. Para a santidade, talvez. Ou pelo menos para um sorvete de casquinha — e sabe-se que não consumo laticínios.

Além de me vingar um pouco, irritá-la também pode ter o benefício colateral de fazê-la nos deixar ir embora. A garota acredita que precisa enganar qualquer que seja a parte de seu cérebro que está nos trancando aqui, de modo que essa parte acredite que não sou uma ameaça. Talvez eu só precise enfurecê-la o bastante para que a parte em questão decida que o que está acontecendo aqui, seja lá o que for, não vale a pena e nos deixe ir como forma de autodefesa.

É um tiro no escuro? Sem dúvida. Assim como tudo mais em que pensei, e pelo menos desse jeito vou me divertir.

— Abaixe a música, Hudson! — ela grita novamente.

Apenas abro um sorriso vago e gesticulo que não consigo ouvi-la.

Fazê-lo só a irrita ainda mais, a julgar pelo jeito como seus olhos se estreitam e seus dedos se curvam em uma boa imitação de garras.

Bom saber que não perdi o jeito da coisa.

— Estou falando sério! — ela berra quando Axl Rose canta sobre assistir enquanto sangramos. — Acha mesmo que isso vai ajudar em alguma coisa?

Mais uma vez, finjo que não a entendi. Então, enquanto ainda está falando alguma coisa, indignada, vou até minha aljava e pego um machado.

Grace arregala os olhos, e suas reclamações se transformam em gritos de alarme. Eu me sinto mal por um segundo — não quero que ela pense que vou machucá-la —, então apresso meu arremesso e mando o machado rodopiando na direção do alvo na parede.

Como me apressei, o machado para a vários centímetros do centro do alvo. O que me faz pegar mais dois e jogá-los no ar. Consigo acertar ambos na mosca.

Uma rápida espiada de canto de olho me mostra que ela encara o alvo boquiaberta, como se nunca tivesse visto um antes.

— Você realmente arremessa machados? — ela pergunta.

É a primeira coisa que Grace me diz que não é um grito desde que saiu do banheiro, então não finjo que não a escutei. Ao mesmo tempo, a resposta é bastante óbvia, então apenas dou de ombros.

E então arremesso mais um machado.

Este acerta bem no meio dos outros dois. Novamente na mosca.

Grace observa a cena com uma expressão semelhante a interesse, porém quando lhe ofereço um machado para arremessar, ela balança a cabeça vigorosamente em uma negativa à medida que recua.

— Apenas abaixe a música, pode ser?

Ela fala como se fosse uma pergunta, mas não é um pedido. E isso me deixa com uma única coisa a fazer. Vou até o aparelho de som e aumento o volume ainda mais, bem quando "Shadowminds", do The Halo Effect, começa a tocar.

É uma música pesada na bateria e no baixo, e completamente desagradável quando tocada tão alto assim. Em outras palavras, é perfeita para o que estou tentando conseguir.

Grace está tão brava agora que mal consegue falar, o que está bem para mim. Já era hora de ela se juntar ao clube.

Ela bate os pés até a cozinha, e finjo não ver quando pega uma garrafa de água da geladeira. Mas é difícil bancar o inocente quando ela abre um dos armários e pega uma daqueles tais biscoitos de cereja dos quais tanto gosta.

Uma caixa *vazia*.

O que posso dizer? Usei bem meu tempo enquanto ela estava no banheiro.

Arremesso outro machado, mas não tenho ideia se acertei o alvo ou não. Estou ocupado demais observando-a de soslaio.

Grace parece confusa, mas não chateada — ou eu deveria dizer "não mais chateada do que já estava originalmente" —, enquanto joga a caixa vazia no lixo reciclável. No entanto, quando pega outra caixa, uma que ainda está lacrada, abre-a e descobre que também está vazia, ela amassa a embalagem no balcão e me encara com desconfiança.

Em resposta, caminho tranquilamente até o alvo a fim de recolher os machados, e então recomeço a arremessá-los — tudo isso sem sequer reconhecer a existência de Grace. Entretanto, assim que ela pega uma terceira caixa no armário, não posso deixar de observar quando a abre e descobre, que também está vazia.

Nesse ponto, ela nem se incomoda em jogar a embalagem no lixo. Em vez disso, ela a amassa no balcão da cozinha com um grito primitivo antes de vir direto na minha direção.

— Qual é o seu problema? — esbraveja, alto o bastante para impossibilitar que eu finja não ouvir por causa da música. O que... maldição. A garota tem um par e tanto de pulmões.

— É você quem está gritando — digo, com calma. Tenho quase certeza de que não me escuta, mas fica mais zangada mesmo assim. Dessa vez, quando grita, estendo o braço e desligo a música, fazendo com que, subitamente, ela grite no salão silencioso.

— Por que você precisa ser tão... — Suas palavras ricocheteiam nas paredes e ela fica paralisada no meio da frase. — É sério? — exige saber. — Agora você desliga a música?

— Você parecia ter algo a dizer — respondo, com a expressão mais inocente que consigo fingir.

Por um segundo, parece que Grace vai arrancar um dos machados da minha mão e me acertar com ele, todavia, no fim, apenas respira fundo e solta o ar bem devagar. Bem... É uma pena. Eu estava bastante ansioso pelo entretenimento.

— Onde. Estão. Meus. Biscoitos? — ela pergunta, depois de inspirar e expirar mais uma vez.

— Biscoitos? — Tento fingir confusão, mas tenho quase certeza de que a diversão em meu olhar me entrega. — Está falando daquelas bolachas retangulares cor-de-rosa que você come o tempo todo?

Ela ergue o queixo.

— Em primeiro lugar, eu não como *o tempo todo*. Comi dois pacotes desde que chegamos. E...

— Pois para mim pareceu que você comeu três caixas inteiras — interrompo. — Talvez mais.

— Em segundo lugar — ela continua, mas está forçando as palavras entre os dentes cerrados.

Talvez eu devesse estar envergonhado por deixá-la tão fora de si, mas é difícil sentir vergonha quando se está se divertindo tanto com a situação.

E também porque ainda posso ouvi-la falando toda séria ao passo que se oferecia para me tornar uma pessoa melhor.

— Em segundo lugar — ela repete, ao perceber que não tem minha atenção completa. — Não são bolachas.

— Ah, certo. Qual é a palavra que vocês, americanos, usam para bolachas mesmo? — Estalo os dedos, como se tivesse me esquecido, ainda que tivéssemos comido cookies há poucas horas. — Cookies! Você os chama de cookies, certo?

O som emitido por ela vem do fundo da garganta. É baixo, perigoso e só um pouco primitivo. E só faz com que meu sorriso se alargue.

Isso vai ser melhor do que previ. Se eu conseguir continuar com isso um pouco mais, estaremos fora daqui pela manhã.

— E em terceiro lugar — Grace rosna. — Mantenha suas mãos... e todas as outras partes do seu corpo... longe dos meus biscoitos.

É uma mistura de aviso e ameaça, e posso notar que ela está falando muito sério. Mas isso só torna ainda mais divertido cutucar a onça com vara curta.

E é o que faço. Ergo uma sobrancelha, dou o sorriso mais despreocupado que consigo e pergunto:

— Ou então?

Dou um passo para trás e espero a explosão.

Não demora muito tempo.

Capítulo 24

UM APOSENTO DIVIDIDO POR STYLES

— Grace —

— Você ainda está na quinta série? — pergunto para ele, por que quem mais responde desse modo a um ultraje justificado?

— Isso é o melhor que você consegue fazer? — ele questiona, com uma sobrancelha erguida. — Porque eu esperava uma ameaça de verdade.

— Você quer uma ameaça de verdade, sua criança superdesenvolvida? Que tal: encoste um dedo nos meus biscoitos e eu arranco suas presas enquanto você estiver dormindo?

Agora ele ergue as duas sobrancelhas.

— Caramba, Grace. Que crueldade. — Há uma surpresa real em seu olhar, assim como um pouco de diversão, quando continua: — Quem magoou você?

Ao esperar minha resposta, Hudson esfrega um dedo, de maneira distraída, pela ponta mais saliente de sua presa. E parece surpreendentemente bom ao fazê-lo. Tão bom, de fato, que dou um passo para trás. E retruco:

— Não se preocupe com quem me magoou. Preocupe-se com a maneira que vou magoar você se não mantiver suas mãos longe das minhas coisas.

— Suas coisas? — Ele observa ao redor do salão com zero remorso e um completo ar de Senhor da Mansão. — Estamos morando atualmente no *meu* covil.

— Não vejo por que isso importa.

— Claro que vê. — Os lábios dele se encurvam naquele sorrisinho torto, repleto de superioridade, que me deixa maluca. — Meu covil, minhas coisas.

— Em circunstâncias normais, eu seria tentada a concordar. Mas, como você me repetiu numerosas vezes desde que chegamos aqui, não estamos de verdade no seu covil. Estamos na minha mente.

— E daí?

— E daí... — Dou de ombros como se fosse a conclusão mais óbvia do mundo. — Minha mente, minhas coisas.

— Nossa, Grace. Eu não sabia que você se sentia desse modo. — Há um brilho perverso no olhar dele, no qual não confio, mas não tenho escolha senão seguir com isso. Seja lá o que for.

É por isso que lhe respondo:

— Desculpe, *Hudson*, mas uma garota precisa fazer aquilo que é necessário. — E começo a voltar para a cozinha.

— Sabe, é um argumento muito válido — ele concorda, à medida que me segue pelo covil. — E isso me deixa com apenas mais uma pergunta para você, então.

Estou ficando cansada dessa brincadeira de gato e rato. Ficando cansada, ponto-final, para ser sincera. Tentar ficar um passo à frente de Hudson é uma tarefa exaustiva, uma para a qual não sei se estou preparada.

Talvez seja por isso que indago, sem pensar direito:

— Qual é sua pergunta?

O brilho perverso se transformou em um sorriso de orelha a orelha quando ele se recosta no balcão e olha para baixo, à procura de me encarar daquela altura ridícula.

— Agora que sou seu, o que *você* planeja fazer comigo?

Argh. Caí nessa que nem uma patinha. E agora estou corada, minhas bochechas quase roxas de vergonha apesar da minha tentativa de não reagir à insinuação em suas palavras. É só mais um jeito de ele me irritar — assim como a música e os biscoitos —, mas não vou lhe dar essa satisfação.

Então, ignorando o rubor que faz com que meu rosto todo pareça pegar fogo, encaro bem os olhos de Hudson e respondo:

— Eu achava que já tinha explicado isso para você. Vou arrancar suas presas.

Ele sorri.

— E aí está o lado maldoso de novo. Tenho de admitir que estou começando a gostar dele.

— Sim, bem, acho que é bem óbvio que não quero que você goste de nada em mim — retruco.

— Ei, só estou falando sobre o que vejo. — Então ele se espreguiça, e a camiseta que vestiu depois do banho se levanta um pouco, mostrando uma faixa de abdômen excepcionalmente definido.

Não que me importe o tipo de abdômen de Hudson — seja ele definido ou não. Só é difícil ignorá-lo quando está parado bem na minha frente.

— Não precisa ser tímida, Grace — ele continua e, quando se reclina para trás, juro que sua camiseta mostra ainda mais o abdômen. E um pouquinho daquele caminho da felicidade de pelos que levam até o cós de sua calça de moletom. — Uma mulher precisa saber o que quer.

Mantenho meus olhos teimosamente em seu rosto.

— Sei exatamente o que quero.

— Ah, é? — ele provoca, em um tom de voz de quem trata de um segredo. — E o que é?

— Me livrar logo de você. — Decido que não preciso comer hoje à noite, passo por ele e volto para o sofá onde dormi noite passada.

Hudson me segue, porque é claro que sim.

E é assim que, de repente, para mim já deu. Estou cansada de sua atitude, de seus truques juvenis, cansada de ele sempre querer levar a melhor. E tenho certeza de que estou cansada de ele estar sempre a menos de um metro de mim. Este salão é imenso. Por que ele precisa estar sempre exatamente onde estou?

Como se quisesse provar o que estou dizendo, ele se senta no sofá e apoia os pés na mesinha de centro. E é isso. Estou surtando.

— Não! — grito.

Hudson parece surpreso.

— Não o quê?

— Saia daí!

Quando ele simplesmente me encara, como se não entendesse as palavras que saem da minha boca, seguro seu braço e o puxo.

— Saia daí! Saia daí, saia daí, saia daí! Este sofá é meu!

— E voltamos à história de que é tudo seu? — ele pergunta. — Porque se for assim...

— Não! — eu o interrompo, porque não vou passar por isso de novo. — Não, não, não!

— Você está bem? — ele indaga, erguendo as sobrancelhas. — Porque parece um pouco agitada...

— O sofá é meu. A cama é sua. — Aponto para a cama do outro lado do salão, só para o caso de ele fingir não me entender. — Na verdade, você pode ficar com todo aquele lado do salão.

— Como é que é? — Ele parece muito menos confiante e muito mais confuso. Ótimo. Já é hora de se sentir tão fora do prumo quanto eu, já é hora de eu conseguir alguma vantagem aqui.

— Você me escutou — reforço, quando uma ideia enfim começa a se formar. — Você pode ficar com todo aquele lado do salão... A cama, a área de arremesso de machados, o aparelho de som, a TV.

Avalio o ambiente, em busca de um rolo de fita adesiva, e fico chocada ao descobrir um na minha mão. E não é qualquer fita adesiva — não, é um rolo de fita do One Direction, edição limitada, como a que meu pai me comprou quando eu era criança. Harry, Louis, Niall, Zayn e Liam me encaram alegremente enquanto sigo até o outro lado do salão.

— E eu fico com tudo deste lado. Sofá, livros, cozinha...

— E o banheiro? — ele pergunta, erguendo a sobrancelha enquanto uso a fita isolante a fim de dividir o ambiente ao meio.

— O banheiro é o único território neutro — respondo, enquanto passo a fita pelo meu sofá. — Tudo o que está aqui pertence a mim ou a você. E nenhum de nós vai atravessar esta linha.

Levo a linha até a parede do outro lado do salão e rasgo-a do rolo. Quando dou meia-volta, encontro Hudson com um ombro recostado na parede, os braços cruzados na frente do peito. O olhar perverso se foi, substituído pela expressão vazia de antes.

Tenho quase certeza de que isso significa que o atingi.

Estou prestes a me dar um tapinha nas costas, por enfim ter conseguido atravessar a armadura dele, quando o universo me entrega outro presente. Ele murmura:

— Todos os livros estão do seu lado do salão.

— Ora, é mesmo. Sim, estão. — Faço a melhor imitação que consigo de um sorriso maligno e vou direto até a estante onde estão todos os diários dele. — E sei exatamente qual vou ler primeiro.

Capítulo 25

EU SOU, VOCÊ É, TODOS SOMOS EMO

— Grace —

Aparentemente, Sartre sabia muito bem do que estava falando quando escreveu *Entre quatro paredes*. Estamos presos aqui pelas mais compridas e intermináveis oito semanas da minha vida, e a cada vez que penso que não tem como piorar, leio outro registro dos diários de Hudson e descubro que tem como, sim.

Cada texto no diário me lembra de que os pais de Jaxon e Hudson são mesmo as piores pessoas do planeta. E isso me faz pensar nos dois irmãos.

A situação é horrível em tantos níveis, mas principalmente porque estou me esforçando muito para não pensar em nenhum dos irmãos Vega. No primeiro porque estou presa com ele e ele sabe provocar todos os meus nervos. E no outro porque começo a admitir que talvez nunca mais o veja de novo.

Logo que ficamos presos aqui, eu olhava toda hora para as fotos de Jaxon no meu celular, chorava até dormir todas as noites e *morria* de vontade de ver seu rosto só mais uma vez. Queria falar uma última vez o quanto eu o amo. Mas, conforme os dias se transformaram em semanas e as semanas, em meses, eu me obriguei a parar.

Nada mais de espiadas rápidas no celular só para me lembrar de seu sorriso.
Nada mais de sorrir ao me lembrar de uma piada ruim que compartilhamos.
Nada mais de imaginar seus braços ao meu redor enquanto durmo.

Porque sei que, se eu não o deixar ir, meu subconsciente poderia fazer qualquer coisa para ver Jaxon novamente, incluindo ceder e libertar Hudson de sua prisão. E então, se Hudson matasse Jaxon, eu jamais me perdoaria.

Eu desistiria mil vezes de Jaxon se isso significasse salvar sua vida.

Não importa o que Hudson argumente em contrário, ainda acredito que é exatamente por isso que estamos nesta prisão com um rolo de fita esticado no meio. Ainda acredito que eu poderia nos libertar se ele cedesse e, pelo menos *tentasse* ser reabilitado.

Porque, quanto mais leio os diários de Hudson, e por mais que eu me convença de que os dois garotos tiraram a sorte grande no quesito pais de merda — Hudson costumava ser espancado por isso. Descobri que estou sentindo muito mais empatia por ele. O que não é algo que eu pensava que fosse dizer — e, definitivamente, nada que eu queria sentir.

Mas é difícil não imaginar aquele garotinho com um corte no dedo, apressado para terminar os entalhes de um cavalo de madeira no único dia do mês em que ele não estava enterrado, só para que seu irmãozinho não se sentisse tão sozinho quanto ele se sentia. E é até mais difícil não sentir pena dele.

E não ponderar quando foi que ele desistiu. Quando deixou de ser esse menino doce, determinado a proteger o irmão, e se tornou o sociopata que tentou matar Jaxon.

Sei que muita coisa aconteceu nos últimos cento e cinquenta anos, e tenho dúzias de diários para preencher meu tempo. Mas ainda quero saber como. Ainda quero saber se houve um momento definitivo ou vários pequenos momentos.

Não que isso importe — o resultado final é o resultado final. Só que, sentada ali, segurando o diário do menino nas mãos, de repente parece que importa muito.

Olho para o último registro no diário. Estou bem no que Hudson chamou de seus "anos emo", e entendo por que ele me recomendou pulá-los — ainda que não seja pelos motivos que sugeriu. Porque essas são as histórias mais tristes que já li. Nem os títulos divertidos dos textos conseguem mais me fazer sorrir.

Hoje vi a invenção mais incrível. Foi inacreditável.
Um telefone.
É um dispositivo com um objeto que parece o cabo de uma bengala para ouvir e outro para segurar nas mãos e falar por ele. Tem um cabo que conecta a engenhoca à parede, e Richard diz que os cabos atravessam a cidade toda e se conectam às outras casas.
Perguntei-lhe o que se faz com isso, e ele contou que é possível falar com qualquer um, onde quer que esteja, desde que as duas pessoas tenham o dispositivo. Imagine só isso!
Implorei que me deixasse experimentar, mas meu pai chegou e exigiu saber por que eu não estava no pátio de treino. Pela primeira vez, pensei em lhe dar exatamente o que ele quer. Uma demonstração dos meus poderes. Talvez ele pare de me fazer Transcender.
Talvez assim eu não teria só um dia por mês para perceber as mudanças no mundo enquanto fico preso naquela cripta escura.

Porém olhei de relance para o telefone antes de sair para o pátio de treino e soube que não valia a pena. Eu tinha mostrado para meu pai o que eu podia fazer uma vez, quando ele tirou Jaxon de mim, e, desde então, ele não parou de sonhar com novas formas de me torturar para que eu exibisse meu poder novamente.

Se ele soubesse a outra coisa que consigo fazer... ele nunca me deixaria partir. Jamais.

Além disso, para quem é que eu poderia telefonar?

Capítulo 26

UM CANTO DE PÁSSAROS

— Grace —

Quando termino o registro no diário, não consigo me impedir de fitar Hudson. Neste instante, ele está inclinado na cadeira diante da TV, jogando *Demon's Souls*. No entanto, depois de oito semanas alternando entre isso e *Call of Duty*, ele não demonstra muita animação.

Talvez seja exatamente por isso que escolhe este exato momento para virar a cabeça e me encarar. Nossos olhares se cruzam e, por um segundo, ele parece questionador.

Mas então o olhar dele se dirige ao diário em meu colo, e todo o seu rosto se fecha. A raiva arde brevemente em sua expressão, mas depois desaparece. E continuamos a nos encarar — eu, presa entre o doce menino que ele costumava ser e o cara desagradável que é agora, e ele... quem diabos sabe onde ele está. Em nenhum lugar bom, pelo jeito.

Após um minuto, Hudson retoma o jogo. Mas é só para desligá-lo. Então, levanta-se e se alonga, como se estivesse em preparação para arremessar machados ou fazer sua rodada diária de cinquentas flexões.

No entanto, em vez de pegar os machados, ele olha diretamente para mim. Ergue uma das sobrancelhas castanhas. E emite o som mais bizarro que já ouvi.

É ensurdecedor, terrível e diferente de qualquer coisa que já ouvi antes. Eu o observo, chocada, e ele faz novamente. E mais uma vez. E mais outra.

— Que diabos você está fazendo? — consigo enfim perguntar.

Dessa vez, o olhar que Hudson me dá é tão inocente, que é incrível o fato de não haver um halo brilhando sobre sua cabeça.

— Estou praticando meu chamado de pássaros.

— Seu o quê?

— Sou um ornitólogo amador. Já que estamos presos aqui há semanas, não tive chance de fazer minhas observações de pássaros, mas não há motivo para negligenciar o meu chamado de pássaros.

— Seu chamado de pássaros? — Levanto-me do sofá e guardo seu diário na estante. — Não é possível que um som tão ridiculamente assustador seja produzido por uma ave.

— É completamente possível — ele me informa, e então faz o som estranho mais uma vez. — Uma cucaburra australiana, na verdade. É a maior das aves coraciformes, ainda que pese apenas cerca de meio quilo. Tem uma média de vida de quinze anos e leva entre vinte e vinte e dois dias para incubar um ovo.

Hudson recita os fatos como se estivessem bem diante de seu cérebro — ou como se fosse invenção. Acho que é a última opção, porém, dado que não consigo pesquisar nada no Google desde que chegamos aqui, há dois meses, é provável que nunca saberei.

— Isso é... fascinante — comento em um tom de voz que denota que aves não são, na verdade, um interesse que tenho. Normalmente, eu teria mais comentários cáusticos a acrescentar, mas aquele último registro no diário ainda está recente em minha mente. E é difícil ser sarcástico com alguém que obviamente sofreu tanto.

Então, em vez de falar algo cortante, apenas sorrio e vou até a cozinha. Mas só consigo dar alguns passos antes que Hudson faça outro som desagradável — ainda que muito diferente do primeiro.

Esse é um *ooooooooooo* agudo e assustador que faz arrepios percorrerem minha espinha.

Mas estou determinada a tomar a atitude certa aqui, então continuo adiante. O que Hudson, infelizmente, considera um encorajamento para seguir em frente.

— Oooooooooooooooooo. Oooooooooooooooo. Ooooooooooooooooo.

É como o som de unhas raspando em uma parede, mas faço o melhor possível para ignorar — até a décima quinta vez, mais ou menos, que ele emite o barulho.

— Ok, sério. Que tipo de ave faz esse barulho? — pergunto, pegando uma lata de Dr Pepper da geladeira. Porque, se vou ter que aguentar isso por sabe lá Deus quanto tempo mais, vou precisar de algo mais forte do que água.

— É uma mobelha-grande, na verdade. Algumas pessoas acham o canto dela relaxante. — E ele faz novamente. — Oooooooooooooooooooo.

— Que bom para elas — respondo, enquanto pego os ingredientes para um sanduíche de queijo quente. E começo, a contar de cem a zero, de trás para a frente. Certamente, ele já terá parado com o pássaro assustador até eu terminar.

Acontece que só preciso chegar em 76 para que ele desista dos *ooooooooos*. Solto a respiração presa em um longo suspiro de alívio, só para dar um pulo de quase um metro de susto quando ele segue o canto da mobelha-grande com um coaxar alto e profundo que coloca todos os nervos do meu corpo no limite.

Não reaja, aconselho a mim mesma.

— Crooooooooooooac.

Se ele conseguir irritar você, isso só vai encorajá-lo. Você sabe que ele só está fazendo isso porque está entediado.

— Crooooooooooac.

Não reaja, não reaja, não reaja.

— Crooooo... — O canto dele é interrompido por uma tosse, e acho que é o fim de tudo. Mas não, ele está comprometido, porque no segundo em que para de tossir, recomeça imediatamente. — Crooooooooooooooooooooooooooac.

— Ok. Já entendi. Meu Deus! Você não precisa fingir que uma ave soa como um maldito sapo só para me irritar...

— Não estou fingindo nada — ele garante, parecendo muito ofendido. — Este é o som de um tucano sul-americano...

— Você só está inventando um monte de merda agora — falo para ele. — Nenhuma ave soa como o cruzamento de um sapo moribundo e um porco irritado.

— O tucano, sim — Hudson responde, e novamente parece tão inocente que é difícil acreditar que está zoando comigo. Mas estou presa neste buraco do inferno com ele há tempo demais, e estou bem ciente de sua tentativa de me irritar, e isso mesmo antes de ele continuar: — Sei que é um gosto difícil de ser adquirido, mas alguns ornitólogos acham que é o canto mais bonito entre todas as aves...

— Besteira! — explodo. — Até aceitei a cucaburra e a mobelha-grande. Mas sem chance que vou aceitar um ronco falso de tucano...

— Não é falso — ele me interrompe.

— Falso, não falso. Não dou a mínima. Pode parar com o chamado dos pássaros.

— Ok.

— É isso? — pergunto, desconfiada. — Simplesmente "ok"?

— Claro, se incomoda tanto você... — Ele dá de ombros e me lança um sorriso doce.

Eu me pergunto se de fato chegamos a uma trégua depois de oito semanas de guerra aberta, e sorrio de volta. Então pego minha Dr Pepper para tomar um gole enquanto me viro para o fogão.

— Crooooooooooooooooooooooooooooooooooooooooooac! — Hudson grita, do alto de seus pulmões.

Eu me engasgo com a bebida, cuspo Dr Pepper por todo lado e passo os dois minutos seguintes tossindo em busca de tirar o refrigerante dos pulmões.

Foda-se minha vida. E foda-se Hudson Vega.

Capítulo 27

ATAQUE ÀS CUECAS

— Hudson —

— Você precisa demorar uma eternidade no banho? — Grace reclama, quando saio do banheiro.

Dirijo-lhe um olhar deliberadamente suave.

— Parece que alguém acordou do lado errado da cama.

— Eu acordei de ótimo humor, muitíssimo obrigada. — Ela passa por mim me encarando feio. — Mas estou esperando para fazer xixi já tem uma hora.

Ótimo. É bom saber que todo o tempo que desperdicei lá dentro valeu a pena. Porém, tudo o que digo é:

— Sinto muito.

— Não, você não sente. Se sentisse, não faria isso todo santo dia. — Ela me olha com uma careta. — E será que você podia colocar a roupa enquanto estiver no banheiro? Você está ridículo.

— Estou usando roupas — respondo, olhando para mim mesmo, confuso. — Como é que o que estou usando é ridículo?

— Você está usando calça de moletom, não roupas. Não é a mesma coisa. — Como se quisesse reforçar seu argumento, ela bate a porta do banheiro na minha cara.

Assim que ela o faz, abandono o ar inocente. Estou usando essa expressão com tanta frequência nos últimos tempos que tenho medo de que meu rosto fique assim para sempre. E, então, que diabos vou fazer? É difícil assustar as pessoas para que elas se afastem quando você parece um escoteiro.

Mas descobri que fingir inocência — e imitar o canto dos pássaros — enquanto a sacaneio é a melhor forma possível de romper a armadura de Grace.

Pelo amor de Deus, que eu consiga romper a armadura dela logo.

Preciso admitir que a garota tem mais resistência do que eu esperava. Eu tinha certeza de que estaríamos longe daqui na primeira noite, depois que tentei paquerá-la *e* irritá-la até a morte ao mesmo tempo.

Em vez disso, estamos aqui durante os seis meses mais longos da minha vida, e não parece haver um fim à vista. E é por isso que recentemente comecei a demorar no banheiro horas e horas a fio. Sem dúvida, isso vai cansá-la rapidamente, certo?

Mas, enquanto sigo para o closet — que está firmemente do meu lado do salão —, percebo que não sou o único a fim de sacanear o colega de quarto esta manhã. Porque, enquanto eu estava no banheiro, Grace mudou todas as minhas coisas de lugar.

E quando falo "mudou de lugar", quero dizer que ela transformou em um total e completo desastre qualquer semelhança com ordem que o meu lado do salão pudesse ter. Não é de se estranhar que ela estivesse reclamando por eu estar sem camisa quando saí do banheiro. Ela queria me apressar, para que eu pudesse ver *isto*.

Minhas camisas e calças, em geral penduradas, agora estão jogadas nas gavetas. Meus pijamas e cuecas boxers estão pendurados em cabides no closet.

E toda a minha roupa de cama foi tirada da cama e enfiada embaixo dela.

Que diabos?

E percebo, quando me aproximo da minha coleção de discos de vinil, que a merda toda não para aí. Os discos continuam nas prateleiras onde sempre os mantenho, mas ela bagunçou todos eles. Em vez de seções arrumadas em ordem alfabética, por gênero — com os álbuns da seção arrumados em ordem alfabética pelo nome do artista —, os discos estão todos misturados. Sem absolutamente nenhum critério ou motivo para essa loucura.

Ela destruiu todo o meu sistema de organização.

Viro-me para fuzilar a porta do banheiro com o olhar. O que ela acaba de fazer foi um tipo de traição de primeira classe. Nenhum canto de pássaro ou latas de Dr Pepper sacudidas e explodidas (uma brincadeirinha particularmente inteligente, devo admitir enquanto me lembro do refrigerante pingando do rosto dela) serão retorno suficiente para isso.

A porta do banheiro se abre enquanto estou olhando feio para ela, e então percebo por que ela tomou banho na noite anterior — para poder estar por perto e presenciar o resultado de seu trabalho demoníaco.

Ela vai pagar por isso. Ah, vai pagar. Assim que eu descobrir como.

Todavia, não demonstro nada disso em meu rosto quando ela sai do banheiro com um brilho feliz no olhar. Em vez disso, adoto o ar inocente do qual estou tão enfastiado e digo:

— Alguém andou ocupada enquanto eu tomava banho.

— Gostou? — ela indaga, devolvendo-me o mesmo ar inocente, com os olhos arregalados e um sorriso doce. Mas eu praticamente inventei essa merda, e não tem como ela me derrotar no meu próprio jogo. Nem agora, nem nunca.

— Amei. Já estava ficando entediado com aquele sistema para organizar os discos. — Quase me engasgo com as palavras, mas, de algum modo, consigo fazê-las sair. — Desse jeito, toda vez que eu pegar um álbum, vai ser uma surpresa.

— Foi exatamente o que pensei — ela concorda, com entusiasmo. — Eu sabia que você ia gostar.

— Gostei mesmo. Bastante.

Então, como meu olho está se contraindo visivelmente neste ponto, eu me viro e vou até a área do quarto. Ao fazê-lo, quero que ela deixe a situação como está. Que não tente mais me provocar.

Mas Grace e eu estamos presos aqui há meses, com aquele maldito dragão dando voltas e arremetendo contra as paredes e o teto sempre que pode. Já fizemos todas as pegadinhas existentes um com o outro a essa altura, então é evidente que ela não me deixa em paz.

Eu tampouco deixaria.

— Você gostou do que fiz com seu closet?

— Adorei — respondo, entredentes. — Pendurar as boxers foi especialmente engenhoso.

— Também acho. Quero dizer, imaginei que cuecas tão extravagantes como aquelas precisavam ser colocadas de um modo que fosse possível olhá-las todos os dias.

— Já as vejo todos os dias quando abro a gaveta. — Pego uma cueca do cabide. — Mas isso é legal também.

E quando olho para a cueca, vejo que ela fez muito mais do que simplesmente pendurar as malditas coisas nos cabides.

Por um segundo, fico chocado demais para fazer qualquer coisa além de encarar a peça em minha mão. Então começo a pegar as demais e a verificá-las. É óbvio que ela fez a mesma coisa em todas elas.

Ela usou canetinha preta para desenhar em cada uma das minhas cuecas boxers da Versace.

Naquelas com rostos, desenhou bigodes e, em vários casos, até acrescentou uns chifrinhos de demônio. Nas que não tinham rostos, ela desenhou relâmpagos, estrelas e também alguns efeitos sonoros de quadrinho. *Bam. Pow. Splash.*

Fico particularmente ofendido com aquelas que dizem *splash* bem em cima da minha virilha.

— Eram cuecas Versace — digo para ela e, não importa o quanto eu tente, não consigo disfarçar o horror em minha voz. Que tipo de monstro faz algo assim?

— Ainda são — ela responde, animada.

Juro que, se eu fosse um tipo diferente de vampiro, a garganta dela estaria estraçalhada agora. Já que não sou, paro um momento a fim de dobrar as cuecas e empilhá-las na cama.

Porque dois podem participar desse jogo.

Capítulo 28

UMA GRACE ENCHARCADA

— Grace —

A expressão no rosto de Hudson não tem preço. Na verdade, eu gostaria de estar com meu celular, porque queria tirar uma foto para guardar para o futuro. Aparentemente, ele era mais apegado àquelas cuecas do que eu imaginava.

Penso em cutucá-lo um pouco mais — só Deus sabe que ele adora me cutucar quando está ganhando —, mas então ele se vira e percebo que estou encrencada.

E não é qualquer tipo de encrenca. É das bem grandes. E não há absolutamente nenhum lugar para onde eu possa ir.

Dá para ver os cálculos que ele está fazendo só de vislumbrar o brilho daqueles olhos azuis, e sua boca está encurvada naquele sorriso torto e ridículo que sempre indica que ele está aprontando alguma coisa. Pior ainda, as pontas de suas presas aparecem sobre os lábios inferiores, o que é tanto uma promessa quanto uma ameaça.

Há seis meses, eu estaria convencida de que estava prestes a morrer. Agora estou só parcialmente convencida.

Hudson desfere um passo na minha direção e, por um instante, meus olhos se voltam para a porta. Pela primeira vez desde a noite em que chegamos aqui, penso seriamente em me arriscar com o dragão. Porque é evidente que ele vai me matar, mas pelo menos é provável que seja rápido.

Isso é mais do que a expressão no rosto de Hudson me sugere no momento.

— Nem pense nisso — o vampiro rosna, e está certo. Sei que está. Mas isso significa que só há um lugar onde posso me esconder.

— Espere um segundo — peço-lhe, levantando a mão, como se quisesse detê-lo. — Podemos conversar a respeito.

— Ah, é o que pretendo fazer — ele responde, enquanto dá outro passo deliberadamente na minha direção.

— Foi uma brincadeira. Eu só estava tentando... — Merda. Saio correndo em disparada na direção do banheiro.

Mais sete passos, mais quatro passos, mais dois...

Hudson me alcança por trás, e o impulso dele arremessando o corpo contra o meu enquanto corro nos lança banheiro adentro. Começo a cair — mais uma vez, por causa da força dele atingindo minhas costas —, mas ele me pega no último segundo. Me pega em seus braços.

Quando ele dá um passo na direção do chuveiro, não sei se rio ou grito. Quando se aproxima do box e abre o chuveiro, acabo fazendo as duas coisas enquanto envolvo os braços ao redor de seu pescoço e o seguro como se minha vida dependesse disso.

— Ah, nem pensar — ele me diz, e o ultraje faz com que seu sotaque britânico se acentue ainda mais e se torne mais formal do que nunca. — Pode gritar o quanto quiser, mas, depois de estragar todas as minhas cuecas, você vai entrar na água.

— Não estão estragadas! — tento argumentar para ele entre gritos e risos. — Usei rímel. Você pode lavá-las...

— Não, *você* pode lavá-las. Depois que tomar um banho. — Mais uma vez, ele tenta me afastar de si e me empurrar para o que sei ser um banho gelado. Mais uma vez, agarro-me nele como craca na rocha, segurando-me nele com os braços e as pernas, apertando-o o máximo possível.

— Não faça isso, Hudson! — grito, ainda rindo, enquanto ele tenta se livrar de mim. — Não, não! Sinto muito! Sinto muito!

— Pelo amor de Deus — ele murmura, entredentes, dois segundos antes de entrar no chuveiro comigo em seus braços.

No instante em que a água gelada nos atinge, eu grito e ele xinga, cruel.

— Falei para você não fazer isso! — exclamo quando enfim recupero o fôlego, depois de rir tanto que as laterais do meu corpo doem.

— E falei para você que íamos fazer — Hudson responde, com uma fungada. — Qualquer pessoa que se dê ao respeito teria aceitado sua punição bem-merecida como uma mulher, em vez de berrar como um gato, alto o suficiente para acordar os mortos.

— Eu não *berrei como um gato!* Na verdade...

Neste instante percebo que continuo nos braços de Hudson. E agora estamos encharcados, o que significa que consigo sentir muito mais dele do que podia há alguns minutos. E ele definitivamente pode sentir — e ver — muito mais de mim.

Ele também deve ter percebido porque, no instante em que me afasto, ele já me solta — ou pelo menos deixa que eu deslize por seu corpo até que meus pés toquem o chão.

— Você está bem? — ele pergunta e, embora tenha dado um passinho para trás, seus braços ainda estão em minha cintura, para me firmar.

De repente, a expressão em seus olhos não faz mais com que eu queira fugir. Faz com que eu queira permanecer aqui.

O pânico ruge nas minhas entranhas ante esse pensamento, fazendo meu estômago se retorcer e o sangue correr em meus ouvidos.

— Estou bem — respondo, e me afasto dele com tanta força que escorrego no chão do box e quase caio de bunda.

Ele me segura, dessa vez com mãos tão gentis quanto um sussurro, e me ajuda a ficar em pé.

— Grace...

— Afaste-se de mim! — berro e, desta vez, quando me distancio, ele me deixa ir.

Capítulo 29

POR ACASO VOCÊ DISSE "TORTA"?

— Hudson —

— Você está bem?

Digo as palavras a contragosto, já que não estamos no melhor dos termos no momento. Não que já tenha sido diferente, mas tem sido particularmente ruim desde o grande incidente no chuveiro, na primavera passada.

Desde aquela manhã, Grace tem mantido distância. E tenho feito o mesmo. E isso tornou tudo excessivamente entediante nos vários últimos meses entre reorganizar minha coleção de discos de vinil, estudar novos chamados de pássaros e arremessar machados. Uma vez por mês, nós nos sentamos nas extremidades opostas do sofá e assistimos a um dos meus DVDs juntos, enquanto ela come pipoca. É o melhor dia do mês.

O único outro destaque dos meus dias que se estendem como um deserto entre as noites de filmes tem sido o despertador diário dela, às sete da manhã, seguido por, acredite ou não, uma competição não declarada de polichinelos — ou, como Grace diz, de exercícios completos. Venço na maioria dos dias, mas de vez em quando gosto de agitar um pouco as coisas e lhe dar uma chance.

Mas agora não parece que ela está chateada comigo. Parece outra coisa.

— Grace? — eu a chamo quando não responde. Mas ela não ergue os olhos do livro que está lendo. Na verdade, acho que nem me escutou.

Mesmo assim, espero mais uns segundos, só para o caso de eu estar errado. Entretanto, quando um minuto inteiro se passa e ela ainda não disse uma palavra, eu pigarreio. Bem alto. E pergunto novamente:

— Ei, Grace, está tudo bem?

Ela não diz uma palavra — o que tenho certeza de que é uma resposta em si.

Algo está errado com ela o dia todo, algo que posso afirmar pelo jeito como se contém. Como se tivesse medo de desmoronar se fizer qualquer movimento súbito. E talvez desmorone. Não sei.

Já me deparei com várias facetas diferentes de Grace ao longo do ano em que estamos presos aqui.

A Grace zangada, que em geral está determinada a me ver sofrer.

A Grace competitiva, que se recusa a ceder um milímetro sequer.

A Grace travessa, que gosta de causar o máximo possível de problemas.

A Grace em conflito, que não sabe o que quer ou por que quer.

Estou acostumado com essas Graces, aceito qualquer uma delas a qualquer momento. Mas essa é a Grace triste, e não tenho a mínima ideia de como lidar com ela. Definitivamente, não sei como fazê-la se sentir melhor.

Mas, com certeza, deixá-la mergulhar na própria tristeza não é o caminho. Não dessa vez.

Então, em vez de me afastar, dou meu primeiro passo não autorizado sobre aquela fita adesiva do One Direction em meses (exceto para pegar uma garrafa de água de vez em quando) e me sento no sofá ao lado dela. O fato de que ela não me empurra nem me manda dar o fora é a pista final de que há alguma coisa errada de verdade com ela.

Assim, só me resta uma coisa para tentar fazer a fim de ajudá-la. Deslizo para dentro da mente dela e dou uma espiada na lembrança bem ali na frente.

— Quero ver as focas bebês, papai! Vamos ver os bebês!

A pequena Grace — talvez com seis ou sete anos — passeia por uma rua à beira-mar, com um vestido de babados, branco com bolinhas vermelhas. Ela segura a mão de um homem de trinta e poucos anos, que também está bem-vestido.

— Não podemos, Grace. Elas não estão aqui nesta época do ano.

— O que quer dizer? Elas têm os bebês aqui, então devem morar aqui. — Grace parece tão chateada que, por um segundo, acho que ela vai bater os pés até que o pai a leve para ver as focas.

Mas seu pai se inclina e começa a lhe fazer cócegas, até que ela caia na gargalhada, um som alegre que preenche toda a lembrança e faz com que meu peito fique apertado.

— As coisas não funcionam assim — ele explica, depois que a risada cessa. — Tudo tem um momento e, agora, é o momento de elas estarem em sua outra casa, onde a água é mais quente.

— Porque é inverno e logo aqui vai ficar muito frio? — Grace pergunta.

— Exatamente. Elas não têm uma casa onde possam se aquecer, como nós. Então precisam ir até onde a água é quente o bastante para ficarem confortáveis.

Grace parece ponderar a respeito e, por um instante, os dois continuam a caminhar, balançando as mãos dadas para a frente e para trás.

— Quando voltarem, vão ficar aqui por um tempo? — ela pergunta. — E ter seus bebês?

— É claro que sim — seu pai garante.

— E você vai me levar para ver elas... desde que a gente não chegue perto demais. As focas precisam de espaço para se sentirem em segurança. — Ela diz a última frase como se fosse algo que já lhe falaram um milhão de vezes antes. O que, a julgar pela cabeça-dura que sei que ela é, provavelmente foi o que aconteceu.

— Sem dúvida. Adoro ver os bebês também.

— Mal posso esperar! — A pequena versão dela bate palmas, então contempla o pai com os imensos olhos castanhos. — Quanto tempo preciso esperar?

Ele sorri e encosta o indicador na ponta do nariz dela.

— Cinco ou seis meses, querida. Elas chegarão no fim de abril ou começo de maio.

— Abril é depois de março — recita ela, com uma voz cantarolada. — E março é depois de fevereiro, e fevereiro é depois de janeiro.

O pai gargalha agora, balançando a cabeça como se ela fosse a coisa mais fofa que ele já viu. E talvez seja. Pais são estranhos com relação aos filhos. Não os meus pais, obviamente, mas a maioria dos pais sim.

— Você está absolutamente certa. É assim que os meses passam.

— Mas isso está muito longe. Vai demorar *para sempre*. — Grace parece inteiramente desapontada.

— Você ficaria surpresa em ver como *para sempre* passa rápido quando se está ocupado — seu pai responde. — Os bebês estarão aqui antes que você perceba.

— E você vai me trazer para ver eles? — Ela observa o rosto dele como uma jogadora de pôquer à procura de um blefe.

O homem solta outra gargalhada.

— Sim, prometo. Vou trazer você para ver as focas em abril. — Ele lhe estende a mão. — Temos um acordo?

Grace pensa naquilo um segundo, e então aperta a mão dele.

— Temos um acordo! — Ela abre um sorriso de orelha a orelha e, pela primeira vez, percebo que está sem os dois dentes da frente. Fica lindo nela — ridiculamente adorável —, algo que Grace usa a seu favor quando prossegue: — Podemos ir até a praia agora, papai? Sei que não vamos ver focas, mas quero ver as ondas.

— Hoje não, querida. Trarei você no fim de semana, e então veremos as ondas. Mas primeiro temos de ir ao mercado para a mamãe. Lembra? Ela precisa que compremos mais creme de leite, para ela fazer chantili para a torta de abóbora.

Grace bate palmas.

— Gosto de torta de abóbora!

— Eu também, minha menina preciosa. Eu também. — O pai bagunça o cabelo dela. — Que tal se apostarmos uma corrida até o mercado ali na esquina? Quem ganhar fica com o maior pedaço de torta.

Grace revira os olhos — um movimento com o qual estou intimamente acostumado.

— Você sempre fica com o maior pedaço de torta.

— É mesmo? — seu pai finge estar surpreso. — Talvez seja porque eu sempre venço.

— Não dessa vez! — Grace sai correndo o mais rápido que pode com suas perninhas.

Seu pai não demora a alcançá-la, pegando-a nos braços e colocando-a sobre os ombros.

— Dessa vez, nós dois ganhamos — ele lhe diz enquanto os dois se abaixam a fim de passar pela entrada do mercado.

— Eba! Isso significa que vamos comer a torta inteira!

— Não acha que devemos deixar um pedacinho para a mamãe? — Eles começam a percorrer os corredores do mercado até a área de laticínios.

— Um pedaço bem pequenininho? — pergunta, fitando o pai com desconfiança.

Ele disfarça uma gargalhada.

— O menor pedaço de todos os tempos.

— Ok. Acho que assim está bom. — Ela parece tão relutante que tanto o pai dela quanto eu caímos na risada.

— Amo você, querida.

— E eu amo você, papai — responde, com doçura. E então: — Aaaah, podemos comprar chiclete?

O pai balança a cabeça enquanto pega um pacote de chicletes e entrega para a filha.

— Eu te dou um dedo e você quer logo três, não é, Grace?

— Três é meu número de sorte — ela diz enquanto revira o pacote de chiclete nas mãos.

— Aposto que é — ele responde. — Aposto que é.

Capítulo 30

TORTA DE CLIMÃO

— Hudson —

Hoje é Dia de Ação de Graças, percebo ao sair de sua lembrança. Logo que descobrimos que estávamos presos aqui, Grace abriu uma gaveta na cozinha e tirou um calendário de lá. Quando marcou o dia de hoje, para mim foi o sinal de que ela estava pronta para o polichinelo diário. Como não percebi que dia era hoje?

Não é de se estranhar que Grace esteja tão chateada. Hoje é o começo da segunda temporada de feriados que ela vai passar sem os pais, trancada no meu covil, sem um final à vista.

Não sou americano — o Dia de Ação de Graças não significa nada para mim —, mas até eu entendo o golpe que ela está sentindo agora. Só não sei que diabos fazer a respeito.

— Você quer preparar uma torta de abóbora? — pergunto, porque é nisso que ela estava pensando em suas lembranças. E porque um peru parece muito além das nossas habilidades culinárias.

— Não sei preparar torta de abóbora — ela responde e, ainda que seja uma resposta negativa, a reação me indica que estou no caminho certo. É a primeira frase que ela me diz o dia inteiro.

— Quão difícil deve ser? — comento. — Um pouco de abóbora, um pouco de açúcar... — Presumo que vá açúcar na torta. — Um pouco de massa. E está pronto, simples assim. — Estalo os dedos.

Ela solta uma risada, e é uma daquelas risadas tristes, meio fungadas, que corta um homem ao meio.

— Tenho quase certeza de que é um pouco mais do que isso.

— Bem, vamos descobrir. — Eu me levanto e lhe estendo a mão. Grace apenas olha para minha mão e para mim, e vice-versa, até que por fim a segura e me deixa ajudá-la a ficar em pé. — Mas você vai ter que me deixar usar a cozinha.

— Você já saiu do seu lado mesmo — ela observa. — O que é mais uma hora?

— Exatamente o que penso.

— Quero que esteja registrado em ata que estou dizendo que acho que isso vai ser um desastre irreparável — declara enquanto seguimos para a cozinha.

— Quem se importa? — respondo, com um dar de ombros. — Só estamos nós dois aqui. E eu nem vou saber se está boa ou não.

Grace pondera a respeito por um instante.

— É um bom argumento.

— Sempre tenho bons argumentos. É você que em geral não está a fim de prestar atenção a eles — falo para ela. — Além disso, a torta pode ficar deliciosa quando finalmente terminarmos.

— Sim, bem, não vou apostar meu oxigênio nisso..

Ela abre o armário e retira uma abóbora enlatada, algo chamado leite evaporado, que parece assustador demais, e um punhado de temperos, um pouco de açúcar, e um pouco de farinha.

— Talvez seja uma boa ideia — digo para ela, mirando a fila de ingredientes diante de nós, sem ter a mínima ideia do que fazer com eles. — Você poderia desmaiar.

Grace dá uma risada enquanto vai até a geladeira.

— O que aconteceu com sua fé e entusiasmo sem limites?

— Acho que têm limites.

Aquilo a faz rir ainda mais, o que é exatamente a minha intenção.

— Ok, então o que fazemos agora? — pergunto.

— Estamos com sorte. Tem uma receita na lata. — Ela levanta a lata depois de colocar uma bandeja de ovos e um pouco de manteiga na fila de ingredientes no balcão.

— Bem, isso certamente parece trapaça — comento, com uma fungada, ainda que deva admitir para mim mesmo que estou secretamente aliviado. — Eu estava pensando em improvisar.

— Ah, teremos muitas oportunidades de improvisar — ela rebate, revirando os olhos. — Não tem receita da massa.

— *Isso* parece ser um problema. — Olho para o saco bem intimidante de farinha. — Existe alguma lei que diga que uma torta necessariamente precisa de massa?

— A massa é basicamente a característica que define uma torta, Hudson. — Grace balança a cabeça exasperada. — Caso contrário, é só... fruta.

— Humm. — Finjo que estou refletindo sobre as palavras dela. — Você tem um argumento sólido.

Grace pega uma tigela grande.

— Sei que tenho. Embora tecnicamente a abóbora seja um pouco diferente das outras frutas.

Brinco um pouco com as palavras dela mentalmente.

— Nem sei o que isso quer dizer.

— Quer dizer... — Ela para e me dá um sorriso pesaroso. — Não importa. Não faz diferença para a torta como um todo.

— Então por que estamos perdendo tempo falando sobre isso? — pergunto, perplexo. — Já não temos uma batalha difícil o bastante com essa receita de massa de torta que temos que tirar do nada?

— Temos — ela concorda. — Realmente temos.

Mas ela não se move para fazer nada. Em vez disso, fica parada ao meu lado, e nós dois encaramos os ingredientes.

Depois de um tempo, no entanto, já li tudo o que há para ler em cada um dos ingredientes pelo menos três vezes.

— Entãããããão. Vamos fazer isso?

— Não me apresse, Vega. Estou só me aquecendo.

— Então tá. — Levanto as mãos em rendição zombeteira. — Longe de mim apressar a gênia.

Para lhe conceder mais tempo, vou até a geladeira e pego uma garrafa de água.

— Acho que você quer dizer apressar o desastre — ela comenta.

Dou de ombros.

— É biscoito ou bolacha?

— Acho que você quer saber se é abóbora ou jerimum.

— Está delirando? — Dou um olhar levemente horrorizado para ela, que é totalmente de mentira. — Acho que você devia deixar os jogos de palavras comigo.

— Tudo bem. — Grace me mostra a língua. — Mas, quando ficar entediado, não venha correndo para mim.

Então ela arregaça as mangas e joga um punhado de farinha na tigela diante de si.

Uma nuvem de pó branco se levanta e nós dois tossimos.

— Bem, acho que recebemos nota máxima até agora — sugiro, quando enfim consigo respirar novamente. — O que vem a seguir?

— Manteiga?

Ergo uma sobrancelha para ela.

— Está me perguntando ou me dizendo?

— Não tenho ideia. — Ela sorri para mim.

Pego a manteiga e a tiro da embalagem.

— Tudo bem, então. Aqui vai. — Começo a misturá-la com a farinha.

— Espere! — Grace está gargalhando agora, e é uma mudança tão brusca com relação a quando estava no sofá que o alívio percorre meu corpo. Não tenho ideia de como preparar uma torta ou uma massa de torta, mas o farei para sempre se isso fizer Grace sorrir desse jeito. Não sei o que isso quer dizer a meu respeito, mas terei que descobrir mais tarde. Fazer tortas é um trabalho surpreendentemente árduo. — Precisamos separar o tampo da torta.

— E eu deveria ter alguma ideia do que isso significa?

— Significa que... — Ela balança a cabeça enquanto pega a manteiga da minha mão. — Não importa. Apenas observe e aprenda.

— Com a especialista? — indago, sem expressão.

— Entre nós dois? Sim.

— Bem observado. — Observo enquanto Grace corta a manteiga em quadradinhos e então os esmaga com os dedos entre a farinha. — Achei que você não soubesse como fazer isso.

— Bem, vi minha mãe fazendo isso uma centena de vezes. Mas não tenho ideia se as medidas estão certas. Imagino que vamos terminar ou com massa de torta ou com massinha de modelar, então é uma situação na qual só temos a ganhar.

— Massinha de modelar? — pergunto, cauteloso, sem ter certeza de querer saber do que se trata. O nome não inspira muita confiança quando se trata de cozinhar.

— Não se preocupe com isso. — Ela vai até a pia e enche um copo de medida com água, e então o acrescenta lentamente à mistura de farinha e manteiga até que se torne uma espécie de bola coesa.

— Então, esta é a massa? — questiono, espiando a tigela quando ela finalmente para de sovar.

— É alguma coisa — responde, cutucando a bola meio bege com um dedo. — Se é ou não massa, acho que vamos descobrir em breve.

— Hummm... — Não sei o que responder para aquilo.

— Não fique tão preocupado. Vai dar tudo certo. Talvez. — Grace se dirige à pia com o intuito de lavar a mão. — Por que não começa a preparar o recheio enquanto tento encontrar minhas mãos embaixo de toda essa coisa?

— Eu? — Tento parecer imperturbável, mas minha voz sai quase como um grito. Limpo a garganta antes de tentar novamente. — Você quer que eu faça o recheio?

— A ideia foi sua. E você disse que *nós* íamos fazer essa torta.

Não tenho argumento contra isso, então pego a lata e leio as instruções. Então começo a medir, a colocar os ingredientes e a misturar tudo usando o melhor das minhas habilidades. Que não são muitas, mas o entusiasmo conta para alguma coisa, certo?

Finalmente está pronto, e Grace coloca a gororoba de aparência estranha na massa de torta que ela arrumou em uma fôrma. Então coloca tudo no forno, e nós dois ficamos parados diante da porta de vidro, observando nossa obra de arte.

— Isso vai ficar completamente intragável — declaro, depois de um minuto.

— Tenha fé — ela me diz. — A aparência é essa mesma.

— Tem certeza? — rebato, com as sobrancelhas erguidas, enquanto nós dois começamos a limpar tudo.

— Não, mas acho que sim. — Grace suspira e então me olha com uma expressão séria de onde está guardando os ingredientes. — Obrigada.

— Pelo quê? — pergunto.

— Por isso. — Ela solta um suspiro profundo e trêmulo antes de sussurrar. — Eu costumava fazer isso com meu pai. Todos os anos, desde que tinha cinco anos.

— Sinto muito — digo para ela, constrangido, e quero lhe dar uns tapinhas nas costas, ou algo assim, como fazem nos programas de TV. Mas tenho restos de massa até os cotovelos, e não tenho certeza se ela quer que eu a toque, de qualquer modo. Só por precaução, no entanto, vou até a pia e me limpo.

— Está tudo bem. — O suspiro dela parece lacrimoso, o que me assusta mais do que quero admitir. — Sabe, quando eu tinha cinco anos, perdi meu primeiro dente da frente antes do Dia de Ação de Graças. Ele simplesmente caiu, mas então perdi o outro em um acidente de bicicleta. Fiquei totalmente ridícula.

— Não, você ficou adorável — comento, antes que consiga me conter.

Grace para com a mão na porta da despensa, olha para mim com ar confuso e então compreende o que aconteceu.

Bem quando acho que Grace vai começar a gritar comigo por ter invadido suas lembranças de novo, ela milagrosamente continua:

— Aquele dente da frente, aquele que foi arrancado no acidente, depois cresceu de um jeito bem estranho. Quando fiquei mais velha, as outras crianças costumavam zombar muito de mim.

— Crianças são terríveis — comento, como se tivesse uma ideia.

Ela me observa por um segundo, e então olha para as próprias mãos. Quando fala novamente, é quase um sussurro.

— Estou tão sozinha.

Não é muito bom ouvir aquilo, considerando que estou bem aqui, com farinha nos cabelos e massa de torta embaixo das unhas. Mas como essa é a maior interação que tivemos em meses, como vou culpá-la por se sentir assim?

Só porque não me sinto sozinho, não quer dizer que ela não se sinta. A maioria das pessoas não passou grande parte de vida em confinamento solitário.

— Vou comer a torta — digo para ela, em desespero. Descobrimos muito cedo que não sinto fome neste lugar, graças a Deus. A única coisa pior do que ficar preso com uma Grace que mal consegue me tolerar é ficar preso, mal sendo tolerado, e com vontade de tomar seu sangue.

— Acho melhor não. Por mais que eu aprecie sua oferta de se envenenar por mim, acho que vou deixar passar.

— Bem, a oferta permanece em pé — reitero, ao passo que ela abre o forno a fim de espiar lá dentro. — Só para você saber.

Aproximo-me dela e espio dentro do forno também, e meu estômago afunda. Sem chance que essa torta vai ser comestível. Parece mais um Frisbee do que comida.

— Obrigada. — Ouço outra falha em sua respiração e, dessa vez, quando olho para ela, impotente, Grace se permite encostar em mim.

No início, fico tão chocado que não sei o que fazer. Mas então os momentos de "treinamento de interação social" de Richard entram em ação, e coloco um braço desajeitado em volta dos ombros dela. Dou um tapinha em suas costas.

Grace responde se virando na minha direção e apoiando a cabeça no meu peito.

De novo, não sei exatamente o que fazer. Então, desta vez, faço o que parece ser mais natural. Coloco os braços ao redor dela, segurando sua nuca com a mão e a abraço enquanto ela chora.

E chora.

E chora.

Enquanto a abraço, percebo várias coisas. Uma: Grace se encaixa surpreendentemente bem em meus braços. Duas: o cheiro dela é muito bom — baunilha e canela. E três: meio que gosto de abraçá-la.

Eu gostaria que Grace não estivesse chorando — odeio que esteja sofrendo —, mas definitivamente não me importo com o jeito como a sinto encostada em mim. É uma descoberta estranha, uma sensação estranha, considerando que a última pessoa que abracei foi Lia depois que acidentalmente falei para ela me amar para sempre. Porém aquele abraço foi cheio de pânico, arrependimento e vergonha. Não sei o que é este abraço, mas não é nada do tipo.

— Pronto, pronto — murmuro para ela, dando os tapinhas mais delicados que consigo em suas costas. — Vai ficar tudo bem.

Grace balança a cabeça para a frente e para trás, apoiada em meu pescoço, e tento não perceber, com quase certeza, que há um pouco de ranho dela correndo pelo meu peito, por dentro da camisa.

Depois de um tempo, ela respira fundo e solta um ar trêmulo.
— Sinto muito.
— Por quê? Todo mundo chora de vez em quando.

Ela se afasta um pouco para me encarar, com os olhos vermelhos e inchados, e as bochechas marcadas pelas lágrimas.
— Você também?

A pergunta me surpreende e, conforme mantenho seu olhar, tento decidir se ela quer mesmo a verdade ou se só está procurando um pouco de empatia.

Porque, para ser honesto, não choro desde que era muito jovem.

Não desde que meu pai sádico me trancou em uma prisão de concreto pela enésima vez naquele ano, e me avisou que ou eu lhe dava o poder que ele desejava ou ficaria trancado pelo resto da vida.

Enquanto estava deitado naquela tumba escura como o breu para "pensar nas minhas escolhas", sozinho, assustado e zangado como o inferno, por fim cedi à raiva e gritei para o universo contra a injustiça da minha vida, batendo com os punhos contra as paredes de pedra da minha cripta até que os nós dos meus dedos ficaram em carne viva e minha voz ficou rouca. E, quando a luta foi drenada de mim, comecei a implorar.

Implorei para os deuses que sequer sabia existirem, várias e várias vezes, que simplesmente me deixassem desaparecer. Que permitissem que eu fosse embora. Que transformassem minha alma em pó e deixassem o vento me levar para longe. Eu já tinha poder de transformar outras coisas em pó, então por que não podia fazer isso comigo mesmo?

Eu devo ter desejado tanto... porque realmente consegui. Desintegrei a mim mesmo.

Meus ossos, sangue e células se esfacelaram sob o peso da minha raiva e do meu desespero, e minha alma se partiu em um bilhão de pedaços que ainda eram eu e, ao mesmo tempo, não eram.

Estava finalmente livre.

Não sei para onde fui. Não acho que estava morto, mas tampouco estava vivo, exatamente. Toda a certeza que eu tinha era de que o pânico, a solidão e a raiva — que eram basicamente tudo o que eu conhecia — se desintegraram comigo.

Foi o único momento de paz que já senti.

Todavia, depois de um tempo, já que o universo gosta mesmo de foder comigo, retornei. Sozinho na escuridão mais uma vez. Mas dessa vez foi muito pior.

Eu tinha conseguido permanecer trancado na tumba pela maior parte da minha vida porque não conhecia outra coisa. Era assim que as circunstâncias eram. Mas não eram. Não de verdade.

Havia um lugar neste mundo onde eu podia me sentir seguro — eu tinha visto e vivido lá. Só não recebera permissão para permanecer.

E então chorei.

Porque a felicidade não aparenta ser algo que pessoas como eu deveriam experimentar. Isso só faz com que queiramos ter muito mais do que nos é permitido.

Balanço a cabeça, tanto para trazer meus pensamentos de volta ao presente quanto para responder à pergunta de Grace. Penso em lhe revelar a verdade mas, em vez disso, digo:

— Sim. Às vezes.

Grace assente com a cabeça, então vai até a pia lavar o rosto. Acho que já está se sentindo melhor, mas, enquanto seca o rosto, ela sussurra que mal dá pra ouvir a sua voz:

— Não consigo me lembrar da voz de Jaxon. Tentei, mas simplesmente não consigo.

Começo a lhe dizer que é porque ela passou muito mais tempo aqui comigo do que já passou com ele. Contudo, algo me sugere que isso não vai nos tornar amigos. Neste instante, ela parece precisar muito mais de um amigo do que de um parceiro de briga.

— Quer que eu verifique? — Ofereço depois que se passam alguns segundos. — Posso verificar, ver o que está acontecendo.

Ela parece intrigada.

— Verificar o quê?

— O elo entre consortes.

— Sério? — Ela arregala os olhos. — Você consegue ver?

Confirmo com um gesto de cabeça.

— Sim, é claro. Eu o vi logo que ficamos presos aqui.

Não menciono que também olhei naquele dia do grande incidente do chuveiro. E todos os dias depois disso.

Não pude deixar de verificar, para confirmar se o que eu tinha notado no dia anterior, e no dia antes disso, era realmente verdade.

O elo entre consortes com Jaxon tinha desaparecido.

Não estava fino ou translúcido. Tinha sumido por completo.

Quando percebi isso pela primeira vez, corri até o banheiro e vomitei sem ter nada no estômago por quase dez minutos. Falei para Grace que tinha experimentado um dos biscoitos dela, mas não era nada disso.

Elos entre consortes são para sempre. Todo mundo sabe disso. O único jeito de um deles desaparecer é se um dos consortes morre. Até onde eu podia afirmar, Grace não estava morta. E isso só podia significar uma coisa: Jaxon tinha morrido.

Foram tantas as vezes que quis chutar o traseiro do bastardinho até cansar que perdi as contas. Mas nunca, nenhuma vez, desejei que ele morresse. Eu iria preferir morrer no lugar dele, e fiz isso, do que o ver ferido de verdade.

Relutei em contar para Grace, mas no fim decidi que não fazia sentido. Pelo menos ela tinha as lembranças e chegou a mencionar algumas vezes que, a essa altura, imaginava que ele tinha aprendido a seguir em frente sem ela, e esperava que estivesse feliz.

Mesmo assim, eu não podia abrir mão da esperança de que meu irmão não estivesse morto. Então continuei verificando o elo entre consortes todas as noites antes de ela dormir.

Depois de um mês de luto pela morte de Jaxon, outra opção começou a crescer como uma semente dentro de mim. E se o elo tinha desaparecido porque Grace e eu nunca mais deixaríamos este lugar e a magia sabia disso, libertando-o? Ou então: e se alguma coisa estivesse errada com o elo? Eles só estavam ligados há pouco mais de uma semana antes de Grace acabar no meu covil e, para ser sincero, o elo deles nunca me pareceu certo desde a primeira vez que o vi. Algo parecia estranho nele, com as duas cores entrelaçadas daquele jeito.

Eu sabia que encontrar uma solução que não fosse o falecimento do meu irmão era como tentar segurar grãos de areia que escorriam por entre os dedos, mas o fiz mesmo assim. Noite após noite.

E toda noite, quando fecho os olhos, sei que tenho razão em não contar para Grace.

Enquanto observo a umidade que seca devagar em seu rosto, não posso deixar de questionar se não estou magoando-a ainda mais por não lhe contar a verdade e lhe dar uma chance de encarar o luto e seguir em frente.

Esfrego meu peito, sem perceber, na tentativa de soltar o aperto na minha respiração.

— Você pode olhar? — Ela engole em seco. — Quero que você olhe.

Respiro fundo e concordo com a cabeça. Então fecho os olhos e acesso o interior de Grace.

Imediatamente estou cercado por dúzias de cordões coloridos e brilhantes. Tomo cuidado para não encostar em nada enquanto sigo na direção onde vi pela última vez seu elo entre consortes com Jaxon, o mesmo lugar que verifico todas as noites.

Não fico nada surpreso em ver que sumiu.

Mas, quando me viro para ir embora, meu coração falha no peito. Simplesmente congela, como se tivesse se esquecido de como bater.

Fico parado ali por um segundo, depois outro e mais outro — com medo demais para respirar ou até mesmo piscar. Não sei quanto tempo fico plantado no lugar, encarando a cena mais assustadora que já vi, mas sei que poderia ser uma eternidade e, mesmo assim, não teria sido tempo o bastante para absorver tudo.

Porque o cordão fino que instintivamente sei que me conecta a Grace quadruplicou de tamanho desde ontem... e agora reluz com o azul mais brilhante que já vi.

Capítulo 31

UMA STALKEADA NO ELO

— Grace —

— Você está bem? — pergunto. — Parece prestes a desmaiar.
— Estou bem — ele murmura, com o olhar perdido. — Está tudo bem.
— Vai doer?
Isso parece atrair sua atenção de volta, e Hudson me dá um sorriso.
— Claro que não. O elo entre consortes não é feito para ser dolorido. — Ele balança a cabeça em negativo. — Se fosse, ninguém ia querer encontrar seu consorte.
— Eu não estava falando do elo. Estava falando... de você olhar.
— Ah. — Hudson me lança um sorriso suave, nada típico dele, e tudo em que posso pensar é que devo parecer ainda pior do que acho que estou. — Não. Já olhei.
— Olhou? — Meu coração bate algumas vezes com muita força. — O que encontrou? — Quando ele não responde de imediato, os nervos que mal estou controlando se agitam. — Me diga o que você encontrou.
Não é uma pergunta, e Hudson parece saber disso, porque suspira. Mas não hesita quando me diz:
— Ele sumiu.
— Sumiu...? — Balanço a cabeça, tentando esclarecer. — Não entendo.
— O elo entre consortes sumiu, Grace. Costumava existir, bem fraco, mas agora se foi. É como se nunca tivesse existido.
As palavras me atingem com a força de uma bola de demolição, me acertando com um poder que me deixa arrasada.
— Não entendo.
— Eu também não — ele me diz, e parece mais assustado do que eu já o vi. — Mas se foi. E tem mais uma coisa...
— Não acredito em você. — As palavras vêm bem de dentro de mim. Hudson recua como se eu o tivesse esbofeteado.

— Como é?

— Sinto muito, mas não acredito. Jaxon é meu consorte. — Não tenho nem certeza do que isso quer dizer de verdade, mas sei que isso não desaparece simplesmente. Se o elo pode se partir com tanta facilidade, qual a vantagem dele? — Vocês todos fazem um grande escarcéu sobre consortes serem para sempre. Então como isso simplesmente para de existir só porque sumi por um tempo?

— Não sei. — Ele parece tão frustrado quanto me sinto. — Só estou lhe dizendo o que eu vi.

— Ou o que você quer que eu acredite. — As palavras saem antes mesmo que eu saiba que vou verbalizá-las. Mas, assim que as falo, não me arrependo. Só porque Hudson preparou uma torta de abóbora comigo, não quer dizer que ele magicamente se tornou meu melhor amigo. E definitivamente não quer dizer que eu deva acreditar em tudo o que ele diz. Em especial quando o que ele diz não faz sentido algum.

— Ei, foi você quem disse que não conseguia mais sentir Jaxon. Eu estava apenas...

— Não é verdade. Eu disse que não conseguia me lembrar do som de sua voz, não que não conseguia senti-lo. — Olho feio para ele. — Está longe de ser a mesma coisa.

— Sério? — Ele ergue uma das sobrancelhas. — Então você consegue senti-lo?

— Eu... eu só... eu não... É complicado, ok?

— Sim. — Hudson ri, mas não há humor algum no som. — Foi o que pensei.

— Você não entende... — tento dizer.

— Entendo completamente. — O timer na cozinha apita; ele se levanta do sofá e caminha na direção da cozinha.

— Não se esqueça de usar uma luva térmica para tirar a torta do forno — falo atrás dele. Porque, ainda que esteja zangada com ele, não quer dizer que eu queira que se machuque.

Hudson ergue as mãos no que parece ser um sinal de paz de trás para a frente. Primeiro, acho que está dizendo "ok", entretanto, a julgar pela tensão em seus ombros, não posso deixar de pensar que ele acabou de mandar eu me foder ao estilo britânico.

— É sério? — pergunto. — Para que diabos é isso?

Hudson me fita por sobre o ombro com uma expressão que indica que eu devia saber. E é assim que nosso pequeno momento de paz acaba.

— Acho justo eu questionar o que você disse — declaro, me levantando do sofá.

— É mesmo? — Ele coloca a torta em cima do fogão. — Então por que diabos me pediu para olhar se não ia acreditar em mim?

É uma boa pergunta, uma para a qual não tenho certeza de ter uma resposta.

— Não sei. Acho que só queria uma garantia de que as coisas estão bem entre Jaxon e eu.

— Mas agora que parece que não estão, você mata o mensageiro?

Quando ele coloca dessa forma, sinto que sou eu que agi errado.

— Sinto muito. Não estou dizendo que você está mentindo. Só estou dizendo que talvez você tenha cometido um engano. Talvez você não soubesse onde olhar...

— Eu sei onde olhar.

— Ok, tudo bem. Mas ou você cometeu um engano ou está mentindo para mim. Porque Jaxon... — Minha voz falha. — Jaxon é...

— Seu consorte. Sim. Eu entendi. — Ele joga a luva térmica no balcão. — Desfrute da sua torta. — E então sai em direção ao quarto.

Enquanto Hudson se afasta, suas palavras sobre o elo entre consortes parecem reverberar dentro de mim, ficando mais altas e mais poderosas a cada segundo. O elo entre consortes se foi. Se foi. Se foi.

O pavor de que aquelas palavras possam ser verdade cresce dentro de mim até que se torna tudo em que consigo pensar. E é quando se dissolve o rígido controle que venho mantendo sobre minhas emoções desde que acabamos neste lugar.

Meu coração começa a bater acelerado.

Minha mente dispara.

O suor escorre pelas minhas costas.

— Ei, você está bem? — Hudson pergunta do outro lado do salão e, dessa vez, ele não parece preocupado. Parece alarmado.

— Estou... bem — consigo falar, arfando enquanto o pânico toma conta de mim, mas as palavras são quase inaudíveis porque não são verdadeiras. Não estou bem, e parece que nunca mais ficarei bem de novo.

Eu me curvo e apoio as mãos nos joelhos, enquanto tento puxar o ar para meus pulmões repentinamente famintos. É como se um *monster truck* tivesse estacionado no meu diafragma e, quanto mais luto para respirar, mais difícil fica.

Estou tremendo toda, e o salão gira ao meu redor, enquanto digo a mim mesma para respirar. Simplesmente respirar. Que aquilo é só um ataque de pânico. Que estou bem. Que tudo está bem.

Mas é mentira. Porque, neste instante, Hudson está preso na minha mente e estamos ambos presos só Deus sabe onde. Faz mais de um ano desde que meus pais morreram, mais de um ano desde que falei com meu tio, com Macy ou com *Jaxon*. E agora nosso elo entre consortes — a única coisa na qual eu vinha me apoiando durante toda esta confusão — pode realmente ter desaparecido?

Macy afirmou que o elo entre consortes só se rompe quando um consorte morre.

E isso me leva a pensar em uma de duas coisas. Ou Jaxon está morto ou eu estou, pelo menos morta naquele mundo. Lia disse que perder um consorte era excruciante, então não acho que Jaxon esteja morto. Tenho certeza de que eu teria sentido pelo elo se ele tivesse morrido. O que quer dizer... que nunca mais vamos sair deste lugar. No que diz respeito a Jaxon, eu *estou* morta.

É muita coisa. É coisa demais.

Tento respirar, mas é como se fosse estrangulada ao mesmo tempo que tento puxar o ar para dentro de meus pulmões apertados demais. Mas esse não é nem o pior problema que temos agora. Porque o maldito dragão voltou *de novo*.

Consigo ouvi-lo gritando, consigo ouvir suas asas gigantes batendo enquanto dá voltas sobre o telhado, à procura de uma abertura. Até agora, fomos capazes de consertar qualquer dano que ele tenha causado, contudo, em algum momento em breve, não haverá nada que poderemos fazer. Só posso consertar as paredes e o teto algumas vezes, antes que eles se tornem condenados. E, assim que isso acontecer, não haverá nada para impedir a entrada do dragão. Nada para impedi-lo de nos assar vivos.

Por enquanto ele ainda está lá fora, digo para mim mesma enquanto meu estômago se aperta e se contorce. O suor escorre pela minha espinha e minha vista escurece. Ele não vai entrar aqui. Não vai me machucar.

No entanto, é tarde demais para dizer isso para mim mesma. O pânico total tomou conta de cada parte de mim. Meus joelhos se transformam em água, e sinto que estou tombando para a frente, e que não há nada que eu possa fazer para me salvar. O pânico é muito avassalador, a ameaça é real demais, e não consigo racionalizar mais nada.

— Ei! — Hudson parece mais do que alarmado. Parece em pânico.

Junte-se ao clube, quero lhe dizer, mas o terror estrangulou minhas cordas vocais, e nada sai. Ele acelera na minha direção — ou pelo menos é assim que Hudson chama quando se move ridiculamente rápido — e, ainda que eu tenha erguido os braços em uma tentativa fútil de me proteger, ele me pega um segundo antes que eu atinja o chão.

Capítulo 32

ALGUNS ELOS NÃO PODEM SER ROMPIDOS

— Grace —

— Peguei você — ele avisa.

E me pegou mesmo, apesar da briga que acabamos de ter.

Hudson me ajuda gentilmente a ficar em pé, e então pede:

— Olhe para mim, Grace. Não se preocupe com mais nada. Apenas olhe para mim e respire. Inspire e expire. Inspire e expire.

É mais fácil falar do que fazer, considerando que o dragão continua a bater com o corpo na parede bem atrás de nós. Os tijolos gritam em protesto e o pó do reboco cai no chão aos nossos pés.

Mas não é só o dragão que me faz surtar. Consegui manter os ataques de pânico sob controle desde nosso primeiro dia aqui dizendo a mim mesma que tudo ia ficar bem. Prometendo a mim mesma que encontraríamos um jeito de sair daqui e eu encontraria um jeito de voltar para Jaxon. Que não importa quanto tempo meu cérebro nos mantivesse presos aqui, em algum momento eu encontraria o caminho de volta para meu consorte novamente — e para a nova vida que eu estava começando a construir.

Agora, se Hudson está certo, tudo se foi. Assim como meus pais. Assim como minha vida em San Diego. Até a Academia Katmere se foi. Estamos aqui há mais de um ano, o que quer dizer que eu devia ter me formado há seis meses. Eu devia estar na faculdade, ou pelo menos tentando descobrir o que fazer com minha vida, em vez de presa com Hudson enquanto um dragão raivoso tenta matar a nós dois.

É de se admirar que eu esteja tendo um ataque de pânico? A pergunta mais razoável a se fazer é por que diabos Hudson não está também?

Mas, de algum modo, ele está tranquilo. Enquanto fala comigo, seu rosto está totalmente calmo. Seus olhos estão estáveis, sua voz é tranquila e as mãos com as quais ele ainda segura meus braços são tão gentis quanto apoiadoras.

Mesmo assim, não consigo respirar. Não consigo atravessar o terror que apaga as extremidades da minha mente.

O dragão ruge antes de atingir a parede de novo e eu solto um grito de pavor completo pavor.

— Você consegue, Grace — Hudson me incentiva, e sua voz está mais firme do que há alguns minutos.

Nego com a cabeça, ainda que tente respirar fundo. Normalmente, eu concordaria com ele — posso lidar com esses ataques de pânico e com o que quer que surja no caminho —, mas agora parece diferente. Parece que tudo pelo qual tanto lutei a fim de reconquistar desde que meus pais morreram está se desfazendo sob meus pés. E não acho que tenho forças para fazer tudo de novo.

— Qual é a alternativa? — Hudson pergunta. — Desistir?

Olho para ele, confusa.

— Espere. Eu disse isso em voz alta?

— Não precisa. Estou na sua mente, lembra?

— Não! — digo para ele, jogando as mãos para o alto enquanto paro de tremer e meus joelhos decidem que, no fim das contas, conseguem me suportar. — Não ouse falar sobre nada que você possa ter lido na minha mente. Você não tem o direito...

— Não tenho o direito? — Hudson estreita os olhos enquanto solta meus braços e dá um passo para trás. — Você está me mantendo prisioneiro aqui, e está me dizendo que não tenho o direito?

— Não é como se eu tivesse escolha! — Minha respiração se normalizou no último minuto, mais ou menos, e eu respiro fundo, soltando o ar devagar.

— Sim, nem eu — retruca. — E você não me vê reclamar.

— Está falando sério? Você está reclamando agora mesmo! — Dou uma bufada. — E não é como se eu estivesse na sua cabeça, lendo cada um dos *seus* pensamentos.

— Não, você apenas lê os meus *diários* — ele replica.

— Você tem razão, leio mesmo — rosno. — E talvez eu me sentisse mais culpada a esse respeito se você não tivesse passado o último ano remexendo nas minhas lembranças como se fossem uma série de TV.

— Tenho que me entreter de algum modo, não tenho? — Hudson gesticula na direção dos livros atrás de mim. — Você monopolizou todos os livros deste lugar no último ano.

— Ah, pobrezinho. Você só tem o PlayStation, o toca-discos, a estação de arremesso de machados e uma coleção extensa de DVDs para mantê-lo ocupado. — Faço minha expressão mais falsa de pena. — Como você conseguiria se entreter?

Antes que consiga responder, o dragão dá um grito particularmente alto e cruel. Eu me preparo para o pior — e posso sentir Hudson fazer o mesmo —, mas em vez de atingir o telhado com o corpo, ou fazer algo igualmente horrível, conseguimos ouvir suas asas batendo conforme finalmente desiste e vai embora. Por enquanto, pelo menos.

Assim que ele se afasta, o restante da minha ansiedade se vai junto, e percebo pela primeira vez que meu ataque de pânico acabou faz tempo. Discutir com Hudson me deixou tão brava que esqueci de surtar. Hum. Nunca imaginei que isso pudesse acontecer.

Mas quando Hudson me dá um sorriso torto verdadeiramente desagradável antes de voltar para a cama, não posso deixar de me perguntar se ele sabia exatamente o que estava fazendo. Se talvez, apenas talvez, ele tenha feito isso o tempo todo.

Eu quero ir atrás dele mas, no fim, não vou. Porque ele já está se deitando na cama. E não tenho nada de novo para lhe dizer.

Porém, quando me acomodo no sofá, não posso evitar o pensamento de que vai ser uma longa, longa noite enquanto me obrigo a aceitar o fato que nenhum de nós quer pronunciar em voz alta.

Estamos apenas ganhando tempo.

Vivos ou mortos, onde quer que estejamos neste limbo, tudo está prestes a acabar.

Porque tenho mais certeza do que já tive sobre qualquer outra coisa: o dragão chegou muito perto de nos torrar hoje, e não vai desistir da próxima vez.

Enquanto me encolho no sofá e puxo o cobertor até o queixo, não consigo impedir que lágrimas silenciosas escorram pelo meu rosto.

Choro lágrimas de raiva pelo que perdi com Jaxon.

Choro lágrimas de tristeza pelo fato de que Jaxon nunca saberá o que aconteceu comigo.

Choro lágrimas de esperança de que um dia alguém o ame tanto quanto eu o amei.

Choro cada emoção que estou sentindo e, quando a última lágrima seca em meu rosto, sei que era uma lágrima de alegria por ter sido tão amada por alguém tão maravilhoso, ainda que por pouco tempo.

Isso quase faz com que o fato de que vou morrer logo não seja tão horrível.

Capítulo 33

FINJA, OU VOCÊ NÃO VAI CONSEGUIR

— Grace —

Depois de chorar tudo o que tinha para chorar, ainda assim não consigo dormir.

Claro que Hudson não parece ter problema algum em cair no sono sem me dizer mais uma palavra. E está tudo bem. Tampouco tenho muito para falar para ele agora. Exceto, talvez, *obrigada* — por me ajudar com meu ataque de pânico e por preparar uma torta de abóbora comigo.

Tenho de admitir que nunca imaginei que qualquer uma dessas coisas fosse possível, mas talvez eu devesse. Li grande parte de seus diários ao longo do último ano, e todos eram tão contraditórios com relação ao cara que me disseram que ele era. O cara que tentou matar o próprio irmão. O cara que usa o controle da mente como se fosse a melhor invenção do século vinte e um. O cara que acredita na superioridade dos vampiros tão completamente que está disposto a matar por isso.

Esse é o Hudson que seu irmão conhece. O Hudson que todo mundo na Academia Katmere conhece. Então, por que começo a descobrir que o Hudson que conheço é uma pessoa muito diferente?

Ele faz ridículos chamados de pássaros.

Surta quando como perto de um de seus preciosos livros.

Arremessa machados como se os demônios do inferno estivessem atrás dele.

E se coloca entre um dragão cuspidor de fogo e uma garota que ele não tem motivo algum para ajudar.

Não faz sentido.

Será que existem mesmo dois Hudsons, ou um de nós entendeu tudo errado? E se um de nós se enganou, quem foi? Eles ou eu?

Mais ainda: como vou descobrir?

Quando me levanto à procura de uma bebida — e talvez um pedaço da torta de abóbora —, não consigo evitar dar uma espiada nos diários. Faltam ainda quatro volumes para eu terminar, mas talvez esse seja o problema.

Talvez esteja no último diário a resposta para como ele deixou de ser o garoto que comprou uma casa para seu tutor idoso até se tornar o sociopata contra quem todos me advertiram.

Talvez seja por isso que é o último diário.

Pego um pouco de água, corto um pedaço de torta para mim mesma e aceito que sou uma bela de uma hipócrita quando tiro o último diário de Hudson da prateleira.

Não sei por quê, mas estou convencida de que o jeito de impedir o dragão de atacar novamente é, de algum modo, tentar salvar Hudson.

Bem quando me acomodo no sofá e abro o volume, Hudson murmura alguma coisa indistinguível em seu sonho. Fico paralisada, com medo de tê-lo acordado, mas, segundos mais tarde, ele vira de lado e um de seus travesseiros cai no chão.

Libero um suspiro de alívio. Não que esteja exatamente estressada pelo fato de ele me descobrir — Hudson sabe que estive lendo os diários todo esse tempo. Mesmo assim, alguma coisa parece diferente depois da nossa discussão, ou o que quer que tenha acontecido hoje à tarde, e, pela primeira vez, me sinto um pouco culpada por estar fazendo isso.

Não culpada o bastante para *não* fazer. Mesmo assim, culpada.

Dou uma mordida na torta e, surpreendentemente, não está terrível. Não está ótima — a massa tem uma consistência meio esponjosa —, porém o gosto é bom o bastante para que eu dê uma segunda dentada. A torta da minha mãe é um milhão de vezes melhor, mas, considerando os ingredientes que Hudson e eu tínhamos, vou considerar um sucesso.

Dou mais algumas mordidas e então deixo o prato de lado. Posso estar lendo os diários de Hudson, mas não vou deixar migalhas neles. Ficar preso com ele por mais de um ano me ensinou isso muito bem.

Os primeiros três registros não são muito úteis, mas, quando viro a página, cada célula do meu corpo entra em alerta vermelho, ainda que eu não saiba o motivo. Talvez sejam as marcas profundas que a caneta deixou no papel, como se ele tivesse esquecido a própria força enquanto escrevia, ou talvez sejam as letras cortadas, que quase crepitam de indignação.

O que quer que seja, eu me preparo antes de começar a ler.

Bem, outro dia fora da cripta que termina da forma mais vergonhosa possível. E pensar que eu costumava esperar a chegada de um tempo no qual não seria mais mandado para baixo da terra. Acabei de ter meu encontro mensal para mostrar minha inutilidade a meu querido e velho pai, e afirmar que não correu bem seria um eufemismo. Richard fez todo um discurso estimulante sobre como eu não deveria deixar meu pai — ou minha falta de performance — me chatear, e depois pareceu chocado com o fato de eu não estar ainda mais chateado. Não tive coragem de lhe dizer que eu provavelmente teria ficado bem chateado se não tivesse concebido a coisa toda eu mesmo — bem, pelo menos minha parte nela.

Não sei o que deixa meu pai mais zangado — que o pequeno experimento dele não está se saindo tão bem quanto esperava, ou o fato de ter de descobrir isso diante de todo o conselho, que ele convidou para minha "demonstração".

Depois que fracassei espetacularmente — mas não tão espetacularmente, se sou sincero comigo mesmo —, ele me puxou até seu escritório opulento para uma "conversinha". Não tenho certeza de por que ele chamou isso de conversa, considerando que meu único papel durante todo o processo foi ouvi-lo me dizer o quanto sou inútil. Suponho que seja melhor do que realmente ter que conversar com ele.

— Vinte por cento não é uma taxa de performance aceitável — ele me disse, com aquela voz esnobe que me faz querer desintegrar suas cordas vocais toda vez que a escuto.

Eu queria falar para ele que eu discordava. Que vinte por cento era a taxa de performance perfeita para vender o que eu estava tentando vender — que meus poderes não são tão fortes quanto meu pai quer que sejam.

E mais ainda: que não são nem de perto tão fortes quanto realmente são.

O plano do meu pai era demonstrar minhas habilidades de controle da mente para o conselho hoje, não só para incentivá-los a apoiar seu mais recente plano de guerra, mas também para que soubessem que iríamos atrás deles na sequência, se recusassem lhe dar apoio.

Minha vida inteira — como tem sido — foi moldada a serviço desse objetivo dele de dominação do mundo. Só há um problema com esse plano, no entanto. Não tenho interesse algum nele. Zero. E isso significa que, quando entrei lá hoje, eu tinha meu próprio objetivo em mente: fracassar o bastante para que ele pensasse que sou incompetente, mas não o suficiente para achar que sou um traidor.

Se eu conseguisse controlar a mente de mais de cinquenta por cento de seus soldados, Cyrus teria considerado a demonstração um sucesso total e avançaria com seus planos para só Deus sabe o quê. Se eu fracassasse por completo, ele saberia que eu estava fingindo e agiria de acordo.

Não, vinte por cento era a taxa exata para convencer meu pai de que tenho algum poder, mas não demais. Mais importante ainda: é a quantidade certa para garantir que ele resolva que não estou nem perto de estar pronto para ser liberto no mundo. Que seu plano perfeito vai falhar, assim como eu, se ele executá-lo de maneira prematura.

Claro, vender isso tão bem quanto vendi significa que posso esperar mais vários anos sendo espancado até perder os sentidos por seus homens, tentando forçar a maturação de poderes que já tenho. E, ainda que eu faça quase qualquer coisa para evitar um espancamento de um de seus soldados de merda, não estou disposto a pegar o caminho mais fácil às custas da vida de tantas pessoas.

Que será, será. O que quer que vá ser, que seja, porra.

E, sim, estou bem ciente do fato de estar citando a música de um filme de Hitchcock. Mas devo dizer que, depois de mais do que algumas vidas lidando com Cyrus, aprendi que o terror é sempre apropriado.

Sacrifícios precisam ser feitos, e sou o cara certo para fazê-los.

Além disso, quem não gosta de um pouco de baba de lobisomem depois que ele lhe dá um chute nas bolas?

Capítulo 34

ENTENDI TUDO ERRADO

— Grace —

Ah, meu Deus. AH, MEU DEUS.

Encaro as palavras na página até que elas fiquem borradas e todas misturadas. Então pisco os olhos e leio tudo de novo. E mais uma vez. E mais uma.

Elas reverberam no meu coração, se enterram sob minha pele, até alcançarem minha alma, enquanto a verdade chega ao seu destino. Não pode ser verdade. Não pode ser verdade.

Não sei o que aconteceu em Katmere no ano em que Hudson morreu.

Não sei por que Jaxon acredita no que acredita.

Não sei por que *todo mundo* acredita no que acredita.

Mas não é verdade.

Folheio os registros seguintes do diário, lendo-os o mais rapidamente que posso. Leio sobre o quanto Hudson odeia o pai, sobre como Cyrus conseguiu recrutar tantos membros das famílias paranormais de elite para se juntarem a ele. E como Hudson está determinado a impedi-lo, não importa o quê.

Como Jaxon conseguiu entender tudo tão errado?

Como todos nós não enxergamos?

Será que Lia — Lia, entre todas as pessoas — foi a única que viu a verdade?

Fico enjoada só de pensar naquilo, e o pânico retorna. E se Jaxon tivesse escutado Lia logo no início? Conversado com o irmão, em vez de presumir o pior? Talvez toda aquela sequência de sacrifício humano não precisasse ter acontecido.

Meu estômago se revolve ante as lembranças e com os "deveria ter sido", e tenho de sair em disparada para o banheiro. Quase não consigo chegar a tempo.

Meus joelhos atingem o chão, e vomito toda a torta de abóbora que acabei de comer. Tento fazê-lo em silêncio — a última coisa que quero é acordar Hudson enquanto a evidência do que estive fazendo ainda está largada no sofá. Além disso, não estou pronta para encará-lo.

Não sei se algum dia estarei pronta para encará-lo, mas tenho certeza de que não estou pronta agora.

Mas vampiros têm uma audição incrível e, apesar de todo o fingimento em contrário, Hudson tem o sono leve. O que quer dizer que, quando acabo de dar a descarga, ele está parado na porta.

— Você está bem? — pergunta, enquanto abre o pequeno armário do banheiro e pega uma toalha de rosto.

— Estou bem. Muita torta de abóbora, acho.

— Muito alguma coisa — murmura, colocando a toalha sob a água fria. — Tome, coloque isso no pescoço. Vai ajudar com a náusea.

— Como sabe? — questiono, curiosa, sem buscar o confronto. — Os vampiros têm o mesmo problema?

Vou até a pia a fim de pegar minha escova de dentes e a pasta, quando ele responde:

— Na verdade, não. Mas sabemos quando há um fluxo de sangue realmente forte em sua artéria carótida. — As presas dele brilham quando sorri. — Portanto, é lógico que colocar uma compressa fria aí vai ajudar.

— Ah, certo. — Dou um sorriso fraco depois de escovar os dentes e enxaguar a boca. — A velha artéria carótida.

Por um segundo, lembro-me de Jaxon acariciando meu pescoço antes de afundar as presas. Consigo sentir meu rosto corar e, de repente, o banheiro parece pequeno demais. É estranho pensar em algo tão pessoal enquanto Hudson está parado pouco mais de meio metro à minha frente.

— Podemos voltar ao salão principal? — indago, baixinho, sem querer passar por ele, mas querendo de verdade dar o fora daqui.

— É claro. — Hudson recua no mesmo instante. — Tem certeza de que está bem?

— Estou bem. Juro.

Mas, no minuto em que voltamos ao meu sofá, os olhos dele pousam no diário aberto.

— Uma leitura leve? — ele quer saber, com uma sobrancelha erguida.

— Sinto muito. Sinto muito mesmo. — E então jogo meus braços ao redor dele.

Não sei quem está mais chocado.

— Está... tudo bem — balbucia, parecendo não entender nada.

Mas só o aperto com mais força — meus braços parecem totalmente fora do meu controle agora —, abraçando-o de um jeito que ninguém jamais o abraçou antes. Abraçando-o do jeito que ele sempre devia ter sido abraçado.

Por sua mãe.

Por seu pai.

Por Jaxon.

Por Lia.

Por todas as pessoas que deviam tê-lo amado. Que deviam ter cuidado dele.

Em resposta, Hudson dá um tapinha desajeitado na minha cabeça. Ele chega até a murmurar:

— Pronto, pronto.

E parece muito britânico ao fazer isso.

Mesmo assim, não o solto.

Depois de um tempo, seus braços se movem até minhas costas. Devagar, hesitantes, como se não tivessem ideia de como abraçar alguém. E então Hudson também está me segurando com força. Com tanta força que mal consigo respirar. E está mais do que bem.

Depois de um tempo, ele se afasta.

Eu o solto, à espera de que coloque alguma distância entre nós. Mas ele não o faz. Na verdade, só se afasta uns milímetros, de modo que nossas respirações rocem a pele um do outro.

— Hudson...

— Grace...

— Você primeiro — digo para ele, com um sorriso. Não tenho ideia do que vou falar, de qualquer maneira.

Mas ele não se pronuncia. Em vez disso, coloca um dedo sob meu queixo e ergue meu rosto na direção do dele. Nossos olhares se observam por um longo e impossível momento, e tudo dentro de mim fica imóvel.

Mesmo assim, Hudson espera. Ainda com os olhos presos aos meus. Não sei se espera permissão ou pede perdão.

Depois de um tempo, deve ter conseguido a resposta que esperava porque começa a se mexer.

Capítulo 35

FUGINDO DE UM PESADELO

— Grace —

Devagar, sempre muito devagar, Hudson se inclina para a frente, e eu me esqueço de como respirar.

De como pensar. De como *ser*.

Esqueço-me de qualquer coisa — e de tudo — que não seja ele. Que não seja este momento.

Meu coração acelera à medida que tento descobrir o que está acontecendo. Não quero que Hudson me beije. Não quero. Ou quero?

Então, bem quando os lábios dele quase tocam os meus, um grito desagradável e sonoro vem do alto da nossa cabeça.

A realidade despenca sobre mim, e eu recuo, horrorizada pelo que quase fiz.

Quase beijei o irmão de Jaxon.

Quase beijei Hudson.

Hudson.

A vergonha toma conta de mim, colide com o horror, o arrependimento e um punhado de outras emoções que ainda não estou pronta para analisar de perto.

Mas está tudo bem, porque não tenho tempo para analisar nada. Porque o maldito dragão decidiu que este é o momento que ele vai resolver seu problema.

Suas garras raspam o telhado quando ele sai voando, urrando de raiva.

Calafrios deslizam pela minha espinha. Este ataque parece diferente. Não sei por quê, mas parece, e um olhar rápido para a expressão preocupada de Hudson me revela que ele se sente do mesmo jeito.

— O que vamos fazer? — questiono, quando o dragão arremessa o corpo contra o teto de novo com tanta força que sacode o salão todo, derrubando uma das estantes com um estrondo.

Não tenho tempo para lamentar os volumes de livros espalhados pela área da biblioteca quando Hudson agarra minha mão e nos leva para mais perto da porta.

— Não podemos sair! — sussurro meio alto enquanto o terror toma conta de mim. — Aquela coisa vai nos matar!

— Não tenho certeza se vamos ter escolha — comenta, em um tom sombrio.

— O que isso quer dizer?

Contudo, temo já saber. Porque o dragão está batendo no telhado agora, batendo sem parar, como o dinossauro de *Jurassic Park*, à procura de uma fraqueza que possa explorar.

— Não tem algum jeito de mandá-lo embora? — pergunto, entredentes.

No entanto, quando faço a pergunta, ouvimos um som alto de algo se partindo sobre nós. E então telhas e toras de madeira chovem em nossas cabeças enquanto Hudson me protege com o seu corpo.

Estico a mão, na tentativa de impedir o dano, do jeito que já fiz várias vezes desde que chegamos aqui. Mas é tarde demais. O dragão vem voando pelo teto quebrado, os olhos ardendo de raiva e as chamas saindo de sua boca aberta.

— Foda-se isso! — Hudson exclama. E então estamos em pé e correndo pela porta. Ou, para ser mais precisa, ele está correndo e me puxando atrás de si.

— Ele vai nos pegar se sairmos! — digo novamente.

— Odeio contar isso para você — Hudson retruca, com voz irônica —, mas ele vai nos pegar se ficarmos aqui também.

Ele mal acaba de falar, e um jato de fogo atinge a parede ao nosso lado. E sei que Hudson está certo.

Só há um jeito de escapar.

— Está pronta? — Hudson grita enquanto abre a porta que mantivemos trancada por tanto tempo.

— Nem um pouco! — grito de volta.

Mas agora isso não importa. Nada importa além de permanecer viva. Então seguro a mão de Hudson com força e corro com ele direto para a escuridão.

Capítulo 36

POR FAVOR, NÃO COMECE O FOGO

— Grace —

— O que vamos fazer? — Ofego enquanto corremos o mais rápido do que já corri na vida.

— Abaixe-se — Hudson responde, com severidade, e me puxa para baixo bem quando um monte de chamas rasga o ar logo acima das nossa cabeça.

— Ah, meu Deus! — Eu me agacho ainda mais, tentando colocar o máximo de distância possível entre o fogo e mim. Porém, abaixar tanto dificulta muito o alcance de qualquer tipo de velocidade. Assim como o padrão de para a frente e para trás que Hudson estabeleceu.

Não vou mentir. Eu me sinto um pouco como em um daqueles filmes de ação aos quais meu pai sempre costumava assistir, desviando-se das balas do cara malvado a cada salto e avanço. Ou, mais precisamente, da labareda de um lança-chamas.

Só que esta é a vida real e...

Grito quanto um novo jato de chamas roça a lateral do meu braço.

— Merda! — Hudson rosna quando solta minha mão. Por um instante, penso que ele vai simplesmente me largar ali para cuidar de si mesmo.

Não que eu o culpe. Eu o vi acelerar muitas vezes ao longo deste último ano, e sei que sou o elo fraco da equação. De fato, estou meio que impressionada por ele ter ficado comigo até agora.

Mas, em vez de me largar, como eu esperava, Hudson me pega e me joga em suas costas. Eu instintivamente enrolo as pernas em sua cintura, e meus braços ao redor de seus ombros.

— Mas que...

— Aguente firme! — ele grita, e então aceleramos para a frente, nos movendo mais rápido do que jamais me movi na vida toda. Mais rápido do que um carro de corrida, definitivamente. Talvez até mais rápido do que um avião.

É assustador e empolgante ao mesmo tempo. Ou poderia ser empolgante se um dragão não estivesse literalmente nos nossos calcanhares.

Mais chamas voam enquanto o dragão voa sobre nossa cabeça, e me seguro em Hudson com mais força ainda.

— Mais rápido — peço, e ele bufa.

— É fácil para você dizer. — Mas, por mais impossível que pareça, ele alcança ainda mais velocidade. Graças a Deus. Porque um olhar por sobre seu ombro me mostra que o dragão se aproxima de nós. E, falando sério... quão rápido essa coisa pode voar?

Mais rápido do que Flint, tenho quase certeza, embora eu só o tenha visto voar pelos túneis. Mesmo assim, sei que ele não se move desse jeito, rasgando o ar como um relâmpago.

Nada se move assim — nem mesmo Hudson, cuja respiração está ofegante enquanto continua a ganhar velocidade.

— Precisamos encontrar algum lugar para nos escondermos — grito, para ser ouvida por sobre o rugido do vento *e* do dragão.

— Sinta-se livre para tirar algo do meu traseiro — Hudson responde, sem fôlego. — Porque não estou vendo exatamente nada por aqui.

Pela primeira vez desde que o dragão arrebentou nosso telhado, olho para algum lugar além da nossa frente e atrás de nós. E percebo que ele está certo. Ou, pelo menos, acho que está.

Está escuro aqui fora — realmente escuro — e é difícil enxergar além de alguns metros em qualquer direção. Mas o que posso ver está completamente vazio, como se estivéssemos correndo no vácuo.

Escuro, aberto e sem fim.

É um pesadelo que eu nunca soube que existia em mim.

Pior ainda: sou capaz de ver apenas alguns metros em qualquer direção nesta escuridão, mas os olhos de vampiro de Hudson lhe permitem enxergar muito mais longe. E, se ele não vê nada, estamos totalmente ferrados.

Está tudo bem. Estamos bem. As sombras vão nos proteger, certo?

— As sombras são nossas amigas. As sombras são nossas amigas — sussurro sem parar, rezando para ser verdade.

Como se determinado a provar que estou errada, o dragão sobrevoa tão baixo que quase posso sentir suas patas roçando minhas costas. O único motivo pelo qual ele não consegue me agarrar é porque Hudson — em um movimento que parece quase precognitivo — escolhe aquele exato momento para se agachar até quase encostar a barriga no chão.

Grito quando a dor me atinge, e meu braço esquerdo fica completamente adormecido. É tão inesperado que começo a escorregar de Hudson, que xinga e estende os braços para trás na tentativa de me segurar com as duas mãos.

— Aguente firme! — ele grunhe.

— Não foi de propósito — rosno em resposta, grata quando a sensibilidade volta ao meu braço, conforme me endireito e solto qualquer que tenha sido o nervo que ficou pinçado por um segundo.

Ele apenas ri em resposta, e juro por Deus que Hudson não parece nem assustado. Parece... empolgado, como se ultrapassar um dragão fosse uma das coisas mais divertidas que já fez.

Mas é claro que, depois de ler aqueles diários, parte de mim se pergunta se realmente não é.

A ideia é tão horrível que tento bani-la assim que ela me ocorre, mas é tarde demais. Já está em movimento, e agora está aqui, no fundo da minha mente, mesmo enquanto me agarro com mais força às costas dele. Neste ponto, cada centímetro conta.

Como era de se esperar, o dragão mergulha para tentar me agarrar de novo.

Em vez de abaixar, dessa vez Hudson desvia rapidamente para a direita. O dragão grita de irritação na noite infinita e faz mais uma investida contra nós.

Hudson vira para a direita de novo, e as garras do dragão não alcançam minhas costas. Mas se prendem aos meus cachos e, quando Hudson segue em frente, juro que perco um punhado de cabelo.

A parte de trás da minha cabeça lateja quase com a mesma força que minhas costas, e começo a pensar que Hudson realmente está com a melhor parte desse acordo. Claro, ele precisa ficar embaixo, porque é o único de nós que realmente tem chance de correr mais rápido do que esse maldito dragão, mas, ao mesmo tempo, não estou curtindo meu papel atual de escudo humano.

Abro a boca para verbalizar isso para Hudson, mas, antes que eu possa dizer mais do que um "ei", o dragão mergulha novamente.

E, dessa vez, Hudson não consegue desviar a tempo.

Capítulo 37

O DRAGÃO QUE ACABA COMIGO

— Grace —

Grito quando o dragão envolve as garras nos meus braços. De algum modo, as unhas dele arranham minha pele quando me apanha, mas elas não furam nada muito importante, algo pelo qual fico imensamente grata quando o dragão mais uma vez começa a subir.

Até este ponto, estive segurando Hudson com o máximo de força que pude, mas, quando a besta me segura, sei que tenho duas escolhas. Continuar segurando Hudson e deixá-lo morrer comigo. Ou soltá-lo e lhe dar uma chance mais ou menos decente de escapar.

Eu o solto — a última coisa que quero é que mais alguém sofra qualquer que seja o destino que este dragão planejou para mim —, mas isso não quer dizer que Hudson faça o mesmo. Ele ainda está com os braços ao redor das minhas pernas, me ajudando a ficar em suas costas.

Ele xinga quando seus pés deixam o chão, e eu balanço as pernas com o máximo de força possível, tentando fazer com que me solte. Em circunstâncias normais, sei que ele mal notaria meus chutes. Mas ele está sem equilíbrio e não espera essa reação, então isso o faz cair no chão.

Eu o vejo cair com força e sair rolando. Mas então o dragão começa a voar para cima, e perco Hudson de vista no escuro.

— Corra! — grito para ele, determinada a permitir que um de nós continue vivo. Eu o mantive preso em minha mente por mais de um ano. Ajudá-lo a escapar neste momento parece apenas justo. — Hudson, corra!

Ele não responde e o alívio toma conta de mim. Pelo menos um de nós vai sobreviver. Pelo menos um de nós...

O dragão grita de raiva, e começamos a rodopiar no ar. A náusea atinge meu estômago — eu me sinto um ioiô rodopiando sem o fio — e não tenho ideia do que está acontecendo. Só que, a julgar pelo ultraje do dragão quando começamos a rodar, ele não está controlando isso.

O que quer dizer que Hudson está. Maldição. O que ele fez?

Estamos chegando perigosamente perto do chão — algo que eu poderia apreciar se não estivesse prestes a ser prensada entre o chão e não sei quantos milhares de quilos do dragão. Desse modo, eu me preparo para o que tenho certeza de ser muita dor seguida de uma morte certa.

Mas, de algum modo, o dragão finalmente consegue sair da queda livre. Com outro grito de ultraje, ele — e posicionada onde estou, infelizmente sei, por um fato, que essa coisa é um macho — se vira para subir. Pega entre o terror e o alívio, respiro fundo e não me permito vomitar. Adoro montanhas-russas tanto quanto qualquer outra garota, mas essa coisa chega a um novo nível.

Ao que tudo indica, Hudson não está satisfeito com o fato de o dragão voar comigo — meus pensamentos de sacrifício que se danem. Porque a próxima coisa que sei é que há um problema no momento ascendente do dragão, como se algo o agarrasse e o puxasse para baixo.

O dragão bufa, solta fogo e grita em fúria, e não é preciso ser um gênio para saber que essa *alguma coisa* é Hudson Vega. Não conheço mais ninguém que consiga irritar alguém tanto assim.

Há um barulho doentio muito parecido com o ruído de ossos se quebrando. Isso é seguido imediatamente por outro grito do dragão — mas este definitivamente parece de dor, não de raiva.

Não tenho tempo para me perguntar o que Hudson fez antes que outro som de algo se quebrando rasgue o ar. E de repente estou caindo.

Estamos alto o bastante agora, de modo que o chão parece bem distante. Não sei a que distância, já que não consigo enxergar no escuro, mas isso só torna a queda livre muito pior.

Merda. Simplesmente merda. De algum modo, estou novamente entre o dragão e o chão, e, dessa vez, o chão definitivamente vai vencer.

Exceto que alguma coisa dura me atinge por trás bem quando o chão aparece diante de mim. O dragão? Mas então Hudson se envolve ao redor de mim, me protegendo o máximo que pode.

Tenho um segundo para descobrir o que ele vai fazer antes de atingirmos o chão com uma força que me sacode até os ossos. E então estamos rolando, rolando, rolando.

Quando enfim paramos, com Hudson embaixo e eu em cima — deitada de costas sobre ele —, estou completamente sem fôlego. Assim como ele, a julgar pelo fato de que seu peito não está se erguendo embaixo de mim, e ele não diz nada.

Tenho de confessar que um Hudson sem palavras e sem fôlego é algo pelo qual rezei muito ao longo do último ano, mas nunca pensei que fosse acontecer assim. E que eu ficaria tão ansiosa para que passasse.

Desejando que meu corpo relaxe, ainda que seja possível ouvir as asas gigantes do dragão batendo sobre nós, enfim consigo puxar o ar umas duas vezes. Assim que o faço, rolo o corpo e começo a empurrar Hudson.

— Vamos, vamos! Temos que nos mexer! — falo, ainda sem fôlego, tentando ficar em pé e ajudá-lo a se levantar ao mesmo tempo.

— Estou tentando — responde, com dificuldade, quando enfim conseguimos nos levantar.

— Onde ele está? — pergunto, olhando para cima, em busca de algum sinal da besta gigante.

Hudson não precisa responder, pois o dragão aparece imediatamente. Está voando bem na nossa direção, com fogo saindo de sua boca.

— Corra! — grito, mas antes que eu consiga me virar, o dragão desaparece bem diante de nós.

— Maldição! — Hudson xinga, olhando desesperadamente ao redor.

— Onde ele está? — pergunto novamente, e também procuro. O único problema é que ainda está tão escuro que não posso determinar para onde ele foi.

— Bem que eu queria saber — Hudson murmura, e percebo que não perdi o dragão de vista porque não consigo ver no escuro. Ele realmente desapareceu.

— Devíamos correr — digo quando uma nova onda de medo me atinge.

Hudson me encara com uma expressão que diz "sério?", mas, antes que eu possa devolver o favor, o dragão reaparece — no chão, bem diante de nós.

Capítulo 38

A CHEGADA DO AMANHECER

— Hudson —

Merda! Mas que merda!

Que diabos um cara precisa fazer para ter uma folga aqui?

Não dá tempo de correr, não dá tempo de fazer nada além de morrer, para ser honesto, e essa é uma opção à qual não estou particularmente inclinado. Mas é claro que não se pode deixar a ironia de lado, considerando o tempo que realmente passei bancando o morto durante minha vida.

Não temos tempo para gentileza, então agarro o braço de Grace, tento puxá-la para trás de mim, de modo que eu receba o peso do que quer que o dragão esteja prestes a usar para nos atingir. Mas Grace, com seu modo obstinado de sempre, em vez de me deixar protegê-la, se joga na minha frente.

Ela envolve os braços e pernas ao meu redor no exato segundo que o dragão solta um novo jato de fogo, e tento virar, tento me mover, para que aquilo me atinja em vez dela. Mas é tarde demais. O fogo já a cobriu.

— Grace! — grito, tentando recuar. Tentando fazer alguma coisa, qualquer coisa, para tirá-la das chamas.

Todavia, não consigo me mexer. Meus pés parecem presos no cimento, meu corpo inteiro está completamente fora de controle. Grace está sendo queimada viva, e não há absolutamente nada que eu possa fazer a respeito.

— Não, Grace! Merda! Não! — Por que diabos não consigo me mexer? E como diabos vou ajudá-la? Não posso deixá-la morrer. Não posso...

— Está tudo bem, Hudson. — Ela não parece estar falando. Seu rosto está pressionado contra o meu, e não parece mover nenhum músculo. Mas consigo ouvir sua voz, mesmo assim. Está diferente do que era ao longo do último ano, quando estávamos presos no meu covil. É uma voz que ecoa, soa muito distante. Mas isso não importa agora. Nada importa além do que ela fala a seguir. — Não estou ferida.

— Como isso é possível? As chamas...

— Não sei. Mas estou bem. — Não posso ver seu sorriso, mas consigo ouvi-lo em sua voz. — Juro que estou bem.

— Mas...

O dragão grita. Urra. Bate com a pata no chão. Lança mais chamas. Grita ainda mais. Nada disso funciona. Nada disso interrompe a voz de Grace em minha mente dizendo que ela está bem. Então respiro fundo e espero.

Então, tão de repente quanto começou, o fogo cessa. Segundos depois, o dragão desaparece. Mais alguns segundos, e ele está a seis metros de altura e voa para longe.

Sem demora, estou livre. A sensação de paralisia desaparece.

— Grace! — Passo as mãos pelos braços e pelas costas dela. — Você está bem mesmo?

— Estou bem. — Ela dá um passo desajeitado para trás. — Obrigada por amortecer minha queda ali.

— Obrigado por impedir que nós dois virássemos o grelhado do café da manhã daquele dragão — respondo.

Grace dá um sorriso sem jeito.

— De nada.

Quero lhe perguntar o que diabos aconteceu ali, mas seus lábios estão tremendo e sei que está se controlando para não chorar. Agora não é hora de apontar que ela definitivamente é qualquer outra coisa em vez de *humana*.

Em vez disso, nós dois observamos o amanhecer lançar no céu faixas cor de lavanda e violeta, enquanto observamos ao redor para tentar nos orientar. E tentar descobrir, primeiro, por que não estamos mortos e, segundo, que diabos fazemos agora.

— Esta é...? — Grace começa a falar de forma hesitante.

— A primeira vez que vemos o sol em mais de um ano? — completo por ela. — Sim, é sim.

Grace assente antes de erguer o rosto para o céu. E eu entendo. Vampiros são projetados para não ver o sol quando estamos nos alimentando de maneira adequada (o que um súbito ronco no meu estômago me lembra que não estou fazendo) — e passei anos inteiros sem vê-lo quando estava enterrado na cripta —, mas até eu senti falta de ver o sol ao longo do último ano.

— O que acha que isso significa? — pergunta, quando a área ao redor fica mais à vista.

Isso inclui uma cadeia de montanhas pretas e escarpadas vários quilômetros à nossa frente e nas nossas laterais. Montanhas que precisaremos atravessar se tivermos alguma esperança de sair deste estranho vale, que mais parece um aquário, no meio do qual nos encontramos agora.

Antes que o dragão volte.

— Acho que significa que não estamos mais no Kansas — digo. De algum modo, deixar a segurança dúbia do covil significou que também deixamos a cabeça dela, se minha fome e minha súbita incapacidade de ler sua mente são algum indicativo. E, apesar da coisa esquisita de nos tornar à prova de fogo que ela acabou de fazer, temo que estejamos completamente ferrados.

— O que devemos fazer? — indaga, enquanto encara as montanhas estranhamente agourentas diante de nós.

— O que *você* acha que devíamos fazer? — devolvo a pergunta.

Ela suspira, então olha para o céu atrás de nós, onde o dragão estava há poucos minutos.

— Começar a andar.

Capítulo 39

FIQUE CALMO E NÃO SIGA EM FRENTE

— Hudson —

— Suba nas minhas costas — ofereço, abaixando-me um pouco para que ela possa fazer isso confortavelmente.

— Hum, acho que não — responde, antes de se pôr a caminhar, exatamente como mencionou que faria.

— E por que isso? — Passo a mão pelo cabelo, tentando não o puxar de frustração. — Você subiu quando o dragão estava nos perseguindo.

— Sim, bem, aquelas foram circunstâncias atenuantes. Agora que ele se foi, caminharei com meus dois pés.

— Se foi por enquanto — observo causticamente. Não se foi para sempre. Que é o tempo que vamos levar para *chegar* àquelas montanhas se Grace continuar sendo tão teimosa. Talvez haja outro motivo pelo qual ela não quer que eu a segure agora que o perigo iminente passou... — Se isso é por causa daquele quase beijo...

— Que beijo? — rebate, baixinho. — Se houve um beijo, ou um quase beijo, já me esqueci.

Bem, isso certamente mostra para um cara o lugar em que ele está, certo? Claro, há uma hesitação em sua voz que denota o contrário, mas nem pensar que vou questioná-la a respeito. Não quando a última coisa que quero é beijar uma garota que está apaixonada pelo meu irmão caçula mala sem alça. Não sei em que diabos eu estava pensando. Grace me abalou com aquele abraço. Esse é o meu argumento.

Insisto.

— Então não há motivo para você não subir nas minhas costas, há?

— Quer dizer, além do fato de que é infantilizante? — Ela estremece enquanto segura o cabelo em um rabo de cavalo, pega o elástico em seu pulso e o usa para prender seus cachos em um coque gigante no alto da cabeça. Já a vi fazer a mesma coisa uma centena de vezes ao longo do último ano, e continuo esperando que ela falhe. Fico esperando que o peso de todos aqueles cachos rebeldes e gloriosos se solte do elástico e caia.

Até agora não aconteceu, mas, a julgar pelo jeito como o coque já está inclinado para a esquerda, pode ser que hoje seja o dia.

— E não acha que nos forçar a fazer as coisas do jeito mais demorado e mais difícil não é um chilique infantil? — pergunto. — Porque, para mim, parece que você está fazendo birra.

— Sim, bem, tudo indica que estou "fazendo birra" para você — ela responde, com o sotaque britânico mais atroz que já ouvi.

— Eu não falo assim — resmungo quando começamos a caminhar. Bem devagar.

— Você fala exatamente desse jeito — ela afirma. — Em especial quando está zangado. Ou quando acha que suas cuecas preciosas estão em perigo.

— Minhas cuecas *estavam* em perigo. — Estreito os olhos para ela. — Na verdade, estavam sob ataque. E, só para que você saiba, ainda vou retaliar de maneira bem severa por aquele ato monstruoso.

Tento declarar isso como uma ameaça, mas acho que não sou tão assustador quanto costumava ser, porque Grace simplesmente me dá um sorriso.

— Não sei nada sobre isso. Você parecia bem hilário choramingando por causa das suas preciosas cuequinhas.

— Boxers — corrijo-a, revirando os olhos. — E, novamente, eram Versace.

Ela dá risada, e então me encara com uma expressão curiosa.

— O que você tanto vê na Versace? E na Armani? Sei que Jaxon usa Gucci...

— É claro que usa — eu a interrompo, com uma fungada. — Estou surpreso que ele não ande por aí com um chicote de montaria também. Estilo velho mundo.

— Ah, meu Deus! Você é *tão* esnobe.

É minha vez de olhar feio para ela.

— Sou um príncipe vampiro com séculos de idade, que tem mais poder e dinheiro do que qualquer pessoa deveria ter. É claro que sou esnobe.

— Uau. Que belo jeito de colocar a situação. — Grace balança a cabeça como se estivesse surpresa.

Não sei por quê. Durante todo o tempo em que estivemos presos juntos, nunca fingi ser algo que não sou com ela. Nem uma vez.

— As pessoas sempre deviam se responsabilizar por quem são, com falhas e tudo mais. O fato de que, por acaso, tenho mais falhas do que a maioria não muda isso.

Grace não se manifesta. Não que eu espere que faça isso — a menos que esteja irritada, com medo ou tramando vingança, ela tende a ir pelo lado da gentileza. É uma das características de que mais gosto nela.

Caminhamos por mais de um quilômetro e meio em silêncio. Enquanto fazemos isso, não consigo evitar que minha curiosidade sobre onde estamos cresça. Originalmente, achei que os tons escuros e meio púrpura do mundo ao nosso redor deviam-se ao início da manhã. O sol estava apenas começando a se erguer no horizonte diante de nós.

Mas, quanto mais perto chegamos das montanhas — e o sol fica cada vez mais alto no céu —, torna-se mais aparente que as cores ao nosso redor não têm nada a ver com o amanhecer. E sim tudo a ver com a paisagem deste mundo.

Neste momento, parece um pouco com Marte — só que, em vez de ser vermelho, o solo é roxo-escuro. Assim como o céu. E tudo mais ao nosso redor. As rochas, as colinas e até o sol — todos têm diferentes tons de púrpura, desde o mais suave dos tons de lavanda até o violeta mais profundo. As montanhas diante de nós ainda parecem pretas, mas, quando uma criatura que parece um lagarto gecko roxo com seis patas passa correndo pelos meus pés, começo a notar esse tipo de coisa também. Eu já poderia estar na base da montanha, mas tenho quase certeza de que, quando chegarmos lá, vamos descobrir que elas exibem um tom violeta-escuro, em vez de preto.

Mas não tenho ideia do que isso significa. Estive revirando meu cérebro pela última meia hora, tentando descobrir onde podemos estar. Mas não consegui nada.

Não só por causa da cor — embora o púrpura seja estranho —, mas porque nem o terreno parece *normal*, por falta de palavra melhor. É áspero e rochoso, com bordas irregulares e encostas íngremes que levam até vales profundos e cheios de crateras.

Definitivamente, parece muito mais como eu imaginaria ser outro planeta do que qualquer lugar na Terra. Mas já que nenhum de nós teve o traseiro amarrado a um foguete no último ano, deve haver outra explicação. Mas até parece que sei qual é.

Caminhamos por uma encosta particularmente inclinada, repleta de pedras pontiagudas e buracos sombreados, quando Grace grita. É o primeiro som que faz, além da respiração pesada nas partes mais íngremes, em quase quarenta e cinco minutos, e viro a cabeça na direção dela, alarmado.

Ela tropeçou para a frente e balança os braços em busca de equilíbrio, então acelero até onde está, determinado a pegá-la antes que torça um dos tornozelos ou fique empalada em uma rocha quando cair. Mas ela me surpreende, conseguindo se equilibrar antes de chegar ao chão.

— Ops! — Grace olha para mim com uma expressão sorridente. — Quase me dei mal dessa vez.

— Eu não sabia que isso era algo para achar graça. — Até eu sei que minhas palavras me fazem parecer um total idiota, muito rígido e muito formal. Mas há algo no fato de Grace poder se machucar que me incomoda mais do que quero admitir, até para mim mesmo. — Você deveria ser mais cuidadosa.

Quero dar um tapa em mim mesmo quando as palavras saem da minha boca — e eu não a culparia por fazer o mesmo. Entretanto, em vez de se ofender, como provavelmente deveria, e me mandar cuidar da minha vida, Grace apenas dá risada.

— Mas então como você ia conseguir reclamar de mim?

Aquilo dói um pouco, porém ela não está errada.

— Tenho certeza de que eu pensaria em alguma solução.

— É verdade — concorda. Então estende a mão e segura meu braço quando o terreno fica mais rochoso.

É a última atitude que espero dela, mas diminuo o passo imediatamente. E tento não notar o quanto gosto do fato de sua mão estar em meu braço. E de que ela buscou minha ajuda quando precisou — mesmo que seja só para não quebrar o pescoço.

No segundo em que chegamos ao fim da inclinação, Grace abaixa a mão. Contudo, não se afasta, e me pego analisando-a de soslaio, só para ver se consigo descobrir em que ela está pensando.

Não consigo, o que não é exatamente uma surpresa, considerando que ela se torna mais — e não menos — misteriosa para mim a cada dia que passa. No entanto, ainda é frustrante.

— Você não falou sério sobre o que mencionou mais cedo, falou? — Grace pergunta, quando começamos a subir outra colina.

— Sobre você precisar ser mais cuidadosa? — Ergo uma sobrancelha. — Tenho certeza de...

Ela me interrompe com o olhar.

— Estou falando do que você disse sobre ter mais falhas do que a maioria das pessoas. Você não pensa isso mesmo, pensa?

— É claro que penso. Você sabe quem sou?

— Na verdade, sei. — Grace afasta o olhar. — E não acho que seja nem de perto tão mau quanto quer que todo mundo acredite.

Tenho quase certeza de que esta é a primeira vez que alguém me fala algo assim em toda a minha vida. Não sei o que fazer com isso — tenho certeza absoluta de que não sei o que responder. Então não me manifesto, só me concentro em colocar um pé diante do outro. E em procurar pelo dragão que ainda não estou disposto a acreditar que desapareceu de verdade.

Grace me pega olhando por sobre o ombro, provavelmente porque está fazendo a mesma coisa, e me lança um sorriso pesaroso.

— Esperar que essa coisa volte está me deixando nervosa.

Quero perguntar, então, por que ela não me deixa acelerar e nos tirar dali, todavia decido que isso faz com que eu pareça muito babaca. Então apenas concordo com um gesto de cabeça e digo:

— Sim, eu também.

— Já tentou ver se seus poderes funcionam aqui? — Ela pisca, e quase sorrio ao me lembrar da briga que tivemos sobre meus poderes não funcionarem no covil. Grace ficava insistindo que eu tinha usado um poder Jedi para convencê-la a comer dois pacotes inteiros de biscoitos de cereja em uma sentada. Acredite, essa garota não precisa de nenhum truque mental para fazê-la comer *todos* os biscoitos que puder. Ela continua: — Por que, se funcionarem, se essa coisa voltar, talvez você pudesse...

— Não "se", e sim "quando" — eu a corrijo secamente. — Essa coisa não vai desistir tão cedo. E, sim, tentei no meio do ataque. Não consegui nada, exceto meu kit normal de truques de vampiro.

— Isso é tão estranho. — Ela balança a cabeça. — Pensei que talvez você não tivesse seus poderes no covil porque...

— Porque você estava me mantendo como refém em sua mente? — completo.

— Eu não ia colocar a situação exatamente assim — responde, revirando os olhos. — Mas, sim. Talvez.

— Você consegue sentir, não consegue? — Não me incomodo em explicar, porque ou ela consegue ou não.

Mas Grace confirma com a cabeça.

— Aqui não é como era no covil, é?

— Não é — concordo. — Isso é alguma outra coisa.

— Sim. — Ela avalia os arredores e estremece um pouco, apesar do fato de estar pelo menos vinte graus Celsius. — Não estou fazendo isso.

— Eu sei.

Estamos perto o bastante das montanhas agora para que eu perceba que estava certo. Não são pretas, e sim de um tom roxo profundo que, de algum modo, faz com que pareçam mais estranhas do que pensei a princípio.

No entanto, também estamos perto o bastante para eu perceber uma outra coisa — um agrupamento de quatro pequenas construções na base da montanha. Ou quatro grandes construções. Quem pode determinar, quando estão perto de uma maldita montanha?

Pequenas ou grandes, não importa. O que importa é que — com sorte — alguém mora nessas construções.

Alguém capaz de nos dizer onde diabos estamos.

E como diabos podemos sair daqui antes de nos tornarmos o lanchinho da meia-noite do dragão mais estranho que já vi.

Capítulo 40

NÃO CULTIVE ISSO

— Grace —

Minhas pernas parecem prestes a ceder.

Na verdade, meu corpo todo parece que vai desmoronar, e ainda estamos a pelo menos um quilômetro e meio, talvez mais, dos edifícios adiante.

Hudson os localizou a vários quilômetros de distância, mas, agora que estamos perto o bastante para que eu possa vê-los, só quero chegar logo.

Espero que tenham cadeiras. E um chuveiro. E cadeiras.

Por favor, Deus, permita que tenham cadeiras.

Eu costumava correr na praia de San Diego o tempo todo — Coronado, La Jolla, às vezes até em Ocean Beach, quando Heather e eu íamos no Belmont Park a fim de andar de montanha-russa e no carrinho bate-bate. Mas correr na areia — ou na neve perto da Academia Katmere — não é nada se comparado a caminhar nesta terra roxa e estranha.

A maior parte do caminho tem sido rochosa e difícil de se firmar, mas nos últimos quilômetros, conforme nos aproximamos das montanhas, o solo começou a ficar diferente, fino e argiloso.

A cada passo, afundo um pouco, o que significa que também tenho de me esforçar em busca de puxar o corpo a cada passada. Não é areia movediça, mas certamente parece que passei dias extras na academia de ginástica.

Mesmo assim, deixar Hudson me carregar por todo o caminho não é uma opção. É uma coisa quando estamos fugindo para salvar nossas vidas e minha "lerdeza" humana é um ponto fraco. Outra situação bem diferente é deixar um cara grande e forte me carregar por aí como se eu fosse sua boneca de pano pessoal.

Sem mencionar que me sinto constrangida — tipo, muito constrangida — em tocar Hudson neste momento. Fiz isso certa vez enquanto caminhávamos porque não queria cair de bunda e causar mais problemas, mas ficar pendurada nele? Nossos corpos juntos quando não estamos temendo por nossas vidas?

Acho que não.

Não depois daquele *quase* beijo.

O que foi aquilo, de qualquer forma?

Andei pensando no assunto — e, quando falo pensar, quero dizer que estou totalmente obcecada por isso — sem parar desde que o dragão decidiu nos deixar em paz só Deus sabe por qual motivo.

No que eu estava pensando?

Como pude fazer aquilo?

Sei que o elo entre consortes que eu tinha com Jaxon se foi.

Sei que já faz mais de um ano, e Jaxon e eu só nos conhecíamos havia duas semanas.

Sei que não consigo me lembrar do som de sua voz e, se não tivesse fotos, não tenho certeza se me lembraria de como era seu sorriso. Ou do jeito que seus olhos se enrugam. Ou como seu cabelo cai sobre os olhos.

Mas tenho fotos. E me lembro de como é ser abraçada por ele. Ser amada por ele.

Talvez Jaxon não me ame mais — talvez seja por isso que o elo entre consortes sumiu. Mas não sei se é isso. Não sei de nada enquanto estiver presa aqui. Não posso traí-lo — e *não vou* traí-lo. E tenho total certeza de que não vou fazer isso com o irmão dele.

E isso quer dizer que Hudson e eu precisamos ter uma conversa, cedo ou tarde. Só que... não ainda. Não quando estou exausta, fedida e não tenho ideia do que dizer.

Talvez ele se sinta do mesmo jeito. Que o quase beijo foi algum tipo de aberração baseada na solidão e na sobrecarga emocional, e talvez não precisemos mencionar nada a respeito, porque tampouco ele tem planos de que isso aconteça novamente.

Mas e se os sentimentos dele forem diferentes dos meus?

E se ele acha que o quase beijo *significou* alguma coisa?

Alguma coisa está rolando entre nós. Sou adulta o bastante para admitir isso. *Alguma coisa* continua me puxando para buscar seu olhar, para provocar seu sorriso, para garantir a mim mesma que ele está por perto e em segurança. Mas isso pode ser só um subproduto de ficarmos presos juntos em um espaço pequeno por tanto tempo. Talvez estejamos com Síndrome de Estocolmo um em relação ao outro. Isso deve existir, certo?

Tal ideia faz com que eu me sinta toda estranha por dentro, de um jeito que não reconheço exatamente. Mas não quero pensar nisso enquanto estamos sozinhos no que parece muito ser o meio do nada — e tenho certeza de que não quero cavoucar a sensação e tentar descobrir o que ela significa.

Algumas coisas são melhores quando deixadas em paz.

Um pensamento súbito me faz tropeçar. Hudson estende a mão para me segurar, e eu falo de supetão:

— Hum, não consegue mais ler minha mente, consegue?

O olhar de Hudson se volta para mim, e ele ergue uma sobrancelha.

— Não. É como tenho certeza de que não estamos mais presos na sua mente. Por quê? Quais pensamentos malignos você está tendo a meu respeito?

Solto a respiração que não percebi que estava segurando.

— Vender você para a primeira pessoa que me oferecer um banho.

Ele dá risada, mas se vira para olhar as construções ao longe, e tento fazer com que o rubor abandone meu rosto.

— Ei, está vendo o que estou vendo? — Hudson pergunta de repente, me arrancando da crise existencial mais constrangedora da minha vida e de volta à realidade.

— Provavelmente não, já que você tem uma visão muito melhor do que a minha — comento.

— Sério? — Ele aponta para a lateral das estruturas. — Você não vê as fileiras escavadas no chão? Se parecem muito com...

— Plantações! — eu o interrompo, animada. — É uma fazenda!

— É um sítio — Hudson me corrige. — E, dessa forma, há pessoas ali. E comida para você. E...

— Cadeiras — choramingo. — Deve ter cadeiras. Talvez até uma cama. E um chuveiro. Por favor, Deus, permita que tenha um chuveiro.

Meu estômago escolhe esse momento para roncar, como se a menção de uma fazenda indicasse que ele não precisa mais fingir que não existe.

— E comida para você — Hudson repete, com firmeza.

— E quanto a você? — pergunto, ciente do quanto as circunstâncias mudaram desde que deixamos o covil. Porque se estou faminta assim, e eu comi ontem, quão faminto Hudson não deve estar, considerando que faz mais de um ano desde a última vez que se alimentou?

Hudson que ele alegou que não importava no covil, mas não estamos mais lá. Ele vai ter de comer.

A ideia me deixa corada de várias maneiras. Desconfortável de várias maneiras, embora eu não saiba o motivo. Estamos nos dirigindo para uma fazenda. Assim como o sangue nos recipientes térmicos na Academia Katmere, certamente há algo lá de que Hudson possa se alimentar — além de mim, é claro.

Capítulo 41

COLHER ATÉ CAIR

— Grace —

— Vocês estão perdidos? — A voz vem aparentemente de lugar nenhum, assim que alcançamos as plantações.

Hudson e eu damos meia-volta, tentando descobrir quem está falando, só para encontrar uma garotinha de talvez dez ou onze anos parada a vários metros de nós. Ela obviamente acabou de sair do meio dos talos gigantes de qualquer que seja o vegetal que está crescendo por sobre seu ombro, e leva uma cesta do que parece ser algum tipo de baga que nunca vi antes.

Roxa, é claro.

Assim como ela. Completamente roxa.

Pele roxa brilhante. Íris roxa. Orelhas pontudas e roxas. Até seu cabelo comprido — arrumado em duas tranças que caem por suas costas — tem um tom suave e doce de lavanda.

A única coisa nela que não é roxa é seu macacão cor de pêssego... e, aleatoriamente, seus dentes. Quando ela sorri, não posso deixar de desejar que seus dentes *fossem* roxos, em vez de brancos. Talvez o fato de eles reluzirem com pontas afiadas quando ela sorri fosse menos assustador então. Do jeito que são, preciso de toda a força de vontade que possuo para não dar um grande passo para trás — um que, com sorte, me coloque fora do alcance de uma mordida bem séria.

Hudson me encara como se dissesse "mas que diabos" — um olhar que devolvo com interesse, ainda que não saiba se ele se refere a mim ou à menina. O meu definitivamente é por causa dela, ou, mais especificamente, relacionado a como diabos vamos escapar dela. Quero dizer, ela parece bem gentil, mas é difícil relaxar quando ela acabou de sair do meio das plantas como uma criança paranormal dos campos de milho.

Mas ficar parada aqui encarando-a e me lembrando de cada filme de terror a que já tentei não assistir não vai resolver nossos problemas. Então, rezando para que seja tão gentil quanto seus olhos brilhantes e seu sorriso amplo parecem proclamar, respondo:

— Na verdade, *estamos* perdidos. Será que você pode nos ajudar?

— Acho que sim. Ninguém vem caminhando até aqui, a menos que esteja com algum problema. E certamente ninguém igual a vocês. — Oferece-me a cesta. — Gostaria de uma?

Meu estômago ronca novamente, mas tenho uma regra de não colocar nada na boca se não sei o que é. Me serviu bem durante meus dezoito anos, e não planejo violá-la agora. Mas parece falta de educação perguntar para a menina que frutas são aquelas, em especial quando precisamos de ajuda, então simplesmente sorrio e digo:

— Não, obrigada.

Ela dá de ombros, como se dissesse "azar o seu". Então pergunta:

— Como vocês se chamam? Meu nome é Tiola.

— Oi, Tiola. Sou Grace, e este é Hudson. — Gesticulo na direção dele. — Estamos caminhando o dia todo e...

— O que vocês são? — ela me interrompe.

— Como é? — Levanto as sobrancelhas.

— Bem, é óbvio que vocês não são como eu — diz com uma risadinha, levantando uma mão roxa, para nos mostrar, caso eu não tenha percebido, o fato de que a aparência dela é extremamente diferente da minha. — Então, o que vocês são?

— Ah! Eu sou humana — respondo, perguntando-me se ela sabe o que isso significa. — E Hudson é... — hesito, sem ter certeza de quanto devo revelar, não quero assustá-la, e definitivamente não quero que fuja de nós gritando por sua vida.

Mas Hudson apenas revira os olhos e me interrompe:

— Um vampiro. Sou um vampiro.

E faz questão de mostrar suas presas quando sorri para ela.

Mas ela sequer olha na direção dele. Em vez disso, seus olhos resplandecem ainda mais quando se aproxima de mim.

— Eu sabia! Eu sabia que você era uma humana. — Tiola dá pulinhos de alegria, como se tivesse ganhado o melhor presente de todos. — Li sobre vocês nos meus livros, mas nunca conheci um antes. Vocês realmente têm sangue *vermelho*?

Ela diz isso como se fosse a coisa mais incrível que já ouviu. O que não é preocupante de forma alguma.

— Hum, sim, tenho.

— Posso ver? — Tiola se aproxima o suficiente para que eu comece novamente a me preocupar com aqueles dentes.

— Na verdade, é... a maioria dos humanos prefere manter o sangue dentro de seus corpos, o máximo possível. Mas se eu me cortar ou algo assim, ficarei feliz em mostrar para você.

Hudson me dá outro olhar, dessa vez mais ainda do tipo "MAS QUE DIABOS" do que o último. E entendo totalmente. Essa pode ser — e por pode, quero dizer que provavelmente *é* — a conversa mais estranha que já tive *na vida*. E considerando que não faz muito tempo que Hudson passou uma tarde inteira imitando o canto dos pássaros para mim, isso quer dizer alguma coisa.

— Como ele bebe seu sangue se você o mantém dentro de si? — Aqueles olhos inquisitivos se focam em Hudson pela primeira vez.

— Ah, hum. Não, ele não...

— Sim, eu não... — Hudson responde no mesmo instante.

Nós dois paramos de falar, e o constrangimento brota entre nós como uma cerca de arame farpado. Uma que tem muita eletricidade de alta voltagem passando em sua extensão.

Tiola olha para ele e para mim por um segundo, então revira os olhos roxos com tanto exagero que tenho quase certeza de que podem ser vistos do espaço.

— Vocês dois são engraçados — ela nos diz. Então, sem outra palavra, dá meia-volta e começa a voltar para o campo cheio de plantas altas.

— Devemos...? — Olho para Hudson, em busca de um conselho, mas ele apenas dá de ombros.

— Vocês vêm? — A voz dela flutua com o vento.

A menos que queiramos ficar parados aqui no meio do nada, não temos exatamente uma alternativa. Mas isso não significa que eu me sinta menos apreensiva ao seguir a menina pelo campo de plantas cor de lavanda que crescem mais altas do que Hudson. Não quando cada segundo da minha experiência cinematográfica que sugere que coisas terríveis acontecem em lugares como este.

Mas não temos muitas opções aqui. Além disso, Hudson está comigo, e tenho quase certeza de que, juntos, podemos derrotar qualquer coisa que aquela criancinha roxa possa fazer. Por favor, Deus, que seja verdade.

Tiola se move com rapidez e segurança pelo campo, só parando para olhar para trás uma vez, a fim de ter certeza de que Hudson e eu estamos a acompanhando. Estamos, mas meus músculos cansados ardem muito, e rezo para que cheguemos aonde ela está nos levando o mais rápido possível. A menos que o local para onde está nos levando seja ruim, e então... não, mesmo se este for o caso, quero chegar lá rápido.

Aconteça o que acontecer, estou pronta para encerrar nosso pequeno passeio de hoje.

Relaxo um pouco quando, depois de cerca de quatro minutos de caminhada, Tiola faz uma curva fechada para a esquerda, porque pelo menos acho que isso significa que estamos seguindo direto na direção da casa da fazenda. E das cadeiras.

E de seus pais, com alguma sorte? Ou pelo menos até *alguém* que possa nos dizer onde estamos e nos apontar a direção correta. Embora, se não temos ideia de para onde estamos indo, não tenho certeza de que *haja* uma direção certa.

Mas essa é uma crise existencial para outro momento, porque neste instante quase consigo sentir a água de uma ducha quente escorrendo sobre mim, e conseguir isso é tudo o que importa.

Todavia, conforme caminhamos pelo que me convence cada vez mais de se tratar do maior campo da História, não posso deixar de prestar pelo menos um pouco de atenção às plantas que crescem aqui.

— O que você acha que é isso? — pergunto para Hudson, que quebrou um pedacinho de uma das plantas e parece analisá-lo. As hastes são altas e finas, quase como folhas de grama saindo do solo fértil e suave.

Ele me encara.

— Porque um vampiro saberia muito sobre comida, seja ela humana ou qualquer outra?

É a minha vez de revirar os olhos.

— Obrigada pela ajuda.

Sua falta de assistência não me impede de observar, no entanto. Ou de tentar descobrir do que se trata.

À medida que passamos por planta após planta, tento descobrir algum tipo de fonte de comida crescendo nelas. Bagas, como as que Tiola tem na cesta, ou algo maior, que talvez se pareça com milho ou girassol? Mas não vejo nada. Apenas os talos retos e finos que crescem pelo menos sessenta centímetros acima de Hudson. Isso quer dizer que a planta em si é um alimento? Como trigo? E, se for, que negócio é esse?

Por fim, a curiosidade leva a melhor, e começo a chamar Tiola para lhe perguntar. Mas, assim que abro a boca, saímos do campo e chegamos ao pátio da frente da casa de fazenda mais fofa que já vi.

— Esta é sua casa? — questiono para Tiola, que agora corre na direção da varanda.

— Sim — ela grita, virando-se para encarar Hudson e a mim. — Venham! Está quase na hora do jantar!

Contudo, quando ela se vira para olhar para nós, uma cobra gigante desliza por detrás de uma pedra, bem na direção de suas costas expostas, e meu coração para dentro do peito.

Capítulo 42

DE OLHO EM SMOKEY

— Grace —

— Cuidado! — grito, mas Hudson já está em movimento. Ele acelera até Tiola em menos de um segundo, tirando-a do chão e segurando-a em seus braços, ao mesmo tempo que chuta a cobra.

Tiola grita, e corro na direção dela.

— Está tudo bem. A cobra não vai machucá-la! Hudson vai...

— Não a machuque! — ela grita, debatendo-se nos braços dele, enquanto duas pessoas, que presumo serem seu pai e sua mãe, descem correndo os degraus na nossa direção.

— Merda — Hudson murmura, entredentes, colocando Tiola novamente no chão, embora assegure-se de permanecer entre ela e a cobra.

Mas a cobra é o último dos nossos problemas — assim como os pais dela — porque só são necessários poucos momentos para que estejamos cercados por uma variedade de criaturas, desde cobras até pássaros, passando por mamíferos pequenos e peludos. Todos eles alternam de cor constantemente, de roxo-escuro a preto, e depois para translúcido. E todos seguem na direção de Tiola.

— O que está acontecendo? — pergunto, posicionando-me do outro lado de Tiola, só por precaução.

— Esses são meus amigos! — exclama para Hudson, puxando seu braço para poder entrar na frente dele. — Não vão me machucar!

— Seus amigos? — Hudson abaixa os braços quando assimila as palavras dela, mas não se move. — Esses...

— Umbras — ela completa, prestativa, enquanto se agacha. — E, sim, eles são meus.

Como se para provar suas palavras, no instante em que seus joelhos atingem o chão, as criaturas das sombras a cercam. Correndo, se contorcendo, rastejando por todos os lados, elas sobem no colo dela, em seus ombros, em cima de sua cabeça. Dúzias e dúzias deles tagarelando com Tiola enquanto se envolvem ao redor dela.

Ela dá risada e chama cada um deles pelo nome. Os acaricia. Conversa com eles. Enquanto a menina faz isso, eles perdem suas formas até que não sobram mais cobras. Nem pássaros. Nem esquilos. Até que são todos apenas criaturas amorfas que se misturam umas às outras em vários tons de roxo-escuro.

Nunca vi nada do tipo, mas é claro que não estou no mundo paranormal há muito tempo, apesar do ano passado. Olho de relance para Hudson, esperando que saiba o que ocorre aqui, mas ele parece pasmo enquanto Tiola trata essas criaturas das sombras como se realmente fossem seus melhores amigos.

Nesse meio-tempo, os dois adultos enfim conseguiram atravessar a clareira da frente e se aproximaram de nós. Um homem alto, com rosto grande e redondo, e pele da mesma cor dos lindos amores-perfeitos roxos que minha mãe costumava plantar, veste uma calça jeans azul e uma camisa xadrez verde desbotada, e uma mulher mais baixa, com curvas generosas e pele que parece um campo de lavanda, usa um lindo vestido de algodão vermelho com bolinhas roxas minúsculas. Os pais de Tiola, presumo. Não sei o que esperava que eles vestissem — mas imaginei que, o que quer que fosse, seria roxo. Começo a abrir a boca, para proporcionar algum tipo de explicação a respeito do que estamos fazendo com a filha deles, quando o homem olha para a filha com ar indulgente.

— O que você nos trouxe desta vez, Ti? — ele pergunta.

— Desta vez? — A surpresa faz as palavras escaparem da minha boca.

— Nossa filha é uma penumbra. — A mãe dá um sorriso carinhoso para Tiola. — Ela encontra e guarda coisas perdidas.

— Como nós — murmuro quando a reação deles começa a fazer sentido.

— Como vocês — o pai dela concorda. — Mas, em geral, como essas sombras.

As sombras ainda estão enroladas em Tiola, aconchegadas em seus cabelos, conversando com ela, até brincando do que parece muito ser esconde-esconde atrás de seus cotovelos e joelhos.

Uma das sombras maiores — com o tamanho aproximado de uma bola de praia — deve ter ficado entediada, porque desliza para longe dela e se enrosca em volta dos meus pés.

— Ah, desculpe — comento, dando um passo para sair de seu caminho. Isso exige mais esforço do que imaginei, no entanto, e, pela primeira vez, percebo que as sombras têm massa. Não são simplesmente formas causadas por alguma coisa pega entre uma fonte de luz e o chão. São criaturas reais, de verdade.

Algo que se torna muito óbvio quando a sombra me segue. Ela sai em disparada entre meus tornozelos antes de deslizar pelas minhas panturrilhas e subir até meus joelhos.

Apesar da calça jeans, consigo sentir o frio da criatura em minha pele, e não consigo evitar certo calafrio. Parcialmente pela sensação gelada daquilo deslizando em mim, e parcialmente pelo fato de que esta é mais uma coisa que não consigo acreditar que esteja acontecendo.

Sombras não são seres vivos. Certamente não são sencientes. Mas, quando *esta* sombra escala o meu braço, roça meu rosto e se entrelaça nos meus cabelos, certamente parece real.

No início, tenho medo de me mexer — a última coisa que quero é chatear essa coisa sobre a qual não sei nada —, mas depois de um tempo ela se empoleira no meu peito e bate as mãos (se essas coisas podem ser chamadas de mãos) contra meu rosto enquanto tagarela em uma linguagem que não consigo entender em absoluto.

— Ei! Isso dói um pouco! — reclamo para a sombra, erguendo a mão para afastá-la do meu rosto.

Quando faço isso, surpreendo-me com a sensação de sua superfície lisa e quase viscosa. E como é familiar. E isso não faz muito sentido até que eu perceba como aquilo se parece com as arraias que eu costumava acariciar no aquário perto de casa, em San Diego.

A criatura tagarela um pouco mais, com um tom de voz que parece me dar uma bronca. E então desliza pelo meu peito e entra por baixo da minha blusa.

— Ei! — Surpresa e um pouco assustada (será que sombras mordem?), olho para Hudson, em busca de ajuda.

Mas ele está ocupado demais morrendo de rir para fazer qualquer outra coisa. Olho feio para ele, querendo dizer "obrigada por nada".

— Ah, não se preocupe! — Tiola me garante. — Smokey é amistosa. Ela não vai machucar você.

— Sim, Grace, Smokey não vai machucar você — Hudson repete, com um sorriso maroto. Mas finalmente se aproxima para ver se pode me ajudar. — Ei, Smokey. Por que você não...

Ele para de falar quando a sombra sai pela parte de baixo da minha blusa e literalmente se lança da minha barriga para os braços dele. Hudson a pega com uma expressão de surpresa, e diz:

— Boa garota.

Smokey responde deslizando pelo peito dele e se enroscando em seu pescoço. E então começa a arrulhar como se fosse uma rolinha.

O pai de Tiola ri.

— Parece que você conseguiu uma nova amiga.

— É o que parece — Hudson responde, e não parece nem um pouco incomodado com isso. Parece um pouco confuso, isso sim, e não posso deixar de me perguntar se Hudson já teve um bichinho de estimação antes. Ou um amigo, pelo menos, que não fosse seu tutor. Não encontrei evidência de nenhum dos dois em seus diários, e me pergunto como isso deve ter sido para ele.

— Bem, Coisas Perdidas, vamos voltar para casa, para que vocês possam nos contar sua história — convida o pai de Tiola, com um sorriso. — A propósito, meu nome é Arnst. E esta é Maroly. — Ele acena com a cabeça na direção da esposa.

— Meu nome é Grace — apresento-me, com um sorriso. — E este é Hudson. Muito obrigada pela ajuda de vocês. Não sei o que teríamos feito se não tivéssemos chegado em sua fazenda.

— Vocês parecem engenhosos — Maroly comenta, com um sorriso gentil. — Tenho certeza de que vocês se virariam bem. Mas estamos felizes por estarem aqui. Tiola adora ter companhia.

Nós os seguimos pelo pátio da frente até a casa com a alegre varanda da frente, cheia de vasos de flores e o que parecem ervas — tudo em vários tons de púrpura, é claro.

Quando chegamos à porta — acompanhados por Tiola e dúzias de seus amigos de sombras —, Maroly se vira com uma expressão feroz.

— Não! Vocês ficam aqui!

— Ah, desculpe! — Recuo, envergonhada por ter entendido mal. — Nós...

Arnst cai na risada, e sua gargalhada é tão grande quanto ele. Preenche toda a varanda e se espalha no ar ao nosso redor.

— Ah, não vocês, Grace! — Maroly me diz com um aceno pesaroso de cabeça. — As umbras. Elas não têm permissão para entrar em casa, e sabem disso. Estão só tentando tirar vantagem do fato de termos companhia.

Ela dá um olhar severo para as massas agitadas de sombras no chão — as umbras.

— Vão! — Então se vira para Hudson. — E isso inclui você, Smokey. Dê um pouco de paz para esse pobre rapaz.

A única resposta de Smokey é um uivo pesaroso que faz Arnst rir ainda mais. Em especial quando Tiola começa a rir também.

— Smokey é encrenca — Tiola explica entre risos. — Ela gosta de causar problemas para minha mãe.

— "Problemas" é um jeito discreto de dizer — Maroly intervém, com uma fungada. — Não me faça jogar água em você, Smokey. Saia desse garoto.

Dessa vez, o som que Smokey faz se parece mais com um choro. Agudo e que causa arrepios.

— Sim, sim, sim, eu sei que você gosta dele. — Maroly estende as mãos e tira a umbra do pescoço de Hudson, o que não é um feito fácil, considerando que Smokey se esforça para permanecer pendurada em sua garganta.

Ele faz um barulho leve de engasgo, e Maroly balança a cabeça.

— Viu só? Você acaba de estrangular seu novo amigo. É isso o que quer?

Smokey estremece em resposta e dá o solucinho mais triste que acho que já ouvi na vida. Uma espiada rápida em Hudson me revela que ele acha o mesmo. Ele parece quase tão triste quanto Smokey quando se agacha e passa a mão pela... cabeça dela? Suas costas? É difícil dizer qual parte é o que, considerando, na verdade, que ela é uma massa retangular da altura do joelho dele, que parece despencar sobre si mesma.

— Está tudo bem, Smokey — ele sussurra, acariciando-a mais algumas vezes. — Prometo que venho ver você mais tarde.

Ela retruca em toda a sua glória oblonga ao ouvir as palavras de Hudson, uma mistura feliz de chilreados e arrulhos saindo de sua boca enquanto gira sem parar ao redor dos tornozelos dele.

— Tudo bem, já chega! — Maroly exclama, expulsando-a da varanda. — Vá comer alguma coisa no celeiro. Prometo que nós o mandamos de volta mais tarde para brincar um pouco com você.

Observamos Smokey correr pela clareira até o celeiro, e estou um pouco chocada em notar como corre rápido. Não tão rápido quanto Hudson em modo de aceleração total, mas bem mais rápido do que eu.

Assim que ela desaparece da nossa vista, Maroly nos faz entrar na casa.

— Você realmente ganhou uma nova amiga — ela comenta com Hudson.

— Parece que sim. — Ele sorri. — Ela é muito doce.

— Ela é uma ameaça — Arnst o corrige. — Mas uma ameaça bem-humorada, então tudo bem.

— Isso é mais do que se pode dizer sobre mim na maior parte do tempo — Hudson lhe diz, com uma risada.

Enquanto Arnst e Maroly riem com ele, não posso deixar de olhar para Hudson com novos olhos. Quem é essa pessoa que ele está mostrando para os pais de Tiola? Definitivamente não é o mesmo cara que passou o último ano me atormentando com pegadinhas ridículas.

Mas esse é o cara que me ajudou a fazer torta de abóbora? Que me abraçou enquanto chorei por todos os feriados que nunca mais passarei com meus pais?

Não sei.

Talvez esse seja o problema quando se trata de Hudson. Depois de ler seus diários, sei que ele não é a pessoa que Jaxon pensa que seja. A pessoa sobre quem ele me advertiu. Mas só porque sei quem ele *não* é não quer dizer que eu tenha ideia de quem seja.

Toda vez que penso que posso ter uma resposta para a questão de Hudson, acabo com mais uma dúzia de dúvidas. Mas tem uma coisa que sei. Uma coisa que descobri ao longo das últimas vinte e quatro horas.

Já passou do momento de descobrir.

Capítulo 43

ONE DIRECTION NÃO É APENAS UMA BOY BAND

— Hudson —

Grace está me olhando de um jeito estranho, e não sei o que pensar a respeito.

Mas a questão é que não sei o que devia pensar sobre nada disso. Tiola, seus pais, as umbras. Quando estávamos no meu covil, pelo menos eu tinha uma boa noção de onde estávamos e do que estava acontecendo. Agora que estamos do lado de fora, não faço a menor ideia.

Algo sobre este lugar desperta uma lembrança bem no fundo da minha mente, mas ainda não sei o que é. Sequer sei se é uma lembrança de verdade ou se é só a lembrança de um pedaço prévio de informação que Richard me deu em determinado momento.

O homem adorava transmitir os pedaços mais obscuros de conhecimento — quanto menos conhecido era, mais ele amava compartilhar. Será que este estranho lugar roxo é algo assim, ou algo totalmente diferente? Algo sobre o qual não sei quase nada porque é mais importante do que jamais imaginei?

— O jantar está pronto — Maroly avisa, nos levando mais para o interior da casa. — Tem um banheiro no fim do corredor, onde vocês podem se limpar.

— Hudson é um vampiro, mamãe — Tiola conta, com um tom de voz muito solene. — Isso quer dizer que ele não pode comer nossa comida.

— Um vampiro? — Arnst me olha com novos olhos. — Ouvimos histórias sobre vampiros, é claro, mas nunca cheguei a conhecer nenhum por essas partes. Bem-vindo.

Não é a reação com a qual estou acostumado, mas, dado que Tiola pareceu animada com o sangue vermelho de Grace, as chances são de que ninguém aqui precise pensar em vampiros como predadores. Na verdade, é revigorante que alguém pense em mim como algo que não seja uma ameaça.

— Obrigado — agradeço, com sinceridade.

Maroly se volta para Grace com olhos inquisidores.

— Você também é uma...

— Ah, não! Definitivamente, não! — Grace responde tão enfaticamente que é um pouco ofensivo. — Sou uma reles humana.

Isso não é verdade. Quanto mais tempo passamos presos aqui, mais fico convencido de que há algo a mais em Grace do que a humanidade que ela está tão determinada a reivindicar. Não que importe no momento, considerando que ainda não sei o que é. E não pretendo contradizê-la a esse respeito. Pelo menos, não na frente dessas pessoas aparentemente gentis que abriram a casa para nós.

Mas só de olhar para o rosto de Maroly e Arnst, posso dizer que não sou o único com dúvidas sobre o que Grace é exatamente. Mas parece que eles tampouco vão dizer alguma coisa.

— Bem, então, você deve estar faminta — Maroly conclui, com gentileza. — Veja, preparei bastante comida.

Como se só estivesse esperando a dica, o estômago de Grace ronca. Suas bochechas ganham um tom familiar de rosa, mas não sei por que ela está envergonhada. Fome é algo normal, em especial considerando que ela não comeu o dia todo. Acrescente a isso a quantidade de caminhada/corrida/luta que tivemos, e ficarei surpreso se ela não estiver prestes a devorar a primeira coisa comestível que aparecer em seu caminho.

Eu sei que estou.

Entretanto, desde que Grace é minha única opção aqui, empurro esse pensamento bem para o fundo. Sem chance de eu beber dela agora. Não quando finalmente conseguimos passar algumas horas sem que ela me olhe como se eu fosse o cruzamento entre um assassino de cachorrinhos e um monstro.

— Parece incrível — Grace responde, com um sorriso doce que nunca vi direcionado a mim. Claro, eu provavelmente sairia correndo assustado se ela fizesse isso.

Grace segue pelo corredor para ir se limpar, e depois faço o mesmo. Parte de mim quer entrar no chuveiro primeiro, considerando que não vou comer. Mas tenho várias perguntas a que quero que Maroly e Arnst respondam, e agora parece ser o melhor momento para isso.

Então me contento em tirar a camisa e lavar a sujeira e o pó do longo dia, lavando a terra das minhas mãos, rosto e torso. Depois de me secar rapidamente com uma toalha limpa que Maroly me deu, volto para a sala de jantar, onde todo mundo já está reunido ao redor de uma mesa grande e redonda.

Há um espaço vazio entre Grace e Tiola, então me sento ali, dando um sorriso para a garotinha. Ela sorri em resposta, os dentes afiados brilhando na luz do lustre que parece ser iluminado por cristais resplandecentes sobre nós.

— Então — Maroly começa, enquanto serve água gelada em um copo diante de mim. — Contem-nos de onde vieram. Estamos longe de tudo, e não parece que vocês têm uma carruagem ou algum outro veículo. — Ela abre um sorriso encorajador, revelando dentes que, de algum modo, são ainda mais afiados do que os da filha.

— Na verdade, não sabemos — Grace responde, enquanto coloca o que parecem ser legumes fritos em seu prato. Legumes *roxos* fritos. — Estávamos fugindo de um dragão...

— Um dragão? — Tiola saltita em sua cadeira. — Um dragão de verdade? Nunca vi um desses!

— Definitivamente era um dragão de verdade — Grace garante para ela. — Lançava fogo e tudo mais.

Arnst não parece cético, mas chocado, quando comenta:

— Estão dizendo que um dragão *perseguiu* vocês em Noromar? Isso não faz sentido. Não temos dragões por aqui.

— Nada disso faz sentido. — Tomo um gole de água, grato pelo fato de que tudo por aqui parece igual, ainda que seja diferente. Então percebo o que ele acabou de dizer. — Espere um minuto. Você diz que estamos em *Noromar*?

A lembrança que estava se agitando em meu subconsciente ganha vida quando as histórias que Richard contou em todos aqueles anos atrás parecem voltar ao vivo e em cores. Ou, eu devia dizer, ao vivo e em tons de roxo.

— Sim. — Maroly adiciona salada em seu prato e então o entrega à filha. — Vocês estão no que acredito que chamam de Reino das Sombras... ou Noromar, para nós. Alguns boatos dizem que há uma porta entre nossos dois mundos que se abre uma vez a cada mil anos, mas nunca aconteceu durante nossa vida. Sempre pensamos que era mais mito do que verdade. Sabem como é, algo para se sonhar sobre, mas que não é de verdade. Então, honestamente, não sei como chegaram aqui. Ou como... — Ela para de falar, trocando um longo olhar com Arnst.

Mas não é preciso ser um gênio para saber o que ela ia dizer. Se a porta se abriu para nos deixar entrar — ou mesmo se, de algum modo, conseguimos nos esgueirar por ela —, um raio não cai duas vezes no mesmo lugar. O que quer dizer...

— Não tem como voltarmos? — A voz de Grace falha na última palavra, e mesmo assim o sussurro dela ecoa pela sala como um grito.

Capítulo 44

EU CUIDO DA LOUÇA SE VOCÊ QUISER

— Hudson —

— Não sabemos — Arnst diz solenemente. — Minha família viveu aqui nos arredores do reino por setenta e cinco anos, e nunca ouvimos falar de tal coisa acontecendo.

— Mas, talvez, se atravessarem as montanhas, mais para o interior do reino, em uma das vilas — Maroly se apressa em acrescentar —, vão encontrar alguém que saiba mais sobre isso.

— Alguém tipo quem? — Grace pergunta, e sua voz ainda não voltou ao normal.

— A Rainha das Sombras — respondo, e Maroly arfa.

— Como você sabe sobre nossa rainha? — Arnst pergunta, e todo mundo parece se inclinar um pouco para longe da mesa, como se tivesse medo do que posso falar a seguir.

Dou de ombros.

— Honestamente, não sei muito de nada sobre ela. Meu tutor costumava me contar histórias sobre Noromar quando eu era pequeno, mas sempre achei que ele tinha inventado esse lugar para me divertir nas noites longas e solitárias.

Olho de relance para Grace, só para ver como está indo. Ela parece estar se controlando bem no quesito ataque de pânico, mas seu rosto *está* mais pálido do que jamais vi.

Hesito, sem querer ofender nossos anfitriões, e então prossigo:

— Ele disse que havia um reino feito de criaturas de sombras conhecidas como fantasmas, liderados por uma cruel Rainha das Sombras, que é ainda mais sedenta por poder do que o rei dos vampiros, e que tudo o que ela quer é sair do Reino das Sombras e invadir o nosso. Fiquei com a sensação de que o poder dela seria incomensurável no nosso mundo, ou algo assim. — Faço uma pausa, e então me inclino na direção de Tiola com as mãos erguidas em um ataque zombeteiro. — Ele também disse que os fantasmas adoram comer crianças vampiras que não arrumam o quarto.

Tiola dá uma risadinha, como eu esperava que fosse acontecer. A temperatura no ambiente caiu vários graus ante a menção à Rainha das Sombras, e quero que todo mundo continue falando, para que eu possa descobrir o motivo.

Arnst balança a cabeça.

— Sim, há aqueles na nossa espécie que seguem a rainha e estão o tempo todo testando a barreira para abrir caminho até seu mundo.

— Mas não se preocupe. — Maroly dá um tapinha na minha mão por sobre a mesa. — A barreira não pode ser atravessada por nenhum fantasma... nem mesmo pela rainha.

— E quanto aos humanos? — Grace questiona, e então morde o lábio inferior. Ela não pergunta sobre os vampiros, e me esforço para não me perguntar se foi intencional.

Mais uma vez, Arnst balança a cabeça.

— Sinto muito, querida. Até onde sei, ninguém pode voltar para a barreira, de volta ao seu mundo. Ouvimos histórias de outros como você vindo a Noromar, mas ninguém jamais voltou.

Grace parece prestes a vomitar, e não posso culpá-la. Só porque não tenho uma casa para onde voltar, não quer dizer que não entendo que ela possa se sentir de um jeito diferente sobre permanecer aqui. Comigo.

Esperando tranquilizá-la, coloco uma mão em seu joelho e começo a fazer carinho. Claro, o fato de ela não me mandar parar imediatamente me diz tudo o que preciso saber sobre seu estado mental, e isso não é bom.

É por isso que mantenho a mão ali quando continuo:

— Então acho que é inútil pedir para a Rainha das Sombras?

— Não se quiser continuar respirando, filho — Arnst responde. — Seu tutor pelo menos contou essa parte direito. Ela é... poderosa. E lida rapidamente com... *visitantes* do seu mundo.

— Meu marido está certo. — Maroly balança a cabeça, mas seus olhos têm um olhar distante, como se estivesse perdida em pensamentos. — Noromar pode ser bem pouco gentil com forasteiros.

— Bem, exceto pelo Prefeito Souil! — Arnst estala os dedos. — Ele é do seu mundo, e sua vila conseguiu impedir o exército da rainha de invadir por quase cem anos.

— Quem é o Prefeito Souil? — pergunto, preocupado em envolver muita gente na confusão em que Grace e eu nos metemos. Em especial pessoas que não conheço... e cuja confiabilidade não posso julgar por mim mesmo. A última coisa que quero é causar mais problemas, para Grace ou para essas pessoas que têm sido tão gentis conosco.

— A vila dele fica logo depois das montanhas, a leste — Maroly responde. — E, honestamente, pode ser o único lugar onde vocês ficarão a salvo da nossa rainha. Se eu fosse vocês, viajaria para lá enquanto o exército dela passa pelo sul.

Tiola choraminga.

— Mas eu queria que eles ficassem conosco. Eles precisam mesmo ir embora?

Arnst e Maroly trocam outro olhar cheio de tensão, e descubro que estou segurando a respiração. Será que a rainha é realmente tão perigosa para forasteiros? Talvez tenha algo a ver com a história de Richard, no final das contas — talvez ela ache que nós sabemos um jeito de atravessar a barreira. Até parece.

Maroly prossegue:

— Sinto muito, querida, mas acho que seus novos amigos provavelmente deviam partir assim que for seguro para viajar. Eles podem voltar para nos visitar outra dia, e passar uns dois dias no máximo conosco. Não queremos que a Rainha Clio os encontre, queremos?

Tiola estremece.

— Ela é malvada.

E isso responde tudo. Se alguém consegue assustar essa garotinha tão forte, deve ser o diabo em pessoa.

Começo a fazer outra pergunta sobre a rainha para Maroly, mas olho de relance para Grace e mudo de ideia. É sutil — muito sutil —, mas, para alguém que passou o último ano com muito pouco para fazer além de encará-la, o aceno de leve de cabeça de Grace não passa despercebido.

Faço uma anotação mental para perguntar mais tarde para ela o porquê daquilo. Então digo:

— Muito obrigado. Ficamos muito gratos.

— Ficamos *muito* gratos — Grace repete.

— Já terminamos de falar sobre coisas chatas? — Tiola pergunta.

Todos nós rimos, e Maroly estende uma mão elegante e roxa para cobrir a mão da filha, que está apoiada sobre a mesa.

— E sobre o que você quer falar? — ela indaga.

— Quero que Grace e Hudson durmam no meu quarto! — ela diz. — Pode ser minha primeira festa do pijama.

A esse anúncio, Arnst se engasga com a água. O que, para mim, faz todo o sentido. Nenhum pai semidecente em *qualquer* lado da barreira acharia legal deixar um homem estranho — vampiro ou não — dormir em um quarto com sua filha vulnerável de dez anos.

— Grace e Hudson vão dormir no quarto de hóspedes — Maroly delibera em uma voz que não deixa espaço algum para discussão... para nenhum de nós.

Tiola também deve ter sentido isso, porque não discute com a mãe. Mas passa o restante do jantar fazendo beicinho.

— Falando nisso, vocês dois devem estar exaustos. — Arnst se afasta da mesa e começa a retirar os pratos sujos. — Maroly, por que não mostra o quarto para eles enquanto eu limpo a cozinha?

— Ficaremos felizes em ajudar — Grace oferece, levantando-se em um pulo e pegando alguns pratos também. Ela pode até ter soado convincente, exceto pelo fato de estar pendendo para o lado, como se ficar em pé fosse difícil demais para ela no momento.

— Eu ajudo — intervenho, terminando de beber minha água antes de pegar os pratos que sobraram na mesa. — Por que você não toma um banho, e eu fico por aqui para que Arnst e eu possamos limpar tudo?

— Você não precisa fazer isso — Arnst protesta. — Tiola e eu formamos uma boa equipe.

— Hudson pode ajudar você! — Tiola sugere. — E eu posso ajudar a mamãe a mostrar o quarto para Grace.

Arnst deve ter percebido que era voto vencido, porque vai atrás de mim segundos depois. Nunca lavei louça antes, mas vi Grace fazer isso vezes suficientes ano passado para saber o conceito básico. Além disso, não parece difícil — só entediante. Então pego a esponja, coloco um pouco de líquido — que, surpreendentemente, não é roxo — de uma embalagem marcada como detergente, e começo a esfregar.

Uma *grande* quantidade de bolhas de sabão e uma camiseta bastante molhada depois, termino os pratos. Arnst, que estava guardando a comida e limpando a mesa e os balcões, dá uma olhada na minha direção e ri.

— Você fica bem assim — ele provoca, enquanto me entrega um pano de prato para eu me secar.

Se Grace tivesse dito aquilo, eu teria feito um comentário sarcástico sobre essa aparência não estar sequer entre as minhas cinco melhores, mas, com Arnst, meio que inclino a cabeça com tristeza.

— Talvez eu precise de um pouco mais de prática nessa coisa de lavar louça.

— Você se saiu muito bem — ele responde. — Por que você não sobe, e eu peço para Maroly levar pijamas e uma muda de roupa para vocês usarem amanhã? Não vão servir perfeitamente, mas devem quebrar o galho até podermos lavar as roupas de vocês.

— Obrigado. Ficamos muito agradecidos por isso e por tudo o que estão fazendo por nós.

— Bem, não podíamos deixar vocês dois largados por aí, não é? Além do mais, quando é que teríamos a chance de conhecer um vampiro e uma *humana*?

Ele diz "humana" como se fosse a coisa mais reverente do mundo. Tenho que me esforçar para não revirar os olhos e dizer para ele que, de onde eu venho, eles são tão comuns quanto baratas. Mas a autocensura é uma coisa boa, ou pelo menos é o que Grace me garante, então apenas sorrio e respondo:

— Onde mais nós teríamos a chance de conhecer três... — busco na memória mais uma vez como Richard chamava as pessoas de Noromar — ... fantasmas?

Algo arde nos olhos dele com tanta rapidez que quase me convenço de que foi coisa da minha imaginação, mas então ele está sorrindo:

— Parece que todos teremos histórias para contar pelos próximos anos, hein?

Então ele me faz subir as escadas até a "segunda porta à direita", mas mal chego ao andar de cima antes que um grito alto e assustador preencha o ar ao meu redor.

Capítulo 45

DURMA COM OS VAMPIROS

— Hudson —

— O que foi isso? — pergunto, descendo as escadas correndo para encontrar Arnst olhando pela janela com uma cara feia no rosto.

— Tiola! — ele chama. — É melhor você descer aqui e cuidar disso imediatamente!

— Cuidar do quê? — indago. — Quer que eu vá com ela?

— Não, a menos que queira passar as próximas três horas com uma sombra seguindo você por todo lado — ele responde. — Foi Smokey quem gritou. Aparentemente, está bem chateada por você não ter voltado para vê-la. Tiola!

Ele pronuncia a última palavra com um tom de advertência na voz que teria me feito obedecer imediatamente naquela idade, se ele fosse meu pai. Mas é claro que, quando Cyrus se irritava o bastante para erguer a voz, todo mundo sabia que cabeças — e muito provavelmente várias outras partes do corpo também — iriam rolar.

— Eu posso ir — garanto para ele, erguendo a voz para ser ouvido acima do choro súbito de Smokey.

— Absolutamente não. Amanhã está logo ali para você fazer as vontades daquela umbra — Maroly diz quando se junta a nós no térreo. — Além disso, ela precisa aprender que não pode se comportar assim para conseguir o que quer.

Não tenho certeza de como me sinto sobre qualquer criatura agindo dessa forma só porque quer me ver, mas tampouco posso deixá-la gritar, em estado de tamanha infelicidade, em vez de pelo menos tentar fazer alguma coisa para ajudá-la. Fui largado nesse estado — sem gritar, mas definitivamente em estado de profunda infelicidade — mais do que algumas vezes ao longo da vida, e não é algo que eu deseje para alguém.

Mas, antes que eu possa decidir se quero dizer alguma coisa para Maroly, há um ruído súbito de passos na escada. É seguido por um:

— Pode deixar comigo, mamãe! — Tiola corre pela porta da frente, fechando-a com força atrás de si.

— Viu? Falei para você. Ela cuida de Smokey. Pode ir para a cama, ver como está sua Grace. Ela parecia estar prestes a cair de cara no chão durante o jantar.

Penso em dizer para Maroly que não existe *minha* Grace, que ela não é *nada* minha, mas, no fim, não vejo motivo para isso. Além do mais, ela está certa. Grace realmente parecia cansada ao extremo antes de ir para o quarto. Eu provavelmente deveria ir vê-la para garantir que está bem.

É estranho ter esse pensamento. Mais estranho ainda o fato de ser um pensamento sincero. Já faz muito tempo desde que me importei o suficiente com uma pessoa específica para me preocupar com ela. Mais estranho ainda que essa pessoa seja Grace.

Não que seja algo de mais, porque não é. Eu me importo com aquela maldita sombra lá fora também, e só a conheço há uns dez minutos. Não, não é nada de mais, mesmo.

— Obrigado mais uma vez — digo para Maroly, antes de subir os degraus. — Nós dois apreciamos o tanto que vocês fizeram por nós.

Ela acena para que eu vá me deitar antes de sair pela porta da frente, chamando Tiola.

Há um grande conjunto de janelas bem diante da escada, e olho para fora enquanto sigo para o andar de cima. Imediatamente, surpreendo-me em ver como Maroly se move rápido quando quer. Não tão rápido como eu, quando acelero, mas ainda assim é impressionante. Ela atravessa o pátio que separa a casa do celeiro em segundos.

Também é difícil deixar de notar como ainda está claro lá fora. Já é bem tarde aqui — ou, pelo menos, tarde o bastante para que as pessoas já estejam se preparando para dormir —, e o sol ainda está alto no céu. Como se estivéssemos no meio da manhã, em um dia normal de verão.

Nunca vi nada assim. Mesmo nas partes do Alasca que têm vinte e quatro horas de luz do dia, as noites têm um crepúsculo civilizado. Aqui, definitivamente não é o caso.

E isso significa exatamente o quê? Que os dias são mais longos no Reino das Sombras? Acho que faz sentido, considerando que as sombras só existem quando há luz, mas quão mais longo é o dia deles? Será que nunca escurece? Mas como isso é possível, considerando que Grace e eu corremos por uma escuridão completa para chegar aqui mais cedo?

Ou será que corremos até chegarmos a um lugar onde o sol *já* estava alto?

É um pensamento intrigante, em especial quando me lembro da escuridão do lado de fora do meu covil. Ela não mudou nenhuma vez durante o ano em que estivemos ali. Naquela época, presumi que tivesse algo a ver com a mente de Grace, mas agora questiono se aquela escuridão era a barreira entre nosso mundo e este aqui. Quando saímos correndo, será que de algum modo atravessamos a tal barreira?

Se foi isso, como o dragão conseguiu cruzá-la também? E por que ele parou de nos perseguir assim que chegamos a um lugar iluminado? Para onde ele foi? Ele não pode simplesmente ter desaparecido. Pelo menos, isso não seria possível no nosso mundo. Mas e neste? Quem diabos sabe?

A família parece completamente despreocupada com o dragão, e este é o único motivo pelo qual concordei em ficarmos aqui. Não sei por quê, mas acho que estamos a salvo do dragão nesta pequena casa de fazenda, e segurança não é algo a ser desprezado quando se consegue.

— Ei, Hudson. Você está bem? — Eu me viro e dou de cara com Arnst parado no corredor, com uma pilha de roupas nas mãos, e percebo que estive parado do lado de fora da porta do meu quarto... do quarto que divido com Grace... só Deus sabe por quanto tempo.

— Sim, desculpe. Só estava pensando. — Dou uma batida rápida na pesada porta de madeira e tento fingir que isso não é estranho. Dividir o covil era uma coisa. Dividir um quarto minúsculo parece muito mais íntimo, e não sei como me sinto a esse respeito.

— Isso é para você e para Grace — Arnst diz, entregando-me as roupas que estão em suas mãos. — Deve haver o suficiente para vocês aguentarem alguns dias, então é só descerem as roupas que estão usando agora quando acordarem amanhã de manhã, e vamos lavá-las para vocês.

— Obrigado. Avisarei Grace.

Ele aponta para uma porta a três metros de distância, mais para o fundo do corredor.

— Ali fica o banheiro, se quiser tomar banho. Fora isso, acho que nos vemos pela manhã.

— Obrigado... — começo a dizer novamente, mas Arnst simplesmente dá um tapinha nas minhas costas antes de ir embora.

— Boa noite — ele fala por sobre o ombro.

— Boa noite — respondo, no momento em que Grace abre a porta.

— Você bateu? — ela pergunta.

— Sim, eu não quis... — Minha voz falha quando percebo que a única coisa que ela está usando é uma camiseta branca.

É uma camiseta comprida — deve ser de Arnst, a julgar pelo jeito como alcança a metade das coxas dela —, mas ainda é só uma camiseta.

Por um segundo, minha mente vaga para o território "o que ela está usando por baixo", mas me livro desse pensamento rapidamente. A última coisa que qualquer um de nós precisa é que eu comece a pensar dessa forma, em particular quando estamos dividindo um quarto. E especialmente não quando ela já deixou bem evidente — em comportamento, ainda que não em palavras — que acha que quase me beijar foi um erro.

Mas, mesmo me dizendo isso, é difícil ignorar o fato de que Grace tem pernas muito bonitas. E todo o resto muito bonito também.

Merda. Isso nunca vai dar certo. Morar no mesmo salão espaçoso é uma coisa. Tentar coexistir nesse quarto minúsculo, com essa cama muito grande, é algo inteiramente diferente.

Talvez eu devesse dar o fora daqui agora. Tem uma cadeira na varanda na qual eu poderia dormir...

— O que é isso tudo? — Grace pergunta, me olhando de um jeito estranho que presumo ser porque dei dois passos para dentro do quarto e fiquei paralisado como um cervo diante dos faróis acesos de um carro.

— Arnst nos deu, para usarmos amanhã. — Eu me obrigo a chegar mais perto da cama, para poder deixar as roupas ali.

— Isso é muito gentil. — Ela começa a remexer a pilha, separando as roupas de Arnst das de Maroly. As dela das minhas. — Ainda que não sejam exatamente de marca — ela me provoca, segurando uma calça jeans surrada. — Espero que não sinta muitas saudades do seu Armani.

— Não sinto falta alguma, na verdade — digo, e é a verdade. — Quando se é um príncipe vampiro, as pessoas esperam que você se vista de certa maneira... e não há motivo para não fazer isso com estilo. Mas isso não quer dizer que eu não me sinta mais confortável usando jeans.

Vejo Grace engolir em seco uma vez, e depois outra. Então ela diz:

— O banheiro é na porta ao lado. — E me entrega uma pilha com uma calça jeans, algumas calças de moletom e algumas camisetas. — Caso queira tomar um banho.

Ela deve estar exausta, pois não faz sequer um comentário sobre o fato de eles usarem o mesmo estilo de roupas que usamos em nosso reino — uma pergunta que anoto mentalmente para fazer a Arnst na manhã seguinte.

— Sim, Arnst me disse. — Pego uma calça de moletom preta e uma camiseta branca da pilha e vou para a porta. Quanto antes eu sair deste quarto e me afastar do cheiro convidativo de Grace, melhor.

O que vai acontecer depois do meu banho, quando eu voltar para cá, com Grace, é outro problema, com o qual vou lidar no momento em que acontecer.

Capítulo 46

GOSTO DE DORMIR BEM, MAS NÃO TÃO BEM ASSIM

— Grace —

Enquanto espero que Hudson volte do banho, arrumo nossas roupas na cômoda vazia. Duas vezes.

Quando estão o mais organizadas possível, olho ao redor, em busca de alguma coisa — qualquer coisa — a mais para fazer.

Resolvo usar um pouco da loção caseira sobre a bandeja da penteadeira. Tem cheiro de lavanda e limão e é incrível deslizando pela pele, então passo devagar, cobrindo cada centímetro do meu corpo. Mesmo assim, só levo uns cinco minutos.

Então volto para a cômoda e arrumo as roupas uma terceira vez.

Hudson ainda não está de volta quando afofo os travesseiros no colchão — e percebo pela milionésima vez desde que cheguei aqui que só há uma única cama.

Notei que havia apenas quatro portas no pequeno corredor, quando Maroly me trouxe aqui para cima, o que quer dizer que a pequena casa de fazenda tem três quartos e um banheiro no andar de cima. Seria desagradável sugerir que precisávamos de quartos separados, dado que era óbvio que eles tinham apenas um quarto de hóspedes.

Largo os travesseiros e volto para a cômoda, a fim de arrumar as roupas. Mais uma vez.

Também endireito as pinturas nas paredes — ambas quadros abstratos bem decentes —, subo e desço as persianas até que fiquem perfeitamente alinhadas, arrumo as cortinas várias vezes, de modo que bloqueiem o máximo possível da luz lá de fora, aliso a colcha e dobro minhas roupas sujas para tirá-las do caminho.

Então arrumo nossas roupas novamente.

Porque, pelo jeito, dividir um quarto com Hudson me deixa completamente neurótica.

É ridículo surtar dessa forma. Absoluta e positivamente ridículo. Quero dizer, nós dividimos o covil dele por mais de um ano, e sobrevivemos. Por que dividir este quarto por uma ou duas noites seria diferente?

Não deveria ser. Mas, por algum motivo, é. É realmente diferente.

Talvez seja porque tivemos aquele quase beijo antes que tudo virasse um inferno.

Talvez seja porque, desde que li os diários dele, não consigo mais odiar Hudson como antes. Não consigo sequer ter medo dele. Não de verdade.

Ou talvez seja porque o elo entre consortes com Jaxon se foi.

Não devia importar — *não* importa. Eu amo Jaxon. Quero estar com ele para sempre.

Mas e se o que Maroly e Arnst disseram no jantar for verdade? E se a barreira entre nosso mundo e Noromar só se abrir uma vez a cada mil anos?

E se foi essa única vez que nos permitiu entrar?

E se não houver letras miúdas, nenhuma cláusula de escape, nenhuma mágica que possa mudar as coisas?

E se Hudson e eu estivermos presos aqui, no Reino das Sombras, para sempre?

É um pensamento aterrorizante, um que me deixa andando de um lado para o outro enquanto luto para conter um ataque de pânico pela segunda vez esta noite.

De algum modo, consegui não surtar no jantar, quando o assunto surgiu pela primeira vez. E consegui evitar pensar nisso depois do jantar, quando tomei meu banho. Mas agora que estou aqui neste quarto, sem mais nada para fazer além de pensar, é impossível continuar ignorando.

É impossível não conjecturar se a minha vida toda não mudou para sempre.

É impossível não conjecturar se eu tenho de recomeçar em um *novo lugar* mais uma vez.

É impossível não conjecturar acerca de como todos os que amo estão lá onde é o meu lar. Se vou revê-los algum dia.

Quando estávamos no covil de Hudson, eu tinha me resignado a acreditar que nunca sairíamos de lá. Tirei Jaxon da cabeça, desejei que todos tivessem ótimas vidas e tentei seguir em frente. Mas então deixamos o covil — e o dragão não nos matou — e, pelo mais breve dos momentos, eu me permiti acreditar que talvez pudesse voltar para casa novamente.

Só para descobrir que ainda estou presa, e ainda incapaz de ir algum dia para casa, se o que Maroly disse sobre a barreira entre nossos mundos é verdade.

É de se admirar que eu esteja surtando?

Que parece haver um peso sobre meu peito e que as paredes estão se fechando em todas as direções? Sinto saudades da minha família. Sinto saudade dos meus amigos. E a ideia de passar o resto da vida sem revê-los é o suficiente para me fazer entrar em uma espiral de emoções difíceis de entender.

Não consigo respirar. E não há roupas suficientes no mundo para serem arrumadas e assim eu conseguir respirar novamente.

Me curvo, apoio as mãos nos joelhos e me concentro em respirar fundo.

Inspiro. Um, dois, três, quatro, cinco. Expiro.

Inspiro. Um, dois, três, quatro, cinco. Expiro.

A contagem não ajuda muito, então passo para outra técnica que a mãe de Heather me ensinou.

Cinco coisas que consigo ver: o tapete preto no chão, as cortinas brancas com flores pretas, a colcha preta com flores brancas, o abajur preto e dourado perto da cama, o vaso de flores roxas frescas na cômoda.

Inspiro. Um, dois, três, quatro, cinco. Expiro.

Quatro coisas que consigo tocar: o cobertor macio esticado ao pé da cama, a temperatura fria das paredes brancas, a leveza da camiseta que estou vestindo, a firmeza do colchão ao voltar à sua posição original conforme retiro meus dedos de cima dele.

Inspiro. Um, dois, três, quatro, cinco. Expiro.

Três coisas que consigo escutar: um choramingo agudo do lado de fora da janela, a água do banho de Hudson, o estalido da escada quando alguém sobe ou desce.

Inspiro. Um, dois, três, quatro, cinco. Expiro.

O pânico diminuiu e estou muito mais calma do que antes, então não me incomodo em tentar perceber as coisas cujo cheiro ou gosto posso sentir. Mas respiro fundo mais algumas vezes, enquanto repito para mim mesma que vai ficar tudo bem. Que só tenho de enfrentar as coisas um dia — uma hora — por vez. É assim que, de algum modo, conseguirei atravessar isto, assim como já atravessei cada outra coisa horrível que aconteceu comigo desde que meus pais morreram.

Desde que aquele dragão decida manter distância, posso lidar com todo o restante. Inclusive com o fato de ficar presa no Reino das Sombras indefinidamente — e dividir este quarto com Hudson. É só por um ou dois dias. Posso fazer qualquer coisa por quarenta e oito horas... desde que não envolva sacrifício humano.

Dez minutos mais tarde, enfim me convenci a me sentar na cama — o que é um grande progresso, considerando que não queria nem tocá-la desde que cheguei aqui —, quando Hudson bate à porta novamente.

— Pode entrar — eu o chamo e, quando ele abre a porta, prossigo: — Não precisa ficar batendo. Este quarto é seu também.

— Eu sei. Eu só não queria... pegar você desprevenida. — Ele para na porta, parecendo quase inocente com aquela calça de moletom de algodão macio e camiseta.

Dou uma risada, apesar do nervoso que ainda espreita sob minha pele.

— Prometo me trocar no banheiro e não aqui, ok? Então você não precisa se preocupar em entrar e me pegar nua.

Assim que as palavras deixam minha boca, eu as lamento. Em vez de diminuir a tensão entre nós, apenas as dupliquei. Porque agora nós dois estamos pensando em mim nua, e isso absoluta e completamente *não* é o que eu queria que acontecesse neste momento.

Hudson parece desconcertado por um segundo ou três, mas então pigarreia e diz:

— Terei isso em mente. E faço a mesma promessa... sobre mim mesmo, quero dizer.

— Ok, tudo bem. — Um silêncio constrangedor se abate sobre nós, e deixo escapar o que está na minha mente desde que entrei neste quarto após o jantar. — Você pode ficar com a cama.

— Não. — Hudson parece insultado. — Você pode ficar com ela. Obviamente.

— Por que "obviamente"? Você acaba de passar um ano dormindo na única cama...

— Não é a mesma coisa — ele me interrompe, e suas bochechas estão coradas de um jeito que nunca vi antes.

— Ah, é? — Consigo me sentir por fim relaxando, enquanto voltamos à nossa rotina normal de discussões. — E por que isso, exatamente?

— Porque foi você quem dividiu o salão! Você me deu a cama. Eu só estava seguindo as regras.

— Ah, bela tentativa — digo-lhe, com uma bufada. — Você dormiu na cama desde a primeira noite, *antes* que eu dividisse o salão.

Ele me olha como se tivesse na ponta da língua uma resposta para meu argumento, mas, no fim, apenas suspira e recosta um ombro na parede mais próxima.

— Só fique com a cama, ok? Vou dormir no chão.

É o mais perto de admitir a derrota que já vi Hudson Vega chegar, e parte de mim deseja saborear o momento. Deus sabe que pode nunca mais ocorrer. Mas, ao mesmo tempo, estou simplesmente cansada dessa discussão. Estou cansada, quero ir para a cama dormir, e parece ridículo fazê-lo dormir no chão duro de madeira quando esta cama é grande o bastante para comportar quatro pessoas confortavelmente.

É por isso que, apesar de todo o meu nervosismo anterior, eu me pego dizendo:

— Sabe de uma coisa? Somos duas pessoas razoáveis e adultas. Podemos dividir a cama.

— Desculpe-me. Acho que não escutei você corretamente. — Hudson finge preocupação. — Não tem medo de pegar piolho de vampiro se dormir perto de mim?

— Se fosse para eu pegar *piolho de vampiro*, como você coloca de forma tão eloquente, tenho bastante certeza de que isso já teria acontecido — replico, enquanto o restante da adrenalina do meu ataque de pânico se dissipa e começo a me sentir ainda mais exausta do que antes. — Agora, vai para a cama ou vamos passar o restante da noite debatendo se você é ou não contagioso?

— Posso lhe garantir que *não* sou contagioso — Hudson diz, com uma bufada ofendida. — De *nenhum* jeito.

— Fico feliz em saber — murmuro, puxando as cobertas do meu lado da cama e me deito antes que eu mude de ideia. Quando percebo que Hudson não se mexeu ainda, reviro os olhos e acrescento: — Nem eu, caso esteja ponderando.

Então fecho os olhos e me viro de lado, dando as costas para o meio da cama, determinada a fingir que estou dormindo até que Hudson ceda e se deite também. Ou até conseguir dormir de verdade.

Mas continuamos em um impasse. Eu na cama, me recusando a continuar discutindo o assunto. Hudson apoiando o ombro — e a atitude — na parede, esperando só Deus sabe o quê. Depois de um tempo, no entanto, ele deve reconhecer que também está tão cansado quanto eu, porque finalmente vem para a cama.

Há outra breve hesitação — posso senti-la, mesmo sem vê-la —, e ele fica parado ao lado da cama. Então o colchão se mexe, e posso senti-lo se deitar ao meu lado.

— Só para você saber: não durmo abraçada — falo por sobre o ombro quando ele se acomoda deixando vários centímetros entre nós.

— *Como é* que sobreviverei à decepção? — ele brinca.

— Você provavelmente deveria ir atrás de Smokey — provoco de volta.

Ele meio que se engasga, meio que ri.

— Você tem um ladinho bem malvado, sabia disso?

Eu poderia ter ficado ofendida, mas ele parece mais divertido do que irritado.

— Aprendi com o melhor.

Hudson solta outra gargalhada, mas não se pronuncia mais.

Espero vários segundos, só para ter certeza.

— Boa noite, Hudson.

Ele não hesita.

— Boa noite, Grace. Durma bem.

Por que sinto que nenhum de nós vai dormir nem um segundo hoje à noite?

Capítulo 47

VOCÊ REALMENTE CRAVOU A ATERRISSAGEM

— Grace —

A consciência vem bem devagar na escuridão do quarto.

Lembro de imediato que não estou no covil, mas todo o restante é meio que um borrão. Provavelmente porque estou aquecida, relaxada e mais confortável do que já estive no que parece uma eternidade.

Tem também o fato de que essa é a primeira vez que durmo em uma cama em mais de um ano. Claro que estou confortável. O sofá no covil era muito bom, mas o espaço e a firmeza desta cama parecem puro luxo. Luxo do qual ainda não tenho o desejo de abrir mão.

Provavelmente, eu deveria pegar meu celular para consultar que horas são. Mas não quero saber. Não quando a ideia de sair de baixo dessas cobertas parece tortura. Então, em vez disso, me mexo um pouco, tentando me afundar ainda mais no calor.

E então surto quando *a cama se mexe em resposta*. Momentos antes de passar um braço pela minha cintura e sussurrar:

— Me recorde, Grace. Qual é mesmo a definição de dormir abraçado?

— Ah, meu Deus! — exclamo, tentando tirar o braço pesado de Hudson de cima de mim, mas é difícil fazer isso quando está ao redor da minha cintura, segurando-me no lugar. — Saia de cima de mim!

— Odeio ser o portador de más notícias, princesa — Hudson diz, em um tom de voz que juro ser a personificação real de um sorriso torto. — Mas é você quem está em cima *de mim*.

Odeio que ele esteja certo, e odeio mais ainda que, em algum momento durante a noite, eu me enrosquei toda nele. Tipo toda. Em cima. Dele.

Meu rosto está enterrado em seu pescoço. Meu braço está envolvendo todo o seu peito, enquanto metade do meu torso o prende na cama.

E minha perna — ah, meu Deus, *minha perna* — está jogada por sobre as coxas dele.

Estou literalmente segurando o garoto na cama.

Ah, meu Deus.

— Mas preciso perguntar — ele continua, em um tom de voz baixo e malicioso que faz meu coração bater rápido demais. — Foi tão bom para você quanto foi para mim?

Estou desesperada demais em busca de colocar algum espaço entre nós para responder. Em vez disso, eu me sento rapidamente e tento sair de cima dele. Só que Hudson escolhe exatamente o mesmo segundo para se mexer — está tentando me ajudar a ir para o meu lado da cama, eu sei —, e isso só piora tudo. Porque, agora que finalmente consegui me sentar, estou montada nele, com as pernas abertas e os joelhos apoiados em cada lado de seus quadris.

Agora são os olhos de Hudson que se abrem de repente, e me pego encarando aquelas profundezas azuis surpresas por um longo e interminável momento antes que um monte de coisa aconteça ao mesmo tempo.

As mãos de Hudson vão até meus quadris, e ele começa a me tirar de cima dele. Mas já estou tentando sair o mais rápido que posso, e o ímpeto extra me faz rolar pela beirada da cama.

Caio no chão com um baque e dou um grito bem alto. Então fico deitada ali, porque, sério, para onde posso ir dali? Com o jeito que anda minha sorte hoje de manhã, vou tentar me sentar e cair de cara no colo dele.

Como se para reforçar meus medos, o colchão se mexe, e posso sentir Hudson me espiando pela beirada da cama.

— Grace? — A voz dele está repleta de preocupação. — Você está bem?

— Estou bem — asseguro-lhe, embora minha voz saia abafada, porque me recuso a erguer o rosto do tapete onde está enterrado.

— Posso pelo menos ajudar você a se levantar? — ele indaga, hesitante.

A mão dele roça minhas costas, e dou um tapinha nela.

— Me deixe. Posso morrer aqui. Está tudo bem.

Aquilo causa uma gargalhada nele.

— Não acho que isso seja possível.

— Tenho certeza de que é — insisto, virando finalmente a cabeça, porque o tapete não tem um gosto tão bom quanto parece. — É só eu ficar largada aqui tempo o bastante.

— Sim, bem, tenho quase certeza de que Maroly e Arnst virão procurá-la antes que você morra, e não acho que você vai querer que a vejam assim — ele responde secamente.

— Tenho certeza de que já viram coisa pior. — Pressiono a bochecha na lã áspera do tapete e não posso deixar de desejar ter agarrado um travesseiro ao cair.

— Pior? — Hudson repete, se engasgando um pouco com a palavra. — Ah, eles definitivamente já viram coisa pior. É só que, humm...

Ele deve ter abanado a mão sobre mim, porque sinto uma brisa súbita na parte de trás da minha coxa e na parte de baixo das minhas nádegas. Porque *é claro* que a camiseta que estou usando subiu até a cintura. É claro que sim.

O que quer dizer que, nos últimos cinco minutos, Hudson não só teve *todas* as minhas partes mais sensíveis pressionadas contra todas as *suas* partes mais sensíveis, mas ele também teve uma vista e tanto.

De repente, a mão que afastei há um minuto ganha todo um novo significado. Ele estava tentando me cobrir, e eu não deixei. Será que tem como esta manhã ficar ainda mais constrangedora?

Com um gemido, estendo a mão e agarro o lençol e o cobertor e puxo com o máximo de força que consigo enquanto me viro de costas. O que acaba sendo outro movimento singularmente imprudente da minha parte, porque Hudson despenca junto às cobertas.

E aterrissa bem em cima de mim.

Por um segundo, nós dois ficamos aturdidos demais para nos mexermos. Mas então ele começa a rir — um som quente e divertido que sacode todo o seu corpo contra o meu.

— Então quer dizer que foi um sim — comenta, quando finalmente consegue controlar seu ataque de risos. — *Foi* tão bom para você quanto foi para mim.

— Mas. Que. Diabos?! — exclamo. E, por exclamar, quero dizer sussurro, já que tenho um vampiro de oitenta quilos atualmente deitado em cima do meu diafragma. — Você deve ter feito isso de propósito!

— Hum, está ciente de que foi você quem me puxou, certo?

— Eu queria puxar a coberta! Como eu poderia ter movido você com uma mão, e ainda mais puxado você para fora da cama?

— Eu já estava meio inclinado para fora da cama, então estava sem equilíbrio — ele responde. — Você só me fez cair o restante do caminho.

— Quão desequilibrado você podia estar? — pergunto, sem fôlego, quando finalmente consigo voltar a respirar. — Você é um vampiro, caramba. Pensei que equilíbrio fosse seu forte.

— Eu estava tentando convencer a pessoa mais obstinada que conheço a me deixar ajudá-la. Não esperava que a resposta dela fosse tentar arrancar todas as roupas de cama!

— Sim, bem, uma garota tem de fazer aquilo que é necessário — sussurro, apressada. — Falando no assunto, se não sair de cima de mim nos próximos trinta segundos, vai morrer aqui comigo. Só que vou me assegurar de que você morra primeiro.

— Tão sedenta por sangue, Grace. — Ele estala a língua. — Isso é jeito de tratar a pessoa com quem você dorme agarrada?

Pessoa com quem durmo agarrada? Mas que diabos? Quem é esse cara e o que ele fez com Hudson?

— Acho que você quis dizer "com quem durmo *abraçada*" — pronuncio a palavra bem devagar.

— Ah, Grace. Pensei que nunca pediria. Eu adoraria dormir abraçado com você.

— Hudson! — rosno.

— Ok, ok. Tão mal-humorada. — E é assim que ele apoia as mãos uma de cada lado do meu corpo e executa a segunda metade de um *burpee*, desde a flexão, passando pela prancha e saltando levemente para ficar em pé. Que babaca.

Pior ainda, ele estende a mão para me ajudar.

— Agora, será que pode me fazer o favor de me deixar ajudá-la antes que acabemos destruindo o quarto *inteiro*?

Parte de mim quer recusar só para contrariá-lo, mas, no fim, eu cedo. Quanto mais rápido eu me levantar, mais rápido posso fingir que nada disso aconteceu.

Em especial a parte em que acordei me sentindo melhor e mais segura do que em muito, muito tempo. E isso não é nem um pouco apavorante.

Capítulo 48

NADA PARA VER POR AQUI

— Grace —

Quando finalmente descemos, todo mundo já levantou e se foi.

Maroly deixou um bilhete no balcão da cozinha, junto a uma tigela de frutas e um bolo de café da manhã para mim.

— Hudson e Grace — Hudson começa a ler —, tivemos de ir até a fazenda, mas, por favor, desfrutem do que quiserem para o café da manhã. Deixei um rocambole de pravenda que Tiola me ajudou a preparar ontem, mas, se não gostarem, sintam-se à vontade para pegar o que quiserem na geladeira.

Ele empurra a oferta de café da manhã na minha direção e continua lendo:

— Falei com uma amiga noite passada, uma historiadora que trabalha na universidade, e ela prometeu que perguntaria sobre a barreira para algumas pessoas. Disse que entraria em contato se descobrisse alguma coisa. Estaremos de volta lá pela hora do almoço. Aproveitem a manhã. Maroly.

— Será que é possível que demos a sorte de encontrar a família mais gentil em todo o Reino das Sombras? — pergunto, enquanto coloco um cubo de algo que parece um melão roxo na boca.

Para meu azar, aquilo definitivamente não tem gosto de melão, e tenho um pouco de ânsia antes que possa me conter. Mas resisto à vontade de cuspir, porque o gosto não é tão ruim assim. Só é diferente do que eu esperava. Em vez disso, concentro-me em tentar descobrir qual é o sabor.

Talvez uma mistura de cenoura e kiwi? Ou talvez kiwi e mamão? Pego outro pedaço, mastigando com mais cuidado dessa vez. Não, não é mamão. Pitaia, talvez?

— Não sei — Hudson responde à pergunta que acabei de fazer. — Arnst e Maroly têm sido absolutamente incríveis conosco, e Tiola é ótima. Só que minha experiência diz que se algo é bom demais para ser verdade...

— Em geral é bom demais para ser verdade — completamos ao mesmo tempo.

— Sim. — Ele suspira, passando a mão pelos cabelos sem gel.

É a primeira vez que o vejo vestido sem seus trajes perfeitos, e não tenho certeza do que sinto a respeito. Faz com que pareça um pouco menos endurecido, um pouco mais vulnerável. Muito mais com o cara que escreveu aqueles diários do que com o babaca metido a besta que conheci ao longo do último ano.

Ele está usando um jeans desbotado de Arnst, que pende em seus quadris. Não posso deixar de notar que está um pouco largo nas pernas, mas chegam até seus mocassins casuais. Meu olhar passeia por suas longas pernas, até a camisa esticada em seus ombros largos. O tecido macio está tingido quase da mesma cor que seus olhos oceânicos — olhos que claramente notaram minha inspeção de corpo inteiro, se sua expressão zombeteira é indicativa de alguma coisa.

— Você precisa de sapatos novos — murmuro, antes de enfiar um pedaço de bolo na boca.

Ele ri, mas felizmente deixa quieto e se senta em uma cadeira ao meu lado. Olho para o relógio em cima do armário da cozinha.

— São sete e meia agora. Queremos mesmo ficar sentados aqui a manhã toda, sem fazer nada, quando eles já nos ajudaram tanto? É uma fazenda, certo? Eles devem precisar de ajuda nas coisas fazendísticas.

— Coisas fazendísticas? — Hudson me provoca.

— Você entendeu o que quero dizer! — Aceno com a mão na direção da janela e rumo às plantações do outro lado, que se estendem até onde a vista alcança para todos os lados.

— Não tenho certeza se sei. — Ele exibe uma expressão séria. — Talvez você pudesse proporcionar uma demonstração, só para que eu saiba se estamos na mesma página.

— Você adora me deixar mordida — retruco, sem pensar.

Hudson não bate os dentes em resposta, como Jaxon fez quando cometi aquele mesmo erro, mas nem precisa. O jeito como seus olhos pairam na minha garganta expressa tudo.

O ar entre nós fica pesado, carregado, e se torna muito mais difícil engolir.

Os olhos de Hudson, escurecidos e assombrados — assombrosos — se movem lentamente pela estrutura do meu pescoço. Desde a pulsação na base do pescoço, passando pelo ponto sensível embaixo da minha mandíbula, até chegar ao ponto *muito* sensível logo abaixo da minha orelha, ele estuda tudo com cuidado, como se fosse ser interrogado mais tarde a respeito.

Esqueça engolir. Respirar acaba de se tornar mais difícil. Quase impossível, na verdade, o que é um problema, considerando que humanos precisam respirar para viver. E o jeito como Hudson faz com que eu me sinta agora

— como uma presa para este predador muito faminto — é um lembrete de como sou humana.

Então ele pisca e o momento passa. No lugar do predador está o Hudson que me ajudou a levantar do chão essa manhã. O Hudson que deixou uma sombra se enrolar em seu pescoço porque isso a deixou feliz.

Mas ver este Hudson não me faz esquecer do outro. Só me deixa mais desequilibrada, mais consciente de que o predador está à espreita logo abaixo da superfície. Isso deveria me apavorar — e talvez apavore —, mas não pelo motivo que deveria. Não, digo a mim mesma enquanto meu coração tenta reassumir o ritmo normal. O motivo pelo qual estou ficando com medo da proximidade de Hudson não tem nada a ver com ele me matar.

E tudo a ver com ele me devorar, pedacinho por pedacinho.

Capítulo 49

A VINGANÇA É DOCE

— Hudson —

Grace está ruborizada de novo, as bochechas com aquele tom rosado suave de que comecei a gostar cada vez mais ao longo do último ano, mesmo contra a minha vontade. Não só porque significa que todo aquele sangue maravilhoso dela flui um pouco mais perto da superfície — ainda que este seja um belo efeito colateral.

Mas também gosto porque a ilumina. Faz com que brilhe.

Não que eu dê a mínima se ela brilha ou não. Só estou dizendo que ela fica bem quando isso acontece.

— Entãããão, de volta ao comportamento fazendístico — Grace me fala, com severidade. Mas, enquanto fala, leva a mão à garganta, passando os dedos nos locais exatos dos quais não consigo afastar os olhos. E sei que ela está mais balançada do que quer demonstrar. Mais balançada, até, do que seu rubor me indica.

Ótimo. Fiquei acordado o tempo todo enquanto ela tentava subir em cima de mim durante a noite, não importando quantas vezes a tenha empurrado gentilmente para o lado. Eu não devia ser o único a sofrer por aqui.

— Não sei por que está olhando para mim — respondo, com o sotaque mais esnobe que consigo pronunciar. — Sou de Londres.

— Eu seeeeei que você é de Londres, Hudson. Todo mundo saaaaabe que você é de Londres. Só estou dizendo que você consegue pegar umas verduras, certo?

— Claro que consigo. — Faço uma pausa, para deixá-la confortável. E então pergunto: — O que é mesmo uma verdura?

— O que é uma... — Por um segundo, o rosto dela fica sem expressão. E então ganha ainda mais cor quando começa a balbuciar. — Ah, meu Deus! Sinto muito. Sequer pensei no fato de que você nunca esteve de verdade perto de outras pessoas. Mesmo em Katmere, você era meio que solitário, então provavelmente não sabe que humanos comem verduras. Basicamente comi frutas enquanto estávamos no covil, então você não deve ter notado. Verduras são aquelas coisas verdes e folhosas... Ainda que aqui elas devam ser roxas. Não sei. De todo jeito...

Bem, isso foi bem estúpido da minha parte, não foi? Estou parado aqui o tempo todo, e ainda não tenho certeza de como fomos de eu tirando uma com a cara dela para me tornar o objeto da pena de Grace. O que realmente é um porre, diga-se de passagem.

Ela pode ficar zangada comigo o quanto quiser, mas certamente não precisa ter pena de mim.

Levanto uma mão para interromper o curso do monólogo sobre verduras, que parece durar uma eternidade, mas que provavelmente ocorre há apenas alguns minutos. O que realmente parece ser um tempo muito longo para tratar da poética de coisas que crescem no solo. Mas sou só um vampiro. O que sei a esse respeito?

Só que nunca mais quero vê-la me olhar daquele jeito novamente. Como se sentisse mal por mim. Não, muito obrigado.

— Pelo amor de Deus, Grace. Eu sei o que é uma maldita verdura. — Como ela ainda parece cética, eu começo a listá-las. — Alface. Couve-flor. Ervilha...

— Na verdade, ervilhas são legumin...

Grace para de falar quando nota minha expressão que diz "você está me zoando, né?"

— Devo entender que você não se importa com legumes? — ela pergunta, com olhos arregalados e inocentes.

Que merda. Caí direto na armadilha dela. Já estou perto de Grace tempo o suficiente para em geral saber quando está tirando uma com a minha cara. Mas de vez em quando ela me pega e, a julgar pelo jeito como seus olhos estão arregalados — já percebi que a quantidade de besteiras que despeja se correlaciona exponencialmente com o tanto que arregala os olhos de propósito —, ela está zoando comigo todo esse tempo.

Porque, aparentemente, depois de uma noite dormindo abraçados, fico crédulo desse jeito. Mas é difícil não ser, quando ainda me lembro da sensação de tê-la com o corpo pressionado ao meu. E como é bom acordar aquecido e confortável, e não sozinho, perto de alguém que tem um cheiro tão bom quanto Grace.

E se isso não me torna o idiota mais crédulo do mundo, não sei o que pode ter esse efeito.

Mas só porque caí nos truques dela, não quer dizer que ela precise saber disso. E é por isso que olho bem nos olhos dela e aponto seu blefe:

— Na verdade, eu adoraria uma aula sobre legumes. De fato...

Paro de falar quando um grito súbito, de partir o coração, preenche o ar. É meio que um choro que cessa a pulsação, faz arrepios subirem e descerem pela espinha e ao mesmo tempo faz a pessoa se encolher.

— Que diabos é... — Grace para de falar quando nossos olhos se cruzam e a compreensão surge.

— Smokey — nós dois falamos ao mesmo tempo.

Grace leva um minuto para limpar sua tigela de café da manhã e pegar garrafas de água, mas sigo direto para a varanda da frente. Ninguém deveria ficar do jeito que aquela pobre coisa está agora.

Assim que abro a porta da frente, Smokey corre na minha direção. Ela me acerta com tanta força que tenho de erguer um braço para manter o equilíbrio, e então ela rodopia ao redor e entre minhas pernas como um gato. Um gato que tivesse vinte quilos de músculos sólidos e estivesse doidão de metanfetamina.

O choro dela parou, felizmente, mas quando inclino o corpo para fazer carinho nela, Smokey solta um uivo que corta o ar ao nosso redor.

— Me desculpe! — Puxo a mão para trás imediatamente. — Você não quer carinho? Eu não farei se você...

Ela salta, então, apoiando a cabeça na palma da minha mão.

— Não tenho certeza do que isso quer dizer — falo para ela.

Smokey uiva de novo, então pula bem alto, direto na minha mão ainda esticada.

— Ela quer que você faça carinho nela, seu bobo — Grace explica quando sai pela porta.

— Eu tentei, mas ela fez o barulho mais lamentável de todos. — Mesmo assim, coloco com cuidado a mão em cima de sua... cabeça? Bolha? E tento novamente.

Dessa vez, o uivo que ela solta parece muito mais feliz do que o último.

— Viu só? — Grace diz, com uma risada. — Falei que era isso o que ela queria. — E estende a mão para fazer carinho em Smokey também.

Mas, no instante em que os dedos de Grace entram em contato com a sombra, Smokey sibila como uma serpente e a ataca. Grace imediatamente dá um pulo para trás, fora da zona do ataque, mas nós dois olhamos para a doce sombrinha com espanto.

— Ei, o que foi isso? — Grace pergunta.

— Não sei — respondo, com um dar de ombros surpreso. Quando me volto para Smokey, pergunto: — Você quer que eu a coloque no chão?

Em resposta, Smokey se achata sobre meu peito, ficando tão fina que é capaz de dar uma volta ao redor da minha cintura, como se fosse um cinto. Ou mais provavelmente um espartilho, percebo, quando ela começa a me apertar.

— Está tudo bem — digo, dando uns tapinhas desajeitados nela. — Você não precisa ir para o chão.

Ela solta um suspiro suave em resposta, como se tudo estivesse certo em seu mundo.

— Por que não tenta fazer carinho nela de novo? — pergunto para Grace. — Talvez ela só estivesse se sentindo insegura, equilibrada daquele jeito na minha mão.

— Talvez — Grace responde, em dúvida. Mas, novamente, no instante em que tenta acariciar a umbra, a criaturinha entra em modo de ataque total. Sibilando, atacando e gritando como um berserker em um campo de batalha.

— Tudo bem, então! — Grace ergue as duas mãos, em sinal de rendição. — Prometo que não vou tocar em você novamente.

Smokey mia em concordância e se acomoda em mim.

Grace e eu reviramos os olhos um para o outro, mas não consigo evitar sorrir um pouco. Nada — nem ninguém — na minha vida jamais me escolheu em lugar de outra pessoa antes. Certamente nunca gostaram mais de mim. É uma sensação boa, e me pego acariciando e abraçando Smokey enquanto descemos os degraus da varanda.

O que a faz subir da minha cintura e se acomodar em um dos cantos do meu ombro, como um bebê apoiando a cabeça.

— Acho que essa coisa está apaixonada por você — Grace murmura, entredentes.

— Não fique com ciúme — eu a provoco, com um sorriso. — Tenho certeza de que logo você vai encontrar um amigo.

— Eu devia saber que isso ia deixá-lo insuportável. — Ela olha para os céus. — Uma sombra escolhe você, e você acha que é a melhor coisa que já existiu.

— Eu sempre soube que sou a melhor coisa que já existiu — digo. — Você só está zangada porque Smokey é melhor em julgar caráteres do que você.

— Sim, é isso mesmo. — O sarcasmo escorre da voz dela. — Como adivinhou?

— Sou perceptivo assim mesmo — respondo, enquanto coço uma das bolhas redondas que brotam na cabeça de Smokey quase como se fossem orelhas. Deve ser a coisa certa a se fazer, considerando o jeito como ela faz um som agudo e repetitivo no fundo da garganta. Se fosse um gato, eu diria que está ronronando. Como não é, a descrição mais aproximada na qual consigo pensar é um iodelei.

Porque parece que as sombras que fazem iodelei são normais aqui em Noromar. Um rápido olhar de relance para Grace me diz que ela está prestes a sair correndo de medo daquele barulho, mas agora que já ultrapassei o fator choque, acho estranhamente tranquilizador. É bom ter um feedback imediato de que estou fazendo certo toda essa coisa de amizade.

Além disso, eu vi — e ouvi — coisas muito mais estranhas na Corte Vampírica ao longo dos anos. Isso não é nada.

Por um acordo tácito, nos dirigimos para o celeiro, esperando encontrar Maroly ou Arnst e ver no que podemos ajudar, mas não estamos nem na metade do caminho quando Tiola sai correndo das plantações altas, que parecem grama, pelas quais andamos ontem.

— Venham! — ela nos chama, acenando animada. — Se apressem, ou vocês vão perder!

Ela não diz mais nada. Só entra no campo novamente e começa a correr para longe.

Grace e eu trocamos um olhar, e então saímos em disparada atrás dela. Porque, sério, o que mais podíamos fazer?

Capítulo 50

AH, MAS EU SOU TÃO ELEGANTE!

— Grace —

Corro pelo campo o mais rápido que consigo, movendo braços e pernas enquanto avanço entre as fileiras de plantações e tento manter Hudson e Tiola na minha vista.

Os dois seguem rápido — bem rápido —, o que quer dizer que tenho de me esforçar mais do que o normal. Não para acompanhá-los, porque esse navio já partiu há muito tempo, mas para permanecer perto o suficiente para poder segui-los.

E isso não é nem sequer uma velocidade de aceleração, observo quando fazemos outra curva pelas fileiras de plantações. Hudson está apenas acompanhando a garotinha com uma velocidade super-humana, mas não vampírica, enquanto olha para trás de vez em quando para ter certeza de que não me perdeu tampouco.

Preparo-me para uma explosão final de velocidade, faço uma curva e, então, felizmente, saio da plantação em uma grande clareira.

Percebo que é um prado à beira de um lago, enquanto observo Hudson e Tiola finalmente pararem a uns trezentos metros na minha frente. Repleta de flores silvestres em uma dúzia de tons de roxo e de mato violeta na altura do joelho, toda a clareira parece algo saído de *Alice no País das Maravilhas*. Não só porque as cores são tão diferentes das do nosso mundo, mas porque tudo parece um pouco... distorcido.

As árvores na beira da clareira são largas e altas, mas parecem de cabeça para baixo, com os galhos crescendo em todas as direções no chão, e os troncos roxos e compridos se estendendo em direção ao céu. As pedras perto do lago parecem pirâmides arredondadas — amplas e pesadas na parte de baixo, mas se estreitam mais e mais em direção ao topo. Mesmo o riacho próximo, que deságua direto no lago, corre de um jeito diferente do que em casa. Ele corre para o topo da colina, fluindo rio acima até chegar no lago.

É estranho, realmente estranho, e mesmo assim bonito de um jeito meio fora de ordem. Gosto muito e, a julgar pela expressão no rosto de Hudson, quando se vira para ver se estou por perto, ele também gosta.

— O que estamos vendo? — pergunto, enquanto corro até a beira do lago para me encontrar com ele e com Tiola.

Mas as palavras ainda estão deixando minha boca, e eu já sei. Porque ali no lago está o bando de cisnes mais lindo que já vi. Deve haver umas duzentas aves, que vão desde o amarelo-limão mais claro até o ouro mais vivo, nadando pela superfície do lago roxo translúcido.

— Nós quase perdemos — Tiola sussurra, tão baixinho que mal consigo ouvi-la.

— Quase perdemos o quê? — pergunto, mantendo a voz baixa ao passo que me aproximo de Hudson.

Mas, no instante em que fico ao lado dele, Smokey sibila, ultrajada. Irritada pelo comportamento possessivo dela a esta altura — em especial já que não tenho projetos, românticos ou não, com sua nova pessoa favorita —, sibilo de volta, duas vezes mais alto.

Isso provoca uma risada em Hudson, que, por sua vez, deve assustar os cisnes no lago. Porque, como se fossem um só, eles levantam voo em direção ao céu.

— Isto! — Tiola exclama, batendo palmas, agora que não precisa mais se preocupar em perturbar as aves. — Nós quase perdemos isto!

No início, não tenho certeza do que ela está falando. Porque, claro, os cisnes estão voando, mas... ah!

Como se fossem um só, eles dão a volta, mergulhando para trás até formarem dois círculos perfeitos e sincronizados. Como se fossem um só, eles giram sem parar — sete vezes, eu contei —, aproximando-se da água a cada volta. No círculo final, eles partem da parte de baixo, um após o outro, e então retomam o voo pelos céus em uma perfeita formação em V.

— Isso foi... — Hudson começa a falar, mas então sua voz some, como se ele não tivesse palavras, e entendo completamente. Porque tampouco tenho o que dizer. Pela primeira vez em minha vida, entendo por que um grupo de cisnes é às vezes comparado com um balé. Realmente é um *Lago dos Cisnes*.

— Falei que vocês iam gostar —Tiola comenta, presunçosa.

— Você está certa — Hudson concorda, estendendo a mão para despenteá-la. — Obrigado por nos mostrar.

Smokey, que ainda está no peito dele, choraminga um pouco com o gesto até que ele afasta a mão de Tiola e faz carinho na umbra também. Então ela volta a fazer aquele ronronado estranho que, para mim, mais parece uma unha raspando em um quadro-negro.

— Ei, por acaso sabe onde sua mãe e seu pai estão? — pergunto. — Esperávamos que eles pudessem nos indicar alguma coisa com a qual podemos ajudar na fazenda.

— Vocês querem ajudar? — Tiola parece tão cética que caio na risada.

— Sei que não parecemos grande coisa — respondo, passando um braço ao redor dos ombros dela, para um rápido abraço. — Mas certamente existe alguma coisa que podemos fazer sem estragar tudo.

— Certamente — Tiola concorda, e parece quase tão confiante quanto me sinto quando me aproximo de Hudson enquanto ele segura Smokey. Tipo, talvez dê tudo certo, ou talvez eu acabe tendo um pedaço de mim arrancado por uma sombrinha minúscula. As duas opções parecem igualmente possíveis.

— Minha mãe está no jardim — Tiola explica. — E meu pai está no celeiro de ordenha. Para onde vocês querem ir?

— Jardim — respondo.

— Celeiro de ordenha — Hudson diz exatamente no mesmo momento.

— Você acha que consegue *ordenhar* alguma coisa? — pergunto. — *Sério*?

— Coisas mais estranhas já aconteceram. Além disso — ele rosna —, humanos fazem isso com regularidade. Quão difícil deve ser?

— *Alguns* humanos fazem isso com regularidade — corrijo. — A maioria de nós fica o mais longe que consegue.

— Ordenhar é divertido — Tiola interrompe nossa discussão. — Levo você lá, Hudson, e podemos mostrar o jardim da minha mãe para Grace no caminho.

Enquanto voltamos na direção do grupo de construções à esquerda da casa principal — felizmente em um passo muito mais lento do que aquele que nos levou até o lago —, pergunto para Tiola:

— Então, quando você diz "jardim", está falando de algo diferente das plantações que vocês têm?

— Ah, sim. Sem dúvidas. Minha mãe cultiva uma centena de plantas diferentes. É como ela nos alimenta, basicamente.

— Isso é tão legal. Mal posso esperar para ver. — Não sou uma fã ardorosa da jardinagem, de jeito algum, mas eu ajudava minha mãe a cultivar e a colher ervas para seus chás na nossa casa em San Diego. Vai ser legal remexer um pouco na terra, e colher o alimento que será usado imediatamente.

Além disso, o motivo real pelo qual quero ir ao jardim — ou fazer *alguma coisa* que me mantenha ocupada — é para não ter tempo de me debruçar sobre o que é tudo isto. Este lugar, estas pessoas, até a nefasta Rainha das Sombras, que supostamente nos matará se nos encontrar... Esta é minha nova vida. *Para sempre.*

Sei que Maroly pediu para a amiga descobrir o que puder sobre a barreira, mas acho que, no fundo da minha alma, já sei a verdade. Nunca mais voltaremos para casa.

Não fico nada surpresa quando a admissão me faz engolir em seco para recuperar o fôlego, e sinto meu peito apertar quando o ataque de pânico começa a tomar conta. Olho para Hudson de soslaio, curiosa para saber se ele consegue sentir meu pânico crescente. Fiquei tão acostumada em tê-lo na minha mente, ciente de tudo o que acontecia, sabendo exatamente como me acalmar.

Mas ele parece completamente alheio à minha luta interna.

Um sorriso gigante se espalha em seu rosto enquanto Tiola tagarela sem parar sobre as alegrias de ordenhar um animal chamado tago. A mão direita dele coça distraidamente atrás da... orelha de Smokey?... enquanto a esquerda a aconchega de encontro ao peito como se a umbra fosse um bebê. Do nada, tenho uma visão de um Hudson mais velho, caminhando com seus filhos um dia, com uma expressão de pura felicidade iluminando seus olhos azuis elétricos, suavizando as rugas ao redor de sua boca, e engulo em seco.

Ele ri de alguma coisa que Tiola diz e me direciona um olhar conspiratório — e dá uma piscadinha. Não tenho ideia do que ela disse, mas Hudson *me deu uma piscadinha.*

Quando Tiola me deixa com a mãe dela, estou irracionalmente irritada e grata por ele estar se afastando por um tempo. Como Hudson ousa ficar tão feliz quando estamos presos neste mundo de roxo sobre roxo?

Sei que a vida dele foi uma merda. Sei que provavelmente este lhe parece um futuro muito melhor do que ele jamais teria em casa. *Eu entendo.*

Não quer dizer que eu não esteja chateada com o fato de ele simplesmente aceitar que nunca mais vamos voltar para casa, sem se preocupar com mais nada, enquanto luto para não desmaiar. Eu me agarro à minha raiva e respiro fundo, soltando o ar no suspiro mais longo e sofredor que já consegui.

Hudson deve escutar, porque me lança um olhar questionador por sobre o ombro. Reviro os olhos para ele, em uma evidente indicação de que não estou a fim de discutir minhas bobeiras irracionais. Felizmente, ele entende a dica, porque dá de ombros e continua seguindo Tiola.

— Espero que o tago mije nele — murmuro, entredentes, e então arregalo os olhos quando finalmente vejo o "jardim" de Maroly.

Capítulo 51

UM JARDIM NÃO TÃO SELVAGEM

— Grace —

Tiola não mentiu quando disse que a mãe plantava várias coisas diferentes.

O jardim é imenso — tão imenso que poderia ser confundido com outra das plantações, exceto pelo fato de que é óbvio que há muitas coisas distintas em cultivo aqui. Em uma seção há um enorme emaranhado de trepadeiras crescendo juntas, com grandes frutas, redondas e quadradas, crescendo entre elas. Todas roxas, é claro.

Pergunto-me quais delas são os melões que comi no café da manhã enquanto passo por uma seção cheia apenas de folhas crescendo no chão, perto de outra seção com folhas gigantes se curvando em estacas individuais com pelo menos sessenta centímetros de altura.

— Grace! — Maroly acena para mim da outra ponta do jardim, onde está ajoelhada. — O que faz aqui?

Cruzo a distância que me separa dela correndo.

— Achei que poderia ver se você precisa de ajuda. O que posso fazer?

— Ah, você não precisa fazer nada — ela me diz. — Sempre passo as manhãs de terça-feira no jardim, colocando fertilizantes e tirando ervas daninhas.

— Sei tirar ervas daninhas como uma campeã — brinco. — Essa costumava ser minha tarefa no jardim de ervas da minha mãe.

— Tudo bem, se você insiste. — Ela me dá um sorriso. — Obrigada.

Ajoelho-me perto dela e começo a arrancar ervas daninhas do chão pela raiz.

— Moramos tão longe das vilas mais próximas que é impossível fazer compras lá com regularidade — Maroly explica enquanto trabalhamos juntas. — Então nosso jardim é basicamente uma necessidade, e é por isso que cultivo tantas plantas.

— Onde é a vila mais próxima? — pergunto, ao erguer os olhos em direção às montanhas escuras e escarpadas que parecem pairar acima de tudo. — Hudson e eu não vimos nada além da fazenda de vocês por aqui.

— Isso é porque nossa fazenda é a única coisa deste lado das montanhas, por vários quilômetros. — Maroly puxa várias ervas daninhas grossas com espinhos gigantes do chão como se não fossem nada, e as coloca na pilha crescente ao nosso lado.

Espio as mãos dela, à espera de que estejam arranhadas e sangrando com o esforço, mas estão tão suaves e perfeitas quanto ontem, quando Maroly nos serviu o jantar.

Como é possível? Os espinhos estavam espalhados pelo caule inteiro das ervas daninhas. Não dava para evitá-los. E isso quer dizer o quê, exatamente? Que a pele dela é diferente da pele humana? Menos fácil de furar?

É um pensamento maluco, em especial se considerarmos que a aparência é a mesma da minha pele. Mas, quando ela arranca mais um punhado de ervas daninhas do mesmo tipo — mais uma vez sem qualquer dano para si mesma —, imagino que deva ser verdade.

Para testar minha hipótese, pego uma erva daninha do mesmo tipo. E puxo a mão xingando baixinho quando vários espinhos me fazem sangrar no mesmo instante.

— Ah, tome cuidado! — Maroly exclama, ao passo que enfio meu dedo machucado na boca. — Os espinhos furaram você?

— Só um pouco — respondo. — Fui descuidada.

— Por que não se concentra naquela seção ali? — sugere ela, acenando com a cabeça na direção de uma área que penso ser composta de pés de alface. — Aquelas ervas daninhas tendem a ser menos agressivas.

Vou verificar a seção, e acontece que Maroly está certa. Então passo a hora seguinte rastejando por uma fileira e voltando pela outra, arrancando cada erva daninha que vejo.

Maroly faz o mesmo, e lá pelo meio da manhã já temos o jardim todo livre de invasores.

— Agora vem a parte divertida! — ela me diz, enquanto carregamos as ervas daninhas até uma composteira próxima.

— Colher os legumes? — arrisco.

— Exatamente. Vir até aqui e colher ingredientes suficientes para as refeições de alguns dias é uma das tarefas mais divertidas na fazenda para mim. Durante um tempo, era a única coisa da qual eu gostava.

— Então você não viveu aqui a vida toda? — Voltamos ao jardim, e observo à medida que Maroly colhe um punhado de coisas que parecem aspargos.

— Eu? — Ela ri. — Ah, Deus, não. Esta fazenda está na família de Arnst há gerações, mas só virei fazendeira há uns doze anos. Nós nos conhecemos na universidade e nos apaixonamos, mas eu não tinha ideia daquilo em que estava me metendo quando aceitei o desafio e vim morar com ele aqui.

É a vez de Maroly contemplar as montanhas. Mas, ao contrário da desconfiança que elas inspiram em mim, a expressão dela se enche de melancolia quanto mais as observa.

— De onde você é? — pergunto. Não que eu saiba diferenciar uma cidade da outra no Reino das Sombras, mas tenho de começar por algum lugar, e este parece ser tão bom quanto qualquer outro.

— Ah, sou de um pequeno vilarejo, a uns oitenta quilômetros a leste das montanhas, onde pensamos que vocês deviam procurar abrigo — ela responde, depois de um segundo. — Chama-se Adarie.

— Você sente falta de lá? — instigo, enquanto nos afastamos das coisas que parecem aspargos e cortamos alguns legumes grandes, com formato estranho, do que me parece ser uma trepadeira, aparentemente a versão do Reino das Sombras para a abobrinha. Coloco tudo na cesta que Maroly me deu para carregar. Ou será que é algo inteiramente diferente?

— Sinto, sim. Muita falta. Mas Arnst ama esta fazenda, e Tiola também. — Ela dá uma risadinha. — E eu também, na maioria dos dias, ainda que a quantidade de horas de trabalho seja matadora.

— Sempre ouvi isso sobre fazendas — digo para ela. — Que exigem um monte de dedicação.

Olho ao redor, para as cestas de legumes que já colhemos, o tamanho do jardim no qual ainda temos de trabalhar, e penso se eu serviria para a vida agrícola. Acho que terei de pensar em circunstâncias como esta, em como minha vida vai ser aqui em Noromar.

Mordo meu lábio. Sempre quis ser bióloga marinha. Aposto que existe todo tipo de vida marinha interessante no Reino das Sombras. Mas então meus ombros caem imediatamente quando lembro que a rainha provavelmente vai nos matar se descobrir nossa presença. Ainda não sei muito sobre este lugar, mas tenho quase certeza de que isso significa que viajar está fora do cardápio.

— Definitivamente uma fazenda é lugar de trabalho duro — ela concorda, me tirando dos meus pensamentos. — Mas me conte algo sobre você, Grace.

— Ah, hum, não há muito o que contar. Meus pais morreram há cerca de um ano e meio. — É a primeira vez que digo isso em voz alta em muito tempo, e é um soco no estômago novamente. Em parte porque parece impossível que eles estejam mortos há tanto tempo, e em parte porque sinto a falta deles. Muita falta.

Estar perto de Maroly e Arnst, fazendo coisas com eles que famílias fazem, traz tudo de volta. É difícil não pensar em minha mãe quando estou aqui, trabalhando no jardim com Maroly. Ou em meu pai quando vejo Arnst provocar Tiola. Já faz muito tempo desde que estive com uma família assim, e é mais difícil do que deveria ser. Definitivamente, mais difícil do que eu gostaria que fosse.

Mas não posso esquecer que estou em um mundo inteiramente distinto. Ou reino. Ou como quer que este lugar seja chamado. É de estranhar que eu esteja sentindo saudades quando as únicas coisas que parecem familiares são as pessoas? Tudo mais parece ser de outro planeta, em outra galáxia, em outro universo.

— Sinto muito em ouvir isso — Maroly replica, com suavidade.

— Eu também. — Abro-lhe um sorriso para amortecer as palavras. Então conto para ela tudo sobre tio Finn, Macy e a Academia Katmere.

— Foi onde você conheceu Hudson? — ela pergunta. — Nessa Academia Katmere.

— Tipo isso. — Não sei por quê, mas não quero que essas pessoas saibam o que aconteceu com Hudson lá em casa. Se alguém merece um novo começo, esse alguém é ele.

— E ele não se incomoda com o seu poder? — Ela pega um dos melões quadrados que notei mais cedo e usa uma tesoura para cortá-lo da trepadeira.

— Meu poder? — repito. — Ah, não. Não sou como as outras pessoas na escola. Sou humana, não paranormal. Não tenho poder algum.

Maroly para no meio do processo de colher outro melão e se vira a fim de me encarar.

Espero que ela diga algo apaziguador, como *isso não importa* ou *ter poderes é superestimado demais mesmo.* O tipo de coisa que eu costumava dizer muito para mim mesma quando tentava descobrir por que diabos alguém como Jaxon ia querer ficar com alguém como eu.

Mas Maroly não faz isso. Ela não minimiza nem um pouco essa questão do poder. Em vez disso, estreita aqueles lindos olhos púrpura, como se tentasse enxergar dentro de mim, e pergunta:

— Tem certeza disso?

— Tenho certeza do quê? — indago, confusa.

— De que você não tem nenhum poder. Porque sou muito boa em perceber magia e, daqui onde estou, parece que você tem muito disso dentro de si.

Capítulo 52

DEVE HAVER UM JEITO DE LIDAR COM O ÚBERE

— Grace —

Ainda estou pensando na minha conversa com Maroly no dia seguinte, depois de passar as últimas três horas tentando ordenhar um tago — e, quando falo "tentar", quero dizer "qualquer coisa, menos conseguir". Se tivesse qualquer magia, eu teria acabado com essa miséria na primeira vez que uma das mamas de seis pontas espirrou leite no meu rosto.

— Ah, eu não tenho magia — garanti para ela, quando trouxe o assunto. — Nem meus pais. Acho que, tecnicamente, meu pai era um feiticeiro, mas ele perdeu seus poderes quando se casou com minha mãe e abandonou seu coven. E eu nunca tive magia alguma.

— Eu não teria tanta certeza a esse respeito — Maroly replicou, enquanto se movia com graciosidade entre as fileiras e colhia maços de alface cor de berinjela. — A magia se manifesta de forma diferente em todo mundo, Grace.

— Talvez aqui em Noromar, mas, de onde venho, ou você tem ou não tem. Não existe um meio-termo.

— Hum. Parece que você vem de um mundo muito implacável.

Eu queria contra-argumentar sobre aquele ponto também, mas a verdade é que ela está certa. Nosso mundo é muito implacável de várias maneiras — maneiras que não têm nada a ver com magia e tudo a ver com dor.

Mas só porque ela está certa a esse respeito, não quer dizer que esteja certa em tudo. Porque não tenho magia alguma e, definitivamente, não tenho poder algum. Tenho quase certeza de que já teria percebido a esta altura.

Minha mente volta ao ataque do dragão e a como, de algum modo, consegui deixar Hudson e a mim à prova de fogo, mas balanço a cabeça. É provável que haja um motivo muito bom para isso ter acontecido. Não sei qual, no entanto tenho certeza de que há uma explicação simples.

Porque nenhum dos meus amigos seria capaz de esconder sua magia, mesmo se quisessem. Então como eu poderia esconder a minha?

Como se quisesse provar meu argumento, Hudson acelera pelo prado, direto até onde estou fazendo uma pausa da ordenha, embaixo de um grupo de salgueiros altos, com folhas do tamanho de cadeiras espalhadas ao redor dos troncos finos. Ele percorre quase trezentos metros no tempo que levo para soltar o ar que inspirei assim que o vi.

Sim, é definitivamente difícil esconder esse tipo de velocidade.

— Imaginei que a encontraria aqui — ele comenta, sentando-se no chão ao meu lado e se recostando no tronco enorme e retorcido. — Fugindo dos seus deveres.

Penso em dizer para ele não me deixar mordida, mas aquilo correu tão bem da última vez que mordo a língua no último instante. E, em vez disso, mostro-lhe o dedo do meio.

— Isso é um convite? — pergunta, erguendo as sobrancelhas.

— Para você ir se foder? — retruco. — Ora, sim. É, sim.

— Uau. Nada de medir palavras hoje, hein, Grace? Estou magoado. — Hudson me olha com sua expressão mais angelical. Aquela que em geral me faz tremer de medo só de imaginar o que andou aprontando dessa vez, mas ele já me sacaneou hoje.

— Se eu fosse você, ficaria muito, muito preocupado em cair no sono hoje à noite — respondo, torcendo minha camiseta para tirar o leite.

— Ei. — Ele ergue as duas mãos, em inocência fingida. — Foi você quem tirou sarro de mim noite passada ao dizer que vampiros não eram feitos para serem produtores de leite.

Reviro meus olhos. Com força.

— Isso não significa que eu queria que me *voluntariassem* para as tarefas de ordenha hoje de manhã.

Hudson ri, e seus olhos ganham ruguinhas de malícia nos cantos.

— O que posso dizer? Sou feminista de carteirinha, e jamais sugeriria que você não pode fazer uma tarefa melhor do que qualquer homem.

Hudson é ridículo.

E, por mais que eu queira ficar brava com ele, não consigo, porque lembro exatamente como a conversa começou essa manhã sobre as tarefas do dia... Comigo tendo um ataque de pânico por este ser o nosso último dia na fazenda. Arnst dissera ter visto uma nuvem de poeira a sudoeste, o que significava que o exército da rainha estaria longe o bastante amanhã de manhã, e tentaríamos chegar em Adarie antes que alguém pudesse nos descobrir — e nos matar.

— Você é tão babaca — murmuro, sem nenhuma raiva.

Do nada, um rosnado alto e grave enche a clareira. Os pelos da minha nuca se arrepiam, e olho ao redor em busca de algum animal selvagem roxo até então invisível.

Mas Hudson apenas ri e dá um tapinha nas próprias costas.

— Está tudo bem, Smokey. Grace não queria ser tão cruel assim. É só quem ela é.

É claro. É a maldita sombra. Eu não fiz nada contra ela, na verdade, mas, de algum modo, Smokey me odeia mais a cada minuto que passa. Ou talvez seja só o fato de que ela ama Hudson cada vez mais, e já que nós dois em geral estamos trocando insultos, ela me odeia por osmose.

De qualquer modo, não é divertido ser odiada por algo que ama tanto todo mundo.

— É sério que ela precisa ir com você para todo lado? — gemo.

— Ela é minha sombra — ele responde, com um dar de ombros.

Não posso evitar. Caio na risada, que é exatamente o que ele queria, e seu sorriso satisfeito consigo mesmo é prova disso.

— Maroly mandou almoço para você — Hudson diz, colocando uma pequena cesta de piquenique entre nós. — Tentei dizer a ela que quase não tínhamos trabalhado e que não precisávamos de um intervalo, mas ela não aceitou.

— Fale por você — respondo, jogando a cabeça para trás. — Passei a manhã toda coberta em leite de tago. Não é um cheiro bom, devo dizer. Tenho quase certeza de que entrou pelos meus poros.

Hudson se inclina para a frente, finge respirar fundo. Quando o faz, Smokey sibila para mim, em advertência, mas a ignoro. Meu novo plano para lidar com o bichinho de estimação de Hudson é simplesmente fingir que ela não existe quando faz algo desagradável para mim — o que é basicamente cada minuto de cada dia.

— Você está certa — ele conclui, depois de alguns segundos. — Definitivamente há um fedor.

— Uau. — Encaro-o com expressão meio divertida, meio ofendida. — Obrigada.

Hudson tira vários alimentos da cesta, assim como duas garrafas de água, e então me oferece um sanduíche. Ele pisca para mim com todo o seu encanto juvenil elevado à décima primeira potência.

— Trégua?

— Ah, não haverá trégua alguma, Vega. Nenhuma rendição. — Estreito os olhos e faço o tom de voz mais ameaçador que consigo. — Apenas vingança. E *morte*.

— Morte? Sério? Será que isso não parece um pouco extremo...

Fico em pé de um salto, antes que ele termine a frase, e saio correndo na direção de uma pequena clareira repleta de árvores no fim do lago. Hudson me segue, assim como eu sabia que faria.

Vamos lá, eu o incentivo quando ele começa a diminuir a distância entre nós. Só um pouco mais perto. Um pouco mais perto. Um pouco mais... eu pulo para a direita no último segundo.

O impulso de Hudson o faz seguir em frente, direto no lago — que, como eu tinha descoberto depois de explorar na tarde de ontem, não tinha margem. Claro, isso significa que Hudson não fica com água na altura das pernas... ele afunda de imediato na água lavanda e transparente.

Capítulo 53

AGUENTA FIRME, DOCINHO

— Grace —

— Mas que merda é essa? — Hudson gagueja quando sobe para respirar e afasta o cabelo molhado da testa.

De tanto que rio, mal consigo ouvir a litania de xingamentos bem criativos que deixam sua boca. Quando Smokey começa a gritar a plenos pulmões também, não posso deixar de curvar o corpo de tanto gargalhar. Se eu já não fosse a pessoa menos favorita da umbra em todo o planeta, tenho quase certeza de que teria me tornado depois de hoje.

Mas, ei, Hudson mereceu aquilo. Talvez eu nunca mais consiga tirar o cheiro de leite de tago dos cabelos.

— Falei para você que sentia muito, Grace! — ele rosna, ao chegar à margem do lago com duas braçadas poderosas.

Cruzo os braços e lhe dou um sorriso maligno que diz "eu avisei".

— E eu falei para você que não aceitava suas desculpas, Hudson. — lembro a ele.

— Só a morte. Sim, eu lembro. — Ele dá um suspiro alto. — Ao que parece, eu devia ter levado você mais a sério.

— É o que parece — concordo, um pouco antes de esfregar as unhas no peito e depois soprá-las, em um gesto universal de "na mosca".

— Vou me vingar em algum momento.

— Sinto muito. — Levo uma das mãos ao ouvido. — Não consigo escutar, está choramingando demais.

Os olhos azuis brilhantes de Hudson se estreitam até quase se transformarem em frestas.

— A vingança é doce, Foster. Sabe disso, certo?

— É mesmo? — pergunto, com ar inocente. — Eu não tinha percebido.

Então dou meia-volta e sigo na direção da minha árvore — e da cesta de piquenique cheia de guloseimas que espera por mim.

Segundos depois, ouço o barulho de água respingando, seguido de mais gritos de Smokey. Infelizmente, não tenho chance nem de dar uma mordida no meu sanduíche de queijo de tago antes que um Hudson Vega encharcado pare bem perto de mim.

— Você está bloqueando meu sol — digo para ele, sem me incomodar em erguer os olhos.

— Grace. — Há um tom em sua voz que me faz parar de fingir no mesmo instante.

Fico em pé rapidamente, com medo de ter, sem querer, afogado Smokey ou algo assim com minha pegadinha. Mas, não, ela está bem ali, enrolada no jeans encharcado de Hudson.

— O que há de errado?

— Eu... — Ele dá um suspiro gigante. — Acho que preciso de alguma ajuda.

— Com o quê? — pergunto, e então dou dois passos cautelosos para trás.

Sei que tudo isso pode ser parte de alguma vingança distorcida — sei que ele seria capaz disso —, mas se tem alguma coisa ruim o bastante para que Hudson sinta a necessidade de pedir ajuda, então, quanto mais distância, melhor.

— Acho que tem alguma coisa nas minhas costas — responde, tirando a camisa enquanto se vira.

Dou um grito. Não consigo evitar. O som simplesmente me atravessa, enquanto todo o meu corpo se descontrola.

— Puta merda! Puta merda, puta merda, puta merda! — Dou um passo mais para perto, só para ter certeza do que estou vendo e... — Puta merda!

— Um pouco mais de informação seria muito bom aqui — Hudson resmunga, que está admiravelmente calmo, considerando a situação. E o fato de que estou sendo completamente inútil.

Merda. Recomponha-se, Grace.

Respiro fundo e solto o ar devagar. E consigo dizer:

— Então, na verdade, não é nada de mais.

— É, tenho certeza de que essa explicação já não cola mais — Hudson rebate secamente.

— Sim, provavelmente você está certo. — Suspiro e preciso de um segundo para me preparar para o que vem na sequência. — Antes de mais nada, quero dizer que sinto muito, sinto de verdade. Eu não tinha ideia de que...

— De quê, Grace? — Hudson finalmente explode. — O que exatamente está nas minhas costas?

— Sanguessugas. Você tem umas duas — *sete, ele tem sete!* — sanguessugas nas suas costas. Eu, hum, preciso tirá-las.

— Consegue fazer isso? — ele pergunta e, apesar de tudo, parece genuinamente preocupado. — Se incomoda você, posso pedir a Arnst...

Para isso, teríamos de voltar à fazenda, e não quero que o pobre Hudson fique com essas coisas desagradáveis nele um segundo a mais do que o necessário.

— Não, está tudo bem. Tinha sanguessugas no lago na Califórnia. Meu pai precisou tirá-las de mim uma vez, quando eu era mais nova. Sei o que fazer.

Não menciono que chorei durante dias depois disso, sempre que pensava naquelas coisinhas desagradáveis sugando meu sangue. Eca.

Já que Hudson está de costas para mim, nem tento conter meu tremor.

— Eu sinto tanto, Hudson. Sinto tanto, tanto, tanto. Eu jamais faria isso com você de propósito.

— Está tudo bem, Grace. Apenas...

— Vou tirar todas elas. Sim. Já estou trabalhando nisso — aviso, antes de respirar fundo e deslizar a unha do meu mindinho entre a boca desagradável da sanguessuga e a pele nada desagradável de Hudson.

Ela sai com facilidade — graças a Deus — e eu a arremesso o mais longe possível de nós que consigo.

— Uma já se foi — digo, animada. Ou o mais animada que consigo fingir enquanto meu estômago ameaça se revoltar a qualquer segundo.

— E falta mais uma? — ele completa, parecendo em dúvida. E ainda que eu tenha mencionado a ele que havia umas duas sanguessugas, ele deve sentir as outras e sabe que tem mais.

— Talvez mais algumas — informo, sem graça.

Espero que Hudson surte, mas ele apenas suspira e passa a mão pelo cabelo molhado.

— Não me fale quantas. Só me diga quando acabar.

— Ótimo plano. — Respiro fundo mais uma vez e arranco outra sanguessuga com cuidado. E outra. E mais outra.

Deixo a maior para o final, em parte porque tenho medo de que ela vá me dar mais trabalho, e em parte porque não quero, mas não quero mesmo, tocar naquela coisa. É grande, preta e está atualmente presa bem no meio da omoplata esquerda de Hudson.

Mas devo ter feito algum som, porque Hudson vira a cabeça a fim de olhar para mim.

— Ei. Você está bem?

— Tenho quase certeza de que sou eu quem devia estar perguntando isso para você — replico-lhe, engolindo a bile que tenta subir pela minha garganta. — Só falta uma.

— Você parece um pouco verde. Tem certeza...

— Pode deixar comigo, Vega. Eu sou a babaca que fez isso com você. Vou consertar. Principalmente porque você está sendo tão absurdamente gentil com tudo o que aconteceu.

Ao colocar naquelas palavras, é fácil aguentar firme e pegar o corpo da sanguessuga com uma das mãos enquanto deslizo a unha do meu dedo indicador — essa é grande demais para meu mindinho — sob sua boca. A sanguessuga se solta com um barulho horrendo de vácuo — muito mais alto do que o das outras — e dou um gritinho quando a jogo longe.

— É isso — aviso Hudson e dou um suspiro de alívio. — Mas vamos precisar de um médico quando voltarmos para a casa.

— Grace... — Hudson chama, mas continuo falando sem parar.

— Para que isso não infeccione. Tenho certeza de que tirei todas direito...

— Ei, Grace... — Ele está com uma expressão de preocupação, como se achasse que estou a ponto de surtar a qualquer segundo. Ou talvez pense que já surtei. Mas só quero acabar com isso logo e nunca, nunca mais ter que pensar naquelas sanguessugas novamente. Ou no fato de que fui eu quem fez isso com ele.

As lágrimas ardem no fundo dos meus olhos, mas me recuso a deixá-las cair enquanto prossigo:

— Então elas não devem ter lançado alguma bactéria extra na sua corrente sanguínea, mesmo assim você tem feridas abertas, então...

— Ei, Grace. — Hudson segura meu antebraço com firmeza, mas sem machucar. — Está tudo bem.

— Elas podem infeccionar se você não cuidar delas, e eu sinto tanto, eu sinto tanto mesmo...

Ele deve ter desistido de me fazer parar de falar, porque, antes que eu perceba, Hudson pressiona um dedo ainda úmido nos meus lábios.

— É a minha vez de falar — ele intervém, baixinho. — Ok?

Concordo com a cabeça.

— Ótimo. — Ele tira o dedo, mas a expressão em seus olhos me adverte que não haverá hesitação em colocá-lo nos meus lábios novamente, se precisar. — Em primeiro lugar, está tudo bem. Foram só algumas sanguessugas. É onde toda a coisa de ser vampiro realmente vem a calhar. Dois, não estou bravo com você. Sei que não fez de propósito. E três, a manobra de última hora que me fez cair no lago? Aquilo foi uma pegadinha épica. Eu vou absoluta e com toda certeza me vingar de você, mas foi. Incrivelmente. Épico.

— Foi, não foi? — pergunto, depois de um segundo.

— Completamente. — Ele finge estar zangado. — Embora eu deva avisar que você devia ficar com muito medo.

— Ah, eu estou — digo para ele. — Com muito, muito medo.

Só que não. Nem um pouco de medo. Porque quem poderia imaginar que Hudson lidaria com todo esse desastre do jeito que lidou? Ele garantiu que eu tivesse a pior experiência de ordenha da minha vida — e fiquei remoendo aquilo a manhã toda. Praticamente o fiz mergulhar em um lago cheio de sanguessugas (ainda que eu não soubesse disso), e ele parece mais preocupado com o fato de eu estar chateada com a brincadeira do que preocupado com sua própria chateação.

E isso me deixa com outro problema.

Estou realmente começando a gostar desse cara, e não tenho ideia do que devo fazer a respeito.

Capítulo 54

A EXPRESSÃO DELE É ZANGADA E FAMINTA

— Hudson —

Grace ainda está pálida, mas não está nem de longe tão mal quanto há alguns minutos, então me afasto, por fim. Se eu soubesse que ela ia ficar tão chateada com as sanguessugas, eu teria me calado até voltarmos para a casa da fazenda. Mas é claro que, de um ponto de vista puramente egoísta, é bom saber que ela se importa com o fato de eu estar machucado.

Smokey, que estava surpreendentemente quieta desde que a resgatei do lago, deve ter considerado meu recuo como algum tipo de deixa. Porque começa a repreender Grace como se fosse o fim do maldito mundo — e Grace fosse a única responsável por isso.

Nem Grace e eu conseguimos entender algo do que ela diz, mas isso não impede que a pequena sombra dê tudo de si. A cada rosnado e grito, ela avança na direção de Grace um pouco mais, até que Grace — que nunca cede um milímetro para mim — recua. Logo, cada passo que Smokey dá em sua direção faz Grace recuar dois.

É a cena mais engraçada que vi em muito tempo. Mesmo antes de Grace olhar para mim e dizer:

— Dá uma ajudinha aqui, Hudson?

— Na verdade, acho que Smokey tem tudo sob controle — respondo-lhe ao me recostar na árvore mais próxima para apreciar o espetáculo. — Não é mesmo, garota?

Tenho quase certeza de que o uivo que Smokey dá é seu jeito de concordar, antes de se voltar novamente para Grace e uivar um pouco mais.

— Ok, ok, Smokey, já entendi. — Grace ergue as mãos, apaziguadora, mas a sombra a ignora. — Já me desculpei com ele. Pode dar um tempo agora?

Smokey sibila em resposta, o que faz Grace estreitar os olhos e sibilar também.

— Ela sabe que nós somos amigos, certo? — Grace pergunta.

A questão em si e a expressão em seu rosto ao fazer essa pergunta me surpreendem tanto que respondo antes de dar a mim mesmo uma chance para pensar a respeito:

— É isso o que somos, Grace? Amigos?

O olhar surpreso dela colide com o meu. No entanto, não sei por que está tão chocada. Não quando pelo menos cinquenta por cento do tempo estou convencido de que tudo o que ela quer é que eu desapareça ou morra.

— Achei que fôssemos — sussurra.

E isso recebe outro sibilo de Smokey. Mas agora o sermão da sombra já não é mais tão engraçado. Nem o desconforto de Grace.

— Smokey! — chamo a sombra com uma firmeza que a faz se virar para me olhar. — Deixe Grace em paz.

Smokey dá um último uivo alto e irritado em resposta, e então me dá as costas. Mas para de repreender Grace, então eu aceito.

— Obrigada — Grace agradece, um pouco rigidamente.

Quero me desculpar, dizer para ela que é claro que somos amigos. Mas a verdade é que não sei o que somos. E acho que tampouco ela sabe. Disfarçar a questão com algum falso sentimento não vai torná-la mais fácil de ser compreendida.

— Quer voltar? — sugiro.

— Achei que você tinha mencionado que Arnst falou para tirarmos a tarde de folga?

— Falou. — Dou de ombros. — Eu só não sabia se você queria passar esta tarde comigo.

— Tenho quase certeza de que sou eu quem devia perguntar isso — ela comenta. — Afinal, fui eu quem cobriu você de sanguessugas.

— É um bom argumento. Vejo você mais tarde. — E começo a me afastar.

— Você podia pelo menos levar sua água — ela me chama.

Caio na gargalhada. Não consigo evitar. Eis a Grace que conheço e da qual às vezes gosto. Não cede nem um centímetro, mesmo quando tenta fazer as pazes.

— O que foi? — A expressão dela é a mais inocente possível. — Está calor.

Isso é besteira, e nós dois sabemos. Não jogo isso na cara dela, porém. Em vez disso, pego a referida água e me sento na grama perto dela — para o desgosto muito vocal de Smokey.

Estendo a mão para a sombra e, no início, parece que ela vai me dar uma mordida. Mas, no fim, escorrega pelo meu braço e se enrola no meu bíceps esquerdo.

Enquanto isso, Grace pega seu sanduíche da cesta e se põe a comer. Mas só dá algumas dentadas antes de embalar tudo de novo e guardar.

— Não está com fome? — pergunto.
— É meio sobre isso que quero falar.
— Então a garrafa de água não era só uma oferta de paz. — Finjo surpresa. — Estou chocado.

Ela simplesmente revira os olhos.
— Estou falando sério, Hudson.
— Quer me falar sobre estar com fome?
— Quero falar sobre *você* estar com fome — responde. — As sanguessugas me fizeram perceber...
— Espere um minuto. As sanguessugas a fizeram pensar sobre a minha alimentação? — Não sei se me divirto ou se me sinto insultado. Talvez ambos. *Provavelmente* ambos. — Que diabos Jaxon fez com você?

O rubor está de volta. Dessa vez, desce por todo o pescoço dela, até a pequena porção de pele revelada pela camiseta de Maroly.
— Ah, meu Deus! — Grace dá tapinhas nas bochechas para resfriá-las, mas o vermelho só fica mais pronunciado. — Não foi isso que eu quis dizer!
— Ok. — Espero que diga mais alguma coisa... qualquer coisa... mas ela fica só sentada ali, encarando-me com os olhos arregalados e constrangida. Até que finalmente pergunto: — Então, o que você *quis* dizer?
— Eu *quis dizer* que as sanguessugas tiraram seu sangue — diz por fim, entredentes. — Sangue que tenho quase certeza de que você não está bem equipado para fornecer, já que não...
— Não me alimento há dois anos e meio — sugiro, de maneira prestativa.
— Exatamente. É muito tempo para ficar sem beber nada.

Ela não tem ideia. Mas essa é a questão, não é? Eu me esforcei ao máximo para que não soubesse o que é ter tanta fome assim.
— Está tudo bem, Grace. *Eu estou* bem.
— Eu sei... isso é óbvio. Eu só queria dizer. Se você...
— Se eu...? — Não tenho ideia alguma de aonde ela quer chegar com isso.

Grace respira fundo, de um jeito que faz quando está supernervosa. Brinca com a barra da calça jeans. Limpa a garganta algumas dúzias de vezes. Então, diz, por fim:
— Eu só queria comentar que, se estiver com fome e precisar se alimentar, você pode... — Ela limpa a garganta mais uma vez. — Você pode se alimentar de mim.

Capítulo 55

COM MEDO DA MINHA PRÓPRIA
RAINHA DAS SOMBRAS

— Hudson —

No instante em que assimilo as palavras dela, minhas presas explodem em minha boca.

A fome que venho ignorando desde que saímos do covil ganha vida e ruge bem dentro de mim, e tenho de me esforçar muito para não aceitar a oferta de Grace bem aqui. E agora.

Só que isso não é correto. Ela não é uma doadora de sangue aleatória que encontrei na rua. Tampouco é alguém com quem me relaciono. Não desse jeito. Posso não ser mais capaz de ler sua mente, mas consigo perceber que apenas está se sentindo culpada, e de modo algum vou me aproveitar dela. De modo algum vou me alimentar de Grace, não quando ela fica tão surtada com a ideia que mal consegue verbalizar as palavras.

Então, mesmo que cada célula do meu corpo grite para que eu beba dela, nego com a cabeça. E respondo:

— Não precisa fazer isso. Já te falei que estou bem, Grace.

— Sei que não *preciso* fazer nada — retruca. — Só estou comentando que, se precisar se alimentar, estou aqui para ajudá-lo.

— Tudo bem. Obrigado. Terei isso em mente. — Sei que soo abrupto, mas que merda. O que eu devia fazer quando tudo o que realmente quero dizer é "sim, por favor"?

A expressão dela se fecha ante meu tom de voz.

— Me desculpe se ultrapassei o limite. Eu não estava tentando...

Merda.

— Está tudo bem, Grace. Aprecio a oferta. Honestamente. Mas estou bem. — garanto a ela.

Seus grandes olhos castanhos analisam meu rosto, à procura de não sei o quê. Pela primeira vez, noto as manchas douradas bem no centro de suas íris. São olhos lindos. *Ela* é linda, mesmo com toda a teimosia.

— Então... — Grace continua, em um tom de voz cheio de alegria forçada. — O que você quer... — Ela para de falar ao ver Arnst correndo pela clareira, sacudindo os braços como se tentasse orientar um aeroplano em uma aterrissagem arriscada.

— Grace! Hudson!

Nós dois ficamos em pé de um salto, mas dessa vez não me importo em esperar Grace quando acelero pelo prado, com o coração batendo forte no peito.

— Qual o problema? Maroly e Tiola estão bem?

— Elas estão bem — ele replica, sem fôlego, curvando o corpo para apoiar as mãos nos joelhos, enquanto seus pulmões se esforçam para tentar puxar o ar.

Tenho dificuldade em acreditar nisso. Se eu corresse para cá rápido o bastante para estar com dificuldades para recuperar o fôlego, seria porque algo está errado. Muito errado. Só não sei ainda o quê.

— O que foi? — Grace pergunta quando chega correndo por trás de nós.

Balanço a cabeça, mas percebo que ele carrega uma grande mochila de camping no ombro. Uma certa inquietação se move dentro de mim ante aquela imagem. Não sei por que aquilo me deixa nervoso, mas deixa.

Arnst arregala os olhos enquanto tenta respirar.

— Sinto muito. — Tenho quase certeza de que isso é um código para "vocês estão completamente fodidos".

Mas Grace não vê o mesmo que eu. Pelo menos, ainda não. Está ocupada demais se preocupando com seu amigo para perceber que algo importante não está certo. Em vez disso, ela dá um tapinha nas costas dele e diz:

— Está tudo bem. Apenas descanse um minuto.

— Não posso — ele rebate, quando finalmente endireita o corpo. — Nem vocês. Vocês dois precisam ir. Agora.

— Ir? — Grace repete, enquanto me encara com uma expressão intrigada.

— Precisamos deixar a fazenda — explico para ela. A adrenalina já está em disparada pelo meu corpo, e preciso de todos os gramas de autocontrole para não jogar Grace nas minhas costas e acelerar para bem longe daqui.

— Não entendo. — Grace olha entre mim e Arnst. — Achei que estivéssemos esperando notícias da amiga de Maroly...

— Ela nos entregou — Arnst revela sombriamente. — Contou para a Rainha das Sombras que dois forasteiros cruzaram a barreira. A rainha mandou uma unidade de soldados para prender vocês e levá-los até ela.

— Nos prender? — ela repete.

— Falamos para eles que vocês já tinham ido embora, mas não acreditaram em nós. Insistiram em revistar a fazenda. Maroly e Tiola estão fazendo o *grand tour* no celeiro agora mesmo. Elas vão atrasá-los o máximo que conseguirem, para tentar dar o máximo possível de vantagem para vocês. — Ele empurra a mochila na minha direção. — Mas vocês precisam partir... agora.

Concordo com a cabeça, mas meu olhar está focado na fazenda ao longe, enquanto tento usar minha visão sobrenatural para tentar descobrir se os soldados já nos viram ou não. Até agora, parece que Maroly está mantendo todo mundo ocupado na outra extremidade da propriedade.

Arnst prossegue:

— Atravessem as montanhas, mas não peguem nenhuma das estradas principais. Vocês vão ter que escalar. Assim que conseguirem chegar ao outro lado, vão precisar viajar mais oitenta quilômetros para leste, até um vilarejo chamado Adarie. É o lugar que falamos que é governado por um forasteiro que consegue manter a Rainha das Sombras à distância. É sua única esperança.

— Adarie — repito, perguntando-me se é uma armadilha. Perguntando-me se importa que seja. Afinal, não temos mais lugar algum para onde ir.

Algo reluz nos olhos de Arnst, mas desaparece rápido demais para que eu possa identificar. Raiva? Vergonha? Bem que eu queria saber. Talvez eu tivesse uma ideia melhor do que supostamente devíamos fazer se tivesse ido em frente e feito as perguntas que eu tinha sobre a Rainha das Sombras antes que Grace me impedisse.

— Maroly é de lá — Arnst finalmente nos recorda. — Já passei um bom tempo lá também. É uma boa cidade, cheia de boas pessoas — ele nos assegura. — O primo dela administra a estalagem. Deixamos uma carta na mochila para ele. A própria Maroly a escreveu. Quando chegarem lá, encontrem-no e lhe entreguem a carta. Ele vai ajudar vocês.

Arnst começa a se afastar.

— Também coloquei um pouco de dinheiro nos bolsos da frente. Não é muito, mas vai garantir comida, roupas e algumas noites de hospedagem na estalagem. Boa sorte — ele nos diz, mas sua expressão é tão sombria ao falar isso que parece mais um mau agouro do que um desejo de sucesso. E isso é antes que faça uma pausa e conclua: — Que os sóis sempre iluminem o caminho de vocês.

Então ele se vira e volta correndo por onde veio. Grace e eu ficamos olhando um para o outro por sobre a mochila, sem ter a mínima ideia do que fazer com aquilo.

Capítulo 56

QUE TAL ANDAR DE CAVALINHO?

— Grace —

— O que vamos fazer? — pergunto a Hudson enquanto o pânico percorre meu corpo.

Ele ainda está calmo — tento dizer a mim mesma que isso é algo bom —, mas a verdade é que Hudson está quase sempre calmo, então o fato de ele não estar aterrorizado não é indicativo algum da quantidade de encrenca na qual acha que estamos metidos atualmente.

Antes que ele possa responder, Smokey solta o uivo mais patético que já a ouvi fazer — e isso tem lá o seu impacto. A sombra se desenrola do braço de Hudson e se joga aos seus pés, segurando-o com o máximo de força que consegue. Quando ela o faz, ele me olha com um pânico abjeto em sua expressão, mas não sei o que dizer. Se vamos ter de fugir, levar conosco a sombra mais barulhenta do mundo provavelmente não é a melhor escolha. Ao mesmo tempo, deixá-la aqui não parece que vai ser fácil. E pode simplesmente partir seu coraçãozinho.

Conheço a sensação. Os garotos Vega são muito difíceis de se esquecer.

Por fim, já desesperado, Hudson se agacha ao lado dela e passa a mão pelas suas costas.

— Vai ficar tudo bem — diz para ela. — Também vou sentir sua falta.

A única resposta de Smokey é se jogar nos braços dele e segurá-lo com ainda mais força. Ela não está chorando — o que é uma surpresa —, mas talvez seja porque sabe que lágrimas não podem consertar a situação. Nada pode.

Nervosa, relanceio para a extremidade da clareira.

— Ela está fazendo muito barulho, Hudson.

— Estou ciente disso, Grace — ele responde, e cada uma de suas palavras está coberta de frustração. — Preciso ir, Smokey. Sinto muito. — Então Hudson se aproxima dela e sussurra: — Amo você. — Tão baixinho que tenho de me esforçar para ouvir.

Mas é claro que talvez esse seja o objetivo. Não era para que eu o ouvisse. Tenho certeza de que ele não considera bom para sua imagem ter uma queda pela sombrinha que o adotou. E talvez, com a família que tem — com a mãe que deixou uma cicatriz tão terrível em Jaxon —, não fosse mesmo.

Mas comigo? É só mais um sinal de que há muito mais neste cara do que jamais imaginei quando nos falamos pela primeira vez no covil. Muito mais do que qualquer um imagina, acho.

De repente, ouvimos um barulho vindo das árvores além da clareira. Hudson ergue a cabeça de imediato e se solta de Smokey.

— Vá — ele lhe ordena. — Agora!

Ela parece querer discutir, mas deve ter reconhecido a firmeza em seu tom de voz, porque começa a correr pela clareira na direção do lago, ainda uivando e chorando.

Quando o barulho vindo da vegetação aumenta, olho para Hudson e pergunto, pela segunda vez em poucos minutos:

— *O que vamos fazer?*

— Correr.

Ele não se incomoda em perguntar se quero que me carregue, para que possamos acelerar. Hudson simplesmente coloca a mochila pesada em meus ombros e basicamente me joga em suas costas.

No segundo que me seguro com os braços e pernas em volta do corpo dele, e ele garante que estou em segurança, Hudson sai em disparada com tamanha rapidez que quase caio para trás.

— Aguente firme! — grita, e é como se corresse cada vez mais rápido, porque, a cada passo, acelera um pouco mais, até que o mundo ao meu redor não passe de um borrão.

Quando alcançamos as árvores do outro lado da clareira, viro-me para trás — bem a tempo de ver um grupo de soldados aparecer no prado.

— Eles nos viram? — Hudson pergunta enquanto, de algum modo, consegue ir mais rápido ainda.

— Não estão vindo na nossa direção, então acredito que não.

— Ótimo.

Ao me virar a fim de olhar para a frente mais uma vez, percebo algo.

— Espere! — digo para ele. — Você está indo na direção errada! Arnst disse que tínhamos que atravessar as montanhas!

— Eu sei o que ele disse. — Mas Hudson não faz menção de mudar de direção.

— Acha que ele está mentindo? — pergunto. — Por que ele se daria ao trabalho de nos avisar sobre aqueles caras só para nos sacanear?

— Não sei — responde sombriamente. — Mas não estou com um espírito muito disposto a confiar neste momento.

Hudson tem razão. Tampouco estou me sentindo particularmente disposta a confiar.

— Então, qual é o plano? Além de correr como se estivéssemos fugindo do inferno.

Ele coloca ainda um pouco mais de velocidade.

— Esse é basicamente o plano.

— Sim, era o que eu temia.

Hudson corre sem parar por quilômetros comigo como sua mochila pessoal. Tento colocar o mínimo possível de peso sobre ele, mas não há muito o que eu possa fazer nessa situação — exceto segurar firme, para que ele não tenha que se preocupar se vou cair ou não.

Não é algo com que desejo me preocupar, tampouco — não nessa velocidade. Pela primeira vez na vida, entendo como deve se sentir um piloto de Fórmula 1, e devo dizer que não entendo o apelo. Não quando um único errinho de nada pode significar morte instantânea.

Só de pensar no assunto sinto o pânico começar a crescer nas profundezas do meu estômago, mas é claro que surtar não vai ajudar Hudson em nada. É certeza que não vai nos manter vivos. Então deixo aquele pensamento de lado e me seguro com força, não só em Hudson, mas para manter meu controle pessoal, e prometo a mim mesma que está quase acabando.

E é o que vai acontecer em algum momento.

Só que não agora.

Pela primeira vez desde que Maroly me disse que eu tinha poder — magia —, desejo que seja verdade. Se fosse, eu acharia um jeito de usá-la para tirar os capangas da Rainha das Sombras da nossa cola. Acharia um jeito de deixar Hudson e a mim em segurança.

Não sei quanto tempo Hudson corre. O tempo não parece real quando o mundo ao seu redor não é mais do que um borrão de luzes passando.

Em determinado ponto, no entanto, Hudson diminui a velocidade o suficiente para eu notar uma fenda no chão, abrindo-se larga e funda diante de nós. Meu coração bate como uma britadeira em meu peito, enquanto ele acelera de novo, e imagino exatamente o que planeja fazer.

— Opa, o que você vai... — Paro de falar quando ele salta sobre a coisa como uma maldita gazela.

E então salta sobre outra fenda na terra, ainda mais larga do que a primeira.

Grito um pouco — não consigo evitar —, e enterro o rosto em seu ombro. Há algumas coisas que uma garota realmente não precisa ver. Em especial uma que parece muito mais à mercê da gravidade do que Hudson parece estar.

Devemos ter viajado por quase duas horas, mas enfim conseguimos atravessar o terreno irregular e pedregoso. Meus braços e pernas estão completamente dormentes, embora eu não queira me manifestar, não quando é Hudson quem está carregando todo o peso. Mas estou cansada, e ficaria bem feliz com uma pausa.

Tenho de me perguntar se Hudson de fato não consegue mais ler minha mente, porque só corre mais cinco minutos, mais ou menos, antes de enfim parar para um intervalo. Eu devia ficar animada com isso, mas destravar minhas pernas depois de passar duas horas andando de cavalinho não é o que chamo de fácil.

Mas consigo — e, com um pouco do apoio fornecido por Hudson, consigo até não cair de bunda no chão quando meus pés voltam ao solo. Mas é por pouco, e Hudson me olha com remorso.

— Desculpe. Da próxima vez paro mais cedo, assim você pode fazer uma pausa.

— Estou mais preocupada com você. — Pela primeira vez desde sempre, Hudson está suando. Além disso, parece mais pálido do que o normal, o rosto levemente acinzentado, e seus lábios, que em geral são de um vermelho exuberante, estão com um tom perturbador roxo-hematoma. — Você está bem?

— Estou. — Ele deixa minha preocupação de lado, como se não fosse nada. — Só preciso respirar por alguns minutos.

— Descanse o tempo que precisar — replico-lhe enquanto nos acomodamos no chão. E, quando falo "acomodar", quero dizer "despencar".

As árvores ao nosso redor são como as que estavam perto do lago — de cabeça para baixo, com os galhos crescendo perto do chão —, então não há muita sombra na qual nos protegermos. Fazemos o melhor possível para encontrar um pouco de proteção do sol rigoroso, mas tenho certeza de que logo vou me queimar.

Ou morrer de sede.

Embora... talvez Arnst tenha pensado nisso. Sento-me, estendo a mão para pegar a mochila e a tiro debaixo da cabeça de Hudson.

— Ei! — ele reclama. — Eu estava usando isso.

— Como travesseiro. — Reviro os olhos. — Tenho um uso melhor para ela.

Hudson começa a discutir comigo, mas, quando percebe que abri a mochila e estou revirando lá dentro, ele para de reclamar.

— Tem algo útil aí dentro?

— Na verdade, sim. — Jogo para ele uma das seis garrafas de água que Arnst colocou ali para nós, e pego uma para mim. — Não beba tudo de uma vez — provoco.

Hudson simplesmente abre a tampa e bebe metade do conteúdo em um longo gole.

— Tem mais? — ele pergunta.

— Sim, mais algumas.

Hudson apenas assente com a cabeça e termina de beber. Então se deita no chão e fecha os olhos.

Estou preocupada com ele.

Nunca o vi cansado antes, e, neste instante, parece muito, muito cansado. Para ser justa, durante a maior parte do tempo em que nos conhecemos, ficamos presos em um salão sem fazer quase nada. Desse jeito, é bem difícil se cansar.

Mas mesmo na fazenda ou depois daquela luta imensa contra o dragão, ele nunca ficou assim. Simplesmente acabado.

— Ei — digo, depois que vários longos minutos se passam, e ele praticamente não se mexe. — Você está bem?

Hudson abre um olho e me olha desconfiado.

— Sim. Por quê?

— Não sei. Você parece...

Ele fecha os olhos novamente.

— Como se tivesse corrido mais de trezentos quilômetros com outra pessoa nas costas? — Há sarcasmo suficiente em seu tom de voz para me irritar. Mas acho que é deliberado da parte dele: uma distração para me tirar do assunto.

Mas não vou cair nessa. Não agora, quando toda a nossa fuga — nossa própria segurança — depende de ele estar saudável o bastante para atravessar estas montanhas. Nas poucas vezes que Hudson diminuiu a velocidade o suficiente, pude ver que tínhamos seguido para o norte na maior parte do caminho, mas, depois de um tempo, ele se voltou para o leste, na direção de Adarie. Não sei a que distância estamos do vilarejo, mas aposto que ainda temos de seguir uns cinquenta quilômetros para oeste e uns oitenta para o norte — e uma cadeia de montanhas escarpadas ainda se encontra entre nós.

— Você precisa se alimentar. — Ao contrário de mais cedo, no lago, é uma afirmação e não uma pergunta.

Ele dá um suspiro profundo.

— Estou bem.

— Não está, não. É óbvio. Só estive na Academia Katmere por algumas semanas, mas nunca vi um vampiro com a aparência que você tem agora.

Aquilo o faz se sentar apressadamente.

— Sinto muito se não alcanço os padrões estabelecidos pelo seu precioso Jaxon.

— Não é o que eu quis dizer, e você sabe bem disso! — retruco. — Só estou preocupada com sua...

— Sim, bem, não precisa. — Hudson se levanta e eu o quê? Devo fingir que não percebo o fato de que ele mal para em pé? — Estou bem.

— Por que está sendo tão teimoso? — questiono. — É tão duro assim pensar em se alimentar de mim? Prometo que não vou tirar nenhuma conclusão disso.

— Sim, é com isso que estou preocupado. — Hudson revira os olhos. — Caso não tenha percebido, princesa, estamos em fuga.

— Estou bem ciente disso — retruco-lhe, entredentes. Não vou brigar com ele. Não vou brigar com ele. Não vou brigar com ele. Faço daquelas palavras meu novo mantra, enquanto respiro fundo e solto o ar bem devagar. — Também sei que você está com a pior parte dessa fuga, o que significa que precisa recuperar a energia que está gastando. É só ciência básica.

— É, sim — concorda. — Sabe o que mais é ciência básica? — Ele aponta para o céu. — O maldito sol que nunca se põe neste maldito reino. E, já que é óbvio que você é especialista em vampiros depois de duas semanas inteiras em Katmere, me diga, por favor, como esse seu plano todo de me alimentar supostamente vai funcionar se o sol nunca se põe?

Ah, merda. Pisco rápido na direção dele.

— Esqueci dessa coisa de "não pode sair ao sol quando bebe sangue humano".

— Sim, parece que sim. — Hudson coloca as mãos nos bolsos e olha para as montanhas, travando a mandíbula.

— Mas ainda temos um problema. Você não vai conseguir atravessar essas montanhas se não comer. Não sem se machucar.

— Estou ciente disso. Assim que chegarmos às montanhas, tenho certeza de que encontraremos algum animal selvagem ou algo de onde eu possa beber o sangue. Vai ficar tudo bem. — Ele não parece entusiasmado, e não o culpo. Provavelmente, beber o sangue de algum animal selvagem que cruze nosso caminho soa tão apetitoso para ele quanto para eu pensar em comê-lo.

Mas tempos desesperados exigem medidas desesperadas, ou é o que dizem. Pelo menos Hudson reconhece o problema e entende que temos de lidar com ele. É o que importa.

— Está pronta para ir? — Hudson pergunta e pega a garrafa de água que descartou mais cedo.

— Sim. Quer que eu caminhe um pouco?

Ele ergue os olhos para as montanhas que se assomam diante de nós, imensas, com tom roxo-escuro e intimidadoras para caramba, e depois para mim, com um sorrisinho torto no rosto.

E eu entendo. De verdade. Mesmo alguém que não está acostumado a esportes radicais como eu percebe que essas montanhas têm muitas rochas escarpadas que precisam ser escaladas, não dá simplesmente para caminhar. E, considerando que não temos equipamento para isso, tenho pelo menos noventa por cento de certeza de que morrerei na primeira hora.

Mas ainda estou disposta a tentar — em especial se Hudson estiver embaixo para me pegar quando eu cair, o que tenho absoluta certeza de que ele fará. Provavelmente mais de uma vez.

— Não se preocupe com isso, Grace — garante, depois de um segundo. — Ainda não vou desmoronar na sua frente.

— Fico feliz em ouvir isso — respondo secamente. — Considerando que, se isso acontecer, nós dois vamos despencar dessa montanha.

— Não sabe? Não é a queda que mata. É o...

— O ricochete — digo ao mesmo tempo que ele. — Sim, nunca acreditei muito nisso.

Hudson dá uma risada.

— Nem eu, na verdade. — Então ele se abaixa. — Sua carruagem, milady?

— Só você mesmo para se referir a si como uma carruagem — digo, com uma bufada, enquanto coloco a mochila nas costas e me preparo para subir nele.

— Como eu devia me referir a mim mesmo? — pergunta, com suavidade. — Como uma Ferrari?

Dou risada enquanto prendo os braços e as pernas ao redor dele — e ignoro o jeito como os flexores do meu quadril protestam contra mais várias horas nessa posição. Não tanto quanto protestariam se eu deslizasse pela montanha uma ou dez vezes. Mesmo assim, eles não estão felizes. Nem um pouco.

— E agora? — indago assim que estou o mais firme possível.

— Agora nós subimos uma montanha — Hudson responde. E começa a fazer exatamente isso.

Capítulo 57

LUGARES ESCARPADOS NUNCA FORAM O MEU FORTE

— Hudson —

Assim que inicio a escalada do que parece ser outra parede de rochas em uma fila interminável delas, finalmente admito para mim mesmo que nunca estive tão cansado na vida.

Nem quando fiz aquela terrível greve de fome durante meus anos emo da adolescência. Naquela época, eu tinha certeza de que, se aguentasse tempo o bastante, meu pai pararia com as sessões mensais de tortura comigo.

Se ele soubesse que eu odiava tanto ser enterrado vivo, a ponto de colocar minha própria vida em risco para evitar isso, ele certamente pararia. Pelo menos por um tempo.

Não deu certo. Mas aquilo me ensinou duas lições.

A primeira é que a única coisa que meu pai já amou em mim foi a arma na qual tanto lutou para me transformar. E, segundo, que é perigoso ficar com tanta fome assim.

Depois de fazer greve de fome por quase oito meses, eu escorreguei. Ainda era manhã bem cedo, logo depois que meu pai me tirou da Descensão, e eu ainda estava um pouco tonto e desorientado. E também estava bastante faminto.

Uma de nossas criadas humanas estava limpando a antecâmara do meu quarto e derrubou um prato de vidro. Quando ela se abaixou para pegar os cacos, acabou se cortando. O odor de sangue encheu o cômodo, e não consegui me controlar. Eu a ataquei.

De algum modo, parei antes de drená-la completamente, mas foi por pouco. Nem o fato de saber que todos os humanos que trabalham na Corte Vampírica dão seu consentimento para servirem de alimento tornou minha culpa sobre o incidente mais fácil de ser suportada.

Ela não lutou contra mim, sequer tentou me impedir. Eu tinha o consentimento dela. Mesmo assim, quase a matei. Ainda assim, bebi demais.

Eu estava há oito meses sem me alimentar naquela época. Agora já fazia dois anos e meio, e eu tinha lutado contra um dragão e corrido mais de trezentos quilômetros no ritmo mais rápido da minha vida. A fome é um animal selvagem dentro de mim, estraçalhando minhas entranhas. Rasgando minha alma a cada respiração.

Posso mantê-la sob controle, mas não se eu beber o sangue de Grace. Não se eu provar o sabor dela. Ela acha que estou sendo teimoso, mas não tem ideia do que acontece dentro de mim neste momento.

Enfim consegui escalar metade da parede, e estou procurando algum lugar que sirva de apoio, para que eu possa nos alçar. Encontro uma saliência, cerca de um metro à esquerda de onde esperava achar alguma coisa. Acrescente-se a isso o fato de que é tão alto que tenho de me esticar ao máximo para alcançá-la, e sei que vai ser difícil nos alçar depois. Não impossível — poucas coisas são —, mas nada fácil tampouco.

— Segure firme — murmuro para Grace, que apenas assente com a cabeça o suficiente para que seus cabelos com aroma de morango façam cócegas no meu nariz.

Então ela faz como instruí e me aperta com mais força. E isso resulta em todo o seu corpo mais próximo ao meu também. Talvez não tenha sido a melhor sugestão da minha parte.

Mas é claro que nunca fico no melhor juízo quando estou com fome.

Ainda assim, a oferta que me fez hoje à tarde me toca de um jeito que poucas circunstâncias já foram capazes. Grace estava tão envergonhada de trazer o assunto à tona, mas o fez mesmo assim. Por mim.

Enquanto procuro outro apoio para a mão, digo a mim mesmo que isso não significa nada. Que reconheço pena quando me deparo com ela.

Não quero pena. De ninguém e muito menos de Grace. Não quando sei que ela nunca olhou para o meu irmão desse jeito.

Não, ela *quer* que Jaxon se alimente de seu sangue. Quanto a mim, Grace deixaria eu me alimentar por obrigação. Culpa. *Pena*.

São tantas as razões pelas quais eu não devia aceitar a oferta de Grace. Não, não é "não devia", é "não vou". *Não vou* aceitar. Não importa quão faminto eu esteja ou quanto ela tenha um cheiro delicioso enquanto está agarrada em mim.

E Grace realmente tem um cheiro ótimo. Claro, ainda há um certo odor de leite de iago que não pode ser ignorado, mas por baixo, deslizando em sua pele, há outro cheiro, mais delicado.

Algo que lembra flores, canela e o ar quente do verão, e que enche meus sentidos a cada vez que respiro. A sensação é ainda melhor com os braços e pernas dela ao meu redor e suas curvas doces e perfeitas pressionadas nas minhas costas.

Merda. Sou inteligente o bastante para saber que não devia pensar nela desse jeito. O que não sei afirmar é se realmente sou eu que estou tendo esses pensamentos ou se é a fome dentro de mim que me faz querê-la de todos os jeitos que eu não devia.

Na maior parte dos dias, mal somos amigos. Isso não muda porque ela passou os últimos dois dias grudada em mim enquanto dormia. E certamente não muda porque se ofereceu para que eu me alimentasse de seu sangue.

Tudo isso prova que ela é uma pessoa decente, coisa que eu já sabia. Um pouco hipócrita e muito chata, talvez, mas ainda assim uma boa pessoa. Isso não significa que esteja pensando na minha pele pressionada na dela, minhas presas raspando a pele delicada de sua garganta segundos antes de eu finalmente mordê-la.

Só o fato de pensar naquilo já atrapalha minha concentração, faz meus dedos escorregarem da pequena saliência que enfim consegui segurar.

Merda. Grace solta um gritinho quando começamos a escorregar, mas não estou a fim de deixar que nenhum de nós despenque para a morte, então afundo a mão que ainda está apoiada na parede de pedra. Enfio a ponta dos dedos bem fundo na rocha, para nos manter ali até que consigo retomar a posição e trago a outra mão para nos ajudar.

Como estou mais fraco do que o normal, é mais difícil do que deveria ser. Mas finalmente consigo me reposicionar o suficiente para continuar a escalada. E é o que faço, uma mão depois da outra.

Decido que o susto de quase cair do penhasco é exatamente aquilo de que eu precisava para manter minha mente focada.

Em vez de pensar nos cachos de Grace, no jeito como sorri ou em quão divertida — e engraçada — ela pode ser, simplesmente preciso me concentrar no fato de que qualquer coisa que eu sinta não é especial. Não quando Grace não sente nada parecido por mim.

E a oferta que me fez tampouco é especial. Ela faria a mesma oferta para *qualquer um* que precisasse. Não sou nada especial para Grace Foster, e ela não é nada especial para mim.

Nada de bom virá de imaginar que isso é algo mais do que uma trégua nas hostilidades. Ela está apaixonada pelo meu irmão, e sou apenas um substituto não muito decente. Faço muito bem em me lembrar disso.

— Quase lá — ela murmura. Seu hálito é quente em meu ouvido, mas ignoro isso, assim como a ignoro, o máximo que posso.

É o único jeito de termos uma chance de chegar ao topo.

Capítulo 58

TUDO DE MIM POR UMA CAVERNA

— Grace —

Trêmulo ou não, com fome ou não, Hudson Vega em modo herói de ação é um espetáculo a ser visto. Músculos trabalhando, corpo se esforçando, só um pouco de suor escorrendo pela lateral de seu pescoço, até o colarinho de sua camiseta...

Se eu não estivesse tão preocupada com ele, seria uma vista e tanto.

Se eu for honesta, ainda assim é uma vista e tanto. Em especial tão de perto e de um jeito tão pessoal como esse. E, em especial, desde que Hudson não parece querer que eu me preocupe com ele. Está escalando essas montanhas como uma máquina bem calibrada.

Depois que escala a quinta face rochosa sem usar nada além das mãos desnudas, não consigo mais ficar em silêncio.

— Preciso perguntar. Você está escolhendo as partes mais difíceis da montanha para tentar escalar de propósito?

— Esconda-se onde eles menos esperam encontrar você — Hudson responde, quando encontra uma saliência para se segurar, onde eu juro que não havia nada, e nos alça mais vários metros.

— *A arte da guerra?* — pergunto.

Ele bufa.

— Bom senso. E não estou *tentando* escalar a montanha. Estou escalando a maldita.

— Sim, está mesmo.

Limpo minha garganta e tento não notar quando outra gota de suor escorre até o colarinho de sua camiseta. Afinal de contas, estamos falando de Hudson. O irmão do meu — já é hora de admitir — ex-namorado, e meio que meu amigo. Passar as últimas quatro horas com meu corpo esmagado contra o dele não significa nada. Exceto pelo fato de que ele é um cara realmente decente.

Hudson poderia ter facilitado muito as coisas para si mesmo ao me abandonar a qualquer momento nas últimas horas. Em vez disso, aqui está ele, salvando a nós dois — mesmo que isso o mate. Hudson pode dizer que está bem o tanto que quiser, mas consigo ver que isso está lhe custando mais do que jamais admitirá.

— Quando chegarmos ao alto deste penhasco — Hudson diz, entredentes, enquanto nos alça mais vários metros —, vou precisar de outra pausa.

Finalmente.

— Na verdade, eu ia sugerir que parássemos em breve para dormir um pouco.

Espero que ele discuta comigo — sei que Hudson não quer parar mais cedo do que precisamos. Mas ele não discute. Na verdade, não diz uma palavra — o que me informa que seu estado é muito pior do que deixa transparecer.

Mas é claro que qualquer um estaria cansado depois do dia que tivemos. Apesar de o sol arder sobre nossas cabeças, já são quase dez da noite. Acordamos para trabalhar na fazenda às seis da manhã, e isso antes de sermos obrigados a fugir para salvar nossas vidas. É de se estranhar que nós dois estejamos exaustos?

Contemplo o alto da parede de rochas da qual estamos atualmente no meio da escalada. Estamos a cerca de dez metros do topo, o que quer dizer cerca de mais cinco minutos se Hudson continuar no ritmo que está. E se encontrar saliências decentes nas quais se segurar. E se não despencarmos para a morte a qualquer segundo.

A lista de incertezas é longa quando se está pendurado na encosta de uma montanha. E estou pendurada nas costas de um cara pendurado na encosta de uma montanha. Mas estou realmente feliz por não estar sozinha nessa. E também por ser Hudson que está comigo. Ele pode ser linguarudo, mas também tem um ar de confiança constante que me faz sentir que até esse pesadelo pode ser superado.

Cinco minutos depois — em ponto —, chegamos ao topo do penhasco. Assim que isso acontece, tento ignorar o fato de que há outra parede ainda maior diante de nós. Isso é problema para amanhã. Hoje, temos que encontrar algum tipo de abrigo/proteção para não sermos alvos fáceis caso os soldados da Rainha das Sombras nos encontrem.

Ah, e precisamos encontrar água, porque logo isso será um problema.

Se é que é possível, Hudson parece ainda mais acabado do que mais cedo, então pego uma das poucas garrafas de água que nos restam e jogo-a para ele, enquanto ele descansa apoiado na parede rochosa. Então me sento no chão para fazer um inventário do que Arnst colocou na mochila para nós.

Acontece que a resposta é: muita coisa. Então é por isso que está tão pesada. Além das garrafas de água, ele incluiu duas latas das barras de granola caseiras de Maroly para mim, e uma muda extra de roupas para cada um de nós, um par de quadradinhos dobrados, que tenho certeza de que são a versão de Noromar de um cobertor espacial, um cristal vermelho com o qual vi Maroly acender o fogo, um canivete, um kit de primeiros socorros e uma bolsinha cheia de dinheiro. Ele também colocou algumas balinhas doces das quais eu gostei, e meio que quero dar um beijo nele agora, quando coloco uma na boca, termino o inventário e guardo tudo na mochila de novo.

Depois de um tempo, a fome remoendo minhas entranhas não pode mais ser ignorada. Quero tanto devorar uma das barras de granola que minha boca não para de salivar. Pego a lata e abro a tampa antes de me obrigar a fechá-la. Não consigo acreditar na fome que sinto, considerando que só estou sem comer nas últimas sete horas. Não consigo imaginar como Hudson deve estar se sentindo, e é por isso que não posso me permitir comer diante dele.

Engulo em seco e empurro a mochila na direção de Hudson, para que possa usá-la como travesseiro se quiser.

Só que ele não a pega, como imaginei. Na verdade, ele sequer se mexe, o que quer dizer que está dormindo mais pesado do que jamais o vi dormir.

Convencida de que preciso encontrar uma solução para o problema da alimentação dele, pego o kit de primeiros socorros da mochila. Então olho para ambos os lados, tentando descobrir qual minha melhor aposta para encontrar água ou abrigo, e finalmente decido que não tenho a mínima ideia.

No fim, escolho ir para a esquerda, porque não faz diferença. E como a última coisa que quero é que Hudson tenha de vir me procurar, marco meu caminho com um curativo do kit a cada meio metro, mais ou menos.

Estamos tão no alto da montanha, que parece que posso estender a mão e tocar o sol. Também sinto um calor extra sobre mim enquanto sigo meio aos tropeços. E se eu conseguir encontrar água, pelo menos tomarei um banho de esponja. Depois da experiência de Hudson na fazenda, não estou muito animada com a perspectiva de entrar em nada que não seja um chuveiro instalado profissionalmente.

Ando durante quase dez minutos antes de tirar a sorte grande na forma de uma pequena caverna na encosta da montanha. A entrada em si é tão pequena que quase não a vejo, mas algo me sugere que examine o local.

Tenho um momento horrível de pânico — exatamente que tipo de animais vive em cavernas no Reino das Sombras? E será que há um ou mais tipos deles nesta caverna agora? As chances são boas, certo? Quero dizer, quantas cavernas perfeitamente boas nas montanhas permanecem desabitadas?

Provavelmente muitas, digo a mim mesma. Inúmeras, na verdade, em especial aqui em cima, onde parece que somos as primeiras pessoas a chegarem tão alto. Vai ficar tudo bem.

Precisamos de algum lugar para nos escondermos, para podermos descansar de verdade. Essa caverna poderia ser perfeita. Só tenho que ignorar todos os filmes de terror que já vi, entrar ali e olhar de verdade se está tudo bem.

É mais fácil falar do que fazer, mas Hudson escalou metade de uma maldita montanha hoje, unicamente com a força de vontade. Com certeza posso me arrastar para dentro de uma pequena caverna sem ter um ataque completo de pânico.

Respiro fundo e solto o ar devagar. Respiro mais uma vez e faço a mesma coisa. Quando chego na terceira respiração, estou pronta. Isso precisa ser feito. Vou entrar. Isso é tudo o que precisa ser feito.

Capítulo 59

RECONHEÇO UMA ALFINETADA
QUANDO RECEBO UMA

— Grace —

A entrada da caverna é tão pequena que preciso ficar de quatro para conseguir entrar. Ignoro as pontadas de cascalho em minhas mãos desnudas — e o fato de que a entrada da caverna é bem, bem estreita — e rezo pelo melhor enquanto me esgueiro lá para dentro.

Nenhum animal. Nenhum animal. Por favor, Deus, que não haja nenhum animal assustador quando Hudson nem mesmo está por perto para se beneficiar disso.

Assim que atravesso a entrada ridiculamente pequena, a caverna se abre bastante. Ou pelo menos é o que parece, considerando que está realmente escuro aqui e não tenho uma lanterna. Sei que é alta o bastante para que eu fique em pé sem bater a cabeça no teto, e quando estico os braços não consigo tocar as paredes em nenhuma direção.

Além disso, está uns seis graus mais frio aqui do que lá fora, e eu seria uma tola se não apreciasse isso. Claro que eu me sentiria melhor se pudesse ver o fundo da caverna, ter uma ideia daquilo com o que estou realmente lidando aqui.

Espero alguns minutos para que meus olhos se ajustem, atenta todo o tempo se ouço algum farfalhar, rosnado ou som de respiração que sugira que alguma coisa está aqui comigo. Mas depois que vários minutos se passam, e tudo o que escuto é o bater acelerado do meu coração, imagino que está tudo bem. Não há nada neste lugar além de mim.

É um pouco anticlimático, mas sempre vou preferir isso a ter que lutar contra um animal selvagem. Ou contra um enxame de insetos. Ou — interrompo a linha de raciocínio antes que minha imaginação hiperativa leve a melhor. Mais uma vez.

Saber que a caverna está vazia é tudo de que preciso, então não me incomodo em tentar explorar mais. Em vez disso, rastejo para fora e volto até onde deixei Hudson. Ainda não encontrei água — algo que realmente preciso fazer —, mas todos os meus instintos gritam para que eu o tire do sol e o leve para a caverna o mais rápido possível.

Além disso, talvez vampiros tenham alguma habilidade superespecial, que eu desconheço, para encontrar água. Situações mais estranhas do que isso aconteceram comigo desde que descobri sobre a existência dos paranormais.

A exaustão toma conta de mim a cada passo dado até Hudson. Digo a mim mesma que é só a queda da adrenalina depois do meu surto "preciso me arrastar para dentro da caverna", mas isso não facilita em nada que eu continue andando. Em especial, quando tudo o que desejo fazer de fato é me encolher perto de uma árvore e dormir.

Mas não posso fazer isso, não ainda. Hudson nos trouxe até aqui. É minha tarefa nos fazer atravessar o caminho restante até a segurança — ou, pelo menos, até a segurança relativa. E não vou deixar a peteca cair, não quando estamos tão perto.

Então me obrigo a manter os olhos abertos, me obrigo a continuar colocando um pé diante do outro, enquanto sigo a trilha de curativos que deixei para mim mesma ao longo do caminho.

Finalmente, finalmente vejo o maior curativo que deixei na base da primeira árvore que encontrei e acelero o passo. Quanto mais cedo eu chegar a Hudson, mais cedo voltaremos à caverna. Quanto mais cedo chegarmos à caverna, mais cedo poderei dormir.

Hudson ainda dorme quando volto até onde está, e despertá-lo não é uma tarefa simples. Mas, assim que está acordado por fim, explico meu plano, e ele está totalmente de acordo.

— Desculpe eu ter apagado desse jeito — ele me diz enquanto fica em pé.

— Está tudo bem. Só acho que precisamos mesmo de um pouco de abrigo. Não ficar dando bobeira em campo aberto, à espera de sermos descobertos, também parece uma ideia inteligente.

Ele me entrega a mochila e começa a se agachar para eu subir em suas costas, mas nego com a cabeça.

— Sem chance. Você ainda está exausto. Vou andar.

— Quanto tempo você demorou para chegar à caverna? — pergunta, erguendo as sobrancelhas.

— Cerca de dez minutos — respondo com relutância, porque sei aonde ele quer chegar.

— Estaremos lá em cinco se eu nos acelerar.

— Sim, mas... — gesticulo com a mão, sem querer manifestar em voz alta o que é tão óbvio para mim. Ou seja: que ele está completamente esgotado, e que não tenho certeza se consegue acelerar por cinco segundos, muito menos cinco minutos.

— Eu consigo, Grace. — Como se quisesse provar, ele simplesmente me pega em seus braços, como se carregasse uma noiva, em vez de continuar a discussão. — Para que lado?

Já passei tempo o suficiente com Hudson a essa altura para saber quando é inútil discutir, e este definitivamente é um desses momentos. Então, deixo de lado todas as minhas preocupações, travo os dentes, e o deixo bancar o machão e nos levar até a caverna.

Leva três minutos para chegarmos lá, não cinco, mesmo com paradas para pegarmos a trilha de curativos, e eu estaria mentindo se dissesse que não apreciei muito esse fato. Acontece que Hudson não tem sequer energia para me provocar a esse respeito. O que é bom, porque também não tenho energia para retrucar.

Em vez disso, chegamos cambaleando na caverna assim como zumbis. Hudson leva cerca de dois minutos para verificar o lugar e considerá-lo aceitável antes de despencar no chão. Em outra ocasião, eu teria ficado ofendida por ele não confiar em mim, mas sou a primeira a admitir que, no escuro, a visão de um vampiro é sem dúvidas superior à de um humano. E, já que não quero que coisas rastejantes — nem qualquer outra coisa — apareçam de surpresa no meio da noite, sinto-me muito melhor agora que ele também verificou tudo.

Mas não é bom o bastante para que eu simplesmente me deite no chão da caverna. Em vez disso, pego um dos pequenos cobertores que Arnst colocou na mochila para nós e o abro. Então faço Hudson se deitar sobre ele. Ele está desperto, mas não parece nada bem.

Pálido, esquelético, exausto. Até sua respiração é mais superficial do que o normal. Sei que vampiros são imortais, mas isso não significa que mesmo assim eles não possam morrer. E Hudson está definitivamente à beira da morte no momento. E não estou nada bem com isso.

Originalmente, eu tinha planejado esperar até amanhã para ter essa discussão com ele, mas, a julgar pela sua aparência no momento, não tenho certeza se esperar é a melhor opção. Ou se é uma opção, para ser sincera.

— Hudson... — começo a falar, mas ele me interrompe.

— Estou bem, Grace.

É uma declaração tão patentemente absurda que sequer me incomodo em argumentar. Em especial porque ele está arrastando as palavras. Em vez disso, faço a única coisa na qual posso pensar que pode gerar resultados. A única coisa que vai lhe mostrar que estou de acordo com isso. A única coisa na qual Hudson pode realmente acreditar.

Porque, por mais difícil que seja para eu compreender, agora que estamos nesta caverna e longe do sol, a única razão que restaria para Hudson não se alimentar do meu sangue é ele não acreditar que eu *quero* de verdade que aceite minha oferta. Que não estou me sentindo obrigada porque ele poderia morrer — ainda que, se esse *fosse* o caso, *que merda é essa, Hudson Vega.*

Independentemente disso, levanto meu queixo. Esse garoto precisa saber que sei muito bem o que quero. Se, mesmo assim, escolher não se alimentar do meu sangue com meu consentimento assegurado, bem, isso é com ele, pelo menos.

Pego o canivete da mochila.

Abro-o.

Faço um corte minúsculo no indicador — mas grande o bastante para conseguir algumas gotas de sangue.

E então espero.

Capítulo 60

GOSTO DO SEU GOSTO

— Hudson —

Sinto o cheiro de sangue antes mesmo de perceber o que Grace fez. No início, acho que ela se machucou, e fico em pé, à procura da ameaça. Quero me assegurar de que está bem.

Mas então a vejo sentada ali, com a mão no colo. E *sei* o que aconteceu.

— Você não devia ter feito isso — aviso-lhe, mesmo quando o cheiro dela permeia o ambiente ao meu redor. Mais canela, combinado com o calor do mel e o frescor do vento doce do verão.

É irresistível... ela é irresistível. Mas a fome dentro de mim cresce e cresce até me consumir, queimando, doendo, rugindo pela minha corrente sanguínea. Só consigo pensar em aplacá-la. Com Grace. Só com Grace.

— Eu quis — ela sussurra.

— Não quero machucar você. — Enfio as mãos trêmulas nos bolsos e dou um passo para trás, em um esforço fútil de colocar alguma distância entre nós. Minha voz é áspera como lixa quando admito: — Estou com fome demais, Grace. Não acho que consigo me controlar neste momento.

— Você está sempre no controle — diz. E então fica em pé também. Caminha na minha direção. — Aprendi isso sobre você no último ano. E sei que não vai me machucar.

— Você não tem como saber isso. — Digo a mim mesmo para recuar um passo, para me afastar. Para ficar longe daqui, e de Grace, enquanto ainda posso.

Mas não me mexo. Não consigo. Não quando tudo dentro de mim anseia por ela. Precisando de seu sangue, mas mais do que isso. Precisando dela, especificamente, de um jeito que eu tinha falado para mim mesmo que jamais precisaria de ninguém.

— Está tudo bem, Hudson. — A voz dela é suave, tranquilizadora, e me sinto mergulhar nela, apesar das minhas melhores intenções. — Confio em você e sei que não vai exagerar.

Minhas presas explodem com as palavras dela.

— Você não devia. Sou o irmão malvado, lembra?

É um teste, um último esforço para assustá-la.

Mas Grace simplesmente sorri.

— Você nem de perto é tão malvado quanto acha que é. E, mesmo se fosse, não importaria. Você é meu amigo. E quero que faça isso.

As palavras dela são a gota que faltava, enchendo um vazio em mim, sobre o qual eu raramente me permitia pensar. Paro de me retrair — mental e fisicamente — e, pela primeira vez, dou um passo na direção dela.

Aquele passo, e a aceitação que representa, devem ser o que ela espera. Porque no mesmo instante Grace está ao meu lado, invadindo meu espaço pessoal.

— Não sei onde você gostaria de...

— De morder? — termino a pergunta por ela.

Ela enrubesce um pouco, mas seus olhos estão firmes nos meus quando confirma com a cabeça. Então, puxa o cabelo para o lado, expondo a jugular para mim.

E, foda-se, é tentador demais simplesmente aceitar o convite, puxá-la perto o bastante para que eu possa sentir aquelas curvas maravilhosas recostadas em mim enquanto bebo o sangue dela. Mas não é isso que somos um para o outro — não é isso que sou para ela — e não sei se consigo me controlar com tanta sobrecarga sensorial.

Além disso, sou inteligente o bastante para imaginar que é assim que Jaxon se alimenta dela, e sou babaca o bastante para não querer que minha primeira vez bebendo o sangue dela seja igual à dele. Grace está me demostrando gentileza, sim, mas mesmo assim quero que saiba exatamente quem está tomando o sangue dela.

Claro que não verbalizo nenhum dos meus pensamentos para ela. Em vez disso, estendo a mão e uso meus dedos para arrumar gentilmente seus cabelos. Então, só porque posso, deixo que meus dedos pairem sobre seu rosto por um segundo.

Grace parece surpresa, mas então sorrio para ela que sorri de volta para mim.

É quando pego sua mão.

— O que você está...

— Está tudo bem — asseguro, enquanto viro seu braço para revelar a pele delicada e suave na parte interna de seu antebraço.

— Ah. — Ela arregala os olhos.

Passo meu polegar sobre a teia de veias verde-azuladas que se unem em seu pulso.

— Ok? — pergunto, apesar da fome que aumenta e ameaça me despedaçar. — Você ainda pode mudar de ideia.

— Não vou mudar de ideia. — A boca de Grace se curva em um sorrisinho malicioso, e ela ergue o pulso até minha boca. — Dê o pior de si.

— Não é o que faço sempre? — E então, como não quero que ela tenha de ficar com o braço levantado, de modo desconfortável enquanto me alimento, fico de joelhos aos seus pés.

Grace parece se surpreender de novo, mas não se pronuncia. E não se afasta.

Mesmo assim, abaixo a cabeça bem devagar, dando-lhe a chance de mudar de ideia. Ela não muda.

Então ergo a mão dela até minha boca e dou um beijo suave, com a boca aberta, em sua palma, em um agradecimento silencioso.

Um estremecimento atravessa seu corpo ao primeiro roçar dos meus lábios contra sua pele, e ela emite um pequeno som no fundo da garganta. Ergo os olhos, só para ter certeza de que ainda está de acordo.

Grace assente com a cabeça, sussurrando:

— Está tudo bem.

Aceno com a cabeça também, e então passo os lábios pela palma de sua mão, na direção da pele suave e fina do pulso. Dou uma lambida, para tirar a dor da mordida que está prestes a chegar.

Ela estremece novamente, ofega, e é quando eu ataco.

Minhas presas vão fundo, atravessando pele e músculo até a artéria abaixo. E é assim que o sangue de Grace — espesso, poderoso, delicioso — flui dela até mim.

Nada em meus duzentos anos de vida teve um sabor tão doce.

Capítulo 61

CURTA A BEBIDA

— Grace —

Não sei o que espero sentir quando Hudson me morde, mas definitivamente não é o tumulto poderoso de sentimentos e sensações que atualmente invade meu corpo.

Calor, frio, força, fraqueza, certeza, confusão, poder, medo, necessidade. *Tanta necessidade.* Vem de mim? De Hudson? Não consigo notar a diferença — sequer sei se há alguma — enquanto nossas emoções crescem e se mesclam, misturando-se em uma sinfonia esmagadora de desejos e exigências que ameaça me deixar de joelhos.

Mas sei que, se eu ceder — se me deixar cair —, Hudson vai parar. E é cedo demais para isso, cedo demais, considerando o modo contido e cavalheiresco com o qual bebe meu sangue neste momento.

E isso levanta a questão: se me sinto assim agora, que está sendo tão tranquilo e cuidadoso, como eu me sentiria se ele se soltasse? Se ele se permitisse beber meu sangue do jeito que sei que está morrendo de vontade de fazer?

Posso enxergar seu desejo no jeito como suas mãos seguram a minha — tremendo pela contenção.

Posso ouvir sua respiração lenta, cuidadosa, constante.

Posso sentir a tensão em seu corpo enquanto se inclina sobre meu braço, pegando apenas o que precisa para sobreviver.

Ainda que haja uma parte de mim grata por ele se conter, por seu cuidado, há outra parte mais profunda de mim que deseja que se liberte das amarras que colocou em si mesmo. Que precisa que ele simplesmente se deixe levar.

Não sei de onde vem essa parte minha, e não a questiono. Não posso, não quando estou me afogando na onda das nossas emoções combinadas.

— Hudson — sussurro, porque não consigo evitar. Está pulsando em meu sangue, atravessando minha alma, criando uma conexão entre nós para a qual não tenho certeza se estou pronta, mas que quero desesperadamente.

Ele ergue os olhos ao som de seu nome em meus lábios, e o olhar dele trava no meu. Há distância ali, cordialidade e, por um momento, acho que entendi tudo errado. Que todas aquelas emoções brotando dentro de mim são apenas minhas. Porém, quanto mais nos olhamos fixamente, mais percebo que a distância é apenas um ardil. Por baixo há uma mistura selvagem de *necessidade*, igual à que neste momento ferve dentro de mim.

Os olhos de Hudson escurecem enquanto nos encaramos, e ele para de beber. Começa a se afastar.

Mas ainda é cedo demais. Ele não está pronto e — não importa o que pense — nem eu estou. Então, em vez de deixá-lo se afastar, estendo meu braço livre e coloco a mão em sua cabeça.

Hudson paralisa, e uma pergunta se infiltra nos olhos dele presos aos meus. Sorrio em resposta, e por um momento — apenas um momento — deixo que veja tudo o que arde dentro de mim. O bom. O mau. A dor e a cura.

A resposta de Hudson é um rosnado que vem do fundo de sua garganta. E então ele começa a beber meu sangue — beber de verdade — de um jeito que não tinha feito antes.

Profundo. Poderoso. Voraz. Ele bebe, bebe e bebe.

E eu permito. Não, eu o encorajo, com a mão em seu cabelo, instando-o a tomar mais de mim. A pegar tudo de que precisa, qualquer coisa que deseja. E, por esse único breve instante de tempo, é isso o que ele faz.

Não sei o que isso significa e, neste exato momento, não me importo. Sou inteligente o bastante para saber que não me sentirei assim para sempre. Logo estarei novamente me preocupando, me questionando e me arrependendo. Mas, por enquanto, só vou segurá-lo e deixá-lo pegar o que preciso desesperadamente dar.

Capítulo 62

COVINHAS E CACHOS

— Grace —

Quando ele finalmente termina de beber o suficiente do meu sangue, Hudson se afasta devagar, com gentileza.
— Você está...
— Estou bem — eu o interrompo, porque estou mesmo. Em grande parte. E a parte de mim que se sente um pouco estranha, um pouco insegura com todos os momentos que acabaram de acontecer entre nós, terá de esperar na fila. Em parte porque estou exausta e em parte porque deu certo. Hudson já parece melhor.
O tom cinzento da pele dele desapareceu, a respiração não está mais ofegante, e o rosto parece menos abatido e mais irritantemente perfeito. Até o jeito como se move voltou ao normal. Não há mais dificuldade em seus passos, nada mais de hesitação. Tudo nele flui.
Ele percebe que estou observando-o e ergue uma sobrancelha perfeitamente esculpida.
— Você nunca mais vai conseguir fingir que não gosta de mim.
— Quem disse que estou fingindo? — retruco, mas não há raiva nisso, e nós dois sabemos. — Será que não é que eu apenas prefira que meus adversários de briga estejam com a força e o juízo em dia?
Hudson apenas ri e pega minha garrafa de água meio bebida da mochila.
— Você precisa beber um pouco de água — ele me diz.
— O que preciso fazer é *encontrar* água para nós — respondo, ao aceitar a garrafa. — Mas isso pode esperar até amanhã de manhã.
— Beber água não pode esperar — Hudson insiste e me entrega uma barra de granola. — Nem comer. Você precisa garantir que seu nível de açúcar não despenque.
— Você parece a moça que ia falar sobre doação de sangue na minha antiga escola — comento, com um sorriso. Mas aceito a barra de granola

porque estou com fome. E porque o conselho que dá é sábio. A última coisa que precisamos é que eu assuma o lugar dele no grupo dos cinzentos e trêmulos.

Depois que acabo de comer, deito-me no cobertor enquanto Hudson dá início a uma pequena fogueira perto da entrada da caverna, usando o cristal da mochila e os gravetos que recolhi mais cedo. Penso em sugerir que cada um de nós fique com um cobertor, mas não estou com nenhuma vontade de me enrolar nessa coisa como uma múmia, para evitar ficar toda suja de terra. Além disso, parece um pouco ridículo fingir que não passamos os dois últimos dias dormindo na mesma cama. Mais algumas noites não vão machucar ninguém.

Só que, quando Hudson se deita no chão ao meu lado, não parece ser o mesmo que nas últimas duas vezes. Eu *não* me sinto igual.

Tento dizer a mim mesma que não é nada de mais, que nada mudou. Mas não tenho capacidade suficiente de autoengano para acreditar nisso. Tudo mudou, quer eu queira ou não.

Fecho os olhos, tentando pensar em qualquer outro assunto, mas tudo o que vejo são os olhos de um azul vivo de Hudson me encarando.

Hudson, que tem o senso de humor mais ridículo — e que sempre está disposto a rir de si mesmo com a mesma frequência que ri de mim.

Hudson, que se preocupa com os sentimentos de uma sombrinha, só porque ela o reivindicou como sendo dela.

Hudson, que prefere machucar a si mesmo em vez de fazer qualquer coisa capaz de me machucar.

Maldição. Como isso aconteceu? Como passei de pensar em meios de destruir esse cara para simplesmente não conseguir parar de pensar nele? E como faço para acabar com isso?

Ainda que eu saiba ser uma péssima ideia, não consigo evitar olhar para ele de soslaio. Acontece que é uma ideia ainda pior do que pensei, porque não só Hudson ainda não está dormindo, como está bem acordado e olhando direto para mim.

E agora não dá para fingir que eu não estava olhando para ele. Minha. Vida. É. Uma. Merda.

— Você está bem? — pergunto, esperando que pense que é a preocupação o motivo do meu súbito interesse em fitá-lo.

— Na verdade, eu estava prestes a perguntar a mesma coisa.

— Estou bem! — garanto, com um pouco mais de ênfase do que seria necessário. — Por que não estaria?

— Ah, não sei. Talvez porque você acaba de deixar um vampiro beber boa parte do seu sangue? — ele responde, e o canto de sua boca se curva em um sorriso torto. E que diabos é aquilo? É a luz da fogueira ou aquilo é uma maldita covinha que estou vendo?

Deve ser a luz da fogueira, decido. Ou uma cavidade. Talvez ele fique com uma cavidade no rosto depois de beber sangue por tanto tempo.

Quer dizer, é difícil, mas pode acontecer, certo? Como descobri recentemente, tudo é possível.

Solto um suspiro pesado e decido que vou ignorar o que quer que esteja acontecendo no rosto dele. Então deixo escapar sem querer:

— O que você está fazendo com seu rosto agora?

Ele ergue as sobrancelhas.

— Como é? — De algum modo, Hudson parece ao mesmo tempo ofendido e divertido, e é provavelmente por isso que a cavidade aumenta.

— Essa coisa do lado da sua boca. Há quanto tempo você tem isso?

— Que coisa? — questiona, e parece perplexo. E eu posso entender isso, considerando que não há motivo algum para a presente conversa, exceto pelo fato de que *Hudson tem uma covinha e eu não sabia.*

— A cavidade.

— Tenho uma cavidade na lateral do meu rosto? — Agora ele parece alarmado, porque é claro que sim. Você consegue tirar o garoto das cuecas Versace, mas não consegue tirar a Versace do garoto. Ele passa a mão pela mandíbula enquanto pergunta: — Que tipo de cavidade?

— Uma cavidade ridícula — respondo.

— Bem, isso me ajuda muito, obrigado. Você quer ser um pouco mais específica do que isso? Ou eu só tenho que... — Ele continua a passar a mão por todo o rosto, em uma tentativa de encontrar a cavidade.

Ainda que seja divertido ficar sentada ali observando-o apalpar o rosto e surtar, precisarei tirá-lo dessa situação em algum momento. Pode muito bem ser agora, antes que Hudson acabe causando um buraco de verdade em seu rosto.

— Você tem uma *covinha* — eu o acuso.

— Tenho, sim. — Ele estreita os olhos na minha direção. — É sobre isso que você está falando nos últimos cinco minutos? Sobre a minha covinha?

Estreito os olhos na direção dele também.

— Sim. E daí se for isso?

— Então não é uma cavidade, só isso. — Seu sotaque britânico voltou com toda a força, o que é prova concreta de que o incomodei.

O lado bom é que ele não está mais me encarando como se estivesse com pensamentos estranhos. E a sensação engraçada e agitada no meu estômago se foi.

— Não sei nada sobre isso. — Finjo estudá-lo. — Para mim, parece ser.

Ele me olha feio.

— Bem, não é.

— Como quiser — respondo, lutando para conter o sorriso. Brigar com Hudson é melhor do que fazer quase qualquer outra coisa com qualquer outra pessoa. — Você é quem sabe.

— Eu é que sei — ele concorda. — Considerando que é o meu rosto.

— Sim, mas sou eu quem está olhando para esse rosto agora — retruco. — E você não está.

Ele abre a boca para responder, mas então solta um longo suspiro.

— Grace.

É um "Grace" bem sério e severo, então respondo na mesma moeda.

— Sim, *Hudson*?

— Por que está arrumando briga comigo por causa da minha covinha?

— Para ser sincera? — Dou de ombros. — Não tenho ideia.

— Foi o que imaginei. — Ele suspira outra vez. — Posso ir para a cama agora, então?

— Acho que sim — respondo alegremente. — Desde que não esteja preocupado com a cavidade em seu rosto.

— Grace.

— Sim, Hudson? — Dessa vez uso minha voz mais angelical.

— Nada. — Balança a cabeça, resignado. — Boa noite.

— Boa noite. — E porque não consigo me conter, acrescento: — Seria melhor se você dormisse do lado que não tem a cavidade.

— Seria melhor você se calar enquanto ainda pode — retruca.

Hudson está certo, então fecho meus olhos, sentindo-me muito melhor com toda a situação. Pelo menos até que ele passa o braço pela minha cintura e me puxa contra seu corpo, para dormir de conchinha.

— Ei, o que está fazendo? — pergunto, ainda que não faça nenhum movimento para me afastar. Porque, mesmo que a sensação estranha no estômago esteja de volta, isso é muito bom. Realmente muito bom. Mais ainda, parece certo.

Algo que Hudson obviamente percebe.

— Não aja como se não quisesses estar aqui.

— Eu devia me afastar só por causa disso.

Ele ergue o braço da minha cintura.

— Vá em frente.

— Eu iria — digo para ele. — Mas então teria que olhar para aquela cavidade de novo.

— Deus nos livre. — Se a voz dele fosse mais seca, seria possível usá-la como um graveto.

— Amanhã vou encontrar água — aviso, enquanto me acomodo recostada nele.

— Algo me diz que amanhã você vai fazer muitas coisas.

Ele não está errado, então deixo quieto. E, finalmente, caio no sono.

Capítulo 63

JOGO DA VELHA E NADA DE FRIO

— Grace —

Um grito alto me acorda de um sonho sobre a ilha Coronado.
— Hudson! — Sento-me apressada. — Que diabos é isso?
— Eu estava prestes a perguntar a mesma coisa. — Ele se levanta de um pulo, e começa a calçar os sapatos. — De onde está vindo esse barulho infernal?
— Não está aqui dentro. — Se alguma coisa estivesse gritando dessa forma dentro da caverna, com a acústica, tenho quase certeza de que Hudson e eu teríamos rompido os tímpanos a essa altura. Mesmo assim, estamos bem, bem desconfortáveis. — Será que tem alguma coisa morrendo lá fora?
— Certamente nenhum animal moribundo faria tanto barulho — ele responde, enquanto segue para a entrada da caverna.
Estou bem atrás dele. Se for um animal ferido, talvez eu possa ajudar. Quando estava vivo, resgatar animais feridos era meio que uma especialidade do meu pai. Não importava quão machucados estivessem, ele sempre dava um jeito de curá-los. Não tenho seu dom, mas aprendi algumas coisas com ele.
Só que, quando saímos da caverna, descobrimos que o som definitivamente não vem de um animal moribundo. Na verdade, não vem de animal algum.
— Smokey! — Hudson exclama.
A pequena sombra dá meia-volta e corre direto para seus braços.
— Como chegou aqui? — pergunta, e não tenho ideia se ela entende ou não. Mas Smokey começa a tagarelar de maneira ininteligível, o que inclui acenos, pulos e vários outros gritos.
— Então? — pergunto quando ela finalmente se acalma. — Como ela chegou aqui?
Hudson me olha com uma expressão confusa.
— Não consigo entendê-la tampouco, você sabe. Mas meu palpite é que seguiu meu cheiro e então perdeu o rastro quando chegou à caverna.

— E é por isso que ela surtou — completo. — Porque achou que tinha perdido seu precioso.

— Ei, não é minha culpa se sou adorável. — Hudson me lança seu sorriso mais charmoso... um que mostra perfeitamente aquela maldita covinha.

— Tampouco é sua culpa que você tem uma cavidade no rosto — respondo, com um dar de ombros. — Mas você ainda pode ser culpado por isso.

— Só por você.

— Tem mais alguém aqui que eu deveria saber? — pergunto, erguendo uma das sobrancelhas.

— Smokey está aqui — Hudson retruca. — E ela gosta da minha cavidade. Quero dizer, da minha covinha.

— Ganhei. — Eu me aproximo de Hudson, mas não demais, porque a última coisa que desejo agora é irritar Smokey. — O que vai fazer com ela?

Ao que parece, o amplo espaço que dei para eles não é suficiente, porque Smokey se vira e sibila para mim.

— Você quer me ver irritada, né? — digo para ela e reviro os olhos.

— O que você *acha* que vou fazer com ela? — Hudson pergunta. — Ela vai conosco.

— Para Adarie? — pergunto. — Sério?

— O que mais posso fazer? — Ele parece ofendido. — Deixá-la aqui?

Quero dizer "sim", mas, se eu for honesta, é só porque odeio que ela me odeie. E também tenho medo de que ela me morda de verdade um dia, se é que isso é algo que uma sombra pode fazer.

Mesmo assim, sei que Hudson está certo. Não podemos largá-la no meio das montanhas. Além disso, se o fizermos, ela vai tentar nos seguir de novo, e sabe-se lá que tipo de problema isso pode causar.

— Tudo bem. — Suspiro. — Por que não troca de roupa enquanto vou procurar água? Isso vai dar um pouco de tempo para vocês dois ficarem sozinhos.

— Isso parece perfeito, não parece, Smokey, minha garota?

A resposta de Smokey é um gritinho animado que ressoa nas paredes da caverna, bem como temi esta manhã.

— Apresse-se com essas roupas — aviso para ele. — Ou vou partir sem vocês.

Dez minutos mais tarde, saio da caverna pela segunda vez naquela manhã, agora com uma mochila cheia de roupas sujas e quatro garrafas vazias para poder encher de água.

Encontro um riacho a cerca de dez minutos da caverna. É estreito e vertical, então a água corre rápido — o que é exatamente o que espero. Lembro-me de ter lido em algum lugar que não há tantas bactérias em água corrente, e com certeza sou a favor disso.

Apresso-me a encher as garrafas e faço o melhor possível para lavar nossas roupas sem sabão. Quando termino de batê-las nas pedras, as roupas estão limpas e minhas mãos parecem congeladas. Mas isso não me impede de tomar um banho rápido de esponja, e poucas coisas parecem tão boas quanto isso. Mesmo com a água gélida, estou muito grata por enfim estar limpa.

Quando volto à caverna, penduro as roupas perto do fogo para que sequem e deixo a água para ferver na lata vazia de granola. Então me sento perto de Hudson e Smokey, que brincam de jogo da velha no chão.

— Quem está ganhando? — pergunto, enquanto Smokey marca um X gigante no canto superior direito.

— Ela — Hudson responde, com tristeza. — Quanto está mesmo, garota? Doze a quatro?

Smokey emite uma série de sons que não entendo. Sei que Hudson também não, mas espera a sombra terminar antes de dizer:

— Erro meu. Está treze partidas a quatro.

Smokey sossega depois daquilo, a fim de se concentrar no jogo. Uns noventa segundos depois, o placar está catorze a quatro.

Passamos o dia desse jeito, entre as brincadeiras com Smokey e minhas idas ao riacho para encher as garrafas de água.

O lado positivo é que tomo bastante sol durante minhas caminhadas, e encontro alguns arbustos com frutas silvestres do outro lado do riacho. São frutinhas roxas e têm um gosto semelhante a uma mistura de damasco com morango, e fiquei viciada nelas durante o tempo que passamos na fazenda. Também proporcionam uma folga bem-vinda às barras de granola, então considero uma vitória.

Se fico impaciente algumas vezes ao longo do dia, não deixo Hudson perceber. Não é culpa dele que tenha precisado se alimentar — todos os seres vivos precisam fazê-lo. Além disso, Hudson alega que isso só vai nos atrasar cerca de trinta e seis horas, e não uma semana, como o supercauteloso Jaxon certa vez me falou. Amanhã, no fim do dia, ele já deve ser capaz de sair ao sol de novo, e podemos seguir direto para o alto da montanha.

Depois, é só descer até Adarie, onde, por favor, por favor, por favor, alguém vai nos ajudar a descobrir qual será o próximo passo.

Não conversamos a respeito, mas sei que Hudson está tão preocupado quanto eu em sermos descobertos pela Rainha das Sombras. Ela *não* parece alguém com quem vamos querer nos meter. Melhor ir até Adarie e pedir refúgio.

Depois disso, como nossas vidas podem vir a ser... Bem, simplesmente não me deixo pensar nisso por enquanto. Aceitei que este é meu novo lar, mas isso não significa que eu esteja muito animada em abraçá-lo.

Depois de um jantar de barras de granola e frutinhas silvestres — acontece que Smokey é uma grande fã das frutinhas roxas em formato de coração —, a sombrinha se enrosca perto do fogo e vai dormir.

Depois de múltiplas viagens indo e vindo do riacho, estou mais do que um pouco cansada. Mas Hudson ficou preso na caverna o dia todo, energizado pela nova infusão de sangue. Para ser honesta, é um milagre que não esteja subindo pelas paredes.

E é por isso que não fico nada surpresa quando ele se acomoda ao meu lado no cobertor e diz:

— Me conte sua lembrança favorita.

Capítulo 64

SE EU PUDESSE VOAR
(E MENTIR)

— Hudson —

— Tenho quase certeza de que você já viu todas elas — Grace me responde com um sorriso sarcástico.

— Nem todas — respondo. — Além disso, como eu poderia saber qual é a sua favorita? Não é como se elas viessem com letreiros luminosos informando quais escolher e quais evitar.

Ela dá de ombros, mas não se pronuncia por um longo tempo. Em vez disso, fica encarando o fogo e parece estar a quilômetros de distância.

Estou prestes a desistir e ir para a cama, quando ela sussurra.

— Eu não gostava quando você olhava minhas lembranças.

Merda. Eu não sabia que chegaríamos *aí* essa noite.

— Eu sei — respondo, baixinho.

— Então, por que fazia isso? — pergunta, em um tom de voz mais resignado do que qualquer outra coisa.

— Porque sou um babaca, obviamente. E... — Suspiro e passo uma mão agitada pelos cabelos. — Porque eu não gostava quando você lia meus diários.

— Sim. — Grace solta a respiração bem devagar, e me lança um olhar pesaroso. — Isso foi bem desprezível da minha parte, não foi?

— Extremamente desprezível, sim — concordo. Porque foi. E porque estou cansado de ser o vilão em todas as situações.

— Mas de que outro jeito eu ia descobrir a verdade sobre você? Você não é exatamente um cara aberto.

— Você não me deu muitos motivos para ser aberto — digo, espreguiçando-me no cobertor como se não me importasse com nada... em especial com a presente conversa. — Você estava ocupada demais me acusando de todas as abominações conhecidas pelo homem.

— Para ser justa, sua ex-namorada tinha acabado de tentar fazer um sacrifício humano comigo, em um plano maluco para trazê-lo do mundo dos mortos. — Grace revira os olhos. — Me perdoe por precisar de um certo tempo para superar isso.

— Você está realmente obcecada com essa coisa de sacrifício humano, não é? — pergunto, só para provocá-la.

— Como é que é? — Ela quase ergue as sobrancelhas até a linha do cabelo.

Ergo as mãos, em um movimento que denota "não mate o mensageiro".

— Só estou dizendo que você trouxe esse assunto à tona várias vezes.

— *Como é que é?* — Dessa vez, a voz dela está cerca de três oitavas mais alta do que o normal. — Tente ficar com o traseiro amarrado em um altar para ver como você lidaria bem com a situação.

— É uma oferta?

— Continue fazendo perguntas assim, e talvez seja — ela retruca.

Não tenho certeza de por que sinto a necessidade de provocá-la desse jeito. Bem, exceto que talvez eu tenha me arrependido de contar para ela que ler meus diários me incomodou. Quando se passa a vida toda sem demonstrar fraqueza, por medo de que isso seja usado contra você, é difícil não se sentir enjoado na primeira vez que baixa a sua guarda.

Grace não se manifesta enquanto encaramos o fogo bruxuleante, nem eu. Mas, depois de um tempo, o silêncio me pega, e verbalizo o que já devia ter dito há muito tempo.

— Sinto muito por olhar suas lembranças sem sua permissão.

Ela dá de ombros, mas não fala nada.

Agora é minha vez de ficar irritado.

— É sério? Você não tem nada a dizer sobre isso?

Grace dá de ombros de novo. E então diz, no tom de voz mais falso possível:

— Obrigada por se desculpar?

— Sim. Era isso o que eu queria. — É minha vez de revirar os olhos. Essa garota é jogo duro quando quer ser. Em geral, eu a respeito muito por isso, mas agora isso só serve para me irritar.

— Típico de Hudson — ela diz, com uma bufada. — Gosta de criticar, mas não aceita crítica.

— E o que isso significa? Literalmente me desculpei aqui...

Paro de falar. Não preciso disso e não mereço isso. Onde quer que eu achasse que essa conversa fosse acabar quando perguntei sobre sua lembrança favorita, não era em uma briga.

Mas, claro, onde Grace vai parar sempre que se sente desconfortável, não é?

Viro de lado, apoio a cabeça em uma mão e mantenho seu olhar. Mas não digo nada. Não preciso. Nós dois sabemos que ela está agindo como uma criança mimada.

Depois de um tempo, os ombros dela caem e a vontade de brigar desaparece tão rápido quanto chegou.

— Quer dizer, é claro que sinto muito pelos diários. Foi uma atitude horrível da minha parte, e eu gostaria de afirmar que desejaria não ter feito isso. Mas não é verdade, porque ler aqueles diários foi o único jeito de ver a pessoa que você trabalhou tão duro para manter escondida do restante do mundo. A pessoa pela qual Smokey é maluca, e a pessoa de quem eu... — Grace para de falar.

Mas é tarde demais. Ouvi a hesitação em sua voz, junto a mais alguma coisa. Algo que deixa minhas mãos suadas e faz meu coração bater rápido demais.

— Você o quê? — pergunto, com voz rouca e talvez um pouco carente.

— A pessoa que começo a considerar um grande amigo.

Tudo dentro de mim murcha ante aquelas palavras, cada esperança que eu sequer sabia ter se dissolve em um instante.

— Sim — concordo com ela. — Eu também.

Então me viro até lhe dar as costas.

— Acho que vou tentar dormir agora.

— Ah, ok. Boa noite. — Grace parece um pouco desamparada, um pouco perdida. Mas não tenho como confortá-la esta noite. Não quando eu mesmo sinto necessidade de um pouco de conforto. Conforto esse que sou inteligente o bastante para saber que nunca virá — nem dela nem de ninguém.

Grace permanece imóvel por mais alguns minutos antes de se levantar para ver o fogo e despejar a água recém-fervida e já fria nas nossas garrafas vazias.

Ela me olha várias vezes enquanto trabalha, mas sou especialista em fingir que estou dormindo — tive quase duzentos anos para aperfeiçoar a técnica, afinal. Mas, quando ela sai por alguns minutos, preciso de cada grama de autocontrole para não ir até a entrada da caverna a fim de observá-la, só para ter certeza de que está bem.

Não que haja muito o que eu possa fazer se ela não estiver. Um passo exposto ao sol, e torro até ficar crocante.

Mesmo assim, não consigo respirar tranquilo até o seu retorno. Não que eu transpareça isso.

Depois de um tempo, Grace vem para a cama e também se deita de lado, de modo a ficar de costas para mim.

Os minutos se passam e nenhum de nós diz nada para o outro. Presumo que ela pense que estou dormindo, mas sei que ela não está. Posso ouvir em sua respiração — e nos batimentos acelerados de seu coração.

Na noite passada, dormimos abraçados para nos protegermos do ar frio da montanha. Só dois bons amigos abraçadinhos. Pelo menos é a história que, tenho certeza, Grace está contando para si mesma. Acho que é uma história na qual tenho de embarcar também. Mesmo que eu não acredite nela. Mesmo que eu não queira que seja verdade.

— Minha lembrança favorita — Grace começa a contar, com uma voz baixa e hesitante, na escuridão fria da caverna — é quando Jaxon flutuou comigo por sobre o parapeito do lado de fora de sua torre. Era noite, e a aurora boreal dançava no céu ao nosso redor. Jaxon me levou até lá, bem no meio de tudo aquilo, e dançamos pelo que pareceu uma eternidade. Nunca tive um momento como aquele em toda a minha vida, simplesmente flutuando no ar com um garoto pelo qual eu estava louca. Como se fosse a coisa mais natural do mundo.

As palavras dela não são inesperadas, e mesmo assim me atingem com uma força que me faz querer levantar a camiseta para procurar por hematomas. Não faço isso, no entanto. Não posso. Não quando fui eu quem perguntou. O fato de que não tenho certeza se posso lidar com a resposta é problema meu, não dela. É problema meu.

Mas é uma lição da qual não vou me esquecer tão cedo.

— Eu não queria contar essa lembrança para você, porque a última coisa que quero é te magoar — ela continua, com um tom de voz que é um pouco mais do que um sussurro. — Mas quero muito menos mentir para você. Não quero que você jamais sinta que precisa mentir para mim, então quero lhe fazer a mesma gentileza.

É difícil ficar zangado quando ela coloca dessa forma. É fácil ficar magoado, mas não zangado. E a mágoa também não é culpa dela. As coisas são como são. Para ela e para mim.

— Sei que Jaxon era seu consorte — digo para ela. — Não me surpreende que sua lembrança favorita seja com ele. Por que você acharia que precisava esconder isso de mim?

— Não sei. — Ela geme. — Acho que não quis trazer nenhuma lembrança ruim entre vocês dois. Sei que há ressentimentos e...

Que baboseira.

— Você não acabou de dizer que não ia mentir para mim? — eu a desafio.

Grace suspira, e então arranca o curativo de uma vez.

— Sei que é um tiro no escuro, mas talvez consigamos passar para nosso lado da barreira, Hudson. E, quando o fizermos, Jaxon estará lá.

— Eu sei — concordo e faço uma pausa, sem ter certeza se devo mencionar o cordão azul que vi ou não. Confesso que fico incomodado de ainda não ter contado para ela, mas, para ser honesto, tenho medo. E se não significar o que acho que significa? Pior ainda: e se ela não *quiser* que signifique o que acho que significa? Essa possibilidade corta meu peito como uma faca, e preciso de um segundo para recuperar o fôlego novamente. No entanto, devo a verdade para ela, então começo com: — Mas, se nós voltarmos, ele não será mais seu consorte.

— Você não sabe se isso é verdade — ela responde, de supetão. — Ele não é meu consorte *aqui*. Mas até mesmo você disse que sua magia não funciona desse lado da divisória. Então talvez o laço entre consortes também seja assim. Ele não consegue atravessar qualquer que seja a barreira existente entre os dois mundos.

Começo a mencionar como o laço nunca me pareceu certo, mas penso melhor. Não preciso me abrir e correr o risco de ser chamado de mentiroso outra vez.

— E se não for isso? — pergunto, em vez disso. — E se o laço entre consortes se foi para sempre?

Grace não responde pelo que parece uma eternidade, mas é provavelmente só um minuto. Seguro a respiração o tempo todo. Até que ela diz:

— Ainda amo ele.

— Ama? Sério? — indago, virando para poder encará-la. — Você o conhecia há duas semanas. Duas semanas. Estamos juntos há mais de um *ano*. Só você e eu. Essas duas semanas realmente valem mais do que tudo o que passamos?

Nunca pulei de paraquedas, porém, enquanto espero a resposta de Grace, imagino que provavelmente a sensação é a mesma. Pulei de bom grado de um avião perfeitamente bom e me lancei em direção à terra apenas com uma esperança e o desejo de que aquele cordão fino abra algo mágico que vá me salvar. É apavorante.

— Não sei — ela sussurra.

Juro que ouço cada osso do meu corpo se estilhaçar quando atinjo o chão.

— Você não quer saber.

— Talvez você esteja certo. Talvez eu não queria.

E essa é toda a resposta de que preciso.

Viro novamente para meu lado do cobertor e digo a mim mesmo que é melhor assim. Melhor cortar pela raiz qualquer porcaria que eu esteja sentindo recentemente. Torna tudo mais fácil.

— Boa noite, Grace — digo para ela, com suavidade.

— Boa noite — ela murmura em resposta.

Nunca o metro que nos separa pareceu tanto com uma centena. E nele jazem os restos de uma fantasia e de um futuro que nunca teve chance de existir.

Capítulo 65

VIVA E VAMOS FUGIR

— Grace —

Quando acordo, Hudson já se levantou.

Ele trocou de roupa e está usando novamente a calça jeans e a camiseta que lavei no riacho ontem, mas as peças ainda parecem um pouco úmidas. A camiseta se prende aos seus bíceps, nos músculos das costas e em todos os lugares certos.

Não que eu esteja olhando, é claro, mas quando alguém tem a aparência de Hudson, é bem difícil não notar essas coisas.

— Que horas são? — pergunto ao me levantar, ciente de que ele não me disse bom dia ainda, como costuma fazer.

Ele olha para o relógio, mas não para mim.

— Uma hora.

— Da tarde? — Como consegui dormir quase doze horas? Eu *nunca* durmo tanto tempo assim.

— Sim. — Hudson desenha alguma coisa no chão para Smokey. Meu palpite é que é um *X* ou um *O*.

— Que horas... — Minha voz falha quando a tensão da noite passada e o desconforto dessa manhã, ou melhor, dessa tarde, tomam conta de mim.

— Acho que podemos partir lá pelas seis ou sete — responde, e não há rancor em sua voz. Nenhum sinal de que haja algum ressentimento depois da nossa conversa antes de dormir.

Mas ele ainda não olhou para mim. E muito menos há calor em nada do que diz. Sinto falta disso. O que é ridículo, considerando que nunca notei antes, até que desapareceu.

— Quem está ganhando? — pergunto, ao me aproximar do fogo e perceber que, sim, eles estão mesmo em uma partida de jogo da velha. — Ou é ousadia perguntar?

— Smokey está cinco partidas na frente.

— No total ou só hoje? — provoco.

— Faz diferença? — Hudson responde, ainda sem erguer os olhos do jogo.

O tom de voz dele é totalmente educado, mas ainda assim parece uma bofetada. Não acho que tenha sido a intenção, mas, como ele acaba de perguntar, será que importa mesmo, quando sinto que estou enlouquecendo?

— Vou me trocar — anuncio, com rigidez, antes de pegar minhas roupas de onde estavam secando e sair correndo lá para fora.

É minha culpa, admito enquanto luto para colocar minha calça jeans ainda úmida. Eu disse que queria ser honesta com ele — mas não fui inteiramente honesta. Não consegui ser.

Visto a camiseta e calço os sapatos, murmurando entredentes sobre homens obstinados. Eu *ainda* amo Jaxon. E sei, no fundo da minha alma, que sempre amarei. Amá-lo é fácil, e sempre foi fácil.

Não sei *o que* estou começando a sentir por Hudson — mas sei que não é simples.

É selvagem, imprevisível e bagunçado — e assustador pra caramba.

E não estou pronta para encarar isso ainda. Será que é algum crime?

Então eu disse o que disse e, aparentemente, destruí o que quer que estivesse crescendo entre nós. Eu não pretendia, mas isso também não importa. Tudo o que importa é que o magoei, quando essa era a última coisa que eu queria fazer.

Mas agora não posso sequer me desculpar. Não quando ele colocou uma placa gigante escrito "NÃO ULTRAPASSE" ao redor de seus sentimentos.

Respiro fundo várias vezes para me acalmar, e volto caverna adentro para o almoço — e sou tratada com tanta educação que me faz querer arrancar os cabelos.

Por fim, desisto de tentar arrancar uma reação de Hudson, e me acomodo com meu celular. Por um milagre, achei um carregador quando estávamos no covil, mas não tenho ideia de como carregar o dispositivo neste reino, então tenho mantido o aparelho desligado para preservar a carga. Mesmo assim, esse parece ser um bom momento para sacrificar um pouco de bateria, então começo a pintar no aplicativo de pintura que baixei antes de chegarmos ao covil.

Não é o jeito mais cintilante de passar a tarde, mas cumpre a tarefa. E não preciso dirigir uma palavra para Hudson, o que é bom, considerando que durante o dia todo ele não me dispensou uma palavra que não tenha sido uma resposta direta a algo que falei para ele.

O universo deve estar ao meu lado nessa batalha, pois a bateria dura até dez minutos antes da seis, e ainda fica com uma pequena sobra. É tempo suficiente para eu empacotar alguns objetos antes que precisemos partir. Na verdade, é Hudson que está prestes a fazer todo o trabalho, então pelo menos posso organizar a mochila para que a distribuição de peso não o incomode demais.

Mas é claro que, uma hora mais tarde, descubro que escalar a montanha também não é exatamente um piquenique para mim. Não quando tenho de me segurar em Hudson por horas a fio, enquanto ele escala encostas da montanha e depois acelera em trilhas inexistentes a velocidades que tiram meu fôlego.

Eu já achava que ele era rápido antes. Agora que está alimentado e de volta ao normal, Hudson é praticamente supersônico. Sou só acompanhante na viagem. Bem, eu e Smokey, que passa o tempo todo enrolada no bíceps dele.

Hudson mantém o passo por seis horas direto, com apenas poucos intervalos de cinco minutos entre longos trechos de corrida. Sei que estamos correndo contra o tempo, sei que, quanto mais tempo ficarmos a céu aberto, maiores são nossas chances de sermos pegos. Mesmo assim, é exaustivo.

Paramos perto da meia-noite, e me afasto dois passos de Hudson antes de cair de cara no chão.

— Cansada? — pergunta, e há um traço de seu antigo sarcasmo na pergunta e que não posso deixar de notar... e de aproveitar. Deus sabe, se aprendi algo hoje, que a única coisa mais irritante do que um Hudson sarcástico é um Hudson educado.

— Acho que a questão principal é: como você não está? — respondo. — Nunca vi ninguém se mover como você fez desde que deixamos a caverna.

— Nem mesmo Jaxon? — Assim que fala, ele parece querer chutar a si mesmo.

Mas foi ele quem me disse na noite passada que não devíamos nos esconder do passado, então faço o melhor possível para parecer normal quando respondo:

— Não, nem mesmo Jaxon. Sua velocidade é incompreensível.

— A bajulação vai lhe garantir meia hora extra de descanso — ele me diz, com aquele sorrisinho torto que exibe sua covinha.

— Se eu achasse que está falando sério, eu ficaria tentada a abraçar você — respondo, com um gemido. — Honestamente, não acho que consigo continuar hoje.

— Quer parar? — ele questiona, depois que me ergo o suficiente para engolir uma garrafa inteira de água.

— Você é quem decide. É você quem está fazendo o trabalho pesado.

Hudson me observa por um instante, como se tentasse ler minha expressão. Então responde:

— Eu gostaria de continuar. Estamos quase em Adarie, provavelmente só mais uns trinta quilômetros pelo que resta das montanhas, se li o mapa de Arnst corretamente.

Consigo aguentar trinta quilômetros.

— Bem, então, vamos em frente.

Hudson olha para mim, para o mapa, e para mim novamente.

— Tem certeza de que é o que você *quer* fazer? Ou prefere descansar mais e continuar pela manhã?

Olho para ele com ar exasperado.

— Pensei que continuar fosse o que *você* queria fazer.

— E é — concorda. — Mas preciso ter certeza de que é o que você quer também.

As palavras dele me surpreendem, e não posso deixar de analisar seu rosto, na tentativa de decidir se está só me provocando. Mas ele parece totalmente sincero.

— Está falando sério mesmo, não está?

— É claro que estou falando sério. — Agora ele parece apenas ofendido. — Para que serve uma parceria se uma pessoa toma todas as decisões e a outra pessoa apenas acompanha? Ou estamos nisso juntos ou não estamos.

— Estamos, sim — apresso-me em assegurar.

— Então me diga o que *você* quer fazer.

Eu não sei. Não sei de verdade. Por mais exausta que esteja, Hudson deve estar ainda mais — mas eu adoraria dormir em uma cama de verdade esta noite. Analiso o rosto dele, à procura de sinais de que precisa descansar, mas, para ser sincera, ele parece capaz de acelerar mais uns cento e cinquenta quilômetros.

— Acho que devemos continuar e esperar pelo melhor.

A risada de Hudson é seca e mais do que um pouco pessimista.

— O melhor parece um pouco além das nossas capacidades neste momento. Que tal esperarmos que não seja o pior?

— Você realmente sabe como instigar confiança no coração de uma garota — digo para ele.

— Só estou mostrando o que vejo, Grace. Só mostrando o que vejo.

E por que isso parece ainda mais ameaçador?

Capítulo 66

UM ABRAÇO DA BOA VONTADE

— Grace —

Só Hudson poderia transformar trinta quilômetros em uma aventura de oito horas que ainda me faz ranger os dentes.

Claro, entendo que ele mantém um padrão em zigue-zague para garantir que não estamos sendo seguidos ou rastreados. Mesmo assim... estou prestes a desmaiar.

À medida que Hudson alcança a última montanha, um vale se desdobra diante de nós, completo com um próspero vilarejo em sua base. Graças a Deus. *Adarie.*

Ele também deve ver, porque diminui a velocidade até parar e coloca meus pés no chão. Cambaleio um pouco, e ele não hesita em estender a mão para me equilibrar. Olho de relance para sua mão em meu ombro e suspiro. De repente, quero me aproximar de Hudson, passar os braços ao redor de sua cintura e me recostar em sua força e em seu calor. Em seu toque.

Durante o dia todo, senti saudades da nossa velha intimidade. Diabos, senti saudades de Hudson. Ele se fechou depois da nossa discussão sobre Jaxon, na noite passada, e ainda que esteja falando comigo novamente, aquela amizade — aquela intimidade — entre nós há muito se foi.

Se eu tinha alguma dúvida de que ele não pretendia me dar um gelo, essa esperança evapora no minuto que percebe que notei sua mão ainda no meu ombro e a afasta, e então coloca vários metros de distância entre nós, só por garantia, enquanto finge estudar a comunidade lá embaixo.

Como quase tudo em Noromar, o vilarejo é roxo. Ruas roxas, casas roxas, grama roxa, pessoas roxas.

E embora a fazenda e as montanhas que acabamos de atravessar tenham me deixado ciente do que esperar, ainda é difícil acreditar que existe tanta coisa roxa no mundo. Em especial se considerarmos que nossas roupas são de todas as cores, menos roxas. É como se houvesse tanto roxo por aqui que as pessoas tivessem de se rebelar com suas opções de vestuário. Consigo entender isso.

Faço uma anotação mental para perguntar a alguém no vilarejo como eles tingem as roupas de outras cores, dado que todas as plantas parecem ser roxas. A curiosidade faz com que eu me vire para Hudson, para perguntar se ele tem alguma ideia, mas algo na inclinação de suas sobrancelhas faz as palavras morrerem em minha garganta.

— Acho que eles não gostam mesmo de desconhecidos por aqui — ele diz. Meu olhar segue sua linha de visão, e arregalo os olhos.

Há um muro gigante — e quando digo "gigante", quero dizer "assustadoramente imenso" — cercando todo o vilarejo, com pelo menos seis metros de altura e um metro e meio de largura. Não sei como não percebi esse detalhe logo de cara.

Provavelmente porque estava ocupada demais sonhando com Hudson, recordo a mim mesma.

Ergo o queixo e aperto os olhos contra o sol brilhante, tentando ver ao longo das bordas da muralha. Depois de um tempo, encontro o que estava procurando e aponto para uma estrada tênue que mal consigo ver à distância e que leva até um imenso portão roxo.

— Talvez só precisemos dizer: "Abre-te, Sésamo" — brinco.

Hudson se vira na minha direção, com uma expressão que diz "mas que merda é essa?", e eu estremeço, mordendo o lábio. Argh. Às vezes me esqueço de que ele perdeu todas as histórias infantis que a maioria das crianças ouviu enquanto crescia.

— Não importa — apresso-me a mudar de assunto. — E se nós...

— Por que você faz isso? — Hudson me interrompe.

Pisco os olhos na direção dele.

— Faço o quê?

— Presume que eu queira ou mesmo que *precise* de sua pena. — Ele aperta os lábios.

Eu me inclino para trás e bato as mãos no meu quadril.

— Mas que diabos isso quer dizer? — Sinto várias coisas por Hudson Vega, e a raiva está no topo da lista no momento, mas a última coisa que sinto por ele é *pena*.

— Você sabe exatamente o que isso quer dizer, Grace — ele retruca. — Toda vez que acha que disse algo que *poderia* me lembrar de que não tive muita sorte na vida, sua expressão se suaviza como se você estivesse prestes a chorar. Simplesmente pare com isso, tudo bem?

O sotaque dele está tão carregado que não posso evitar. Abro um sorriso. É o primeiro sorriso que tenho vontade de dar desde a noite passada.

E isso só parece provocar ainda mais a raiva de Hudson, se os palavrões em série que murmura são indicativos de alguma coisa. Dá para ver que ele parece uma panela de pressão, prestes a explodir em uma briga épica sobre meus supostos olhares de pena, e quase o enfrento. Brigar com Hudson seria infinitamente mais tolerável do que sua polidez.

Mas realmente não estou a fim de brigar agora.

Quero dançar. Quero rodopiar e gritar aos céus que Hudson Vega ainda se importa com o que penso sobre ele. Ele se importa *muito*, se aquele *sotaque* todo quer dizer algo.

Então, antes que comece a gritar comigo novamente sobre o que ele acha que devo ou não sentir sobre sua infância de *merda*, faço o que estava com medo que ele nunca mais me deixaria fazer.

Dou um passo em sua direção, até pressionar todo o meu corpo trêmulo contra suas extremidades rígidas. Hudson fica completamente imóvel. Tenho quase certeza de que parou até de respirar.

Mas está tudo bem. Não me importo em ir até ele dessa vez. Afinal de contas, fui eu quem o magoou.

Então respiro fundo, deixo que minhas curvas preencham as minúsculas fissuras e espaços entre nós, deixo minha suavidade ultrapassar o perímetro rochoso de sua dor.

Quando faço isso, ele por fim volta a respirar. E é tudo de que preciso para fazer o que queria fazer o dia todo. Agarro-me a ele, envolvo meus braços em sua cintura até que as pontas dos meus dedos se toquem. E aperto até que a distância de antes seja só uma lembrança desconfortável.

Mesmo assim, espero que ele fuja, espero que o nervosismo que vi o dia todo erga sua cabeça feia.

Não acontece.

Em vez disso, uma respiração se torna outra e mais outra e, por fim, os braços dele vêm ao meu redor também. Não é muito, não é nem de perto o que aquela vozinha minúscula dentro de mim diz que posso querer dele um dia. Mas, aqui e agora, é o bastante. Mais ainda, é exatamente aquilo de que precisamos.

Até Smokey deve sentir que precisamos disso, já que permanece estranhamente quieta.

Sei que não podemos ficar aqui nos abraçando a noite toda — ao lado de uma montanha com um exército nos caçando —, mas é o que eu quero. Quando os ombros de Hudson tensionam, inclino-me para trás a fim de reclamar que ainda não estou pronta. Só quero abraçá-lo um pouco mais.

Mas quando nossos olhares se cruzam, Hudson faz um aceno rápido de cabeça para que eu não fale nada. Ele não me solta de seu abraço, só inclina

a cabeça como se estivesse ouvindo alguma coisa ao longe. E, depois de um tempo, escuto o que ele escutou, e meu coração se acelera em meu peito.
Passos.
Merda.

Capítulo 67

A PRIMEIRA REGRA DO CLUBE DO MEDO

— Hudson —

Merda, merda, merda! Fodi tudo mesmo, não foi?

Não posso acreditar que estava tão ocupado ouvindo os batimentos cardíacos de Grace, perdido no ritmo de sua respiração, que deixei uma ameaça se esgueirar até nós.

— É o exército da rainha? — Grace sussurra.

Ela parece tão preocupada — mas também tão confiante — que quero despedaçar aquelas pessoas e queimar o lugar todo até que vire cinzas, só porque posso. Mas sou inteligente o bastante para saber que não posso iniciar uma briga até saber com o que estamos lidando de fato. Até agora, os passos não parecem ser os de um exército, mas ainda pode haver mais soldados se colocando em posição.

— Não sei — respondo-lhe, e odeio mesmo ter de dizer aquilo. Quase tanto quanto odeio ter nos colocado nesta situação.

Sim, decidimos fazer isso juntos, mas ainda me sinto responsável. Esse plano era meu, então preciso encontrar um jeito de nos tirar dessa — um jeito que não acabe com ela ou com Smokey machucadas. Eu devia ter previsto que eles saberiam que provavelmente seguiríamos para Adarie, devia ter sido mais atento na busca por sinais de perigo.

Mas não temos tempo para eu me preocupar com o que devia ter feito. Preciso me concentrar em deixar Grace e Smokey a salvo — ou ensinar a Rainha das Sombras exatamente o que acontece quando se busca encrenca com um vampiro.

Claro que eu normalmente sugeriria que corrêssemos por um tempo, deixando-os dar voltas na nossa busca. Mas Grace parece exausta. Não acho que consiga fugir mais uma hora, se for honesto. Ela iria, se eu pedisse. Daria um jeito e encontraria forças. Mas isso não quer dizer que é o que devemos fazer.

Preciso de um momento para pensar, para pesar nossas opções.

Meu olhar percorre a cidade lá embaixo, uma segurança possível, mas não garantida. Analiso a muralha, o portão, o vilarejo em si, com suas ruas estreitas e fileiras de casas. Vários lugares para nos escondermos — se conseguirmos atravessar a muralha e ninguém nos vir.

Viro para a esquerda e observo o vale que se estende além da base das montanhas, seguindo para oeste até onde a vista alcança. Há um rio ao longe e uma pequena floresta, mas não vejo muitos lugares para uma proteção segura ou que sirvam de esconderijo. Nem mesmo um bom lugar para se posicionar, sem correr o risco de ser cercado ou preso.

Olho para a direita, solto um gemido ao ver fileiras após fileiras de montes escarpados. Certamente poderíamos nos perder no terreno rochoso, mas a que custo? Eu poderia usar toda a força que me resta — e nossa melhor aposta para uma segurança em longo prazo ainda seria retornar para Adarie, onde possivelmente encararíamos a mesma ameaça, só que de uma posição muito mais fraca.

Não, nossa melhor opção é ficar e lutar, bem aqui. Bem, para eu lutar.

Quando encaro o olhar firme de Grace, sei que ela chegou à mesma conclusão.

Na verdade, ela está dois passos na minha frente, se é que aquela única sobrancelha erguida é sinal de alguma coisa.

— Sim — afirmo.

— Não — ela responde, erguendo o queixo, daquele jeito que sei que significa que vai bater o pé até cansar.

Dou um suspiro.

— Só dessa vez, podemos não brigar sobre isso?

— Hudson Vega, eu *não* vou sair correndo e me esconder enquanto você enfrenta um exército sozinho!

Ela parece tão sincera, tão *teimosa* em não me deixar sozinho, que quero abraçá-la de novo. Mas não faço isso. Não é assim que se consegue que Grace faça o que você quer...

Levanto uma sobrancelha em resposta para ela.

— Está dizendo que acha que não consigo derrotar um exército inteiro *sozinho*? O que aconteceu com — imito a voz de Grace, só que de um jeito mais agudo e um pouco mais bajulador — "ah, Hudson, você é como um super-herói, tão rápido e forte"?

Quando ela revira os olhos para mim, posso sentir a luta crescendo dentro dela e não hesito em atacar primeiro.

— Grace. Eu *preciso* que você acredite em mim. Isso é realmente algo impossível de se fazer?

Grace fica paralisada, com a boca semiaberta, o que quer que estivesse prestes a dizer parado em sua língua. Ela umedece os lábios, e posso ver as engrenagens em seu lindo cérebro girando, tentando encontrar um jeito de conseguir ficar e lutar sem magoar meus sentimentos.

Então vou para o golpe mortal.

— Eu consigo, Grace.

Ela pisca. Uma vez. Duas. E então assente com a cabeça, e juro, acho que eu *poderia* enfrentar um exército inteiro agora.

Espero poder convencer a outra mulher na minha vida com a mesma facilidade.

Deslizo a mão para perto do tornozelo, e Smokey pula na minha palma instantaneamente, seu choro lamentoso um trinado completo, pois ela é esperta o bastante para saber o que está chegando, e definitivamente não está feliz com isso.

Considero implorar que ela vá com Grace, mas Grace me surpreende — e a Smokey — estendendo a mão para dar uns tapinhas suaves no alto da cabeça da sombra antes de dizer com firmeza:

— Ele consegue, Smokey.

Posso sentir a umbra tremendo na minha mão, incerta se pode confiar em Grace, incerta se *quer* confiar em Grace. Ela dá outro gemido baixo e agudo, que faz meu peito se apertar dolorosamente.

Mas quando Smokey salta no braço de Grace e deixa que a leve para que as duas possam se esconder, não consigo evitar o sorriso que se abre em meu rosto, mais largo do que nunca.

Grace diz por sobre o ombro.

— Você vai ficar insuportável agora, não vai?

Eu nem me incomodo em tentar disfarçar.

— É o mais provável.

Ela simplesmente ri e responde.

— Que exibido.

Foda-se enfrentar um exército inteiro. Tenho certeza de que poderia enfrentar *sete* exércitos e ainda ter energia o bastante para ensinar uma lição para a Rainha das Sombras.

Começando agora.

Capítulo 68

TENHO AMIGOS EM LUGARES IMPORTANTES

— Grace —

Smokey e eu nos afastamos menos de vinte metros para o lado quando ouço Hudson rosnar:

— Quem diabos são vocês? E que diabos querem?

Não consigo ver com quem está gritando, mas suas mãos estão erguidas, suas presas estão à mostra e ele parece mais do que pronto — e mais do que capaz — para estraçalhar quem quer que esteja diante dele, sem precisar da ajuda de ninguém.

Meu coração está acelerado no peito, e quero ser capaz de ajudar, ou de pelo menos não machucar, mas Hudson me pediu para acreditar nele, e sei o que isso lhe custou. Não vou decepcioná-lo.

— Ei! Estamos só passando por aqui, cara! — uma voz exclama, e então um homem se move para a frente o suficiente para que eu possa vê-lo. Tem vinte e poucos anos e seus braços violeta estão cobertos de tatuagens que parecem muito com notas musicais de vários tamanhos. Ele é uns dez centímetros mais alto do que Hudson, mesmo sem seu cabelo lavanda raspado nos dois lados da cabeça, com uma faixa no meio de uns cinco centímetros. É muito mais largo, com meia dúzia de brincos na orelha direita e um piercing de nariz grande o bastante para me fazer estremecer. Ele não é como imaginei que um soldado seria, mas talvez esse exército aceite individualidades, o que é francamente meio que incrível. — São vocês que parecem estar encrencados.

— E vocês só pensaram em vir dizer oi?

O sarcasmo é marcante no tom de Hudson, e os olhos do cara se estreitam perigosamente enquanto ele estufa o peito que já parece do tamanho de um barril.

— Algo do tipo, sim.

Apesar do tamanho do cara, Hudson não parece ter nem um pouco de medo, e começo a me preocupar se teremos um banho de sangue antes que o restante dos soldados nos alcance. Recuo um pouco, dando mais espaço para Hudson fazer qualquer que seja a coisa impressionante de vampiro que tem planejado, quando outro homem aparece. Ele tem praticamente a mesma idade e altura do primeiro, mas é muito mais magro, com um lindo tom de pele lilás — e tem um bebê preso ao peito em algo que parece ser um tipo de sling.

Isso não é um exército. É uma família.

Solto a respiração que não sabia que estava segurando e endireito o corpo, voltando para o lado de Hudson.

— Não é o exército da rainha? — pergunto, só para confirmar.

— Não, a menos que estejam recrutando bebês — Hudson replica, e o homem mais magro ri.

— Ainda não — ele concorda, acariciando os cachos de cabelos finos e roxos na cabeça do bebê que agora posso ver que está dormindo, seus cílios grossos e roxos descansando nas bochechas gorduchas. — Somos um grupo de trovadores itinerantes chamado Os Horizontes.

O cara maior coloca um braço ao redor do outro homem, inclina-se e dá um beijo suave na testa do bebê antes de acrescentar:

— Meu nome é Orebon. E este é meu marido, Lumi. — Ele gesticula para uma mulher que rebola perto deles e para com o quadril tão inclinado para o lado que fico preocupada que ela possa tê-lo deslocado. — Esta é nossa cantora principal, Caoimhe.

Agora que estou menos surtada, percebo que Orebon tem uma voz profunda, realmente musical, que preenche o espaço entre nós sem sequer se esforçar. Isso faz com que eu queira ouvi-lo cantar.

— Meu nome é Grace — apresento-me, estendendo a mão para cumprimentá-lo. — E estes são Hudson e Smokey. — Gesticulo para a pequena sombra.

— E esta pequenina é nossa filha, Amiani — Lumi diz. — Bem-vindos à nossa trupe.

— Trovadores — Hudson repete o que Orebon disse que eles eram, e parece muito mais cético do que me sinto.

— É isso mesmo. — Orebon sorri para Hudson e então se volta para mim. — Por que pensaram que podíamos ser um exército atrás de vocês?

Hudson estreita os olhos, mas responde.

— Ouvimos dizer que a Rainha das Sombras está procurando pessoas do nosso mundo.

— Sim, ouvimos a mesma coisa algumas vezes. — Orebon faz uma pausa, como se não tivesse muita certeza sobre quanto deve dizer. Por fim, ele deve ter decidido que merecemos saber por que estamos sendo caçados, porque balança a cabeça e continua: — A irmã da rainha foi envenenada quando era criança por um humano que atravessou a barreira, e desde então ela acredita que a cura para a irmã está no reino humano... ou a vingança.

Arregalo os olhos, e vejo de soslaio que Hudson demonstra tanta surpresa com essa informação quanto eu. Não estou alegando que tenho qualquer intenção de me render em algum momento, mas não posso mentir e dizer que não sinto uma certa simpatia por ela.

— Mas não se preocupem. Por mais que simpatizemos com a Rainha Clio, nunca fomos muito fãs de todos pagarem pelos atos de um. Nem muito fãs do exército da rainha. — Lumi ajusta a bebê levemente no sling e, ao fazê-lo, noto que ele tem um estojo gigante pendurado no ombro. Um que parece pertencer a um instrumento musical.

— Então vocês também estão fugindo da polícia? — indago.

— Ah, não — Orebon responde, e então me dá uma piscadinha. — Estamos indo para um vilarejo não muito distante daqui.

— Vocês estão indo para Adarie? — pergunto, com o coração batendo mais rápido pela possibilidade de eles saberem como atravessar aquele portão gigante, que tenham alguma pista da recepção que podemos encontrar.

— Por quê? — Caoimhe lança um olhar astuto para Orebon, tão rápido que duvido tê-lo visto de fato, antes de se voltar para Hudson e perguntar: — Vocês estão indo para os portões de Adarie?

— Importa para onde estamos indo? — Hudson pergunta, naquele tom de voz suave que usa quando está pronto para montar uma armadilha. Tendo sido vítima disso numerosas vezes no covil, vou admitir que aquilo tem o poder de me fazer estremecer mesmo quando não é direcionado para mim.

Caoimhe não presta nenhuma atenção a ele. Em vez disso, diz simplesmente:

— É claro que vocês vão para Adarie.

Acho que não é muito difícil adivinhar isso. *Estamos* parados em uma montanha que dá vista para a cidade lá embaixo. Além disso, certamente outros sabem que este lugar é um porto seguro para aqueles que, como nós, estão tentando passar despercebidos pelo exército da rainha.

Contudo, quando Orebon e Lumi trocam um longo olhar com Caoimhe, fica evidente que eles sequer tentam esconder que estão bolando uma ideia que, de algum modo, nos inclui. Orebon assente com a cabeça, Caoimhe dá outra sacudida impressionante em seus cabelos volumosos, e não posso deixar de tentar engolir o nó que parece preso permanentemente em minha garganta agora.

E isso é antes que os lábios de Caoimhe se curvem em um sorriso felino e ela ronrone para Hudson:

— Talvez possamos fazer um acordo.

Capítulo 69

ME PINTE DE ROXO

— Hudson —

— Um acordo? — questiono, sem me incomodar com uma tentativa de afastar o ceticismo da minha voz. — Vocês querem fazer um acordo *conosco*?

Há milhões de razões pelas quais isso é besteira — incluindo o fato de que eles acabaram de nos conhecer tem menos de dez minutos. É impossível que tenham dado uma olhada em nós dois, fugindo de um *exército*, e resolveram que seríamos parceiros perfeitos. Sem chance.

E, se for isso mesmo, não quero fazer parceria alguma com eles de nenhum jeito.

— Que tipo de acordo? — Grace pergunta, e ela parece tão cautelosa quanto eu.

— O tipo no qual todos conseguem o que querem — Caoimhe revela. Ela acompanha as palavras com um sorriso extremamente sedutor, que imagino funcionar em 9,5 de cada 10 homens com idade entre dois e noventa anos.

Mas não vai funcionar comigo. Fui criado por Delilah Vega e já vi aquele tipo de sorriso mais vezes do que consigo contar. Além disso, o meu fraco é por um queixo obstinado.

— E o que exatamente vocês acham que queremos? — replico, com uma cara feia pelo menos tão impressionante quanto o sorriso dela. E eu sei disso: venho praticando há mais de um século.

— Fácil. — Ela abre tanto os braços que não posso deixar de me perguntar se está só tentando nos convencer ou se está fazendo um teste para mestre de cerimônias de circo ao mesmo tempo. — Vocês querem passar pelos portões de Adarie. Mas *nós* sabemos que não dá para simplesmente entrar, não sem um convite. E, para isso, é necessário fazer um pedido no gabinete do prefeito, para manter a multidão nos portões baixa e a segurança como prioridade máxima. — Maldição. Não, nós não sabíamos disso. — A imigração para Adarie é aberta a qualquer um... mas são necessários sessenta dias para aprovação. E isso parece ser mais do que vocês, humanos, têm.

— Uma humana e um vampiro — Grace diz.

— Legal. — Ela me estuda, e eu estaria mentindo se dissesse que não me senti um pouco sujo quando terminou a inspeção. — Presumo que você seja o vampiro.

— Ele é — Grace responde, e há quase um rosnado em seu tom de voz, coisa que eu não esperava. Esperava muito menos que desse dois passos na minha direção, de modo que nossos braços quase se toquem. Mas é o que ela faz.

Dessa vez, quando Caoimhe olha para nós dois, há um sorriso irônico em seu rosto que indica "então é assim que são as coisas". Não me incomodo em corrigi-la, nem Grace. Mas por que ela faria isso, se foi ela quem fez questão de dar essa exata impressão a Caoimhe.

— Posso ver seus dentes mais tarde? — Caoimhe me pergunta, um pouco antes de passar a língua pelos próprios dentes.

— Você pode ver os *meus* dentes — Grace retruca, com toda a doçura, e preciso de todo o meu autocontrole para não cair na gargalhada.

Obviamente, Lumi e Orebon não têm o mesmo tipo de autocontrole, porque ambos começam a rir como bobos. E Caoimhe mostra o dedo do meio para os dois, só por causa disso.

— Tudo bem para mim. — Caoimhe vira seu olhar sedutor para Grace, mas ela apenas revira os olhos. Aparentemente, ela é tão boa para perceber as provocações da cantora quanto eu.

— E o acordo? — Grace a instiga.

— Certo, o acordo. — Obviamente tendo decidido que não vai seduzir nenhum de nós dois para conseguir o que quer, Caoimhe volta aos negócios mais uma vez. — Como eu estava dizendo, duas pessoas de outro mundo, que seriam vocês — aponta para nós, caso não tenhamos entendido — nunca vão conseguir atravessar aqueles portões com rapidez suficiente.

— Mas acontece que temos um convite para entrar... e para nos apresentarmos no Festival das Estrelas Cadentes. Somos um grupo de trovadores bem conhecido — Lumi resume.

— E? — pergunto, sem ver aonde aquilo vai chegar.

— Um grupo muito conhecido de *cinco* trovadores — Orebon explica.

— Está sugerindo que podemos alegar que fazemos parte do grupo para que os guardas nos deixem passar pelos portões, por causa do convite de vocês? — Grace pergunta.

Caoimhe sorri novamente — de um jeito que definitivamente não faz com que eu me sinta melhor com a oferta.

— É claro.

— E, em troca de fazer isso, vocês querem exatamente o que de nós? — Cruzo os braços, fingindo tédio com toda aquela conversa.

— Bem, vocês se juntariam à trupe, é claro — ela diz, e então acrescenta quando as sobrancelhas de Grace quase alcançam a linha do cabelo. — Só para a audição.

— Não — afirmo.

E Grace acrescenta, só para o caso de alguém ter dúvida.

— Nem pensar.

— Olhe — Lumi pede —, temos mais dois integrantes... só que eles não vão conseguir chegar em Adarie a tempo para a audição.

— Quando é o festival? — pergunto, com uma ideia se formando de que talvez possamos nos esgueirar pelos portões com a multidão de visitantes.

Mas Orebon nega com a cabeça.

— As Estrelas Cadentes são só daqui a dois meses, mas as audições são esta semana. O festival coincide com os três dias consecutivos de escuridão em Noromar... *Todo mundo* sai para celebrar. A apresentação no festival pode nos garantir o ano todo. Vocês estariam realmente ajudando alguns companheiros de viagem.

— E uns que têm uma nova bebê para alimentar — Lumi acrescenta, balançando os quadris para aumentar o efeito.

Bem, que inferno. Enfio as mãos bem fundo nos bolsos enquanto volto a contemplar a possibilidade de pular um muro de seis metros sem ninguém perceber. Mas olho de relance para Grace, e meu estômago afunda.

Porque Grace encara os minúsculos cachos roxos na cabeça da bebê, as rugas ao redor de seus olhos se suavizam, e solto um gemido. Ela caiu completamente no conto do vigário. Essa garota deve ser a pessoa mais ingênua — e carinhosa — do mundo.

Suspiro.

— O que precisamos fazer?

Capítulo 70

TALENTOS OCULTOS DEMAIS

— Hudson —

Os olhos de Caoimhe brilham, como se ela sempre tivesse sabido que íamos concordar. Essa mulher parece muito acostumada a conseguir o que quer, o que faz com que eu me aproxime um pouco mais de Grace quando ela me encara de novo, lambendo os lábios dessa vez.

— Por certo você sabe cantar, não? — Lumi pergunta para Grace.

— Sei cantar no chuveiro — ela diz, dando de ombros.

— Qualquer um sabe cantar no chuveiro. — Orebon revira os olhos. — A questão é: você é boa quando *realmente* canta?

— Não sei. — Grace se vira para mim, com as sobrancelhas erguidas. — Sou?

De repente, fico muito interessando no padrão das rochas no chão.

— Ai, meu Deus. — Lumi faz uma careta. — É tão ruim assim?

Paro de contar as pedras e começo a procurar formas de animais nas nuvens sobre nós.

Orebon ergue uma sobrancelha.

— E quanto à mágica?

Grace nega com a cabeça.

— Assobio? — Lumi parece esperançoso.

Mas sei a resposta para essa pergunta.

— Absolutamente, não.

— Malabarismo? — Orebon pergunta, e minha bufada faz com que Grace me olhe feio.

— E quanto à dança? — Caoimhe sugere.

— Posso tentar... — Ela faz um pequeno movimento que me parece ótimo.

— Ai, meu Deus — Lumi repete. A bebê se agita nesse momento, e ele enfia a mão na bolsa e pega uma mamadeira plástica cheia de uma bebida cremosa roxa. Ele coloca o bico na boca da bebê, e ela começa a sugar vigorosamente.

Cumprida a missão, ele lança um olhar desanimado para Orebon. — Nunca vamos conseguir essa apresentação — ele murmura, baixinho.

— Vamos alegar que ela é uma excelente cantora... com uma infecção de garganta. Vai dar certo — Orebon sugere para seu companheiro, com um aceno de mão, e então acrescenta: — Vão presumir que estaremos *ainda melhores* na época do festival.

Caoimhe concorda com um gesto de cabeça e se vira para mim.

— E quanto a você?

— O que tem *eu*? — retruco.

Caoimhe ergue uma sobrancelha.

— Você *sabe* cantar?

— Consigo me virar — respondo, sem gostar nem um pouco do rumo dessa conversa.

— Ele sabe, sim — Grace me entrega. O que me surpreende, considerando que nunca soube que ela me ouvia. Quando estávamos no covil, ela sempre parecia ouvir alguma coisa em seus fones de ouvido quando eu tocava meus discos, algumas vezes cantando junto.

— Ainda que eu saiba cantar, não conheço nenhuma das suas músicas — pontuo, sendo razoável. — Provavelmente, é melhor dizer que também tenho uma infecção de garganta.

Mas então Grace se vira para mim, com um brilho travesso no olhar.

— Ah, eu definitivamente acho que você devia cantar, Hudson. Algo emotivo e romântico, não acha?

Ela está se vingando, e eu provavelmente mereço, depois que fiquei contando pedras quando me perguntaram se *ela* sabia cantar. Mesmo assim, não sou muito fã de passar vergonha na frente de desconhecidos.

— Talvez eu pudesse tocar violão ou algo assim — sugiro. *Viu só*, digo para ela com um olhar, *sou capaz de ser membro de uma equipe.*

Grace arregala os olhos.

— Você sabe tocar violão?

— É tão difícil de acreditar? — Levanto uma sobrancelha.

— Não sei. Quero dizer, Jaxon tinha violões e um conjunto de bateria em sua torre, então acho que só estou presumindo que, sabe como é... que era uma coisa *dele*. — Ela dá de ombros e, sim, não posso evitar. Estou ofendido.

— E o quê? Você achou que só Jaxy-Waxy tem talento para alguma coisa? — retruco, e então me viro para Caoimhe e falo: — Posso cantar *e* tocar violão.

Os três trovadores falam ao mesmo tempo, imaginando possíveis cenários para me incluir em seu ato, mas não estou escutando. Estou ocupado demais vendo Grace lutar — e perder — para não deixar que um sorriso triunfante domine seu rosto.

Merda. Caí direitinho, não é?

Estreito meu olhar naquela garota traiçoeira, prometendo retribuir depois, quando uma frase de Lumi direciona minha atenção para ele:

— Absolutamente, *não* vou *equilibrar* coisa alguma. — Afinal de contas, um homem tem seu orgulho.

Mas, quando Grace dá uma risadinha ao meu lado, juro que seria capaz de equilibrar *gatinhos*, se ela me pedisse.

Estou tão fodido.

Capítulo 71

GRATIFICAÇÃO INSTANTÂNEA

— Grace —

No fim, atravessar os portões de Adarie com o convite dos trovadores é tão fácil quanto fazer Hudson se comprometer a se apresentar como parte do grupo deles.

Nunca suei tanto na vida quanto no instante em que os guardas questionaram nosso grupo.

Eu tinha quase certeza de que uma trupe com dois integrantes de outro mundo receberia um redondo "não", mas parece que Caoimhe estava certa, e as pessoas esperavam que os trovadores fossem um grupo estranho de pessoas. Ela disse que era comum que artistas itinerantes se reunissem com estranhos do mundo todo, e tenho de admitir que meio que adoro a ideia de criar uma família com pessoas que você encontra durante o caminho que percorre.

Mas o que realmente achei interessante é que Caoimhe insistiu que já tinha conhecido várias pessoas de outros mundos, como nós, e que nunca ouviu falar que o exército da rainha os caçasse para matá-los. Orebon dizia a verdade, que a rainha *está* desesperada para achar um jeito de voltar para o nosso mundo, mas Caoimhe afirmava saber que só porque alguém conseguiu atravessar a barreira, não quer dizer que sabe como voltar.

O que me leva a acreditar... o exército que foi até a fazenda de Arnst estava atrás de nós especificamente. Por quê?

Faço uma anotação mental para falar com Hudson sobre isso mais tarde. Nosso problema mais imediato é encontrar o prefeito e pedir asilo, assim como garantir hospedagem. Só de pensar em uma cama já fico atordoada de tanta animação.

Enquanto seguimos pelas ruas de paralelepípedo, não posso deixar de ficar encantada com a praça elegante do vilarejo, com a arquitetura elaborada e com os vários quilômetros de casas e outros edifícios.

As ruas ainda estão bem vazias de manhã, e só posso imaginar como essa cidade deve ser ainda mais incrível com gente para todos os lados, lojas abertas e os pátios dos restaurantes lotados de clientes famintos.

Estou impressionada com a absoluta beleza deste lugar. Lojas do velho mundo, canteiros repletos de flores, ruas sinuosas de paralelepípedos. E eu meio que me apaixono por tudo isso.

Olho de relance para Hudson e percebo que ele está gostando da caminhada tanto quanto eu. Até Smokey está entrando em ação. Na verdade, ela se desenrolou de seu lugar aparentemente permanente em volta de um dos braços de Hudson e está correndo pelas ruas, dando cambalhotas e rodopiando de animação. Parece que ela sabe com exatidão o que é este lugar e, definitivamente, o aprova.

— Ali está a estalagem — Hudson pontua, acenando com a cabeça para uma construção na beira da praça. Alta e ampla, parece ser o que aconteceria se uma antiga cidade alemã e *O estranho mundo de Jack* tivessem um bebê roxo gigante.

A arquitetura é toda antiga Bauhaus alemã, com seu meio-tom escuro contra um fundo claro, e um telhado pontiagudo. Mas, ao mesmo tempo, tem torres estreitas que sobem em ângulos estranhos e parecem um pouco fora do eixo. Sim, definitivamente há um toque de Jack Esqueleto aqui, seja ele proposital ou não.

— Então, devemos nos hospedar antes das audições? — pergunto. — Ou tentar encontrar o prefeito primeiro?

— Provavelmente é melhor nos acomodarmos antes — Hudson responde, tirando a carta de Maroly e Arnst do fundo da mochila. — Antes que as coisas fiquem muito agitadas por aqui.

— Duvido que eles tenham um quarto disponível — Lumi nos diz. — Provavelmente, estão lotados por causa das audições desta noite. As pessoas vêm de todos os cantos para aproveitar o entretenimento.

— Sim, mas... — Paro de falar, sem saber quanto devo revelar. Ele é divertido e supergentil, mas literalmente acabamos de nos conhecer. Não sei qual é o equilíbrio ideal de informação que devo fornecer a eles.

— Na verdade, temos um presente para o administrador — Hudson comenta, com suavidade. — Ele é parente de amigos nossos.

— Bem, isso não é uma sorte? — Caoimhe diz, com uma piscadela. — Então vocês fazem isso, e nós vamos achar um bom lugar para montarmos nosso espetáculo e ganharmos alguns trocados. Se procurarem por nós mais tarde, é só seguir a música... e achar a multidão maior. Ali estaremos nós.

— Nós encontraremos vocês — prometo, e então dou um pequeno aceno para os trovadores antes que Hudson e eu atravessemos a rua. — É errado eu gostar deles? — pergunto, assim que estamos longe demais para sermos ouvidos.

Claro, os olhares de Caoimhe para Hudson foram um pouco excessivos para aceitar no início, mas ao longo da jornada de quase cinco quilômetros até Adarie, ficou aparente que ela não pretendia nada com isso. Ela tem o tipo de confiança que simplesmente exala *sex appeal*, quer queira ou não. Além disso, depois de um tempo ela se tocou e parou de paquerar Hudson — o que não quer dizer nada para mim, é claro.

— Também gosto deles — ele responde, com um sorrisinho. — Só não tenho certeza se podemos confiar neles. Ou em Maroly e Arnst, até onde sabemos. Eu evitaria a estalagem do primo dela se tivéssemos algum outro lugar para onde ir.

— Totalmente — digo para ele, e reviro os olhos. — Ninguém jamais é tão gentil assim sem um motivo. Não podemos confiar nem remotamente. Nem mesmo se me disserem que hoje é sábado.

— Bem, definitivamente, é melhor não confiar então — ele comenta. — Considerando que hoje é domingo.

— É mesmo? Pensei... — Paro de falar e começo a contar os dias mentalmente. — Como eu perdi um dia?

— Você não perdeu. Eu só estava zoando você.

— Sabe de uma coisa? Tem dias que eu nem gosto de você — provoco, fingindo uma cara feia, enquanto ele abre a porta da estalagem para mim.

— Você gosta, sim — Hudson retruca.

Dou um sorriso, porque ele está certo. Apesar de tudo, gosto mesmo dele. Muito. Mas não preciso deixar que ele saiba.

— Eu tolero você — digo, com um fungada. — Não é a mesma coisa.

— Tolera, ok. — Ele assente com a cabeça. — Vou me lembrar disso da próxima vez que você subir em mim no meio da noite.

— Só aconteceu uma vez!

— Uma vez por noite, talvez. — O sorriso dele é maligno.

— Sério? — Olho feio de mentira para ele novamente. — Acha que este é o momento de falar disso?

— Qual momento seria melhor? — ele quer saber, erguendo uma das sobrancelhas. — Parece que chegamos a uma trégua. Por que eu não me aproveitaria disso?

Antes que eu consiga responder, um homem de aparência atormentada na recepção diz:

— Posso ajudá-los?

— Na verdade, sim — digo. — Estávamos esperando...

— Estamos lotados — ele interrompe.

— Sim, mas...

— Nada de "mas". Não tenho nada. Até os quartos pequenos e antigos do fundo estão lotados. Vocês podem tentar o albergue, a algumas ruas...

— Arnst e Maroly nos mandaram para cá. — É a vez de Hudson interrompê-lo. — Eles nos disseram para lhe entregar isso.

Ele entrega o envelope para o estalajadeiro, mas o homem não abre.

— Vocês são Grace e Hudson?

Nós trocamos um olhar.

— Sim.

— Sou Nyaz, primo de Maroly. Ela ligou há alguns dias para saber se chegaram bem. Me disse para deixar um quarto reservado para vocês, então fiz isso. Não é um grande quarto, mas tem uma cama, então... — Ele se vira e pega uma das chaves antiquadas que estão penduradas na parede atrás de si. — Vocês estão no quarto 403. As escadas são por ali.

Nyaz aponta para o canto e então se volta para a porta quando a sineta toca.

— Como posso ajudá-los? — pergunta para as pessoas que acabaram de entrar.

— Espere. Não pagamos você... — começo a dizer, mas ele acena para que eu vá.

— Resolvemos isso mais tarde. Isso e *tudo mais*. — Ele destaca as últimas palavras de um jeito que me faz pensar que está falando mais do que sobre a conta. Será que é isso o que Arnst quis dizer quando falou que podíamos confiar nele para nos ajudar?

— Obrigado — Hudson agradece, colocando uma mão no meio das minhas costas a fim de me conduzir ao quarto. — Nós nos falamos mais tarde.

Nyaz assente com a cabeça, mas já está atendendo o próximo hóspede. Quando chegamos às escadas, o saguão está cheio de gente fazendo check-in ou implorando por um quarto. Uau, Caoimhe não estava brincando sobre a popularidade dessas audições.

Assim que chegamos ao nosso quarto, revezamo-nos no banheiro — e será que posso dizer que nada na terra é melhor do que uma ducha depois de dias no meio do nada? Passo muito tempo me deliciando com a sensação do xampu no meu cabelo e da água quente escorrendo pelo meu corpo. Mas não posso evitar. Banhos de esponja na água fria realmente não fazem o trabalho direito.

Estou secando o cabelo com a toalha quando Hudson sai do banheiro com uma calça de moletom baixa no quadril e quilômetros de abdômen desnudos à mostra.

— Ei, pode dar uma olhada nas minhas costas? — Hudson pergunta, aproximando-se e me dando as costas. — Essas mordidas de sanguessugas estão coçando.

— Está dizendo que o grande *vampiro* talvez precise de uma *pomada medicamentosa*? — provoco, passando os dedos suavemente pelas marcas de mordida que estão sarando mas que, ele está certo, ainda não sumiram por completo. Enfio a mão na mochila e pego a pomada, coloco um pouco na ponta dos dedos e passo nas marcas. — Acho que um sugador de sangue não é imune a outro.

— Você me deixa mordido — ele comenta, sem raiva alguma.

— Ei, essa fala é minha! — brinco. — Você não pode simplesmente roubá-la.

— Claro que posso — responde, dando uma piscadinha para mim por sobre o ombro. — Um cara tem que ter um sonho, certo?

Começo a rir, mas então meus olhos se encontram com os olhos azul-escuros dele, e o riso fica preso na garganta. Assim como o ar que acabei de respirar. Porque, de repente, estamos de volta àquela caverna, minha mão na mão dele, minha veia em sua boca.

Dessa vez, não tento explicar os sentimentos que se agitam dento de mim. E muito menos finjo que não existem. Apenas permaneço no mesmo lugar, com os olhos fixos nos de Hudson, e pondero.

Pondero sobre como vai ser quando ele fizer isso novamente.

Pondero se ele vai beber o sangue do meu pulso da próxima vez... ou de algum outro lugar.

Pondero a respeito de qual gosto tenho para ele.

Não percebo que falei a última frase em voz alta até que os olhos de Hudson escurecem. Ele se vira completamente na minha direção e sussurra:

— É delicioso. Como a melhor coisa que já provei. Como... — Ele para de falar e respira fundo. Então me dá um sorriso pesaroso e continua: — Você tem um gosto bom, Grace. Muito bom.

Sei que não é o que estava prestes a dizer, e eu daria qualquer coisa para saber qual era o pensamento inicial. Mas não conto tudo para *ele*. Seria hipocrisia esperar que ele agisse de maneira diferente. Não importa quanto eu quero que ele aja.

Não importa quanto eu precise saber o que ele está pensando.

Quase pergunto. Todavia, antes que eu crie coragem, Hudson sorri e me estende a mão.

— Já são quase onze horas. Quer procurar algo para almoçar?

Quase recuso, quase pontuo que quero ficar ali, em vez disso, e deixar *Hudson* ter seu café da manhã. Mas não é o que alguém chamaria de ação prudente neste momento. Então, simplesmente concordo com um gesto de cabeça e coloco minha mão na dele. E espero o que virá a seguir.

Capítulo 72

OS DESEJOS SUMIRAM

— Grace —

Quando saímos da estalagem, a rua está apinhada de gente, e estou animada em ver que há mais do que apenas fantasmas em Adarie. Ainda não me deparei com nenhum humano, mas Hudson me mostra outro vampiro rindo na cara de uma pessoa alta e magra, com uma pele verde tão clara que parece quase translúcida.

Há uma matilha de lobisomens jantando em um pátio ao ar livre — carne crua e ovos cozidos, é claro — e um verdadeiro chupa-cabra, Hudson insiste, que está comprando um buquê de margaridas roxas em um carrinho de flores.

Pela primeira vez desde que o exército da rainha apareceu à nossa procura na fazenda, sinto que talvez, apenas talvez, possamos parar de fugir, e olho para Hudson com esperança ardente em meus olhos. Ele me entrega um pãozinho roxo que comprou de um vendedor de comida, e de imediato dou uma mordida na massa ainda quente, fecho os olhos e solto um gemido. É incrível.

Quando reabro os olhos, Hudson me encara de um jeito estranho, porém, em um piscar de olhos, a expressão se foi e ele nos guia por outra rua cheia de vendedores.

Smokey também está superanimada com todas aquelas pessoas, e se diverte muito ao entrar e sair da multidão. No entanto, na terceira vez em que é quase pisoteada, Hudson a chama, e a sombra se enrola em seu pescoço a fim de continuar tendo uma boa visão de todos os acontecimentos.

Não tínhamos nenhum plano quando saímos, exceto aprender a configuração do terreno, então simplesmente vagamos de um lado para o outro pelas ruas, durante horas. Alguns moradores locais nos olham duas vezes — ou até três —, mas todo mundo parece incrivelmente amistoso.

Depois de andar por algumas das ruas laterais, voltamos à imensa praça no centro de Adarie. A estalagem em que nos hospedamos está do lado oposto, mas a área é tão grande que há muita coisa entre nós e o hotel. Inclusive um parque gigante bem no meio da praça, com um coreto e uma fonte dos desejos repleta de moedas roxas e iridescentes.

Sempre tive um fraco por fontes dos desejos. Quando era pequena, meu pai costumava me levar até a grande fonte do parque Balboa pelo menos uma vez por mês, para que eu jogasse uma moeda lá dentro. Não faço isso há uma eternidade, nem mesmo pensei nisso desde que meus pais morreram, mas, agora que estou parada aqui, tudo o que quero é jogar uma moeda e fazer um pedido.

Uma pena que não sei que pedido seria esse.

Talvez encontrar um jeito de nos estabelecermos aqui. Um jeito de ficar sãos e salvos e de construir uma vida neste mundo que é tão diferente do nosso.

Mas não faço um pedido.

Em vez disso, atravessamos o parque até um dos bancos ornamentados em roxo que se espalham pela grama violeta. Alguém está montando um equipamento de som no meio do coreto — provavelmente para as audições —, e me pergunto a que horas supostamente os trovadores vão se apresentar.

Coloco a mão sobre a boca para bocejar, e percebo que não dormimos há uma eternidade. Olho para Hudson, que deve estar pensando a mesma coisa, porque ele pergunta:

— Acha que temos tempo para uma soneca rápida antes de esse show de horrores começar?

— Por mais que gostaria de afirmar que sim, duvido — respondo quando conseguimos arrumar um lugar para nos sentarmos no último banco vazio. As pessoas já se aglomeram em todas as direções ao redor do coreto, sentadas em bancos e em cadeiras portáteis que trouxeram de casa. Outros abrem toalhas na grama e se sentam sobre elas.

— Provavelmente é melhor assim — Hudson diz, com um sorriso. — Estou tão cansado que é capaz que eu esqueça que isso aconteceu.

Dou uma risada, como sei que ele pretendia que acontecesse, e empurro meu ombro contra o dele.

Mais alguns minutos se passam, durante os quais não falamos nada de importante, enquanto Smokey rodopia e gira na grama bem na nossa frente. Em determinado momento, ela desaparece, e Hudson se levanta para procurá-la, só para encontrá-la correndo de volta para ele carregada com as flores de um dos canteiros.

— Smokey! — digo, quando ela coloca as flores aos nossos pés. — Você não devia pegar as flores dos canteiros.

Ela choraminga um pouco para mim, e me sinto mal por ter chamado sua atenção, pelo menos até que ela pega todas as flores perto de mim e joga sobre Hudson. Ele cai na risada, é claro, e não posso culpá-la por fazer o possível para vê-lo rir. Meio que gosto de ouvir esse som também.

Hudson pega algumas flores e entrega uma para Smokey, que fica *ooooh, aaah*, como se ele tivesse acabado de lhe dar o melhor arranjo de flores para o baile de formatura. E isso é ridículo por muitos motivos — incluindo o fato de que foi ela quem trouxe flores para ele.

A segunda flor ele dá para mim, apesar do sibilo de desaprovação de Smokey.

Penso em lhe devolver, mas, no final, entrego-a para Smokey também. Ela a aceita a contragosto, e sinto que estamos pelo menos fazendo algum progresso em nossa amizade hesitante.

As pessoas se aglomeram ao nosso redor, enquanto esperamos por mais alguns minutos antes que o primeiro grupo comece a se apresentar. Por fim, as luzes que cercam o coreto se acendem em tons vivos de vermelho, amarelo, azul, rosa-choque e verde dançam pelo céu nublado.

Segundos mais tarde, alguém finalmente entra no palco para dar o pontapé inicial. É um velho que parece humano, com cabelos brancos esvoaçantes e um rosto enrugado. Ele dá as boas-vindas a todos nas audições do festival com uma voz grave de alguém que passou a vida vivendo — e bebendo — sem medir as consequências. Está usando um macacão listrado de laranja e amarelo, como o de David Bowie — completo com ombreiras com franjas gigantes e calças boca de sino —, e se apresenta, para qualquer um que possa estar visitando "nosso pequeno oásis", como o prefeito.

Afirmar que estou chocada que *este* seja o prefeito que pode ter nosso destino em suas mãos é um eufemismo. Hudson e eu trocamos olhares.

— Precisamos falar com ele — Hudson murmura para mim.

Concordo com a cabeça, porque é verdade.

Mas isso terá de esperar até mais tarde. Porque, de repente, Lumi corre na nossa direção, gesticulando agitadamente com os braços e gritando:

— Venham! Venham! Não temos muito tempo!

Hudson e eu nos levantamos, e ele pergunta:

— Tempo para quê?

— Para vestir os trajes, é claro.

A expressão no rosto de Hudson neste exato momento... é impagável. E eu mando uma pequena oração para o universo, para que o traje dele tenha paetês. Quanto mais espalhafatoso, melhor.

Capítulo 73

MINHA DAMA DE VERMELHO

— Hudson —

Quando Lumi disse "traje", não sei o que eu estava imaginando — mas não era isso.

Fecho o último botão, e então passo a mão pela camisa macia cor de lavanda, admirando o tecido sedoso. Em geral, não sou muito fã de roxo — bem, exceto nas minhas boxers, é claro —, mas tenho de admitir que esse tom é realmente lindo. Enfio a camisa dentro da calça social preta que Orebon me entregou, e então dobro as mangas. Em suma, estou bem-vestido.

De algum modo, não acho que Grace esteja se saindo tão bem, no entanto.

Afundo minha presa em meu lábio, em um esforço para não rir enquanto escuto Grace discutir com Caoimhe atrás de uma cortina de vestiário improvisada montada para os artistas em um edifício atrás do palco. Elas estão em um debate acalorado sobre... bem, sobre *tudo*.

Ao que parece, Grace não aprecia a localização de algumas flores, a barra, a cor e o modelo. Caoimhe insiste que eles só vão conseguir que a "infecção de garganta" de Grace não estrague a audição, se os presentes estiverem ocupados demais olhando seu traje para notar sua falta de voz.

O que quer dizer que... literalmente não posso esperar para ver o que ela está vestin...

Grace sai de trás da cortina, e fico paralisado. Vagamente percebo que estava prestes a passar uma mão pelo cabelo, então meu braço está erguido no ar. Vou abaixá-lo quando me lembrar de como respirar.

Em vez disso, apenas pisco. E pisco novamente.

Jesus. Cristo.

Grace coloca uma mão no quadril e exige saber:

— Por acaso está me ouvindo, Hudson?

A resposta para aquilo seria não, não tenho ideia do que ela está falando, o que sabiamente não lhe digo. Enfio as mãos nos bolsos e balanço nos calcanhares. De fato, como eu supostamente devo entender *palavras* com Grace parada diante de mim com o menor vestido já feito na história?

Engulo em seco enquanto percebo as duas alças finas que terminam em um buquê de flores de seda brilhante ao redor do decote do vestido. Um decote que quase não tem tecido suficiente para cobrir seus seios fartos antes de abraçar cada uma das gloriosas curvas de Grace e terminar uns *cinco centímetros* abaixo das nádegas.

— Hudson! — Grace exclama, e volto meu olhar para seu rosto. Um rubor sobe pelas minhas bochechas quando finalmente noto a perturbação dela. Ela geme. — Não posso sair desse jeito.

— Você está incrível — elogio, porque é verdade.

Uma mulher com vários lápis enfiados atrás da orelha e uma prancheta nas mãos passa correndo e aos gritos:

— Vocês são os próximos!

Grace arregala os olhos, seu lábio inferior treme, e sei que não posso deixá-la sair com aquele vestido. Não se isso a faz se sentir desconfortável.

Só há uma opção na qual consigo pensar. Viro-me para Orebon e digo:

— Se não se importam, tenho uma ideia, mas é uma apresentação solo para aquecer a multidão.

Mantenho o olhar dele, implorando em silêncio que me deixe fazer isso por Grace, até que ele me dá um aceno rápido de cabeça.

Então estendo a mão, pego o violão que afinei mais cedo e sigo na direção do palco. Sozinho. Onde estou mais do que preparado para morrer de vergonha se isso salvar Grace da mesma situação.

O coração está acelerado na minha garganta, e me sinto enjoado pra caralho, mas coloco a alça do violão no ombro e me aproximo do microfone mesmo assim.

Coloco a mão direita na posição familiar para um acorde em sol maior.

Porque, ainda que eu não tenha planejado fazer isso, agora que estou aqui, sei exatamente qual música quero tocar.

A favorita de Grace.

Capítulo 74

SONHOS QUE SE TORNAM REALIDADE

— Grace —

— Hum, oi. — A voz de Hudson é hesitante quando se inclina sobre o microfone. Ele dá uma tossidinha de lado e continua: — Meu nome é Hudson, e faço parte desta incrível trupe de trovadores chamada Os Horizontes.

Tinha me esquecido totalmente de que eles nos deram essa informação em um momento que parece ter sido uma década atrás. Só mesmo Hudson para prestar atenção a cada detalhe, no entanto.

Caoimhe começa a se preparar para subir no palco, mas Orebon coloca uma mão em seu ombro e balança a cabeça, sussurrando:

— Nós nunca ofuscamos um colega artista.

Eles têm algum tipo de comunicação silenciosa antes que ela recue, e todos nos viramos ao mesmo tempo para ver o que Hudson fará na sequência.

Ele toca alguns acordes e ajusta um dos botões de afinação na parte superior do violão, antes de limpar a garganta.

— Tivemos uma pequena confusão com os trajes lá atrás... e eu não podia deixar minha garota sair antes que ela se sentisse confiante de estar com a melhor aparência possível. — Hudson solta uma risadinha desanimada e dá de ombros de um jeito que quer dizer "fazer o quê?" — Então espero que não se importem, mas imaginei que seria bom dar um tempo adicional para ela e entreter vocês enquanto isso.

Hudson olha para onde estamos parados, do lado esquerdo do palco, e me dá uma piscadinha. É possível ouvir um sussurro na plateia, e sei como eles se sentem. Ele já conseguiu deixar todo mundo comendo na palma de sua mão.

Um ajudante de palco corre com um banco alto, e Hudson agradece antes de se sentar, acomodando com uma facilidade, vinda da prática, o violão sobre um joelho.

Ele respira fundo e diz com suavidade.

— Esta é para Grace.

Então seus dedos fortes tocam as cordas do violão, e reconheço a canção nas três primeiras notas. E me derreto. Simplesmente me derreto.

Hudson está tocando uma música do One Direction. Para mim.

Porque ele sabia que eu estava surtando.

Porque ele sabe quanto amo esse grupo.

Porque, não importa o quê, ele ainda é aquele garotinho dos diários, que faria qualquer coisa, sofreria qualquer coisa, para poupar alguém da dor.

Então, aqui está ele, o cara que faz todo o possível para permanecer nas sombras, bem no centro do palco. Por mim.

Meu coração é um animal vivo em meu peito, e as palmas das minhas mãos estão tão suadas que tenho de esfregá-las nas laterais deste vestido ridículo de stripper. E se ele não souber cantar? E se for vaiado? E se esquecer a letra?

Um zilhão de resultados terríveis passa pela minha mente de uma só vez, e quero gritar para ele fugir. Para esquecer que prometemos ajudar os trovadores. Para esquecer tudo e salvar a si mesmo.

Mas ele se inclina para a frente e começa a cantar o primeiro verso de "Little Things", e todo mundo — e eu quero dizer *todo mundo* — se apaixona. A voz dele é naturalmente profunda e bonita, talvez até um pouco juvenil, enquanto canta sobre todas as pequenas coisas que sua garota não gosta em si mesma, e que são parte do que ele ama nela.

A emoção atravessa sua voz em dados momentos, mas isso só torna a canção ainda mais bonita. E não sou a única que pensa assim, já que, uma a uma, as pessoas se aglomeram ao redor do palco.

Mas Hudson não parece percebê-lo. Está olhando ao longe, seus dedos não perdem uma nota, as palavras saem dele como se ele mesmo tivesse escrito a canção. Ele fecha os olhos por um segundo, então diz outro verso comovente sobre nunca deixar essa garota ir embora, e, quando os reabre, está olhando para a frente do palco.

Observo uma garota de catorze ou quinze anos, com adoráveis cachos azuis presos em um rabo de cavalo, que parece prestes a desmaiar.

O olhar de Hudson se volta para outra pessoa na plateia, e é claro que, de algum modo, ele é capaz de fazer com que cada pessoa sinta que ele está cantando apenas para ela. Inclusive eu.

É uma canção simples, sem grandes ginásticas vocais envolvidas, e é por isso que a amo tanto. A letra é tão linda, é como cantar uma carta de amor, e não posso deixar que meu coração enlouquecido se pergunte se para ele também é assim. Em especial quando sua voz engasga de leve no último verso da canção.

Eu me pego querendo estar na frente do palco com todo mundo neste instante, tentando chegar cada vez mais perto para ver se ele está cantando sobre nós.

Quando o último acorde do violão ecoa pela praça, percebo que não há nenhum outro som. Não há conversas entre amigos, como havia nas apresentações anteriores. Até os bebês parecem hipnotizados e em reverência.

Os ombros de Hudson ficam tensos quando ele move a mão direita para silenciar o violão. Então abre um sorrisinho constrangido e murmura no microfone.

— Espero que tenha sido ok.

E a praça vai à loucura.

Os aplausos são quase incontroláveis — mesmo assim, os gritos da multidão que se aglomera perto do palco são ainda mais altos.

Orebon murmura ao meu lado.

— Acho que estou apaixonado.

E não posso deixar de rir quando Lumi concorda.

— Eu também.

Mas não consigo tirar os olhos de Hudson. Ele está parado ali, certamente sem saber se deve sair do palco ou o quê. Ele me dá um olhar frenético e faz com a boca: *E agora?*

De fato, e agora?

Respiro fundo e digo para Caoimhe.

— Acho que ele já aqueceu o público o suficiente, não?

Hudson se colocou ali por minha causa. O mínimo que posso fazer é cuidar dele.

Então pego algo que parece um pouco com um pandeiro — certamente não vou estragar nada com isso — e subo no palco.

Orebon imediatamente começa a tocar uma música que nós o escutamos ensaiar na caminhada pela montanha e entra logo atrás de mim, enquanto Caoimhe e Lumi entram na harmonia com facilidade. Os ombros de Hudson relaxam quando ele volta a tocar o violão, mas vai para trás do grupo o mais rápido que consegue, já que os trovadores estão claramente confortáveis sob os holofotes.

Eles são bons. Muito bons.

A canção parece voar, e não demora para que estejamos todos sorrindo e saindo do palco sob aplausos estrondosos.

Quando voltamos aos camarins, Caoimhe, Lumi e Orebon estão tagarelando a 140 quilômetros por hora sobre o tamanho da multidão e sobre como tudo foi divertido. Hudson ainda não disse uma palavra.

Ele simplesmente deixa o violão no mesmo lugar em que o pegou mais cedo, e seu olhar não encontra o meu. Então ele enfia as mãos nos bolsos, esfrega a ponta do sapato para a frente e para trás no piso de madeira e, de repente, percebo que está nervoso.

É uma emoção que raramente associo a ele, então preciso de um instante para identificá-la. Mas, assim que isso acontece, caminho direto até ele, coloco os braços ao redor de sua cintura, pressiono o rosto em seu peito e sussurro:

— Obrigada.

Hudson hesita e então, devagar, muito, muito devagar, tira as mãos dos bolsos e me abraça também.

— Fiz justiça ao Harry? — pergunta, e seu hálito quente roça o topo da minha cabeça.

Dou um sorriso.

— Que Harry?

Ele ri.

— Espero que a trupe não se importe por eu ter roubado os holofotes um pouco.

— Está de brincadeira? — brinco, inclinando-me para trás a fim de compartilhar um sorriso. — Caoimhe quase jogou a calcinha na sua direção. Orebon e Lumi também.

Hudson ergue uma das sobrancelhas, seus turbulentos olhos azuis tão insondáveis quanto o oceano, e pergunta:

— E quanto a você?

Se teve uma coisa que o último ano que passei com Hudson me ensinou é o seguinte: sempre manter esse garoto esperto.

E é por isso que balanço a cabeça de um jeito que quer dizer "pobrezinho do Hudson" e murmuro:

— Quem disse que estou usando calcinha?

Ele arregala os olhos por um segundo, só por um segundo, e então algo muda em sua expressão que me faz surtar sob toda aquela atitude despreocupada que tento projetar com tanta dificuldade. Algo predatório e, ao mesmo tempo, apavorante — tão assustador quanto excitante.

Meu coração bate de maneira selvagem e meu sangue ruge em meus ouvidos. Respiro fundo algumas vezes, dizendo a mim mesma para me acalmar. Digo a mim mesma que provavelmente ele está só com fome.

Como se pudesse ler meus pensamentos ainda, os olhos dele se movem do meu rosto para meus lábios, e depois para a pulsação acelerada na base do meu pescoço. Eles ficam naquele ponto, o que só faz meu coração bater mais rápido ainda, e juro que vejo a ponta de suas presas rasparem em seu lábio inferior.

O ar entre nós fica inflamável, e sei que qualquer movimento da minha parte será o fósforo que vai queimar tudo até se tornar cinzas.

Mas então Hudson respira fundo, e o predador desaparece.

Ele dá um passo para trás, e então outro, até que não sinto mais as ondas de calor saindo de seu corpo.

Não tenho tempo para lamentar a perda antes que o olhar dele se concentre em algo sobre meu ombro esquerdo, e ele diz, com suavidade:

— E você deve ser o prefeito.

Capítulo 75

A CONVERSA NO CAFÉ LOTTA

— Hudson —

Que merda.

Acabo de entrar no palco, diante de centenas de desconhecidos... e *de livre e espontânea vontade*. E então, porque o fator constrangimento precisava alcançar um nível monstro, não escolhi *qualquer* canção. Escolhi uma *canção de amor*. A canção de amor favorita de Grace, na verdade.

E então cantei *para* ela.

Como um completo *idiota*.

Quando saí do palco, meu coração estava acelerado e minhas mãos tremiam, e precisei de toda a minha força de vontade para não acelerar até o banheiro mais próximo e despejar a garrafa d'água que eu lamentava ter bebido mais cedo.

Mas então Grace me abraçou e, merda, eu me permiti ter esperança.

Me permiti querer.

Então ela me provocou falando que não estava usando calcinha... e todo o aposento desapareceu. Simplesmente sumiu. No espaço entre uma batida do meu coração e a seguinte, um fogo ardente queimou todo o oxigênio existente na sala.

E me deixei precisar de alguém mais do que preciso da minha próxima respiração.

Então é claro que o imbecil do prefeito resolveu que este era um momento perfeito para bater papo.

Se não precisássemos da permissão dele para permanecer em segurança em Adarie, eu pegaria Grace em meus braços e aceleraria para nosso quarto com tanta rapidez, que ele questionaria se tínhamos estado ali mesmo.

— Eu sou, de fato — o prefeito responde, erguendo a voz para ser ouvido durante um dueto de flautas surpreendentemente animado que ocorre no palco. — Vamos dar uma volta, que tal?

Começo a dizer para ele que não, mas algo no jeito como me observa me informa que não é uma opção. Então pego a mão de Grace e, juntos, seguimos o prefeito para fora do parque, com Smokey cambaleando atrás de nós.

Não sei aonde espero que ele nos leve, mas não é até uma pequena padaria/cafeteria. No entanto, assim que entramos no lugar com cheiro doce, com cadeiras de sorveteria de ferro retorcido e minúsculas mesas redondas, relaxo um pouco. Duvido que o prefeito fosse escolher este lugar para um interrogatório intenso.

O prefeito acena para a balconista atrás do caixa, uma mulher baixa com cabelo roxo, e nos leva até uma pequena mesa cor-de-rosa no fundo. A balconista se aproxima com alguns copos amarelos cheios de água e uma bandeja cheia de doces delicados, servidos dentro de uma massa gigante em forma de cisne.

— O que você acha que ele quer? — Grace sussurra para mim.

Mas apenas balanço a cabeça, com minha expressão mais dissimulada com força total. O que é mais difícil do que deveria ser, considerando nossas circunstâncias. Mas é difícil levar a sério um prefeito vestido como Ziggy Stardust.

Mas é claro que é difícil levar a sério *qualquer um* vestido como Ziggy Stardust depois que já passamos cinquenta anos da década de 1970.

Enquanto nos acomodamos em nossos assentos, ele nos oferece um sorriso de orelha a orelha.

— Bem-vindos, meus amigos! É muito bom tê-los em Adarie. — A voz dele retumba pelo pequeno café, e todo mundo se vira a fim de olhar para Grace e para mim.

— Muito obrigada. Eu adoro doces — Grace diz, enquanto coloca um cookie em um pratinho. Dá para ver que ela está sendo sua versão mais cordial, conciliatória e charmosa. Faço uma anotação mental para perguntar para ela onde está essa Grace sempre que está falando comigo. Imagino que isso vai irritá-la imensamente, então vou me assegurar de guardar para quando for mesmo necessário. Ela acrescenta: — E este é o mais fofo que já vi.

— Você vai descobrir que muitas coisas em Adarie são as melhores que já viu — o prefeito garante. — Mas é claro que isso pode ser só minha opinião. Eu amo este lugar.

Ele se recosta em sua cadeira e toma outro gole do copinho. Ao fazê-lo, nos observa por sobre a borda, e então abaixa o copo e diz:

— Foi uma audição e tanto, hein?

— Nos saímos bem — comento brevemente, porque, mesmo fazendo amizade enquanto ingerimos doces em formato de cisne ou não, ainda não confio nesse cara.

Grace me lança um olhar que indica "não seja mal-educado", e intervém:

— Na verdade, esperávamos poder conversar com o senhor também, prefeito.

— Por favor, me chamem de Souil — ele a corrige. — Todo mundo por aqui me chama dessa forma.

— Souil — ela repete, com outro sorriso, e resisto à vontade de revirar os olhos. Não sei quem é essa Grace superdoce, mas ela está me causando um choque induzido por açúcar em cores pastel. E, considerando que sou um vampiro, isso quer dizer muito.

— E como posso chamar vocês? — ele pergunta, com um sorriso.

— Ah, certo. — Grace praticamente tropeça sobre as palavras que saem de sua boca. — Meu nome é Grace, e este é Hudson.

— É um prazer conhecer vocês, Grace e Hudson — Souil diz. Então, depois de mais alguns segundos, ele pergunta: — O que os traz em à nossa adorável cidade?

— Na verdade, você — respondo-lhe.

— *Moi*? — Ele pressiona a mão sobre o peito coberto de lantejoulas e parece completamente surpreso. — Como ouviram falar de mim?

— Nossos amigos nos contaram sobre você — Grace explica. — Eles mencionaram que talvez pudesse nos ajudar. Estamos fugindo há dias dos soldados da Rainha das Sombras, e só estamos tentando encontrar um lugar seguro para ficar.

É claro que Grace conta tudo logo de cara. Nunca conheci ninguém com menos dificuldade em confiar em alguém do que ela. E, por mais frustrante que seja às vezes, eu estaria mentindo se também não admitisse que é o que mais amo nela. Bem, isso e seu queixo teimoso.

— Sinto muito em ouvir isso. — Souil balança a cabeça, parecendo irritado. — Juro que aquela mulher é o flagelo desta terra. Está sempre tentando matar alguém.

— É mesmo? — Ergo uma sobrancelha. Se Orebon e Caoimhe estão certos, a rainha veio especificamente atrás de nós. Ainda não descobri o motivo, mas tenho uma suspeita de que tem algo a ver com Grace. E não porque ela acha que é humana, tampouco.

Começo a lhe perguntar mais sobre a rainha, mas, antes que possa fazer isso, ele continua:

— Vocês não precisam se preocupar com a Rainha das Sombras aqui. Adarie é parte do reino dela, já que ela governa Noromar, mas somos uma entidade independente. Ela e seus soldados não têm poder aqui, e não ousariam invadir estas muralhas. Não enquanto eu esteja a cargo deste vilarejo.

Souil come o último pedaço de seu doce, e então limpa a boca com um guardanapo rosa de bolinhas.

— Há mais alguma coisa que preocupa vocês? Talvez eu possa tranquilizá-los.

Grace me dá um olhar, e sei que ela está tentando decidir se devemos mencionar o dragão para ele. Assim como eu. Se ele nos chutar para fora daqui, estamos basicamente fodidos. Mas parece justo contar a ele que tivemos um dragão irritado na nossa cola por mais de um ano.

Por fim, mordo a isca e simplesmente conto sobre o dragão. Por mais incrível que seja, ele não parece surpreso.

— Sim, já ouvi falar em dragões atacando quando um estranho chega ao Reino das Sombras, mas eles não têm importância. — Souil acena com a mão, de modo negligente. — Vocês estarão a salvo em Adarie.

— Você não fica preocupado? — Grace parece surpresa, e não a culpo. Esse dragão é assustador para caramba, e a ideia de ele atacar Adarie e machucar um monte de gente inocente me incomoda muito. Por que diabos não incomoda o maldito prefeito?

— É claro que não. Podemos ser o lar dos Dragões Combatentes, mas um dragão não é visto por essas bandas há séculos. Eu sei disso: sou prefeito deste lugar há quase duzentos anos, já moro aqui há mais tempo ainda, e nunca tivemos problema durante todo esse tempo.

— Nunca? — Grace repete.

Ele olha para suas unhas, esfregando-as no peito distraidamente.

— Dragões não são um problema por aqui.

Uma sensação de desconforto percorre minha espinha enquanto analiso o prefeito. Grace diria que estou acostumado com o pior das pessoas, mas algo no comportamento dele me parece *estranho*.

— Você é humano, não é? — pergunto, agarrando-me a outra informação que ele mencionou. — Como viveu tanto tempo?

O prefeito ri.

— Por sorte, o tempo passa de modo diferente aqui no Reino das Sombras, meu garoto.

— V-você não encontrou um jeito de voltar para nosso mundo em mais de duzentos anos? — Grace gagueja, e meu estômago afunda quando percebo que ela ainda mantinha a esperança de voltar um dia para Jaxon.

Forço uma inspiração para dentro dos pulmões e tento aliviar a pressão esmagadora em meu peito, mas não adianta, então paro de tentar. Vampiros não precisam respirar de verdade, certo?

— Ah, pesquisei por muito tempo antes de encontrar esta pequena pedra preciosa — o prefeito admite, e os ombros de Grace afundam ainda mais. — Mas parei de procurar quando me tornei prefeito da Adarie. Esta cidade não é simplesmente maravilhosa?

O prefeito sorri quando indica com as mãos o lado de fora, em uma pose que quer dizer "olhem só tudo isso".

Então ele se afasta da mesa e se levanta.

— Receio que preciso partir agora... O trabalho de um prefeito nunca acaba. Mas, antes de ir... — Ele para um momento, observa nós dois, e continua: — Esperamos que cada membro da nossa comunidade seja produtivo. Tudo bem?

Antes que qualquer um de nós possa responder, ele coloca a cadeira no lugar. Então chama a mulher no balcão, que está atendendo outro cliente:

— Gillie! Pode me fazer um favor?

— É claro, prefeito — responde a mulher, em seu lugar atrás da caixa registradora.

— Grace aqui precisa de um emprego. Acha que pode tirar aquele anúncio de PRECISA-SE DE AJUDANTE da vitrine e lhe dar uma chance?

— Por você, prefeito, qualquer coisa! — Ela sorri para Grace. — Por que não passa por aqui lá pelas dez da manhã, e descobrimos o que você pode fazer? Parece bom?

— Parece ótimo — Grace diz para ela, mas parece qualquer coisa menos animada. E isso faz sentido. Conseguir um emprego em um lugar é só mais um sinal de que ela nunca mais vai voltar para casa.

O prefeito sorri de orelha a orelha.

— O prazer é meu. Qualquer coisa que precisarem, é só me falar. Aqui em Adarie, gostamos de cuidar dos nossos.

— É o que somos agora? — pergunto, enquanto ele segue para a porta. — Um dos seus?

Ele me dá um olhar firme.

— Tenho quase certeza de que isso depende de vocês. Seu tempo aqui, seja ele longo ou curto, sempre será o que vocês fizerem dele. Meu conselho é que façam o melhor possível.

Capítulo 76

A MASSA CHOUX QUE DEU ERRADO

— Grace —

O conselho do prefeito ainda ecoa nos meus ouvidos na manhã seguinte, quando Hudson e eu nos vestimos com nossa última muda de roupas limpas que temos.

— Vamos precisar encontrar uma lavanderia hoje — ele observa, e fico um pouco surpresa. Hudson não me disse nada desde que deixamos o prefeito ontem. Falou que estava cansado assim que voltamos para a estalagem, tomou um banho rápido e foi para a cama.

E foi isso. Nada de olhares provocativos. Nada de olhares acalorados. Nada de mencionar o *momento* lá na audição. Nada. Só um rápido "estou cansado", e cama.

Na verdade, isso não é inteiramente verdade.

Ele também rolou bem para a beirada da cama, de costas para mim, em uma mensagem muito clara de que não estava a fim de falar, muito menos de me tocar acidentalmente.

Depois de um tempo, acabei caindo em um sono irregular, convencendo-me de que se apresentar daquela forma o deixara incomodado. Ele provavelmente estava se sentindo vulnerável, e eu queria respeitar sua necessidade de espaço.

Mas, quando acordei esta manhã, o lado da cama dele já estava frio. Quase tão frio quanto a distância entre nós. Eu ia dar a ele até o jantar para lidar com o que quer que estivesse em sua mente, mas, depois disso, todas as fichas seriam colocadas na mesa. Quase não aguentei passar um dia com o Hudson Educado. Para ser sincera, eu duvidava ser capaz de aguentar metade desse tempo com o Hudson Distante.

Por enquanto, respiro fundo e tento agir como se a atitude dele não estivesse me frustrando para caramba.

— Ou um loja — sugiro. — Podíamos comprar roupas novas.

— Sim, mas prefiro segurar o que temos até que *nós dois* estejamos empregados, e então podemos nos preocupar em tentar suplementar nosso guarda-roupa minguado — ele sugere.

— Veremos — digo enquanto amarro os sapatos. — Vou até a padaria ver se Gillie falava sério quando disse ao prefeito que me daria um emprego.

— E vou ver se consigo um também — Hudson me diz. Após uma pausa, acrescenta: — Por que não planejamos nos encontrar aqui hoje à tarde, e talvez possamos fazer uma caminhada? Podemos conhecer melhor o vilarejo. Ver como ele é.

O alívio com o fato de que ele não vai me dar um gelo para sempre me deixa um pouco atordoada, e não posso evitar que um sorriso ilumine meu rosto.

— Isso parece ótimo, Hudson. E ainda precisamos encontrar Caoimhe e os rapazes. Para nos assegurarmos de que eles não se meteram em nenhuma encrenca na noite passada, depois das audições.

Hudson apenas balança a cabeça.

— De algum modo, tenho medo de fazer essa pergunta.

— Um bom ponto esse — digo, com uma gargalhada. Então aceno para ele e saio pela porta.

Ainda que Hudson e eu tenhamos percorrido aquelas ruas ontem, fico um pouco perdida enquanto tento atravessar a cidade para seguir na direção da padaria de Gillie.

Acabo do outro lado da praça — uma parte da cidade onde não fomos ontem — e não posso deixar de notar que há uma imensa estátua no meio do local. Um arrepio percorre minha espinha quando percebo que é composta de duas peças separadas que estão tão próximas que quase parecem ligadas uma à outra — uma mulher segurando uma espada gigante, um escudo e um dragão imenso, com fitas de fogo saindo da boca da criatura e apenas roçando a testa no topo do escudo dela. A coisa toda parece impossivelmente equilibrada, e tomo cuidado para não me aproximar demais.

O prefeito mencionou que os mascotes da cidade eram os Dragões Combatentes, mas eu não tinha ideia de que eles levavam seu time tão a sério. Isso é muito impressionante, e não posso deixar de rir ao pensar que eles têm sorte pelo fato de seu time não se chamar Macacos Combatentes.

Volto um pouco para trás, até encontrar outra rua familiar, e então aperto o passo pelo restante do caminho, abrindo a porta da padaria assim que o relógio da torre marca às dez horas. Gillie está atrás do balcão, e ergue os olhos com um sorriso quando entro.

— Aí está você, Grace! Nosso ajudante regular está fora da cidade por causa de um assunto familiar durante um tempo, então realmente espero que você esteja a fim de aceitar o trabalho.

Nunca desejei trabalhar em uma padaria na vida. Não sei nada sobre confeitaria, exceto que gosto de comer os doces, e quase tudo que cozinho acaba em um total desastre — veja só a agora infame torta de abóbora que Hudson e eu tentamos fazer juntos. Mas mendicantes não podem escolher muito quando precisam pagar pelo quarto na estalagem e por algumas cuecas novas (só que não Versace).

Neste momento, preciso de um trabalho, e isso é um trabalho.

— Com toda certeza — digo para ela. — Onde quer que eu comece?

Acontece que a pessoa que ela precisa substituir é, na verdade, um dos confeiteiros, então sou colocada na cozinha com um monte de equipamento que mal sei usar.

— Dois dos nossos carros-chefes são os pastéis de nata e as tortas de diferentes sabores. Então pensei que você podia começar com uma receita básica de massa *choux*. — Gillie me lança um sorriso encorajador. — É realmente fácil.

— Massa achou? — indago, conjecturando sobre o que exatamente eu comi noite passada naquele cisne. Eu sabia que tinha um gosto meio estranho.

— Não "achou" — ela me diz, com uma risadinha. — *Choux*.

— Achou — repito.

Fico ainda mais confusa quando ela assente com a cabeça e diz:

— Exatamente.

— E onde eu consigo achar essa massa? No mercado? — pergunto, tentando descobrir o que diabos está acontecendo na minha vida. E o que eu devia fazer a respeito.

— No mercado? — pela primeira vez, Gillie parece alarmada. — Por que você compraria uma massa pronta para fazer os meus doces?

— Eu não faria isso — garanto para ela. Mas Gillie está me olhando de um jeito meio estranho e, para ser honesta, não a culpo. Mas é claro que tenho quase certeza de que estou olhando de um jeito estranho para ela também.

— Você já preparou massa antes? — ela pergunta, enquanto pega a manteiga, um pouco de gosma roxa parecida com clara de ovo, e um monte de farinha lavanda.

Quando ela não coloca mais nada no balcão, respiro aliviada. Afinal, qual deve ser a dificuldade de misturar esses três ingredientes? Quatro, se contar a xícara de água gelada que já está do lado da batedeira.

Acontece que é bem difícil, o que me faz desejar que a massa pudesse ter sido comparada.

Horas mais tarde, estou coberta de farinha, margarina e, tenho quase certeza, o equivalente ao peso de Smokey em creme de tofu lavanda. Minha única calça jeans limpa está coberta com o que quer que seja essa mistura de ovos, e meu único par de sapatos está basicamente pronto para ir para o lixo — ainda que a única coisa positiva que eu posso dizer sobre este dia é que agora sei o que é uma massa *choux*.

Como se não fosse ruim o bastante, Gillie e os dois outros padeiros que estavam trabalhando hoje ficavam me olhando com expressões variadas de preocupação. Mas é claro que também estou preocupada, então por que eles não deveriam estar? Depois que destruí a quinta receita de massa *choux*, Gillie me leva para o lado e me diz que serei transferida para a produção de biscoitos, onde preciso abrir a massa.

Que, graças a Deus, já está feita.

Esse trabalho parece ser muito mais a minha praia. Quer dizer, tudo que preciso fazer é pegar um pedaço da massa, abri-la com o rolo, dobrá-la e abri-la mais uma vez. Supostamente, eu devia fazer isso várias vezes a fim de aumentar as camadas, e depois é só usar um cortador e colocar os biscoitos nas fôrmas.

Depois de uma manhã passada no inferno da massa *choux*, isso parece brincadeira de criança. Pelo menos durante os três primeiros segundos, antes que o rolo fique preso na massa. E acontece que esse é realmente o ponto alto do meu dia. Tudo mais é definitivamente uma terrível guerra da confeitaria — uma na qual os soldados podem ter de comer uma massa choux que mais parece couro se querem ter qualquer esperança de sobrevivência.

O fim do dia finalmente chega para mim, lá pelas quatro da tarde. Quando tiro meu avental — que é tão inútil quanto eu na cozinha —, Gillie sai de seu escritório, e me puxa de lado.

— Você foi ótima hoje, Grace. Uma verdadeira empreendedora.

Digo o que nós duas estamos pensando.

— Mas não uma padeira.

A expressão de Gillie se suaviza quando balança a cabeça em concordância.

— Infelizmente, não uma padeira, com certeza.

Meus ombros caem. Fui demitida do meu primeiro emprego de verdade. No primeiro dia.

Engulo as lágrimas que sufocam minha garganta, mas não posso culpar Gillie. Na verdade, sinto que lhe devo um pedido de desculpas. Não só por mim, mas por todas as pessoas em Adarie que podem ter comido um dos meus cisnes de massa *choux*. Provavelmente, eu devia emitir um pedido de desculpas preventivo para todas elas.

Só posso esperar que o dia de Hudson tenha sido melhor do que o meu. Mas, a essa altura, não estou contando com nada.

Capítulo 77

A-CHOUX QUE ME LASQUEI

— Hudson —

Quando volto para o quarto, Grace já está esparramada na cama, com um travesseiro sobre a cabeça. As roupas que usava de manhã estão amontoadas no chão, e tenho certeza de que há um rastro de farinha, açúcar ou algo relacionado à confeitaria que vai da porta até o lugar em que ela está deitada.

— Dia difícil? — pergunto, enquanto me abaixo para desamarrar os sapatos.

— *Choux* — é a resposta abafada dela.

— Mas eu não falei nada. Fiz alguma coisa? — Eu me inclino para tentar dar uma olhada melhor no rosto dela. — Está se sentindo bem?

— Não falei xiu. — Ela grunhe. — Falei *choux*.

— Não sei o que isso quer dizer. — Quando ela não responde de imediato, eu me afasto um pouco e penso naquilo. Será que Grace não quer falar comigo? Talvez eu a tenha irritado mais cedo, embora não tenha sido minha intenção. Será que um cara não pode ter cinco minutos para se recuperar depois de levar um soco no estômago?

Penso novamente na nossa conversa, e ela parecia bem quando saiu para trabalhar hoje de manhã. Mesmo assim, preciso perguntar de novo:

— Está me mandando ficar quieto?

Espero mesmo que a resposta seja não, considerando que passei as últimas quatro horas tentando aprender a diferença entre um pincel angular e uma broxa, sendo que ambos podem ser usados para aplicar qualquer um dos cento e vinte e sete tons diferentes de tinta roxa que são vendidos atualmente na loja de material de construção local — e a maioria tem a cor tão parecida que não consigo determinar qual a diferença.

Desnecessário afirmar que foi um dia emocionante.

— Eu estava falando para você sobre a massa *choux* que fiz hoje de manhã, e não mandando você ficar quieto — Grace finalmente responde.

— Você passou a manhã *achando* massas? — pergunto com ceticismo. — Que tipo de padaria é essa?

— Exatamente! — ela exclama, e então suspira. — Você pode me prometer que nunca mais falaremos sobre confeitaria novamente?

— Sou um vampiro, Grace. Eu *nunca* quero falar sobre confeitaria.

— Mesmo assim, preciso que me prometa!

Como ela parece um pouco estressada, ergo as mãos em rendição.

— Posso prometer isso sem sombra de dúvida — concordo. — Mas invoco a mesma cortesia para meu recém-descoberto medo de brocas.

— Brocas? — Com isso, ela consegue tirar a cabeça debaixo do travesseiro. — Aquelas coisinhas que giram sem parar em uma furadeira?

Quase estremeço só de pensar nelas.

— Essas mesmo.

Agora Grace parece tão confusa quanto eu estava há poucos minutos.

— Está construindo alguma coisa?

— Pelo lado bom, você está com um cheiro muito bom. — Largo-me na cama ao lado dela. — E, não, não acredito que alguém em algum momento vai confiar em mim para construir alguma coisa depois de hoje.

— É difícil estar coberta de açúcar e manteiga e não cheirar bem — ela responde. Há um longo silêncio, e então continua: — Me conte sobre seu dia.

— Consegui um emprego na loja de material de construção hoje. — Solto um longo suspiro antes de admitir. — Vamos dizer que eu espero que nossa amizade não dependa de eu ser habilidoso em consertar coisas pela casa.

Grace dá risada.

— Foi bom nesse nível?

— Não é a parte da venda que me pega. Eu posso fazer isso. Posso estocar coisas nas prateleiras e cuidar da caixa registradora. Mas quem diabos sabe o nome de cada ferramenta, parafuso, prego, pincel, pedaço de madeira e sabe-se lá o que mais na loja inteira?

— Vou arriscar e dizer: seu chefe.

— Meu chefe — concordo.

— Então, depois de um início pouco auspicioso, estamos nós dois desempregados novamente? — Ela ergue uma sobrancelha.

— Desempregado? Não, eu volto amanhã. Por que... — Paro de falar quando percebo a verdade. — Espere um minuto. Você foi *demitida? No seu primeiro dia?*

— Foi um primeiro dia muito difícil — ela me informa, com uma fungada. — E aquele lugar não é uma padaria. É um portal para o inferno. Tenho quase certeza de que é por isso que há um cadeado na porta dos fundos.

Começo a rir. Não posso evitar.

— Tenho certeza de que é por isso.

— Ei, você não sabe! Poderia ser. — Ela faz uma careta para mim.

— Talvez — digo, por fim. — Mas, provavelmente, não.

Grace suspira.

— Você está certo. Provavelmente, não.

— Mas não se preocupe. Você vai encontrar um emprego do qual goste — tento animá-la.

— Esqueça isso de "um trabalho do qual eu goste". Só estou procurando algo que eu realmente consiga fazer. — Ela geme. — Talvez Caoimhe possa me ensinar a cantar.

— Ooooooou talvez você pudesse tentar a biblioteca antes de desistir de um trabalho durante o dia.

Grace pega o travesseiro e joga em mim.

— Você é um verdadeiro estraga-prazeres, sabia disso?

— Sim. Sou uma pessoa terrível por tentar salvar a audição do público em geral. — Reviro os olhos.

— Você não sabe. Eu poderia ser uma vocalista incrível.

— Talvez — repito deliberadamente minha resposta ao comentário anterior dela sobre o portal para o inferno. — Mas, provavelmente, não.

— Bem, se você vai ser assim. — Grace se levanta da cama e pega os sapatos.

Pela primeira vez, percebo que ela está usando minha última camiseta limpa — que parece um vestido nela — e nada mais.

— O que está fazendo?

— Vou lavar roupa. E afogar minhas mágoas em sorvete de frutas vermelhas. E talvez, apenas talvez, encontrar um emprego que não faça com que eu me sinta um fracasso completo e total. Está dentro?

— Quando você coloca dessa forma, como eu poderia recusar?

Capítulo 78

TUDO (DES)CONECTADO

— Grace —

— Você está certa — Caoimhe fala para mim, enquanto caminhamos pelo distrito de compras de Adarie, dois meses mais tarde. — Esta raspadinha é incrível. Não posso acreditar que nunca experimentei antes.

— Nem eu. Havia um lugar como esse onde eu morava, e minha melhor amiga e eu íamos todos os dias no verão e experimentávamos um dos cem sabores que eles tinham... que era praticamente o mesmo número de dias que tínhamos de férias de verão, então funcionava perfeitamente.

Ela dá outra lambida rápida na guloseima e geme.

— Qual era seu sabor favorito?

— Lima-limão — respondo, de pronto. — Heather sempre me dizia que eu era sem graça, mas eu apenas respondia que eu era uma purista. Ao contrário dela, que amava raspadinha de marshmallow e picles mais do que a própria vida.

Em geral, lembrar de Heather e eu provocando uma à outra me faz sorrir, mas hoje tenho de limpar várias vezes a garganta para me livrar do nó que simplesmente apareceu ali. Não consigo acreditar que nunca mais vou revê-la.

Pergunto-me o que Heather está pensando neste exato momento.

Pelo menos, tio Finn, Macy e Jaxon vivem no mundo paranormal. Pelo menos eles estavam ali no dia em que desapareci e podem criar uma hipótese sobre o que aconteceu comigo. Mas Heather? Ela não sabe nada.

Um dia éramos melhores amigas e, no dia seguinte, simplesmente desapareci da vida dela. Será que ela se preocupa que algo tenha acontecido comigo? Ou será que pensa que sou uma ingrata completa que desapareceu da face da terra quando conseguiu novos amigos? E, se ela pensa isso, quão magoada deve estar?

De tudo o que aconteceu por estarmos presos neste mundo, acho que isso é o que mais odeio. Sim, perder Jaxon e o elo entre consortes é bem horrível.

Mas perder Heather não é muito melhor. Mais de uma década de amizade perdida em um instante.

— O que é um picles? — Caoimhe pergunta, enrugando o nariz. — Tem um nome engraçado. Assim como marshmallow.

— Um é realmente salgado e um pouco azedo e o outro é superdoce — explico para ela. — Os dois são bons sozinhos, mas juntos... — Faço uma careta.

— A menos que você seja Heather — ela comenta, com um sorriso que me faz sorrir também, enquanto me lembro de como minha melhor amiga era ridícula.

— A menos que você seja Heather. — Dou outra mordida na minha raspadinha de limão enquanto passamos por um casal que se inclina para um beijo rápido. Dou um suspiro. — Infelizmente, acho que guloseimas como essa vão ficar cada vez mais raras até que eu consiga encontrar outro trabalho.

Ela levanta uma sobrancelha, intrigada.

— O que aconteceu com a fazenda?

— Acontece que sou muito, muito ruim nesse tipo de trabalho. — Balanço a cabeça quando me lembro de tudo o que aconteceu durante meus dois dias na fazenda de nozes. — Muito, muito ruim.

— E quanto ao trabalho de recepcionista no consultório do médico?

— Depois de dois dias, pediram educadamente que eu reconsiderasse meu desejo de trabalhar em um consultório — respondo, com tristeza. — Eu ficava apertando os botões errados e desligando na cara dos pacientes. Talvez eu também tenha me esquecido de cobrar um paciente antes de ele ir embora e depois cobrei duas vezes o paciente seguinte.

Caoimhe dá risada, e então tenta disfarçar tossindo quando finjo olhar feio para ela.

— Não teve ainda outro lugar que você tentou?

— Sim. — Penso na minha breve tarde na fábrica de velas. — Não quero falar sobre isso.

— Ok, então. — Ela ergue as mãos, fingindo se render.

— Nunca soube que eu era tão incompetente — confesso, depois de soltar um suspiro frustrado. — Quero dizer, como posso ser tão ruim em tantas coisas?

— Está tudo bem. Você vai encontrar aquilo em que é boa. — Caoimhe joga o restante de sua raspadinha em uma lata de lixo pela qual passamos. — Só leva tempo.

— E se não houver nada em que sou boa? — pergunto, enquanto faço a mesma coisa. — Porque, para ser honesta, neste exato momento, nem me importa se é algo no qual sou boa. Só quero um trabalho no qual eu não seja completamente terrível. Certamente não é pedir demais.

— Os rapazes e eu podíamos ensinar malabarismo para você...
— Definitivamente, não — eu a interrompo, com uma risada.
— Ei, talvez você seja realmente boa...
— Não — reafirmo.

Ela suspira.

— Ok, bem, vou ficar de olho em qualquer cartaz que ofereça empregos pela cidade. Enquanto isso, preciso me encontrar com os rapazes para o ensaio do festival de hoje à noite.

— Vocês precisam de mais ensaios? — pergunto. — Já são tão incríveis!

Caoimhe revira os olhos.

— Sim, mãe, a prática torna os músicos ainda melhores. Você pode vir comigo, se quiser. Desde que não cante.

Dou uma gargalhada.

— Por mais tentadora que seja a oferta, acho que vou continuar batendo perna. Talvez haja alguma loja com uma vaga para a qual ainda não me candidatei.

— Provavelmente várias lojas. — Caoimhe se inclina para um abraço lateral bem pouco característico. — Não se preocupe. Você vai encontrar alguma coisa.

— Sim, é o que Hudson diz. — Balanço a cabeça. — Claro, é fácil para ele dizer. Ele encontrou o trabalho perfeito imediatamente.

E foi o que aconteceu. Hudson foi trabalhar na loja de materiais de construção pelo seu segundo dia, e a proprietária mencionou como estava triste com o fato de que a professora da filha tinha se aposentado naquela semana. Ele foi direto até a escola na hora do seu almoço e se inscreveu para a vaga.

Eu nunca imaginaria o vampirão malvado como professor da terceira série — mas ele ama fazer isso. E é bom no que faz. Bom mesmo.

Apareci um dia com uma cesta de almoço pouco antes que a classe saísse para o intervalo, e ele estava lendo uma história para as crianças sobre uma umbra gigante que vivia nas montanhas, e todo mundo tinha medo dela. Um dia, um garoto do vilarejo saiu por aí e se perdeu nas montanhas, e a umbra salvou a vida dele. Os dois se tornaram amigos de verdade, ainda que o menino não pudesse ficar nas montanhas com a umbra e tivesse que retornar para o vilarejo para ficar com os pais.

Uma criança com um cabelo cacheado violeta, bochechas redondas e sardentas levantou a mão e perguntou:

— Por que o menino não teve medo da umbra?

Hudson deu um sorriso indulgente e indagou:

— Bem, por que você acha?

E o menininho pensou naquilo por um minuto — dava para ver que ele estava pensando de verdade —, então sorriu e disse:

— Porque ele viu *quem* era a umbra, não *o que* era a umbra.

Hudson sorriu para o menino antes de continuar com a história, mas, se eu for honesta, não tenho ideia de como terminou. Eu estava ocupada demais tentando não cair no choro na frente da classe toda. Por quão doce Hudson é com as crianças, e como elas o amam em troca. Sobre como ele parece ter encontrado um jeito de criar uma vida neste lugar novo e estranho que lhe dê propósito. Sobre como faz tudo parecer tão fácil.

Meus pensamentos vagaram para a noite antes que eu fizesse dezoito anos, no covil. Hudson tinha pedido uma trégua naquele dia, e então jogou um controle de videogame para mim e rimos e brincamos de *Mario Kart* até altas horas da madrugada. Não posso deixar de pensar agora que talvez ele estivesse tentando me ajudar a manter um pouco mais da minha infância naquele dia, sentindo como eu estava triste por perder tantas primeiras vezes que deviam ser ritos de passagem para a vida adulta. O último ano do colégio. A graduação. As inscrições nas faculdades.

À meia-noite, ele bateu com o ombro no meu, de um jeito brincalhão, e disse:

— Temos a mesma idade agora.

Foi um pensamento tão ridículo que quase derrubei meu controle.

Mas então meus olhos se arregalaram quando a realidade se impôs.

Pelo que eu tinha lido em seus diários, Hudson deve ter nascido há duzentos anos, mas seu pai só permitia que ele *vivesse* a vida fora da cripta um dia por mês durante anos, o que, combinado com o tempo que ele passou na Academia Katmere, somava dezoito anos hoje.

Hudson simplesmente deu de ombros e disse:

— É uma longa história, mas quando Jaxon — ele revirou os olhos dramaticamente — *me matou*, eu tinha dezoito anos e estava no último ano da Katmere.

E isso quer dizer que Hudson perdeu todos os mesmos marcos que eu e, mesmo assim, aqui está ele, bancando o adulto como um profissional. Preciso mesmo me organizar, parar de reclamar e descobrir o que quero fazer para ganhar a vida. Hudson está certo. Posso fazer isso. Talvez.

Caoimhe balança as sobrancelhas.

— Você devia escutar o vampiro. Ele sabe do que está falando.

— Você só diz isso porque o acha sexy. — É minha vez de revirar os olhos.

— Ele *é* sexy — ela pontua. — E o cérebro dele é definitivamente parte desse sex appeal. Então escute o que ele diz. E pare de se preocupar tanto. As coisas vão se ajeitar. Elas sempre se ajeitam.

— Sério? — Faço uma careta. — Você percebe que está falando com alguém que, sem querer, cruzou a barreira e está presa em outro reino para sempre, certo?

— E você me tem como melhor amiga e um vampiro sexy como... *companheiro de quarto*. — Ela balança as sobrancelhas. — Só estou dizendo que podia ser pior.

O jeito como ela diz "companheiro de quarto" faz com que arrepios percorram minha pele.

Hudson e eu não falamos sobre o que quase aconteceu depois da audição. E não foi por falta de tentativas da minha parte.

Ele sempre se levanta antes de mim ou vai para a cama depois que já dormi, ou — ainda mais irritante — muda de assunto. Para um cara que queria deixar tudo às claras em uma caverna há pouco tempo, ele parece determinado a não discutir o que está acontecendo entre nós de jeito algum.

E alguma coisa *está* acontecendo aqui.

Dá para cortar a tensão entre nós com uma maldita serra elétrica.

Suspiro. Provavelmente, eu devia estar grata por ele me dar espaço.

Desde que o prefeito garantiu que Hudson e eu nunca deixaríamos Noromar, estive tentando descobrir o que isso significa para mim pessoalmente. Eu tinha sonhos quando estava em casa, e agora todos se foram, sei disso. Mas sonhos não são algo que alguém simplesmente joga fora como lixo e não sente sua perda. Eu precisava substituí-los por novos sonhos.

E conseguir um trabalho de que gosto, no qual eu seja de fato decente, seria um bom começo.

Talvez então serei capaz de encarar o que sinto por Hudson — o que ele está começando a significar para mim.

Olho para a loja diante da qual estou parada e decido: *Que assim seja.* Talvez o relojoeiro local precise de alguém para cuidar da caixa registradora ou coisa assim.

— Ei! — Caoimhe me chama da metade do quarteirão. — Vejo você e seu belo homem no Festival das Estrelas Cadentes hoje à noite?

Estou prestes a dizer que Hudson não é meu homem, belo ou não, mas lembrar que Noromar está prestes a ter três dias direto de escuridão faz meu estômago flutuar como folhas no vento do verão. Engulo em seco. Com esforço.

Hudson não se alimenta desde a caverna, e não posso deixar de me perguntar se ele se alimentará hoje à noite.

— Mal posso esperar! — respondo, antes de entrar na loja e perceber que falei sério.

Capítulo 79

O TRATAMENTO DA FITA VERMELHA

— Hudson —

Smokey está tão animada para ir ao festival que fica pulando e rodopiando pelo quarto e trombando em cada peça de mobiliário do ambiente.
— Ei, se acalme — peço, depois que ela derruba as roupas de Grace da cama pela terceira vez. Grace está no chuveiro, mas, assim que terminar, vai se vestir e podemos ir.
A única resposta de Smokey é um uivo agudo. Seguido de um pulo em meu colo, onde pula uma dúzia de vezes antes de se enrolar em volta do meu pescoço. Só que ela está tão empolgada que aperta um pouco demais.
— Smokey, pare com isso! — esforço-me para falar, arrancando-a da minha garganta. — Você vai me estrangular.
Ela dá um miado triste e se aninha em meu colo como um pedido de desculpas. Então pula e começa a rodopiar como um pião no meio do quarto.
— Ok, ok! Se eu lhe der agora o presente que comprei para você, vai se acalmar um pouco?
Smokey para tão rápido que acaba tropeçando e sai rolando pelo quarto antes de conseguir se controlar.
Ela me olha, obviamente envergonhada, então faço o melhor possível para não rir e a pego do chão.
— Venha. Está aqui.
Quando voltei do trabalho, parei em uma butique e comprei um vestido novo para Grace usar hoje à noite. Ainda não dei para ela, e estou nervoso com a possibilidade de que o odeie, mas quero que ela possa ir ao festival com alguma coisa que não seja sua calça jeans cada-vez-mais-surrada de todo dia.
Na loja, vi algumas coisas que achei que Smokey pudesse gostar, então comprei também.
— Não é nada de mais — aviso-lhe enquanto enfio a mão na sacola.

Ela guincha para me deixar saber que não importa, então praticamente vibra de empolgação enquanto abro a sacola e pego seu presente.

Smokey grita quando vê as fitas e as arranca da minha mão antes que eu possa entregá-las. Então dança pelo quarto com elas, chilreando enquanto rodopia de felicidade.

Pelo jeito, as fitas são um caminho para o sucesso.

Comprei para ela um pacote com quatro cores — roxo, dourado, vermelho e arco-íris — e estou curioso para ver qual Smokey vai escolher para usar esta noite.

No fim, ela escolhe duas delas — a que tem as cores do arco-íris e a dourada —, envolvendo-se nelas como se fossem diamantes caros, em vez de pequenos pedaços de tecido. Assim que está satisfeita com o modo como as fitas ficam nela, Smokey pega as outras duas e as guarda na pequena gaveta da mesinha de cabeceira que lhe demos para acomodar seus tesouros.

Então ela se lança sobre mim e me dá o que tenho certeza de ser o abraço mais entusiasmado do mundo. Mas dessa vez ela poupa minha garganta, então pelo menos posso respirar sem problemas.

Smokey ainda está me abraçando, minutos depois, quando Grace volta do banheiro enrolada em uma toalha. Ela para quando vê a recém-decorada Smokey e dá um sorriso de orelha a orelha.

— Você está linda, Smokey! — elogia a pequena sombra. — O dourado realmente realça sua cor.

Pela primeira vez, Smokey se envaidece com sua atenção, serpenteando entre os pés de Grace. Eu, por outro lado, faço o melhor possível para olhar para qualquer lugar que não seja a pequena toalha com a qual Grace envolveu suas curvas.

— Desculpe, esqueci minha... — Ela para quando vê o vestido sobre a cama. Ao contrário do presente de Smokey, eu soube que esse vestido era para Grace no instante em que ele capturou meu olhar.

Curto (mas não tão curto quanto o da audição) e sedutor, com uma saia divertida que ela pode mover facilmente. Quando estávamos no covil, Grace me contou que seu vestido de formatura era vermelho, então eu sabia que ela gostava dessa cor, e tenho quase certeza de que vai realçar seus olhos — e o rosado em sua bochecha, do qual tanto gosto.

— O que você fez? — ela sussurra, enquanto se aproxima da cama para tocar o vestido bem de leve com a ponta dos dedos.

— Achei que você poderia gostar de algo novo. Já... faz um tempo.

— Faz — concorda, e continua a acariciar o vestido. Um pouco antes de empurrar Smokey e se jogar sobre mim, abraçando-me com o máximo de força que consegue.

E tudo em que consigo pensar é que se ela se mexer mais, a toalha — a toalha fina e pequena que é a única coisa que separa seu corpo do meu — vai cair no chão.

Eu estaria mentindo se dissesse que não havia uma parte de mim que realmente queria que isso acontecesse.

— Ah, meu Deus, Hudson, muito obrigada! — ela me diz. — Eu adorei. Adorei de verdade.

— Fico feliz — respondo, enquanto tento abraçá-la desajeitadamente, sem fazer nada para que a toalha caia.

Mas Grace deve se lembrar do que está usando, porque, no instante em que minha mão toca a parte de cima de suas costas desnudas, ela se afasta, assustada.

— Por que não me disse que eu estava só usando uma toalha? — pergunta.

— Você acabou de sair do chuveiro — respondo, com uma das sobrancelhas erguida. — Imaginei que soubesse.

— Eu me esqueci! Obviamente! — Ela não espera outro comentário meu. Em vez disso, pega o vestido e volta correndo para o banheiro antes de fechar a porta entre nós. — Não posso acreditar que você não falou nada! — grita através da madeira.

— Só porque sou um vampiro, não quer dizer que estou morto — retruco.

Grace começa a rir, e eu também, segundos depois. O que é bom, porque me ajuda a me convencer de que estou totalmente recuperado daquele abraço... até que ela abre a porta do banheiro e sai naquele vestido vermelho.

E é quando percebo que, não importa quanto me esforce, nunca vou me recuperar dessa garota.

Capítulo 80

ATÉ AS ESTRELAS SE APAIXONAM POR VOCÊ

— Hudson —

Smokey está completamente alheia à tensão que, de repente, se esgueirou entre Grace e eu. Ela dá uma olhada em Grace e se agarra a ela, antes de começar a puxá-la/arrastá-la na direção da porta.
— Espere! Preciso dos meus sapatos, Smokey!
A sombra uiva, impaciente, mas Grace simplesmente ri. Sinto um aperto no peito ao ver as duas se dando melhor.
— Só mais um minuto, prometo.
Ela é fiel à sua palavra, e saímos pela porta momentos depois, ainda que esteja sendo extracuidadosa em não me tocar — e sequer me olhar.
O sol está só começando sua lenta descida quando chegamos ao fim do corredor da estalagem, e nunca me senti tão feliz em ver o sol se pôr em toda a minha maldita vida. Não percebi o quanto meu corpo precisava da escuridão até que tive de passar mais de dois meses sem isso.
Claro que pode ser que eu precise é do sangue de Grace, e não da escuridão. Impedir a mim mesmo de beber o sangue dela todos os dias tem sido excruciante. Não porque estou faminto, mas porque estou morrendo de vontade de sentir o gosto dela outra vez. De ter o calor doce e picante dela permanecendo em minha língua.
— Hudson, olhe! — ela chama, quando olha para o céu. — Não é lindo?
— Lindo demais — concordo.
Grace olha para mim e sua respiração fica presa na garganta. Mas sua voz é casual quando me provoca:
— Você nem está olhando para o céu.
Começo a dizer para ela que estou olhando algo ainda mais bonito, mas a frase é tão brega que deixo quieto. Preciso manter algum vestígio de orgulho, no fim das contas.
— É um céu. Já vi um antes — falo, em vez disso.

— Você é tãããããão não romântico. — Ela revira os olhos enquanto estende o braço para segurar o corrimão da escada. — Venha, vamos ver a festa.

— Neném, eu sou a festa — digo, quando chegamos ao térreo.

— Você e suas cuecas Versace.

— Hum, acredito que o termo correto seja "boxer". E, para alguém que afirma não gostar de mim, você certamente é obcecada pelas minhas roupas íntimas.

Grace se vira para me encarar.

— Isso não é verdade.

— Claro que é. — Ergo uma das sobrancelhas. — Tenho quase certeza de que você passa mais tempo pensando nas minhas roupas íntimas antigas do que eu.

Ela parece surpreendentemente séria quando diz:

— Não estou falando das boxers. Estou falando do resto.

— O resto?

— Eu não desgosto de você. Talvez no início, mas... — Grace solta a respiração. — Desgosto definitivamente não é uma das várias, várias coisas que você me faz sentir.

— Ah, é? — Agora minhas duas sobrancelhas estão erguidas, e estou inclinado na direção dela, porque isso está ficando interessante. — Como você se sente?

— Como se quisesse dançar! — ela exclama, e sai pelo pequeno saguão da estalagem.

É minha vez de revirar os olhos, porque eu devia mesmo saber que aquilo ia acontecer.

Chegamos à rua bem na hora que o sol termina de se pôr. No instante em que isso acontece, o festival ganha vida ao nosso redor. Luzes se acendem sobre nossa cabeça. A música preenche o ar. E centenas de pessoas saem às ruas bem diante de nós.

— Isso é incrível! — Grace diz, enquanto olhamos para o vilarejo que está completamente transformado.

Para todos os lados que olhamos, há luzes. Teias de luzes de fada cobrem todas as ruas, e cordões com lamparinas ornamentadas, de cores diferentes, alinham-se nas calçadas. Flores em todos os tons imagináveis de roxo decoram tudo, desde as placas das ruas e os carrinhos de comida até as barracas de suvenires. Elas também estão espalhadas pelas ruas e seu perfume se ergue a cada passo das pessoas sobre o piso de paralelepípedos.

— O que você quer fazer primeiro? — Grace grita para ser ouvida por sobre a música.

— O que você quiser — respondo. Estar com ela é basicamente tudo o que quero neste festival.

— Ok, então, estou morrendo de fome. — Grace fica na ponta dos pés, tentando enxergar por sobre a multidão onde estão estacionados os carrinhos de comida. Mas já que ela é vários centímetros mais baixa do que qualquer outra pessoa aqui, com exceção das crianças, não adianta muito.

— Venha.

Pego a mão dela para não a perder no mar de gente — pelo menos essa é a história à qual me apego — e a guio pela rua, por alguns quarteirões, até onde todo o grupo de comerciantes de comida se reúne.

— O que está a fim de comer?

— Não tenho ideia do que é nada disso — responde, com uma gargalhada. — Mas o cheiro está muito bom.

Ficamos parados por vários minutos enquanto ela observa o que todo mundo está pedindo, e depois de um tempo se aproxima de um carrinho lavanda com flores imensas pintadas e pede algo em um palito e algumas garrafas de água.

Eu pago o cara, e então caminhamos pela multidão, ela comendo a coisa no palito enquanto eu bebo uma das garrafas de água. A música está tocando, e ela para a cada um ou dois minutos para rodopiar, sacudir os ombros ou balançar a cabeça, mandando os cachos para a frente e para trás.

Grace sorri e gargalha, com os olhos castanhos brilhando com as luzes de fada sobre nós, e nunca pareceu mais bonita. Quando termina de comer o estranho vegetal no palito, estendo a mão e passo a parte de trás do meu dedo pelo seu rosto.

Ela para de mastigar e olha para mim, e seus olhos passam do chocolate para o preto em um instante. Penso em me inclinar e beijá-la, mas antes que eu possa fazê-lo, alguém a empurra por trás e a joga contra meu peito.

Por instinto, meus braços a circundam e, ainda que certamente tenhamos nos tocado nas últimas semanas, dessa vez parece diferente. E, por um segundo, eu me esqueço de como respirar.

Mas então alguém tromba em mim desta vez, e reconheço que tenho que tirá-la deste canto antes que ela se machuque.

Então, caminho pela rua até a seção de jogos de parque de diversões, que ainda não está muito lotada. Grace sorri quando os vê e pergunta:

— Já jogou algum desses antes?

— A menos que tenha xadrez, a resposta é não.

— Xadrez? — Grace arregala os olhos. — É sério que esse é o único jogo que você já jogou?

— Algumas pessoas vão argumentar que esse é o único jogo que vale a pena ser jogado — retruco, com o que sei ser um sorriso presunçoso. Mas falando sério. Ela não acha de verdade que jogar bolas de pingue-pongue em aquários conta como um jogo, não é?

— Algumas pessoas são esnobes — Grace responde.

— E? — Levanto uma sobrancelha. — Não é como se algum desses jogos exigisse algum tipo de habilidade.

— Ah, é? Escolha um. — Ela aponta um dedo para mim, e então avança um passo, o suficiente para enterrá-lo no meu peito. — Escolha um, e vou dar uma surra em você.

— Vai me dar uma surra? — repito enquanto supervisiono os jogos, pesando os prós e contras de cada um. — São palavras fortes.

— Para uma garota? — ela pergunta, um pouco sarcástica.

— Para qualquer um — respondo, com suavidade. — Eu me recuso a jogar bolas no peixe. Parece cruel.

— Sempre pensei isso também. Então deixamos esse de lado e vamos para... — Ela me lança um olhar questionador.

— O Arremesso de Argolas das Estrelas Cadentes — digo, lendo uma placa sobre uma barraca com cerca de cem garrafas alinhadas.

— O arremesso de argolas? — indaga, parecendo surpresa. — É por aí que você quer começar?

— É por aí que quero começar — concordo.

— Ok. — Ela sorri, e tenho a primeira pista de que talvez eu possa ter cometido um erro. Mesmo antes que diga: — Que comece a surra.

Capítulo 81

VALE TUDO NO AMOR
E NO ARREMESSO DE ARGOLAS

— Grace —

— Não entendo — Hudson comenta, com a voz cheia de frustração quando seu quinto anel quica nas garrafas e sai voando para fora dos limites. — Este devia ter caído no alvo.

— Devia, podia, teria — respondo para ele, enquanto me posiciono para meu arremesso.

Todo mundo sabe que este jogo é uma fraude, porém, quando eu era mais nova, o pai de Heather me ensinou um truque que *quase* nunca falha. Você simplesmente se posiciona diante da garrafa que quer acertar, e então dá dois passos para a direita. E, em vez de jogar para o alto, para que ele possa cair e aterrissar na garrafa, você lança horizontalmente.

Se as estrelas se alinharem e a sorte estiver ao seu lado, a argola vai bater duas garrafas depois daquela na qual você estava mirando, rodopiar e aterrissar diretamente em cima da sua garrafa.

— Gostaria de algumas dicas, minha jovem? — o senhor que administra o jogo pergunta quando pego meus cinco aros.

— Acho que sei o que fazer — respondo, sorrindo com doçura. Então me afasto e espero o primeiro toque soar.

Acerto exatamente a garrafa na qual mirei, batendo em cima e circundando o gargalo da garrafa.

— Bom trabalho! — O homem faz uma marca no quadro-negro. — Um ponto.

— Me mostre como você fez isso — Hudson pede, estreitando os olhos enquanto me observa.

— Ah, olhe! Ali está Lumi! — digo para ele e, quando ele se vira para olhar, arremesso o segundo anel.

E observo com satisfação quando também circunda o gargalo da garrafa.

— É sério? — Hudson questiona, e não sei se ele está reclamando pelo fato de que acertei todos os dois arremessos que fiz ou se é do truque sujo que usei para impedir que me observasse. E, honestamente, não me importa. Vale tudo no amor e no arremesso de argolas. Em especial no arremesso de argolas.

— Você consegue acertar três de três? — o cara da barraca pergunta, e agora ele parece muito mais interessado em mim.

— Consigo acertar cinco de cinco — digo para ele. E me viro o suficiente para atrapalhar a vista de Hudson quando arremesso a terceira argola.

— Três de três — Hudson murmura.

Arremesso a quarta e a quinta, uma logo após a outra, e dessa vez não tento esconder o que estou fazendo. As duas aterrissam nos gargalos das garrafas, e o cara da barraca exclama:

— Bom trabalho! Nunca vi algo assim.

Hudson simplesmente aplaude, com um sorriso de orelha a orelha no rosto que me faz sorrir também.

— Que prêmio você quer? — o cara da barraca pergunta. — Você pode escolher qualquer uma dessas coisas.

Olho para os diferentes animais de pelúcia, mas só há uma coisa que quero realmente.

— Uma coroa de flores — concluo, apontando para aquela que escolhi.

— Você ganha uma para cada duas argolas — ele me diz. — Então, quer mais uma?

— Quero, sim.

Ele me entrega ambas, e coloco uma na minha cabeça antes de me inclinar e colocar uma na cabeça de Smokey. Ela grita e rodopia, e me endireito com uma gargalhada. Dou um sorriso para Hudson, e ele parece prestes a dizer alguma coisa, mas balança a cabeça.

Em vez disso, ele ajusta um pouco a coroa antes de acariciar o rosto de Smokey uma vez e mais outra. Então pega minha mão e me leva para o próximo jogo.

— Palhaços Zangados. Este é o meu jogo — ele diz. — Posso sentir.

Não tenho coragem de lhe dizer que os palhaços têm pesos na parte de baixo, o que torna praticamente impossível derrubá-los. Mas, como ele é um vampiro, talvez...

Quinze segundos depois, decido que a teoria do vampiro pode estar certa, considerando que ele simplesmente acertou o primeiro palhaço da fila com a bola e derrubou todos os demais.

— Isso é, hum, muito impressionante, meu jovem — o cara da barraca comenta. — De qual prêmio você gostaria?

Hudson olha para a tigela diante de si.

— Ainda tenho mais duas bolas.

— Você tem mesmo — o cara concorda, e não parece particularmente animado com o fato. Ele também dá um grande passo para trás quando Hudson se prepara para jogar.

Ele acerta três de três e escolhe um unicórnio gigante como prêmio — com o qual me presenteia com um sorriso.

— Falei para você que Palhaços Zangados era meu jogo.

— Eles devem ter reconhecido uma alma gêmea — resmungo, mas abraço o unicórnio com toda a força. — Qual nome devo dar para ele?

— Não tenho a mínima ideia. — Hudson parece confuso novamente, e percebo que é provável que ele nunca tenha tido um bichinho de pelúcia, ou qualquer tipo de animal, para dar nome antes.

Meu Deus, ele teve uma vida tão, mas tão solitária. É de estranhar que ele não confie em ninguém?

— Bem, não podemos ter pressa na escolha do nome — digo. — Vou ter que pensar um pouco.

— O que devemos fazer agora? — ele pergunta, depois que passamos por todas as barracas de jogos. O festival tem mais uns dois jogos que são meus favoritos, mas não sugiro que joguemos, porque não quero desperdiçar o dinheiro que nos resta. Um ou dois jogos para mostrar para Hudson do que se trata, tudo bem. Mais do que isso, e eu me sentiria descuidada. Afinal, só um de nós tem uma fonte estável de dinheiro.

— Que tal ver se conseguimos encontrar os outros? — sugiro.

— Claro. — Ele se vira em direção à praça principal, tomando o cuidado de manter seus passos iguais aos meus, muito mais curtos.

Enquanto caminhamos em meio à multidão, uma jovem mulher, andando com a garotinha mais adorável com tranças roxas, comendo um algodão-doce roxo, acena para Hudson e grita por sobre a música:

— Ei, sr. V!

Então sua filhinha vem correndo e envolve as mãos pegajosas, ainda com o algodão-doce, ao redor da cintura de Hudson. Ele se abaixa e ajeita uma das tranças da garotinha antes de sorrir.

— Bem, olá, senhorita Ileda.

A mãe da garotinha corre até nós e balança a cabeça enquanto afasta a filha de Hudson.

— Ora, ora, Ileda, não deixe o sr. V todo melecado.

Ileda recua um passo e ergue o palito com o doce fofo e roxo no ar enquanto pergunta para Hudson:

— Quer um pouco de algodão-doce, sr. V?

Hudson fica tenso, e sei que ele está em dúvida se fere os sentimentos da garotinha ou se aguenta a dor de estômago que a guloseima vai lhe causar.

Eu me inclino para a frente e pergunto:

— Você se importa se eu pegar um pouco? Hudson é alérgico a açúcar, lembra?

A garotinha concorda com a cabeça e me dá um sorriso de orelha a orelha enquanto pego um pedaço do açúcar confeitado e o coloco na boca. Eu a agradeço, e Hudson diz que a encontrará na próxima semana, na escola, se despede com um aceno e segura minha mão para me levar pela praça.

Provavelmente, minha mão está grudenta do doce, mas ele não parece se importar, então não falo nada. Seus dedos fortes se flexionam ao redor dos meus, e dou um aperto suave em sua mão enquanto atravessamos juntos a multidão.

Encontramos os trovadores exatamente onde seria de se esperar, no meio da maior aglomeração de pessoas na praça. Lumi e Orebon tocam, Caoimhe canta e todos ao redor riem e dançam.

Orebon nos avista no meio do público e acena, sem errar uma nota. Nem os demais, ainda que nos deem largos sorrisos.

Ao meu redor, as pessoas dançam, brincam e jogam dinheiro no estojo de instrumento aberto, que está aos pés de Lumi e Caoimhe. Começo a dançar também. Eu me remexo, rodopio e balanço no lugar.

Tento fazer Hudson dançar comigo também, mas ele se recusa.

Além de estender o braço para eu me apoiar enquanto rodopio, ele não tem interesse algum em ser meu parceiro de dança.

Quanto mais ficamos aqui, mais barulhenta a multidão fica. Todo mundo está de ótimo humor, então ninguém fica chateado ou zangado quando é empurrado ou derrubado por quem está dançando. Mas percebo que Hudson fica mais atento à medida que a multidão fica mais agitada e bêbada. E, quando alguém cai de costas em cima de mim — me fazendo voar para a frente —, Hudson acha que já é o bastante.

Ele segura meu braço com gentileza e nos move, devagar e implacavelmente para a beira da multidão. Mais ainda, ele arranja as posições de modo a ficar de costas para o público, comigo do lado de fora, para que eu fique livre para dançar, rodopiar e fazer o que quiser enquanto ele usa o corpo como escudo para me manter segura.

E me sinto segura, mais segura do que jamais me senti em uma situação do tipo. Hudson não está tirando minha escolha. Ele não está tentando me convencer a ir embora ou lutando para tirar o controle das minhas mãos.

Em vez disso, ele faz de tudo para tornar a situação o mais confortável possível para mim, enquanto me dá o poder de escolher o que vamos fazer. Ninguém jamais fez isso por mim, nem mesmo Jaxon, que queria me proteger o tempo todo, certificando-se de que eu mudasse o jeito como me comporto.

Hudson simplesmente se assegura de que eu tenha espaço e segurança para fazer o que quero, quando quero.

Isso me faz gostar ainda mais dele.

Talvez seja por isso que, no espaço entre o fim de uma canção e o início da outra, seguro sua mão e sugiro:

— Vamos achar um lugar mais tranquilo para relaxar. Só você e eu.

Capítulo 82

BRILHA, BRILHA, ESTRELINHA

— Grace —

— Ok, já pode abrir os olhos — Hudson me diz.
— É sério? — pergunto, quando abro os olhos e tento me orientar. — Você nos trouxe até o topo?
— Só o melhor para você.
— O melhor para me empurrar lá embaixo, você quer dizer? — questiono, enquanto espio pela beirada.

Depois de me convencer a subir em suas costas e fechar os olhos, ele escalou a imensa torre do relógio, e agora estamos parados bem atrás do mostrador.

Os outros três lados da torre têm um corrimão que bate na altura da minha cintura, e o restante da área é aberto — o que nos fornece uma vista incrível das luzes e do festival lá embaixo, sem grande parte do barulho.

— A que altura estamos? — indago, enquanto tento arriscar outra espiada pela beirada, pensando que Smokey pode ter tido razão quando se recusou a subir na torre conosco. Ela está lá embaixo, correndo em algum lugar, provavelmente fazendo outro buquê de flores para dar a Hudson.

Ele se move para ficar ao meu lado.

— Doze ou treze andares. Por quê?
— Nenhum motivo em especial. Além de me perguntar quanto tempo eu levaria para despencar para a morte, se caísse daqui.
— E as pessoas dizem que eu sou pessimista — ele brinca, balançando a cabeça. — Não se preocupe, Grace. Não vou deixar nada acontecer com você.
— É o que você diz agora — respondo.
— Eu me queimei salvando você de um dragão menos de uma hora depois que nos conhecemos — ele me recorda. — É o que eu sempre disse.

Hudson está certo. Ele fez isso mesmo.

— Já agradeci você por isso?

— Não quero seu agradecimento, Grace.

— O que você quer? — falo, sem pensar, e então estou pronta para chutar a mim mesma, porque não tenho certeza se devia ouvir a resposta para aquela pergunta.

Mas acontece que eu não precisava me preocupar, porque Hudson é sempre cauteloso.

— O que *você* quer? — ele contra-ataca.

Milhares de respostas diferentes surgem na ponta da minha língua, algumas delas honestas, outras mentiras, todas perigosas. Então, engulo cada uma, exceto a mais inócua de todas:

— Dançar. Venha. — Estendo a mão para ele. — Eu ensino você.

Hudson me olha com uma expressão divertida.

— Eu nunca disse que não sabia dançar.

— Falou, sim. Lá embaixo, quando convidei você para dançar, você me disse que não dança.

— Exatamente. Eu não danço. Isso não quer dizer que eu não saiba dançar.

— Está brincando comigo? Você sabia dançar esse tempo todo? Isso não é nada legal.

— Em que mundo o herdeiro do trono vampírico não saberia dançar? — ele pergunta. — Os bailes ainda são uma coisa e tanto na Corte Vampírica, e em várias outras cortes também.

— É isso. Está decidido.

— O que está decidido? — ele quer saber, mas não respondo.

Em vez disso, pego meu celular, que ainda carrego comigo basicamente como um placebo, já que a internet não existe nesse reino e as chamadas telefônicas não viajam pela barreira. Mas a estalagem tem um carregador solar portátil, e a única coisa que o aparelho ainda faz é guardar coisas que eu já tinha baixado. Incluindo minhas músicas.

— O que está fazendo?

— Escolhendo uma canção — digo para ele. — Bem aqui, neste exato momento, enquanto estamos no topo do maldito mundo, você vai dançar comigo.

Hudson parece cauteloso.

— Já falei para você que não danço.

— Sim, bem, isso vai mudar hoje à noite.

Ele parece mais cauteloso ainda.

— Grace...

— Quer saber? Finja que você é a Nike e *Just do it*, Vega — digo para ele, antes de apertar o play na música que escolho, e as primeiras notas de "Shut up and dance", do Walk the Moon, surgem no alto-falante do meu telefone.

Hudson cai na gargalhada.

— Esta é a música que você quer dançar?

A canção escolhe este exato momento para atingir o verso do título, e aponto para o ar como se as palavras estivessem em um balão sobre mim. Hudson balança a cabeça, mas segura minha mão e me puxa em sua direção, em um rodopio sofisticado.

E então ele se acaba de dançar comigo no alto da torre do relógio. Girando, rodando, rodando, cobrimos cada centímetro da nossa pista de dança improvisada. E, quando a música chega ao fim, Hudson me puxa para o grande final, me girando e deitando meu corpo de um jeito que deixaria envergonhado qualquer dançarino profissional de tango.

Quando me levanta, estou gargalhando de pura felicidade. Ele balança a cabeça, e então ri comigo.

— Você é incrível! — digo para ele. — Isso foi tão divertido!

— É mesmo? — Por um segundo, ele sorri de orelha a orelha, como se não tivesse uma preocupação no mundo, e tudo o que consigo ver é aquela covinha irresistível.

É tão adorável — *ele* está tão adorável e satisfeito consigo mesmo — que preciso de cada grama de autocontrole que tenho para não estender a mão e tocá-la. Tocá-*lo*, de um jeito bem diferente de quando estávamos dançando.

Mas isso seria um convite para algo que ainda não tenho certeza se estou pronta. Porque com Jaxon era tão fácil, contudo posso admitir agora que era fácil porque era *simples*. Amor da juventude e tudo mais. Mas, com Hudson, posso dizer instintivamente que vai ser muito mais. Mais complicado. Mais intenso. Muito mais apavorante.

Então cerro os punhos e uso uma força de vontade que não sabia ter.

— Sim — afirmo para ele. — Você é incrível.

— Você também. — Hudson respira fundo e parece que está tentando tomar coragem para falar alguma coisa. Mas, no fim, simplesmente solta o ar e balança a cabeça. Eu me sinto relaxar, sinto músculos que sequer percebi estarem tensos se soltarem no espaço entre uma respiração e a seguinte. Mesmo antes de ele erguer uma das sobrancelhas e perguntar: — Quer fazer de novo?

Eu quero, mais do que qualquer coisa neste momento. Mais do que quero voltar para casa.

— Absolutamente. — Levo a mão ao telefone. — A mesma? Essa pode ser a nossa música.

— Na verdade, tenho outra ideia — ele me diz. — Posso? — pergunta, apontando para meu telefone.

— Claro. — Entrego o aparelho para ele.

Ele rola a tela para ver minhas músicas por um segundo, e então diz:

— Na verdade, acho que esta deveria ser a nossa música. — E então ele aperta play e o verso de abertura de "Rewrite the stars" enche o céu noturno ao nosso redor.

— Ah, Hudson — sussurro.

— Dance comigo — ele diz. E, dessa vez, quando me puxa em seus braços, não há giros. Nada de me rodopiar com um gesto de sua mão.

Somos apenas ele e eu nos movendo com a música — dançando sem parar pela torre do relógio —, nossos corpos unidos até que a respiração dele é minha e a batida do meu coração é dele.

Até que esqueço onde ele começa e eu termino.

Até que começo a acreditar no impossível.

Quando a canção termina, digo a mim mesma para dar um passo para trás. Para me afastar. Para fingir.

Mas não consigo. Não consigo fazer nada além de olhar no fundo dos olhos dele e *querer*. Então fico bem onde estou — nos braços de Hudson — e sussurro seu nome como se fosse a única coisa que importa.

E ele é.

— Está tudo bem, Grace — ele sussurra de volta. — Estou com você.

E essa é a questão da coisa. Ele está. Começo a pensar que sempre esteve.

Talvez seja por isso que sou eu quem dá o primeiro passo. Aquela que diminui a pequena distância entre nós para poder pressionar meus lábios nos dele.

No início, ele não se move. Fica completamente imóvel, como se tivesse medo de respirar e de estilhaçar tudo. Mas sou feita de material mais resistente, e ele também. E, quando meus lábios se movem contra os dele, Hudson finalmente relaxa.

Faz um som bem no fundo da garganta.

Ergue as mãos a fim de emaranhá-las em meus cachos.

E então me beija também. Ah, meu Deus, ele me beija também.

Espero que ele me destrua, espero que a tensão dos últimos meses exploda como uma supernova entre nós.

Em vez disso, o beijo cresce como uma canção. Lento, doce, lindo, mas não menos poderoso por isso. E, definitivamente, não menos importante.

Os lábios dele são macios mas firmes, seu hálito é quente e doce, seus braços duros porém gentis em seu abraço. E, quando ele passa a língua pelo meu lábio inferior, eu me derreto. Simplesmente me derreto e me abro tal qual um segredo.

E Hudson se abre também, como uma lembrança que começa a se formar. Sua língua encosta na minha, e ele tem gosto de magia, como uma estrela cadente que cruza o céu.

Não quero que isso termine. Não quero deixar esse beijo, esse momento, essa sensação. Quero ficar bem aqui, com ele, para sempre.

Quero abraçá-lo e devorá-lo.

Quero confortá-lo e estilhaçá-lo em um milhão de pedaços.

Quero que ele faça o mesmo comigo. Temo que já o tenha feito. Temo que ele esteja fazendo neste exato momento.

Minhas mãos sobem para segurar sua camisa, e quero ficar assim até que o tempo pare. Mas ele já está se afastando, já está acariciando meu cabelo enquanto sussurra:

— Tudo bem?

Confirmo com a cabeça, porque esqueci que sons formam palavras.

— Ótimo. — E então me beija de novo. E de novo. E de novo. Até que a canção se torne uma sinfonia e o segredo se torne a mais poderosa verdade.

E então Hudson me beija de novo. E eu o beijo porque nada jamais pareceu tão certo.

Quando ele enfim se afasta o suficiente para me olhar nos olhos, sinto algo mudar em meu peito. E, quando ele me vira para eu observar o espetáculo de estrelas cadentes que atravessam o céu, sei que nada mais será como antes.

Capítulo 83

NO TOPO DO (OUTRO) MUNDO

— Grace —

— Acho que é por isso que chamam de Festival das Estrelas Cadentes — Hudson murmura enquanto, atrás de mim, envolve os braços ao meu redor.

Enrijeço um pouco, porque é tão novo para ele me tocar assim — me segurar dessa forma —, mas ser abraçada por ele é bom. Muito bom. Não tenho ideia do que isso significa e, mesmo assim, é verdade.

Com um suspiro, recosto-me nele, saboreando o calor sólido dele contra mim.

Mas acontece que Hudson enrijeceu quando fiz isso — posso sentir a tensão nele que não existia há poucos segundos. Aconchego-me nele, tento mostrar com meu corpo o que ainda não sei colocar em palavras.

Mas este é Hudson, e ele quer palavras. Porque é claro que quer.

— Tudo bem? — pergunta, pelo que parece ser a décima vez esta noite.

Mas isso não me incomoda, porque gosto que ele esteja verificando. Gosto mais ainda que queira se assegurar de que estou bem com qualquer coisa — e com tudo — que aconteça entre nós.

E a verdade é que estou bem. Estou, de verdade. Confusa, sim. Preocupada, um pouquinho. Mesmo assim, bem. E, pela primeira vez desde que deixamos a Academia Katmere, começo a acreditar que talvez tudo vá ficar bem. Que estou exatamente onde devia estar.

— Estou bem — garanto-lhe, porque é verdade.

— Mesmo?

Finalmente — finalmente —, ele relaxa contra mim, e é tão bom. Mais ainda, parece certo. Como se as coisas entre nós sempre tivessem que ter sido dessa forma.

Sei que não faz sentido, considerando que antes havia um elo entre consortes que ligava Jaxon e eu. Mas isso não quer dizer que não seja verdade. Pela primeira vez, pondero se a magia pode se enganar. Será que é por isso que meu elo com Jaxon desapareceu? Porque nunca devia ter existido?

Tal ideia me deixa triste — pensar em Jaxon sempre me deixa triste agora —, então a deixo de lado, na pasta "coisas com as quais terei de lidar quando não parecer que meu mundo está pegando fogo".

Certamente haverá um momento em que isso vai acontecer, certo? Só não sei quando será. Talvez agora. Este momento em que tudo parece certo. Novo, sim. Mesmo assim, certo.

— E quanto a você? — quero saber, porque não estou nessa sozinha. Meus sentimentos não são os únicos que importam. — Você está bem?

Não consigo vê-lo, mas posso sentir Hudson sorrir bem dentro de mim.

— Estou fantástico — ele afirma.

Essas palavras, naquele tom de voz, me fazem sentir como se eu pudesse sair voando daquela torre do relógio. E isso é algo que nunca me aconteceu antes. Não dessa forma, como se todo o meu corpo estivesse prestes a se abrir e se tornar algo... mais, na falta de palavra melhor.

Isso me dá um tipo de coragem que nunca tive antes. Talvez seja por isso que viro a cabeça a fim de contemplar Hudson e, em uma voz muito sedutora, digo:

— Ah, é? E por que isso?

Ele ri, mas seus olhos azuis brilham com o calor de mil chamas quando responde:

— Acho que você sabe.

— Será? — Finjo pensar. — Não consigo lembrar. Talvez você devesse...

— Refrescar sua memória? — ele continua para mim, com as sobrancelhas erguidas e o olhar, de alguma forma, ainda mais intenso.

— É uma opção. — Dou de ombros, fingindo desinteresse.

— É, sim — concorda, e agora aquela maldita covinha dele está aparecendo. Mas bem quando ele se inclina para me beijar de novo, fogos de artifício explodem em todo o céu à nossa volta.

Eu me viro para ver os fogos em tons de vermelho, branco e dourado iluminarem o céu noturno púrpura. Lá embaixo, as pessoas aplaudem e gritam de alegria.

— Eles sabem mesmo dar uma festa, não é? — Hudson comenta.

— Sabem, sim — concordo. — Mas é claro que você também é muito bom em dar festas.

— Sou mesmo? — Os olhos dele estão escuros, e seu sorriso é só um pouco maldoso.

— É mesmo. — Agora é minha vez de virar o corpo todo para encará-lo e passar os braços ao redor de sua cintura enquanto pressiono o rosto em seu peito, para poder ouvir seus batimentos cardíacos, rápidos como uma britadeira, sob minha orelha.

— O que você quer fazer agora? — ele indaga, enquanto os fogos de artifício continuam a explodir ao nosso redor. — Podemos ficar aqui em cima ou podemos voltar para o festiv...

Hudson para de falar quando um jato de fogo atravessa o céu.

— O que foi isso? — pergunto, e o terror percorre meu corpo.

É parte do festival, digo a mim mesma. Apenas outra parte da celebração. Afinal, o que aparece mais à noite do que fogo?

Não é nada de mais, repito. É tudo planejado. Faz tanto sentido que quase acredito... até que as pessoas lá embaixo começam a gritar.

Capítulo 84

UMA BRIGA DIGNA DE UM DRAGÃO

— Hudson —

O maldito dragão está de volta.

Como diabos ele chegou aqui? E como diabos ele nos encontrou depois de todo esse tempo?

Passei aqueles dias na fazenda de Arnst e Maroly convencido de que a besta atacaria e destruiria as plantações. Eu estava em alerta vermelho o tempo todo, determinado a impedir aquilo de acontecer.

Entretanto, quando ele nem tentou dar as caras, decidi que eu estava errado. Imaginei que tivesse se esquecido de nós e ido em busca de uma presa mais fácil naquele fim de mundo em que estávamos quando Grace nos prendeu. Isso, ou então ele não podia atravessar até Noromar, já que desapareceu bem no instante em que colocamos os pés neste lugar, meses atrás.

Mas aqui está ele, parecendo bastante irritado enquanto mergulha direto do céu para agitar o festival. Chamas saem de sua boca, colocando fogo na grande tenda branca da organização do evento.

As pessoas saem correndo aos gritos, e o dragão agarra alguém — uma mulher baixa, de cabelos cacheados, vestida com calça jeans — e a leva bem para o alto, enquanto a pessoa grita.

— Ah, meu Deus! — Grace exclama. — O que ele vai fazer com...

Ele derruba a mulher bem no meio da praça da cidade. Estou grato que estamos longe demais para Grace ouvir o baque e o barulho de ossos se quebrando quando a mulher atinge o solo. Mas eu consigo escutar, e é um som que vai permanecer comigo por muito tempo.

Em especial, porque não acho que o fato de ele ter pegado uma mulher de pele marrom-clara e cabelos castanhos grossos — bem como os de Grace — tenha sido uma coincidência. Acho que ele está caçando uma presa bem específica.

Grace choraminga ao fitar a mulher. Não é um som alto em si, mas dragões têm uma audição quase tão boa quanto a dos vampiros, e a última coisa que desejo é que ela atraia a atenção dele agora. Não quando ele aparentemente guardou muito rancor do nosso último encontro.

Pego a mão de Grace e a puxo para baixo, para que fique escondida atrás do parapeito de madeira que percorre toda a torre do relógio. Não é uma grande defesa, em especial se ele conseguir nos farejar, mas é melhor do que simplesmente deixá-la parada ali, acenando enquanto ele voa.

— O que está fazendo... — Ela para de falar quando registra a verdade. — Ele está procurando por nós, não está?

— Sim. — E vou me assegurar de que não encontre Grace. Sem chance de ela terminar como aquela mulher ali.

Grace, no entanto, não parece ter a mesma atitude a esse respeito.

— Temos que ir até lá — ela me diz, com urgência. — Nós fizemos isso com eles. Nós trouxemos essa coisa até aqui. Não podemos simplesmente deixar que lutem sozinhos.

Sei que está certa e, se fosse apenas eu, eu não hesitaria. Já estaria lá embaixo. Porém, agora preciso levar Grace em consideração. E a verdade é que não dou a mínima para nenhuma dessas pessoas. Não quando a vida delas pesam contra a de Grace. Perdi todo mundo com quem já me importei na vida. Não existe nenhuma chance de eu perdê-la também. Não aqui. E não para aquele dragão de merda.

— Hudson! — exclama, quando não respondo de imediato. — Temos que ir!

— E imagino que você não pense em ficar aqui e me deixar ir sozinho? — pergunto, enquanto alguém grita de maneira histérica, segundos antes de outro baque asqueroso encher o ar.

— Por quê? Porque você é o homem? — ela questiona, com desprezo.

— Porque eu sou o *vampiro* — respondo, no mesmo tom. — É muito mais difícil me matar do que matar você.

— Sim, bem, acho que vamos ter que descobrir um meio de não deixar isso acontecer — ela retruca. — Porque não existe a menor chance de eu ficar sentada aqui como uma donzela indefesa, enquanto as pessoas lá embaixo estão lutando, e eu sou o motivo disso.

— Sim. — Solto um suspiro e passo a mão pelo cabelo. — De algum modo, eu sabia que você diria isso, mas valeu a tentativa.

— Não valeu, não — Grace me repreende. — Agora, vamos pensar em um plano ou vamos simplesmente entrar na fogueira? Sem trocadilhos.

— Que tipo de plano você tem em mente?

— Não sei. Você é o vampiro. — Ela me olha de um jeito que quer dizer "você não tem uma carta na manga?"

— Adoro como essa coisa de vampiro só importa quando você quer que importe — reclamo.

Ela me dá seu olhar mais inocente.

— E isso é um problema?

Que merda. Mesmo sabendo o que está fazendo, caio como um patinho. Mesmo que eu não ache que ela sempre tem de fazer as coisas do seu jeito, quando ela me olha daquela maneira, é impossível recusar.

— Você tem algum problema com alturas? — pergunto, quando o começo de um plano começa a se formar. Não é um bom plano, mas é um plano, e isso tem de contar para alguma coisa, certo?

— Bem, estou aqui em cima, não estou? — retruca.

— Sim, mas acha que consegue descer?

Outro clarão de fogo ilumina o céu noturno atrás de nós — e o rosto de Grace, quando ela me olha com uma expressão que significa "mas que merda é essa?"

— Tem alguma escada até aqui? Ou você quer que eu simplesmente desça escalando?

— Eu estava pensando na segunda opção, mas a escada também parece uma boa ideia — respondo, conforme procuro por uma porta.

— Uau. Há dez segundos, você queria que eu me escondesse aqui em cima. Agora acha que eu posso simplesmente bancar o King Kong no Empire State Building? Sua fé é tocante.

— Não tenho dúvidas de que você consegue fazer o que quiser — garanto para ela. — Apenas prefiro que não morra enquanto estiver fazendo isso.

— Você e eu — ela diz, espiando a longa descida da torre pela beirada do parapeito. — Seria bom ter escadas.

— Concordo.

Mais gritos preenchem o ar. Olho para baixo e vejo o dragão seguindo na direção de outra das tendas — a vermelha que abrigava as atividades infantis no festival.

O terror toma conta de mim. Porque *não*. Isso não vai acontecer.

— O alçapão está bem ali. — Aponto para um pequeno retângulo no chão. — Use a escada, e eu encontro você lá embaixo.

— O que você vai fazer? — ela me pergunta, desconfiada.

— Tentar não morrer — respondo. — Agora, vá!

Não espero para ver se ela me ouve ou não. Não com aquele maldito dragão que se aproxima de uma tenda cheia de crianças. Em vez disso, subo no parapeito e solto o assobio mais alto e mais agudo que consigo fazer.

Dá certo, porque o dragão para quase no mesmo instante, virando a cabeça ao redor enquanto procura a fonte do barulho. Assobio de novo, e acrescento até um pequeno aceno de braço, só para ter certeza de que ele me vê.

— Hudson, não! — Grace grita.

— Vá! — digo para ela quando o dragão me localiza e se vira de pronto, saindo em disparada na minha direção.

O dragão está quase aqui e... que merda. Simplesmente: que merda. E posso dizer que isso é o que acontece quando você se permite se importar com outra pessoa. Você acaba usando a si mesmo como isca desarmada para um maldito dragão.

Nunca pensei que sentiria falta dos meus poderes, mas agora seria um momento muito bom para conseguir fazer aquela coisa desaparecer. Ou, sabe como é, conseguir entrar em sua mente.

Mas já que nenhuma dessas coisas é uma opção, faço o melhor possível para evitar as chamas e acabo com uma bela queimadura no braço nessa tentativa. E isso coloca um belo empecilho no meu plano, mas pelo menos ainda posso improvisar. Então, quando o dragão se vira no último instante a fim de evitar uma colisão com a torre do relógio, ignoro a dor no braço e pulo bem nas costas dele.

Se humanos conseguem cavalgar em touros só com uma mão durante oito segundos, certamente posso fazer o mesmo com esse dragão.

Acontece que dragões são bem mais fortes do que touros, e não gostam nem um pouco de serem cavalgados. Ou pelo menos este aqui não gosta.

Ele solta um grito que tenho certeza de que todo o vilarejo ouve e simplesmente surta de vez. Tipo, perde a cabeça a ponto de sair girando, rodopiando, pulando, rugindo e soltando chamas para todo lado. E, já que estamos a mais de trinta metros de altura, isso é péssimo para mim.

Mas não vou desistir sem lutar, não quando essa coisa parece tão desesperada para colocar as garras em Grace. Se sou o único obstáculo entre o dragão e ela, vou me assegurar de abater essa coisa comigo.

Então, ignorando a dor no braço machucado, eu me agarro com firmeza. Seguro duas escamas do dragão que estão ao meu alcance, enfiando os dedos entre as placas duras, até encontrar o músculo mais macio logo abaixo.

O dragão grita e sai voando para cima, rodopiando e se virando, em um esforço para me derrubar. Mas estou me segurando bem, e aguento firme. Porque, quanto mais ele se preocupar comigo, mais tempo as pessoas lá embaixo terão para ficarem em segurança.

Tomara que Grace seja uma dessas pessoas a conseguir fugir para ficar em segurança.

Só Deus sabe que não estou fazendo isso pela minha própria integridade.

Infelizmente, não demora muito para o dragão perceber que não vai se livrar de mim tão cedo, e decide mudar de tática. Ele dá meia-volta e mergulha direto na direção do vilarejo.

— Não ouse, seu bastardo maldito — rosno, quando ele mira na tenda vermelha novamente.

Mas não há muito que eu possa fazer nessa posição, exceto usar toda a minha força para enfiar os dedos nas laterais de seu corpo. Se eu conseguir machucá-lo, talvez ele decida que não vale a pena atacar agora.

Dessa vez consigo arrancar uma escama. O sangue escorre pelas minhas mãos, deixando-as escorregadias — e tornando mais difícil para mim me segurar. Em especial porque o dragão começa a gritar de raiva, seu corpo gigante tremendo e balançando de dor.

Eu provavelmente me sentiria mal com isso se ele não tivesse passado cada segundo que está por perto tentando transformar Grace e eu em churrasquinho. Acrescente a isso o fato de que meu braço está atualmente latejando até o osso enquanto me seguro e tento impedi-lo de destruir uma tenda cheia de *crianças*, e meu nível de simpatia está bem baixo neste caso.

Mas, no último instante, o dragão se afasta da tenda vermelha. Não sei o que o fez agir assim e, honestamente, não me importa, desde que as crianças estejam a salvo. Mas, quando ele avança direto para um dos grandes edifícios de tijolos que cercam a praça, tenho uma ideia do que ele está prestes a fazer.

Que merda. E isso é tudo em que consigo pensar antes que a dor exploda em cada centímetro do meu corpo.

Capítulo 85

DIRETO PARA AS BRASAS DO DRAGÃO

— Grace —

Desço pelas escadas da torre do relógio bem a tempo de ver o dragão virar para a esquerda e bater com as costas na lateral da biblioteca gigante do outro lado do palco — e, ao fazê-lo, esmaga Hudson também.

Dou um grito e saio correndo, o horror tomando conta de cada uma das minhas células. O dragão é imenso — tão grande quanto cinco SUVs enfileiradas — e o edifício é feito de tijolos e pedras. Com a velocidade do dragão quando esmagou Hudson contra o edifício, não tem como — não tem como — ele ter sobrevivido.

Por favor, Deus, permita que ele tenha sobrevivido.

O dragão fica parado ali por um segundo, quase como se também tivesse ficado atordoado com a força da pancada — o que definitivamente não é um bom sinal. Quero que ele se mova. Quero que me deixe ver Hudson respirar. Que diabos, quero apenas vê-lo.

Depois de um tempo, o dragão se afasta e, de algum modo — de algum jeito —, Hudson ainda está em suas costas. Ele parece maltratado e, definitivamente, meio estropiado, mas continua vivo. E ainda segura firme, algo que parece ultrajar o dragão além de qualquer medida.

Ele está bufando fogo agora.

Gritando de fúria.

Saltando como uma besta selvagem enquanto tenta arrancar Hudson de suas costas.

Pior ainda, ele está voando mais para o alto. Ganhando velocidade. E dando uma volta, como se buscasse mais uma chance de esmagar Hudson contra o edifício.

Não acho que Hudson sobreviveria. Para ser honesta, não tenho ideia de como sobreviveu ao primeiro golpe, e sei que preciso encontrar um jeito para que não leve um segundo.

Claro que tenho um repertório bem limitado de truques na manga, então não tenho muita escolha. Se o dragão está atrás de mim, e todas as evidências — exceto o jeito como agora tenta matar Hudson — apontam para esse fato, então é lógico que sou a melhor distração.

Só preciso chamar sua atenção. É mais difícil do que parece, considerando que todo mundo na praça está *fugindo* para longe da biblioteca, e estou praticamente perdida no meio da multidão. Acrescente a isso o fato de que avanço contra uma corrente bem poderosa de pessoas, e parece que cada passo meu é seguido diretamente por dois passos obrigados para trás. Não é o que eu chamaria de progresso rápido — o que é um problema, considerando que o dragão finalmente terminou de dar a volta e corre direto para a biblioteca de novo.

— Ei! Pare! Estou aqui! — grito, pulando para cima e para baixo em um esforço inútil de chamar sua atenção. Quando não funciona, analiso ao redor, em busca de algo para ajudar a me destacar. Mas é impossível encontrar qualquer coisa na multidão em disparada, impossível fazer qualquer coisa além de avançar com dificuldade, dando um passinho por vez.

Não posso me atrasar.

Não posso me atrasar.

Não posso me atrasar.

As palavras se repetem em minha mente como um mantra e a batida do meu coração parece um grito de guerra. Mas, mesmo enquanto faço tudo isso, estou morrendo de medo de que não funcione. Morrendo de medo de que seja tarde demais.

E então eu escuto. O som de uma trombeta atravessando os gritos, dançando acima das multidões, e enchendo o ar tenso da noite. Simplesmente sei que é Orebon.

Viro-me na direção do som, e ali está ele, em cima do coreto no meio da praça, tocando sua trombeta o mais alto que pode. Ele está tentando distrair o dragão, chamar a atenção do monstro no meio do caos. E está dando certo. A besta desvia de seu percurso até a biblioteca e circula o coreto com chamas saindo pela boca.

Orebon espera isso, no entanto, e já saiu em disparada, com a trombeta pendurada no pescoço com uma alça. Quando o fogo o alcança, ele escorrega pelo teto do coreto e, antes de cair, segura-se na beirada e balança o corpo para dentro da estrutura.

Segundos mais tarde, bem quando alcanço o coreto, a trombeta soa novamente, e suas notas vivas e metálicas se espalham pela noite.

Acho que dragões e trombetas não se misturam, porque a coisa fica mais irritada. Ele obviamente não esqueceu que Hudson está em suas costas, porque ainda se sacode e se retorce, em um esforço para tirá-lo dali. Mas também está tão concentrado na trombeta que não tenta mais esmagar Hudson em um edifício, e considero isso uma vitória. Pelo menos por enquanto.

Determinada a não deixar que mais ninguém sofra o que obviamente é uma vendeta do dragão contra Hudson e eu, espero que a besta siga direto para o coreto — direto para Orebon — e então faço a única coisa que posso nesta situação.

Coloco-me entre eles e espero pelo que vier a seguir.

Capítulo 86

FIQUE FIRME COMO UMA ROCHA
OU VÁ PARA CASA

— Hudson —

— Grace, não! — grito quando ela se coloca bem diante desse maldito dragão. Como uma isca... ou um sacrifício.

Ela fez questão de me garantir que não faria isso de novo, e agora aqui está, jogando-se diante do dragão enraivecido na primeira chance que tem? Por causa do quê? Grace acha que sua vida vale muito menos do que a dos demais?

— Mexa-se! Saia! — berro, mas ela não faz nada. Apenas continua parada ali, enquanto o dragão avança em sua direção. Mais ainda, ela o olha direto nos olhos, como se o desafiasse a atacá-la. Como se o desafiasse a tentar derrotá-la.

É um desafio que o dragão parece bastante disposto a aceitar, considerando que está de cabeça baixa, asas abertas e totalmente concentrado nela. Todavia, não posso permitir que isso aconteça. Não existe a menor possibilidade de eu simplesmente ficar sentado aqui observando esse bastardo destruir a garota que eu a...

Paro o pensamento antes que se forme por completo. E ignoro a nova e fria onda de pavor que percorre minha espinha. A garota de quem eu gosto. Sem chance de eu ficar observando enquanto ele machuca a garota de quem eu gosto.

Mas não importa quanto minhas intenções sejam boas, não há muito o que eu possa fazer enquanto estou sentado nas costas da besta. Mas preciso tentar. Porque nenhum outro resultado vale a pena ser contemplado.

Meu cérebro percorre rapidamente as possíveis táticas, quando de repente lembro das minhas antigas aulas de equitação, e faço o que o instrutor me ensinou a fazer logo no primeiro dia. Cravo os calcanhares nas laterais do dragão, ao mesmo tempo que puxo as escamas nas quais me seguro com o máximo de força possível.

Eu odiava fazer isso com os cavalos e acabei banido dos estábulos durante semanas, porque tanto meu pai quanto o instrutor achavam que eu era gentil demais com os animais. Mas não sou gentil agora. Em vez disso, uso toda a minha força em busca de fazer essa coisa parar.

Funciona durante alguns segundos, e o dragão urra de raiva enquanto recua, do mesmo jeito que um cavalo faria. Ele se debate, determinado a superar meu domínio. Mas é Grace quem está ali diante de nós e não vou desistir de jeito algum sem lutar até o fim. Não vou ceder para este animal, não importa quão grande e zangado seja.

Se ele quiser alcançar Grace, terá de passar por mim primeiro.

O dragão deve chegar à mesma conclusão — e não é contra a ideia. Porque, de repente, ele não está só recuando. Ele está dando meia-volta. E não sei que tipo de dragão dos infernos é este, mas sei que não é do tipo com o qual cresci. Porque agora ele voa de cabeça para baixo, mas também porque faz a mesma coisa que fez antes. A coisa que eu não tinha certeza se tinha imaginado ou não.

Ele simplesmente salta pelo ar.

Através do tempo, através do espaço, talvez através de ambos.

Não sei, e não importa, porra. Tudo o que sei é que em um segundo ele está a sessenta metros de Grace e, no seguinte, está quase em cima dela. E não estou com ele.

Em vez disso, fico suspenso no ar por meio segundo — exatamente onde ele estava quando desapareceu. E então despenco em direção ao solo em uma velocidade alarmante. A queda não vai me matar — sei disso —, mas tenho certeza de que vai doer depois que aquele maldito dragão me arrastou pela parede de um edifício há alguns minutos.

E, pior ainda — muito pior —, ele está bem diante de Grace agora, e solta um grito que pode ser ouvido a quilômetros. E não há uma maldita atitude que eu possa tomar para impedi-lo daqui.

Atinjo o solo, rolando o corpo e ficando em pé quase no mesmo instante. Acelero direto para Grace, determinado a ficar entre ela e o dragão antes que seja tarde demais.

Só que não fui rápido o bastante. Sei disso, ainda que ignore a dor em cada centímetro do meu corpo e utilize toda a força que tenho. Não vou alcançá-la a tempo.

Mas preciso tentar.

Obrigo-me a uma última explosão de velocidade, mirando direto no dragão, mas ainda estou a quase oito metros de distância quando ele lança um jato de fogo direto em Grace.

— Não! — grito, a palavra arrancada da minha alma.

Ela não se move, nem o dragão, que mantém um jato constante de fogo direto nela.

Estou ali agora, no entanto, e o atinjo pelo lado com todo o poder que tenho. E também funciona. O golpe em seu pescoço já machucado o derruba de lado, e seus gritos de dor e irritação ecoam no céu noturno ao nosso redor.

Ele se vira para mim, e estou tremendo, apavorado de um jeito que nunca estive antes. Não com medo desse maldito dragão, mas de olhar para trás e ver o que aconteceu com Grace. Minha Grace.

Mas a ignorância não é uma bênção — nunca foi para mim —, e tenho de saber.

Então me viro, à espera do pior e, ainda assim, totalmente despreparado para isso ao mesmo tempo. E ali está ela — é Grace, mas não é.

No início, penso que ele a queimou tanto que a transformou em cinzas diante dos meus olhos. Meu estômago se revira, meus joelhos tremem, e uma raiva que jamais conheci cresce dentro de mim. Raiva, ódio e agonia — tanta agonia que não sei o que fazer com ela. Definitivamente, não sei como contê-la.

Ela explode como uma supernova, uma onda de energia tão intensa que é capaz de destruir tudo em seu caminho. Então, com a mesma rapidez, transforma-se em um buraco negro. Um poço de desespero tão violento, tão vazio, que pode engolir este mundo e qualquer outro que aparecer. E certamente pode acabar com um maldito dragão.

É com esse pensamento em mente que me viro para o dragão, determinado a aniquilá-lo, não importa o custo. Todavia, mal dei um passo para longe de Grace quando algo roça em minha mão.

Viro-me para ela, assustado, e percebo que são seus dedos roçando nos meus. Só que não são exatamente seus dedos. São réplicas em pedra deles.

Não são cinzas, percebo ao olhar para ela. Enquanto nossos dedos se encontram e se entrelaçam. *É pedra.*

Grace se transformou em pedra. E não pedra como uma estátua. Essa Grace, que de algum modo — incompreensivelmente — é feita de pedra, também está de algum modo — incompreensivelmente — *viva.*

Capítulo 87

VOU ME TRANSFORMAR EM ALGO UM POUCO MAIS PEDREGOSO

— Grace —

O dragão alça voo com um bater de asas selvagem, e seus gritos ecoam pela praça. Não sei para onde ele vai ou se vai voltar. Só sei que tenho um segundo para respirar. Todos temos, felizmente.

— Grace! — Hudson grita, enquanto sua mão segura a minha. — Você está bem? Você está... — Ele para de falar e me encara de cima a baixo, seus olhos azuis arregalados e enlouquecidos.

E eu entendo. Entendo mesmo. Porque tem algo muito errado comigo. Ou não *errado*, mas definitivamente diferente. Meus sentidos parecem mais aguçados, e me sinto mais forte também. Diabos, eu me sinto incrível.

— Estou bem — garanto para ele, porque, por algum milagre, estou mesmo.

Não sei como. Eu tinha certeza de que o dragão ia me matar, estava preparada para morrer se isso significasse dar ao dragão o que ele queria. Se isso significasse que ele deixaria Hudson e o restante da população deste vilarejo em paz.

Só que não estou morta — nem o dragão. Eu me transformei em pedra — só que não. Consigo me mover. Consigo respirar. Consigo *falar*.

E isso não é nem um pouco apavorante. Porque ainda bem que não fui transformada em cinzas — deve ter sido assim que sobrevivi àquele primeiro ataque de fogo quando deixamos o covil —, mas que diabos está acontecendo comigo?

Será que, de algum modo, o fogo do dragão fez isso? E, se foi isso, como conserto? Preciso consertar a situação. Tipo, agora!

— Você tem asas — Hudson comenta, encarando-me boquiaberto.

— O que quer dizer? — Viro a cabeça para a frente e para trás, na tentativa de ver do que está falando, mas não é que ele está certo? Tenho asas. Duas. Duas grandes asas saindo das minhas omoplatas. Como é possível?

Que diabos aconteceu comigo?

— E chifres. — Estende a mão livre de maneira hesitante para tocar minha cabeça.

— Como é que é? — O terror toma conta de mim quando levo a mão ao alto da cabeça. E percebo, quando meus dedos se encontram com os de Hudson, que eles estão apoiados em um chifre.

Um maldito chifre. E, pior ainda, são dois deles. Claro, talvez seja melhor do que um, porque não sou um maldito unicórnio. Mesmo assim.

Chifres.

Pedra.

Asas.

À prova de fogo.

E, ah, sim, será que mencionei que tenho CHIFRES?????

— Que diabos está acontecendo comigo? — sussurro para Hudson, enquanto o pavor toma conta de mim.

— Humm, odeio interromper o que parece ser um surto bem merecido — a voz de Lumi vem por trás de mim. — Mas acho que seria negligente da minha parte não apontar que o dragão está voltando... e com seu irmão maior, mais velho e mais malvado.

Suas palavras me arrancam do pânico que sinto a respeito do que quer que esteja acontecendo comigo. Ou, se não me arranca de vez, pelo menos me ajuda a tirar o foco daí. Porque Lumi está certo. O dragão está voltando e parece irritado. Assim como o amigo que ele trouxe consigo.

— O que faremos agora? — pergunto. Parte de mim quer fugir, mas será que consigo fazer isso? Sou feita de pedra. De pedra, caramba. Pedra não consegue sair correndo. Consegue? — Como vamos resolver isso?

Tenho vergonha de admitir que não sei se estou falando dos dragões ou de mim.

— Ei, que legal. — Caoimhe aparece de onde quer que estivesse escondida. — Você não é uma simples humana. É uma *gárgula*. Isso é ainda melhor.

— Sou o quê? — questiono, e minha voz está tão aguda a esse ponto que tenho certeza de que pareço um apito para cachorro. Ou seria, se o Reino das Sombras tivesse cachorros.

— Uma gárgula — Hudson repete, como se fizesse todo o sentido. — É claro que você é.

— É claro que eu sou? — Estendo a mão e encaro meus dedos que parecem familiares, mas não são, porque são de *pedra*. — Não há um "é claro" em nada disso.

— De novo. — A voz de Orebon parece urgente de onde ele ainda está escondido dentro do coreto. — Dragões, no plural, vindo na nossa direção, pela direita.

— O que vamos fazer? — pergunto para Hudson, porque minha capacidade para pensar em qualquer plano desapareceu no momento em que ganhei chifres. — O que vamos fazer?

— Minha primeira sugestão é correr — ele responde, agarrando minha mão.

— Não sei se consigo fazer isso! — digo, mas Hudson já saiu em disparada, e estou correndo bem ao lado dele. É mais como se eu estivesse correndo devagar, e ele estivesse me arrastando consigo, mas funciona. E uma rápida espiada para trás me informa que nossos novos amigos estão correndo bem atrás de nós.

— Para onde estamos indo? — indago, sem fôlego, porque correr neste corpo é bem mais difícil do que no meu. Ou talvez eu só esteja tendo um ataque de pânico. É um pouco difícil determinar agora.

— Para algum lugar onde seja mais fácil organizar uma defesa — Hudson diz, enquanto entramos em uma rua e paramos de supetão diante de um edifício alto. Ele analisa rapidamente várias ruas, tenho certeza de que calculando a melhor rota para tomarmos na sequência. — E algum lugar sem tantas pessoas por perto que possam se machucar.

É um bom argumento. Ainda que a maioria das pessoas tenha fugido ao primeiro sinal do dragão, muitos não foram tão longe. E alguns ainda estão na praça. Estão escondidos, mas definitivamente estão aqui — e vão virar alimento de dragão se não os tirarmos daqui.

— Onde exatamente é isso? — Orebon parece em dúvida. Mas pode ser porque uma faixa de fogo ilumina o céu sobre nossa cabeça bem neste instante.

— Aviso quando encontrar — Hudson retruca, mas se apressa novamente por uma rua que leva a um beco perto da muralha externa, e todos nós o seguimos.

— Fantástico — Caoimhe grita. — Sempre quis ser isca de dragão.

— Bem, então você está aproveitando a vida ao máximo, não está? — Hudson grita de volta para ela. — Não precisa agradecer.

Bom saber que ele não está estressado demais para a ironia. Mas, é claro, estamos falando de Hudson. Quando ele não está disposto a falar um pouco de merda?

Só que os dragões estão bem atrás de nós, e estou ficando mais e mais apavorada. Não por mim, necessariamente, porque ao que parece sou à prova de fogo. Contudo, e quanto a Hudson e aos trovadores? Eles definitivamente não são — como evidenciado pelo grito de dor que Caoimhe solta.

— Merda! — Orebon exclama.

E então está em cima de Caoimhe para arrancar a jaqueta estilo militar que ela usa — que por acaso está pegando fogo — antes de jogá-la no chão e pisar em cima.

Um dragão passa voando sobre nós, e eu digo para Hudson:

— Estamos ficando sem tempo.

— Sim — ele responde, com uma expressão sombria antes de sair correndo novamente, levando-nos pelo beco e depois por uma rua ampla na outra extremidade da cidade. — Percebi.

Bem diante de nós está o prédio da prefeitura do vilarejo. É um edifício de mármore branco gigante, com uma abóbada, e dispõe de pelo menos cem degraus que levam do nível da rua à entrada.

— Ali! — Hudson grita, apontando para a construção.

É um bom plano. Se conseguirmos subir aqueles degraus, estaremos em terreno mais elevado, com um edifício gigantesco à prova de fogo às nossas costas, dificultando que os dragões causem algum dano. Além disso, não precisaremos nos preocupar em sermos atacados por trás.

Acrescente a isso o fato de que não há quase mais ninguém por aqui para os dragões perseguirem, e é nossa melhor escolha.

Não é perfeito de maneira alguma, mas é melhor do que o meio da praça da cidade, onde os dragões podem nos atacar de todas as direções. Subimos correndo as escadas — e posso dizer que cem degraus têm noventa e nove a mais do que você consegue subir quando se transformou em pedra de repente? —, com os dragões voando ao nosso redor, disparando fogo.

Por sorte, eles erram mais do que acertam, porém, quando chegamos ao topo da escada, todo mundo está um pouco — ou muito — chamuscado, exceto eu. Parece que essa coisa de gárgula é boa para alguma coisa, no fim das contas.

— E agora? — Lumi pergunta, e entendo o que ele quer dizer. Porque não sei o que fazer, e posso afirmar que Hudson também está um pouco fora de sua zona de conforto. Mas, é claro, não ter seus poderes deve ser desconcertante para ele nesse tipo de luta.

Hudson não responde. Ele está ocupado demais olhando para o dragão que segue bem na direção dele. Na nossa direção.

É o dragão menor, aquele que Hudson machucou antes, mas isso não torna seu fogo menos perigoso. Movo-me para ficar na frente dele, apavorada com a ideia de que uma boa bufada de chamas transforme Hudson em churrasquinho. Entretanto, ele se vira no último instante, bloqueando-me quando o dragão desce voando para pegá-lo.

E então ele salta cerca de cinco metros no ar. Porque, quem sabia, isso é algo que os vampiros conseguem fazer.

— Ele vai cavalgar de novo? — Caoimhe indaga, e parece em parte surpresa, em parte exasperada. E entendo completamente. Não deu muito certo para ele da última vez.

— Não sei... — replico, mas acontece que Hudson tem outros planos. Mais especificamente, chutar o dragão bem no peito com toda sua força.

O dragão grita, mas Hudson segue o primeiro chute com um soco que faz o dragão rodopiar para trás no ar.

O segundo dragão, que é fêmea, é muito maior, avança com um rosnado de advertência, e saio correndo. Direto para a prefeitura e para as paredes gigantes de mármores que formam a fachada do edifício.

O dragão-fêmea vem rápido — bem rápido — e é com isso que estou contando.

Mas preciso ir mais rápido também, ou ela vai me alcançar antes que eu consiga colocar meu plano em ação.

Tento manter a velocidade, mas não sou um vampiro, e não consigo ir tão rápido quando estou feita de *pedra bem pesada* — mas então minhas asas começam a se mover como se tivessem vontade própria.

— Mas que diabos? — sussurro. Mas, como em cavalo dado não se olha os dentes, eu as uso para me impulsionar com mais rapidez. Não tenho coragem suficiente para tentar deixar o solo ainda com essas coisas, mas definitivamente aproveito a velocidade extra que as asas me dão.

Atrás de mim, o dragão de Hudson grita novamente, mas não perco tempo olhando para trás para ver o que está acontecendo. Não quando estou quase lá.

Cinco passos. Quatro. Três. Dois. No último segundo possível, eu me jogo no chão. E então envolvo o corpo com minhas asas e saio rolando.

O dragão-fêmea, que estava tão concentrada em mim, não percebeu a armadilha para a qual eu a levava, solta um grito furioso. Ela tenta parar no último instante a fim de evitar uma colisão contra a parede de mármore gigantesca, mas a saliência do telhado do edifício é imensa, e a criatura acaba trombando nela.

Paro de rolar bem a tempo de ver o dragão-fêmea despencar de costas e atingir o chão, com as patas para cima. Ela está tão atordoada que quase consigo ver os passarinhos de desenho animado girando sobre sua cabeça, e sei que agora é hora de partir para o ataque final. Se eu tivesse alguma ideia de como devia fazer isso...

Mas, antes que eu consiga dar um passo na direção dela, Orebon grita meu nome. Volto-me para olhar e descubro que o dragão menor pegou Hudson e está com ele entre suas garras. Pior ainda, está voando cada vez mais alto, e tenho a sensação desesperada de que sei o que ele vai fazer.

Olho para os trovadores, em busca de ajuda, mas, quando o dragão-fêmea no chão começa a se mexer em busca de ficar em pé, todos saem correndo em direções diferentes. E eu entendo — eles não têm poderes extras para tentar lidar com essa criatura gigantesca. Mesmo assim, é uma droga ser deixada para trás.

Hudson já sobreviveu a uma queda hoje à noite, além de ter sido esmagado em uma parede gigante. Não sei se ele pode sobreviver a uma segunda queda, em especial da altura que o dragão planeja jogá-lo. O que quer dizer que alguém precisa ir atrás deles. E já que sou a única com asas...

Respiro fundo, verifico para ter certeza de que minhas asas funcionam sob comando e não apenas quando têm vontade. Então murmuro:

— Aqui vamos nós! — Enquanto salto das escadas e rezo para que não seja um total e completo desastre.

Capítulo 88

PRONTA OU NÃO, AQUI VOU EU!

— Grace —

— Grace, não! — Hudson grita. — Você é feita de pedra! Não pode voar...
Bem, merda, teria sido bom saber disso dois segundos atrás.
Começo a cair — rápido. Fecho os olhos com força, porque não quero assistir à aproximação do chão — só que, de algum modo, não estou mais caindo. E não sou feita de pedra, tampouco.
Ainda não sou eu mesma — uma olhada rápida nas minhas mãos prateadas prova isso, assim como o fato de que *tenho asas* —, mas não sou mais feita de rocha sólida. O que não significa, sob circunstância alguma, que consigo voar decentemente. Porque absolutamente não consigo. Não corro mais o risco de me estatelar no chão, mas conseguir que minhas asas façam o que desejo que façam é outra história completamente diferente.
Oscilo no ar e não consigo voar em linha reta nem se minha vida dependesse disso.
Toda vez que bato as asas, sigo de lado, para baixo ou em frente — para qualquer lugar, menos para onde quero ir, que é uma linha diagonal direta até Hudson, que ainda está sendo levado cada vez mais para o alto pelo dragão. E mais alto. E mais alto ainda.
Hudson grita, pede que eu volte para o chão, que não é seguro voar daquele jeito. E eu quero responder: *Não me diga, Xeroque Rolmes.* Porque quem realmente acha que é seguro fazer o que estou fazendo neste momento? Mas outra coisa que não é segura é Hudson ser largado a milhares de metros de altura por um dragão. Então, se ele quer gritar com alguém, deveria gritar consigo mesmo, por colocar nós dois nesta situação ridícula.
Claro que, quando perco o controle de voo pela quinquagésima vez, estou prestes a gritar comigo mesma. Como as pessoas fazem isso? Sério. Flint faz parecer tão fácil, mas na realidade isso não é nada fácil. O que estou fazendo de errado?

Tento me lembrar de todos os filmes de super-herói que já vi. Como eles voam? Penso no Homem de Ferro e em suas mãos na lateral do corpo, mas fiz isso desde que me meti nessa situação e não está dando certo. Mas o Super-Homem voa com os braços estendidos diante de si, certo? Não é um visual que acho que eu consiga fazer, mas ele não morre, então talvez eu devesse tentar.

Mas é mais fácil falar do que fazer, já que no instante em que perco o ínfimo equilíbrio que enfim consegui estabelecer, acabo virando de cabeça para baixo — o que, para que fique registrado, não é um jeito muito bom de voar. Quem diria?

Mesmo assim, não estou pronta para desistir dessa história de estender os braços. Então forço cada músculo que tenho, empurro os braços para frente e os uso, essencialmente, para me guiar para onde quero ir, enquanto ao mesmo tempo imagino que estou dando poderosas braçadas no ar com minhas asas gigantes.

No início, não parece que aquilo mudou alguma coisa. Mas então começo a subir. E não só um pouco. Começo a *subir* na direção de Hudson, graças a Deus. E toda essa nova posição me faz ir *muito* mais rápido, então viva o Super-Homem!

Na verdade, estou indo com tanta agilidade que acho que vou alcançar Hudson e o dragão, o que é algo muito bom, porque o monstro está se nivelando, como se finalmente tivesse alcançado altitude de cruzeiro. E isso me apavora, porque imagino que ele esteja prestes a largar Hudson.

Pensar no assunto me impele a me esforçar ainda mais, a ir mais rápido, mais rápido, *mais rápido*.

Tento não pensar em como nunca fui uma receptora muito boa no beisebol, na melhor das hipóteses, então tentar agarrar um vampiro em queda livre no ar — enquanto tento não matar a mim mesma — pode estar um pouco além das minhas habilidades no momento.

Mesmo assim, não vim até aqui em cima à toa. Tenho que tentar alguma coisa.

Eu só gostaria de saber o quê.

De repente, o dragão solta um grito alto e dolorido, e acho que Hudson fez algo com ele, mas então percebo que ele finalmente me viu. E, é óbvio, não está *nada* feliz com o fato de eu estar aqui no céu com ele e diminuindo a distância entre nós.

Para ser justa, também não estou particularmente feliz. Mas, quando a vida lhe arremessa bolas de fogo, você aprende a fazer malabarismo com elas — de preferência com luvas térmicas.

Não importa o fato de que deixei as luvas térmicas em casa. Nada importa, exceto alcançar Hudson e garantir que ele não morra. Claro que é mais fácil falar do que fazer, considerando que, agora que me viu, o dragão resolveu parar de subir. E segue bem na minha direção — no que parece ser uma velocidade impossivelmente rápida.

Quando o dragão se vira, tenho um segundo para trocar um olhar com Hudson, que ainda está preso naquelas garras absurdamente compridas.

— Vá, Grace! Dê o fora daqui antes... — Ele para de falar, sem terminar a frase. Mas isso não é necessário.

Dê o fora daqui antes que você morra.

Dê o fora daqui antes que você caia.

Dê o fora daqui antes que o dragão mate você.

Nada disso parece particularmente agradável. Entretanto, nem a alternativa, que é um pouco tipo isso: dê o fora daqui e deixe o dragão me matar.

Não, obrigada. Não vai acontecer.

Infelizmente, não tenho ideia do que *vai* acontecer, mas, o que quer que seja, vai acontecer logo. Porque ainda estou subindo e o dragão ainda está descendo — o que significa que estou no meio de um jogo sobrenatural para ver quem amarela primeiro. Um jogo que não posso me dar ao luxo de perder.

Só que o dragão tem armas que eu não tenho — incluindo as anteriormente citadas bolas de fogo. Quando nossos olhos se encontram, ele bufa ultrajado — e uma gigantesca onda de chamas vem bem na minha direção.

Antes que eu possa pensar em como desviar, minha gárgula assume o controle.

E me transformo em rocha sólida — bem no meio da minha perseguição aérea, em alta velocidade.

Capítulo 89

NINGUÉM QUER RECEBER O HUGO

— Grace —

Eu grito.
    Hudson grita.
    O dragão grita.
    Mas é basicamente o que todos nós fazemos, porque as leis da física ainda se aplicam quando estamos a milhares de metros acima da superfície. E é tarde demais para mudar a trajetória.
    Só registro os olhos arregalados de Hudson meio segundo antes que ele se encolha e o dragão e eu trombemos em uma colisão em alta velocidade verdadeiramente espetacular. E, como qualquer aula de autoescola ou problema de física do primeiro ano no mundo dirá, dois objetos viajando em alta velocidade um na direção do outro vão colidir com muito mais força do que se um deles estivesse parado.
    E, quando um desses objetos é feito de pedra realmente pesada e o outro é feito de carne, só há um resultado.
    Meus braços estendidos perfuram o peito do dragão, atingindo bem em seu coração.
    Tenho um momento para pensar: *Ah, merda*. E então, neste momento, não sou mais rocha sólida.
    Mas estou enterrada até as axilas na maldita cavidade torácica de um dragão. Uma cavidade torácica muito mole, muito escorregadia, muito gosmenta.
    Não posso evitar. Grito de novo, e então percebo que ideia horrível é essa quando o sangue que escorre sobre mim... escorre direto para dentro da minha maldita boca.
    Porque é claro que isso tinha de acontecer.
    O gosto é pior do que qualquer coisa horrível, e começo a ter ânsia de vômito, o que faz Hudson gritar alarmado novamente. E eu entendo, claro que sim. Não é o melhor lugar ou momento para chamar o Hugo. Mas tenho quase certeza

de que tanto o Homem de Ferro quanto o Super-Homem já teriam chamado todos os Hugos que eles conhecem. Então por que *eu* preciso me controlar?

Bem, e ainda tem o fato de que estou bem em cima de Hudson, então, se eu chamar o Hugo, ele vai ter de recebê-lo, quer queira, quer não.

Já que vomitar no garoto que acabei de beijar é basicamente a última coisa que desejo que aconteça no momento, tomo a única atitude na qual consigo pensar para sair dessa situação. Puxo os braços para trás, arrancando-os de dentro do dragão, o mais rápido que posso.

Não tenho sequer um segundo para pestanejar antes de lamentar a decisão.

O sangue jorra de sua cavidade torácica como dois hidrantes abertos e imediatamente cobrem Hudson e a mim como uma onda espessa e viscosa dos pés à cabeça.

Mal tenho tempo de gritar por dentro à medida que tento usar as minúsculas partes das palmas de minhas mãos que ainda estão secas para limpar o sangue dos olhos. Contudo, enquanto o faço, as garras do dragão se abrem, e um Hudson ainda mais ensanguentado despenca bem na minha frente.

Merda!

Merda, merda, merda, merda, merda!

Não tenho ideia de como dar meia-volta em pleno ar, mas dou o máximo de mim, graças a todos aqueles meses que Hudson e eu passamos fazendo polichinelos. E então estou voando/caindo atrás dele, desesperada para alcançá-lo antes que se estatele no chão.

Só que o dragão também está caindo em queda livre bem acima de nós, e não tenho muita certeza se ele não vai acabar aterrissando sobre nossas cabeças. O que torna duplamente importante que eu alcance Hudson o mais rápido possível. Precisamos dar o fora daqui. E precisamos fazer isso *agora*.

Ignorando o sangue e o fator nojo, estico os braços, assim como o Super-Homem, e miro em Hudson com toda a força e a concentração que tenho. Só que esqueci uma coisa — o outro dragão, a fêmea. Ela por fim saiu de seu estado entorpecido e vem na nossa direção. Vem atrás de mim.

Porque é claro que sim. Dois dragões pelo preço de um. Que sorte a minha.

— Grace! Cuidado! — Hudson grita, abaixo de mim, como se eu não tivesse visto o dragão-fêmea gigante se aproximando com sangue nos olhos. Além disso, quanto "cuidado" posso ter quando estou concentrada em alcançá-lo? Sou boa em multitarefas, mas as circunstâncias são ridículas.

Consigo evitar a primeira vez que a criatura passa por mim com uma cambalhota no ar que eu sequer sabia que conseguia fazer. A cambalhota fornece um benefício adicional — me deixa mais perto de Hudson. Mas, dessa vez, o dragão-fêmea está esperta, e faz aquela coisa estranha de "saltar através do ar" que eles fazem e cobre a distância entre nós em um instante.

O que tira muito do precioso tempo de que disponho para alcançar Hudson antes que ele se transforme em panqueca de vampiro. Então, com poucos itens remanescentes no meu minguado repertório de truques, faço a única coisa que posso. Voo bem para baixo da fera e subo pelo lado. Ao fazê-lo, agarro a asa dela, me transformo em rocha sólida e puxo para baixo com o máximo de força possível.

Ela grita de raiva, girando no ar, em um esforço de se livrar de mim. Um jato de chamas passa por mim, e a criatura urra novamente, mas a ignoro enquanto me agarro em sua asa e puxo de novo. Não preciso dar um soco em seu coração — algo que nunca, nunca, *nunca* mais quero fazer. Só preciso deslocar a asa o suficiente para que ela não voe. Decerto consigo fazer isso com o que parece quase meia tonelada de concreto que tenho no traseiro agora.

Puxo a asa pela terceira vez, deslocando-a do corpo em um ângulo estranho, e o dragão-fêmea fica de cabeça para baixo, com a aerodinâmica toda bagunçada. É exatamente o que eu queria, então seguro firme durante o rodopio desajeitado e tento de novo.

Só que dessa vez aquela coisa está tão zangada que lança um jato longo e poderoso de chamas na minha direção. E, *já que estou presa em sua asa,* ela acaba se atingindo também — e abrindo um belo buraco nela.

E isso me parece bem estranho. De todas as criaturas do mundo, os dragões não deviam ser *à prova de fogo*?

Não faz sentido algum para mim, mas *não precisa fazer sentido. Tudo o que preciso é que* a criatura fique um pouco incapacitado por algum tempo, e acho que isso pode funcionar.

Solto a asa dela, que volta a rodopiar, e instintivamente largo meu corpo de rocha sólida e faço um mergulho em queda livre na direção de Hudson. Dessa vez, consigo segurar sua mão, mas ele está tão escorregadio do sangue — *não pense nisso, não pense nisso, não pense nisso* — que seus dedos escapam da minha mão.

— Não se preocupe comigo! — ele grita, apontando para algum lugar acima de mim, para o que só posso imaginar ser um dragão bem irritado.

Só reviro os olhos para ele. *Porque, claro, não vou me preocupar com Hudson mergulhando para sua morte.*

— Segure em mim — grito em resposta. E, quando tento pegá-lo, consigo passar os dedos em volta de seu pulso. — Aguente firme! — digo-lhe e, felizmente, ele me ouve. Seus dedos envolvem meu pulso também, e então ele me puxa para mais perto de si, o que é exatamente o que preciso agora.

Porque, assim que estou perto o bastante, envolvo os braços ao redor dele como um coala — a cena não é nada bonita ou empoderadora, mas dá para o gasto — e uso minhas asas para voar o mais rápido e mais longe que consigo de ambos os dragões.

O dragão moribundo cai no chão, e, por um instante, me sinto péssima pela criatura. Claro, ele estava determinado a me matar, mas não parecia senciente, e sim uma máquina programada para nos matar. Não questiono o sentimento, mas faço o melhor possível para deixar o remorso de lado e não deixar que o segundo dragão complete o trabalho.

Preparo-me para aterrissar — sim, era tão perto assim que Hudson estava —, mas o dragão maior, a fêmea, com o buraco na asa, passa por nós pela última vez. Dessa vez, é Hudson quem estende a mão e agarra sua asa. Usando a mesma tática que eu, ele a puxa, usando muito daquela força de vampiro, e ouvimos um estalo sinistro um pouco antes que o som de tela rasgando preencha o ar.

O dragão-fêmea grita e perde o controle, despencando no chão. Puxo minhas asas para trás, em duas batidas poderosas, e aterrisso com Hudson o mais distante possível da criatura. A criatura imensa tenta ficar em pé novamente e então lança jatos de fogo em todas as direções.

Ao mesmo tempo, os trovadores correm na nossa direção, com os braços cheios de cordas, e percebo que eles não nos abandonaram, no fim das contas. Mas, no instante em que eles tentam laçar o dragão, o animal solta um grito de advertência e recua. E então dá mais um passo antes de desaparecer.

Temos um instante para trocar olhares surpresos antes que ela reapareça no céu, a várias centenas de metros de distância. O dragão-fêmea segue devagar, mais navegando pelas correntes de ar do que voando, e afasto a ideia de ir atrás dele. Em acabar com isso de uma vez por todas.

Porque não tenho em mim o desejo de atacar uma criatura ferida e em fuga — isso deixa de ser autodefesa —, então a deixo ir. E volto minha atenção para o outro dragão, que acabou de cair no chão.

Ele cai com força, rola até parar no quintal de uma casa gigante em frente à prefeitura. Então solta um longo e trêmulo suspiro. Ao fazê-lo, gotas de prata enchem o ar ao seu redor. Com lentidão, as gotas rodopiam até se misturarem em algo que parece um cruzamento de dupla-hélice de DNA e um minitornado. Aquilo gira, gira, gira ao redor do dragão vários segundos antes de se erguer lentamente na noite.

A tristeza toma conta de mim enquanto sigo o progresso até o céu escuro, e digo a mim mesma para afastar os olhos. Digo a mim mesma que não preciso ver o último suspiro dessa besta.

Mas, bem lá no fundo, não acho que seja verdade. Eu matei esse dragão — sim, ele estava tentando matar meus amigos e a mim, e quase conseguiu —, mas mesmo assim. Eu o matei. É apenas certo que eu aguente testemunhar o significado disso.

Quando me viro para observar sua essência desaparecer na noite, pela primeira vez noto um homem parado na varanda do andar superior da prefeitura. Ele usa chapéu e está virado para o outro lado, então não consigo enxergar seu rosto — ou, na verdade, nada que seja distinguível ali. Só que é óbvio que ele também está observando a bruma prateada subir mais e mais.

É uma droga. É realmente uma droga. Mas é claro que tudo nessa situação é uma droga.

É uma droga que este dragão estivesse determinado a nos matar desde o instante que tomou conhecimento da nossa existência.

É uma droga que Hudson e eu quase tenhamos morrido várias vezes esta noite — e que ambos estejamos cobertos de sangue viscoso e nojento de dragão.

É uma droga que o dragão tivesse de morrer. Mas, quando me viro a fim de encarar Hudson, não posso deixar de reconhecer que teria sido ainda pior se nós tivéssemos morrido.

Eu não queria esta luta, não a escolhi, mas não vou fugir dela tampouco. Nem agora nem no futuro, se outro dragão voltar.

Porque se há alguma coisa que aprendi desde que cheguei a este mundo paranormal estranho, horrível e milagroso é que o destino dá um jeito de te encontrar, quer você esteja pronto para ele ou não.

Quando Hudson se aproxima e passa um braço gosmento ao redor dos meus ombros, não posso deixar de pensar que é melhor eu estar pronta.

Capítulo 90

UM BRUNCH DO NADA

— Hudson —

— Você está bem? — pergunto para Grace, com as mãos ainda trêmulas enquanto a puxo para mais perto, em busca de me assegurar de que ela está mesmo aqui, de que está viva.

Ela me olha de soslaio.

— Defina "bem".

— Bem observado. — Dou uma risada, porque o que mais dá para fazer? — Está machucada?

— Acho que não? — Grace se afasta um pouco a fim de me observar melhor. — E você? Aquelas garras eram afiadas.

— Estou bem.

— Bem? — repete, com um tom de voz mais agudo. — Você está bem? Sério?

— Quero dizer...

— Você foi jogado contra um edifício — ela me interrompe, contando nos dedos. — Você foi largado no ar por um dragão... duas vezes...

— Mas só cheguei ao chão uma vez — argumento, tentando atenuar as contingências antes que Grace fique mais chateada.

O que, ao que parece, é a atitude errada a se tomar, porque a voz dela fica ainda mais aguda.

— E isso importa? Você está coberto de sangue, e eu também...

— E pelo menos nada deste sangue é nosso. — Abro o sorriso mais vencedor que consigo fazer, considerando que realmente estou coberto de sangue cor de laranja.

— Você não sabe se não estamos — ela retruca. — Vamos revisitar essa declaração depois que nós dois tivermos tomado banho e pudermos ter certeza de que não houve derramamento de sangue.

Penso em recordá-la de que sou um vampiro, e que consigo sentir cheiro de sangue a uma grande distância — e distinguir sangue humano de, digamos, sangue de dragão, sem sequer precisar pensar. Todavia, a julgar pela expressão no rosto de Grace, penso que o melhor é deixar como está por enquanto.

— Caramba, Garota Gárgula — Caoimhe comenta, quando ela e os outros dois músicos se aproximam. — Quem diria que você era tão poderosa?

— Certamente, eu não — Grace responde, estremecendo. — Mas, devo dizer que você jogou um laço e tanto.

Caoimhe sorri.

— Tenho minhas manhas com uma corda.

— Você cresceu em um rancho ou coisa do tipo? — Grace pergunta.

Lumi e Orebon caem na risada ao ouvir isso, e o sorriso de Caoimhe só aumenta quando ela diz:

— Sim. Vamos dizer que seja isso.

— Quer saber? Não importa. Não quero saber. — Grace ergue uma mão. — Não acho que meu coração aguentaria.

— Vamos levá-los de volta à estalagem, querida — Lumi sugere. — Assim, vocês podem...

— Mergulhar em água sanitária? — Grace sugere, esperançosa.

— Sim, isso.

— Boa pedida. — Ela dá dois passos e para. Pela primeira vez, parece tão perdida e chateada quanto imagino que esteja se sentindo. — Para que lado fica a estalagem?

— É por aqui, Grace. — Dessa vez, coloco a mão ao redor de sua cintura. Para guiá-la, sim, mas também para ajudá-la a se manter em pé. As quedas nos níveis de adrenalina não são bonitas, e tenho certeza de que ela vai passar por isso a qualquer segundo. Quero levá-la para o quarto antes que venha com força.

Despedimo-nos dos trovadores com um aceno e por fim seguimos para a estalagem.

Os nós que ainda retorcem meu estômago não vão sumir até que eu consiga fazer Grace tomar um banho e procurar algum ferimento, mas a caminhada até a estalagem leva muito mais tempo do que deveria. A cada passo que damos, mais pessoas saem dos vários edifícios que margeiam a rua. E cada uma delas quer conversar conosco e apertar nossas mãos.

Na melhor das hipóteses, não é uma situação que me deixa muito confortável, e isso não é o melhor de coisa nenhuma. De algum modo, o sangue de dragão que seca rapidamente é ainda mais nojento do que sangue de dragão molhado. Mesmo assim, tento interferir por causa de Grace, que parece querer falar com as pessoas ainda menos do que eu.

Mas ela é educada demais para informar isso a eles. Eu, não.

Um pouco de brusquidão é o suficiente para que sigamos nosso caminho, e depois de um tempo conseguimos chegar à estalagem. Só para dar de cara com o prefeito em pessoa, parado na porta da frente, à nossa espera.

— Grace, Hudson. — Ele dá um largo sorriso enquanto estende uma mão para cada um de nós. — É tão bom revê-los.

— Acho que você não vai querer nos tocar agora — aviso-lhe, levantando minha mão encharcada de sangue com um sorriso que mostra minhas presas. Quanto mais cansada Grace parece, mais perto fico de perder a paciência com ela.

Isso deve ter ficado claro para ele, pois a simpatia efusiva se transforma em contenção em um piscar de olhos.

— Só queria agradecer pelo que vocês fizeram pelo nosso vilarejo esta noite. Temos sorte por estarem aqui. Vocês são verdadeiros heróis.

— Não somos — Grace lhe responde, balançando a cabeça. — Fizemos o que qualquer um faria.

Tenho quase certeza de que é balela, mas não vou apontar isso para ela neste momento. Em vez disso, empurro a pesada porta de madeira da estalagem e começo a guiá-la lá para dentro.

— De toda forma. — Souil coloca a mão na porta, mantendo-a aberta para nós. — Eu gostaria de convidá-los para um brunch na minha casa amanhã. Como um agradecimento.

— Não é necessário... — comento.

— É claro que é, meu querido rapaz — ele me interrompe, com um sorriso. Então bate palmas, e Grace se sobressalta. — Aqui em Adarie, celebramos nossos heróis. Então, digamos uma da tarde, que tal? Esperarei ansioso.

Ele se mexe para fechar a porta entre nós — e, por mim, tudo bem. Mas Grace estende a mão no último instante e fala:

— Obrigada pelo convite.

É claro que sim. Porque, mesmo coberta de sangue de dragão e completamente exaurida, ela ainda será gentil, ainda vai fazer o possível para fazer outra pessoa feliz. Porque é assim que ela é.

— Pode nos passar seu endereço? — Grace prossegue.

O prefeito ri com o pedido dela, e fico surpreso em ver como isso o rejuvenesce. Assim como o amplo sorriso que oferece enquanto acena para ela.

— Simplesmente pergunte ao estalajadeiro como chegar à minha casa. Ele ficará feliz em ajudar. Boa noite, e durmam bem.

Souil faz uma reverência com um pequeno floreio de mão e vai embora, mergulhando nas sombras da noite, finalmente sem um sol, com facilidade.

Viro-me e dou de cara com o estalajadeiro, Nyaz, nos encarando de seu posto atrás do balcão de entrada.

— É a casa chique que fica na frente da prefeitura — ele informa, com o rosto completamente sem expressão. — Vocês vão reconhecer pelo dragão morto no gramado da frente.

Antes que Grace ou eu consigamos pensar em algo para dizer em relação a isso, ele pega um livro do balcão e volta a ler.

— O último a chegar no quarto toma banho depois — Grace diz. E então ela pisa no meu pé, com força, antes de sair correndo na direção das escadas. Nos dois segundos que necessito para me recuperar, ela já está a meio caminho do primeiro andar.

Solto uma risada e sigo para as escadas. Se eu acelerar, posso chegar ao nosso quarto bem antes que ela alcance o primeiro andar, e sou homem o bastante para admitir que valeria a pena derrotá-la desta vez para poder tomar banho primeiro. Cavalheiro? Não. Mas tenho sangue de dragão em lugares que ninguém deveria...

Antes que eu possa fazê-lo, no entanto, o estalajadeiro — sem erguer os olhos do livro — intervém:

— Qualquer mulher que me impeça de morrer em um ataque feroz de dragão pode tomar banho primeiro pelo resto da vida.

— Eu não ia...

Paro de falar quando Nyaz bufa. E então ele vira a página, deixando bem evidente que sabia exatamente o que eu estava prestes a fazer.

Com um suspiro, subo as escadas e sigo para o nosso quarto em um ritmo bem modesto. De todo modo, quanto tempo uma garota pode passar no chuveiro?

Capítulo 91

SEI COMO CONTROLAR A BEBIDA

— Hudson —

— Sério, Grace? — pergunto, ao bater à porta pela terceira vez nos últimos quinze minutos.

Smokey — que dorme para superar o trauma do ataque do dragão, no tapetinho perto da janela — emite um barulho descontente antes de voltar ao sono com um ronco alto. Em uma tentativa de não a acordar, abaixo um pouco a voz antes de bater à porta mais uma vez.

— Você está aí há mais de uma hora. Quanto tempo leva para limpar um pouco de sangue de dragão?

A porta se abre, e Grace está parada ali vestindo somente uma das camisetas que Arnst lhe deu e com um brilho quente e rosado nas bochechas.

— Estava no meu *cabelo* — ela diz, enunciando cada sílaba lenta e precisamente. — Tem ideia de quanto tempo leva para tirar sangue seco de dragão de cada um dos cachos do meu cabelo?

— Imagino que leve uma hora e quinze minutos — retruco —, a julgar pelo tempo que você passou aí.

— E você imaginou certo. E bater a cada cinco minutos não acelerou o processo.

— Para ser justo — digo, erguendo uma das sobrancelhas enquanto destaco a mentira dela —, só bati três vezes. E isso nos últimos quinze minutos.

— Sim, bem, pareceu bem mais do que isso. — Ela funga.

— Não sei o que dizer para você. — Antes que Grace possa responder qualquer outra coisa, entro no banheiro e fecho a porta na cara dela. Não vou precisar de uma hora para me livrar desse sangue de dragão, mas, por mais tempo que leve, estou ansioso para começar.

Vinte minutos mais tarde, volto para o quarto e encontro Grace sentada de pernas cruzadas no meio da cama, comendo um sanduíche de uma bandeja de comida em seu colo.

— Bela toalha — ela diz, com uma bufada. E então: — Nyaz pensou que pudéssemos estar com fome depois da nossa "atividade extenuante". Ele trouxe comida.

— Nós? — pergunto, apoiando um ombro no batente para poder observá-la. E talvez fantasiar um pouco sobre o que está embaixo daquela camiseta... e se terei ou não chance algum dia de descobrir.

— Ok, ele pensou que *eu* pudesse estar com fome. — Grace revira os olhos. — Mas incluiu uma garrafa de água para você.

Ela joga a garrafa pelo quarto, na minha direção. Eu a pego e bebo-a inteira — acontece que estou sedento de verdade. E não só por água, mas isso tem de servir por enquanto.

Só que Grace me observa por cima de seu sanduíche, com os cachos molhados caindo por sobre os ombros e os grandes olhos castanhos cheios de perguntas que não consigo decifrar e para as quais provavelmente não tenho resposta.

Além disso, não posso passar a noite toda de toalha, então faço o que vim aqui fazer, em primeiro lugar. Pego minha última boxer limpa — uma preta, lisa, do pacote que Arnst me deu enquanto ainda estávamos na fazenda — e minha calça de moletom preta antes de voltar ao banheiro para me trocar.

Na segunda vez que saio, Grace já colocou a bandeja em cima da cômoda e está sentada na beira da cama, parecendo mais nervosa do que quando encarava um dragão irritado.

— O que foi? — indago.

Parece que ela olha fixamente para um ponto além do meu ombro quando diz:

— Você também deve estar com fome.

Sim. Estou faminto, de verdade. Mas não estou no mesmo nível da caverna, ainda não. Não preciso beber sangue — estou desconfortável, mas não encrencado.

— Estou bem.

— Não acredito em você. — Grace se levanta e cruza o quarto na minha direção. — Você pode... bem, você sabe.

É minha vez de revirar os olhos.

— Você não é meu banco de sangue pessoal, Grace.

— Sim, mas e se eu quiser ser? — ela sussurra.

É a última coisa que espero ouvir. Em especial desde que ela não manifestou uma palavra sequer sobre o beijo que compartilhamos antes. Mas é claro que nem eu.

Daria para encher uma biblioteca com as coisas que aconteceram hoje, e sobre as quais não falamos ainda. Aquele beijo. Os dragões nos encontrando. O dragão morto no gramado do prefeito. O dragão machucado que possivelmente vai voltar. E, sim, o fato de Grace ser uma gárgula poderosa.

Ainda que, eu tenha de admitir, aquele beijo está no topo da minha lista.

Afinal, provavelmente é por isso que ela parece tão constrangida. Porque estamos presos aqui, sem esperanças de ir para casa, e demos um imenso passo no que espero que seja nosso relacionamento, e ela provavelmente não sabe em que pé estamos agora.

E devo dizer que também não sei.

Mas não tenho certeza se este é o momento de mudar a situação.

Não preciso ser capaz de ler a mente dela para saber que está com dificuldades para encontrar seu lugar neste novo mundo. E isso sem ter que descobrir também se existe um *nós* nesse futuro.

Então lhe dei espaço. Tentei respeitar a necessidade dela de tempo. Tentei não levar para o lado pessoal o fato de que aparentemente ela correu para se ligar ao meu irmão, à primeira vista, porém, até para considerar a hipótese de *gostar de mim*, ela precisa de todo o tempo do mundo.

E, hoje à noite, preciso me esforçar ao máximo para não pensar naquele cordão azul brilhante com que me deparei em sua mente antes de deixarmos o covil. Parte de mim esperava que não fosse o que pensei que podia ser. Parte de mim acreditava que não podia ser, já que, afinal, Grace era humana.

Mas a parte mais inteligente de mim ficava insistindo que Grace não era tão humana quanto afirmava, o que significava...

Engulo os sentimentos que se prendem em minha garganta e encaro aqueles olhos cor de chocolate irritantemente lindos. Não, este não é o momento de termos o tipo de conversa pesada sobre o que podemos ou não significar um para o outro.

Não com tantas outras questões e incertezas girando ao nosso redor. Pelo menos, não se eu realmente for sincero em não querer colocar mais pressão nela, enquanto ela descobre o que quer de mim.

— E se eu quiser que você se alimente do meu sangue? — insiste na pergunta, erguendo o queixo enquanto morde o lábio inferior macio.

Estudo-a por um segundo, tentando descobrir qual a coisa certa a se dizer nesta situação. Mas não tenho certeza se há uma coisa certa a dizer quando se está pensando em beber o sangue de alguém, então por fim me contento com:

— É isso o que você quer? — É simples, claro e direto ao ponto.

Só que Grace — no típico estilo dela — ainda consegue escapar da pergunta.

— Não quero que fique com fome.

— Isso não é a mesma coisa do que querer que eu beba o seu sangue. — Além disso, estou exausto demais para fazer ginásticas mentais com ela agora. — Vamos simplesmente dormir, Grace. Podemos falar sobre isso outra hora.

Ela não se mexe. E não para de me olhar com aqueles olhos grandes e suaves.

— Acho que você interpretou isso da maneira errada.

— E como eu deveria interpretar? — Ergo uma das sobrancelhas.

— Assim. — Grace dá outro passo para a frente, até que seu corpo está praticamente encostado no meu. Então fica na ponta dos pés e passa os braços ao redor do meu pescoço. E inclina a cabeça de lado, expondo a jugular.

Porque, aparentemente, a rainha de querer falar sobre *tudo* não sente mais vontade de falar. E que merda. Simplesmente *que merda*. Como diabos vou conseguir resistir a ela? Em especial quando tem um aroma tão bom, tem uma aparência tão boa e eu sei — eu sei, caralho — como o gosto dela é bom.

É loucura sequer pensar nisso.

Mesmo assim, penso nisso. Tento *mesmo* resistir. Para o bem de nós dois. Sim, nós nos beijamos. Mas foi só um beijo. Não tenho ideia do que significou para Grace. Tenho certeza de que não sei o que significa para ela o fato de permitir que eu me alimente do seu sangue de um jeito tão íntimo. E será que eu não deveria saber antes de deixar a coisa rolar? Nós dois não deveríamos saber?

— Grace... — Ainda que me mate, começo a recuar.

— Não — ela assevera, e me segura com mais força. — Sei que você está confuso. Estou confusa também. Mas, por favor, não se afaste agora. Por favor, pegue de mim o que você precisa. Quero que faça isso.

Ela inclina a cabeça de novo.

— Por quê? — pergunto, com a voz rouca, porque preciso da resposta. Mas meus olhos estão fixos no ponto de pulsação na base de sua garganta... e no jeito como se expande e se retrai.

— Também preciso disso — ela sussurra. — Preciso de você.

Acontece que seis palavrinhas são tudo o que basta para obliterar uma vida inteira de autocontrole e libertar a selvageria dentro de mim. *Também preciso disso. Preciso de você.* Como posso recusar quando ela fala dessa forma? Como posso recusar quando me sinto exatamente do mesmo jeito?

A verdade é que não posso. Então sequer tento. Não mais.

Em vez disso, passo um braço ao redor de sua cintura e a puxo mais para perto, até que suas curvas suaves estão pressionadas contra a dureza dos meus ângulos. Então inclino a cabeça, pressiono o rosto na curva sedosa e perfumada de seu pescoço. E apenas inspiro seu cheiro. E deixo que ela faça o mesmo por mim.

Minhas presas aparecem no instante em que pressiono o rosto em seu pescoço, mas não importa. Ninguém disse que temos de nos apressar. Posso levar o tempo necessário para que ela se acostume comigo.

Grace faz um barulho carente na garganta, e o autocontrole que tenho começa a desmoronar.

Mesmo assim, hesito, ainda sem saber o que estou esperando. Ela está disposta, mais do que disposta, e estou desesperado para provar do sangue dela mais uma vez. Mas ainda não parece certo. Não ainda...

Ela desliza a mão pelo meu pescoço, enrosca os dedos no meu cabelo. E sussurra:

— Hudson, por favor.

Acontece que é só isso que é necessário para romper as comportas do meu controle. Meu nome nos lábios dela.

Meu nome.

Em resposta, passo a ponta das minhas presas pelo comprimento atraente do pescoço dela. A pele é tão fina ali, tão delicada, que posso sentir seu batimento cardíaco bem abaixo da superfície. É hipnotizante. Irresistível.

Assim como o jeito com que ela arqueia o corpo contra o meu e sussurra.

— Vá em frente.

Os últimos vestígios do meu controle se evaporam em um instante, e faço o que estou morrendo de vontade de fazer há meses. Ataco, enfiando minhas presas bem fundo.

De imediato, o sabor dela — o sabor forte, delicioso, doce e picante dela — explode em minha língua. Preenche meus sentidos, enfraquece meus joelhos e transforma meu controle em um coquetel Molotov à espera da explosão.

E isso é antes que eu comece a beber o sangue dela.

Capítulo 92

AS BEBIDAS SÃO POR MINHA CONTA

— Grace —

Estou tremendo no instante em que as presas de Hudson se afundam na minha jugular. Não de medo ou de nervosismo, mas de um desejo tão poderoso que é só nisso que consigo pensar. Tudo o que consigo sentir.
 Eu não esperava por isso. Talvez devesse, considerando como o beijo na torre do relógio se sucedeu. Mas ele já se alimentou do meu sangue antes — na caverna — e, embora tenha sido bom, não foi nada do tipo.
 Nada na minha vida já foi assim.
 A eletricidade percorre cada uma das minhas terminações nervosas.
 O calor ameaça me queimar viva, de dentro para fora.
 O prazer — um prazer incrível, inacreditável, infinito — inunda todas as minhas células. Preenche a mim e me destrói ao mesmo tempo, até que eu não deseje nada além de que isso dure para sempre. Que isso nunca, nunca acabe.
 Hudson se mexe um pouco, soltando um rosnado bem no fundo da garganta. O braço que ele passou em volta da minha cintura me puxa para mais perto, até que nossos corpos estejam grudados e que qualquer distância que existisse entre nós — real ou imaginária — não seja nada além de uma lembrança. Mesmo assim, aperto ainda mais meu corpo contra o dele, ainda quero sentir mais dele. Senti-lo inteiro, de todas as maneiras que uma pessoa pode sentir outra.
 Meus dedos já estão enroscados em seu cabelo, e os torço com mais força, saboreando a sensação da seda macia na minha mão, enquanto o prendo um pouco mais a mim a cada respiração.
 O rosnado de Hudson é mais alto dessa vez, seu corpo, suas mãos e sua boca — ah, meu Deus, sua boca — mais insistentes enquanto me segura com mais força, e bebe ainda mais do meu sangue.
 De algum modo, o prazer se intensifica, até que eu não consiga mais respirar com o ataque aos meus sentidos. Estou destruída, totalmente

arruinada, meu corpo nada além de um frasco vazio à espera de ser preenchido por ele.

Implorando por ainda mais, embora uma parte de mim não consiga imaginar que possa existir mais do que isso.

Implorando por tudo o que Hudson tem para me dar. Implorando para lhe dar tudo em troca.

Um choramingo baixo escapa da minha garganta, e Hudson para um instante a fim de verificar se estou bem.

— Não pare — sussurro, com urgência, em seu ouvido. — Não pare, não pare, por favor, não pare.

Dessa vez, o rosnado de Hudson preenche o quarto, ecoando nas paredes, e ele morde ainda mais fundo, puxa-me com ainda mais força, lançando flechas de êxtase direto para o meu coração. Grito quando meu corpo parece explodir em mil pedaços, minhas mãos deixam seus cabelos para se apoiarem em seus ombros, em um esforço para me manter em pé enquanto meus joelhos se transformam em água e meu sangue começa a ferver.

Nada jamais foi tão bom. *Nada mais pode ser tão bom.*

Hudson bebendo meu sangue é uma sobrecarga sensorial completa, na qual o prazer mais profundo e a dor mais doce se encontram e se misturam dentro de mim, até não haver mais nada ao nosso redor. Até que só exista Hudson, eu e este momento perfeito fora do tempo, que não quero que termine jamais.

Contudo, depois de um tempo — assim como tudo —, acaba.

Hudson levanta a cabeça, se afasta um pouco, e me agarro a ele com mãos desesperadas. Ele sorri contra minha pele, antes de passar a língua com cuidado ao redor das marcas de mordida que deixou logo abaixo da minha orelha.

— Tudo bem? — sussurra, ao meu ouvido, quando pressiono a mão em sua nuca a fim de segurá-lo no lugar.

— Mais do que bem — sussurro em resposta. Então, usando toda a força restante em meu corpo, inclino a cabeça para trás o suficiente para vislumbrar seu rosto. — E você?

Ele sorri.

— Nunca estive melhor.

Aquilo me faz feliz.

— É mesmo? — pergunto, com um sorrisinho.

— É mesmo.

Hudson me pega nos braços e me leva até a cama. Deita-me com todo o cuidado, rindo um pouco quando me agarro a ele, em uma tentativa de mantê-lo por perto.

— Não vou a lugar algum, Grace — ele me garante, à medida que se deita ao meu lado e deposita um beijo gentil em meus lábios.

Não sei se é uma promessa ou apenas um jeito de me relaxar, porém, de todo jeito, funciona. O sono toma conta de mim e, antes de mergulhar nele, comento:

— Ótimo. — E lhe faço a única promessa que consigo fazer agora. — Nem eu.

Ele sorri em meu cabelo, e não posso deixar de esperar que seja o suficiente.

Capítulo 93

GOSTO DE DORMIR DE CONCHINHA

— Grace —

Acordo lentamente, quente e aconchegada de um jeito que não me sinto há muito tempo. Preciso de um instante para perceber por quê. Estou abraçada em Hudson, a frente do meu corpo encostada nas costas dele. Dormindo de conchinha. A julgar pelo jeito como ele está encurvado em mim, de modo que cada parte do meu corpo toque no dele, ele está desfrutando de cada segundo disso.

E isso está bom para mim, considerando que também estou aproveitando ao máximo.

Eu o abraço com ainda mais força, e começo a abrir os olhos, mas a verdade é que ainda não estou pronta para me levantar. Não estou pronta para perder a atual sensação de segurança e, definitivamente, não estou pronta para pensar em todas as coisas nas quais pensarei assim que voltar à consciência completa. Essas coisas vão me atingir mais cedo ou mais tarde. Posso muito bem aproveitar estes poucos minutos de felicidade.

Mas acontece que me mexi tanto que acordei Hudson, e ele se vira para me olhar — sorri para mim —, e tudo o que aconteceu na noite passada vem à tona, esteja eu pronta ou não.

O beijo na torre do relógio.
O ataque do dragão.
O sangue.
A mordida.
Toda a situação da gárgula.
E é assim que toda aquela sensação quente e acolhedora desaparece.
É substituída por muita incerteza e muito medo.
Não tenho mais medo de Hudson — não tenho há muito tempo, se é que tive algum dia —, mas tenho medo do que estou sentindo. E estou ainda mais assustada com o que não sinto.

Sei que nunca mais vou voltar à Academia Katmere, nunca mais vou voltar ao meu mundo. Nunca mais vou voltar para Jaxon. E a coisa mais assustadora é que não estou mais chateada por isso.

Porque não sou mais aquela garota que se apaixonou por Jaxon. Ela não existe mais.

E não é difícil imaginar que *este* é o real motivo pelo qual o elo entre consortes sumiu.

Meus olhos se enchem de lágrimas — por ele e por tudo o que perdemos —, entretanto as controlo antes que caiam. Porque não é só o elo entre consortes que desapareceu. A garota que eu era quando cheguei à Academia Katmere também deixou de existir.

Aquela Grace era perdida, insegura, determinada a proteger a si mesma, mas sem ter ideia de como fazê-lo.

Agora sou uma gárgula. Uma maldita gárgula.

Luto contra *dragões*. Não luto bem, veja só, mas luto mesmo assim, e venço. Às vezes.

Sei que se eu tivesse ficado em Katmere, se esta coisa estranha — o que quer que seja — não tivesse acontecido, Jaxon e eu poderíamos ter tido uma boa vida juntos. Se as coisas tivessem permanecido iguais e tivéssemos tido tempo para de fato conhecer um ao outro, e amar um ao outro, talvez pudéssemos ter crescido juntos e o elo entre consortes teria se mantido.

Mas nunca saberei, porque não aconteceu. Acabei aqui, então não ficamos juntos. Não *crescemos* juntos. O elo entre consortes se rompeu, e nós também.

Este último ano e todas as mudanças me levaram por um caminho diferente. Um caminho que me ajudou a crescer e a me tornar, se não uma pessoa diferente, pelo menos alguém que vê as coisas de modo diferente do que costumava ver. Alguém que *é* diferente do que costumava ser.

E muito desse crescimento é por causa de Hudson.

Ele me incentiva, me desafia e, definitivamente, nunca me deixa escapar impune de nada.

É por isso que, com ou sem elo entre consortes, de algum modo, nos últimos vários meses, enquanto eu mudava, crescia e aceitava que nunca mais veria Jaxon de novo, também deixei de estar apaixonada por ele. Isso não é algo que eu possa mudar. E não tenho certeza se é algo que eu mudaria, se pudesse. Ele é uma boa pessoa. Merece alguém que possa amá-lo completa e apaixonadamente, assim como ele ama.

O jeito como a antiga Grace costumava amá-lo.

Mas assim é a vida, não é? Nós mudamos, crescemos, e algumas pessoas seguem a jornada conosco, tornam-se parte integral dela, e outras seguem o próprio caminho.

— Ei — Hudson chama, com a voz ainda rouca de sono. — Você está bem?

Seu sorriso desapareceu, e no lugar há uma expressão vazia que não encontro nele desde os primeiros meses em que ficamos presos juntos. Naquela época, ele se retraía com regularidade para detrás de uma parede em branco. Nunca entendi o que causava isso até então. Mas, deitada aqui, observando-o agora que o conheço nesse nível, não posso deixar de pensar que é um mecanismo de defesa. De pensar que ele está se protegendo de algum tipo de golpe.

E parte meu coração o fato de que Hudson ainda pense que o golpe pode vir de mim.

Também acalma o nervosismo em meu interior. A preocupação de que as coisas vão ficar muito diferentes entre nós. Porque parece que não sou a única que está um pouco ansiosa com tudo isso. Hudson também está, e isso torna o ato de respirar fundo um milhão de vezes mais fácil para mim. Fica um milhão de vezes mais fácil dizer a mim mesma que podemos ir devagar. Ver onde isso vai dar — ou mesmo se vai dar em algum lugar.

Porque pode não dar, e está tudo bem também.

Meus sentimentos por Jaxon não mudaram porque estou apaixonada por Hudson.

Eles mudaram por causa das merdas com as quais lidamos.

Eles mudaram porque o universo quebrou nosso elo entre consortes.

Eles mudaram porque sou quem sou agora e quem ainda vou me tornar.

Hudson... Hudson é algo totalmente diferente, no entanto. Não sei quanto a ele.

Não sei quanto a nós.

Não sei ainda o que sinto por ele, não exatamente, e com certeza não sei o que Hudson sente por mim.

Mas sabe qual é a única coisa que sei? Que gostaria de ter uma chance de descobrir.

Então, em vez de surtar com o rosto sem expressão que ele me mostra agora, inclino-me para a frente e lhe dou um beijo na testa — porque o hálito matinal realmente é um problema, e não quero assustar o garoto antes de ter uma chance de chegar a algum lugar.

Os olhos de Hudson se fecham com o beijo leve, e o braço que ele passou pela minha cintura quando se virou me aperta. Me puxa para mais perto. E, ainda que esteja me sentindo muito madura com todas as pendências que acabei de resolver na minha cabeça — ou, pelo menos, meio madura —, ainda não estou pronta para falar com ele a esse respeito. Ou muito menos para ouvi-lo falar sobre isso.

Então faço a única coisa que posso fazer nesta situação.

Enfio a mão embaixo da coberta e pressiono-a contra seu abdômen quente e firme.

E faço cócegas até ele morrer de rir. O fato de Hudson jamais ter imaginado uma coisa dessas torna tudo um milhão de vezes melhor.

Capítulo 94

FALE SACANAGEM PRA MIM

— Hudson —

— Você joga sujo! — exclamo, enquanto tento desviar das cócegas determinadas de Grace. O fato de que caí naquele beijo só mostra quão ingênuo me tornei.

E quão diabólica ela é.

— Se faço isso é porque aprendi com o melhor — ela retruca, subindo em cima de mim para me prender enquanto segura meus punhos na cama, um de cada lado da minha cabeça.

Talvez eu devesse lembrá-la de que posso erguê-la com dois dedos e sequer suar ao fazer isso. Mas já que ela está atualmente em cima de mim, com uma perna de cada lado do meu quadril, não tenho a intenção de emitir esse lembrete. Não quando Grace finalmente parou de fazer cócegas. E não quando gosto dela exatamente onde está.

Então, em vez disso, finjo ignorância.

— Não tenho ideia do que você está falando. Tenho sido perfeitamente adorável desde o dia em que nos conhecemos.

— Ah, certo. Eu me lembro. — Ela finge pensar. — Por que não faz sua imitação de tucano novamente? Lembro que era tão, tão, mas tão adorável.

— Eu sabia que você acabaria gostando em algum momento. Só precisou de um tempo para você se acostumar. — Eu lhe dou um sorriso orgulhoso.

Grace o devolve com interesse.

— Quero dizer, como não gostar? É um som *tão* bonito e melodioso.

— É mesmo. E, se você gosta do tucano, espere só para ouvir a araponga. Seu canto alcança mais de cento e vinte e cinco decibéis e parece a...

— Não! — Ela tampa minha boca com a mão. — Não, não, não! Não vamos imitar o canto dos pássaros esta manhã.

Eu lhe dou o olhar mais inocente que consigo, considerando que ela está cobrindo metade do meu rosto com a mão. E quando isso não funciona — e, de fato, só faz com que Grace estreite os olhos na minha direção, desconfiada —, faço a melhor coisa em seguida. Dou uma lambida na mão dela.

— Eeeeeeca! — Ela me olha com uma expressão que quer dizer "mas que diabos?", o que é justo, e então levanta a mão. O que também é justo, na minha opinião.

— Peguei você! — exclamo para ela, com um sorriso que pode ou não ser um pouco diabólico.

— Por favor. — Grace seca a mão no lençol e me lança um olhar severo. — Não pegou nada.

— Então você *quer* ouvir o canto do acasalamento da araponga? Não é algo que você vai esquecer tão cedo.

— Mais um canto de pássaro — me diz, com os olhos apertados — e você nunca mais vai me morder de novo.

Ergo uma sobrancelha.

— É um desafio?

— É um... — Ela para de falar quando o despertador ao lado da cama começa a tocar. — Argh. Temos que nos arrumar para o *brunch* com o prefeito.

Não tenho certeza de qual de nós acaba de ser salvo pelo gongo, mas definitivamente foi um de nós. Então, em vez de insistir que precisamos terminar o que sei ser uma discussão ridícula, decido seguir o rumo da conversa.

— Poderíamos cancelar. Passar o dia na praça, enquanto o sol ainda não nasceu.

— Poderíamos — ela concorda, mas sai de cima de mim e se levanta da cama. — Mas então não poderíamos perguntar ao prefeito como ele tinha certeza, quando conversamos na padaria, de que os dragões não seriam um problema, e daí eles fazem o máximo possível para matar todo mundo. Além disso, você viu o homem. Se não comparecermos, tenho certeza de que ele vai aparecer aqui dez minutos depois, pronto para derrubar nossa porta. Ele parece muito determinado a nos agradecer.

Smokey, perturbada com a agitação no quarto, faz um barulho irritadiço um pouco antes de passar por uma fresta na janela e descer pela lateral do prédio. Penso em chamá-la de volta, mas ela não vai me ouvir.

— Ele foi muito agressivo com sua gratidão — observo, depois de alguns segundos, respondendo ao comentário de Grace sobre o prefeito. Eu me sento, assistindo com interesse quando Grace se abaixa para revirar uma pilha de roupas sujas no chão.

Tivemos umas semanas agitadas, e lavar roupa não foi exatamente uma prioridade. Vamos ter de mudar isso em breve.

Mas é claro que, se tivéssemos roupas limpas, eu estaria olhando para uma visão muito diferente. E isso seria uma pena, porque o jeito como Grace fica de camiseta é realmente uma beleza. Já vi o suficiente de suas lembranças para saber que ela discorda, mas acho que ela é linda — por dentro e por fora.

— Para ser sincera, não acho que tenhamos algo para usar que não esteja coberto de sangue de dragão ou de suor — ela conclui. — Grato ou não, tenho quase certeza de que Souil não vai se impressionar com a situação do nosso guarda-roupa.

— Sim, bem, ele não precisa ser impressionado. — Vou até a pilha e pego uma calça jeans que eu *não estava* usando na noite passada. Sim, está um pouco suja por causa da escola, com uma leve marca grudenta de mão de criança no joelho, mas é muito melhor do que aparecer coberto de sangue.

Além disso, temos um brunch ao qual comparecer. E, como Grace diz, o prefeito não me parece ser um tipo muito paciente.

Capítulo 95

E VAMOS DE BRUNCH

— Grace —

Embora eu não tenha percebido na noite passada, a casa de Souil é a mais bonita da rua. Basicamente como quase todas as outras casas em Adarie, é roxa. Mas, ao contrário de muitas das demais, ela tem cinco ou seis tons distintos de roxo que ficam muito bem juntos. Acrescente a isso o enxaimel na frente e nas laterais, e as jardineiras repletas de flores alegres embaixo de cada janela que dá para a rua, e o lugar irradia uma elegância imponente e um charme que eu não esperava.

Hudson toca a campainha, e somos recebidos por uma mulher com pele roxa sardenta, da cor de um campo de urzes, usando um vestido roxo-escuro e pérolas. *Será a esposa de Souil?*, conjecturo enquanto ela nos convida para entrar. *Ou será sua governanta?*

— O prefeito vai descer em breve — ela avisa, enquanto nos leva até a sala de estar.

É a governanta, não a esposa, decido, enquanto Hudson e eu nos sentamos em um sofá de veludo dourado.

— Posso servir uma bebida? — ela pergunta.

— Estou bem por enquanto, obrigada — respondo.

— Eu também — Hudson concorda.

— Tudo bem. — A mulher sorri. — Por favor, me avisem se mudarem de ideia. O brunch será servido à uma e meia.

Então se afasta deslizando, daquela maneira fascinante que as pessoas no Reino das Sombras fazem, como se os pés não tocassem de fato o chão, embora eu possa ver que tocam.

Assim que ela se vai, Hudson se vira para mim com os olhos arregalados.

— Isso é...

— Muito — murmuro, baixinho, enquanto observo a sala. — É demais da conta.

Não sei para onde olhar primeiro, então começo com o que está bem na minha frente.

Uma parede gigante, recoberta com um papel de parede com flores de diferentes tamanhos em tons sobrepostos de laranja, vermelho e dourado. E, penduradas na parede, há três pinturas distintas, em opulentas molduras douradas — duas delas são retratos de Souil e um é uma pintura de uma jovem garota que se parece muito com ele.

Um dos retratos mostra Souil segurando uma raquete de tênis, usando o short branco mais curto que já vi na vida. Mas, pessoalmente, meu favorito — de um jeito "ah, meu Deus, isso não pode ser verdade" — é o quadro do meio, no qual ele usa um cafetã vermelho-vivo e está deitado de lado, com a cabeça apoiada em um dos braços dobrados.

As paredes laterais são revestidas com papel de parede com listras contrastantes em tons de vermelho e dourado, e há várias imagens penduradas — também de Souil e da criança misteriosa. As cortinas têm um padrão de losangos dourados-vermelhos-laranjas que combina com o gigante tapete felpudo no chão e com as almofadas nas cadeiras estilo anos 1970, que estão arrumadas em uma área separada, em outra parte da sala.

Há plantas por todos os lados — árvores gigantes em vasos espalhafatosos ocupam todos os cantos da sala, enquanto plantas menores estão arrumadas em um suporte laranja que é muito, muito anos 1970.

Acima de tudo isso está um imenso candelabro de cristal na forma de um globo de discoteca. Sim, um globo de discoteca.

Nunca vi nada assim. Para ser honesta, não tenho certeza se alguém deste século viu. Ou talvez em qualquer outro.

— Parece que os anos 1970 explodiram aqui... e suas entranhas foram devoradas pelos anos 1980 — Hudson comenta, em uma voz mais baixa do que a minha.

— Esta é uma... — Procuro uma palavra que não seja crítica, mas, no fim, tudo no que consigo pensar é: — ... uma descrição bem apropriada.

— Eu não sabia que existiam tantas cores no Reino das Sombras.

— Eu não sabia que existiam tantas cores em *qualquer* reino — retruco, e sei que meus olhos estão pelo menos tão arregalados quanto os de Hudson enquanto olho ao redor.

— Você levantou uma boa questão. — Hudson ri. — Quão narcisista alguém precisa... — prossegue, em um sussurro quase inaudível, mas para de falar assim que ouvimos passos nas escadas do lado externo à sala.

Nós nos viramos ao mesmo tempo e damos de cara com Souil parado ao pé da escadaria circular em um terno branco de discoteca, à la John Travolta em *Embalos de sábado à noite*. Embora parado possa ser um pouco de exagero, já que ele está agarrado ao corrimão como se estivesse tendo um desmaio súbito — ou estivesse posando para a *Playboy*.

— Que merda é essa? — Hudson pergunta, de maneira quase inaudível.

Não tenho ideia, mas não vou responder isso para ele enquanto o prefeito me encara com a expressão de maior interesse que já vi no rosto de alguém. Acrescente a isso o fato de que seu cabelo branco, na altura dos ombros, está preso atrás da nuca em um rabo de cavalo — à la John Travolta em *Pulp Fiction* —, e honestamente não tenho nada a dizer. Só que, se ele de repente começar a cantar o refrão de "Greased Lightnin'" ou ameaçar arrancar um de nossos rostos, eu não ficaria nem um pouco surpresa.

— Bem-vindos, bem-vindos! — Souil saúda, afastando-se do corrimão, com um movimento dramático de cabeça. — Sinto muito mantê-los esperando, mas o dever chama.

— Só estamos aqui há alguns minutos — digo para ele, caminhando para encontrá-lo no pé da escada, já que ele está demorando muito para dar cada passo. — Obrigada novamente por nos convidar.

— É claro, é claro. — Ele abre bem os braços. — Bem-vindos à minha humilde residência.

Tenho quase certeza de que Hudson se engasga ao ouvir aquilo, mas não se pronuncia. Graças a Deus. Só consigo imaginar os comentários sarcásticos que passam por sua mente e, neste instante, meu único objetivo é conseguir sair daqui sem ofender o homem mais poderoso de Adarie.

— É absolutamente... fascinante — elogio. — Gosto particularmente da sua foto usando o cafetã.

— Vermelho *é* uma das minhas melhores cores — ele concorda, com outro gesto de cabeça. Então bate palmas e grita: — Trudgey, Trudgey! Estamos prontos para o almoço!

A voz dele é tão alta que ressoa no teto que parece a Capela Sistina e ecoa na sala. Em segundos, a governanta — também conhecida como Trudgey, pelo jeito — entra deslizando na sala.

— É claro, prefeito. Deixem-me mostrar seus assentos.

Então, ela abre duas portas douradas ornamentadas na parede dos fundos e nos conduz até uma sala de jantar que parece mais extravagante do que a sala de estar — coisa que eu não acreditava ser possível até este exato momento.

— Sentem-se — o prefeito convida, acenando na direção de um bloco de mármore esculpido que funciona como mesa no meio da sala. — Há cartões com os nomes de vocês, então, por favor, encontrem seu nome.

Cartões com nossos nomes? Só há nós três aqui — e só três conjuntos de pratos e talheres na mesa gigante. Quão difícil deve ser para encontrarmos um lugar?

Mas não falo nada, nem Hudson, muito para minha surpresa e alívio. Em vez disso, ele simplesmente segura a cadeira diante do lugar que tem o cartão com o meu nome, e espera que eu me sente.

Depois que o faço, Hudson toma seu assento do outro lado da larga mesa, bem na minha frente, enquanto o prefeito se senta na cabeceira.

Ao fazê-lo, as luzes do candelabro de vidro em camadas e cortado em círculo — que acabou de ganhar a aposta que fez com o globo de discoteca da sala de estar em termos de feiura — iluminam seu rosto, e percebo que ele parece diferente se comparado com a primeira vez em que o vimos. Mais jovem, de algum modo. As linhas que eram tão pronunciadas quando falou nas audições para o festival parecem minimizadas, menos marcadas.

Talvez seja por isso que ele mantém aqueles candelabros horrendos por perto — a luz o faz parecer muito bem, muito bem mesmo. É isso ou fez alguma plástica caprichada nos últimos meses.

Mas, novamente, a julgar pela vaidade demonstrada por este lugar, consigo acreditar que ele passou recentemente por uma sessão do que quer que seja usado como botox no Reino das Sombras.

— Trudgey, por favor, traga uma mimosa para nossa convidada de honra — pede, gesticulando na minha direção. — E água para o cavalheiro.

— É claro — Trudgey responde, com um sorriso. — De que tipo de mimosa você gosta, minha querida?

— Na verdade, eu gostaria de água também. Não gosto muito de beber e...

— Bobagem! — Souil insiste. — Trudgey passou uma hora espremendo laranfon para você esta manhã, para que pudéssemos ter suco fresco. Você simplesmente precisa experimentar. É delicioso.

— É claro. — Dou um sorriso para Trudgey. — Muito obrigada por fazer isso. Eu adoraria um pouco de suco de larsa...

— Laranfon — ela me socorre. — É uma fruta doce e amarga que o prefeito simplesmente ama. Trarei um pouco de água para vocês dois também.

— Obrigada. Eu agradeço.

Ela acena com a cabeça e me dá outro de seus sorrisos gentis. Então se vira para Souil e diz:

— Quando estiverem prontos, servirei a comida.

— É claro que estamos prontos! — ele irrompe. — Já passou da uma da tarde. Grace deve estar faminta!

— Ah, eu posso...

O prefeito despreza meu comentário com um aceno.

— Você vai amar o brunch. Trudgey e sua irmã, Tringia, são chefs incríveis. — Ele coloca os dedos na boca, em um gesto de beijar o chef. — Tudo que elas fazem é perfeito.

— Tenho certeza de que é — Hudson concorda e então se volta para ela. — Agradeço por ter se dado a todo esse trabalho por nossa causa hoje.

Trudgey acena com a cabeça novamente, dá meia-volta e retorna para a cozinha. Mas, assim que sai, a sala se enche de pessoas carregando bandeja após bandeja, todas repletas de comida.

Reconheço alguns dos pratos — uma travessa de frutas, por exemplo, ainda que as frutas tenham uma aparência bem diferente das que eu comeria em casa. Uma cesta que acho que contém pãezinhos doces. Algo em uma torta que parece ser algum tipo de quiche vegana — se eu ignorar o fato de que parece ter sido feita usando ovo roxo como substituto. E, por fim, uma panela fumegante do que parece muito com algum tipo de tofu roxo.

Sou superadepta a refeições veganas — os vegetais sempre foram uma das minhas comidas favoritas —, mas Noromar leva isso ao extremo. Não tenho nada contra tofu normal, mas tofu roxo? Não tenho tanta certeza quanto a isso.

— Isso é *fondue*? — pergunto, quando um dos criados coloca uma panela de ferro no lugar de honra, no centro da mesa, e alguém entrega para Souil e para mim um pequeno prato de pão e frutas para mergulhar naquilo. Uma terceira pessoa nos entrega um garfo comprido.

— É, sim! E é simplesmente delicioso! Eu comeria isso todos os dias, se pudesse, mas Trudgey insiste que preciso controlar meu peso, então reserva isso para ocasiões especiais.

— Ah, não somos uma ocasião especial... — começo a falar, só para ser interrompida por outro aceno de sua mão.

— Por favor, querida garota. Vocês dois são tão especiais quanto parecem ser. Quero fazer isso desde que vocês apareceram pela primeira vez. Faz décadas desde que vi outro visitante do tipo humano como você, Grace! Esta é uma celebração. De fato...

Souil se distrai quando Trudgey volta com uma garrafa de vinho espumante e uma jarra que imagino ser suco de laranfon.

Enquanto ela serve as mimosas sob o olhar atento do prefeito, deixo meu cabelo cair no rosto e gesticulo com a boca para Hudson: *Do tipo humano?*

Ele apenas dá de ombros e me direciona um olhar para me relembrar de que fui eu quem quis vir a este brunch aparentemente com tema dos anos 1970. Mas é claro que Souil disse *décadas*. Talvez seja por isso que esta casa parece uma homenagem à era disco. Seu último visitante humano deve ter sido nos anos 1970, e Souil acha que esse ainda é o auge da moda atual dos humanos.

Não posso deixar de me perguntar o que aconteceu com o visitante com calça boca de sino.

É por isso que, assim que Trudgey termina de servir as mimosas roxas, viro-me para o prefeito e faço a pergunta que está ardendo no fundo da minha garganta desde que chegamos:

— Por que acha que o dragão nos atacou? E acha que ele vai voltar para completar o serviço?

Capítulo 96

NÃO EXISTE BRUNCH GRÁTIS

— Grace —

Hudson se engasga pela segunda vez nos últimos dez minutos — dessa vez, com um gole d'água.

O prefeito não percebe enquanto toma um gole bem proposital de sua bebida e me encara pela beirada da taça de champanhe.

— Os dragões estavam atrás de vocês especificamente? — ele pergunta, depois de vários segundos desconfortáveis. — O que lhe deu essa ideia?

— Sério? Você não viu como o dragão... — Eu me inclino para a frente em meu assento, mas Hudson me olha com expressão de advertência.

Então, em vez de bombardeá-lo com três milhões de perguntas que saltitam neste momento dentro de mim, eu me obrigo a ter algum autocontrole, e pergunto apenas uma.

— Você nunca nos contou. Como chegou ao Reino das Sombras?

Ele ri e coloca algumas frutas em seu prato antes de me oferecer a travessa. Eu a pego e faço o mesmo, ainda que comida seja a última coisa em minha mente agora.

— Tenho quase certeza de que cheguei aqui do mesmo jeito que você, minha querida.

— Não entendo. — Olho para Hudson, em busca de ajuda.

— Chegamos aqui acidentalmente — Hudson diz, finalmente se juntando à conversa.

— Acidentalmente? — Souil faz uma careta. — É assim que chamam agora?

— Como deveríamos chamar? — Hudson retruca e, ainda que seu rosto esteja com aquela expressão impassível novamente, posso sentir a atenção e a impaciência bem dentro dele.

— Magia antiga, é claro. — Souil olha para mim e para Hudson, como se tentasse captar todas as nossas reações. — Sou um feiticeiro do tempo. E você é uma...

— Gárgula — completo para ele, tentando não reagir ao fato de que o prefeito acaba de dizer as palavras "feiticeiro" e "tempo" na mesma frase. Não tenho certeza se estou pronta para o que isso possa significar. Então, em vez disso, continuo: — Sim, só fui descobrir ontem. É bem louco.

— Gárgula, hum. — Ele olha para Hudson. — É isso que ela pensa ser?

— Não é o que ela *pensa*. É o que ela *é* — Hudson grunhe, estreitando os olhos.

Souil ergue uma mão tranquilizadora.

— É claro, é claro. — Mas a expressão em seu rosto indica que há alguma coisa a mais na história. Talvez até muito mais.

— Não é verdade? — pergunto, mais confusa do que nunca, mas querendo saber. — Sou mais alguma coisa além disso?

— Você saberia mais do que eu, querida garota. Suponho que eu esteja apenas fazendo suposições. — Ele toma outro gole de sua mimosa, antes de se recostar na cadeira. — Agora, me digam, por favor. Como posso ajudar vocês dois?

— Foi você quem nos convidou para vir aqui — Hudson o recorda.

— Convidei, é claro. Para agradecê-los pelo serviço realmente incrível que nos prestaram noite passada. Eu gostaria de dar algo a vocês em troca de sua coragem. Algo para ser visto. Tamanha generosidade é de fato comovente.

— Não sei quanto a isso. Acho que qualquer um que pudesse teria feito o mesmo — digo.

— Bem, esta é a questão — ele me diz. — Não acho que seja necessariamente verdade. Além disso, não conheço mais ninguém em Adarie que fez o que você fez.

— Matar um dragão? — Hudson pergunta, sem entender.

— Matar um guardião da barreira — o prefeito retruca.

Capítulo 97

DE NOVO O DRAGÃO DO TEMPO

— Grace —

— Está dizendo que dragões protegem a barreira entre os reinos? — Hudson questiona, ainda em dúvida. — Nunca ouvi isso antes.

— Não são apenas dragões. São dragões do tempo — Souil responde.

— Dragões do tempo? — Tento me lembrar de tudo o que aprendi sobre dragões. Incluindo detalhes que não faziam muito sentido antes. — É assim que eles fazem aquela coisa de saltar de um lugar no outro?

O prefeito me dá um sorriso orgulhoso.

— É, sim.

Meu coração bate forte no peito e não posso disfarçar a animação da minha voz quando pergunto:

— Eles podem nos levar para casa?

Souil bate com o guardanapo na boca pelo que parece ser uma eternidade antes de responder:

— Eles meio que podem, sim.

— E agora nós matamos um deles? — Hudson indaga. — Presumo que isso não vai encorajar o restante deles a nos ajudar.

— Mas ele estava tentando nos matar. Os dois dragões estavam — insisto. — Eles não estavam tentando nos ajudar em nada, exceto a morrer.

— É isso o que os guardiões fazem — Souil explica. — E não são centenas deles... nem mesmo dez deles... se é o que vocês estão pensando. Os guardiões, os dragões do tempo, são criados quando alguém rompe a barreira entre os reinos. Um dragão para cada fenda. Romper a barreira bagunça o tempo, o que obviamente não é aceitável. Então o Deus do Tempo criou guardiões para vigiar a barreira e consertar as fendas imediatamente.

— Deus do Tempo? — repito porque, claro que sim. Deus. Do. Tempo.

O prefeito dá de ombros.

— Há todos os tipos de deuses, querida garota. Você não sabe?

Nego com a cabeça.

— Mas por que os dragões vieram atrás de nós? — quero saber. — O que temos de fazer para reparar uma fenda no tempo?

Souil balança a cabeça para frente e para trás.

— É um pouco mais complicado, mas, essencialmente, vocês não deveriam estar aqui... e eles não vão descansar até livrarem o reino de vocês.

— E como eles se livram de nós? — Os olhos de Hudson se estreitam como se tentasse descobrir o que acontece a seguir.

— Nos matando — sussurro.

— Não posso afirmar isso. Ninguém pode. — Souil se recosta na cadeira e bebe o restante de sua mimosa em um longo gole. Depois que coloca a taça na mesa, ele olha para nós, um de cada vez. Então prossegue: — O que posso afirmar é que os dragões do tempo não desistem. Eles vão continuar vindo atrás de vocês para sempre, até que ou vocês ou eles estejam mortos.

Esta é basicamente a última coisa que quero ouvir. Matar um dragão do tempo foi horrível. Não só a luta, o sangue e o pavor que levou a isso, mas o ato de matá-lo em si. Eu sequer *pretendia* matá-lo, e ainda estou chateada por ter feito isso. Agora o prefeito está me dizendo que precisamos matar um segundo dragão, ou ele nos matará em algum momento?

Ou...

— Mas, se eles nos matarem, *talvez* acabemos de volta no nosso mundo? — pergunto, de um fôlego só, e posso sentir Hudson ficar tenso. E eu entendo. Deixar um dragão matar você na *esperança* de sobreviver em outro lugar parece muito estúpido, mesmo assim... se fosse possível... eu poderia rever Macy e o tio Finn. Me formar no ensino médio adequadamente. Ir para a faculdade.

— As únicas pessoas que saberiam o que acontece não estão mais aqui para contar, como era de esperar. Pessoalmente, não acho que alguém deveria se arriscar a morrer só para saber com certeza. — O prefeito balança a cabeça. — Não imagino nada pior do que ser morto por um dragão do tempo, honestamente. Se eu fosse vocês, não tentaria descobrir.

Não quero acreditar naquilo. Não quero pensar que teremos de passar o restante do nosso tempo em Noromar ou olhando por sobre o ombro, à espera de que o dragão gigante nos ataque, ou caçando-a preventivamente para que ela não nos ataque e não nos pegue com a guarda baixa. E para que ela não mate mais pessoas inocentes, como fez noite passada.

Acho que isso é o que me deixa mais inconformada com toda a situação. Conseguimos deter o dragão menor — e machucar a maior — antes que eles machucassem muita gente. Mas, no início, quando o dragão menor fez o primeiro voo por sobre a cidade, ele matou aquela mulher só porque ela se parecia comigo. Ele machucou outras pessoas porque elas estavam entre nós e ele.

Odeio isso. Absolutamente, detesto a ideia de que pessoas neste reino morreram noite passada por um erro que cometi de algum modo quando prendi Hudson na minha mente. Detesto ainda mais a ideia de que outras pessoas possam morrer antes que tudo isto termine. Por minha causa. Por causa de algo que fiz e sequer compreendo.

— Grace. — Hudson chama o meu nome alto o bastante para me arrancar do meu devaneio. *Não é sua culpa*, ele faz com a boca.

Balanço a cabeça em um sinal negativo. Claro que é minha culpa. De quem mais seria? Desde o início, quando nos encontramos no covil pela primeira vez, Hudson me disse que sou a responsável. Ele não pode mudar de tom agora, só porque estou chateada com a verdade. E por "chateada" quero dizer "bem traumatizada".

— Então, o que fazemos? — Hudson pergunta para Souil.

— Só há uma coisa que vocês *podem* fazer. Terão de matar o dragão do tempo quando ela voltar, daqui a uns três meses. É...

— Três meses? — indago, horrorizada. — Temos que esperar três meses para que ela apareça?

— Bem, eles só aparecem quando está escuro, é claro. E já que só fica escuro durante três dias a cada três meses no Reino das Sombras... — Ele joga as mãos para o alto, em um gesto que significa "o que posso fazer?"

Não há nada que ele possa fazer. Nada que nenhum de nós possa fazer. Mas, ciente de que há uma possibilidade real de voltar para casa, a ideia de ter de esperar três meses antes de sequer pensar em tentar algo a respeito... não é o que eu queria ouvir.

Souil limpa a garganta e chama nossa atenção de volta para a conversa. Quando nós dois estamos fitando-o, Souil prossegue:

— Vocês vão matar o segundo dragão, não vão? Não querem machucar mais ninguém na nossa benevolente comunidade, certo?

Suas palavras me atingem como um soco no estômago, mas ergo o queixo e ofereço uma alternativa:

— Podemos deixar Adarie antes que o dragão volte.

Hudson abre a boca para dizer alguma coisa, provavelmente à procura de se oferecer para atrair o dragão para longe da cidade, mas Souil retruca:

— De jeito nenhum.

Hudson fecha a boca, encara o prefeito com os olhos apertados, e meu olhar vai de um para o outro.

Souil nos oferece um sorriso gentil e nos tranquiliza:

— Este é o lar de vocês agora. Não queremos ouvir falar de vocês indo embora. — Ele faz um gesto para que Trudgey encha minha taça de champanhe mais uma vez, antes de acrescentar: — Vocês mataram um dragão. Só há mais um para derrotar, e podem viver o resto de suas vidas neste lugar maravilhoso. — Seu sorriso seguinte não alcança os olhos. — Então está resolvido, certo?

Hudson junta os dedos das mãos diante do rosto.

— Veremos.

Não posso deixar de me perguntar se teremos de lutar contra um dragão em três meses — ou hoje à noite.

Capítulo 98

VAMOS FALAR SOBRE O
DRAGÃO DO TEMPO NA SALA

— Hudson —

— Esse cara tem problemas — comento com Grace no minuto que saímos da propriedade e chegamos à rua.
Ela leva a mão ao peito, parecendo chocada:
— Ora, Hudson, o que você quer dizer? Ele me pareceu totalmente adorável. — Por um segundo, acho que está falando sério, mas então revira os olhos. — O que o faz pensar assim? — ela pergunta, enquanto continuamos em direção à praça da cidade.
— O fato de que cada cômodo em que entramos tinha pinturas cada vez mais ridículas dele nas paredes do que as do aposento anterior? — sugiro.
— Esse é um bom indicador — ela assente. — Ainda que eu ache que aquela pose na escada devia ir para os anais.
— Essa foi outra coisa — concordo. E então, porque *alguém* precisa tocar no assunto... — Então, hum, dragões do tempo, hein?
Grace não responde nada no início, e deixo que os sons das nossas pegadas no chão de paralelepípedo nos cerquem, dando tempo para ela reunir os pensamentos. Porque, se conheço Grace, ela terá *muitos* pensamentos sobre o tema.
Uma bola rola na nossa frente e me abaixo para pegá-la, sem parar de andar, e a jogo de volta para um garotinho com cabelo castanho curto e pele roxa-escura que vem correndo logo atrás.
— Obrigado! — O menino acena e volta correndo para um grupo de seis ou sete crianças que jogam entre si. Gritos e risadas ecoam na noite sob os fios de luzes de fada, e a bola é chutada de uma pessoa à outra, em algum tipo de ritmo complicado, até que uma criança joga um aro gigante sobre ela. É diferente de qualquer jogo que já vi, mas eles parecem se divertir.
Olho de relance para Grace, mas ela ainda encara os pés enquanto andamos. Meu estômago se retorce um pouco, porque acho que sei exatamente em que está pensando — e está tentando criar coragem para me contar.

— Não — falo, com firmeza. — Não vamos deixar Adarie.

Grace pisca na minha direção, com uma expressão que significa "como você sabia?", e reviro os olhos para ela.

— Porque sei que você prefere morrer a colocar em risco a segurança de alguém — destaco, e os cantos da boca dela se viram para baixo.

Mesmo assim, ela não se manifesta.

E isso me assusta pra caralho.

Porque, neste instante, só consigo pensar em um motivo pelo qual Grace não está gritando comigo, dizendo que está certa e eu estou errado. Em vez disso, está pensando em pular na frente de um dragão em movimento.

— Você não vai perder a briga para o dragão de propósito, tampouco. — Não consigo evitar que a raiva vaze na minha voz. — Você realmente faria *qualquer coisa* para tentar voltar para Jaxon?

Grace para, e suas sobrancelhas quase alcançam a linha do cabelo.

— Mas que... — Ela balança a cabeça. — Hudson. Não. Sequer *consideraria* isso.

— Você ainda quer ir para casa — insisto. — Você perguntou sobre ir para casa.

— É claro que ainda quero ir para casa! — Grace grita. — E você não?

Acho que esse é o real problema. Não quero.

— Não.

Ela gagueja por um segundo.

— Mas... mas... você nem tem seus poderes aqui!

— Sim, eu sei. E é fantástico. — Travo os dentes. — Não tenho pais de merda tentando me usar. Nenhum pseudoamigo que na verdade morre de medo de mim. E, honestamente, nenhuma demonstração de poder, para me assustar com a *necessidade* de usá-lo. Sim, eu gosto daqui.

Mas não revelo o principal motivo pelo qual gosto daqui. Como é acordar ao lado dela todas as manhãs. Compartilhar uma risada sobre qualquer coisa boba que Smokey fez naquele dia. Ou, diabos, até brigar com ela sobre quem é o responsável por lavar a roupa dessa vez.

Mas não posso dizer essas coisas. Isso colocaria muita pressão em Grace, e não é justo.

— Nunca pensei desse jeito antes, Hudson — ela murmura, e me olha com uma expressão suave. — Me desculpe.

Bem, diabos.

Como a conversa passou de dragões do tempo para uma maldita sessão de terapia?

Passo uma mão pelo cabelo, tento pensar nas palavras que ela precisa que eu fale.

Quero dizer para ela que está tudo bem, que entendo. Ela tem uma vida a esperando lá. Família de quem sente falta, amigos... Jaxon. Claro, só estamos aqui há alguns meses, mas é óbvio que está com dificuldade para se encaixar. E *quero* dizer para ela que entendo.

Mas não posso.

Sinto como se um trator estivesse estacionado sobre meu peito, e não quero ser compreensivo sobre essa situação.

Então, não digo nada. Só enfio as mãos no bolso e continuo andando. Respiro de alívio quando Grace me acompanha e não traz à tona nenhuma das merdas que leu nos meus diários.

— Não consigo acreditar que há dragões do tempo nos caçando — ela confessa, baixinho.

Pelo menos, acho que é isso que diz. É difícil ouvir qualquer coisa com o fluxo sanguíneo que sai acelerado do meu coração.

— Pois é — respondo. Muita coisa que Souil disse faz sentido... mas as coisas que ele não falou me deixaram ainda mais curioso.

— Acha que o dragão maior vai voltar hoje à noite? — pergunta, quando viramos a esquina que sai de um dos cantos da praça principal, e entramos em uma rua cheia de lojinhas.

— Não é provável — digo. — Ela precisa deixar aquela asa sarar um pouco.

Grace assente com a cabeça, finalmente erguendo os olhos quando passamos diante de uma vitrine cheia de roupas de bebê. Ela respira fundo, e quase desmaio de medo do que está se preparando para me falar.

Então ela me dá um sorrisinho e pergunta:

— Então, o que você quer fazer hoje à noite?

É tão distante do que achei que fosse falar que apenas a encaro, atônito.

— Oi?

Ela aponta para o céu ainda escuro.

— Temos pelo menos mais um dia antes que tenhamos que nos preocupar com o nascer do sol. O que você quer fazer?

Solto a respiração que nem percebi estar segurando. Parte de mim quer exigir que continuemos a discussão sobre o dragão do tempo e a *não* possibilidade de nos matarmos a fim de ir para casa. Mas, no fim, uma chance de passar mais tempo com Grace sem ainda precisar encarar um futuro sem ela parece um ótimo jeito de passar a noite.

— Podemos aproveitar a escuridão para passear pelas lojas um pouco — sugiro. — Talvez eu pudesse gastar um pouco do meu salário com você e Smokey.

Grace praticamente se ilumina ante a sugestão.

— Esta é uma ideia fantástica. Desde que eu possa gastar um pouco do *meu* salário muito patético com *você*.

— Não preciso... — Paro de falar quando Grace me olha feio. E ainda que a ideia de ela gastar seu dinheiro comigo me irrite, quando tudo o que quero é cobri-la com tudo o que possa sonhar, engulo as palavras e, em vez disso, falo: — Seria ótimo!

— Excelente! — Ela esfrega as mãos. — Então vamos causar danos sérios!

Enquanto seguimos pela rua, Grace me lança um olhar estranho e ri um pouco.

— O que é tão engraçado? — pergunto.

Ela balança a cabeça.

— Eu só estava pensando que nem em um milhão de anos pensei que ouviria o grande príncipe vampiro, Hudson Vega, falar de seu salário.

Entendo o que está dizendo, mesmo assim me incomoda um pouco.

— Não tenho medo de trabalhar.

— É claro que não! — ela se apressa em dizer. — Vi você na fazenda.

— Exatamente. Nenhum príncipe normal jamais se deixaria ser coberto com aquele tanto de leite de tago.

Grace finge estar confusa.

— Mesmo assim você não teve problema algum em me indicar para a ordenha no dia seguinte?

— Bem, você me *fez* ficar coberto de sanguessugas, então eu diria que ainda está ganhando.

Ela me olha com ar de superioridade.

— Não mencionei as sanguessugas nenhuma vez.

Estreito meus olhos, fingindo fazer cara feia.

— Você não tentou jogar isso na minha cara porque sabe que é sua culpa.

— Foi você quem me fez ficar coberta de leite de tago! — acusa, com afetação.

— E sua resposta inteiramente proporcional a isso foi me jogar em um lago cheio de sanguessugas.

Grace dá de ombros.

— Eu não *joguei* você. Você... *pulou* lá dentro. Além disso, eu gostava daquela camiseta, e agora ela ficou arruinada para sempre.

— Mais do que você gosta de mim, aparentemente. — Reviro os olhos para ela.

— Na época, talvez. — Grace estende o braço e pega minha mão. E quase faz meu maldito coração explodir, mesmo antes de acrescentar: — Agora não mais.

Capítulo 99

DESCONFIADO, MAS VERIFICADO

— Hudson —

Não consigo acreditar naquilo.

Três palavrinhas e, de repente, estou com completamente sem palavras. Seria constrangedor se eu também não estivesse tão... feliz. É uma sensação estranha, uma com a qual definitivamente não estou acostumado. Mesmo assim, estou tentando aproveitar o que tenho e não me preocupar por antecipação.

Cresci aprendendo a apreciar qualquer pequena felicidade que eu conseguia no momento. E é por isso que posso ficar extasiado com o fato de Grace querer ficar comigo hoje, ainda que ela esteja pensando em como *não* estar comigo amanhã.

Quando Grace está ao meu lado, é ainda mais fácil do que parece. Definitivamente, mais fácil do que jamais foi. E, sim, estou plenamente ciente de quão patético é isso. Mas isso não faz com que seja menos verdade.

Sorrio ao me lembrar de como fiquei animado ao receber meu primeiro salário como professor, enquanto Grace dançava pelo nosso quarto e acenava com o pedaço de papel, cantarolando "O sr. V arrasa" sem parar. Não posso deixar de pensar que Richard também teria ficado muito orgulhoso de mim, se tivesse visto aquilo.

É estranho me preocupar com dinheiro pela primeira vez na vida. Apesar de todos os defeitos de Cyrus e Delilah — que são uma legião —, eles sempre foram generosos com dinheiro, no que diz respeito a Jaxon e a mim. E sempre aceitei porque imaginei que era o mínimo que eles podiam fazer depois de tudo que me fizeram passar.

Além disso, como príncipe primogênito, tenho um imenso fundo fiduciário que me foi dado pela própria Corte Vampírica. Um que não tem nenhuma relação com o dinheiro dos meus pais.

Mas isso não significa que eu me importe em ter de trabalhar para ganhar o dinheiro necessário para minha sobrevivência aqui — e o dinheiro para ser capaz de pagar o que devemos a Arnst. Gosto da ideia de ter dinheiro só porque o mereci.

Continuamos a caminhar por vários minutos, de mãos dadas, olhando várias vitrines e tentando fingir que as outras pessoas na rua não estão nos encarando.

Mas é claro que imagino ser bastante normal que as pessoas estejam curiosas sobre o vampiro e a gárgula que deixaram um dragão morto no gramado na frente da casa do prefeito.

O lado bom é que Grace encontra uma loja de doces e uma floricultura com um aviso de "PRECISA-SE DE AJUDANTE" na vitrine. Penso que talvez eu pudesse tentar um emprego de meio período na biblioteca, já que a escola básica funciona só até as duas da tarde. Além disso, a ideia de estar cercado por livros durante algumas horas do dia parece o paraíso.

— Por que não entramos aqui? — Grace sugere, parando diante de uma pequena butique que vende roupas tanto para homens quanto para mulheres. Não tem uma seleção muito grande, mas considero isso um bônus. Passei a maior parte da minha vida adulta usando roupas de designers nos quais eu não me interessava, principalmente para fazer minha parte como príncipe vampiro para meu velho e querido pai. Esse parece ser o jeito perfeito de mudar a situação.

Ainda que eu fosse capaz de pagar um pequeno resgate para ter minhas roupas íntimas da Versace de volta.

No instante em que entramos na loja, não posso deixar de ponderar se tomamos a decisão errada. Não porque há algo errado com as roupas, mas porque a vendedora vem correndo na nossa direção assim que a porta se fecha atrás de nós.

— São vocês! — ela exclama, apressando-se para nos cumprimentar com um sorriso gigante no rosto. — Grace e Hudson! Eu esperava poder conhecer vocês!

Grace e eu trocamos um olhar inquieto. Dou um passo para trás, mas é tarde demais. A vendedora já jogou os braços ao nosso redor e nos aperta em um caloroso abraço de grupo.

— Obrigada, obrigada, obrigada! — ela agradece. — Vocês salvaram a todos nós.

— Hum, na verdade, não acho que mereçamos algum crédito — Grace responde, constrangida. — Tenho quase certeza de que os dragões estavam aqui por nossa...

— Bobagem! Qualquer que seja o motivo pelo qual vieram, eles teriam destruído o vilarejo todo, se não fosse por vocês. E estou muito grata por isso não ter acontecido. — Ela abre um sorriso de orelha a orelha para nós dois. — Agora, chega de falar de assuntos desagradáveis. Meu nome é Tinyati, e esta é minha loja. O que posso fazer por vocês hoje?

— Estamos aqui porque estamos com problemas — Grace conta, com um sorriso que sempre deixa as pessoas à vontade. — Chegamos aqui quase sem roupas e, noite passada, basicamente destruímos as melhores peças que tínhamos. Então, se tiver algo que nos sirva, ficaremos gratos se puder nos ajudar.

Acontece que aquelas são palavras mágicas, porque leva cerca de cinco minutos para Tinyati nos levar até os provadores com uma pilha de roupas em nossos braços. Então, enquanto começamos a prová-las, ela continua trazendo mais e mais, até que parece que experimentamos a loja inteira.

Estou só com uma calça jeans desabotoada quando ouço outra batida à porta do meu provador.

— Saio em um segundo, Tinyati! — falo.

Mas não é Tinyati quem responde.

— Sou eu — Grace sussurra. — Você está pelado?

— Não, mas...

— Ótimo.

Ela abre a porta e se espreme dentro do cubículo. Então se senta no banco minúsculo que está perto da parede — aquele que está coberto de roupas que ainda preciso provar — e ergue os pés, de modo que eles não toquem o chão.

— Problema? — pergunto.

Grace se concentra em mim pela primeira vez.

— É sério isso? — Ela joga uma camiseta para mim. — Será que você pode se vestir, por favor?

— Este é o *meu* provador. Supostamente, eu deveria estar sem roupas aqui. Na verdade, é para isso que ele serve.

— Sério? — ela sibila. — Acha que é hora de fazer *mansplaining* e tentar me explicar para que serve um provador?

— Às vezes, é só uma explicação, não é fazer *mansplaining*. E só expliquei porque você pareceu confusa sobre "o que as pessoas fazem aqui".

— Pelo amor de Deus, será que dá só para você se vestir? — Grace me joga outra camiseta.

— Cuidado, Grace. Você fica tentando me cobrir, e vou começar a achar que meu físico seminu a deixa desconfortável — eu a provoco.

— E me deixa — responde, impassível. — Me faz querer trepar em você como se você fosse uma árvore, enrolar as pernas no seu quadril e persuadi-lo a fazer o que quiser comigo.

— Hum. — Pela segunda vez hoje... e basicamente a segunda vez na minha vida... não consigo dar uma resposta para Grace. Exceto: — A estalagem é logo ali na esquina.

E é assim que o tom dela passa de brincalhão para algo carregado com eletricidade. Minha mente está acelerada. Meu coração está acelerado. Merda, tudo está acelerado. Olho para a porta, considerando a hipótese de pegar Grace nos meus braços e acelerar até nosso quarto.

Mas então Tinyati começa a falar e o momento se vai.

— Grace, onde você está? Tenho mais vestidos para você experimentar. Mal posso esperar para ver você usando tafetá!

Grace segura minha mão e faz com a boca: *Fique bem quieto.*

— Grace? — Há uma batida à porta, seguida pela voz de Tinyati. — Hudson, Grace está aí com você?

— Tarde demais. Ela me encontrou — Grace sussurra, com raiva. — Retiro minha oferta, e agora você nunca saberá por que vim aqui. Não se arrepende de ter perdido todo esse tempo precioso falando do seu abdômen duro como pedra?

— Para ser justo, nunca mencionei meu abdômen duro como pedra — sussurro de volta.

— Grace? Hudson? — Agora Tinyati parece preocupada.

— Pois bem que podia — Grace funga. Então diz em voz alta: — Você pode colocá-los no provador, Tinyati! Estarei aí em um segundo! — Ela se vira para mim e sussurra: — Tafetá. Reze por mim.

— Desculpe, ainda estou lamentando — digo para ela.

Ela dá uma gargalhada.

— E devia mesmo. Da próxima vez, cale a boca mais rápido.

E então ela sai, deixando-me sozinho com uma pilha de roupas e um punhado de pensamentos que tornam bem desconfortável o ato de experimentar aquelas roupas.

Quarenta e cinco minutos depois, saímos da butique de Tinyati carregados de sacolas. Cada um de nós escolheu algumas calças jeans, camisetas e roupas íntimas, mas, quando levamos as peças até o balcão, Tinyati teve um ataque. Expliquei para ela que estamos perto da falência, e que por isso estamos sendo econômicos nas nossas compras.

Claro que isso só significa que ela tentou encher nossas sacolas com roupas pelas quais não podemos pagar — apesar de nossas repetidas respostas negativas.

— Estão em liquidação — ficava repetindo. — Vocês me farão um favor se tirarem isso das minhas mãos.

Quando apontei que aquelas roupas não estavam em liquidação e que, ainda que apreciássemos o gesto, não queríamos nos aproveitar de sua boa vontade, ela me falou que passou a vida toda sem ter um homem lhe dizendo como administrar seu negócio e que não ia começar agora.

Outra coisa boa? Grace também conseguiu um emprego. Ela começa amanhã, às onze da manhã.

Seus olhos brilham quando ela se vira para mim, e não posso deixar de esperar que, talvez dessa vez, ela encontre algo que ame fazer. Sempre achei Grace muito estilosa.

Ainda que, se eu for sincero, tudo em que consigo pensar agora é se ela estava falando sério sobre trepar em mim como se eu fosse uma árvore. Talvez naquele vestido de tafetá.

Capítulo 100

CHORAMINGOS E JANTAR

— Grace —

Não acredito que me ofereci para Hudson.

Quero dizer, no início, só estava tentando provocá-lo — já que ele parecia completamente imperturbável por eu ter corrido até seu provador para evitar ter que experimentar o vestido de tafetá. Mas então estávamos naquele espaço minúsculo... e ele estava seminu. E dificultando tudo.

Mas então ele sugeriu que voltássemos à estalagem, e meu cérebro teve um curto-circuito geral.

Eu estava pensando profundamente depois do pequeno brunch com o prefeito, preocupada com o fato de que o dragão do tempo atacaria de novo, com as pobres pessoas que tinham se machucado ontem e com suas famílias, tudo por causa de algo que aparentemente fiz sem nem perceber. Como abri uma fenda no tempo? E, se fiz isso uma vez, será que consigo fazer de novo?

Fiquei tão grata quando Hudson sugeriu que fôssemos às compras. Uma atividade normal para tirar minha mente dos milhares de pensamentos que davam volta no meu cérebro.

Agora temos um novo guarda-roupa, tenho um emprego do qual acho que posso realmente gostar e... temos tensão sexual suficiente entre nós para manter cada luz de fada de Adarie acesa durante semanas.

Depois que terminamos as compras, estou prestes a sugerir que talvez devêssemos pedir serviço de quarto na estalagem, quando encontramos os trovadores. Ainda que todos pareçam um pouco desgastados depois do Grande e Infeliz Encontro com o Dragão, também parecem estar de bom humor e insistem que jantemos com eles.

Hudson e eu deixamos nossas roupas na estalagem e seguimos para o restaurante onde nos encontramos com os outros, bem a tempo. Eles já estão acomodados, então nos juntamos a eles em meio a um monte de piadas sobre como é difícil ganhar a vida de maneira honesta no vilarejo.

— Mas, falando sério — Caoimhe começa a perguntar, depois que todos fizeram seus pedidos. — Você quer passar o resto da vida vendendo jeans e vestidos?

— Talvez — admito. — Veremos onde isso vai dar depois que eu tentar, pelo menos pelos próximos três meses. Mas, ao que tudo indica, minha nova chefe parece ser superdoce, ainda que um pouco insistente quando se trata de tafetá, e acho que será bem fácil trabalhar com ela.

— Três meses? — Lumi pergunta. — O que acontece então?

Lanço um olhar para Hudson, mas ele apenas dá de ombros. Não acho que exista algum motivo para não lhes contar sobre o retorno do dragão do tempo — ou sobre ser o tipo de situação nós-ou-eles.

— O dragão do tempo volta — digo, por fim.

— Dragão do tempo? — repete Orebon. — Aquelas coisas que atacaram o festival são *dragões do tempo*? Como vocês sabem?

— O prefeito nos contou — explico, e então começo a contar tudo o que sabemos até agora sobre dragões do tempo, fendas e sentenças de morte.

Não sei por quê, mas deixo de lado o fato de o prefeito mencionar ser um feiticeiro do tempo. Este é o único tópico sobre o qual quero conversar com Hudson antes de sair tagarelando pela cidade. Hudson não pareceu surpreso quando Souil revelou aquela informação, então espero de verdade que ele saiba sobre a existência dos feiticeiros do tempo e entenda exatamente o que eles são capazes de fazer. Se nada além disso, pelo menos imagino que o fato explique por que o prefeito parece mais jovem hoje do que ontem. Talvez até o motivo pelo qual está vivo há tanto tempo? Será que os feiticeiros do tempo recebiam esse nome porque são imortais? Faço uma anotação mental para perguntar tudo isso para Hudson mais tarde.

Lumi solta um assobio comprido e baixo.

— Bem, isso é assustador para caramba.

E é mesmo.

O dragão poderia até mesmo atacar hoje à noite, embora Hudson ache improvável.

Minha respiração começa a ficar superficial e rápida, e percebo que não tive nenhum ataque de pânico desde que chegamos a Adarie. Parece que o recorde vai chegar ao fim agora.

Olho para Hudson, mas ele já estendeu a mão por debaixo da mesa. Ele apoia a mão grande sobre a minha, em minha coxa, e então começa a bater com um dedo distraidamente. Não posso deixar de contar junto. Um. Dois. Três. Quatro. Cinco...

Quando chego a quinze, sinto meu peito relaxar e consigo encher os pulmões de ar de maneira decente.

Faço um *obrigada* para ele com a boca, e Hudson aperta minha mão.

Passamos o restante do jantar falando sobre temas triviais — trabalho, qual restaurante devíamos experimentar da próxima vez, quem faz o melhor cookie na cidade. E é reconfortante. Mas parece que estamos perdendo algo importante.

Continuo pensando nisso uma hora mais tarde, quando Lumi anuncia que precisam liberar a babá. Nós nos despedimos do lado de fora de uma sorveteria, e volto para a estalagem com Hudson.

Minhas palmas estão tão suadas que tenho que esfregá-las duas vezes na calça jeans antes de chegarmos ao nosso quarto. Fico me lembrando do incidente no provador, preocupada que Hudson traga o assunto à tona assim que ficarmos sozinhos. Preocupada que ele não faça isso.

Quando entramos no quarto, eu me viro e o observo fechar a porta lentamente e então me encarar. Ele enfia as mãos nos bolsos, e nós dois ficamos parados ali, olhando um para o outro, incertos do que fazer a seguir.

Mas então Hudson diz:

— Estou exausto. Boa noite, Grace.

Fico enraizada no lugar quando ele abre uma gaveta, pega sua calça de moletom e vai se trocar no banheiro.

Ainda estou parada no mesmo lugar quando ele abre a porta do banheiro novamente e joga as roupas sujas no cesto. Hudson se inclina e dá um beijo rápido na minha cabeça antes de seguir para seu lado da cama, puxar os lençóis e se deitar.

Então ele vira de lado, de costas para meu lado da cama, e a mensagem não seria mais clara nem se a gritasse.

Nada de trepar em árvores esta noite.

Capítulo 101

NENHUMA DAS BASES COBERTAS

— Grace —

— Minha pilha é maior do que a sua — a voz de Hudson, baixa e provocante, flutua pelo corredor da biblioteca até mim.

Nem me incomodo em erguer os olhos da capa do livro em minhas mãos.

— Não sou homem. Essa declaração não me assusta... nem me faz querer brigar.

Ele ri, então percorre em um instante os aproximadamente vinte passos que nos separam.

— Sabe o que me assusta? — reclamo, enquanto coloco o livro na pilha de "para ler depois" antes de pegar mais um.

— Eu andando? — Hudson levanta uma das sobrancelhas.

— Você acelerando quando só precisa andar alguns passos. Exibido.

É claro, sou madura o suficiente para admitir para mim mesma que não é isso que me incomoda. Toda vez que ele acelera, lembro-me do vampiro forte, rápido, poderoso e — engulo em seco — sexy para caramba que esse cara é.

O que, depois de dois meses, é bem difícil de ignorar quando ele passa por mim todas as noites, sem camisa, para vestir a calça de moletom no banheiro antes de dormir.

Ele parou de usar camiseta na cama na primeira vez que ficamos sem roupas limpas, antes da nossa maratona de compras, e nunca mais voltou a usar. Não estou reclamando, é claro, ou, pelo menos, não estaria, exceto pelo fato de que Hudson parece ter zero intenção de tomar alguma iniciativa em relação a mim nos últimos tempos.

Menos do que zero.

Nada.

Nenhunzinho.

Ele até apertou meu queixo essa manhã. Apertou. Meu. Queixo.

Hudson pega a pilha de livros que está nos meus braços.

— Achou alguma coisa interessante?

Hudson me surpreendeu na semana seguinte ao ataque do dragão ao contar que tinha conseguido um trabalho de meio período na biblioteca. Agora, eu me encontro com ele ali uma vez por semana para reabastecer a pilha de livros "para ler depois" que deixo ao lado da cama. É incrível a quantidade de tempo livre para ler que se tem quando não existe Netflix — e o cara com quem você está morando prefere ler sobre o Reino das Sombras em vez de beijar você.

Balanço a cabeça e enterro bem fundo qualquer pensamento sobre o que Hudson quer ou deixa de querer fazer comigo. E daí se ele não me beijou de novo em mais de um mês? Está tudo bem. Ele tem o direito de decidir o que quer.

Travo os dentes. É claro, seria ótimo se me dissesse o que quer, mas toda vez que tento trazer o assunto sobre um "nós", Hudson rapidamente se esquiva. E, pior ainda... ele ainda não arrumou uma briga comigo desde o brunch na casa do prefeito. Há. Seis. Semanas.

Quero chorar só de pensar que não vale mais a pena brigar comigo.

Mas respiro fundo e coloco um sorriso amistoso no rosto.

— Algumas coisas, sim. — Coloco o livro que acabei de pegar de volta na prateleira e me viro para ir embora. Oito livros devem me manter ocupada por um tempinho, pelo menos. — Acontece que os livros de suspense e crimes são tão populares em Noromar quanto são em casa.

Hudson concorda com um gesto de cabeça, compreensivo.

— E isso só serve para mostrar que as pessoas apreciam o fato de não estarem mortas.

— Apreciam tanto que gostam de ler sobre outras pessoas sendo mortas? — pergunto.

— Isso só as faz apreciarem ainda mais, não é? Alguém está morto. Podia ter sido eu. Não é. — Ele faz um lento giro no ar com o indicador. — Que bom.

— "Que bom"? — repito, sem acreditar.

— É uma coisa que existe. Olhar pelo lado bom. — Hudson para na mesa e pega o que definitivamente é uma pilha maior do que a minha, e então segue para o balcão de retirada da biblioteca.

— Sei que é uma coisa que existe — digo para ele. — Só nunca pensei que fosse uma coisa que você diria.

Ele parece ofendido.

— Ei, eu sou moderno. Sei o que é o quê.

— Tudo em você mostra como você é moderno — concordo. — Só falta a calça boca de sino.

— Exatamente. Mas acho que nós dois sabemos quem pode me emprestar uma dessas.

Dou uma gargalhada.

— É verdade. Mas elas vão ser brancas como em *Embalos de sábado à noite*.

— Você não acha que consigo causar usando uma calça branca? — Hudson finge estar ofendido. — Você nunca vai saber como minha bunda fica linda quando uso branco.

— Não acho que isso seja vantagem. — Dou um sorriso para a bibliotecária, uma jovem não muito mais velha do que nós, enquanto lhe entrego meu cartão da biblioteca. Volto-me para Hudson e resmungo: — Sua bunda fica linda em qualquer coisa.

A bibliotecária arregala os olhos e se engasga um pouco — provavelmente com a própria saliva —, mas não para de passar os livros pelo scanner, então imagino que esteja bem. Mas estreito os olhos na direção dela quando seu olhar desce para verificar a bunda em questão.

— Aaah, você notou. — Hudson leva a mão ao coração, como se estivesse tocado. Então se vira para a garota que está olhando para nós... olhando para ele... e lhe oferece um sorriso. — Oi, Dolomy.

— Oi, Hudson — ela responde, e suas bochechas ficam um pouco mais rosadas. — Você vem para a leitura de *77 poemas de leveza irreconciliável*, de Talinger, no sábado à noite?

Hudson nega com a cabeça.

— Infelizmente, sábado à noite é quando lavo roupa. — Mas ele dá uma piscadinha para ela. — Além disso, acho que ele devia ter parado no trinta e quatro, não acha?

A moça dá uma risadinha, e o som raspa na minha pele.

— Posso lavar roupa sozinha — sugiro, com doçura.

Hudson se assusta.

— Eu jamais deixaria a única boxer Versace que me resta à sua mercê. Vai saber o que você fará com ela quando estiver sozinha.

— Aguenta firme, queridinho. Certamente, conseguimos encontrar uma marca para você aqui no Reino das Sombras que seja tão... — Paro de falar quando ele me olha feio.

— Não tenho certeza de qual adjetivo você estava prestes a usar para descrever minha roupa íntima Versace, mas só sinônimos das palavras "incrível" e "fantástica" são aceitáveis. — Hudson estreita os olhos na minha direção. — Considere-se avisada.

— Aaah, agora estou assustada. — Sorrio para a bibliotecária em agradecimento quando me entrega minha pilha de livros, então saio do caminho para que Hudson possa pegar os seus também. — Mas por que diabos você presume que tenho algo contra sua roupa íntima?

— Ah, não sei... Por causa do histórico? Você tende a ir direto na jugular.

— Esta é uma acusação e tanto, considerando-se que vem de um vampiro.
— Contudo, faço uma pausa e medito sobre as palavras dele. — Você não acredita mesmo nisso, acredita?
— É claro que acredito — ele diz, bufando. — Se o tempo que passei com você me ensinou alguma coisa, é que você não precisa ter presas para tirar sangue.

Essa doeu. Tento pensar em uma resposta, porém, antes que consiga, a bibliotecária entrega os livros para Hudson.

— Aqui estão. Acho que você vai gostar bastante do que fala sobre a física das sombras. É muito interessante.

— Obrigado! — Hudson sorri para ela. — Na verdade, é por esse que estou mais ansioso.

Ela sorri em resposta, então estende o braço e faz um carinho na mão dele.

— Sabe, um grupo de jovens se encontra aqui toda quinta-feira à noite. É um bom lugar para fazer novos... amigos.

Tento não ficar ofendida com as palavras dela, mas é difícil não levar para o lado pessoal quando ela age como se eu não estivesse aqui. Ou quando Hudson concorda com um gesto de cabeça e replica:

— Terei isso em mente. Obrigado.

Ah, meu Deus. Por acaso Hudson está flertando com ela?

Quando saímos da biblioteca, decido que precisamos ter essa conversa de uma vez por todas. Hudson não pode dançar comigo, me beijar e se alimentar do meu sangue em uma noite e simplesmente... nada mais durante semanas. E ele pode menos ainda flertar com alguém diante da dita parceira de dança e beijos sem algum tipo de explicação. Porque, sim, isso é ridículo.

— Por acaso prefere passar seu tempo com a Senhorita Bibliotecária? — questiono, batendo o pé para demonstrar o que sinto.

Hudson está descendo as escadas correndo, na direção de onde Smokey espera por ele, mas para no meio do caminho, virando-se para me encarar. Acho que está prestes a negar — espero que esteja prestes a negar —, porque ele parece prestes a dizer algo importante.

Pelo menos até que cai na risada.

— É sério? — reclamo. — Acha isso engraçado?

— Não, não, não é por isso que estou rindo — responde. Ou, pelo menos, é o que acho que Hudson diz. Ele continua rindo tanto que é difícil entender suas palavras.

— Aquela garota estava dando em cima de você na minha frente! — rosno.

— Que nada. Ela só queria que eu soubesse que tenho opções, é só isso.

— Você quer opções? — pergunto, e sei que estou um pouco transtornada nesse quesito. — Pois aproveite. Aproveite todas as opções.

Pela primeira vez, ele parece perceber minha chateação. Tipo, que estou chateada de verdade.

— Ei, Grace. Eu não quis...

— Não. — Levanto a mão para impedir qualquer que seja a bobagem que vai jogar na minha frente. E acabo fazendo outra coisa completamente diferente.

No início, não sei o que está acontecendo. Só sei que, de repente, fica realmente difícil me mexer. E então percebo. Puta merda. Acabo de me transformar em pedra.

— Eu acabo de...

— Sim — Hudson concorda, erguendo uma das sobrancelhas. — Você se transformou. Parece que você prefere virar pedra a falar comigo agora.

— Talvez você devesse aprender algo disso, então — retruco para ele.

— Talvez eu devesse. — Hudson espera um segundo, no entanto ainda não tenho nada para lhe dizer, então continua: — Quer dizer que você planeja permanecer como pedra?

— Talvez — respondo.

— Oook. E isso significa que você quer ficar parada aí? Ou quer voltar para a estalagem?

— Podemos voltar para a estalagem — digo-lhe, mas estou tão zangada que acabo paralisada no lugar.

— Ou podemos ficar parados aqui — Hudson sugere.

Eu não respondo... porque não posso. Estou transformada inteiramente em pedra agora.

Capítulo 102

ENTRE UMA ROCHA E UMA GRACE CABEÇA-DURA

— Grace —

Ah. Meu. Deus.

Sou feita de rocha sólida, como qualquer outra gárgula que já vi em edifícios.

O que faz com que eu pondere: será que as outras também são pessoas? Todas aquelas gárgulas na Catedral de Notre-Dame? Será que são de verdade? Pensar no assunto explode minha mente, e prometo a mim mesma que, assim que conseguir sair desta, vou pesquisar a respeito.

Enquanto isso, Hudson se inclinou para a frente e está espiando meus olhos, como se tentasse descobrir se ainda estou aqui. Estou, obviamente, mas não tenho como saber de que modo posso lhe falar isso.

Antes que eu possa tentar pelo menos dar um gritinho, uma borboleta roxa e reluzente se aproxima e pousa no meu nariz. E faz cócegas. Muita.

E não há nada que eu possa fazer a respeito.

Mas Hudson vem ao meu resgate, afastando-a, quando eu obviamente não consigo.

O pânico cresce dentro de mim e não sei como pará-lo. Tento respirar fundo, mas acontece que pedra não respira muito bem.

Tento contar, mas, em geral, a contagem vem com a respiração.

Não consigo enfiar os pés nos sapatos, não consigo me fixar em detalhes sensoriais, porque eles não existem. Quero dizer, consigo ver e consigo ouvir, mas não passa disso. E não consigo sequer ver muita coisa — só o que está bem na minha frente, o que por acaso, no momento, calhou de ser Hudson.

O pânico fica pior, começa a nublar minha mente. Começa a ficar cada vez mais difícil pensar. Preciso sair desta. Só preciso sair desta. Preciso…

— Ei. — A voz de Hudson é um pouco áspera e um pouco alta demais, todavia consegue atravessar as camadas do pânico e chamar minha atenção. — Você está bem, Grace — ele afirma. — Você está bem.

É só isso?, quero dizer para ele. *É só isso que você tem para mim? Sou uma maldita pedra aqui, e você vai só ficar parado aí e me dizer que estou bem? Eu não estou bem! Isto não é estar bem!*

O pânico vem em dobro, e agora as coisas estão prestes a escurecer. Não consigo sequer ver Hudson tão bem, enquanto o terror toma conta de mim, começando a bloquear tudo, exceto as batidas aceleradas do meu coração. Até que não há nada nem ninguém no mundo além de mim e esse sarcófago de pedra gigante dentro do qual estou presa.

O que eu faço?

O que eu faço?

O. QUE. EU. FAÇO?

Ficar neste mundo é uma coisa. Ficar como uma maldita estátua de pedra é outra completamente diferente. Não me sinto bem com isso. Não me sinto NADA BEM com isso.

— Ei, Grace! — De algum modo, a voz de Hudson consegue permear o medo que ameaça me sufocar. Dessa vez, ele está mais perto, um pouco inclinado, de modo que estamos cara a cara. Posso enxergar a expressão calma e focada em seus olhos mesmo antes que estenda a mão e toque meu braço.

Eu não deveria ser capaz de sentir — de senti-lo —, porque sou uma pedra. Mas, de algum modo, sinto — assim como senti a borboleta.

Tento me concentrar no calor, tento focar naquela sensação singular, mas não é o bastante para abater o pânico. Não é o bastante para me ajudar a pensar.

Pelo menos, não até que Hudson levante uma sobrancelha e me dê aquele sorrisinho torto detestável que deveria ser patenteado.

— Então, estou pensando que devia simplesmente carregar você para nosso quarto na estalagem desse jeito. O que você acha? Eu podia colocar você no canto, usá-la como porta-meias?

Como é que é? Um porta-meias?

— Ou... não sei. O jeito como sua mão está estendida faz com que seja bem conveniente pendurar minhas cuecas em você. Acho que minha única boxer Versace ficaria ótima pendurada no seu dedo do meio.

É sério isso? A irritação começa a crescer dentro de mim. Sei que Hudson não vai fazer de verdade o que está dizendo, mas o fato de falar toda essa merda enquanto estou presa na pedra faz dele um verdadeiro babaca. E se ele quer falar sobre dedos do meio, definitivamente tenho um para ele.

— Para o que mais você serviria? Um peso de porta, talvez? Ou eu poderia colocar você na varanda. Poderia atrair mais borboletas. Talvez alguns pássaros? Você sabe como eu amo ornitologia. — Hudson estala os dedos. — Já sei! Posso pegar uma tigela emprestada da cozinha e colocar na sua cabeça. Transformar você em uma banheira de pássaros! Vou conseguir um comedouro para beija-flores e pendurar no seu dedo, e...

— Está brincando comigo? — exijo saber quando a pedra me liberta. Passo cerca de dois segundos como pedra animada, e então volto ao meu corpo normal de Grace. — Uma maldita banheira de pássaros? Quer saber? Quando voltarmos à estalagem, vou queimar aquela boxer da Versace. Da próxima vez que você olhar para ela, ela vai ter se transformado em cinzas!

— Grace! — Hudson dá um suspiro de alívio. — Você voltou!

— Não graças a você — rosno, embora eu saiba que não é verdade. O único motivo pelo qual saí daquela pedra foi por causa dele, e sou inteligente o bastante para sabê-lo. Assim como sou inteligente o bastante para saber que ele disse o que disse de propósito.

Não que eu esteja disposta a deixá-lo saber disso. Não depois que ele ameaçou me transformar em um alimentador para beija-flores, pelo amor de Deus.

— Ei. — Hudson dá de ombros, como se não fosse nada. — Você seria uma banheira de pássaros linda. Além disso, imaginei que isso manteria seu ânimo. Não queria que você ficasse deprimida.

— Você é mesmo muito generoso — comento, à medida que começo a caminhar.

— Sou, sim. — Solta um longo suspiro. — Ainda que eu esteja um pouco triste por perder o suporte para minha boxer.

— Fique esperto, Vega, ou vou arrumar um suporte para a sua boxer. Mas você não vai gostar do que farei com ela.

— Quanta violência, Grace. — Hudson balança a cabeça com tristeza, mas posso ver o brilho divertido em seus olhos. — Eu achava que, supostamente, as gárgulas deveriam ser a espécie pacífica.

— Não tenho ideia de como as gárgulas deveriam ser! — exclamo. — Nunca conheci uma antes.

— Eu também não, antes de você. — Ele pega os livros dos meus braços e começa a caminhar ao meu lado, e seguimos em silêncio por alguns quarteirões.

Hudson fica me olhando de soslaio, com uma expressão preocupada que deveria me irritar, porém que, de algum modo, não irrita. Quando chegamos à estalagem, já me acalmei o bastante para dizer aquilo em que estou pensando.

— Como eu me asseguro de que isso não vai acontecer de novo?

— Prática — responde, colocando uma mão na parte inferior das minhas costas, em um gesto de apoio. — Vamos descobrir e então vamos praticar. Muito.

Capítulo 103

APRECIANDO UM POUSPOUS

— Grace —

Então é isso mesmo que faço na semana seguinte.
Com a ajuda de Hudson, de Caoimhe e até de Nyaz.
Pratico como me transformar em gárgula e pratico como me transformar em humana de novo. Pratico como me transformar em gárgula, pratico como me transformar em humana. Várias e várias vezes.
Às vezes acontece com facilidade, e às vezes simplesmente não consigo. Às vezes fico presa na pedra por uma hora ou mais. Mas sempre consigo achar meu caminho de volta e, com o passar do tempo, fico menos e menos presa.
E, sim, sei que há muito mais em ser uma gárgula do que simplesmente me transformar em pedra e voltar a ser humana, mas é um bom começo. Em especial, uma vez que ainda não estou pronta para tentar descobrir como voar. Ainda me lembro de ter me transformado em pedra e, acidentalmente, empalado o dragão com as minhas mãos.
A última coisa que quero é que isso aconteça com uma pessoa. Ou que eu despenque do ar e esmague alguém que está passando por perto, desavisado.
Não. Controlar minhas transformações para virar gárgula é definitivamente a primeira coisa a ser feita. Depois me preocupo com o restante.
É claro que quando fico presa é sempre em um momento inconveniente. Tipo quando tenho planos com Hudson. Ou quando preciso ir trabalhar. Ou quando vou me encontrar com um amigo.
É o que aconteceu hoje, e é por isso que estou quinze minutos atrasada quando por fim me acomodo ao lado de Caoimhe na mesa minúscula, no restaurante que, em geral, está bem fora da nossa alçada em termos de preço. Mas ela me convidou, me disse que estava saindo para o almoço, então aqui estou eu — ainda que quinze minutos atrasada.
— Desculpe, desculpe! — peço para ela ao pegar um dos copos de água na mesa e tomar um longo gole. Ficar presa na pedra é uma atividade que dá sede.

— Não se preocupe — replica ela, com um sorriso. — Imaginei que podia esperar mais uns vinte minutos e então ir procurar você. Olhando pelo lado bom, você é uma ótima ouvinte quando está transformada em pedra.

— Nyaz também diz isso. — Tomo outro gole.

— Então sabemos como vai o treino de gárgula. — Caoimhe abre um sorriso irônico. — E quanto ao trabalho?

— Na verdade, está indo muito bem. Acontece que tenho talento para "vender bugigangas". — Faço aspas no ar, ao redor das palavras da minha chefe. — O que é ótimo, porque adoro vender joias para as pessoas. Vê-las sorrir. É um bom trabalho, se você consegui-lo.

Caoimhe sorri para o garçom que se aproxima.

— Eu adoraria um copo de laranfade — ela diz para ele. — Mais para o "ade".

— O que isso quer dizer? — pergunto. Mesmo depois de quatro meses em Adarie, ainda há coisas que estou aprendendo sobre a comida e os costumes.

— Que quero mais doce do que azedo — explica, sorrindo para mim, como se fosse o melhor dia de sua vida. — Na verdade, nos traga dois copos — ela pede para o garçom. — E um pedido de pouspous para nossa mesa. Estamos comemorando.

— O que exatamente estamos comemorando? — quero saber. Porque o iminente Festival das Estrelas Cadentes e o mais iminente ainda ataque do dragão definitivamente não são coisas em que estou a fim de pensar ainda, muito menos comemorar.

— Ora, almoçar com uma das minhas melhores amigas não é motivo suficiente? — questiona, erguendo as sobrancelhas.

— É motivo suficiente para um espeto de legumes grelhados no carrinho no parque. Isto — digo, olhando ao redor — é outro nível, completamente diferente.

O garçom traz nossas bebidas discretamente e, depois de fazer nosso pedido, Caoimhe levanta o copo e brinda:

— A outros níveis, completamente diferentes.

— Não sei se realmente quero brindar a isso — comento, considerando o que sei de seus motivos ocultos.

— Vamos lá! Viva perigosamente. Estamos celebrando a vida hoje. — Ela encosta o copo no meu e toma um grande gole antes de continuar: — Eeeeeeee como vai Hudson?

— Do mesmo jeito de sempre — respondo, com cautela. — Muito bem.

Caoimhe revira os olhos.

— Não é isso que estou perguntando, e você sabe muito bem. Amigas não falam sobre namorados no lugar de onde você vem? Preciso que conte mais detalhes!

— Os detalhes não mudaram desde a última vez que falamos sobre eles... sobre ele... há duas semanas. Não sei o que você quer que eu conte.

— Ele ainda está deixando você doida? — pergunta, balançando as sobrancelhas. — De um jeito bom, quero dizer.

Lembro-me de como passei minha manhã e posso sentir que estou corando.

— Ah, aí está! — Caoimhe comemora. — Vamos, desembuche! Tem gente que precisa viver através dos demais.

— Eu gostaria que tivesse algo para contar. — Suspiro. — Passei a manhã observando-o dobrar meias.

Ela me encara sem entender.

— E isso fez você corar agora há pouco?

Olho pela janela. Observo a luminária. Arrumo meus talheres.

Mas Caoimhe não percebe a indireta. Ela cruza os braços e simplesmente espera, até que eu solte um suspiro exagerado e admita:

— Ele faz isso usando só uma calça de moletom.

— Calças de moletom deixam você toda acesa e incomodada?

E tenho de revirar meus olhos.

— Ele estava sem camisa.

Caoimhe cai na gargalhada. Com vontade.

Quando ela para de rir, decido que talvez "fofocar com a amiga" é exatamente o que preciso para aliviar um pouco da pressão que sinto.

— Ele nunca usa camisa! É tão irritante!

Os olhos de Caoimhe brilham, e ela se inclina para a frente.

— Conte mais.

Respiro fundo e conto para ela. Conto tudo. Como Hudson começou a andar sem camisa durante todo o tempo em que está no nosso quarto. Mesmo quando está sem fazer nada ou brincando com Smokey. É como se soubesse que não consigo afastar os olhos de como a pele sedosa dele se move por cima dos músculos e dos ossos de suas costas.

— E não vou nem falar do abdômen dele!

— E já pediu para ele vestir uma camiseta e ele se recusou? — Caoimhe questiona.

— Claro que não. — Esta não é a questão. — O sol nunca se põe. Ele está com calor.

Ela concorda com um gesto de cabeça.

— Então você também não usa roupas. Para ficar fresquinha.

Eu bufo.

— Claro que uso roupas o tempo todo! Não está tão quente assim.

Minha amiga simplesmente me dá um sorriso cheio de segundas intenções. Odeio quando ela está certa. Hudson não está fazendo isso de propósito. Sei que não está. E ele vestiria uma camiseta se eu pedisse. Ele está só ficando confortável no próprio espaço. Provavelmente, era desse jeito que ficava quando estava à vontade em sua casa.

Solto um gemido.

— Será que você pode começar a namorar alguém, assim podemos falar sobre uma vida amorosa de verdade, em vez desta miséria que estou vivendo agora?

— Ah, por favor. — Caoimhe acena com a mão. — Já passei por isso. Descobri que a crocância não vale o patsoni frito.

— Nem sei o que isso quer dizer.

— Claro que sabe — ela responde, sorvendo outro gole de sua bebida. — Você é uma das sortudas.

— Quem consegue a crocância e o patsoni frito? — pergunto secamente.

— Todo mundo consegue a crocância com o patsoni frito. É só que a maioria dos patsonis são muito, muito amargos... e muito, muito secos, e não vale a pena comê-los.

O garçom traz nosso pouspous, e os pratos são salpicados com algum tipo de tempero cujo aroma é delicioso.

Coloco um na boca com um sorriso. Então, quando termino de mastigar, ergo uma sobrancelha e pergunto.

— Então está dizendo que Hudson é seco e amargo?

— Não falei isso, mas se a carapuça serve... — Caoimhe dá de ombros.

— Ei! É um bom tipo de seco, e ele fica menos amargo a cada dia.

— Não tenho como saber. — Ela me lança um olhar sinistro. — Minha amiga não me conta nada sobre isso.

— Já falei para você. Não tenho nada para contar.

Caoimhe solta uma risada.

— Por favor. Sempre tem alguma coisa para se contar. Já vi como aquele garoto olha para você.

— Ah, é? — Agora ela conseguiu minha atenção. — Como ele olha para mim?

O sorriso de Caoimhe desaparece.

— Como se quisesse fazer isso pelo resto de sua vida imortal — responde, com seriedade.

— Pare com isso. — Reviro os olhos. — Não dá para afirmar esse tipo de coisa a partir de um olhar.

Caoimhe parece ofendida.

— Claro que dá! Como artista, passei a vida analisando a audiência. E aquele rapaz está cem por cento caidinho por você.

Um calor brota dentro de mim ante aquelas palavras. Não sei se aquilo é verdade ou não — apesar do que Caoimhe alega sobre suas habilidades,

Hudson pode ser um livro fechado na maior parte dos dias —, mas de repente percebo que quero que seja verdade. Quero que Hudson me queira... do jeito que estou começando a querê-lo.

Não só como alguém para passar um tempo. Não só como alguém para beijar. Eu o quero.

Talvez seja por isso que coloco outro pouspous na boca e decido, neste instante, que Hudson e eu finalmente teremos aquela conversa.

Capítulo 104

COMO AGITAR AS COISAS
SEM ESTRAGAR NADA

— Grace —

Já se passaram algumas semanas desde aquele almoço com Caoimhe, e ainda não consegui achar um jeito de fazer Hudson me revelar como se sente.

Toda vez que trago o assunto à tona, ele diz que Smokey precisa dar uma volta. Ou que se esqueceu de falar algo para Nyaz. Ou que precisa tomar um banho.

Se eu não o conhecesse, eu pensaria que estava me evitando.

Não, ele estava mesmo me evitando.

Não consigo sequer convencê-lo a se alimentar.

Resmungando baixinho, encontro um lugar para me sentar no meio da praça durante o almoço. A biblioteca está bem na minha frente, do outro lado da rua, e olho para o edifício, pensando se deveria dar uma passada lá à procura de dar um oi para Hudson. A escola está fechada hoje, então ele disse que precisava fazer algumas pesquisas.

O tempo está se esgotando para nós dois, e morro de medo de não estarmos prontos quando a escuridão voltar a cair.

Quando o dragão voltar a aparecer.

Ainda está distante, mas não consigo parar de pensar no assunto. Não posso deixar de pensar se minha gárgula estará pronta para lutar durante o ataque. Porque sem chance de eu ficar sem fazer nada e deixar meus novos amigos morrerem. Não quando todos são tão incríveis comigo. Os trovadores, minha chefe Tinyati, Nyaz. Até mesmo Dolomy, a bibliotecária, começou a se aproximar de mim, embora Hudson ainda seja seu favorito.

Mas a questão é que ele é basicamente o favorito de todo mundo nos últimos tempos. Smokey raramente o perde de vista, mesmo quando Hudson está no trabalho. Nyaz o convida para seu jogo semanal de carta com os rapazes. E Lumi está dando aulas de trompete para ele, em troca de aulas de francês, enquanto Caoimhe e eu experimentamos restaurantes locais.

Em suma, estamos nos adaptando muito bem enquanto construímos uma vida aqui.

A lata de lixo fica perto da estátua da mulher e do dragão, e, quando me levanto e olho para ela, percebo algo que não tinha notado antes... A mulher tem chifres.

Meu coração bate forte no peito. Isso é um memorial para uma gárgula lutando contra um dragão!

Faço uma anotação mental para perguntar a Hudson se alguém já lhe falou algo sobre essa estátua. Com certeza alguém sabe por que ela foi construída.

Talvez as gárgulas sejam capazes de naturalmente abrir fendas no tempo. Talvez ela tenha vindo para o Reino das Sombras por acidente, como aconteceu comigo.

De repente, meu estômago se contorce e aperta. Sou a única gárgula em Adarie — o que quer dizer que esta, quem quer que tenha sido, perdeu para o dragão do tempo. Engulo a bile que se ergue na minha garganta e jogo o resto do meu sanduíche, sem comer, no lixo.

Não gosto de pensar nisso. Não gosto de imaginá-la perdendo a batalha, morrendo, tornando-se nada menos do que a gárgula superferoz parada diante de mim, encarando um dragão.

Uma expressão desafiadora, a boca apertada, a cabeça baixa para a batalha, chifres gigantes prontos para o ataque. Ela é incrível de todas as formas que uma mulher pode ser incrível, e há uma parte de mim que quer ser como ela quando eu crescer.

Assim que penso nisso, algo acontece dentro de mim.

Bem lá no fundo, em um lugar que não reconheço — um lugar que não tenho certeza de ter sentido dessa forma antes —, há uma agitação que não consigo explicar. Que não consigo descrever.

É como se uma luz interna prateada se acendesse, intensificando-se a cada segundo. Uma luz que banha todos os cantos sombrios dentro de mim, todos os pontos escuros que eu sequer sabia existirem até este momento, e preenche tudo com seu poder. Com sua força. Com uma determinação que nunca senti antes — pelo menos não desse modo.

E então uma outra coisa acontece também.

Todos esses lugares que a luz toca lentamente começam a se transformar em pedra.

Tentei fazer isso acontecer durante semanas, tentei encontrar a gárgula dentro de mim desde que me transformei na noite do ataque do dragão. Mas nunca consegui encontrá-la, nunca consegui descobrir como fazer isso acontecer. Já me transformei em pedra, claro, mas nunca me senti assim.

Agora que encontrei minha gárgula — mais ou menos —, não quero que isso nunca mais pare. Nunca me senti tão poderosa, tão em paz, em toda a minha vida.

Nunca me senti tão inteira, como se todas as partes distintas de mim finalmente estivessem atuando juntas. Finalmente se tornando o que eu sempre devia ser.

É tão estranho que tive que vir a outro mundo — a outro reino — para descobrir isso. É mais estranho ainda saber que estava aqui comigo o tempo todo.

Por um momento, penso em meus pais. Pondero se eles sabiam e, se sim, por que nunca me contaram. No entanto, deixo isso para lá, porque não importa. Não agora, quando tenho asas. E garras. E um corpo feito de pedra.

Agora que sei o que está acontecendo e não estou em pânico por algo que não compreendo, é maravilhoso.

Dou dois passos e me lembro no mesmo instante de como é difícil caminhar quando sou feita de pedra. Então tento me concentrar na luz dentro de mim, tento usá-la para me transformar de pedra na minha outra forma de gárgula — aquela que consegue voar, correr e fazer todo tipo de coisas legais.

Não acontece do mesmo jeito que aconteceu na noite da luta contra o dragão. Não me torno instantaneamente uma gárgula que pode correr por aí e fazer coisas incríveis.

Todavia, quando mergulho dentro de mim mesma, enquanto tento encontrar a fonte da luz que se espalha em mim, enfim vejo um cordão prateado. Está no meio de vários outros cordões — um rosa-choque, um verde-vivo e um azul eletrizante que parece irradiar calor e alegria.

Penso em tocar o cordão azul, só para ver o que acontece, mas decido fazer isso depois, porque o prateado está me chamando. Respiro fundo mais uma vez, solto o ar enquanto conto até dez, assim como a mãe de Heather me ensinou, e devagar, bem devagar, passo meus dedos nele.

Minha pedra estremece e, por um segundo, sinto que alguma coisa começa a acontecer. Mas, assim que meus dedos deixam o cordão, tudo para. Então tento novamente, pressionando os dedos no cordão com mais força dessa vez. De novo, a pedra estremece. Treme. Um formigamento surge nas minhas terminações nervosas e se espalha pelo meu corpo um pouco mais a cada momento que passa.

Contudo, novamente, tudo para assim que afasto a mão do cordão, tudo retorna à pedra pesada que dificulta tanto o meu movimento.

Por fim, canso de experimentar, canso de ser tão hesitante. E faço a única coisa na qual consigo pensar. Estendo a mão e agarro o cordão prateado com o máximo de força que consigo.

E é quando tudo muda.

Capítulo 105

UM SIGNIFICADO INTEIRAMENTE NOVO PARA CABEÇA-DURA

— Grace —

Todo o meu corpo se ilumina de dentro para fora. A sensação de pedra pesada parece desaparecer, e, em seu lugar, há uma leveza que só senti uma única vez — na noite do festival.

Olho para trás e vejo minhas asas se abrirem a partir das minhas omoplatas. Observo minha pele e percebo que seu tom é de um prateado brilhante.

Consegui! Eu me transformei em pedra e então passei de pedra para minha forma normal de gárgula! E, melhor ainda, no modo gárgula totalmente maravilhosa e incrível, não só uma estátua de pedra!

A empolgação toma conta de mim. Consegui. Realmente consegui.

Uma espiada rápida no relógio da torre me diz que tenho quinze minutos antes de ter que voltar para a butique, e só há uma coisa que desejo fazer. Uma única pessoa para quem quero contar isso.

A biblioteca está do outro lado da praça lotada, porém aposto que é um voo muito mais curto. Nunca decolei do chão antes — da última vez que voei, pulei da escadaria imensa da Prefeitura —, mas imagino que não há momento melhor do que agora para fazer uma tentativa.

Ainda assim, é hora do almoço, então tem muita gente na praça agora — muitas das quais estão me encarando porque provavelmente nunca viram uma gárgula antes. Ainda que isso não me incomode em nada, a última coisa que quero é levantar voo na frente de todos eles. Em especial se eu precisar de mais de uma tentativa para descobrir como fazer isso.

Então, em vez de decolar perto do gazebo, vou até a esquina com a próxima rua, que é muito menos lotada. E então simplesmente decido.

Fecho os olhos — o que provavelmente não é o melhor jeito de tentar voar, mas é o melhor jeito de não assistir enquanto você despenca —, respiro fundo e me ponho a correr. No entanto, quando tento me lançar no ar, acabo me estatelando. Com força.

É como andar de bicicleta, penso, ao me levantar, passando as mãos pelo corpo em busca de pedaços lascados ou rachados. Parece que minha pedra é bem resiliente. Graças a Deus. Mais algumas vezes, mais algumas quedas, e vou conseguir. Respiro fundo mais uma vez, saio correndo novamente pela calçada, e despenco de novo.

Cinco minutos e dois cotovelos esfolados depois, decido que talvez tivesse sido melhor tentar pular de uma escadaria novamente. O edifício perto de mim tem uma escadaria externa lateral, e parece um bom lugar para tentar. Então subo os degraus, escalo no alto do corrimão e nem me incomodo em olhar para baixo. Se o fizer, sei que nunca vou pular, e preciso descobrir como fazer isso nas próximas semanas.

Além disso, minha hora do almoço está acabando, e realmente quero mostrar a Hudson o que posso fazer. Então decido: foda-se. E pulo do corrimão.

Começo a cair, assim como aconteceu semanas atrás. Mas, dessa vez, consigo parar antes — graças a Deus — e então acontece. Estou voando. Ou, pelo menos, navegando pela brisa que passa, o que vou considerar uma vitória.

Posso ter demorado quase dez minutos para decolar do chão, mas eu estava certa quando achei que seria um voo curto até a biblioteca. Aterrisso diante do prédio dois minutos depois que pulei do corrimão. E será que posso dizer como é divertido poder voar?

É uma diversão ridiculamente imensa, mesmo com os cotovelos ralados.

Animada para contar sobre esse acontecimento a Hudson, corro prédio adentro. Depois de me encarar por uns três segundos ao me ver, a jovem bibliotecária meio que ri e aponta na direção do pequeno pátio dos funcionários no fundo. Aparentemente, não sou a única que está em horário de almoço.

Contudo, quando alcanço a porta de vidro que dá para a área externa, hesito antes de abri-la. Porque Hudson está sentado à mesa de piquenique dos funcionários, com os cotovelos nos joelhos e a cabeça entre as mãos. Smokey está perto dele, com uma das fitas que Hudson lhe deu sempre enrolada na cintura, com a cabeça em seu colo, como se tentasse confortá-lo.

É uma pose tão incomum para Hudson que sei imediatamente o que está acontecendo. Não preciso ver seu rosto para saber que a situação está feia. Ou para sentir a fome e o cansaço que emanam dele.

Por mais que eu tenha treinado ultimamente a tentar controlar minhas formas de pedra, Hudson andou ajudando o prefeito a construir reforços em Adarie, para quando o dragão voltar. Ele até acelerou até o vilarejo mais próximo para trazer caixas de pregos de aço para reforçar o portão da frente. Tudo isso enquanto trabalhava em dois empregos e ainda arrumava tempo para ficar comigo.

E eu sabia que ele estava com fome — só não sabia como a situação era grave. Toda vez que tentei fazê-lo se alimentar, do mesmo jeito que acontecia quando eu tentava falar sobre nosso relacionamento, ele mudava de assunto ou insistia que estava bem.

Mas agora sei que preciso fazer mais. Porque não posso permitir que Hudson sinta dor, não posso permitir que sofra sem tentar ajudá-lo.

Também sei que ele não quer que eu o veja assim. Caso contrário, não estaria disfarçando em casa do jeito que está. Não vejo esse nível de cansaço desde as montanhas, quando não teve outra escolha além de me deixar ver.

Penso em dar meia-volta e retornar ao trabalho antes que ele me veja — este não é o lugar para o confronto que sei estar próximo —, mas, ao mesmo tempo, preciso ter certeza de que está bem. Então, em vez de entrar de mansinho para lhe mostrar minha forma de gárgula, como era minha intenção original, faço questão de tossir um pouco ao passo que abro a porta.

Quando entro no pátio, Hudson está em pé, sorrindo para mim, sem qualquer traço de angústia à vista. Pelo menos não se eu não olhar de muito perto. Smokey, por outro lado, corre ao redor dos pés dele a toda velocidade, reclamando para si mesma. Posso não conseguir falar com ela, mas sei quando está angustiada. É óbvio que ela está tão preocupada com Hudson quanto eu.

Se olhar de perto, consigo ver uma sombra nos olhos dele e algumas linhas minúsculas de tensão nos cantos de sua boca.

— Olhe para você! Eu sabia que ia descobrir como fazer isso de novo! — ele exclama para mim, com um sorriso que não afasta as sombras doloridas em sua expressão. — Como conseguiu?

— Eu estava olhando dentro de mim e vi todos esses cordões... como aquele que você deve ter visto quando estava procurando o elo entre consortes com Jaxon. E ali, no meio de todas as cores diferentes, havia um cordão prateado. E eu simplesmente soube, antes mesmo de tocá-lo, que aquele era o cordão da minha gárgula.

— Espere. — Agora Hudson parece perplexo. — Você viu os cordões? Todos eles?

— Vi! E você acredita que o cordão da minha gárgula estava bem ali? Bem no meio de todos eles?

Ele se inclina para acariciar Smokey, e então comenta:

— Ser uma gárgula combina com você.

Reviro os olhos.

— Tenho quase certeza de que você acha que qualquer coisa combina comigo.

— Sei que é um desafio ter um amigo que acha que você é linda até quando está prateada. Como você vai sobreviver?

— É um desafio — concordo, com um suspiro fingido. — Mas farei o melhor possível para superá-lo.

— É um bom plano. — Ele aplica um beijo rápido na minha testa. — Já que não acho que isso vá mudar tão em breve.

— A parte do amigo? — questiono, arqueando uma das minhas sobrancelhas.

Hudson ri.

— Eu me referia à coisa de ser linda, mas é claro. Não acho que a parte do amigo vá mudar tão cedo tampouco.

— Uau. Quanto charme. — Retorno à minha forma humana e pestanejo com tanta força que fico com um dos meus cílios presos.

E isso faz com que ele caia na gargalhada. Tanto que, quando tenta me ajudar a soltá-lo, temos de ficar parando toda hora, porque ele não para de rir.

— Me solte. — Finjo empurrar seu peito. — Consigo tirar o cílio sozinha.

A única resposta dele é revirar os olhos — bem antes de segurar meu rosto entre suas mãos.

— Deixe-me ver — ele pede, com gentileza, e é tão típico de Hudson que fico quieta de imediato. Segundos depois, o cílio está fora do meu olho, e Hudson se afasta vários passos.

— Quanto tempo temos antes de você precisar voltar ao trabalho? — pergunta, com as mãos enfiadas bem fundo nos bolsos.

— Cerca de quarenta e cinco segundos — respondo. Mas uso esse tempo com inteligência e faço a pergunta que ele costuma me fazer o tempo todo, quer eu queira ouvir ou não. — Você está bem?

Por um instante, os olhos dele se nublam, ficando da cor de uma tempestade de verão. Mas então ele sorri e responde:

— Como eu não poderia estar?

— Não sei. É só uma sensação que tenho. — Analiso seu rosto, tentando demonstrar apoio. Tento lhe dar toda oportunidade possível para me revelar a verdade.

Entretanto, não é o caminho que ele escolhe. Em vez disso, Hudson abre um sorriso sexy que causa todo tipo de sentimentos em mim — sentimentos que não têm nada a ver com medo ou raiva. Mas é o que eu devia sentir, não o que eu sinto. Porque Hudson não confia em mim para me contar o que está acontecendo com ele, e isso faz com que eu não confie nele tampouco.

Em especial quando diz:

— Se esse é o tipo de sensação que você tem, então devo estar fazendo algo errado.

— Sim — concordo. — Deve mesmo.

Isso faz com que ele arregale os olhos, e uma expressão de insegurança toma seu rosto pela primeira vez hoje.

— Grace?

Mas é um pouco tarde demais. Estou irritada, e ficarei assim por um tempo. Porque só temos um ao outro neste mundo e, se ele ficar mentindo para mim sobre algo tão importante quanto sua saúde, então que diabos estamos fazendo?

E para onde diabos vamos a partir daqui?

Capítulo 106

SEMPRE OLHE OS DENTES DO CAVALO
DADO PELO PREFEITO

— Grace —

Fico remoendo a cena durante o caminho todo até a butique. E o dia só piora a partir daí. Não só estamos superocupadas — e quero dizer ocupadas a ponto de ficarmos em pé o dia todo —, como minha chefe teve uma discussão com o marido hoje, então está com um péssimo humor.

Ela não desconta em mim, porém fica sem paciência alguma com clientes difíceis. E isso me obriga a colocar panos quentes em várias situações, algo no qual tento ser boa, mas que só consigo fazer durante metade do tempo.

Faltam quinze minutos para a hora de fechar, duas horas depois do meu horário de ir embora, quando finalmente o movimento se acalma. Estou morrendo de fome, pois trabalhei durante o jantar, e mal-humorada, porque a correria da tarde praticamente esvaziou as prateleiras e os cabideiros, e sou eu quem precisa organizá-los novamente antes de ir embora.

Acrescente-se a isso a dor de cabeça monstruosa que se forma atrás dos meus olhos e que promete estragar o restante da minha noite, e estou em um estado de espírito fantástico. Em especial porque a discussão que preciso ter com Hudson já paira sobre minha cabeça.

É em meio a esse turbilhão de problemas, tanto mesquinhos quanto reais, que Souil entra. Ele tem um sorriso agradável no rosto e olhos cheios de simpatia, mas não nasci ontem. Esses ternos dos anos setenta não vieram desta butique. E isso significa que o único motivo pelo qual está aqui é porque quer me ver.

Uma pena que a recíproca não é verdadeira.

Não que eu tenha algo contra ele. Não tenho. Souil parece um cara bem agradável, para os padrões de um político, mas a última coisa sobre a qual quero conversar hoje à noite é o dragão. Especialmente com ele.

Além disso, metade do motivo pelo qual Hudson está tão acabado é culpa de Souil. O prefeito se recusa a avisar as pessoas da cidade sobre o ataque iminente do dragão, embora tenhamos conseguido que ele nos prometesse advertir os cidadãos a permanecerem dentro de suas casas durante as Estrelas Cadentes, enquanto enfrentamos o dragão fora dos muros da cidade. Então Hudson anda correndo de um lado para o outro depois do trabalho, fortificando as muralhas, os portões da cidade e quaisquer edifícios que possa fortificar, sem o mínimo de ajuda.

Travo os dentes enquanto Souil se lança em outra história sobre como se tornou prefeito. Estou cansada demais para escutar.

Ele tem muitas histórias e muitos conselhos, e tudo o que eu quero de verdade é um banho e comer alguma coisa. Tipo uma pizza ou uma porção inteira de batata frita com queijo. Mas, considerando que o Reino das Sombras não tem nada disso, minha noite parece sombria.

— Posso ajudá-lo com alguma coisa, prefeito? — finalmente interrompo sua história com minha pergunta, lutando para não parecer rude. Não é culpa dele que meu dia foi uma merda, e não é culpa dele que tudo o que desejo é ir para casa.

— Ah, preciso de um presente para a filha de um amigo. Amanhã é a festa de dezesseis anos dela, e achei que você pudesse me ajudar a escolher algo que ela goste. Ela enfrentou uns anos difíceis, com alguns problemas de saúde, e a mãe dela não vai economizar na festa. Quero fazer o mesmo.

Bem, que diabos. Agora, não só me sinto mal-humorada, mas também sinto que fui grosseira.

— Que incrível! — exclamo para Souil, que hesita um pouco. Tenho certeza de que isso se deve à minha mudança de humor. Mas, agora que sei que ele não está aqui para falar sobre o dragão, sinto-me mais do que feliz em ajudá-lo. Além disso, atendê-lo me tira da tarefa de separar lenços por um tempinho, e isso é sempre uma vantagem.

— Está pensando em roupas? — pergunto, enquanto o levo para o meio da loja. — Bijuterias? Óculos escuros?

— Honestamente, faz muito tempo desde que comprei um presente para uma jovem mulher. Do que você acha que ela gostaria?

— É difícil dizer, considerando que o estilo de cada um é um pouco diferente. Você teria interesse em comprar um vale-presente para ela? Para que ela possa escolher o que quiser?

Ele enruga o rosto.

— Não tem muita emoção nisso, sabe? Além do mais, ela esteve doente recentemente, e não tenho certeza se vai poder sair para fazer compras durante algum tempo.

— Ok, tem razão. — Analiso ao redor da loja, que ainda parece ter sido atingida por um tornado, e tento pensar. Macy e eu temos gostos muito distintos, então o que nós duas gostaríamos de ganhar de presente?

Roupas estão fora de questão, porque provavelmente ele não sabe o tamanho que a garota usa. Óculos de sol dependem do formato do rosto da pessoa. Então, só podem ser as bijuterias.

— Que tal uma pulseira? — sugiro, levando-o até a parede dos fundos da loja, perto da caixa registradora. É onde deixamos as bijuterias que são um pouco mais elegantes do que os itens mais para o dia a dia.

— Ela pode gostar, sim. Em geral, a mãe dela usa muitas joias, agora que paro para pensar. — Souil parece animado, e seu sorriso definitivamente aumentou. — Boa ideia!

Mostro-lhe várias pulseiras que estão ali, das quais acho que tanto eu quanto Macy iríamos gostar, e ele acaba por escolher uma que tem uma série de sóis entrelaçados, feita de um metal púrpura que é único no Reino das Sombras.

— Esta é uma excelente escolha — Tinyati elogia quando vamos até a caixa registradora. — Grace, por que não cobra a compra do prefeito e embala a pulseira para presente para ele? Depois você pode ir para casa.

— Para casa? — Observo a loja ainda bagunçada. — Mas...

— Você já trabalhou até tarde o bastante — ela intervém. — Sei que provavelmente Hudson e você têm planos, e aprecio de verdade o fato de você permitir que eu os atrapalhe.

Souil brinca comigo enquanto fecho a compra e embrulho a pulseira em um lindo papel dourado com um laço roxo. Quando vou lhe entregar o pacote, no entanto, nossas mãos se tocam acidentalmente pela primeira vez desde que nos cumprimentamos na casa dele.

Meus dedos roçam o anel que ele usa no indicador direito e, no segundo que isso acontece, um choque de eletricidade sobe pelo meu braço.

Mas então o prefeito me agradece novamente, pega o pacote e sai da loja com um sorriso e um aceno.

— Ele é bem estranho — Tinyati comenta, assim que a porta está bem fechada atrás dele.

— Por que diz isso? — Sei o motivo de eu achá-lo estranho, mas ela parece conhecer Souil há mais tempo do que eu. Sei que Hudson não confia nele, porém, especialmente hoje, ele parece inofensivo. Um pouco excêntrico e muito narcisista, mas basicamente inofensivo.

— Já reparou no jeito como ele se veste? — Ela balança a cabeça. — Há anos que falo para ele vir aqui. Que posso garantir um guarda-roupa inteiro novo, com um desconto muito bom, mas ele nunca me escuta. — Estala a língua. — Continua usando aquelas calças justas e todas aquelas correntes. É realmente bizarro.

— Mesmo assim, vocês o elegeram prefeito.

— "Eleger" é uma palavra bem forte para o que aconteceu, até onde eu sei. Foi antes da minha época.

— O que quer dizer? — pergunto, enquanto alarmes começam a soar dentro de mim. — Vocês não têm eleições em Adarie?

— Não exatamente. Quando chegou aqui, Souil decidiu que precisávamos de um prefeito para representar nossos interesses com a Rainha das Sombras. Quando ninguém se ofereceu para a tarefa, ele se voluntariou e passou uma petição que dizia que seria indicado prefeito. Ele conseguiu que grande parte da cidade assinasse e, de repente, começou a se autointitular prefeito.

— Quanto tempo faz isso? — indago. — Ele não é prefeito há duzentos anos, é?

— Ele já estava aqui antes de os meus bisavós nascerem. Então, talvez sim.

Penso na casa dele, que tanto se parece com uma réplica de uma mansão da década de 1970.

— Ele é prefeito há duzentos anos, e ninguém nunca venceu uma eleição contra ele?

— Nunca houve uma eleição. A cada cinco anos, mais ou menos, pelo menos desde que nasci, ele pergunta por aí, vê se alguém quer assumir seu lugar como prefeito. Ele faz um trabalho decente, então ninguém jamais resolveu concorrer contra ele, acho. Então ele meio que continua no cargo.

— Uau. — Balanço a cabeça, como se tentasse entender como tudo isso funciona.

— Realmente. — Tinyati ri. — E falando de um longo tempo, você está aqui o dia todo. Vá encontrar Hudson e fazer algo divertido. — Ela balança as sobrancelhas para ter certeza de que entendi o que quer dizer.

Mas... não. Simplesmente não. Não vou falar sobre minha vida sexual com Hudson — ou a falta dela — com minha chefe.

— Não planejamos para hoje à noite esse tipo de diversão ao qual você se refere — respondo, enquanto pego minha bolsa, que guardei embaixo do balcão ao chegar ao trabalho essa manhã.

— Ora, por que não? — quer saber, jogando as mãos para cima, em um gesto de exasperação. — Vocês são jovens, bonitos e flexíveis. Quando vai ser um momento melhor do que este?

Flexíveis? Ela acabou mesmo de afirmar que somos flexíveis? O que exatamente ela acha que Hudson e eu fazemos na estalagem, com aquelas paredes tão finas? Mas é claro que não quero saber em que ela está pensando. Pelo menos no que se refere a atividades que exigem nossa flexibilidade.

— Preciso ir — falo, enquanto me dirijo à porta, esperando que ela se toque e deixe o assunto de lado. — Vejo você amanhã.

Em vez disso, ela faz sinal de positivo com os dois polegares e diz:

— É assim que se fala, Grace!

Que andar o quê; eu saio correndo pela porta. E tento não pensar no que realmente vai acontecer quando eu voltar para o quarto que divido com Hudson.

Capítulo 107

A BOA MOÇA FICA BRAVA PRA CARAMBA

— Hudson —

Minha cabeça está me matando.

Em geral, vampiros não são propensos a doenças físicas estranhas — faz parte de todo esse papo de imortalidade —, contudo, desde que chegamos a Noromar, com essa maldita luz do sol que não some, isso definitivamente mudou para mim.

Desnecessário dizer que não estou exatamente impressionado. Nem Smokey está impressionada, visto que ela saltou da janela há dez minutos para colher flores e brincar com algumas das crianças na praça, em vez de ficar no escuro comigo hoje à noite.

Tomei um banho quando cheguei da biblioteca, mas não ajudou. Nem tentar tirar uma soneca enquanto eu esperava Grace voltar do trabalho.

Ela deixou um recado com Nyaz mais cedo, avisando que tinha de trabalhar até tarde. Mas não me falou quão tarde, então basicamente fiquei deitado aqui no escuro — cortesia das cortinas blecaute —, desejando que esta dor de cabeça desapareça antes que ela chegue em casa.

Até agora, só piorou.

Que grande surpresa. Nada parece ser o que deveria aqui no Reino das Sombras. Incluindo meu relacionamento com Grace.

Desde o instante em que deixamos o covil, as contingências começaram a mudar, a evoluir, e achei que estávamos indo em uma ótima direção. No entanto, depois do brunch na casa do prefeito, tive que admitir que eu ainda era a segunda opção de Grace. E não quero mais ser a segunda opção de ninguém.

Mesmo que se ofereçam para trepar em mim como em uma árvore — ainda que eu precise admitir que ter de me afastar daquela vez quase me matou.

Então, aqui estamos. Não onde eu queria estar, mas em um bom lugar mesmo assim. Certamente um lugar melhor do que imaginei estar com ela assim que ficamos presos juntos no covil. Consigo passar todos os dias com minha melhor amiga, alguém que ama passar o tempo comigo também. Como pode ser melhor do que isso?

Engulo o nó em minha garganta enquanto penso em como tudo isso está prestes a mudar hoje à noite.

Ela viu os cordões hoje... e o único com o qual aparentemente se alegrou foi o cordão da gárgula. Quando deixou a biblioteca, era bem evidente que estava chateada comigo por alguma coisa, e não é preciso ser um gênio para imaginar o quê. Aquele maldito cordão azul.

Frustrado, eu me viro na cama. Então lamento imediatamente, porque isso só piora a dor de cabeça. Mas não tenho muito tempo para me preocupar com isso, porque posso ouvir os passos de Grace no fim do corredor. Segundos depois, o cheiro de canela dela invade o quarto.

Ela está em casa.

E eu estou despreparado.

Levanto-me da cama em um pulo e ignoro o jeito como tudo gira ao meu redor enquanto aliso as cobertas. É só uma dor de cabeça, lembro a mim mesmo. Vai desaparecer em breve.

Estou abrindo as cortinas quando a porta se abre e Grace entra.

Ela retomou sua forma humana e, a julgar pelo jeito que seu cabelo se solta do coque com o qual ela tentou prendê-lo, a tarde dela foi infernal. O que explica por que ela se atrasou mais de duas horas com relação ao seu horário normal.

— Teve um dia ruim? — indago, quando ela fecha a porta e se recosta nela.

— Algo do gênero — responde, enquanto me olha. — Você nunca usa camiseta aqui no quarto?

— Hum... sinto muito. Não sabia que isso incomodava você. — Sem tirar meus olhos dela, eu me reclino, pego a camiseta e a visto. Tento de novo. — Como foi seu dia?

Em vez de responder, ela pergunta:

— Como foi o *seu* dia?

Não soa como uma armadilha, mas definitivamente parece uma. Mesmo assim, o que eu devia dizer além de "tudo bem", porque foi mesmo, se você não considerar o fato de que minha cabeça está tentando explodir na maior parte do tempo e porque acho que Grace está prestes a destruir meu coração em um bilhão de pedacinhos. Pelo menos a dor vai me fazer parar de pensar na minha cabeça, imagino.

— Isso é uma pergunta? — A voz dela é baixa, mas isso não impede que as palavras ressoem pelo quarto.

— Não sei — respondo, no mesmo tom. — É?

Grace não responde, mas me encara durante vários instantes. Bem quando estou prestes a romper o silêncio e lhe pedir que me tire do meu estado de miséria, ela se afasta. Vai até o banheiro e fecha a porta. Segundos mais tarde, o chuveiro é ligado.

E, sim, mensagem recebida. Ela sem dúvida alguma está irritada por causa do cordão azul.

Xingo longamente e baixinho enquanto passo a mão pelo cabelo. Então me sento na beira da cama, tento me assegurar de que eu sempre soube que as coisas podiam acontecer desse jeito. Eu esperava que ela começasse a sentir algo por mim. Que estivéssemos construindo algo. Acho que entendi tudo errado.

Apesar de me sentir mal com a raiva óbvia dela, chamo Nyaz e peço para ele trazer um queijo de tago grelhado e algumas frutas para Grace.

Os minutos passam devagar enquanto espero, impaciente, que Grace saia do banho, mas ela decidiu demorar. Só posso presumir que é porque a guerra psicológica é algo que existe. Cyrus me ensinou isso há muito tempo.

Por um instante, penso em dar o fora daqui. Em sair para uma caminhada, deixando-a com o humor que ela quiser. As coisas serão melhores para nós dois se estivermos calmos quando for a hora de ter qualquer que seja a conversa que nos aguarda. Não é como se eu tivesse planejado isso. Além do mais, são necessárias duas pessoas para fazer isso acontecer.

Ao passo que fico sentado aqui, à espera da explosão nuclear para a qual Grace está evidentemente pronta, começo a ficar um pouco zangado também.

Quando Grace por fim sai do banheiro, um dos garçons lá de baixo bate à porta com o queijo grelhado dela.

— Pedi o jantar para você — comento ao colocar o prato na mesa perto da janela. — Pensei que pudesse estar com fome.

— E quanto a você? — pergunta, erguendo as sobrancelhas. — Você está com fome?

Aí vamos nós. Mas consigo controlar a vontade de passar a mão no rosto em um gesto de frustração.

— Não — respondo, com sinceridade. A ideia de me alimentar neste momento me deixa enjoado. — Não estou.

— Não está? — Ela arqueia uma das sobrancelhas. — Não acredito em você.

As palavras — e a expressão em seu rosto — me irritam e acionam todas as defesas que reuni ao longo da vida.

— Como é que é? — Minha voz é fria o bastante para rivalizar com o mês de janeiro no Alasca, mas não dou a mínima agora. — O que quer dizer com "não acredita" em mim?

Ao que parece, nem Grace, porque ela simplesmente ergue o queixo e diz:

— Você me ouviu.

— Ouvi, sim. — O que mais eu devia dizer para aquilo? Ela está procurando briga e, de repente, não tenho mais coragem de ver o que temos se transformar em fumaça esta noite. Não enquanto já estou me sentindo tão derrotado.

Então, em vez de responder, simplesmente subo na cama e dou as costas para ela.

— É sério? — questiona, com a voz se aproximando de uma nova oitava. — Simplesmente vai para a cama sem nem falar comigo?

— Não sei o que vou fazer — retruco por sobre o ombro, e vejo os olhos dela se arregalarem quando percebe que, sob a calma forçada, estou tão irritado quanto ela. — Fale o que quer que eu diga, Grace, e eu digo.

— Quero que você me diga a verdade — ela responde ao se aproximar de mim. — Quero que pare de mentir para mim.

— Eu nunca menti para você, Grace — replico, mordendo cada uma das palavras.

— Isto não diz respeito ao que você está dizendo — retruca. — E sim sobre o que você não está dizendo, mas deveria.

Está bem. Parece que vamos mesmo fazer isso agora. Pulo da cama. Não vou lidar com essa briga deitado.

— Precisamos mesmo fazer isso agora? Estou com uma dor de cabeça infernal e...

— Viu? É o que eu disse! — exclama, apontando para mim como se tivesse acabado de ganhar a discussão.

— O que *você* disse? — Balanço a cabeça. — Que sou um mentiroso e que é minha culpa que não mencionei algo que você devia ter *visto sozinha*?

Grace recua como se tivesse levado uma bofetada, e quase estendo a mão a fim de a consolar. Mas então ela se recupera e dá outro golpe em segundos.

— E por acaso é minha culpa eu não saber que você esconde bem a sua fraqueza por estar sem se alimentar?

Mas que merda. Realmente não achava que era *por isso* que ela queria discutir. Eu teria escapado pela janela, se soubesse. Porém Grace se aproxima, e eu recuo até ficar acuado.

O alívio quase toma conta de mim pelo fato de ela não estar chateada com o cordão azul, mas então um pensamento ainda pior me vem à mente, e não consigo evitá-lo — e isso me irrita ainda mais. Será que ela viu o cordão azul e simplesmente não se importou? Tudo com o que se importa é se estou me *alimentando*?

— E daí? — explodo. — É mesmo tão surpreendente que eu não esteja me sentindo fantástico nesta maldita luz do sol enquanto trabalho o dia todo e depois ajudo a fortificar a cidade à noite? Não há nada que possamos fazer até que o dragão volte, então de que vai adiantar para qualquer um de nós se eu ficar reclamando com você a cada vez que tiver uma maldita dor de cabeça?

— Não é que eu precise que você me diga toda vez que tem uma dor de cabeça — Grace retruca. — Ainda que eu honestamente não saiba por que você não faria isso. É o fato de você estar sofrendo e não querer compartilhar isso comigo. Querer fingir que está tudo bem, mesmo quando não está.

— Já temos problemas demais agora... Por que preciso causar ainda mais? Não quero incomodar...

— Você *acha* que eu não quero ser incomodada — ela me interrompe. — São coisas diferentes.

— Não há nada errado em não querer lhe causar mais preocupações. Você já tem muito com o que lidar...

— Na verdade, há sim, algo errado nisso — Grace me interrompe de novo. — Somos parceiros. Ou pelo menos pensei que fôssemos.

Não sei muita coisa, mas sei que essa declaração é uma armadilha gigante, até para os padrões de Grace, colocada bem diante de mim com luzes neon, e minha cabeça e meu coração doem demais para não entrar direto dela.

— O que quer dizer com "pensei que fôssemos"?

Ela bufa e coloca as mãos nos quadris.

— Finalmente. Vamos finalmente falar sobre essa torta de climão que estamos evitando..

Abro os braços.

— Com certeza, Grace. Me diga exatamente o que você acha que está acontecendo aqui.

— Nada. Nada está acontecendo aqui! — Ela junta as sobrancelhas, em uma expressão acusatória. — E esse é o problema!

— Grace, minha cabeça está me matando. — Passo a mão pelo cabelo e repito minha exigência anterior. — Apenas me diga o que você quer que eu diga, e eu direi.

— Quero saber por que você prefere sentir toda essa dor... — Acena com a mão, indicando meu corpo de alto a baixo. — Em vez de se alimentar do meu sangue. — Grace morde o lábio e seus olhos se enchem imediatamente de lágrimas, mas ela ergue o queixo e mantém meu olhar.

— Eu nunca disse que prefiro — falo para ela, e odeio que, de repente, minha voz fica trêmula.

— Este é o *x* da questão. Você não precisa dizer. Tudo o que você faz grita isso em alto e bom som. — Ela seca os olhos e acrescenta: — E não vou mais tolerar isso.

Capítulo 108

QUERO QUE VOCÊ ME QUEIRA

— Grace —

— O que isso quer dizer? O que você não vai tolerar por mais nem um segundo? — E é assim que toda a vontade de brigar abandona Hudson, e é substituída por um mal-estar silencioso que sublinha tudo que estou tentando lhe comunicar.

— Quer dizer que você precisa entender que não vou assistir enquanto isso acontece, Hudson. Que estamos juntos nessa, não importa o quê.

— Você não sabe o que está dizendo — ele fala, e parece que as palavras foram arrastadas em cascalho.

— É claro que sei o que estou dizendo! — respondo para ele. — Como pode pensar diferente depois de tudo pelo que passamos?

E então, porque enfim consegui impedir Hudson de tentar fugir da conversa, faço a pergunta que está martelando no meu peito como um tambor há semanas.

— Você não me quer mais?

Ele ri, mas não há nem um grama de humor na risada.

— Você acha que se trata disso?

— O que mais eu deveria achar? — questiono. — Você não me conta nada.

— Eu conto *tudo* para você, Grace — ele retruca. — Estilhaço meu maldito orgulho por você todos os dias. Dou tudo o que você quer sem que tenha que pedir. Mesmo assim, não é o suficiente?

Uau.

— Eu nunca pedi isso!

— É claro que não pediu — ele rebate, e seus olhos azuis brilhantes cintilam com a fúria que arde dentro dele. — Você ainda não consegue dizer o que quer, não é?

— Isso não é... Eu consigo... — Paro de falar quando ele cruza os braços sobre o peito e recosta um ombro na parede. É sua postura defensiva, que quer dizer "não vou deixar você me machucar", e vê-la nele agora, dirigida para mim depois de todo esse tempo, faz com que eu tropece nas palavras.

Mais ainda, faz a vergonha tomar conta de mim. Porque todo esse tempo, enquanto tenho certeza de que o conheço melhor do que ninguém, nunca me ocorreu que Hudson me conhece do mesmo jeito. Que ele tem me dado espaço para que eu decida o que quero — quem eu quero.

Por mais que eu saiba no fundo do meu coração que o que tive com Jaxon foi especial, há muito tempo tenho certeza de que não é nada se comparado com meus sentimentos por Hudson.

Jaxon conhecia as minhas melhores partes, amava as minhas melhores partes.

Hudson morou na minha cabeça por um ano... e viu todas as partes de mim. Ele estava a par de cada momento de mau humor pelo qual passei, cada palavra mesquinha que me arrependi de falar, cada pensamento malicioso que pode ter me ocorrido. Ele conhece cada um dos meus medos irracionais, todas as características que odeio em mim mesma ou que eu gostaria de mudar.

Mesmo assim, ainda está aqui. Lutando comigo. Rindo comigo. Construindo uma vida comigo.

Lembro que certa vez minha mãe me disse que um dos motivos pelos quais ela amava meu pai era que ele aguentava os roncos dela. Claro que era uma brincadeira, mas agora entendo. Como é especial de verdade encontrar alguém que simplesmente te aceita do jeito que você é. Que talvez até ame você por causa de todas essas coisinhas que você tenta manter escondidas dos outros.

É por isso que eu sempre soube, por mais tempo do que sou capaz de admitir, que Hudson é tudo o que quero, tudo de que preciso e, mais importante ainda, que o aceito exatamente como ele é, do mesmo jeito que ele me aceita.

Entretanto, no rastro da vergonha que arde em minhas veias, percebo que nunca verbalizei nada disso para Hudson.

— Talvez eu não tenha conseguido — digo para ele, com um suspiro. — Não de verdade. Não seriamente.

— Talvez não — ele concorda.

Mas é hora de mudar isso.

Então, respirando fundo, paro de insinuar. Paro de tentar conseguir que ele leia minha mente. E digo exatamente como me sinto. O que quero. O que preciso.

— Eu quero você, Hudson — declaro e estremeço quando algo predatório se move em seu olhar. Algo que de repente quero ver até onde consigo provocar. — E preciso que aceite o que estou oferecendo.

Então puxo o cabelo para atrás do ombro, inclino a cabeça para cima e exponho meu pescoço para seu olhar faminto.

E espero pelo que vier a seguir.

Capítulo 109

50 TONS DE PRESAS

— Grace —

Acontece que não preciso esperar muito.

Não quando estou me oferecendo para um vampiro furioso e frustrado. E não quando esse vampiro está perto o bastante para ver quão desesperadamente quero dar o que ele tão freneticamente precisa receber.

— Grace. — É uma súplica tanto quanto uma advertência, e posso ouvir a verdade no tremor de sua voz. A verdade escapou de mim durante semanas.

Hudson precisa de mim tanto quanto preciso dele — só está com medo. E entendo. De verdade. Honestamente, não consigo acreditar que não notei antes. Li os diários dele. Sei como seu pai passou a vida toda lhe dando coisas para amar, e então tomando-as de volta.

Mas é assim que o medo funciona, não é? É traiçoeiro, chega até você de todos os cantos sombrios de sua alma, aqueles para os quais você prefere não olhar com muita profundidade. Contudo, quanto mais se tenta ignorar, mais ele enfia as garras em você. Até que você não está mais simplesmente com medo. Está em frangalhos.

Hudson merece alguém disposto a entrar na escuridão com ele.

— Aceite — repito, porque não há misericórdia em mim esta noite e, no que se refere a esse vampiro, abandonei qualquer tipo de cautela há muito, muito tempo. Se ele não sabia disso antes, vai saber agora.

— Por que está fazendo isso? — A voz dele falha nas duas últimas palavras.

— Já falei para você o por quê. A única questão é por que você não aceita minha oferta.

— Não posso... — Hudson recua um passo.

— Pode, sim — reforço para ele, dando um passo para a frente, seguindo-o para dentro das sombras.

Dessa vez, quando ele não recua, considero isso o sinal de que preciso para me aproximar ainda mais dele. Então estendo uma das mãos e passo o polegar em seu lábio inferior com força o bastante para que abra a boca só um pouco.

Suas presas já estão aparentes — posso vê-las — e é o último sinal. A última prova de que preciso para ir até o fim.

Então, em vez de recuar, em vez de ser a Grace boazinha, faço o que estou morrendo de vontade de fazer há semanas. Há meses. Enfio o polegar em sua boca e, de propósito, espeto meu dedo na ponta afiada de sua presa.

Sei o segundo em que meu sangue toca sua língua. Suas pupilas já imensas se dilatam em um instante, no mesmo instante em que perde o poderoso controle que mantém sobre si mesmo desde que entrei neste quarto.

Hudson agarra meus braços com um rosnado, e nos gira até que estou com as costas pressionadas na parede, encarando um vampiro furioso que foi provocado muito além de seus limites.

Por minha causa. Por causa do que planejei fazer, do que desejei fazer. Porque, nos últimos tempos, esse é o único modo de Hudson realmente falar comigo.

Sem dúvidas, é o único jeito de Hudson fazer o que nós dois precisamos tão desesperadamente que ele faça.

Ele toma o tempo — o cuidado — de dizer.

— Me fale se não quiser.

— Eu quero — respondo, enquanto minhas mãos deslizam pelas suas costas suaves para se enroscarem em seus cabelos. — Eu quero você.

Deve ser a resposta de que ele precisa, a resposta pela qual estava esperando, porque a última palavra mal saiu da minha boca antes que ele avance e me morda com um som que é muito próximo de um rugido.

Os dentes dele perfuram minha pele, minha veia, com uma força que me faz arquear as costas para fora da parede, na direção dele. E, quando começa a se alimentar do meu sangue, é totalmente — e nem um pouco — igual às outras vezes em que ele me mordeu.

O calor não percorre minhas terminações nervosas; ele incendeia cada centímetro do meu corpo.

A eletricidade não faz minha pele formigar; ela me atinge com a força de um míssil.

O desejo não cresce em minhas entranhas; ele me atinge como uma tijolada. E então de novo. E de novo. E de novo. Até que minhas mãos estão enroscadas nos cabelos de Hudson, e puxando, até que minhas pernas se envolvem em seus quadris.

Hudson continua a beber o meu sangue, goles longos e sensuais que fazem minha respiração ficar presa nos pulmões e meu coração bater rápido demais.

— Por favor — murmuro, quando ele enfim se afasta e lambe uma trilha na minha pele. — Por favor, por favor, por favor.

Mas Hudson já está beijando minha garganta, empurrando a gola da minha camiseta com o nariz para conseguir melhor acesso.

— O que você quer, Grace? — ele pergunta, em uma voz tão profunda que tenho de me esforçar na busca de entender as palavras.

Ou talvez não seja ele. Talvez seja o modo como todo o meu corpo desabou sobre si mesmo, de modo que a única coisa em que consigo pensar para dizer seja:

— Mais. Eu quero mais. Eu quero você. Eu quero... tudo.

Hudson solta um gemido que vem do fundo da garganta, e acho que o cérebro dele também deve estar em curto-circuito, porque ele fica paralisado, como se não soubesse o que fazer primeiro. Como se estivesse completamente subjugado.

Mas então ele sussurra:

— Tem certeza? — As palavras são ditas contra a pele sensível atrás da minha orelha, e percebo que ele está simplesmente sendo Hudson. Só tomando conta de mim, do jeito que sempre faz.

Só que não quero que tome conta de mim agora. Só preciso ser tomada.

— É claro que tenho certeza — rosno, ao agarrar um punhado de seu cabelo e puxar sua cabeça para trás, para fitá-lo nos olhos. — Quero você, Hudson Vega, quero nós dois, mais do que jamais quis qualquer outra coisa na minha vida.

Por um segundo, dois, Hudson não diz nada. Não se mexe. Na verdade, tenho quase certeza de que sequer respira. Mas então, de repente, ele nos afasta da parede e, mantendo-me em pé com uma mão, ele usa a outra para tirar minha camiseta por sobre a cabeça.

E é assim que a boca dele está em toda parte.

Correndo pela minha mandíbula.

Lambendo atrás da minha orelha.

Dando longos beijos na minha clavícula antes de deslizar para baixo.

Quando ele faz isso, deixo minha cabeça cair para trás e arqueio a coluna para lhe dar um acesso melhor. Para lhe dar todo o acesso.

Estamos morando juntos pelo que parece uma eternidade. Observando-nos há meses e rodeando um ao outro há semanas. Depois de todo esse tempo, depois de todos esses olhares roubados, a boca dele nos meus seios parece causar uma combustão espontânea. As mãos dele na minha pele são como uma promessa que enfim é cumprida.

Mas também quero atuar. Preciso tocá-lo, preciso sentir seu corpo sob a ponta dos meus dedos, minhas mãos e meus lábios. Já estou com sua camiseta em mãos, então tento puxá-la por sobre sua cabeça, da mesma forma que ele fez com a minha. Mas Hudson não se afasta. Sua boca percorre minha pele, e ele torna óbvio que não planeja se afastar tão cedo.

Quando tento recuar, só para abrir espaço suficiente entre nós a fim de conseguir tirar sua camiseta, ele solta um gemido gutural e me acompanha, e seus lábios não se afastam da minha pele.

E isso significa que só me resta fazer uma coisa — porque esperar um segundo a mais não é uma opção. Em vez disso, vou bem lá no fundo de mim mesma e passo a mão no meu cordão prateado por um momento, e uso minha força de gárgula para rasgar a camiseta dele.

Hudson arregala os olhos e então dá uma risadinha, ainda que o ar ao nosso redor estale com o desespero que arde dentro de nós.

— Você está ficando muito boa com esses cordões — ele provoca, enquanto se livra do que restou de sua camiseta.

— E vou ficar ainda melhor — respondo, enquanto penso na teia colorida dentro de mim. — Há tantos deles que preciso melhorar muito se quero descobrir todos.

O sorriso dele se suaviza.

— Estou feliz que você esteja bem com o elo entre consortes. Eu estava preocupado que você ficasse chateada ou desapontada.

Ele abaixa a cabeça de novo e volta a fazer uma trilha de lambidas e beijos na minha pele. Mas não sinto, não o sinto. Estou ocupada demais tentando entender o sentido das palavras que acabaram de sair da boca dele.

Mas não consigo. Elas não fazem sentido algum.

— O que foi que você disse? — pergunto, porque tenho certeza de que não escutei direito. Não posso ter escutado.

Hudson me olha, confuso.

— Eu disse que estou feliz que você não tenha ficado chateada por ser minha consorte.

— Sua consorte? — repito, quando a surpresa me atinge bem no peito. — Somos consortes?

— Pensei que você soubesse — ele diz, e uma cautela substitui lentamente o ardor de sua expressão.

— O que quer dizer com "pensou que eu soubesse"? — Empurro os ombros dele, à procura de afastá-lo o suficiente para que eu possa ficar em pé sem sentir o corpo rígido e quente dele de encontro ao meu. — Como eu poderia saber?

— É um dos cordões que você viu — explica, como se fosse a coisa mais óbvia do mundo.

O que absolutamente não é.

— Qual cordão? — quero saber, e agora estou ficando zangada. O fato de Hudson ainda estar contemplando o meu corpo e obviamente pensando em me tocar, em vez de prestar atenção em como estou incomodada não está ajudando em nada.

— O azul brilhante. É difícil não o ver.

Ele está certo. É difícil não o ver. De fato, eu o notei, mas isso não significa que eu soubesse do que se tratava. Perceber que ele claramente sabe há algum tempo me faz sentir todo o tipo de coisas — e nenhuma delas boa.

— Por que não me falou? — questiono, me movendo, de modo a não ficar mais presa entre ele e a parede. — Há quanto tempo você sabe?

Quando Hudson não me responde de imediato, começo a surtar.

— Tanto tempo assim? — exclamo. — Tanto tempo que você não quer nem me dizer?

— Faz um tempo, ok? Sei há algum tempo.

— Algum tempo? — Jogo minhas mãos para o ar. — E não acha que talvez você devesse ter me falado a respeito?

— Por que eu diria alguma coisa sobre isso para você? — ele rosna. — Não é como se você estivesse muito interessada em falar sobre o assunto.

— O que isso quer dizer? Fiquei me jogando em cima de você durante semanas, e você quase nem reconhecia a minha existência!

— É assim que você chama o que estava fazendo? — Ergue uma das sobrancelhas. — Se jogando em cima de mim?

— Falei para você que queria trepar em você como em uma árvore. Isso é bastante claro, se quer saber.

— Você falou, sim. Mas nunca sequer pensou sobre o que significava você se sentir assim, certo? A ideia de ser minha consorte é tão fora do seu escopo de ideias que jamais lhe ocorreu que talvez pudéssemos ser consortes. — Hudson passa uma das mãos pelo cabelo, em um gesto de frustração. — Como acha que me sinto com isso?

— Não sei — retruco. — Porque você nunca me diz como se sente.

— Não me venha com essas besteiras. Nunca lhe digo porque você não quer saber.

— Ah, sério? — Cruzo os braços sobre o peito, em um gesto que significa "conte-me mais". — Por favor, oh, grande Hudson Vega, me diga o que você realmente sente por mim.

Ele estreita os olhos.

— Não preciso disso.

— É claro que não — zombo. — Por que precisaria quando pode usar isso como mais uma desculpa para evitar conversar de verdade comigo?

— Então agora a culpa é minha? — ele pergunta, incrédulo.

— Bem, tenho certeza de que minha não é — digo para ele sarcasticamente. — Tudo o que você precisa fazer é me dizer como se sente, e você não consegue. Você não vai fazer isso.
— Eu amo você! — ele rosna.

Capítulo 110

PRECISO DE VOCÊ ESTA NOITE

— Grace —

O choque ricocheteia em mim.
— O que você acabou de dizer?
— Você me ouviu — ele responde, enquanto avança na minha direção. — Não vou repetir.
— Você não pode simplesmente jogar isso em cima de mim...
— Ah, sim. Eu posso — me diz. — Agora o que você vai fazer a respeito?
Não tenho a mínima ideia do que vou fazer a respeito. Como eu teria?
Hudson me olha com tanta intensidade, e sei que preciso dizer alguma coisa. Sei que preciso contar alguma coisa para ele, mas não consigo. Porque tudo em que consigo pensar é que Hudson me ama. Hudson Vega me ama.
— Agora você não tem resposta, não é? — ele ironiza.
Tenho, sim. Ah, se tenho.
Porque o medo vai nos dois sentidos, percebo. Andei com tanto medo do que estava sendo construído entre nós quanto ele obviamente também estava. Mas não tenho mais medo. E Hudson merece saber disso.
Estendo o braço, agarro-o pela nuca e puxo sua boca sobre a minha.
Ele emite um som de surpresa, mas não dou a mínima. Não aqui e não agora. Mordo seu lábio inferior, arrasto-o entre meus dentes e chupo até que solte um gemido no fundo da garganta.
Desesperada para sentir o gosto dele novamente na minha língua, passo os dentes em seu ombro, e depois em seu peitoral.
Acaricio suas costas e me deleito com a dureza cálida de seus músculos sob as palmas das minhas mãos.
Pressiono beijos ao longo de sua mandíbula tão perfeita, e então deixo minha boca pairar na lateral de seu pescoço, de seu ombro e de sua clavícula.
E então arqueio o corpo contra o dele, implorando por mais. Implorando por tudo o que tem para me dar.

E mais. Sempre mais.

Hudson geme em resposta, virando-nos mais uma vez, até que minhas costas estão novamente contra a parede. Então ele agarra minhas coxas e, delicadamente, abaixa minhas pernas de volta para o chão, tomando cuidado para garantir que eu esteja estável o suficiente para ficar em pé.

— Qual é o problema? — pergunto, quando tento me enroscar nele novamente.

Mas ele apenas sorri, com as presas brilhando na luz suave do abajur. Então fica de joelhos diante de mim, ao mesmo tempo que puxa minha calcinha pelas minhas pernas.

E, de repente, a boca dele está em vários lugares novos e bem mais interessantes.

Lugares que eu sequer imaginava que podiam ter sensações como as que Hudson me faz sentir.

Arfando, agarro seus ombros com dedos desesperados, enquanto ele deixa uma trilha de beijos pelo meu corpo.

— Está tudo bem? — ele indaga, erguendo a cabeça por um segundo para olhar para mim.

Eu rio, porque isso não está nem remotamente bem. Está muito mais do que bem e não acho que sequer consigo ver alguma coisa "ok" diante de mim. Mas não verbalizo isso. Em algum momento dos últimos sessenta segundos, a boca de Hudson me deixou incapaz de falar.

Então, em vez disso, só confirmo com um gesto de cabeça, segurando seu rosto com a mão enquanto lhe dou um sorriso com o que tenho quase certeza ser a expressão mais embasbacada do planeta.

Mas Hudson não parece se importar. Apenas sorri de volta, suas pálpebras pesadas me seduzindo um pouco mais a cada segundo que seus olhos permanecem fixos nos meus.

— Eu amo você — sussurra e, como ainda não consigo falar, solto um gemidinho agudo que vem do fundo da minha garganta.

Não é muito, mas deve ser o bastante para Hudson, porque ele ergue a minha perna, colocando-a sobre seu ombro. E depois me beija de um jeito que faz com que todo o meu corpo se transforme em lava derretida.

Estou ardendo. Sem ossos. Explodindo em sensações que me fazem falar o nome de Hudson como se fosse um mantra enquanto me recosto na parede para me impedir de despencar no chão.

No fim, nem isso é apoio suficiente para me manter no lugar, então Hudson segura meus quadris com as mãos e me mantém no lugar enquanto me leva mais e mais alto, até um lugar onde não há palavras, não há medo, não há passado e não há futuro.

Até que não haja nada além de nós dois e do prazer que nos invade como um tsunami. E nos afoga em sensação após sensação, até que finalmente — finalmente — ele me leva ao clímax.

Mesmo assim não é o bastante. Mesmo assim eu quero mais. Eu o puxo, fazendo-o se levantar e obrigando-o a ficar mais perto, de modo que eu possa lidar com o que sobrou de suas roupas, enquanto ele nos leva devagar e cuidadosamente para a cama. Assim que nos deitamos, estendo a mão para pegar o pacote que guardei na gaveta da mesinha de cabeceira desde aquele dia no camarim — só por precaução.

Então, depois de me proteger, Hudson pressiona a boca na minha. Raspa as presas no meu lábio inferior com força suficiente só para tirar uma ou duas gotas de sangue. Ele as lambe em um instante e, então, quando ainda estou fora de mim de desejo, alegria e amor — tanto amor —, ele nos faz rodopiar até a beira do precipício, e mergulhamos em um oceano de prazer infinito.

Capítulo 111

ASTRÔNOMO AMADOR

— Hudson —

Grace murmura alguma coisa durante o sono e se vira para se enrolar em mim.

Passo um braço ao redor dela e a trago para mais perto, ao mesmo tempo que puxo as cobertas que ela insiste em chutar para longe no meio da noite.

Cubro-a antes de afastar os cachos de seu rosto, e me pergunto se é assim que alguém se sente quando está feliz.

Não é um sentimento que eu tenha tido antes, essa estranha leveza que borbulha dentro de mim. Que me faz sorrir sempre que vejo ou penso em Grace. Que me faz rir sempre que ela diz ou faz alguma coisa ridícula — geralmente com o único propósito de me provocar.

É uma sensação estranha, mas não é ruim. Definitivamente, é uma sensação com a qual posso me acostumar, se isso significar que consigo manter Grace na minha vida. E desejo isso. Desejo de verdade.

Grace murmura mais alguma coisa durante o sono, e me inclino sobre ela para tentar descobrir o que foi, mas então ela ri e decido que não importa. Porque parece que ela também está feliz. E que, talvez, seja eu quem a fez se sentir assim.

E isso é outro sentimento estranho.

Espero que diga mais alguma coisa, ou que ria de novo, para eu ver o jeito como seus olhos se enrugam nos cantos e o modo com que suas bochechas ganham aquele tom rosa-claro de que tanto gosto. Durante nossos meses no covil, passei muito tempo pensando naquele rosa-claro. Imaginando qual gosto teria. Imaginando como seria passar meus lábios nas bochechas dela enquanto sussurrava palavras que a fizessem corar.

Só de pensar naquilo me dá vontade de me inclinar e pressionar um beijo suave em seu rosto só para ver se a situação a fará falar de novo.

Ela não fala nada, mas volta a chutar o lençol e o edredom com os quais acabei de cobri-la. É a terceira vez que os empurra nas últimas duas horas, então não tento puxá-los sobre ela novamente. Em vez disso, me apoio em um cotovelo e me permito fazer algo que raramente tenho a chance de fazer quando Grace está acordada.

Estudo todas as sardas lindas e sensuais que ela tem em lugares que não estão atualmente cobertos por sua camiseta.

Há o suficiente delas — pequenas sardas agrupadas em seu rosto e em suas mãos, em pequenos conjuntos em suas coxas e nas curvas de seus ombros — a ponto de parecerem segredos deixados para que eu os descubra.

Abaixo a cabeça e passo meus lábios pela constelação de sardas na parte interna de seu braço.

A única resposta dela é um gemido incompreensível antes de se virar para o outro lado e enterrar o rosto no travesseiro. Mas isso só me dá acesso a todas as sardas na parte de trás de suas coxas — toda uma teia interestelar só à espera de que eu as conecte com um traço suave e lento do meu dedo sobre sua pele.

— Qual é seu problema com minhas sardas? — pergunta. A voz dela está abafada porque seu rosto ainda está enterrado no travesseiro, mas ela não parece incomodada com minha atenção. Só curiosa.

— Amo cada uma delas — respondo. — São como meu universo particular, bem aí na sua pele. Um pequeno pedaço seu que só eu posso tocar, beijar e apreciar.

Grace balança a cabeça, porém, dessa vez, quando passo o dedo sobre suas sardas, o barulho que ela emite é mais um ronronar do que uma reclamação. O que só me encoraja a fazer de novo.

Começo a achar que estou chegando a algum lugar — Grace se vira e enterra o rosto na curva do meu pescoço e passa o braço ao redor do meu corpo — quando o alarme dela toca.

Ela geme e solta um suspiro.

— Preciso ir trabalhar.

— Você pode falar que está doente, como eu terei de fazer — sugiro. — Passe o dia na cama comigo.

Faço a sugestão porque não quero nada mais do que passar o dia na cama com Grace, mas também porque — depois da noite passada — sinto que seria bom ter uma chance de ver como estamos. Além disso, não me incomodaria se tivesse a chance de mimá-la um pouco, de me assegurar de que está bem, considerando que a noite passada foi a primeira vez dela.

— Eu adoraria — ela responde. — Mas Tinyati me mandou para casa quando a loja ainda estava uma bagunça na noite passada, porque sabia que eu estava cansada. Não seria justo cancelar com ela agora, quando precisa de mim lá esta manhã para ajudá-la a arrumar tudo.

Concordo com a cabeça, porque sei que Grace está certa. Todavia, quando afasto as cobertas do meu lado da cama a fim de levantar, ela se enrosca em mim.

— Só porque preciso ir, não significa que precisa ser neste segundo.

As palavras dela me fazem rir, mas também fazem com que eu me sinta bem. Gosto de saber que ela está tão relutante em partir quanto estou em vê-la partir.

— O que me diz de sairmos hoje à noite? — pergunto, depois de puxá-la para cima de mim. — Posso levar você a um restaurante chique e depois, talvez, a um concerto na praça?

— Ou podemos ficar aqui, onde não há sol — ela me recorda. — Vou pedir serviço de quarto e podemos jogar um pouco de strip pôquer roxo.

Merda. Não acredito que esqueci — mesmo depois de todo esse tempo. Esse maldito sol que nunca se põe me mata. É a única parte ruim de estar preso para sempre em Noromar.

Grace sente saudades de seus amigos e de sua família, mas não tenho nada disso. Quero dizer, tenho Jaxon, mas é bem difícil sentir saudade de um cara que tentou matar você — e que faria isso em um instante se tivesse a chance.

Aqui é melhor para mim de muitas formas. Tenho amigos — as pessoas gostam de mim, confiam em mim e não acham que estou sempre a um passo da sociopatia. Mas o fato de que são basicamente uma sociedade vegana, com nada com o que eu possa me alimentar além do sangue da garota que amo, é um pouco difícil.

Adoro tomar o sangue de Grace e o faria todos os dias se não tivesse medo de enfraquecê-la demais. E se eu não tivesse de viver uma vida fora deste quarto de hotel. Mas tenho. Tenho de trabalhar, tenho de levar Smokey para passear, tenho de ser capaz de construir algum tipo de vida com Grace além destas quatro paredes. E o sol que quase nunca se põe de fato coloca uma grande barreira em tudo isso.

— Ei! — Ela se apoia nos cotovelos, para poder ter uma visão melhor do meu rosto. — Para onde você foi? Não é um fã de strip pôquer?

— A lugar algum — respondo, com uma bufada. — O que basicamente vai ser a história da minha vida nos próximos dias.

— Eu sei. E sinto muito por isso. — Ela se aninha em mim, tentando trazer conforto, eu sei. — Mas não sinto muito por você ter bebido meu sangue.

— Tem certeza disso? — murmuro ao acariciar seus cabelos com meus dedos.

Grace ri, como se achasse que estou brincando.

— Você estava aqui noite passada? Porque eu estava, e tenho de dizer para você que não teve absolutamente nada que aconteceu neste quarto de hotel que eu não tenha gostado. Muito. Em especial isso.

— Ah, é? — Levanto a cabeça para poder visualizar melhor o rosto dela.

Porque ela não parece estar falando aquilo para me tranquilizar. Não parece que sente que está perdendo alguma coisa. Na verdade, tanto sua voz quanto a expressão em seu rosto dão a impressão de que ela quer outra rodada. Com tudo. O que não é exatamente um problema da minha parte, quando querer Grace é como respirar.

Natural, instintivo e impossível de ficar sem.

— Sim — ela afirma, e sua voz é ofegante e urgente. Grace coloca a mão na lateral do meu rosto e mantém meu olhar. — Sabe que amo você, certo?

Engulo em seco, meu coração alojado no fundo da garganta.

— Agora eu sei.

Então sorrimos um para o outro, o tipo de sorriso que diz tudo o que duas pessoas apaixonadas podem dizer — e isso é antes da primeira vez que sinto o puxão do nosso elo entre consortes, que ela está obviamente segurando com força. Meu peito fica tão repleto de amor por essa garota, que fico um pouco atordoado.

Inclino-me para beijá-la, contudo, assim que meus lábios tocam os dela, o alarme dispara pela segunda vez.

Grace geme.

— Preciso mesmo ir. — Mas então ela leva um segundo... ok, sessenta segundos... para me dar um beijo que me deixa ansioso pelo seu retorno hoje à noite.

Ela se afasta e então corre para o banheiro a fim de tomar o banho mais rápido do mundo. Dez minutos depois, está vestindo as roupas no corpo ainda úmido enquanto se apressa pelo quarto, pegando todos os itens de que precisa para o trabalho. Sapatos, presilhas de cabelo, carteira.

— Vou levar Smokey comigo — avisa, inclinando-se para pegar a sombrinha. — Ela pode fazer amizade com os clientes hoje, e posso levá-la para almoçar fora... se ela se comportar.

Para enfatizar seu ponto de vista, lança um olhar de advertência para a sombra — ao qual a linguagem corporal de Smokey informa que o está devolvendo, e com juros. Apenas rio e balanço a cabeça. Algum dia, as duas mulheres da minha vida vão se tornar melhores amigas. Mas esse dia definitivamente não é hoje.

— Ela ficará bem — comento, passando a mão sobre a cabeça de Smokey. — Não é mesmo, garota?

Smokey se enrola ao redor de mim em deleite, ainda que choramingue um pouco.

— Ficaremos bem — Grace me diz. — Certo, Smokey?

Dessa vez, o som que ela faz é mais como um pigarro. Mas se enrola no meu pescoço, em sua versão de um abraço, e depois corre até a porta.

Grace sorri e revira os olhos.

— É um progresso, certo? Pequenos passos ainda são um progresso.

E então sai pela porta. Se vai. Levando basicamente todo o meu mundo consigo.

Com um gemido, sento-me na cama. E começo o tedioso processo de contar quantas horas faltam até que eu possa ir lá fora sem me matar.

A resposta é: horas demais. E não há uma maldita coisa que eu possa fazer a esse respeito.

Capítulo 112

À ESPERA DO OUTRO DRAGÃO

— Grace —

As últimas três semanas restantes até as Estrelas Cadentes passam em uma espécie de borrão que mistura treino, trabalho, planejamento e ainda a tentativa de construir uma vida com Hudson. Saímos para jantar, vamos à biblioteca e ao pequeno teatro comunitário do outro lado da cidade, às vezes.

E alguns dias ficamos na estalagem, explorando mais um ao outro.

Pelo lado positivo, Hudson está se sentindo muito melhor desde que começou a se alimentar do meu sangue com regularidade, às sextas-feiras (para não faltar à escola).

No que se refere ao dragão — e ao festival —, parece que o prefeito enfim tomou juízo e avisou à população que o evento está suspenso até que possamos dar um jeito na situação.

Por mais engraçado que pareça, absolutamente ninguém presume que vamos perder ou parece chateado por perder o festival. As pessoas dão tapinhas nas nossas costas quando andamos pela cidade, gritam encorajamentos ou nos dão dicas. Até os trovadores aparecem para sessões regulares de planejamento e nos ajudam a treinar. Acontece que Lumi tem muita prática em lutas de palco e, ainda que não seja a mesma coisa que uma luta de verdade, é melhor do que nada.

No mínimo, ele dá a Hudson — que é um combatente e tanto, mesmo sem seus poderes — alguém com quem demonstrar técnicas e também ajuda a mantê-lo em forma. Tinyati sempre aparece com novas ideias de planejamento, e Nyaz mantém todos nós alimentados. Até Souil aparece de vez em quando na estalagem, para ver como Hudson e eu estamos.

Mas agora é o início de uma nova semana, a noite anterior às Estrelas Cadentes, e estamos todos um pouco no limite.

É tarde — tão tarde que a taverna na estalagem está fechada e os moradores da cidade já foram para a cama. Só os trovadores, Hudson, Nyaz, Tinyati e eu estamos sentados ao redor de uma mesa gigante no meio da sala, quando o prefeito chega.

— Olá, todo mundo! Olá! — Souil caminha com confiança, como se fosse dono do lugar, usando uma calça boca de sino psicodélica e uma camisa vermelha de caubói com franjas de couro.

Ao meu lado, Hudson se engasga um pouco, mas me recuso a fitá-lo. Se eu o fizer, sei que vou cair na risada — em especial porque Hudson mencionou a boca de sino multicolorida semanas atrás.

— Oi, Souil — Nyaz cumprimenta, e então vai para atrás do bar a fim de lhe servir uma bebida.

É roxa — que grande surpresa — e cheia de frutas, e, quando ele a entrega a Souil, o prefeito toma um longo gole.

— Pode me servir outra, por favor? — ele pede, deslizando o copo pelo balcão até o estalajadeiro, que o pega sem dificuldade. Então Souil vai até a cadeira vazia ao meu lado e se senta, apoiando os pés na mesa. — Então, como estão todos? — pergunta. — Prontos para a grande noite?

— Eles estão — Tinyati responde, enquanto pega sua bolsa e se inclina para me dar um abraço. — Preciso ir para casa. As crianças ficam insuportáveis na hora de ir para a cama, e meu marido está sozinho. E todos precisam de uma boa noite de sono antes das Estrelas Cadentes!

— Espere, como é? — questiono, confusa. — Você não vai deixá-los sair de casa, não é? E se o dragão...

— Ah, não, é claro que não! Mas se ainda tiver algum festival no segundo dia... depois do ataque do dragão... nós falamos que eles podem ir.

Faço um aceno de cabeça quando lembro que o prefeito prometeu para todo mundo um espetáculo de luzes como nunca viram, depois que o dragão for derrotado, para compensar pelo festival cancelado. De fato, Hudson e eu até fizemos algumas tentativas de planos — presumindo que tudo saia bem — de assistir aos fogos juntos, na torre do relógio.

— É o que todo mundo vai fazer? — Lumi pergunta enquanto tamborila com os dedos na mesa, de um jeito nervoso. — Realmente espero que ninguém saia às ruas.

— Nós advertimos todo mundo. Até os turistas. — Souil dá de ombros. — Não posso fazer nada se não seguirem nosso conselho.

— Na verdade, você pode — Hudson o contraria, com a voz carregada de ironia. — Você é o prefeito. Pode ordenar um *lockdown* completo amanhã: um toque de recolher obrigatório.

— Sim, tentei fazer isso — Souil rebate, com um aceno alegre de mão. — Mas o conselho da cidade me derrotou. Disseram-me que quase não havia chances de que nossos estimados dois novos cidadãos permitissem que o dragão entrasse nos limites da cidade. Já foi difícil o suficiente convencê-los a cancelar o festival em primeiro lugar, já que a maioria não acredita que o dragão vá voltar depois do que Grace e Hudson fizeram com ele na última vez.

Souil não parece tão chateado com o fato de o conselho não concordar com ele. Na verdade, parece gostar da ideia de algo dar errado para poder jogar a culpa no conselho. Pelo menos até que olha para mim e percebe que estou observando-o. Então balança a cabeça e faz uma expressão de desgosto, na qual não acredito.

Uma espiada rápida em Hudson me revela que se sente do mesmo jeito. Isso me deixa inquieta, faz com que eu pondere se há mais em jogo aqui do que sabemos. Mas, no fim, importa mesmo se o prefeito está em guerra com o conselho da cidade ou não? Quero dizer, como moradores de Adarie, isso pode tornar as coisas desconfortáveis para nós em longo prazo. Contudo, para o propósito específico de matar o dragão, não importa na verdade.

Pelo menos não se conseguirmos achar um jeito de manter as pessoas longe da batalha e as baixas em zero, e nos planejamos muito nos últimos meses para fazer exatamente isso.

— O que acontece se o conselho da cidade estiver certo? — Orebon questiona. — E se fizermos tudo isso e o dragão não aparecer?

— O dragão vai aparecer — o prefeito garante.

— Como você sabe? — indago, estreitando os olhos.

— O dragão virá — Souil repete, em um tom de voz que não deixa espaço para discussão. — Sei disso porque é um fato. Tudo o que temos que fazer é matá-lo quando ele aparecer.

E, quando diz "nós", ele quer dizer "o resto de nós". Mas não vou discutir isso agora.

Para ser honesta, feiticeiro ou não, não acho que o prefeito seja de muita ajuda aqui. Em todo esse tempo, ele demonstrou zero habilidades mágicas, a ponto de Hudson e eu brincarmos que "feiticeiro do tempo" é um título que ele deu para si mesmo, basicamente como "prefeito". Ou isso ou sua magia só funciona em seu guarda-roupa.

Passamos mais alguns minutos repassando os planos, visando garantir que estejamos o mais bem preparados quanto for possível. Então, depois que todo mundo vai embora, Hudson e eu vamos para nosso quarto.

Não conversamos enquanto subimos as escadas, basicamente porque não há muito o que dizer. Não quanto a isso. E já que tenho quase certeza de que é única coisa na qual nós dois estamos pensando agora, não há nada a falar sobre outro assunto tampouco.

Assim que chegamos ao nosso andar, no entanto, observo pela janela do fim do corredor. Em Noromar, o pôr do sol pode durar horas, e me deleito ao vislumbrar os primeiros raios que começam a mergulhar no horizonte pela primeira vez em meses.

— É bonito, não é? — Hudson murmura.

Eu suspiro.

— Sim, é mesmo. A droga é que pensar nisso faz com que eu me lembre de estar coberta pelas entranhas do dragão.

— Com sorte, não deixaremos isso acontecer. — O fato de o tom de voz dele estar tão sério me comunica tudo o que precisa ser dito sobre como ele espera que os eventos de amanhã à noite transcorram.

Não que eu o culpe. Eu me sinto exatamente do mesmo jeito.

— Sim, com sorte.

Assim que chegamos ao nosso quarto, tomo um banho rápido antes de ir para a cama. Hudson já está deitado, e sorri quando me vê.

Tento sorrir também, porém é mais difícil do que parece quando estou morrendo de medo de pensar que outra pessoa que amo vai morrer amanhã à noite. Meus olhos se enchem de lágrimas, e tento impedi-las de cair. Não vou chorar agora. Simplesmente não vou.

— Ah, Grace. — Hudson se senta na cama para esperar por mim e, no segundo em que me esgueiro entre as cobertas, ele passa o braço ao redor da minha cintura e me puxa com gentileza, até que minhas costas estão encostadas na frente do corpo dele. — O que posso fazer? — pergunta, com uma voz suave e tranquilizadora no meu ouvido.

Antes que eu possa responder, Smokey se levanta de seu lugar no chão e resmunga ao ir até o banheiro. A porta se fecha com um baque.

— Bem, ela definitivamente sabe como evidenciar sua opinião — ele comenta.

— Ela sabe mesmo.

Hudson estende a mão e afasta meus cachos do rosto.

— Você não me respondeu. O que precisa que eu faça?

— Nada — respondo-lhe, em uma voz que é pouco mais do que um sussurro. — Não há nada a se fazer. Estou bem.

Ele não responde — provavelmente porque está tentando imaginar um jeito diplomático de me dizer que nada em mim indica que alguma coisa vai bem neste momento. Mas é claro que ele também não parece tão bem, então talvez não seja isso que está fazendo.

No fim, ele simplesmente me abraça e acaricia meu braço de um jeito tranquilizador por um tempo. Então diz:

— Está preocupada com amanhã?

— Se quando diz "preocupada", você quer dizer "completamente apavorada", então, sim. Estou preocupada.

Posso sentir o sorriso dele contra meu rosto.

— Estou preocupado também.
— Bobagem — eu bufo. — Você nunca fica assustado.
— Isso não é verdade. — O sorriso dele desaparece.
— Sim, é sim. Durante todo esse tempo que conheço você, nunca o vi com medo de verdade. Irritado, sim. Preocupado, absolutamente. Mas com medo? Não, literalmente *nunca* vi isso.
— Então você não andou olhando muito de perto, porque teve umas duas vezes em particular nas quais fiquei apavorado — Hudson garante.
Estreito meus olhos para fitá-lo por sobre o ombro, enquanto penso no tempo em que estamos juntos. Então pergunto:
— Quando exatamente essas experiências cheias de pavor aconteceram?
— Todas as vezes em que pensei que poderia perder você — responde.
— Hudson. — Eu me viro para encará-lo e seguro seu rosto entre as mãos. E o beijo com todo o amor e o medo existentes dentro de mim.
Ele se afasta quase de imediato.
— Não faça isso.
— O quê?
— Não me beije como se pensasse que é a última vez — sussurra. E percebo, chocada, que os olhos dele estão úmidos e meu coração se parte. Hudson não chorou nenhuma vez desde que era criança, segundo seus diários. Isso não vai mudar hoje à noite.
Mesmo assim, só por precaução, pressiono meu corpo contra o dele. Pestanejo um pouco. E digo com o sotaque francês mais atroz que consigo fazer:
— Me diga, *monsieur*. Como quer que eu beije você?
Por um segundo, ele simplesmente me encara, como se eu tivesse bebido demais. E então começa a rir, exatamente como eu pretendia.
Quando finalmente para, volto a imitar o sotaque.
— Você não me respondeu, *monsieur*.
Dessa vez, ele simplesmente balança a cabeça e diz:
— Com tudo o que você tem, Grace. Me beije com tudo o que você tem.
É a melhor ideia que ouvi o dia todo. Então é exatamente o que faço.

Capítulo 113

UMA SURPRESA MERECE OUTRA

— Hudson —

Grace, Smokey e eu saímos às ruas faltando pouco menos de três horas para o pôr do sol. Vamos precisar ir até os portões em breve, e para a área na qual resolvemos confrontar o dragão-fêmea — longe o bastante de Adarie para ser seguro para os moradores da cidade, embora os trovadores tenham oferecido nos encontrar lá para ajudar na batalha —, mas temos tempo para passear um pouco, apreciar a tranquilidade antes da tempestade iminente.

Smokey aproveita para explorar, no segundo em que saímos da estalagem, o que permite que Grace e eu possamos passear sozinhos pelas ruas de paralelepípedo, nos perguntando sobre o que acontecerá a seguir.

— É tão bonito — Grace comenta, ao contemplar todos os balcões com jardineiras transbordando de flores e videiras roxas se espalhando pelas paredes de tijolos. Ao fazê-lo, ela gira lentamente ao redor, para não perder nenhum detalhe, e sou novamente cativado.

Embora haja muito peso pairando sobre nós, aqui, neste momento que o crepúsculo apenas começa e as luzes de fada brincam em sua pele, ela está incrivelmente bonita. Seu sorriso é aberto e brilhante. Seus olhos, cheios de admiração. Até aquelas pequenas sardas que tanto amo parecem dançar em seu rosto e na ponte de seu nariz, a cada movimento que ela faz.

E quando pega a minha mão e me puxa para um abraço e um beijo, nunca me senti mais apaixonado por ela.

Minha consorte forte, radiante, poderosa, que enfrenta qualquer coisa que aparece em seu caminho com coragem e compaixão. Mesmo agora, enquanto nos preparamos para o que nós dois sabemos que pode ser um banho de sangue de todas as maneiras possíveis, Grace está firme em sua determinação de fazer o que precisa ser feito. Mesmo assim, ela aproveita o momento para se deleitar com a beleza do mundo ao seu redor.

Com eu poderia não a amar?

Como eu não poderia querê-la pela eternidade?

Ela é um presente do universo para mim, e, se eu puder simplesmente tê-la e nada mais, ficarei satisfeito. E ainda me considerarei mais sortudo do que tenho direito de ser.

— Por que está olhando para mim desse jeito? — Grace pergunta quando nossos olhos finalmente se encontram.

— Só estou me sentindo grato.

Ela ergue as sobrancelhas.

— Estamos prestes a entrar na maior luta de nossas vidas, e você está se sentindo grato?

— É estranho, eu sei. — Estendo a mão para além dela e pego uma flor de uma das várias guirlandas espalhadas pela praça. Quando entrego para ela, digo:

— Sei que não é uma coroa de flores, mas...

Os olhos dela se enchem de água.

— Para mim?

— Não, para Smokey — brinco. — Ela está atrás de você.

Grace apenas revira os olhos.

— Me dê minha flor.

— Já falei para você. É para...

Ela arranca a flor da minha mão e a coloca entre seus cachos, em cima da orelha esquerda.

— Encoste nela e vou quebrar todos os ossos de sua mão.

É minha vez de erguer uma das sobrancelhas.

— É meio difícil lutar contra um dragão com uma mão só.

— Bem, então você sabe o que precisa fazer, não sabe? — O tom de voz dela é formal e respeitável, mas a expressão em seus olhos é de uma deusa guerreira que não se curva a nenhum homem.

— Sou tão ridiculamente louco por você.

Grace sorri.

— E devia ser mesmo. — Então segura minha mão e começa a me puxar pelas ruas.

— Para onde estamos indo? — pergunto, enquanto me puxa para o meio da praça.

— Tenho uma surpresa para você.

— Ah, é?

Ela ri.

— Não me olhe desse jeito. Não é esse tipo de surpresa.

— Um cara pode sonhar, não pode? — Mas estou só provocando-a, e ela sabe, ainda que revire os olhos para mim.

Grace me puxa até o outro lado da praça, passando pelos carrinhos de comida fechados, as tendas de atividade vazias e o coreto silencioso.

Ela faz um barulho no fundo da garganta e começa a me puxar com mais força.

— Está quase escuro.

Como a surpresa parece importante para ela, eu me apresso. Então fico paralisado quando percebo onde me trouxe. A torre do relógio.

— O que você fez? — pergunto.

Ela dá um sorrisinho sexy.

— Acho que você precisa entrar comigo se quiser descobrir.

— Tenho uma ideia melhor. — Eu a pego no colo e a coloco nas costas.

— Pelos velhos tempos? — provoca.

— Pelos novos tempos — respondo.

E então começo a escalar.

Chegamos ao alto da torre faltando uma hora para o pôr do sol. Espio lá dentro e vejo a colcha que ela colocou no chão e cobriu com flores, e a água elegante que deixou gelar em um balde de gelo.

— Grace... — digo, e então paro de falar quando tudo vira um inferno.

Capítulo 114

HORA DE MANDAR SINAIS PARA SMOKEY

— Grace —

Preciso de todo o meu autocontrole para não gritar quando o dragão-fêmea sobrevoa a cidade.

Não esperávamos que chegasse tão cedo, pensávamos ainda poder aproveitar algumas horas antes que ela finalmente aparecesse. O prefeito insistiu que dragões do tempo só atacam à noite, e o sol ainda não se pôs!

Dirigindo-se bem para o meio da praça, o dragão-fêmea lança suas chamas no gazebo, que é o coração de tantos eventos do vilarejo, e ele pega fogo no mesmo instante, as chamas lambendo primeiro o telhado e depois descendo até a própria estrutura, enquanto a fumaça se eleva no ar.

Ainda bem que as ruas estão vazias, mas Hudson não hesita em entrar em ação. Ele salta da torre do relógio e aterrissa agachado na rua de paralelepípedos lá embaixo. E então acelera na direção do coreto em chamas, sem sequer olhar para trás.

Vou logo atrás dele, mudando para minha forma de gárgula e saltando na sequência, minhas asas capturando o ar sem esforço enquanto me pergunto o que Hudson está fazendo.

Temos armas e cordas posicionadas ao longo da beira da floresta fora da cidade, então por que ele não está tentando atrair a besta até o local planejado?

Enquanto voo atrás de Hudson, o dragão-fêmea passa voando à minha direita, e registro como essa criatura é grande. Ela deve ser mais jovem do que pensávamos, porque obviamente passou os últimos três meses se recuperando e crescendo. Tipo, crescendo de verdade. Deve ter o dobro do tamanho que tinha no nosso primeiro encontro, e já era quase três vezes maior do que o dragão que matamos naquela ocasião.

Como diabos vamos conseguir abatê-la?

— O que está acontecendo? — Orebon grita quando me alcança e começa a correr ao meu lado, com uma espada balançando em seu quadril a cada passo.

— O que você está fazendo aqui? — grito, o pânico tomando conta da minha voz. — Você devia ficar lá dentro! Orebon, não... você precisa ficar em segurança, para proteger Amiani!

Mas Orebon simplesmente balança a cabeça e grita:

— É assim que protegemos Amiani. É assim que protegemos todo mundo que é importante para nós.

Então ouvimos Lumi e Caoimhe gritando, e finalmente entendo o que o dragão-fêmea está fazendo, o que fez Hudson sair correndo como o demônio, a que Orebon se refere.

Porque agora eu a vi. Smokey. Parada perto do gazebo, completamente paralisada, exceto pelo fato de que está gritando como doida. E o dragão-fêmea está indo bem na direção dela.

Meu coração chega à garganta, e aumento minha velocidade ao máximo. Porque a sombra pode dificultar ao máximo minha vida, mas Hudson a ama. E ela faria qualquer coisa por ele. Qualquer coisa exceto parar de gritar, ao que parece, porque isso está além da capacidade dela agora. E há algo nesse som que atrai o animal a ela.

Hudson se move com tanta rapidez que é praticamente um borrão, e bem quando o dragão-fêmea mergulha para pegar Smokey, ele desliza diante dela e pega a sombrinha nos braços. Então vai embora novamente, e a besta está deixando seu desprazer bem claro para todo mundo.

Dando meia-volta para segui-lo, a fera solta uma rajada tão grande de fogo que atinge duas barraquinhas de comida em segundos.

— Se a arma de um dragão é o fogo, não devíamos achar um jeito de neutralizar essa arma o melhor que pudermos? — Lumi dissera durante uma das nossas sessões de planejamento, e avalio ao redor de modo frenético em busca de um dos extintores que o prefeito conseguiu que o conselho concordasse em espalhar pelo vilarejo, só por precaução.

Vejo um deles escondido perto de um banco, cerca de quinze metros do que restou das barraquinhas de comida, e corro até lá. Orebon chega na minha frente. Ele pega o extintor e corre para apagar o incêndio nos carrinhos, antes que o fogo se espalhe.

Sabendo que Orebon vai cuidar do fogo, eu me viro outra vez na direção da praça, à procura de Hudson. Eu o encontro novamente no alto da torre do relógio, colocando Smokey na coberta que estiquei no chão para nós dois mais cedo.

Então ele pula para a rua de novo e atravessa a praça correndo na minha direção, enquanto o dragão-fêmea faz outra volta ao redor da área.

Eu o encontro a cerca de quinze por cento do caminho, porque acelerar é mesmo uma coisa e tanto.

— Sinto muito! — Hudson diz, antes que eu tenha tempo de gritar com ele por ter ido atrás de Smokey sem ter me dado qualquer tipo de aviso. — Eu não podia deixá-la morrer.

— É claro que você não podia — digo, mas prometo a mim mesma que vou gritar com ele mais tarde, por quase ter me matado de susto. — O que fazemos agora?

Antes que Hudson consiga responder, o dragão-fêmea solta um grito que rasga o ar como um raio. Isso pouco antes de fechar as asas e mergulhar bem na direção dos trovadores, que correm pela rua que sai da praça e culmina nos portões.

Não tem como eles conseguirem.

Capítulo 115

O NEGÓCIO É IR DIRETO NA CAUDA

— Grace —

— Qual é o problema desse dragão? — Hudson pergunta. — Ela é maligna.

E então Hudson acelera de novo, correndo na direção dos nossos amigos. Mas Lumi, Caoimhe e Orebon devem ter percebido que não vão conseguir sair da cidade, então entram em uma das grandes tendas erguidas para o caso de o festival poder ocorrer amanhã.

Mas o dragão-fêmea deve tê-los visto, porque muda de curso no último minuto. Em vez de sobrevoar a tenda, ela recolhe as asas e atravessa a estrutura. Despedaça a tenda e manda tudo o que está lá dentro voando em todas as direções — incluindo nossos amigos.

— Ah, meu Deus — sussurro, enquanto me obrigo a voar mais rápido. É como se ela conhecesse nossos planos e nossas fraquezas, e usasse isso contra nós. Não sei como é possível, mas o dragão-fêmea é muito mais inteligente do que imaginamos. É assustador de um jeito totalmente novo.

Agora que arrebentou a tenda, o dragão-fêmea lança uma onda de fogo por todo o lugar — e em tudo o que estava lá dentro e que agora está espalhado pela praça. É como se ela quisesse ter certeza de não deixar nenhum lugar para qualquer um de nós se esconder.

Ao se deparar com a tenda em chamas, alguém sai correndo de uma casa, com um extintor nas mãos. É uma mulher com um cabelo castanho comprido, e meu coração bate na garganta enquanto grito para ela:

— Volte para dentro!

Mas é tarde demais. O dragão-fêmea dá um voo rasante e agarra a fantasma em suas mandíbulas poderosas. O barulho que se segue — de quebrar de ossos — é algo que nunca mais esquecerei enquanto viver.

Dou um grito quando o terror toma conta de mim e, por um segundo, meus joelhos ficam fracos. Atinjo o chão com força, assim como a mulher, quando a besta a arremessa para longe com poderoso gesto de cabeça.

A mulher está morta antes de chegar ao chão. E não há nada que nenhum de nós ou nenhum de nossos grandes planos possa fazer a respeito.

Luto para ficar em pé, ainda com a intenção de alcançá-la, mas, antes que dê um passo, o dragão-fêmea agarra Lumi com suas patas e alça voo em direção ao céu.

Orebon sai correndo no mesmo instante, gritando por seu esposo, mas Hudson alcança a besta primeiro, e salta três metros no ar para agarrar a cauda da fera. O dragão-fêmea grita de indignação, batendo a cauda de um lado para o outro, mas Hudson se segura com toda a sua força.

Entretanto, nem mesmo ele pode fazer isso para sempre, e quando o animal começa a subir cada vez mais alto no céu noturno, tudo em que consigo pensar é: o que vai acontecer quando os dois caírem?

Capítulo 116

ARRANCANDO AS ESCAMAS

— Hudson —

Como é mesmo aquela citação de Einstein que costuma ser tão popular em postagens nas redes sociais? "Insanidade é fazer a mesma coisa várias vezes e esperar resultados diferentes"? Eu provavelmente devia ter me lembrado disso antes de pular em outro maldito dragão. Porque não vai ter como escapar dessa vez. Ela é imensa, está irritada e determinada a se livrar de mim.

Normalmente, eu ficaria feliz em atendê-la, mas ela também está determinada a derrubar Lumi, e não estou de acordo com isso. Então, só há uma coisa que posso fazer, enquanto ela balança a cauda de um lado para o outro, fazendo com que eu me sinta em um daqueles brinquedos de parque de diversão que fazem todo mundo vomitar.

Pressiono meu corpo contra sua cauda e seguro com braços e pernas com o máximo de força que consigo. Quando consigo travar braços e tornozelos na parte de baixo da cauda, começo a me arrastar para cima o mais rápido que posso. O que, infelizmente, não é nem de perto tão rápido quanto eu gostaria que fosse.

Enquanto isso, Lumi tenta escapar da gaiola formada pelas garras do dragão-fêmea. Mas estamos voando alto demais para isso. Se ele conseguir escapar, ou se ela simplesmente se cansar do aborrecimento dele tentando fugir e o soltar, Lumi jamais sobreviverá à queda.

E isso quer dizer que preciso ir mais rápido. E espero que eu não caia tampouco.

Mas não é tão fácil quanto parece, considerando que ela tem escamas afiadas subindo por toda a sua maldita cauda, e estou tentando com todas as minhas forças não ser castrado por uma delas.

Quando enfim consigo chegar ao alto de sua cauda, sinto como se estivesse abalado e agitado. Preciso de um instante para me recompor — e engolir a náusea. Meço mentalmente a distância entre o topo da cauda e as garras que seguram Lumi. E decido que, foda-se, consigo chegar lá em um salto só.

Não me permito pensar no que vai acontecer com ele se eu errar. Em vez disso, concentro-me em ir até a parte de baixo do dragão-fêmea — não é uma vista ou posição que eu recomende, diga-se de passagem.

Percebo meu erro um pouco tarde demais e, com muito cuidado e enorme dificuldade, volto à lateral da cauda do animal.

Estou pendurado no maldito dragão-fêmea agora, o que significa que estou me segurando apenas com uma mão e uma perna. Então, no segundo em que ela sacudir a cauda novamente, corro o risco de ser arremessado se não fizer algo rápido.

Como se tivesse pensado na mesma coisa, ela escolhe este exato momento para balançar a cauda, ou o que quer que seja que dragões fazem com essa coisa. Começo a escorregar, assim como temia, e mal consigo me agarrar em uma das escamas em busca de me firmar.

As escamas são ainda mais afiadas em minha pele desnuda do que pela calça jeans, e cortam a palma da minha mão. Conforme o sangue escorre pelos meus dedos, fica cem vezes mais difícil me segurar — e não estou sequer contando a dor da questão toda.

Mesmo assim, há muita coisa em jogo aqui para que eu me solte. Então simplesmente travo os dentes, seguro firme e espero pela oportunidade perfeita surgir.

O momento finalmente chega quando a criatura dá a volta na torre do relógio. Para evitar se machucar nos pináculos afiados, ela puxa as patas para perto do corpo, com Lumi ainda entre as garras.

É o mais próximo que ele esteve de mim durante todo esse tempo, mas sou esperto o bastante para saber que tenho meros segundos para aproveitar a proximidade. Assim que terminarmos de contornar esses edifícios altos, o dragão-fêmea vai abaixar as pernas, e terei perdido a oportunidade.

Com isso em mente, não me dou mais tempo para pensar no que pode dar errado. Em vez disso, apenas entro em ação. Solto a escama com a mão e empurro a cauda dela com as pernas, usando o máximo de força que posso, e acabo voando quase três metros direto na direção das garras fechadas do animal. E de Lumi.

Acerto as garras com o corpo e luto para me agarrar em alguma coisa, em qualquer coisa. A coisa em questão é Lumi: minha mão boa se agarra em sua camisa e a seguro com toda a minha força.

Lumi grita quando atinjo as garras e começo a escorregar, mas então ele se apressa também. Estende a mão e agarra qualquer parte minha que consiga segurar.

Ele agarra o punho da minha mão machucada, segurando com uma força que me surpreende, considerando quão magro ele é. E então estamos voando comigo pendurado nas garras como se estivesse praticando parapente com um maldito dragão como velame.

— O que vamos fazer? — Lumi grita, para ser ouvido sobre o barulho do vento que passa por nós.

Parte de mim quer dizer "como é que eu vou saber?", mas, de algum modo, não acho que seja uma boa ideia. Além disso, só há uma única coisa que podemos fazer a essa altura. Pular e rezar para cairmos em algum lugar macio.

No entanto, só vou ter uma chance de fazer isso, então tenho de garantir que não vamos cair muito cedo ou tarde demais. Neste ponto, honestamente acho que nossa melhor aposta é uma das tendas armadas na praça. Só preciso disso para amortecer um pouco nossa queda, e acho que consigo levar Lumi até o chão sem muitos danos.

Mas tenho que me assegurar de abrir as garras do animal no momento certo. E, considerando a experiência que tive da última vez, isso pode acabar muito mal.

Além disso, para abri-las, preciso das duas mãos e, neste instante, elas são as únicas coisas que me impedem de despencar em queda livre. Bem, minhas mãos e Lumi, que ainda segura meu punho com toda a força.

Por fim, a besta se reaproxima da praça, o que significa que preciso resolver esse problema com agilidade. Só espero que Grace não decida tentar vir me resgatar. A última coisa da qual preciso é essa fera arrancando um pedaço ou colocando fogo nela, se Grace não estiver na forma de rocha sólida. Se isso acontecer, temo que serei capaz que queimar o vilarejo inteiro só para ter uma chance de acabar com esta maldita criatura.

Subo com a mão pela garra do dragão-fêmea, na direção dos nós de seus dedos, quando vejo a adaga de Lumi na bainha ao redor de sua cintura. Grace e eu encorajamos todo mundo a usar uma espada — ou duas — para essa batalha, mas Lumi insistiu que a adaga era a única arma da qual precisava.

Naquele momento, achei que estava sendo imprudente, mas aqui, agora, nunca estive mais grato pela teimosia de alguém em minha vida. Porque essa adaga vai salvar nossa maldita vida.

Quando se aproxima da área da praça onde estão as tendas — e o fogo ainda arde —, a criatura acelera. Ciente de que estou prestes a perder minha oportunidade e sem ter certeza se minha mão ensanguentada vai aguentar outra volta no vilarejo, grito para Lumi segurar meu punho com toda a sua força.

E isso me deixa com uma única tarefa a fazer nessa situação. Dou um salto imenso de fé e espero aterrissar em algum lugar que não mate nós dois.

Capítulo 117

DE SMOKEY, COM AMOR

— Hudson —

Depois de passar os últimos cinco minutos agarrado ao dragão-fêmea para salvar minha vida, preciso de uns dois segundos para convencer meu cérebro a soltar. Quando finalmente consigo, ergo o corpo e tiro a adaga do cinto de Lumi.

Olho para baixo quando a criatura se aproxima das tendas. É agora ou nunca, então faço o que precisa ser feito, e uso a adaga para fazer um longo corte nas garras dela.

— Aguente firme! — grito e fico grato quando Lumi me agarra pela cintura e me deixa com as duas mãos livres novamente.

O dragão-fêmea grita de dor no mesmo instante em que começamos a cair. Todavia, em vez de se assustar e fugir, como eu esperava, ela fica mais irritada ainda e solta uma rajada de fogo que atinge cada uma das tendas montadas na praça. Incluindo aquela na qual eu esperava aterrissar. É claro.

— Novo plano — grito para Lumi, enquanto continuamos a cair.

— Existe um plano? — ele berra de volta, para ser ouvido pelo barulho do vento.

— Na verdade, não — admito.

Com Lumi se segurando em mim, giro o corpo o melhor que posso em queda livre. Meu objetivo é aterrissar primeiro e deixá-lo me usar como amortecimento. Não é um excelente plano, e sei que vou acabar com um monte de ossos quebrados, mas não posso simplesmente deixá-lo morrer.

Não é a queda, mas o ricochete, lembro a mim mesmo, embora ainda ache que isso é besteira. E me preparo para...

De repente, Grace voa direto até nós, em uma velocidade que parece ultrapassar os cento e cinquenta quilômetros por hora. Ela nos manda girando no ar, mas nos pega imediatamente e envolve os braços ao redor do meu corpo.

— Precisa de uma carona? — ela pergunta.

— Bendita seja você, Grace — Lumi agradece, parecendo esverdeado.

Por um segundo, temo que ele vomite em mim, mas, de algum modo, consegue se conter até voltarmos ao chão. Assim que seus pés atingem a grama, Lumi sai cambaleando e vomita atrás do arbusto mais próximo.

Não que eu o culpe — dessa vez foi por pouco.

Para ser honesto, ainda não terminou, considerando que a criatura ficou furiosa de um jeito que nunca vi antes. Ela está queimando tudo em seu caminho, e, de repente, tenho medo de que não sobrará nada do vilarejo amanhã de manhã se não tomarmos uma atitude logo.

O único aspecto bom — e "bom" é um termo relativo aqui — que resulta desse último tumulto é que, quando vira em pleno voo, a fera avista Grace e a mim. E, assim que nos encontra, ela se fixa em nós como um míssil guiado por calor e vem bem na nossa direção.

— Voe! — grito para Grace, porque é a melhor chance que temos de tirá-la da cidade e afastá-la das pessoas que vivem aqui.

— Pode deixar! — grita de volta, e decola em um piscar de olhos. Precisamos que a criatura pense que pode nos pegar, porque precisamos que ela continue interessada em nós e não tente encontrar outro alvo mais fácil. Como o pobre Lumi, por exemplo, que neste momento está escondido embaixo do banco da praça atrás do qual acabou de vomitar.

Determinado a garantir que o dragão-fêmea não se concentre em Lumi, aumento um pouco minha velocidade. Ela responde mandando uma rajada de chamas bem na minha direção. Consigo desviar a tempo, mas passou perto demais para meu gosto.

Olho para cima e encontro Grace, que estreita os olhos com uma expressão perigosa quando anuncia:

— Tenho uma ideia.

— Que ideia? — pergunto, bem antes que minha consorte execute um giro impressionante no ar, dando meia-volta e voando perto o bastante da besta para encostar em seu focinho antes de girar novamente e sair voando direto na direção dos portões do vilarejo.

O que irrita o animal ainda mais — exatamente o que Grace pretendia.

A besta voadora enlouquece e acelera, em um esforço selvagem de alcançá-la. Mas Grace aumenta a velocidade também. E é assim que as duas se envolvem em uma perseguição em alta velocidade que morro de medo que não termine bem para Grace.

É uma sensação reforçada pelo fato de que, conforme se aproxima de Grace, o dragão-fêmea solta rajada após rajada de fogo nela. Grace — cujas habilidades de voo melhoraram muito nas últimas semanas — vira, se abaixa e desvia das chamas.

Pelo menos até que uma consegue acertar a ponta de sua asa e tira tudo dos eixos.

Grace grita ao despencar em direção à terra, com a criatura em sua cola. Ela tenta subir, mas ou o dragão teve muita sorte ou sabia onde mirar, porque a asa de Grace perdeu a parte que a tornava aerodinâmica, seja lá o que for.

Grace está atualmente em queda livre, dirigindo-se direto para o chão.

Enquanto acelero pelo solo, morro de medo de não chegar a tempo. Em especial porque a queda não é o maior dos problemas dela. A besta está quase alcançando-a agora que ela não tem mais controle. E, quanto mais perto a criatura chega, mais convencido fico de que ela planeja torrar Grace de uma vez por todas.

Não vou deixar isso acontecer.

Acelero na direção delas, com um único pensamento em mente — tirar Grace da linha de fogo do dragão-fêmea. E quando a criatura solta outra rajada de fogo que passa tão perto de Grace que quase a transforma em churrasquinho, não tenho escolha. Salto na direção delas para interceptar as chamas, colocando meu corpo entre Grace e o fogo.

Giro em pleno ar, agarrando Grace para que não caia no chão, e me preparo para sentir o fogo do dragão. A fera está perto o bastante de mim para que eu saiba que não vou me safar dessa, perto o bastante para que tudo o que eu possa fazer é rezar para poder proteger Grace — e conseguir chegar ao chão para salvá-la antes que a criatura me mate.

Mas não sou o único que tem essa ideia, porque ainda estou me virando — ainda em preparo —, quando, no último segundo, Smokey aparece correndo pela noite.

Tenho um milésimo de segundo para gritar que ela se afaste, se abaixe, mas é tarde demais.

Ela se joga entre mim e o fogo.

E recebe a rajada com tudo.

Capítulo 118

É UM TRABALHO DURO, MAS ALGUÉM PRECISA FAZÊ-LO

— Grace —

Hudson grita como se seu coração se partisse ao meio, e consigo olhar para cima bem a tempo de ver Smokey ser atingida por uma rajada de fogo tão poderosa que ninguém que não fosse rocha sólida teria sobrevivido.

E é tudo minha culpa.

Se eu não tivesse tentado atrair o dragão-fêmea para longe, se eu tivesse sido mais rápida e não tivesse deixado a criatura atingir minha asa com fogo, nada disso teria acontecido. Smokey estaria em segurança. Estaria viva.

E Hudson. Hudson não estaria em queda livre comigo em direção ao chão, como se todo o seu mundo tivesse perdido o significado.

Atingimos o solo com força, mas ele nem percebe. Ele leva um segundo para me colocar gentilmente no chão.

— Vá! — digo para ele. — Vá!

Hudson acelera pela praça antes que eu termine de falar a primeira vez — e pega o que sobrou do pobre corpo incinerado de Smokey antes que atinja o solo.

Estou logo atrás dele, e o agarro quando tropeça, abraçando-o com força enquanto as cinzas de Smokey flutuam no ar ao nosso redor e a fita vermelha chamuscada cai no chão.

— Não — ele sussurra, ao cair de joelhos diante de mim, pegando a fita na mão. — Por favor, não, não, não.

— Sinto muito. — Aperto o ombro dele enquanto também olho para o que sobrou da nossa pequena e travessa amiguinha. — Eu sinto tanto.

Ele me encara com os olhos devastados pela dor, e tudo o que quero é abraçá-lo. Confortá-lo. Apagar os últimos dois minutos e fazer com que tudo fique bem.

Mas não posso fazê-lo. Não posso fazer nada disso. Então faço a única coisa que posso, que é ganhar tempo para Hudson lamentar. Eu me transformo em pedra e novamente em mim mesma para ver se talvez — apenas talvez — isso cure minha asa.

Quando me transformo em gárgula novamente, minha asa está reparada. A dor ainda está lá, mas a ponta da asa está curada. Posso voar outra vez.

E é o que faço, saindo em disparada no ar enquanto o dragão-fêmea avança sobre Hudson e os restos mortais da pobre Smokey.

Chego ao mesmo nível da fera um segundo antes que ela solte outro feixe de chamas direto em Hudson e, dessa vez, quando meu punho se transforma em pedra, é proposital. Nós nos conectamos com um golpe poderoso, e eu a acerto com um soco por baixo da mandíbula com toda a minha força.

O poder contido na rocha manda a criatura para longe, e sua rajada de fogo se espalha pela noite enquanto ela voa para trás. Vou atrás dela, determinada a derrotá-la desta vez. Determinada pelo fato de ela já ter causado danos o bastante essa noite, matando e ferindo gente demais. Estou cheia dela. Cheia disso. Mesmo que eu tenha de morrer para detê-la, isto termina agora.

Então persigo o dragão-fêmea pelo céu noturno.

Depois de um tempo, a criatura se recupera do meu soco e vem atrás de mim, com fogo ardendo em suas narinas e boca, e raiva transbordando em seus olhos.

Todavia, agora somos duas que se sentem assim. Posso não ter chamas, mas com certeza estou furiosa, e me abaixo para poder voar por baixo dela dessa vez. Ao fazê-lo, transformo minhas duas mãos em pedra. Então desço ainda mais, para que ela não consiga me ver, e começo a subir, ganhando cada vez mais velocidade.

Não é como antes. Não tenho força ou impulso para atravessar seu peito com um golpe. Mas tenho poder suficiente para mirar em outro alvo.

Quando ela abre as asas e procura novas vítimas na área abaixo de nós, eu as atravesso com meus punhos de pedra, arrebentando a camada fina, que parece um couro — e então puxo com o máximo de força que consigo reunir.

A fera grita de novo, e um rasgo aparece onde antes havia uma asa funcional. Ela começa a cair em queda livre, virando de cabeça para baixo e girando, girando, girando completamente fora de controle, e me afasto dela, usando minhas asas para sair do caminho de sua espiral de morte.

Mas a criatura não vai desistir sem lutar. Ela atinge o chão com força, espalhando chamas em todas as direções, enquanto cambaleia para ficar em pé. Mas Hudson está ali também, acelerando em zigue-zague, para se desviar das chamas, enquanto corre bem na direção dela.

Não sei o que ele planeja fazer, não sei sequer se tem um plano a essa altura, mas não existe a menor chance de eu deixar meu consorte enfrentar essa besta sozinho. Não quando a fera está zangada, ferida e encurralada, e não tem mais nada a perder.

Voo a toda velocidade na direção deles, esforçando-me ao máximo, com o objetivo de alcançar o dragão-fêmea antes que ela transforme Hudson em churrasquinho. Meu consorte não está pensando direito agora, e não sei se está em bom estado mental para enfrentá-la sozinho.

Só que ele não está sozinho, porque, mesmo antes que eu chegue ali, Caoimhe corre pela noite com duas espadas roxas gigantes.

Ela joga uma para Hudson, que diminui sua velocidade só o suficiente para pegá-la no ar, e continua na direção da criatura, que grita e raspa as garras no chão, enquanto continua a disparar fogo para todos os lados.

Chego ali bem na hora que Hudson pula no ar, levantando a espada sobre a cabeça. Com um grito de dor e raiva que equivale a qualquer coisa que esteja causando o grito do dragão-fêmea, ele acerta a espada no pescoço da criatura com toda a força de vampiro que tem em si.

A espada afiada atravessa a pele grossa, passa pelos músculos e ossos logo embaixo, até que a cabeça dela cai no chão, aos pés de Hudson.

Capítulo 119

UMA CENA DIRETO DA ERA DISCO

— Grace —

O sangue jorra do pescoço do dragão-fêmea, onde costumava ficar a cabeça, e encharca o chão roxo ao redor da criatura, com esse estranho fluido laranja radioativo.

Hudson está parado em meio a tudo isso, balançando a espada com as duas mãos enquanto continua a abrir o ferimento no animal morto, com repetidos golpes repugnantes. Como se o monstro tivesse morrido rápido demais, como se a raiva e a dor dele não fossem sumir a menos que a criatura sofresse tanto quanto ele está sofrendo.

Eu me aproximo dele, tiro a espada de suas mãos, e ele dá um passo cambaleante para trás.

— Está tudo bem — falo, com suavidade, e Hudson se apoia em mim. — Acabou. Acabou tudo.

Ele se vira para olhar para mim pela primeira vez, e seu rosto está sem cor, seus brilhantes olhos azuis estão opacos e destroçados.

— Ela se foi — Hudson diz, aos soluços, e sei que não se refere ao dragão.

— Sim — sussurro em resposta, ainda que meu coração também esteja partido com a perda. — Eu sinto tanto, mas tanto.

— Por que ela fez aquilo? — ele se enfurece. — Por que ela teve que entrar no meio da batalha? Eu a deixei na torre do relógio. Falei para ela ficar lá, falei que iria buscá-la quando tudo estivesse terminado. Por que ela não me ouviu? Por que ela não...

— Porque ela amava você — concluo. Quero abraçá-lo apertado, segurá-lo de encontro ao meu coração, mas sei que ele ainda não está pronto para isso. Então só lhe digo a verdade. — Porque ela queria proteger você tanto quanto você queria protegê-la.

Hudson assente com a cabeça, a mandíbula tensa, mas a devastação em seus olhos não diminui.

Prometo a mim mesma que, assim que voltarmos à estalagem — ou para o que restou da estalagem, depois que a criatura destruiu praticamente toda a praça —, vou abraçá-lo pelo tempo que me permitir.

Contudo, neste instante, temos um novo problema. Porque, assim como aconteceu com o dragão que matamos da outra vez, gotas douradas e prateadas se erguem desta criatura também. Estão girando, girando, girando, naquele mesmo padrão de dupla hélice que vi antes. Só que, em vez de ascender ao céu, como pensei que tinha acontecido anteriormente, essa energia permanece aqui, entre nós e o dragão-fêmea.

No início, não sei o que há de errado, e isso me assusta. Será que a alma da criatura está nos cercando? Sua energia? É um jeito de seu corpo ferido tentar se curar?

Espero que não seja isso. Espero de verdade. Porque a morte deve ser respeitada — mesmo a morte dos nossos inimigos —, e a última coisa que quero é ter que lutar contra algum tipo de dragão-zumbi reanimado depois de tudo o que aconteceu hoje à noite.

Mas a verdade é que o que realmente está acontecendo é muito pior.

Porque, quando olho para trás, Souil está aqui. É ele quem está atraindo a fina névoa dourada e prateada de dentro do dragão. E, sob meu olhar horrorizado e atento, ele abre a boca e começa a sugar a essência do dragão, levando-a para dentro de si.

— O que está fazendo? — questiono, incrédula, tentando ficar entre ele e a alma da criatura. — Você não pode fazer isso. Você não pode...

Ele me empurra para fora do caminho com tanta força que escorrego no sangue viscoso e quase caio. No entanto, Hudson está aqui para me segurar, ao mesmo tempo que se vira para ver o que o prefeito está fazendo.

— Seu cretino maldito — ele rosna, colocando-me de lado enquanto se move na direção do prefeito, que já absorveu quase toda a essência do dragão a esta altura.

Não, ele não é apenas o prefeito, eu me recordo, enjoada.

Souil afirmou que era um feiticeiro do tempo também, mas demos risada disso. Meu estômago se contrai quando percebo que podemos ter cometido um erro terrível.

Pela primeira vez em meses, eu me lembro da silhueta na varanda da prefeitura, enquanto a essência do dragão menor subia na noite.

Lembro-me de como Souil estava praticamente irreconhecível quando o encontramos para o brunch, no dia seguinte. Como estava muito mais jovem e seu rosto parecia muito mais liso.

Mais ainda, lembro-me dele nos incentivando a matar este mesmo dragão--fêmea, nos dizendo que era o único jeito de salvar o vilarejo.

E aqui está ele agora, na cena desta morte, pegando a última coisa que o dragão tem para dar.

Sim, sei que a criatura precisava morrer. Sei que ela estava determinada a matar a todos nós — e, no fim, acho, matar Hudson e eu especificamente. Mas saber isso é uma coisa.

Saber que podemos ter sido enganados — que podemos ter sido usados — é uma coisa completamente diferente.

O prefeito já parece mais jovem, mais alto e mais forte. E definitivamente parece mais poderoso, seu corpo iluminado por dentro pela magia poderosa que acabou de absorver. Ao se mover, ao erguer os braços diante de si, ele quase crepita de eletricidade e, quando termina de inspirar a essência restante do dragão, ele brilha.

— Que diabos você fez? — Hudson grita, avançando rapidamente na direção dele.

Todavia, antes que Hudson o alcance, Souil some.

— Mas que diabos? — Hudson se vira com um olhar enlouquecido. — Para onde ele foi?

Balanço a cabeça, porque não tenho ideia.

Longos segundos se passam enquanto giramos em círculo, à procura de descobrir aonde ele foi, mas não temos sucesso.

E então, de repente, Souil está de volta. Uns trinta metros de onde estava momentos antes.

— Como ele fez isso? — pergunto, mas Hudson não perde tempo em responder. Em vez disso, acelera na direção do feiticeiro novamente.

Ele chega em menos de um segundo, mas Souil já sumiu de novo.

Só que, dessa vez, não é por muito tempo. No instante seguinte, ele aparece bem atrás de Hudson e o empurra, com força.

O empurrão faz Hudson cair de cara no chão. Hudson, que nunca hesita sob o peso do poder de outra pessoa.

Ele se levanta em menos de um segundo, voltando-se na direção de Souil, agora parado no meio da praça, com as pernas afastadas e a cabeça para trás, gargalhando.

— Não acha mesmo que vai conseguir encostar em mim, não é? — o feiticeiro pergunta, enquanto Hudson acelera em sua direção.

E, mais uma vez, some — só para reaparecer a vários metros de distância, com um bastão gigante nas mãos. Mas não é um bastão qualquer. Tem duas correntes saindo da parte de cima e, presas a essas correntes, há esferas de prata com espinhos que não se parecem com nada que eu já tenha visto antes.

Ah, e ele adicionou uma capa ao seu vestuário — uma capa com lantejoulas brancas e prateadas, para ser exata, quase da mesma cor do que acho que possivelmente é um mangual de batalha medieval em sua mão — atualizado, é claro, com um certo ar dos anos 1970.

— Que diabos é isso? — Hudson me lança um olhar completamente perplexo.

— Acho que é... — Paro de falar quando Souil ergue o bastão sobre a cabeça e começa a rodá-lo, enquanto começa a rebolar os quadris, ao estilo de Elvis. As correntes, e as esferas presas nelas, começam a girar também, e me surpreendo quando toda a praça se transforma de repente em uma festa disco dos anos 1970, regada a LSD.

A única coisa que falta é o Bee Gees cantando "How deep is your love". Mas é claro que acho que Souil pode estar fazendo testes para ser o quarto integrante do Bee Gees enquanto falamos. Ele definitivamente acertou os movimentos de quadril — agora tudo o que precisa fazer é aquele gesto de apontar os dedos cruzando os braços na frente do corpo, e estará pronto.

— Aquilo são... bolas de discoteca com espinhos? — Hudson sussurra, horrorizado.

— Tenho quase certeza de que são, sim — respondo. Porque o que mais há para dizer neste momento? Se o submarino amarelo dos Beatles aparecer flutuando pela rua principal, não ficarei surpresa.

Mas mesmo que Souil pareça ridículo, ainda há algo realmente assustador em sua fixação pelos anos de 1970 que me faz conjecturar... Será que ele tem a habilidade de dobrar o tempo? Será que ele pode ir para o passado ou para o futuro sempre que quiser? E, se ele consegue fazê-lo, há algo que não possa fazer? Algo que não possa usar no meio de uma batalha? Alguma armadilha da qual seja incapaz de escapar?

Balanço a cabeça. Não, isso não pode estar certo. Se Souil pudesse fazer isso, certamente outros teriam percebido, comentado algo. Meus ombros começam a relaxar. Talvez não seja tão ruim quanto pareça.

— Bem, isso é algo que não se vê todos os dias — Orebon comenta quando chega atrás de nós.

— Ou nunca — Caoimhe acrescenta. — Felizmente.

— Vamos lá, Hudson! — Souil chama de seu lugar na praça. — Você foi tão corajoso antes. Não quer ser derrotado esta noite?

— Alguém mais está vendo isso? — Lumi pergunta, balançando a cabeça como se quisesse desanuviar a mente. — Ou será que bati a cabeça com tanta força que estou alucinando?

Posso ver por que ele acha que esse pode ser o caso. Porque quem imaginaria algum dia que isso é algo de verdade? Que o prefeito obcecado pelos anos 1970 da maior cidade do Reino das Sombras giraria bolas de discoteca como se fossem uma arma, vestido como um imitador de Elvis?

O fato de que esta sequer é a cena mais estranha que vimos neste reino diz tudo. Assim como o fato de que não é sequer a situação mais estranhas em que vimos Souil.

— Não — Caoimhe responde para ele. — Estamos todos vendo aquelas bolas brilhantes imensas.

Lumi suspira.

— Eu temia isso. — Mas não diz mais nada.

E, sim, entendo que é estranho pra caramba, mas não é tão horrível — não de um jeito vamos-todos-morrer. Talvez a energia do dragão tenha simplesmente conferido mais poderes ao prefeito, de modo que ele possa visitar outro período.

Talvez polainas e roupas com o ombro de fora, estilo *Flashdance*, apareçam daqui a pouco. Isso certamente não seria a pior coisa que poderia acontecer a esse Evel Knievel rejeitado.

Mas então o prefeito joga a cabeça para trás e solta uma gargalhada, o tipo de risada que causa arrepios na minha espinha.

— Esperei mil anos por este momento, querida. Então, obrigado.

Engulo em seco enquanto meu estômago se contorce e se agita como o oceano em uma tempestade.

— Hum, pelo que você está me agradecendo, exatamente?

Por favor, não diga nada maligno. Por favor, não diga nada maligno.

— Ora, por me dar o poder de ir para casa... e reescrever a história, é claro.

Não tenho ideia do que isso significa de fato, mas sei que é algo ruim. Muito ruim. Já assisti a filmes da Marvel o suficiente para saber disso. Mas eu teria adivinhado de qualquer maneira, pelo modo como todo o corpo de Hudson se tensiona, o ar ao redor dele se tornando gélido e causando arrepios na minha pele.

Lanço-lhe um rápido olhar, mas ele já se lançou no ar, e aterrissa a vários metros de distância, bem aos pés de Souil.

Só que, mais uma vez, Souil se foi.

E, dessa vez, quando reaparece, é a menos de um metro de distância de Orebon, com o mangual com as esferas de discoteca já no ar.

Capítulo 120

MORTE NA PISTA DE DANÇA

— Grace —

Tenho um instante de terror para assimilar o que está acontecendo, mas então já é tarde demais.

As esferas de discoteca acertam a lateral da cabeça de Orebon — e arrancam metade dela fora. Carne e cérebro voam para todos os lados, e ele despenca no chão, em uma poça de seu próprio sangue púrpura.

Caoimhe grita e corre na direção de Souil, mas Hudson a segura antes que ela o alcance.

No entanto, ninguém é capaz de impedir Lumi de se lançar na direção de Souil. Não que isso importe. Assim como todas as outras vezes, o feiticeiro desapareceu. E agora está parado nos degraus do gazebo, balançando a cabeça.

— Considerem isso um aviso — ele nos diz. — Não quero matar nenhum de vocês, mas matarei todo mundo que tentar se intrometer no meu caminho. — Souil contempla o corpo sem vida de Orebon sem qualquer remorso em sua expressão. — Tenho algo a fazer, e não vou falhar. Não depois de esperar séculos por essa chance.

— O que quer que seja, você nunca vai conseguir — digo-lhe, rezando para estar falando a verdade. — Pessoas como você nunca conseguem.

— Ah, Grace, sua garotinha doce e ingênua. Eu tenho dinheiro. Tenho poder. E tenho todo o tempo do mundo ao meu lado. Não há nada que você possa fazer para me impedir. — O mangual começa a rodar mais uma vez. — Ou você precisa de outra demonstração?

— Por que está fazendo isso? — Lumi grita de onde está, segurando o corpo sem vida de Orebon. — Ele não fez nada para você.

— Ele não era nada para mim — Souil responde, e até sua voz está diferente agora. Mais profunda, mais bonita, e estala como um relâmpago no céu, ecoando ao nosso redor como o trovão que se segue. — Nenhum de vocês é. Lembrem-se disso se escolherem ficar no meu caminho, porque estou advertindo vocês. Ninguém vai me impedir.

— O que supostamente não devemos impedir você de fazer? — Hudson parece entediado e, mais uma vez, vejo o príncipe dos vampiros parado diante de mim, enquanto ele coloca Caoimhe de lado. Braços cruzados, ar zombeteiro, uma expressão insolente no rosto. Não posso afirmar que em geral eu fique feliz em ver seu lado metido, mas estaria mentindo se não dissesse que é bom vê-lo assim aqui, neste momento. — Além de ser um supervilão da década de 1970 com delírios de grandeza, quero dizer.

Por um segundo, a expressão de Souil fica sombria, transformando-se em algo feio e perigoso, mas ela se suaviza de novo quase de imediato — exceto pelo olhar alegremente maligno em seu rosto.

— Não sei por que estamos em desacordo agora. Eu não teria sido capaz de fazer nada disso sem vocês.

— Seu maldito. — Do nada, Caoimhe sai correndo na direção dele, com a adaga erguida.

Começo a pular diante dela, para fazer o que for necessário para impedi-la de morrer, mas Souil apenas revira os olhos. Então estala os dedos, e todo mundo ao nosso redor fica congelado.

Hudson, com os braços cruzados diante do peito.

Lumi, encurvado sobre Orebon.

Caoimhe, no meio da corrida, com a adaga levantada.

Ainda estou tentando processar o que aconteceu, e Souil ergue uma das sobrancelhas para mim.

— Interessante — ele murmura. E então estala os dedos de novo.

Espero que os demais voltem a se mexer, mas isso não acontece. E agora Souil me analisa como se eu fosse um inseto em um microscópio — ao mesmo tempo fascinado e revoltado. Mas tudo o que ele diz é:

— *Muito* interessante.

Suas palavras — e seu tom de voz — me tiram do estado de choque e fazem com que eu corra na direção de Hudson, para me assegurar de que está bem.

— Acalme-se, Grace. Não os machuquei. Só estava cansado das reclamações incessantes e das tentativas de assassinato. Mas você... você representa um novo desafio.

Eu o ignoro. As garantias de Souil não significam coisa alguma para mim. Todavia, quando me aproximo de Hudson, volto-me para dentro de mim e ainda consigo sentir o cordão azul brilhante do nosso elo entre consortes. Solto um longo suspiro. Hudson está bem — ainda que congelado.

— Precisamos mesmo passar por todo esse drama? — Souil quer saber, com um bocejo forçado. — Afinal de contas, tenho lugares para ir.

— Descongele-os! — exijo, ao me virar para ele. — Descongele-os agora mesmo. Você não pode deixá-los assim.

Os olhos dele vão de alegres para irritados em um instante. Souil desaparece por um segundo e, dessa vez, quando retorna, está parado bem ao meu lado, com o mangual pressionado embaixo do meu queixo.

— Quantas vezes preciso lhe dizer? Posso fazer o que quiser. Quanto antes você enfiar isso nessa sua cabecinha de pedra, melhor será. Você me entendeu?

É difícil engolir com o mangual enfiado no meu queixo e garganta, e mais difícil ainda falar. Porém, já que ele não cede — a cada segundo que não respondo, ele pressiona o mangual um pouco mais —, por fim consigo dizer:

— Sim.

— Ótimo. — Souil abre um sorriso triste antes de tirar o mangual da minha garganta e se recostar em um dos pilares do coreto, apoiando o peso do corpo no antebraço. — Porque esperei muito tempo por você.

— Por mim? — pergunto, confusa.

— Não por você especificamente. — Ele acena com a mão, como se me dissesse para não ficar me achando grande coisa. Como se eu fosse. — Mas tenho proporcionado abrigo e reunindo seres de outros mundos em Adarie há séculos, esperando por uma fenda grande o bastante no espaço-tempo... e o dragão do tempo que viria com ela.

— Então você de fato estava...

Souil me direciona um olhar de advertência, e me calo. O cara já está entusiasmado e violento. Imagino que não preciso antagonizá-lo ainda mais no momento em que Hudson e meus amigos não podem se defender.

— No início, foi difícil fazer as pessoas virem para cá. Entretanto, depois que os boatos se espalharam de que a Rainha da Sombra estava caçando visitantes e que aqui era um santuário idílico, certamente ficou mais fácil.

— Então, o cargo de prefeito e todo o restante eram só um truque para atrair o dragão do tempo para matar as pessoas que confiaram em você? — questiono, horrorizada, embora não saiba o porquê. Com tudo o que ele revelou, eu meio que pensava já estar além do terror, mas não. As contingências continuam piorando.

— Se foram tolos o bastante para confiar em mim, sou esperto o bastante para explorar isso — responde, em um tom de voz que implica que sua justificativa é muito razoável. — Além disso, do que eles podem reclamar? Tornei incríveis as vidinhas patéticas deles. Olhe para este lugar, para o que dei para eles!

— Não acho que isso conte já que você está disposto a sacrificá-los sempre que quiser.

— Não é sempre que eu quiser. — A voz dele ressoa antes de voltar ao tom normal. — Estou aqui há um milênio, esperando. Apenas esperando por um dragão grande o bastante, por tanto tempo que quase desisti. Quase me resignei a ficar preso neste reino. Mas então ouvi falar de dois forasteiros falando de dragões, e soube que minha longa espera enfim tinha acabado. E, cara, você realmente cumpre o que promete, Grace.

Dessa vez, o sorriso dele é feliz — o que, de algum modo, torna toda essa experiência ainda mais macabra e terrível. Que tipo de pessoa pode sorrir desse jeito, minutos depois de assassinar brutalmente um homem inocente?

— Mas sabe qual é o problema com o tipo de gente que se dispõe a se autossacrificar? — indaga, coçando o queixo, pensativo. — Estão sempre dispostos a morrer para proteger os demais, mas nunca estão dispostos a aceitar o acordo que salvará suas vidas. — Souil se inclina para a frente e estala os dedos, descongelando Hudson e os demais. Então, em uma voz tão baixa que quase não é possível escutá-lo, prossegue: — Pelo menos desta vez, sejam espertos — nos sugere. — Pelo menos desta vez, esqueçam o autossacrifício e preocupem-se consigo mesmos. Pelo menos desta vez, aceitem o maldito acordo que estou disposto a lhes oferecer e fiquem felizes com isso.

Capítulo 121

É ASSIM QUE TUDO É DISTORCIDO

— Hudson —

Mas que merda foi essa?

Por um segundo, fico confuso — confuso de verdade. Do tipo a ponto de "não me lembrar do que estava falando". Tipo confuso a ponto de "tudo parecer fora do lugar".

Eu me viro para Grace, que não está onde me lembro que estava, o que é outra pergunta "mas que merda foi essa?" que tenho. Porque nada está certo.

— Ele congelou vocês — Grace sussurra.

— Ele o quê? — Meu sangue ferve quando descubro o que ela quer dizer. Não aceito ser feito de bobo com tamanha facilidade. Tampouco gosto de ter minha vontade subvertida. E tenho certeza de que não gosto quando algum babaca com complexo de divindade decide que o que ele quer vale a morte de pessoas de quem gosto e a destruição do lugar que aprendi a chamar de lar.

— Exatamente a que acordo você se refere? — questiono, quando o que quero mesmo é dar um belo pé na bunda desse babaca.

Um rápido olhar para Caoimhe e Grace me revela que elas se sentem do mesmo jeito. Lumi, por outro lado, só parece tão devastado quanto eu me sinto pela morte de Orebon. O que me irrita ainda mais.

E isso é antes de Souil responder:

— É fácil... — começa a dizer, com um sorriso que faz meu sangue gelar. É cheio de malícia, arrogância e presunção ao mesmo tempo. E sou muito, muito familiarizado com isso. Já me deparei com isso no rosto do meu pai mais vezes do que desejo me lembrar. E, sempre que essa expressão aparece, as coisas nunca terminavam bem para mim. — Tudo o que vocês precisam fazer é ir embora — informa. — Pegue sua namorada, seus amiguinhos músicos e o que quer que tenha restado daquela pobre criatura de sombras, e vá embora agora mesmo.

A raiva quase toma conta de mim pelo jeito como ele se refere a Grace, a Smokey e aos demais — em especial depois do que ele fez com Orebon —, no entanto travo os dentes em um esforço de conter o ódio. E simplesmente permito que Souil fale.

É como eu costumava lidar com meu pai. O primeiro passo era sempre um silêncio "respeitoso", enquanto ele tagarelava sem parar sobre o próprio brilhantismo.

O segundo passo era fazer elogios para agradar seu narcisismo e fazê-lo se sentir como se estivéssemos do mesmo lado.

E o terceiro passo era trabalhar ativamente contra ele, fazendo o melhor possível para ficar fora da zona de explosão.

Às vezes, eu ficava só nos dois primeiros, e não tinha a chance de dar o terceiro passo, porque não era possível. Ou porque ele já estava longe demais para que eu me opusesse.

Parado ali, ao mirar os olhos de Souil brilhando com um poder profano que se parece muito com loucura, lembro daqueles tempos. Mais ainda, gela meu sangue, porque de repente tenho medo de que, qualquer que seja o grande plano dele, não serei capaz de detê-lo. Grace e Adarie vão sofrer porque não reconheci o mal antes. E Orebon e Smokey — pobre e doce Smokey — já pagaram o preço final.

Eu devia ter reconhecido. Eu devia. Eu o encarei durante toda a minha maldita vida. Como deixei de vê-lo agora, quando mais precisava?

Não gostei dele desde o início, sabia que tinha algo errado com ele. Ainda assim, caí em sua armadilha — e levei todo mundo de quem gosto comigo. Quão estúpida uma pessoa pode ser?

— E o que acontece se fizermos isso? — Grace pergunta, e observo-a de relance. Mas ela não olha para mim. Em vez disso, mantém a atenção fixa nele, sem afastar nenhuma vez.

É quando sei que ela também entende. Souil é uma serpente, e no segundo em que tirarmos os olhos dele, acabou. Ele vai atacar, e vamos nos tornar danos colaterais em qualquer que seja a parte dessa trama maligna que ainda não compartilhou conosco.

Mas talvez já sejamos danos colaterais, só que ainda não sabemos.

— *Se* vocês fizerem? — Ele ri. — Não há um "se". Vocês *vão* fazer... A única questão é se será de forma voluntária ou se terei de obrigá-los.

— Uma coisa é saltar no tempo de um lado para o outro ou nos congelar quando não estamos esperando — digo-lhe, com desdém. — Mas acha mesmo que pode nos obrigar a fazer algo que não queremos?

— Sabem quanto poder corre em minhas veias agora? — Souil pergunta. — Têm alguma ideia do que acontece quando alguém mata um dragão do tempo?

Antes que Grace ou eu possamos dizer qualquer coisa, ele dá uma volta ao redor de si mesmo, com os braços estendidos, e a torre do relógio desaparece. Ela simplesmente... desaparece.

Não se desintegra. Não explode. Apenas deixa de existir.

— O Deus do Tempo, aquele velho bastardo, os criou para destruir as pessoas arrogantes o bastante para tentar mexer com o modo como ele teceu o tempo e o espaço. Qualquer um que crie uma fenda em algum deles, alguém que realmente consiga, termina com um desses dragões em sua cola. O trabalho das criaturas é consertar os buracos, e eles não param até que cauterizem a fenda e apaguem o ofensor da linha do tempo inteira com fogo de dragão. Agora que vocês mataram o último dragão, isso não pode acontecer — ele continua, dando de ombros com ar negligente. — O que tecnicamente significa que deviam me agradecer em vez de ficarem aí me olhando como se eu tivesse acabado de chutar a sombra de vocês. Meu plano salvou suas vidas.

Mesmo sem querer, eu me encolho quando ele diz isso, o que o faz rir ainda mais.

— Cedo demais para isso? — zomba. — Ela era mesmo uma coisinha corajosa. Tola, mas corajosa.

— Você não tem ideia do que ela era! — rosno.

Logo depois disso, Souil desaparece de novo. Giro em torno de mim mesmo, procurando para descobrir onde ele vai aparecer. Estou determinado a não terminar como Orebon, não agora, quando Grace e eu ainda temos de encontrar uma solução para isso.

Mas ele não aparece ao meu lado. Souil surge ao lado de Grace e, em um instante, puxa as pernas dela, para que caia.

Ela atinge o chão com um grito assustado, mas imediatamente acelero até ela, pronto para acabar com esse maldito.

Mas ele já se foi outra vez.

A frustração cresce dentro de mim. Não importa quanto eu acelere, não importa quão preparado ache que estou, não posso lutar contra alguém que se move pelo tempo desse jeito. Ele está sempre um passo adiante ou atrás de onde acho que está, e não tem como antecipar como vai ser.

Estendo a mão e ajudo Grace a se levantar, enquanto Souil aparece mais uma vez, a seis metros de onde estamos.

— Há mais de onde veio isso, Hudson — ele me provoca. — Continue agindo mal, e retirarei a chance de escolher ir embora e simplesmente matarei vocês agora.

Começo a dizer para ele fazer isso então. Simplesmente fazer isso. Prefiro acabar com tudo do que ficar parado aqui e deixá-lo brincar comigo desse jeito por muito mais tempo. Já vivi isso uma vez, passei minha vida toda para ter idade e ficar forte o bastante para não ter mais de viver assim. Não existe a menor possibilidade de eu voltar a isso. Não com ele. Nem com ninguém.

Mas então olho para Grace, e percebo que não é verdade. Não posso deixar Souil me matar, porque, se ele me matar, vai matar Grace também. E não posso permitir que isso aconteça. Ela é minha consorte, o amor da minha vida, a garota mais bonita por dentro — e por fora — que eu poderia encontrar em qualquer reino. Não deixarei esse desgraçado tirá-la deste mundo.

Não posso.

Então engulo meu orgulho, engulo as palavras que me queimam vivo. E deixo que pense que me acovardei, quando Grace pergunta:

— Então abrimos por acidente uma fenda no tempo. Mas você é um feiticeiro do tempo. Sabe como essas coisas funcionam. O que você fez para chegar aqui?

Ele bufa e balança a cabeça.

— Cheguei aqui do mesmo jeito que vocês. Tentei voltar no tempo, tentei salvar minha filha de morrer de uma doença terrível. Nenhum pai... — Pela primeira vez, a voz dele falha.

Souil pigarreia, fita a distância por vários segundos, e me lembro de quando visitamos sua casa, das pinturas nas paredes. Dele, sim, mas também de uma garotinha que se parecia com ele. A causa de toda essa confusão, ainda que eu duvido que ela tenha tido ideia disso.

Souil respira fundo e, dessa vez, quando se volta para mim, há um brilho intenso em seu olhar. Um que não tem nada a ver com loucura e tudo a ver com tristeza.

— Nenhum pai deixaria sua única filha sofrer daquele jeito se houvesse algo que pudesse fazer para lhe tirar a dor.

Meu primeiro pensamento é que isso não é verdade. Cyrus não atravessaria a rua para me poupar de alguma dor, muito menos enfrentaria o Deus do Tempo e passaria séculos exilado em um lugar que odeia. Mas Souil fez isso. Será que isso significa que, de algum jeito estranho, ele está certo em fazer o que fez? Quem diabos somos nós para julgar isso? E quem diabos somos nós para ficar no caminho de sua única chance de salvar sua filha?

Olho de relance para Grace, para ver o que ela pensa, mas tudo o que vejo é sua expressão paralisada, iluminada pelo fogo que ainda arde ao nosso redor. Não é preciso ser um gênio para descobrir que ela está pensando em seus pais — posso perceber em seus olhos, em seus lábios apertados, nos punhos cerrados ao lado de seu corpo. Sei que está se perguntando se teria feito a mesma coisa para salvar sua mãe e seu pai, se tivesse o poder para fazer isso.

Como consigo entender sua necessidade, sua dor, mas não ter o mesmo entendimento dos sentimentos dele?

Mas, antes que eu possa dizer qualquer coisa — para Grace ou para Souil —, ela dá um passo para a frente. Ainda que os punhos ainda estejam cerrados ao lado do corpo, sua expressão é decidida.

— Não funciona desse jeito, Souil. Você não pode simplesmente mudar o mundo de acordo com a sua vontade. Eu sei bem.

— É aí que você está errada. É onde todos vocês estão errados. — O feiticeiro faz um gesto amplo, para abarcar todos nós. — Quando se tem tanto poder assim, o mundo trabalha do jeito que você quer que trabalhe.

Como se para reforçar sua declaração, a torre do relógio reaparece — no mesmo lugar onde estava.

— E foda-se qualquer um que me diga o contrário — ele rosna. — Não era a filha do Deus do Tempo que estava morrendo. Não era a preciosa luz dele que estava se apagando deste mundo. Eu teria mexido com qualquer coisa, com qualquer um, para salvar minha preciosa Lorelei. E faria de novo, mesmo depois de todo o tempo que perdi aqui.

— E quanto às vidas que você vai estragar quando fizer isso? — pergunto, enquanto penso no efeito borboleta e em todos os livros sobre viagem no tempo que já li. — Quando for para casa, você pode salvar a sua filha, mas vai machucar milhões de pessoas inocentes e desavisadas.

— Minha filha é inocente! — retruca. — E que importância tem se as coisas mudarem para as outras pessoas? Se você nunca conhecer sua consorte anterior em sua nova vida, quem vai se importar? Você sequer vai saber que ela existiu, então não vai saber que precisa lamentar a perda.

— Você não quer dizer se nossas novas vidas existirem? Se você fizer isso, não há garantia de que nenhum de nós vai existir. Que eu vou. Grace, meu irmão, nossos amigos ou qualquer quantidade de pessoas que vivem agora podem ser obliteradas ou alteradas de forma além do reconhecimento, porque você decidiu que você e sua filha são mais importantes do que qualquer um e do que todas as outras pessoas.

Olho para Grace, que é o amor da minha vida. Ela também é minha consorte, a pessoa que foi feita para mim. Eu não precisaria saber que ela existe para sentir falta dela. O mesmo acontece com ela e com todo mundo que teve uma alma gêmea nos últimos mil anos. Qualquer um que já se apaixonou, que já teve uma família ou um melhor amigo. É inconcebível.

— Você não pode fazer isso — Grace diz para ele. — Por mais que tenha sofrido, por mais que Lorelei tenha sofrido, você não tem o direito de levar esse sofrimento para o restante do mundo.

— Vocês não entendem porque nunca tiveram um filho — ele responde para ela. — Esperei mil anos por este dia. Mil anos pela chance de trazê-la de volta, de salvá-la de uma morte excruciante. E nada vai ficar no meu caminho.

Nada. — Souil nos encara como se fosse um cão raivoso, só esperando que nos aproximemos o bastante para nos atacar. — Quando o sol nascer, daqui a dois dias, vou pegar todo este poder dentro de mim, o poder que vocês me deram quando mataram aquele dragão, e atravessarei a fim de voltar para casa. Prefiro guardar esse poder para essa travessia, e o que vier depois. Mas intrometam-se no meu caminho, e matarei todos vocês. E não há nada que possam fazer para me impedir.

E então — como se para enfatizar suas palavras sobre o próprio poder —, ele estala os dedos. E desaparece.

Capítulo 122

O AMOR TEM UMA FITA VERMELHA

— Grace —

Depois que ele desaparece, nenhum de nós se move. Só ficamos parados ali, olhando uns para os outros enquanto tudo o que Souil falou corre pela minha mente.

Que ele está aqui há mil anos.

Que, de algum modo, eu abri um buraco no tempo e no espaço. Um buraco grande.

Que o grande dragão que nos atacou era a última peça do quebra-cabeça de que Souil precisava. E eu a dei para ele. Coloquei bem na porta de sua casa.

Só de pensar nisso, meu estômago revira, e o pânico começa a crescer dentro de mim. Meu coração enlouquece e não consigo lembrar como se respirar.

Estávamos lutando contra dragões do tempo, empenhados em nos "cauterizar" deste tempo e deste lugar. Não é de se espantar que fossem tão diferentes dos dragões que conheci em Katmere. Não são parecidos em nada. Eu já sabia que eles não eram metamorfos — mas isso? Uma espécie de dragão criada pelo Deus do Tempo com o propósito específico de procurar e destruir quem mexe com sua criação?

Exceto o prefeito, que de algum modo conseguiu sobreviver durante centenas de anos em Adarie, apesar desses dragões? E se isso é verdade, por que diabos ele parece um figurante de *Embalos de sábado à noite*? E como diabos ele viveu por tanto tempo? Feiticeiros do tempo não são imortais, são? Eu imaginaria que eles têm um tempo de vida como o das bruxas, como os humanos, então como diabos ele enganou a morte todo esse tempo?

Não faz sentido. Nada disso faz sentido.

Exceto... Reflito sobre as coisas que aprendi durante o período em que estou aqui. Sobre pessoas como nós que apareceram ao longo dos anos.

Será que os dragões do tempo comeram todas elas? Ou será que Souil matou seus dragões do tempo para poder continuar vivendo?

Um choro alto vem de trás de mim, interrompendo meus pensamentos. Quando me viro, dou de cara com Lumi, cheio de hematomas e machucados, no chão ao lado do corpo de Orebon. Ele segura o esposo entre os braços e o embala com os soluços mais horríveis que já ouvi rasgando seu peito.

Caoimhe ainda está ali também, segurando a mão de Orebon enquanto lágrimas silenciosas escorrem por seu rosto.

— Ele não precisava ter feito isso — a cantora sussurra, quando nossos olhares se encontram. — Ele não precisava tê-lo matado.

Concordo com um gesto de cabeça, porque ela está certa. Não havia motivo para Orebon morrer, exceto o fato de Souil querer provar seu argumento. E não dava tampouco para impedi-lo, porque nunca imaginamos que isso pudesse acontecer.

— Sinto muito — digo para ela e para Lumi. — Eu sinto tanto.

Mas Lumi está inconsolável e seu choro enche o céu noturno enquanto embala o corpo de seu melhor amigo e amante, seu marido, o pai de seu filho.

Eu me viro para Hudson, que retornou até os restos mortais de Smokey. Assim como os trovadores, ele também está de joelhos. Ele também a segura em seus braços e a aperta de encontro ao peito.

Ao fazê-lo, a fita vermelha e brilhante que ela usou por noites flutua na brisa. E um tremor duro e terrível percorre o corpo de Hudson.

— Sinto muito — ele sussurra para ela. — Sinto muito. Sinto muito. Sinto muito.

— Hudson. — Eu me agacho ao lado dele e envolvo meus braços ao redor de seus ombros. — Não é sua culpa. Nada disso é sua culpa.

— Eu não enxerguei — ele comenta. — Eu sabia que tinha algo errado com esse babaca, mas achei que ele fosse inofensivo. Não o impedi e agora... — A voz dele falha, então limpa a garganta antes de tentar novamente. — Agora ela morreu. E Orebon morreu. E não há nada que eu possa fazer a respeito.

— Podemos detê-lo — sugiro, falando com Hudson, mas também com Lumi e Caoimhe. — Ele não precisa se safar com esse...

A bufada de Caoimhe corta o silêncio da noite.

— E como vamos fazer isso, Grace? Não podemos pegá-lo. Seu vampiro, a pessoa mais rápida em todo o reino, não consegue nem chegar perto. Como diabos vamos deter alguém que pode nos matar a qualquer momento que queira, de modos que nem imaginamos? É impossível.

Quero lhe dizer que nada é impossível, mas então olho para Orebon, para Smokey, e sei que não é verdade. Alguns problemas são de fato insuperáveis, e não há nada que possamos fazer a respeito.

— Sinto muito — sussurro para Hudson, quando o puxo para mais perto e pressiono meus lábios em seu pescoço.

Meu consorte parece se dissolver bem diante de mim, seu corpo todo tremendo com a energia necessária para manter a dor dentro de si. Ele não chora. Não soluça. Simplesmente absorve tudo. Absorve a raiva, o lamento e a dor, como se fossem sua segunda natureza.

É estranho vê-lo assim — estranho e de partir o coração. Praticamente desde o minuto em que nos conhecemos, ele tem sido minha rocha — aquela coisa estável na minha vida, não importa o quê.

E que sempre me apoiou, não importa o quê.

Vê-lo abalado assim — destruído assim — me machuca de um jeito que nunca esperei que fosse acontecer. Eu o abraço com força, tento puxar sua dor para dentro de mim, tento fazer com que não se machuque tanto porque escolheu compartilhar sua dor comigo.

No entanto, estamos falando de Hudson, que é basicamente a definição da autossuficiência no que se refere à dor. Ele lidou com isso sozinho a vida toda, sem sequer pensar em pedir ajuda para alguém ou mesmo um pouco de apoio.

Mas não é mais quem ele é, e definitivamente não é quem que eu quero ser quando estou com ele. A garota que só fica sentada e deixa que seu homem aguente toda a dor. Não, obrigada.

— Eu amo você — murmuro, enquanto dou beijos em seu rosto, em sua mandíbula, na pele sensível do seu pescoço. — Amo você, amo você, amo você.

Hudson assente com a cabeça encostada em meu pescoço, porém minhas palavras não parecem causar uma impressão. Não neste momento em que ele sofre tanto.

Odeio isso, quase tanto quanto odeio o fato de que não há nada que possamos fazer. Não há como lutar contra Souil.

— O que vai acontecer? — Caoimhe pergunta, enquanto passa as mãos pelas bochechas. — Quando ele atravessar a barreira e mudar coisas que aconteceram há centenas de anos, o que isso vai significar para nós?

— Não sei — respondo, balançando a cabeça. — Talvez nada, talvez tudo. Não tenho ideia se o que acontece em um reino afeta o outro.

Caoimhe parece estar em dúvida, mas Lumi levanta os olhos de Orebon pela primeira vez.

— Nada vai acontecer conosco — ele diz, baixinho. — Mas e quanto a vocês? Vocês não são deste reino. Sua existência inteira se deve à sua presença em outro reino. E se ele mudar alguma coisa que impacte em alguma outra coisa e assim transforme toda a vida de vocês? Ou mesmo que faça vocês não terem vida alguma?

Capítulo 123

SORRIA E DÊ GRAÇAS

— Hudson —

No início, não assimilo as palavras de Lumi. Estou ocupado demais pensando em tudo o que fiz de errado no último ano, em todos os erros que cometi e que não devia ter cometido.

Eu devia ter insistido que Smokey ficasse dentro do nosso quarto hoje.

Eu sabia que o dragão-fêmea estava chegando. Eu sabia que ela estaria zangada e que seria perigoso. Eu não tinha por que deixar Smokey sair, por mais que ela insistisse.

Eu devia ter descoberto o que estava acontecendo com Souil.

Depois de ouvi-lo tentar justificar tudo o que fez, posso enxergar a sociopatia muito nitidamente. Sempre consegui perceber o narcisismo — qualquer um que olhe para ele pode ver isso —, mas não percebi quão verdadeiramente egoísta era até hoje à noite.

Eu nunca devia ter concordado em deixar os trovadores participarem da batalha.

Eu sabia que queriam ajudar, mas eles não têm poderes paranormais. E Lumi e Orebon são pais. Eram presas fáceis aqui. Primeiro Lumi, que quase morreu porque eu não estava preparado para que ele fosse pego pelo dragão. E depois Orebon, que morreu porque não fui rápido o bastante — e porque não previ o que Souil estava prestes a fazer.

Eu devia ter previsto.

Eu devia ter sido capaz de evitar tudo isso.

E agora tivemos três mortes. A mulher que tentou salvar Lumi. Orebon. Smokey. Simples assim. Foram-se em um piscar de olhos, e não fiz nada para protegê-los.

Pior ainda, não fiz nada para tentar salvá-los.

— Amo você — Grace sussurra, e quero muito perguntar para ela por quê. Como.

Falhei com ela. Falhei com todo mundo aqui. E, pior ainda, minhas falhas custaram a vida de pessoas — custaram, para todos aqui, pessoas de quem gostavam. O que há para amar em mim se não consigo sequer pensar adiante o bastante para antecipar algo tão grande, tão terrível quanto isso?

— Você não devia — digo para ela, afastando-me do abraço que, de repente, parece tortura. Sei que Grace está tentando me consolar, mas cada beijo, cada abraço, cada palavra suave que sussurra em meu ouvido me lembra de que não mereço nada daquilo. Lembra que Grace realmente se deu mal comigo, príncipe dos vampiros ou não.

— Não diga isso — censura, mas por fim percebe a indireta e abaixa os braços.

Não tenho nada mais a dizer para ela — ou para ninguém, diga-se de passagem —, então não discuto. Apenas mantenho a boca fechada e os olhos fixos na fita vermelha de Smokey.

É melhor desse jeito. Tem que ser. Já fodi tudo em um nível que não sei mais o que diabos tenho a oferecer. Pessoas morreram porque não consegui me controlar, porque estava ocupado demais em ser feliz pela primeira vez na vida. Baixei a guarda, comecei a acreditar em malditos contos de fadas e agora... agora pessoas que confiaram em mim estão mortas.

Smokey está morta. Ah, meu Deus. Smokey está morta.

Tudo o que ela queria neste mundo era ficar perto de mim. Me amar.

E era meu trabalho protegê-la. Mantê-la em segurança.

Eu a decepcionei.

Eu decepcionei todo mundo.

Grace estende a mão para mim novamente.

Ela fica falando comigo, fica me tocando, me beijando e repetindo como sente muito, quando não há absolutamente nada para ela se desculpar. Grace não fez nada disso. Eu fiz.

Começo a ir mais para dentro de mim, do jeito que costumava fazer enquanto estava na minha cripta. Tento esvaziar a mente, tento me fazer flutuar para longe. Se eu puder apenas desaparecer, não sentirei mais nada disso. A culpa, a dor e a raiva vão simplesmente sumir, vão se tornar um grande nada quando eu me tornar nada.

Estou quase lá, posso sentir o estranho esgotamento que costumava invadir meu corpo bem antes de acontecer. O vazio e o cessar da dor fazem com que valha a pena me desintegrar — seja por um mês, por um ano ou talvez por mais tempo.

Fecho os olhos, tento completar a última parte da jornada. Mas, antes que eu consiga, Grace está ali, segurando meu rosto entre as mãos, sua voz chamando as partes mais profundas de mim.

— Sei o que está fazendo, Hudson — ela me diz —, e essa não é a resposta. Não é como antes. Não é assim que você vai se livrar da dor.

Balanço a cabeça, tento calar as palavras dela. Mas não funciona. Como pode funcionar quando Grace insiste tanto em chamar minha atenção? E assim que consegue, ela a mantém — porque estamos falando de Grace, da minha Grace, e ignorá-la é a única coisa que nunca fui capaz de fazer.

Os braços dela se apertam ao redor do meu corpo, mantendo-me preso a si, quando tudo o que quero é flutuar para longe.

— Sinto muito, Hudson. Sinto muito que você esteja sofrendo. Mas esse tipo de dor segue você. Confie em mim, eu sei.

Grace encosta a testa na minha, mantém as mãos no meu rosto, aproxima-se tanto de mim que sua respiração, seu calor e sua suavidade se tornam meus.

— Se for embora agora, a dor simplesmente estará do outro lado, esperando você. O único jeito de superar isso é atravessando-a, não importa quanto doa. Mas isso não significa que você precisa fazer isso sozinho. Porque estou bem aqui. — Ela roça os lábios contra os meus. — Estou bem aqui, Hudson, e não vou a lugar algum. Você só precisa estender a mão. Só precisa confiar em mim para ajudá-lo a chegar do outro lado.

Ela faz parecer tão fácil, quando duzentos anos de vida me ensinaram que é tudo menos isso. Durante toda a minha vida senti demais, sofri demais, por causa de circunstâncias que não podia mudar. Levei anos para aprender como suportar o vazio e a agonia sozinho.

Mas consegui.

Aprendi a lidar com a dor e aprendi a desaparecer quando não conseguia lidar.

Foi como sobrevivi a todos aqueles anos de tortura. E agora Grace quer que eu deixe essas lições para trás? Quer que eu me apoie e confie nela para me fazer chegar — para nos fazer chegar — aonde precisamos ir?

Há um ano, isso teria sido impossível. Há dois anos, teria sido uma piada — e daquelas nada engraçadas. Mas isso não é há dois anos. Não sou o Hudson que eu era quando me arrastaram de volta. Não sou o mesmo cara que preferiu desaparecer a saber que o próprio irmão queria matá-lo.

Essa traição foi tão dolorosa que em um instante desejei realmente deixar de existir.

E não é nada se comparada à dor que sinto atravessar meu peito agora.

Mas, desta vez... desta vez alguém quer que eu fique.

Alguém precisa de mim, me ama, tanto quanto eu preciso dela e a amo.

Respiro fundo e estremeço.

Sou o consorte de Grace. Ela me escolheu. E ela merece mais do que um cara que não consegue se recompor. Um cara que foge quando as contingências começam a machucar. E com certeza merece alguém que deposite nela a mesma confiança que deposita em mim.

Então, mesmo que a vida tenha me ensinado várias e várias vezes que não dá para superar a dor — só é possível permanecer nela —, ignoro essa lição e escolho Grace. Do jeito que sempre a escolhi. Do jeito que sempre a escolherei.

Deixo a névoa desaparecer, enterro minha necessidade de fugir. E então estendo a mão e digo a única coisa que vai garantir que Grace será minha para sempre.

— Não podemos deixar Souil atravessar a barreira. Temos de encontrar um jeito de impedi-lo.

Capítulo 124

AGORA VOCÊ ESTÁ PRONTO PARA ISSO

— Hudson —

Grace atira os braços ao redor do meu pescoço e me abraça com força durante vários segundos. Eu a abraço também, e sussurro:

— Me desculpe. — Porque sei que a assustei.

Contudo, ela simplesmente balança a cabeça, como se dissesse "estou com você". Daí se afasta e pergunta:

— O que vamos fazer? Não podemos deixar que ele simplesmente retorne ao nosso reino e estrague tudo. Podemos não estar lá, mas tio Finn, Macy, Jaxon e todo mundo de quem gostamos ainda está. Não podemos permitir que ele simplesmente destrua o mundo todo porque quer salvar a filha.

— Nós sabemos — Caoimhe lhe diz, em uma voz que diz que está tentando, com muito esforço, permanecer calma. — Só não sabemos o que fazer a respeito.

— Deixe-me pensar — murmuro, enquanto minha mente recomeça a funcionar.

Ainda não tenho nada, e não acho que alguém tenha tampouco, mas minha mente enfim se move de novo, e a semente de uma ideia começa a se formar. Mas primeiro me viro para Lumi:

— Temos tempo... pelo menos vinte e quatro horas... para lidar com esse imbecil. Mas agora acho que devemos parar alguns minutos e... fazer o que precisa ser feito.

Um nó se forma na minha garganta com aquelas palavras. Normalmente, eu seria muito mais direto, mas não consigo me obrigar a declarar em voz alta que precisamos enterrar nossos entes queridos.

Felizmente, os outros entendem o que eu quero dizer com facilidade.

— Há um parque, não muito longe daqui — Caoimhe observa, em voz baixa. — Não é superelegante, mas acho que eles poderiam gostar. Além disso, não tem uma tonelada de gente andando de um lado para o outro, que nem no parque no centro da cidade.

Vários moradores da cidade saem de suas casas e nos ajudam a levar Orebon até o parque. Outros aparecem e pegam o corpo da mulher, provavelmente para levá-la para sua família. As ruas permanecem desertas em grande parte, o que é bom, considerando nossa carga preciosa, e chegamos ao destino com facilidade.

Há um pequeno galpão de ferramentas no fim do parque. Lumi vai até lá e arrebenta o cadeado, para podermos "pegar emprestadas" algumas pás.

Só preciso de alguns minutos para cavar um pequeno túmulo, onde coloco a fita de Smokey, perto de um belo canteiro de flores, enquanto os outros três trabalham no túmulo de Orebon.

Quinze minutos depois, os dois estão enterrados. Mas isso não parece o bastante — não para Smokey nem para Orebon. Reviro meu cérebro em busca de algum poema que eu possa recitar aqui — talvez Thomas ou Dickinson, Lowell ou Hardy —, mas, antes que eu consiga decidir alguma coisa, Caoimhe começa a cantar.

A voz dela é baixa e assombrada, uma melodia sem palavras que alcança bem dentro da minha alma. Aperta meu coração. E, de algum modo, torna a dor um pouco pior e um pouco melhor ao mesmo tempo.

Grace segura minha mão e a leva aos seus lábios. Assim como a canção, sinto seu beijo no fundo da minha alma.

Lágrimas escorrem pelo rosto de Caoimhe quando ela termina de cantar, e Lumi a envolve em um abraço.

— Preciso... — A voz dela falha.

— Eu sei. — Grace toma a frente. — Acho que todos precisamos de um momento. Vamos nos encontrar na estalagem em algumas horas. Então decidiremos o que vamos fazer.

É um plano tão bom quanto qualquer outro no qual possamos pensar agora. Estou esgotado e tenho estado assim há um tempo, mas eu não ia dizer nada quando temos coisas a fazer. Mas devo estar com uma aparência que faz jus a como me sinto, porque Grace envolve o braço no meu e nos guia na direção da estalagem.

Quanto mais penso no assunto, mais acho que a sobrevivência — em qualquer um dos reinos — é algo duvidoso se Souil conseguir atravessar a barreira. E isso significa que precisamos descobrir um jeito de detê-lo, mais cedo ou mais tarde.

Quero afirmar que isso é um problema para amanhã, quando eu estiver me sentindo um pouco menos exausto, mas a verdade é que não temos tempo. A ironia de correr contra o tempo enquanto caçamos um feiticeiro do tempo não me escapa, mas é o que temos para hoje.

Grace deve estar pensando o mesmo que eu, porque ela pergunta:

— Acha que vamos conseguir matá-lo?

— Considerando o que ele pode fazer só com o pensamento? — respondo, com ceticismo. — Tenho quase certeza de que é um tiro no escuro. Quero dizer, talvez, se eu estivesse com meus poderes aqui...

— Então o que temos? — ela questiona. — Se não temos o que basicamente é a melhor arma na existência...

— E a pior — eu a recordo. Grace leu meus diários, então sabe que o único meio de eu desintegrar o feiticeiro do tempo seria entrar em sua mente e pegar seus pensamentos como se fossem meus... para sempre. Todo dom tem um custo, Richard costumava dizer, e esse é o custo do meu. Posso matar qualquer pessoa com um pensamento, mas preciso levá-la comigo pelo resto da vida. É metade do motivo pelo qual era tão fácil escolher a tortura em vez de ajudar Cyrus. A outra metade é porque, sim, não sou um psicopata.

— Sim, também a pior — concorda. — Então o que podemos usar para derrotá-lo?

— Espadas? Velocidade? Força? — Isso é basicamente tudo o que consigo imaginar, com base no que vimos em Adarie, e não posso deixar de cogitar que o cara que planejou tudo isso está pronto para enfrentar essas armas e muito mais.

— Deve ter alguma coisa — ela insiste. — Se não, o quê? Simplesmente desistimos e deixamos que ele destrua tudo e todos que já existiram em mil anos?

Não expressei meus pensamentos sobre o tema em voz alta, mas parece que Grace chegou à mesma conclusão que eu, e acredita que Souil está tão dominado pela dor da morte da filha que não vê o que vai acontecer. Ou não se importa.

De qualquer maneira, isso não é nada bom para nós.

Quando passamos pela loja de smoothies favorita de Grace e percebo que ainda está aberta, apesar de tudo, paro e peço o número três especial — o favorito dela. É roxo, mas todos eles são, então não tenho muita certeza do que o diferencia de qualquer um dos outros números do cardápio. Mas não estou a fim de arrumar confusão, não depois de tudo o que ela passou esta noite. E tudo o que ainda está por vir.

Dobramos uma esquina — estamos quase na estalagem — e paramos de supetão com o que está diante de nós. Voltamos à praça do vilarejo, ainda deserta, e se deparar com o local depois de um tempo de ausência torna mais fácil assimilar a zona de batalha que o lugar se tornou. A destruição já foi removida, mas essa é a questão. Os edifícios e as tendas que foram chamuscados permanecem no lugar, e cada um pelo qual passamos parece pior do que o seguinte, enquanto as flores e as luzes estão espalhadas por todo lado.

Até a estalagem sofreu algum dano, mas fica no lado da praça oposto ao lugar onde ocorreu a batalha, então não parece em tão mau estado. Apesar disso, tenho quase certeza de que Nyaz vai precisar de um telhado novo. E definitivamente vai ter de refazer o paisagismo, porque todo o jardim da frente é um desastre de árvores queimadas e jardineiras destruídas.

— Que horror — Grace sussurra, enquanto começamos a familiar caminhada até a porta da frente. — Eu me sinto péssima.

— Vamos ajudá-lo — digo para ela. Nunca fiz um telhado antes, contudo, se sobrevivermos à batalha que está por vir, tenho certeza de que posso aprender.

Seguro a porta aberta para Grace e, enquanto ela segue na minha frente, só consigo pensar em tomar um banho. Em me alimentar. Em abraçá-la durante algum tempo enquanto dormimos e fazemos planos para o que está por vir.

Todavia, no instante em que a porta se fecha atrás de nós, sei que não vai ser nada disso. Porque, pela primeira vez desde sempre, assim que nos vê, Nyaz sai de trás do balcão.

Grace também deve achar isso estranho, porque pergunta:

— Nyaz? Você está bem?

— Estou, mas preciso conversar com vocês dois. — Ele gesticula para que o acompanhemos até o escritório que sei que fica nos fundos da estalagem, mas que nunca o vi ocupar.

— Sobre o quê? — pergunto, com as sobrancelhas erguidas, enquanto tento determinar o que está acontecendo aqui.

— Vocês se lembram do que eu falei assim que chegaram aqui, sobre suas acomodações?

Grace parece estupefata, mas me lembro muito bem do que ele disse. Assim que chegamos aqui, isso me incomodou o suficiente para que eu perguntasse sobre o assunto várias vezes depois. Ele me disse que nos avisaria quando fosse o momento certo.

Aparentemente agora, no meio deste pesadelo que estamos vivendo, é o momento certo. Maldito seja.

— Eu me lembro — digo para ele cautelosamente.

— Ótimo. Porque é hora de cobrar a conta.

Suspiro. Só espero que não sejamos despejados antes que eu possa tomar um banho.

Capítulo 125

VÁ SE DANAR

— Grace —

— Cobrar nossa conta? — repito, em um tom questionador.

Sei o que ele quer dizer — sempre soubemos que lhe devíamos alguma coisa —, mas agora é realmente o momento de falar disso? Quando estamos ensanguentados, exaustos, assustados e tão tristes em um nível que tudo o que conseguimos fazer é colocar um pé diante do outro?

Entendo que Nyaz pode pensar que não vamos sobreviver às próximas horas até que o sol nasça mais uma vez — só Deus sabe que isso é algo que me preocupa também. Mesmo assim. Ele não podia pelo menos esperar até que nos limpássemos?

Começo a dizer isso, mas Hudson coloca a mão no meu braço e, quando olho de relance para ele, a expressão em seu rosto pede que eu me contenha. Respondo com o mais leve dos acenos de cabeça, em parte porque estou tão cansada que até aquela pequena quantidade de energia parece demais para gastar e, em parte, porque me reservo o direito de mandar Nyaz catar coquinho por algumas horas, não importa o que Hudson pense.

Meu consorte parece que pode ser derrubado até por uma brisa, com a mesma facilidade que lhe jogo um beijo, e realmente quero levá-lo lá para cima. Mas, ao mesmo tempo, Nyaz não parece querer esperar.

Tudo bem. Que seja. Vou ouvir o que ele diz, entretanto, se demorar demais, tiro Hudson daqui. O mais rápido possível.

Com um último olhar questionador para Hudson — que me responde com uma carícia tranquilizadora no meio das costas —, vou para o escritório de Nyaz.

— Sentem-se, por favor — ele convida, assim que fecha a porta atrás de nós. O estalajadeiro gesticula na direção de duas cadeiras diante de sua escrivaninha, antes de seguir até uma pequena geladeira no canto da sala e pegar três garrafas de água.

Ele entrega uma para Hudson e outra para mim, antes de por fim se acomodar na cadeira diante de nós.

— Obrigada — agradeço ao abrir a garrafa e beber metade do conteúdo em um só gole. Lutar contra dragões e prefeitos malignos é um trabalho que dá sede.

Hudson faz o mesmo, só que ele termina sua garrafa. Então se volta para Nyaz e pergunta:

— O que você precisa de nós?

Nyaz inclina a cabeça, em um gesto que quer dizer "ok, vamos direto ao ponto".

— Vocês não estavam sozinhos na praça esta noite, como pensaram que estavam.

— Certamente nos sentimos sozinhos — respondo, porque realmente me senti assim. Apenas Hudson, eu e os trovadores estávamos lá, tentando salvar o vilarejo inteiro. Smokey morreu, Orebon morreu, e ninguém foi nos ajudar.

Bem no fundo, eu sabia que a melhor coisa que as pessoas da cidade podiam fazer era se esconder durante toda aquela confusão e destruição. Mas uma pequena parte de mim está amarga, porque não consigo deixar de pensar por que cinco pessoas e uma umbra — nenhum dos quais oriundos deste vilarejo — precisam lutar sozinhos quando se trata da segurança deste lugar?

— Posso imaginar — Nyaz me garante. — E sinto muito por isso. Mas estão se espalhando boatos de que o prefeito conseguiu absorver o poder dos dois dragões do tempo e planeja usá-lo para cruzar a barreira ao primeiro sinal de luz.

Eu o encaro.

— Você ouviu tudo isso ficando atrás de seu balcão?

— Eu ouço tudo o que preciso ouvir — ele me responde.

— Então, o que os boatos sobre o prefeito têm a ver conosco? — pergunta Hudson.

— São tempos difíceis em Adarie...

— Ataques de dragão têm esse efeito em um lugar. — Acaba saindo em um tom mais sarcástico do que eu pretendia, mas não peço desculpas. Estou frustrada e exausta, e não entendo por que ele está falando conosco sobre isso. Nós vivemos a coisa toda, não precisamos de uma recapitulação.

Nyaz olha para mim sem hesitação quando responde:

— Têm, sim. Isso e ter um feiticeiro do tempo que planeja voltar ao seu mundo e redefinir o tempo. Tem gente aqui que não quer que ele tenha êxito... Mais pessoas do que vocês imaginam, na verdade.

— E por que vocês estão preocupados com isso? — Hudson pergunta. — É nosso mundo e nossa linha do tempo que ficarão completamente fodidos se isso acontecer.

Ouvir meus piores medos sendo manifestados em voz alta me faz estremecer. Hudson pega minha mão e acaricia os nós dos meus dedos, como sempre faz quando tenta me tranquilizar.

— É sobre isso que quero falar com vocês, na verdade. — Nyaz junta as mãos diante de si na escrivaninha e nos encara por sobre a ponta dos dedos. — Para ser honesto, não me importo com o que vai acontecer com seu mundo. Mas se Souil tiver êxito, se voltar para lá, ele não vai só redefinir sua linha do tempo, mas também vai redefinir a maldição que prende todos nós aqui em Noromar.

— Uma maldição? — Eu me viro para Hudson, com olhos arregalados, para ver se sabe do que Nyaz está falando, mas ele parece tão confuso quanto eu. Talvez até mais, o que faz sentido, considerando que o mundo paranormal é parte da vida dele desde o início. Posso não saber dessas coisas, mas ele? Como ele e sua família não sabem sobre um Reino das Sombras amaldiçoado?

— Sim — Nyaz suspira. — Há muitos anos, a Rainha das Sombras tentou derrubar um deus...

— Qual deus? — Hudson interrompe, estreitando os olhos.

— Não sei. Um vingativo? — Nyaz meio que dá de ombros. — Quando ela fracassou, o deus a baniu, junto ao seu povo, para as sombras.

— Por que para as sombras? — Hudson questiona e percebo que ele, assim como eu, ainda está tentando compreender tudo isso.

— As sombras são de onde os fantasmas sempre extraíram seu poder, e são esses poderes que eles usaram para tentar derrubar o tal deus. Então, a punição que imagino ter sido a mais adequada na mente do deus foi criar um Reino das Sombras e prender a rainha nele, onde os poderes dos quais ela tinha tanto orgulho podiam ser usados para aprisioná-la, ao contrário de libertá-la.

— Isso é... diabólico — comento com ele.

Hudson bufa.

— Imagino que nunca tenha conhecido um deus.

— Pessoalmente? — indago, erguendo as sobrancelhas. — Hum, não.

— Ser diabólico é basicamente algo certeiro com eles.

— É, sim — Nyaz concorda. — Mas falando sério. Vocês dois estão morando aqui há meses. Nunca se perguntaram por que tudo aqui é roxo e parece um pouco diferente e, mesmo assim, é muito próximo em funcionamento e formato do mundo de vocês de muitas formas? É porque as pessoas que vivem aqui em Noromar são do *seu* mundo. Só vivemos nas sombras daquele mundo agora, em vez de no mundo de verdade.

— Quer dizer que todos vocês foram amaldiçoados para que vivessem nas sombras do nosso mundo sem poderem voltar? — pergunto, sentindo-me um pouco enjoada.

— Essa é a questão — Nyaz diz. — A maioria de nós não quer voltar. Estamos aqui há mil anos, e somos felizes. Temos famílias, empregos, uma comunidade que amamos. Quando chegaram aqui, nossos ancestrais teriam feito qualquer coisa para voltar para casa. Mas nós pegamos o que supostamente seria uma prisão e a transformamos em um paraíso. Nós fizemos de Noromar... e de Adarie em particular... algo melhor do que um paraíso. Fizemos daqui o nosso lar. E agora que há uma chance de sermos forçados a partir, nós não queremos.

— Vocês não podem simplesmente ficar? — pergunto. — Se recusar a ir para qualquer lugar, permanecer bem aqui nas sombras e continuar a viver suas vidas?

— É o que queremos fazer. Mas algumas pessoas se lembram de histórias do antigo reino. Estão cansadas de viver do jeito que vivemos aqui. Cansadas de comer vegetais roxos que crescem em uma terra roxa, cansadas de viver com uma pele roxa. — Nyaz faz uma pausa. — Cansadas de só ver o pôr do sol quatro vezes por ano... de só ver escuridão a cada três meses. E querem ir para casa. Acrescente a isso o fato de que nosso feriado favorito foi atacado e destruído por um dragão do tempo, que acabou com dois festivais na sequência, é de se estranhar que algumas pessoas estejam prontas para dar o fora daqui? Mas, se fizerem isso, como vão se encaixar no outro mundo agora? Faz mil anos que estamos aqui. Lá não é mais nossa casa. Aqui é nossa casa. Mas agora que o prefeito tem o poder do qual precisa para atravessar de um mundo para o outro e redefinir a maldição, estamos encrencados de verdade. Porque não só ele arrisca a vida de cada uma das pessoas que habitam o Reino das Sombras, mas arrisca até mesmo a existência de Noromar. Não podemos deixar isso acontecer... não com o único lar de verdade que tivemos no último milênio.

A voz dele se ergue um pouco, passando de seu tom normal, nada animado, do tipo "resolvo tudo sem me abalar!", para um tom de urgência. Mas, de modo surpreendente, não há medo acompanhando essa urgência. Há apenas uma determinação fervorosa que me faz dar um grande passo mental para trás. Porque não gosto do jeito como ele me encara agora nem do significado daquele olhar.

Hudson deve ter tido a mesma sensação que eu, porque aproxima a cadeira um pouco da minha. Ele mantém o olhar de Nyaz, com seus olhos azuis gélidos. E então pergunta:

— O que está tentando nos dizer?

Nyaz simplesmente sussurra.

— Temos uma arma secreta.

O rosto de Hudson fica imediatamente sem expressão.

— Quando fala em arma secreta, presumo que não esteja se referindo a Grace de maneira alguma.

— Sim. — Pela primeira vez, Nyaz parece desconfortável. — Grace é uma gárgula. Ela pode transformar o prefeito em pedra, prendendo-o ali para sempre.

Capítulo 126

NÃO TÃO IMÓVEL ASSIM

— Grace —

Um arrepio percorre minha espinha, e não tem nada a ver com o ar-condicionado do escritório de Nyaz.
Nem pergunto se é possível. Sei que é. Certa noite, eu estava perseguindo Hudson pelo quarto, em uma guerra de cócegas — e estava claramente vencendo —, quando Smokey saltou na janela e veio em defesa dele, pulando bem na minha cabeça. Fiquei tão surpresa que me transformei em rocha sólida — e transformei Smokey também. Ela não falou comigo a noite toda depois que nos fiz voltar ao normal.
— Mas eu também teria de permanecer como pedra — falo, surpresa.
— Sim, mas nossos dois reinos estariam a salvo — Nyaz diz.
O arrepio se transforma em pedras de gelo percorrendo minha espinha.
Eu me viro para Hudson, para ver como está reagindo a essa ideia muito, muito, muito horrível, mas ele não parece nem de perto tão traumatizado quanto eu. Na verdade, ele estreitou os olhos e está com ar distante, daquele jeito que significa que está tentando resolver um problema em sua mente. E que quase conseguiu chegar a uma solução.
Quero perguntar em que está pensando, contudo, antes que eu consiga fazê-lo, ele pestaneja. Seu olhar passa de longínquo a focado em um instante, e dessa vez, quando me olha, há uma resposta ali da qual não tenho certeza se vou gostar.
— Você não está levando essa ideia a sério, certo? — pergunto-lhe, quase com medo do que vai dizer. Quero dizer, sei que Hudson jamais concordaria que eu me transformasse em estátua para sempre. Mesmo assim, posso afirmar, pela tensão em sua mandíbula, que ele definitivamente está pensando em alguma coisa da qual não vou gostar.
Em vez de responder de imediato, ele vira o olhar para a janela do lado esquerdo do escritório de Nyaz, murmurando para si mesmo:

— Sim. Uma gárgula poderia transformar alguém em pedra com ela. Ou alguma coisa.

— Você não pode estar falando sério... — começo a dizer.

Hudson volta seus olhos azuis na minha direção e me interrompe.

— Qual é a única coisa que o prefeito teme?

— Roupas sem lantejoulas — respondo na lata, porque não consigo pensar em mais nada. Hudson ergue uma das sobrancelhas para mim, e dou de ombros. — O homem parece ser imune a tudo, exceto a um bom gosto na moda.

Dessa vez ele ri, então solta o que tenho certeza de que acredita ser uma bomba.

— Certa vez, Souil disse que ser morto por um dragão é a pior morte que ele consegue imaginar, e acho que sei o motivo — ele continua, cruzando os braços diante do peito. — Acho que um dragão do tempo é a única coisa que pode matá-lo agora.

— Oook — digo, arrastando a palavra. — Mas como?

— Souil nos mostrou que, com um piscar de olhos, consegue fazer um edifício aparecer e desaparecer... sair da nossa linha do tempo. E deixou implícito que pode fazer o mesmo com todos nós. Ele disse isso como se fosse uma ameaça, mas... — Hudson faz uma pausa. — Quem mais seria imune à magia do tempo senão outro ser feito de magia do tempo? E acho que Souil sabe disso, porque sempre apareceu depois que matamos cada um dos dragões. Não acho que seu tipo de poder ajudaria em alguma coisa em uma luta contra um dragão do tempo. Ele estaria torrado.

Meu coração está acelerado. Se isso é verdade, talvez não estejamos completamente ferrados. Bem, exceto por um aspecto.

— Mas onde conseguimos outro dragão do tempo? Souil disse que esperou séculos por aqueles que trouxemos — lembro.

— Exatamente. Ele esperou para que nós destruíssemos os dois dragões. — Hudson se recosta em sua cadeira, olhando para mim e para Nyaz, e então balança a cabeça. — Se tudo o que ele precisava era de um dragão do tempo, por que não foi embora depois que matamos o primeiro? Ele permaneceu aqui mais três meses, esperou que matássemos um segundo dragão, e agora diz que pode ir para casa assim que o sol nascer.

Hudson fica em pé e caminha até a janela antes de prosseguir.

— Nós sabemos que ele matou um dragão no passado... porque o dragão que o seguiu até o Reino das Sombras já não está mais atacando. Isso e o fato de que, de algum modo, ele conseguiu viver mil anos. Mas, quando matou aquele dragão, por que ele tampouco foi embora? — Hudson se vira para nos encarar novamente, com uma sobrancelha erguida. — Acho que ele precisa de dois. Sempre precisou de dois. Um para absorver poder suficiente para restaurar o tempo... e o poder de outro para ir para casa. O que quer dizer...

— O que isso quer dizer? — Nyaz pergunta, claramente sem entender.

Mas eu entendo.

— Souil é muitas coisas, mas ele não viria até aqui para salvar sua filha sem ter um jeito de voltar para casa. Ele veio com mais alguém... alguém que fez com que um segundo dragão os seguisse.

Hudson confirma com um gesto de cabeça.

— E, já que ele ainda está aqui, já que ele não usou a magia desse dragão para ir para casa, esse segundo dragão ainda deve estar vivo.

Vou até a janela pela qual Hudson está olhando, e consigo ver a estátua gigante do outro lado da praça.

— A estátua não é...

— Uma estátua? — Hudson completa. — Não, não acho que seja.

Minha pulsação está acelerada. Eu sussurro:

— Não sou a única gárgula em Noromar, sou?

Hudson coloca um braço ao redor dos meus ombros, e me puxa para perto de si.

— Não, Grace, não acho que seja.

— A estátua é uma gárgula de verdade — murmuro, assombrada. Mas então arregalo os olhos. — Uma gárgula paralisada com um dragão do tempo.

— Mas... — Nyaz começa a entender. — Se a gárgula na praça é realmente uma gárgula de verdade, como vamos convencê-la a libertar o dragão? Ela é uma estátua.

Olho de relance para Hudson.

— Grace pode falar com ela.

E ele está certo. Eu posso. Quando transformei Smokey em pedra comigo, eu podia ouvi-la tagarelando sem parar na minha mente. Se eu tocar a estátua e me transformar em pedra com ela, há uma possibilidade real de que eu possa falar com a outra gárgula.

Só de pensar em falar com alguém como eu faz meu coração acelerar no peito. Tenho tantas perguntas para ela. Tive de descobrir o que significa ser uma gárgula sem a ajuda de alguém como eu. Saber que não estou sozinha, que há mais alguém que precisou aprender as mesmas coisas, que pode me ensinar, é incrível. E não é qualquer uma. É uma grande guerreira, se a estátua pode ser um indicativo de qualquer coisa.

— Sim, acho que posso falar com ela — concordo.

— No entanto, mesmo se ela libertar o dragão, como vamos conseguir que ele ataque o prefeito e não mate todo mundo? — Nyaz quer saber, passando a mão pelo queixo.

— Temos que atrair o prefeito até uma armadilha, é claro — Hudson replica, e sei que está fazendo parecer muito mais fácil do que acha que será. — Ele terá que sair de casa em algum momento quando o sol nascer, para poder viajar pelas sombras e atravessar a barreira. E é quando nós atacaremos.

Respiro fundo e solto o ar bem devagar. Minha ansiedade não está mostrando os dentes — o que é surpreendente, considerando tudo o que passamos hoje à noite —, mas ainda preciso desanuviar minha mente. Uma armadilha que seja infalível, é claro. Mas nada disso importa se eu não conseguir convencer a gárgula a nos ajudar.

Respiro fundo mais uma vez. Então me viro para Nyaz e declaro:

— Tentarei convencê-la...

Paro de falar quando ouvimos um barulho alto bem do outro lado da porta.

Hudson está ali em um segundo, abrindo-a para ver o que está acontecendo — e dá de cara com uma das camareiras da estalagem no chão atrás do balcão, tentando pegar o grande organizador de mesa que deve ter derrubado, junto com tudo mais, incluindo o livro de registros de Nyaz, seu prato do jantar e copo de água.

— O que está acontecendo aqui? — ele exige saber, saindo de trás da sua escrivaninha.

— Sinto muito, senhor. Sinto muito — a camareira balbucia enquanto coloca tudo de volta no balcão.

— Não estou preocupado com as coisas que você derrubou, Yrrah — ele diz para a mulher, que começa a pegar os cacos do copo quebrado. — Estou preocupado com o que você está fazendo atrás do meu balcão.

Uma rápida espiada em Hudson me informa que ele está se perguntando a mesma coisa — assim como eu. Não falamos nada, porém, apenas recuamos um passo e deixamos Nyaz cuidar da situação. O que parece ser um movimento bem inteligente da nossa parte quando Yrrah começa a chorar.

— Sinto muito. Entrei aqui e encontrei minha esposa ouvindo atrás da porta. Ela é leal à rainha, senhor, e está a caminho da cidade agora para falar sobre sua traição. Sobre seu plano — ela se corrige rapidamente. — O que ela chama de traição.

Enquanto a camareira continua a chorar, Hudson acelera pela porta da frente da estalagem sem dizer uma palavra para Nyaz ou para mim.

— Por que ela faria uma coisa dessas? — Nyaz pergunta. — Vocês não são felizes aqui?

— Eu sou, mas ela quer ir para casa. Ela sempre quis ir para casa... para um mundo que continuou a crescer e a mudar. Nós brigamos muito tempo por causa disso, e achei que finalmente ela tinha entendido meu lado na discussão. Mas ela não teria feito isso se esse fosse o caso. — Yrrah começa a chorar com mais força. — Sinto muito. Sinto muito mesmo.

Enquanto Nyaz a consola, Hudson volta para a estalagem. Ergo minhas sobrancelhas, mas ele simplesmente balança a cabeça.

— Ela se foi — ele comenta, baixinho, quando para ao meu lado de novo.

— O que isso quer dizer? — pergunto, enquanto sinto meu estômago revirar e apertar.

Nyaz parece sombrio.

— Quer dizer que o exército da rainha deve chegar logo. Ela fará qualquer coisa para se livrar da maldição do Reino das Sombras. — Ele olha para mim.

Já sei o que preciso fazer. Não importa como aconteceu, não importa como Hudson e eu chegamos a este vilarejo, estamos aqui agora. E não existe a menor chance de eu deixar um feiticeiro do tempo voltar para o nosso mundo e ferrar com o tempo. Não existe a menor chance de eu brincar de roleta-russa com a existência de Hudson, com a existência de Jaxon, com a existência de Macy, com a existência de Heather. Mil anos é muita linha do tempo para estragar.

— Vou falar com a gárgula — aviso-lhes. — Mas já vou avisar agora. Vocês deviam pensar em um plano reserva, porque não tenho a mínima ideia de como isso vai terminar.

— Você consegue, Grace — Hudson me garante. E percebo que está falando sério. Garoto bobinho.

— É claro que consigo — respondo, com um aceno de mão. E um aperto de pavor nas minhas entranhas.

Porque alguma coisa me diz que não há plano bom o bastante no mundo para fazer esta história terminar bem.

Capítulo 127

A ESTÁTUA DAS LIMITAÇÕES

— Grace —

A caminhada através da praça é uma das mais solitárias que faço desde que cheguei aqui. A sensação não é em nada aliviada pelo fato de o local estar deserto — a notícia do ataque iminente do exército da Rainha das Sombras se espalharia com agilidade, causando um *lockdown* completo.

Agora eu meio que gostaria de ter pedido para Hudson vir comigo.

Ele ficou na estalagem, para buscar com Nyaz uma solução para outro problema que temos... Ou seja, mesmo se eu conseguir convencer a gárgula a libertar o dragão, como diabos vamos fazer com que ele ataque Souil?

Além disso, Nyaz relatou que Souil se entrincheirou em sua mansão, com algum tipo de escudo de força do tempo ao redor. Qualquer um que tenha tentado atacá-la foi transportado no tempo. Alguns foram transportados só uns metros para trás, outros foram movidos para onde estavam dias antes. Então eles estão tentando arquitetar um plano para combater o escudo de força e conseguir fazer Souil ir para campo aberto, onde o dragão possa atacá-lo.

É exatamente o que Hudson precisa fazer a essa altura, mas isso significa que precisei vir encarar outra gárgula — a primeira gárgula que já conheci — completamente sozinha. É uma proposta assustadora.

Não tão assustadora quanto ter a Rainha das Sombras chegando à cidade e para fazer sabe-se lá o que com as pessoas que se opuserem a ela, sejam lá quem forem. E, definitivamente, não é tão assustador quanto deixar Souil solto na linha do tempo universal.

Mas também não é lá um piquenique, em especial considerando que não tenho a menor ideia do que devo dizer para ela a essa altura.

Olho para trás e vejo Hudson parado na porta da estalagem com Nyaz, cumprimentando as pessoas que vieram ajudar a trabalhar em alguma parte do plano. Hudson sorri quando vê que estou observando, e me dá um aceno que quer dizer "vai fundo". Mas Nyaz parece preocupado, e então se aproxima para falar alguma coisa para Hudson — e tenho certeza de que está se certificando de que consigo dar conta disso.

Só de saber que ele está pensando nessa hipótese faz com que eu me sinta irritada, mesmo quando Hudson confirma com um gesto de cabeça que significa "é claro que ela consegue".

Abro um sorriso ao ver isso, espero que os olhos dele retornem para os meus. Então levanto o queixo, para que saiba que estou falando sério e falo bem alto, para que ele escute:

— Deixe comigo.

Porque eu consigo. Consigo de verdade. E é bom finalmente ter alguém que acredita nisso tanto quanto eu.

Passei a vida toda sendo subestimada.

Pelos meus pais, que não achavam que eu era forte o bastante para lidar com o fato de ser quem ou o que sou.

Por Macy e pelo meu tio Finn, que não acreditavam que eu conseguiria lidar com a realidade de saber o que realmente era a Academia Katmere.

Até por Jaxon, que acha que preciso ser protegida contra tudo e contra todos que possam representar uma ameaça.

Mas estou cansada de ser subestimada. Estou cansada de me darem desconto. Estou cansada de as pessoas pensarem que não sou boa o bastante, forte o bastante ou poderosa o bastante para fazer o que precisa ser feito.

Sou todas essas coisas e não vou fracassar. Não agora, quando se trata de convencer aquela gárgula a fazer o que precisamos tão desesperadamente que ela faça. Nem depois, quando chegar a hora de lutar contra Souil.

Esta é minha batalha e vou tomar a frente nela. Mais ainda, vou detonar.

Porque Hudson merece isso.

Orebon e Smokey merecem isso.

Nossos amigos merecem isso.

Adarie merece isso.

E, maldição, eu também mereço isso.

Essa gárgula não vai saber o que a atingiu.

Quando chego perto da feroz guerreira de pedra, levo as mãos ao seu braço. Hesito — não tenho muita certeza de como me transformar em estátua junto a alguém que já é uma estátua —, mas a hora da hesitação já passou há muito tempo. Agora é hora da ação.

Então, respiro fundo e coloco uma das mãos no ombro da estátua. Fecho os olhos. Observo dentro de mim, até conseguir encontrar todos os meus cordões multicoloridos. Os cordões que me conectam a não sei ainda o quê. Só o que sei é que gostaria de ter uma chance de descobrir. Quero saber a que aquele cordão rosa-choque me liga. O que os cordões verde, preto, amarelo e vermelho significam para mim. Há um punhado de outros cordões também, mas é difícil prestar atenção a qualquer um deles quando vejo o azul bem no centro da teia. Um azul-vivo, brilhante, que é exatamente da mesma cor dos olhos de Hudson.

Nosso elo entre consortes.

Deixo minha mão deslizar brevemente sobre ele, só para que Hudson saiba que estou pensando nele. Então me volto para o cordão prateado. Em vez de passar o dedo nele, como costumo fazer, ou de segurá-lo por alguns segundos, fecho o punho ao redor dele e o seguro com toda a força. E não solto.

Eu me transformo rapidamente, como sempre faço, na minha forma regular de gárgula e depois em pedra.

Quanto mais tempo seguro o cordão, mais pesada a pedra ao meu redor fica, até que mal consigo erguer meus braços ou pernas. Por fim, até mesmo isso fica difícil demais, conforme tudo fica escuro e cinza e muito, muito, muito lentamente fico paralisada.

Tenho um instante para processar o que aconteceu, antes que uma voz com sotaque marcadamente irlandês atravessa a bruma escura que envolve tudo ao meu redor.

— Bem, já era hora de você resolver me fazer uma visita.

Capítulo 128

AQUI ESTÃO SEUS CHIFRES.
QUAL A PRESSA?

— Grace —

Tenho quase certeza de que, se já não estivesse paralisada, teria caído de bunda agora.

Porque, sim, eu estava rezando para que ela fosse uma gárgula de verdade, mas isso não significa que não seja surpreendente quando fala comigo.

— Eu estava me perguntando por que demorou tanto — ela continua, e já parece um milhão de vezes mais confiante do que eu.

— Olá...? — pergunto, hesitante, para ter certeza de que não estou manifestando o que quero ouvir.

— Artelya — ela completa.

— Hum... É um prazer conhecer você, Artelya. — Ela parece tão durona que fico ainda mais assustada do que já estava. Limpo a garganta, e continuo: — Sinto muito, é que não consigo acreditar que estou falando com outra gárgula.

— Tenho chifres e sou feita de pedra, então acho que estou realizando seus sonhos hoje.

— Ah, certo. Eu acho...

— Relaxe. — Artelya dá uma gargalhada. — Só estou zoando você, Grace.

— Você sabe o meu nome?

— É claro — ela diz. — Ouvi você assim que chegaram a Adarie. Não prestei atenção de verdade nas pessoas que passaram por mim todos esses anos, já que meio que entramos em êxtase quando nos fortificamos por tanto tempo...

Interrompo:

— Nos fortificamos?

— Sim. Nossa forma em rocha sólida... — Ela para de falar, dá um passo adiante e, de repente, a névoa ao nosso redor parece desaparecer. Ela é alta e musculosa, com cachos escuros e pele marrom. Leva um escudo imenso e uma espada e, sim, essa mulher parece capaz de matar todos os dragões. — Ninguém treinou você ainda?

— Não — digo para ela. — Você é a primeira gárgula que já conheci.

— A primeira gárgula? — Parece horrorizada. — Do que está falando? Existem dezenas de milhares de nós. Como não encontrou nenhuma? Tudo bem que faz um tempo que estou fora do meu mundo, mas não consigo imaginar como elas simplesmente deixariam você por conta própria. Não é assim que as gárgulas agem.

— Acho que não sabiam sobre mim — apresso-me em explicar. — Eu mesma só descobri que era uma gárgula depois que cheguei a Noromar.

— Isso é impossível. As gárgulas podem se comunicar... — Artelya balança a cabeça, como se tentasse fazer tudo aquilo se encaixar. — Não entendo. Como as coisas mudaram tanto durante o tempo em que estive aqui?

Observo ao redor e percebo que não estamos mais em Adarie. Estamos paradas em um penhasco rochoso sobre um oceano turvo verde-acinzentado. O céu sobre nossa cabeça é de um azul-vivo, com nuvens gigantes feitas de penugens brancas, e a grama sobre a qual estamos é de um verde brilhante absolutamente maravilhoso.

Meio que quero perguntar para ela onde estamos, mas não há tempo para isso. Há muito o que fazer.

Então, em vez de perguntar sobre o que pode ser o lugar mais bonito que já vi, simplesmente respondo à pergunta dela:

— Acho que, talvez, seja porque você está aqui há muito, muito tempo.

— Há quanto tempo? — ela pergunta com um tom de urgência, os olhos castanhos ardendo com um fogo interno que queima através de mim. — Em que ano estamos?

Conto para ela, e Artelya empalidece.

— Tem certeza? Faz mesmo tanto tempo assim?

Ela se vira para mirar um campo onde um dragão-fêmea gigante — e, por "gigante", quero dizer que ela faz a última que matamos parecer sua irmã caçula — está acorrentado ao solo, descansando, felizmente. A imensa cabeça verde está apoiada na cauda comprida e pontuda, ao redor do corpo que parece ser do tamanho de um caminhão. Até a respiração do animal é poderosa, fazendo a grama se dobrar a cada suspiro que atravessa as narinas abertas.

Antes que eu consiga responder, Artelya suspira, fecha os olhos como se estivesse se concentrando com força em alguma coisa e, depois de um tempo, murmura para si mesma:

— Ora, que merda. Quando me fortifiquei com esse dragão, achei que poderia ficar presa com ele para sempre, mas eu não esperava isso.

— Para sempre é muito tempo.

— Sim. É, sim. — Suspira de novo, então se vira com uma expressão calculista no olhar. — Mas você não veio aqui falar sobre história antiga, veio?

— Na verdade, vim. Temos um grande problema, e eu esperava que você e o dragão do tempo pudessem ajudar.

— Aquele dragão do tempo? — Artelya dá uma risada, acenando com a cabeça na direção da besta. — Asuga não é exatamente o que eu chamo de tipo prestativo.

— Asuga é o nome dela? — repito. — É bem bonito.

— É, sim. Uma pena que "bonito" não abranja adequadamente sua... personalidade, por assim dizer.

— Sim, descobri que dragões do tempo não costumam ser muito gentis. Ela bufa, e então apoia a espada no ombro.

— É um jeito delicado de dizer que são babacas, não é?

Eu rio, porque ela não é em nada como eu esperava. Contudo, gosto muito dela mesmo assim.

— Bem, *este* dragão é o pior do grupo... especialmente depois de ficar acorrentado por todo esse tempo. Ela está tendo de lutar contra sua natureza, e fico triste em afirmar que ficou um pouco raivosa. Mesmo se estivesse se sentindo prestativa, ela não é nada além de instinto e fome a essa altura. Por isso preciso mantê-la acorrentada.

Nós duas ficamos encarando a criatura imensa, e não posso evitar certa tristeza no meu peito pela situação da fera. Assim como nós, ela não pediu para estar aqui.

— Então — Artelya diz, quando um vento frio começa a soprar. — Você tem um problema que só um dragão do tempo pode resolver?

— Sim. — Suspiro. — Mas eu realmente gostaria que não fosse assim.

Ela ergue uma das sobrancelhas.

— Já que você está aqui... e, quando digo "aqui", me refiro a Noromar... vou arriscar e perguntar se o problema tem a ver com um homem chamado Souil?

Solto um gemido, e conto toda a história. O período de Souil como prefeito, o jeito como transformou Adarie em uma cidade-refúgio para atrair visitantes, na esperança de encontrar outro dragão do tempo cuja energia pudesse drenar, o jeito como ele planeja cruzar a barreira ao nascer do sol e bagunçar a linha do tempo pelos últimos mil anos. Tudo aquilo.

Quando termino de falar, respiro fundo e espero pela resposta dela. Não preciso esperar muito.

— Meu Deus. Qualquer um pensaria que, depois de tantos anos, ele teria aprendido alguma coisa. — Artelya esboça uma expressão de desgosto.

— Ah, ele aprendeu muitas coisas — respondo. — Mas nenhuma delas é boa.

— Nisso eu acredito.

— Mas concorda comigo, certo? Não podemos permitir que ele atravesse para nosso lado da barreira. Se ele fizer isso...

— Se ele fizer isso, tudo vira um caos — completa por mim. — Sim, definitivamente concordo que isso não pode acontecer.

— Ah, graças a Deus. — Pela primeira vez desde que vi Souil absorver a essência do dragão esta noite, sinto como se pudesse sentir um pouquinho de esperança.

— Infelizmente, não posso deixar Asuga matar o feiticeiro com fogo de dragão.

E é assim que meu estômago afunda novamente.

— Mas por quê? — pergunto.

— Porque qualquer coisa que o fogo de dragão toca é cauterizado do tempo.

— Ele falou isso uma vez, mas não tenho certeza do que isso significa exatamente, além do fato de que o babaca morre... com o qual estou totalmente de acordo — falo.

Artelya balança a cabeça e começa a caminhar na direção do dragão. Eu a sigo.

— Significa que seria como se ele nunca tivesse ido a Adarie. Esse vilarejo não existia antes que Souil e eu chegássemos. Na verdade, ele cresceu ao meu redor. Acho que Souil a construiu para, caso eu libertasse o dragão, ele estivesse por perto. Se o fogo de dragão o consumir... Adarie vai desaparecer, e todos os seus moradores teriam vidas distintas... isso se chegassem a nascer.

Meus olhos se arregalam quando penso em todos os amigos que fizemos em Adarie, em todas as pessoas que construíram seus lares aqui. Então um pensamento me ocorre.

— Entretanto, você ainda estaria aqui. Não seria o suficiente para segurar a linha do tempo, se o vilarejo foi construído ao seu redor também?

Seguro a respiração e sinto meu peito apertar só de pensar em tantas vidas destruídas. Não podemos arriscar a linha do tempo deles, apenas para salvar a minha.

— Não acho que você percebe o que vai acontecer se eu libertar Asuga — Artelya replica, e percebo que não vou gostar nada do que está prestes a dizer, seja lá o que for.

— É tão ruim assim? — pergunto.

Artelya me dá um tapinha revigorante nas costas. Não é exatamente o tipo de consolo que eu esperava, mas vou aceitar — em especial vindo dela. Porque ela me parece o tipo de mulher que não dá falsas esperanças.

Em particular, depois que me diz:

— O hálito do dragão já está sobre mim. No instante em que eu o libertar... também vou morrer pelo fogo dela.

Capítulo 129

O BONDE DAS GAROTAS GÁRGULAS

— Grace —

Sinto meu estômago como se eu tivesse acabado de saltar do penhasco e estivesse em queda livre. Todos os nossos planos... *se foram*.

Mas, não, não deixarei isso me dissuadir. Certamente podemos pensar em alguma outra coisa. Levanto o queixo e começo a dizer que encontraremos outro jeito, mas ela me interrompe.

— Embora eu ache que exista outro modo de derrotar Souil.

Graças a Deus. E pergunto:

— E que jeito é esse?

— Eu solto o dragão... e você a mata antes que ela mate Souil.

— O quê? Como isso é melhor do que a situação na qual estamos agora?

Artelya coloca a ponta da espada no chão aos seus pés e apoia o peso do corpo nela.

— Sabe, Faincha me implorou para deixá-la vir conosco. Assim como várias outras gárgulas. Quando Souil nos disse que havia pessoas inocentes morrendo aqui, sendo atacadas sem piedade por dragões que haviam invadido o lugar, todo mundo queria ajudar. Porém, Souil insistiu que só eu viesse, que a presença das outras gárgulas criaria mais dragões do tempo que poderiam aterrorizar as pessoas em Noromar. E eu acreditei nele.

— Faincha? — pergunto.

— Minha irmã mais velha. — Ela dá um sorrisinho, com uma expressão distante nos olhos. — Eu estava ocupada demais tentando abrir meu próprio caminho no mundo, então concordei prontamente com ele, disse para todo mundo que podia cuidar dessa missão sozinha. Claro, assim cheguei aqui, percebi imediatamente que Souil nunca quis ajudar ninguém exceto a si mesmo. Ele precisava canalizar a magia dos dragões do tempo, e precisava de uma gárgula para fazer isso, alguém imune ao fogo de dragão. Assim que o vi absorver o poder do primeiro dragão que matei, eu me recusei a ajudá-lo a matar a segunda. Mas ele disse que precisava da segunda para voltar para casa, e que a mataria com ou sem a minha ajuda.

Assinto com a cabeça, e sinto meu peito se apertar pelo sacrifício de Artelya.

— Então você paralisou o dragão para que ele não pudesse matá-la.

Artelya ri, mas não há humor no som.

— Sim, mas só depois que perdi para Souil. — Os olhos castanhos se fixam nos meus. — Ele vai se mover pelo tempo e espaço, atrair o dragão para onde quer que você esteja... e então vai desaparecer bem no instante em que a besta atacar.

Fico chocada quando percebo o que ela está dizendo.

— Sim, só paralisei o dragão quando não havia mais escolha. Souil já tinha vencido. Quando o calor do fogo do dragão roçou minha pele, eu me fortifiquei. Não consegui derrotar o feiticeiro do tempo, mas fui capaz de lhe negar sua vitória.

Meu coração está partido por essa poderosa guerreira cuja única escolha foi passar uma eternidade presa na rocha para salvar milhões de vidas.

— Tive muito tempo para pensar a respeito — Artelya conta. — E simplesmente não consigo superar quão insistente Souil foi para que eu não trouxesse ninguém conosco, para não arriscar soltar outro dragão neste reino. — Os olhos dela se estreitam nos meus. — Quando matei o primeiro dragão, sua magia parecia procurar Souil. Ele parecia ter controle sobre ela. E se ele for um ímã para a magia do tempo? E se ele não conseguir evitar absorver magia demais, mesmo que isso o mate?

Ergo as sobrancelhas de surpresa.

— Acha mesmo que isso é possível?

Ela assente com a cabeça.

— Esse homem é arrogante como o diabo. Não consigo acreditar que ele só traria o número exato de dragões que precisa para aumentar seu poder e voltar para casa quando poderia ter um céu cheio deles. Se eu tivesse trazido minha irmã comigo, ele teria tido uma chance de voltar para casa agora. Em vez disso, ele aparentemente vem esperando por isso há séculos. — Ela levanta uma sobrancelha. — Parece meio tolo, se você me perguntar.

Eu me viro para encarar o dragão a menos de seis metros à nossa frente. Será que ela está certa? Será que a resposta para deter Souil é simplesmente lhe dar mais tempo?

Mas, antes que eu me permita ter esperança, lembro que não podemos libertar Asuga mesmo assim.

— Sinto muito — digo. E sinto mesmo. Vi quão perto estão as chamas de sua cabeça na estátua. Não consigo acreditar que não me ocorreu que, ao se fortificar com o dragão, ela também se salvaria do fogo de Asuga. Meu braço foi chamuscado quando eu não estava como rocha sólida, então sei que só somos imunes às chamas nessa última forma. Balanço a cabeça. — Encontraremos outro jeito. Não podemos arriscar sua vida também.

Artelya junta as sobrancelhas e, se possível, parece ofendida por eu ter sugerido uma coisa dessas.

— É claro que vou libertar o dragão se você concordar em matá-lo.

Começo a argumentar:

— Mas...

— Minha morte salvará vidas inocentes? — pergunta, mas nós duas sabemos a resposta. Ela prossegue: — Sendo assim para mim será uma honra salvá-las.

Devo ter parecido horrorizada pela sugestão, porque ela endireita os ombros, se vira para me encarar de frente, a espada não mais descansando casualmente em seu ombro, mas bem segura em suas mãos, entre nós.

— Vou perdoar você, já que disse que nunca conheceu outra gárgula, mas Grace... — A guerreira balança a cabeça para mim e, de repente, me sinto muito pequena. Ela bate a espada no escudo e o som ecoa no mar, enquanto diz: — As gárgulas são protetoras. É nosso dever sagrado proteger aqueles que não podem proteger a si mesmos.

As palavras se acomodam ao meu redor como um manto. Fortes. Poderosas. Corretas. É como um eco em meus ossos. É como um destino aguardando para ser reivindicado.

Endireito o corpo.

— Sim — concordo, com convicção. — Você está certa. Mas... deve haver outro jeito.

Artelya dá de ombros.

— Mesmo se houvesse, temo que eu não sobreviveria muito tempo.

Arregalo os olhos.

— Mas por quê?

— Não sei. Só sei que estou muito doente e que não posso lutar contra esse veneno dentro de mim. O fato de eu ter me fortificado paralisou o veneno em meu corpo. — Ela baixa a cabeça e um trovão ressoa no céu, sacudindo o chão. — Entretanto, quando me transformar novamente, temo que isso me enfraquecerá muito rapidamente. Nunca senti nada como isso antes e, mesmo assim, depois de estar em Noromar durante todos esses anos, sei que é algum tipo de veneno das sombras.

— Se é um veneno das sombras — argumento —, certamente podemos encontrar uma cura no Reino nas Sombras.

Todavia, Artelya simplesmente balança a cabeça.

— A magia das sombras é a magia mais antiga e poderosa do universo. É mais antiga do que as estrelas nos céus. Não há nada mais poderoso. Não tenho como garantir o que vai me matar primeiro, se o veneno ou o fogo do dragão, então, o que quer que aconteça, você deve me prometer que não vai permitir que o fogo de dragão mate Souil. O destino deste mundo depende disso.

— Tem minha palavra. — Artelya sacrificou tudo para manter o mundo seguro, e agora vai morrer de qualquer maneira? Não é justo e não está certo. — Sinto muito, muito mesmo.

— Não sinta, Grace. Fui eu quem fez isso. — É sua vez de estender a mão e me tocar. E faz isso devagar, hesitando, como se o ato fosse estranho para ela. Claro, depois de mil anos, provavelmente é.

Depois de um tempo, no entanto, ela consegue dar uns tapinhas na minha mão.

Seguro seus dedos e aperto com força, porque, mesmo se esta for a última vez que converso com ela, quero que saiba que não está sozinha. Quero que saiba que alguém neste vilarejo se lembra dela, se importa com ela e está pensando nela.

Porque estou. Pensarei nela pelo resto da minha vida — que pode não ser muito longa, se a merda que Souil quer fazer acabar me apagando da linha do tempo. Mesmo assim.

— O que importa é deter Souil. — Artelya sustenta meu olhar com segurança. — Você só terá uma chance. Quando eu soltar o dragão, vou sucumbir imediatamente ao fogo. Você precisará matá-la no mesmo instante. Pelo menos assim você acabará com o sofrimento do animal.

— Como poderei dar um sinal para você? — pergunto.

— Todas as gárgulas podem falar com sua rainha sempre que desejarem — ela explica, e meu coração salta no peito. Esta guerreira poderosa é minha rainha. Eu devia saber. Naquele dia no parque, tudo no que eu podia pensar era que esperava um dia me tornar tão poderosa quanto ela parecia. Eu devia ter reconhecido sua linhagem real na ocasião.

Levanto meu queixo. Se essa rainha pode ter a coragem de sacrificar sua vida por nossos erros, o mínimo que posso fazer é não deixar que sua morte seja em vão.

— Não vou decepcionar você. Aquele desgraçado deixará este reino nos meus termos... ou não deixará. Você tem minha palavra.

O primeiro sorriso verdadeiro se espalha em seu rosto, enrugando os cantos de seus olhos.

— Somos muito parecidas, Grace. Cabeças-duras. Ferozmente protetoras. Teimosas. — Artelya dá uma risadinha. — Você será uma grande líder um dia.

Fico sem entender.

— Líder?

Então ela diz a coisa mais estranha:

— É claro, minha rainha.

Pisco.

E, do nada, estou de volta à praça.

Capítulo 130

UM TIRO NO ESCURO

— Hudson —

— Então estamos na mesma página no que se refere ao plano reserva? — pergunto para Nyaz, só para ter certeza.

— Está se referindo ao fato de que estamos completamente ferrados se Grace não despertar o dragão do tempo? — responde, erguendo as duas sobrancelhas. — Sim, estamos na mesma página.

— Grace vai despertar o dragão. — Eu o encaro, mas ele me responde com um dar de ombros. — Mas precisamos de um plano reserva caso o dragão não colabore conosco.

— Tentarei trazer o restante deles. Mas é o melhor que posso fazer. Eu não os controlo... ninguém controla.

Não é exatamente uma garantia da minha ideia, mas vou aceitar. Principalmente porque estou preocupado, olhando pela janela a cada dois minutos para olhar a gárgula de pedra na qual Grace se transformou atualmente.

Mas tenho outra coisa em mente além de Souil e o que vai acontecer naquela batalha. Então me obrigo a dar uma última olhada em Grace — por enquanto — e me volto novamente para Nyaz, que sei que está me observando nas últimas quatro horas.

— Ela vai se sair bem — ele me diz, depois de um segundo. — Sua Grace é uma jovem mulher inteligente, poderosa e capaz.

— Eu sei — murmuro.

— Sei que você sabe. — Nyaz se senta atrás do balcão no lobby da estalagem, e pega seu último livro. Mas não o abre. Em vez disso, simplesmente me observa por cima da borda, como se soubesse que eu quero dizer alguma coisa.

E eu quero.

Preciso me esforçar muito para conseguir me abrir com alguém — vantagens de ser filho de um completo sociopata —, mas neste momento não tenho escolha. Não se quero ter uma chance de tomar conta de Grace, do que nós nos tornamos um para o outro.

Então, enquanto Nyaz continua a me observar, enfim digo o que quero dizer há horas:

— Como a magia das sombras funciona?

Nyaz estreita os olhos, desconfiado.

— O que você quer saber? E por quê?

— Meu tutor mencionou isso há muitos anos. Ele disse que era uma das formas de magia mais antigas... que é tão antiga que vem de um tempo antes do tempo, à primeira luz da criação. E, por causa disso, também é uma das magias mais fortes e mais inquebráveis do universo.

— A magia das sombras é várias coisas — Nyaz comenta. — Antiga, sim. Poderosa, sim. Inquebrável? Quase sempre. — Agora ele deixa o livro de lado e me observa com cuidado. — Tem certeza de que é o que você quer? Algo que nenhuma outra magia pode desfazer?

— É exatamente o que eu quero, na verdade.

É a vez de Nyaz olhar para Grace pela janela, o que me diz que não sou tão discreto quanto penso que sou. Mas é claro que, no que se refere a ela, nunca tive chance de ser discreto. Desde o instante em que nos conhecemos, ela virou tudo na minha vida de cabeça para baixo.

Graças a Deus.

Grace não apenas quebrou minhas muralhas. Ela as destruiu a marretadas, transformando-as em milhões de pedacinhos. Há uma pequena parte de mim que deseja recolher alguns desses pedaços, para escondê-los e guardá-los, para que, se alguma coisa der errado nas próximas quarenta e oito horas, eu não fique completa e totalmente destruído. Mas o restante de mim sabe que isso é impossível. Já é tarde demais para eu guardar qualquer pedaço, tarde demais para enterrá-los fundo e esperar que, de algum modo, Grace não arranque meu coração do peito.

Ela já fez isso, e seu sorriso, seu toque, e seu amor são as únicas coisas que o mantém batendo agora. A verdade é que não adianta eu guardar pedaço algum comigo, porque, sem Grace, nenhum deles importa, de qualquer maneira.

— Para que você quer usar a magia das sombras? — Nyaz pergunta, quando paro de me manifestar. — Porque ela aguenta quase tudo, mas não tenho certeza se vai aguentar um dragão do tempo. Eles foram criados pelo próprio Deus do Tempo, e realmente não sei se magia... nem mesmo a magia das sombras... pode se opor a eles.

Era o que eu temia que ele dissesse; mesmo assim, é a melhor chance que tenho. Em especial aqui, no próprio Reino das Sombras.

— Se Grace realmente conseguir convencer a gárgula a soltar o dragão do tempo, tenho medo de que a criatura não pare depois de dar um jeito em Souil — admito. — Temo que ela venha atrás de mim e de Grace também, porque também estamos fora de lugar neste espaço e tempo. Criamos uma fenda no tempo quando chegamos aqui, e o dragão do tempo se alimenta de fendas do tempo, pelo que entendi. — Respiro fundo. — Por mais que eu acredite em Grace, ainda podemos perder hoje. Se não para Souil, para o dragão do tempo.

Nyaz concorda com um gesto afirmativo de cabeça, incentivando-me a prosseguir.

— Grace é minha consorte porque ela me escolheu. Ainda não consigo acreditar em qualquer que seja o milagre que me tornou o cara mais sortudo do mundo, mas antes dela eu estava perdido. Estava sozinho, sofrendo e não posso nunca mais voltar a um tempo no qual não me lembre de como é amá-la com minha própria alma. E sei que se, de algum modo, eu sobreviver sozinho... nenhum mundo estará em segurança. Se eu permitir que a dor da morte dela destrua o amor na minha alma por ela... — Paro de falar, e o encaro com firmeza. — Tenho medo de que o monstro que meu pai passou duzentos anos forjando na escuridão tome conta de mim. Quase deixei a escuridão me levar com a morte da minha amiga Smokey, e só Grace conseguiu me trazer de volta da beira do abismo. O que acontece se ela... — Paro de falar, porque não consigo pronunciar em voz alta, nem mesmo para Nyaz. Nem mesmo em um sussurro.

— Eu entendo — Nyaz responde e, pela primeira vez, parece que entende mesmo. Sua expressão estoica sumiu, e em seu lugar há uma simpatia que não quero e não tenho a mínima ideia do que fazer com ela. Contudo, já que vem com sua ajuda, vou aceitá-la.

Aceitarei qualquer coisa que signifique que tenho uma chance de manter Grace em meu coração para sempre.

— Na minha opinião, sua melhor aposta é uma Promessa das Sombras. Sabe o que é isso?

Nego com a cabeça.

Nyaz prossegue:

— Uma Promessa das Sombras é a mais forte de todas as magias das sombras, uma promessa inquebrável que uma pessoa faz para outra. Não dá para voltar atrás, nem desfazer se, de repente, você descobrir que cometeu um erro. É para sempre.

— É exatamente o que eu quero — afirmo e, honestamente, é mesmo. — Quero que Grace saiba que vou amá-la para sempre... e quero que minha alma se lembre disso.

— Ok, então. — Ele assente com a cabeça e gesticula na direção da janela que dá para a praça. — Acho que você precisa fazer uma pergunta para alguém, se o pequeno tête-à-tête dela com aquela gárgula terminar.

Capítulo 131

A HISTÓRIA DE HOJE À NOITE

— Grace —

Hudson vem correndo até mim, no meio da praça da cidade.
— Ah, meu Deus. Grace, você está bem? — ele pergunta, enquanto segura minha mão. — O que aconteceu?
Talvez não devesse aquecer meu coração o fato de ele perguntar se estou bem antes de perguntar sobre a única coisa mais importante que todos precisamos saber. Mas aquece. Porque está ficando mais e mais aparente que Hudson sempre vai me colocar em primeiro lugar — acima de qualquer outra coisa.
— Ela vai tentar nos ajudar — informo, e espero que ele e Nyaz me parabenizem, me deem um tapinha nas costas, que estendam a mão para eu bater... Qualquer coisa. Mas eles simplesmente ficam me encarando como se eu tivesse acabado de voltar dos mortos.
— Grace... eu estava morrendo de preocupação. — Nunca ouvi Hudson parecer tão frenético, e isso faz meu coração acelerar. — Você ficou paralisada por tanto tempo, que eu tinha certeza de que algo tinha dado errado.
Minha animação por convencer Artelya desaparece assim que registro suas palavras.
— Q-quanto tempo estive fora? — pergunto. Porque, para mim, foram, no máximo, alguns minutos.
Os olhos de Hudson encontram os meus.
— Um dia inteiro, Grace.
Reflito sobre isso enquanto nós três voltamos para a estalagem, e Hudson e Nyaz ficam me examinando, em busca de ferimentos, como se fossem duas galinhas cuidando do filhote. O tempo passa de maneira diferente quando estou paralisada? E, se for isso, o que significa para Artelya, que está paralisada há centenas de anos?
Quando nos acomodamos no escritório de Nyaz, conto toda a história da conversa que tive com Artelya. Tudo, exceto a última parte. Deixo isso para

discutir em particular com Hudson, depois que tudo isso estiver acabado, porque, sim, não tenho ideia de como me sinto em ser rainha de qualquer um, muito menos uma rainha das gárgulas.

Assim que termino meu relato, o consenso geral é que é o melhor com que podemos contar. Vamos prender o dragão com cordas, darei o sinal para que Artelya liberte Asuga, e mataremos a besta do modo mais rápido e humano que for possível. E então rezaremos para que Artelya esteja certa, e a magia encontre o traseiro lamentável de Souil e o impeça também.

E que a Rainha das Sombras não apareça para matar todos nós bem no meio de tudo isso.

Mamão com açúcar.

É um belo tiro no escuro, mas sempre soubemos que seria. Agora só temos de esperar para ver se dá certo.

Depois de nos despedirmos de Nyaz, cuja tarefa nas próximas horas é recrutar reforços para ajudar no caso de um ataque da Rainha das Sombras — ou se o dragão nos matar antes de Souil —, Hudson e eu subimos até o nosso quarto pelo que pode ser a última vez.

É uma ideia apavorante. E triste. Em especial já que imaginávamos que, quando saíssemos daqui, seria para uma casinha fofa em algum lugar perto do parque e da escola, para que pudéssemos realmente iniciar nossa vida juntos. E agora... agora, quem sabe o que vai acontecer?

Quem sabe se teremos a tal casinha ou se não teremos absolutamente nada?

Quem sabe se vamos sequer existir nas próximas vinte e quatro horas?

A ideia de perder Hudson — em batalha ou por causa dos caprichos do tempo — dói de um jeito que ameaça me destruir.

No entanto, não vou deixar que isso aconteça. Não agora, quando não tenho ideia do que o futuro nos reserva. E não agora, quando essa pode muito bem ser a última vez que passamos algum tempo juntos e a sós.

Estamos os dois exaustos por termos ficado acordados a noite toda lutando contra um dragão e um feiticeiro do tempo — e depois tentando descobrir como repetir tudo isso amanhã. Nyaz nos garante que o portão principal vai manter a Rainha das Sombras e seu exército afastados até a manhã também, já que ela é mais fraca sem a luz do sol. Mas mal tiramos os sapatos quando alguém bate à porta.

— O que foi agora? — pergunto.

Hudson apenas balança a cabeça, cansado, enquanto vai ver quem é.

Acontece que Nyaz foi gentil o bastante para mandar uma bandeja com queijos e frutas para mim e várias garrafas de água para nós dois. Eu como alguns biscoitos e algumas frutas vermelhas, mas meu estômago está embrulhado, e tenho medo de acabar vomitando se comer demais.

Em vez disso, Hudson e eu tomamos um longo banho, aproveitando a sensação da água quente correndo sobre nós enquanto tentamos nos limpar do pesadelos dos últimos dias.

Mas é mais difícil do que parece, embora eu faça o melhor possível para não pensar a respeito.

Se sobrevivermos, os horrores da noite passada permanecerão comigo por um longo tempo. Posso tentar examiná-los mais tarde, quando não estiver me sentindo tão frágil. Por enquanto, tudo o que desejo fazer é sobreviver às próximas horas. Só depois vou me preocupar com o pesar — e em descobrir como deter um feiticeiro que teve séculos para planejar este exato momento.

Quando enfim vamos para a cama, Hudson se deita de costas e fica mirando o teto, com um braço dobrado sob a cabeça. Ele ainda não se alimentou — ele diz que não está com vontade de comer, mas posso sentir sua fome crescente. Posso ouvi-la no estrondo baixo em seu peito. Posso ver no jeito como seus olhos se fixam na minha garganta quando me inclino sobre ele.

Mas também posso ver a dor em seu rosto e o jeito como fica olhando para a caminha de Smokey perto da janela.

Ela me odiava em pelo menos sessenta por cento do tempo, e sei que vou sentir falta dela. Não consigo imaginar quanta saudade Hudson vai sentir e como deve estar com o coração partido neste exato momento.

Mesmo assim, ele precisa cuidar de si mesmo. E também precisa comer. Não temos ideia do que o último dia de escuridão trará — exceto por um monte de merda com qual não queremos lidar —, e Hudson precisa repor as energias se quisermos ter quaisquer esperanças de conseguir arrumar essa confusão.

Contudo, em vez de discutir com ele, tento uma abordagem diferente que trará conforto para nós dois agora. Uma da qual nós dois precisamos.

Desligo a luz do abajur, me viro na cama e pressiono o corpo contra o lado esquerdo de Hudson. Coloco a cabeça em seu ombro e me tranquilizo com o som lento e forte das batidas do coração dele sob meu ouvido.

Ele estende o braço esquerdo para acariciar minhas costas e enrosca os dedos nas pontas dos meu cachos ainda úmidos. Apesar de tudo, uma onda de eletricidade me atravessa. Porque este é Hudson, meu consorte, e não consigo imaginar que haja uma situação na qual meu corpo — na qual minha mente, meu coração e minha alma — não responda a ele.

— Amo você — sussurro, enquanto dou beijos de leve em seu peito desnudo e em sua clavícula.

Ele me abraça com mais força, puxando-me para mais perto, até que o único espaço entre nosso corpo aparece quando expiramos.

O corpo dele está quente pelo banho, o cabelo ainda está úmido, e continuo a dar beijos lentos e doces, com a boca aberta, por toda sua mandíbula, até o ponto sensível, atrás de sua orelha, que tanto amo.

— Grace. — Meu nome é um estrondo baixo e profundo em seu peito, parte suspiro, parte pergunta, totalmente exigente.

— Amo você — repito e, dessa vez, quando me aproximo ainda mais, vou até o fim, até que estou deitada sobre seu peito, com as pernas uma de cada lado de seus quadris estreitos e sensuais.

— Ah, é? — ele pergunta, erguendo uma sobrancelha. Ainda que a tristeza seja um manto ao redor dele, há uma fagulha de interesse no fundo de seus olhos. Nosso amor sempre foi um farol na escuridão para Hudson, e adoro o fato de poder fazer isso por meu consorte. Ele é muito mais do que isso para mim, só que não percebe. Ainda.

— Sim — sussurro, deslizando as mãos pelas laterais de seu corpo. Há uma depressão entre duas costelas, logo acima de sua cintura, uma pequena saliência em que seus cotovelos se alinham, uma cavidade de pele lisa sobre os ossos pontiagudos de seus quadris.

Ele parece certo — parece perfeito para mim — e, quando me inclino para a frente, a fim de beijar seus lábios, permaneço ali por um tempo. Fico com a boca parada sobre o V perfeito de seu lábio superior, sobre a plenitude de seu lábio inferior. Deslizo a boca um pouco para a esquerda, para poder beijar a covinha que fica ali.

É tão linda quanto no primeiro dia em que a vi, e parte de mim quer permanecer naquele ponto, explorando-a para sempre.

Mas há muito mais dele para sentir. Muito mais dele para beijar, lamber, morder e amar.

Deslizo a boca mais para baixo, parando na articulação de sua mandíbula, onde posso sentir a pulsação um pouco mais acelerada do que há alguns minutos. Dali, sigo até a cavidade de sua garganta, saboreando o cheiro âmbar, o gosto saboroso, quente e delicioso dele.

Hudson sussurra meu nome mais uma vez, com um gemido que vem bem do fundo de sua garganta enquanto enrosca as mãos no meu cabelo. Seus dedos arranham gentilmente meu couro cabeludo, e é minha vez de gemer, enquanto a sensação percorre toda a minha espinha. Sua resposta é segurar meu cabelo com o punho e então — quando está bem firme —, puxar minha cabeça para trás e beijar a pele delicada da minha garganta.

É tão bom. Ele é tão bom.

É estranho descobrir isso — sentir isso — em meio a tanto medo e dor. Mas também parece certo que Hudson e eu possamos ter esse momento que pertence somente a nós. Este único momento para reafirmar não só os sentimentos que temos um pelo outro, mas pelo qual estamos dispostos a lutar com tanto afinco. Por nossa família, por nossos amigos, um pelo outro.

É fácil ter medo do amor quando você o vê sair dos trilhos. Quando sente a dor de um término ruim, a perda de um ente querido ou vê um homem disposto a destruir todo um mundo só por causa do amor à sua filha. Todavia, momentos como esse — não roubados, mas compartilhados; não estragados, mas abençoados — fazem todo o resto desaparecer. Fazem tudo valer a pena.

Quando Hudson finalmente solta meus lábios, tiro a camisola que acabei de vestir. Jogo-a no chão, ao lado da cama, e então deslizo pelo corpo dele, beijando, lambendo, mordendo, tocando todas as partes da pele que cruzam meu caminho.

— Hudson — sussurro. — Meu Hudson.

— Grace. — Ele ecoa meu nome enquanto percorro seu corpo como o luar sobre a água. Lenta e suavemente, sombria e devastadoramente.

Até que tudo o que ele consiga sentir seja eu.

Até que tudo o que ele possa ouvir, cheirar e provar seja eu.

Até que a dor de tudo o que aconteceu antes e o medo do que vai acontecer depois desapareçam sob o prazer — a alegria — do agora.

Então, e só então, subo novamente sobre ele.

Então, e só então, deslizo a palma das minhas mãos nas asperezas das dele, entrelaçando nossos dedos enquanto seguro firme.

Então, e só então, eu o tomo profundamente dentro do meu coração, do meu corpo, da minha alma. E dou tudo para ele.

Hudson toma meu coração, meu corpo e minha alma, do jeito que me toma — com cuidado, com força, com amor. E, enquanto nos movemos juntos, enquanto levamos um ao outro cada vez mais para o alto, para o alto, tudo o que importa é isso. Tudo o que importa somos nós.

E este momento perfeito em meio a tanta imperfeição é mais do que suficiente. É tudo.

Nós somos tudo.

Capítulo 132

VOCÊ MORDE, VOCÊ LEVA

— Hudson —

Grace envolve os braços no meu pescoço e me puxa o mais perto que consigo chegar. E isso está ótimo para mim — quando se refere a Grace, estou sempre feliz em estar o mais perto que ela me queira.

Quando ela pressiona os lábios na minha bochecha, enterro o rosto em seu pescoço e respiro fundo. Seu aroma tão bom, é uma sensação tão boa, que não quero nada além de ficar ali para sempre.

Mesmo antes que ela incline a cabeça, segure minha nuca e me guie até sua garganta.

Obviamente é um convite para que eu beba seu sangue, e minhas presas aparecem imediatamente em resposta. Mas eu me contenho, vou devagar. Porque estamos falando de Grace, e nunca vou me cansar dela.

Sempre vou querer mais.

Grace suspira quando começo a beijar lentamente a curva onde seu ombro encontra o pescoço. Sorrio de encontro à sua garganta, e deslizo os lábios pela minúscula constelação de sardas que decoram o ponto bem ao lado de sua clavícula. Eu diria que é meu agrupamento favorito, mas há tantos que é difícil escolher.

A estrela em seu quadril esquerdo. A espiral no ombro direito. O grupo perfeitamente espalhado na parte interna de sua coxa direita. Tantas pecinhas que formam minha Grace — e amo todas elas.

Começo a pensar no amanhã, no que vem a seguir. Em como vai ser se esta for a última vez que poderei beijar essas sardas, a última vez que sentirei o gosto dela na minha língua.

Mas o amanhã virá, eu escolhendo pensar nisso ou não, então, nestes últimos momentos, escolho me concentrar em Grace. Apenas em Grace. Em especial quando ela se contorce debaixo de mim e a mão na minha cabeça se torna mais insistente, enquanto me pressiona com mais força contra sua garganta.

— Tem certeza? — sussurro. Porque sempre vou verificar quando se trata disso. Nunca considerarei algo garantido, não importa quantas vezes Grace me diga que está tudo bem. Ela está cuidando de mim, mas é minha tarefa cuidar dela também.

Ela mexe a cabeça e seus lábios ficam pressionados contra a minha pele, e posso senti-la sorrir.

— Quando foi que não tive certeza? — Grace pergunta.

— Sou sortudo assim. — Dou uma risada enquanto passo os dedos pela suavidade de seu cabelo com cheiro de flor e o tiro do caminho. Então levo um ou dois segundos para passar o polegar em sua clavícula, ao mesmo tempo que raspo minhas presas em sua jugular.

Grace arfa e arqueia o corpo contra o meu, e mesmo assim espero. Mesmo assim, deixo a ansiedade crescer, até que comece a se mexer inquieta embaixo de mim.

Só então eu ataco, meus dentes perfurando sua pele enquanto a fome toma conta de mim como uma onda. Grace puxa meu cabelo, tenta ficar mais perto ainda, enquanto eu bebo, bebo e bebo.

Não me apresso, usando o tempo necessário para ter certeza de que não vai se machucar. Para ter certeza de que não vou beber demais do sangue dela.

Ela se transforma em mel quente contra o meu corpo, enquanto passo a língua para fechar os pequenos ferimentos, seu corpo enroscado no meu até que não consigo mais perceber onde eu termino e ela começa.

— Amo você — digo-lhe. — Para sempre.

Grace me abraça com mais força ainda.

— Amo você do mesmo jeito.

— Fico feliz. — Dou um beijo em sua boca e a abraço até que ela lentamente comece a dormir.

Levo um pouco mais de tempo — há vários "se" e "como" em minha mente —, mas, depois de um tempo, também caio no sono.

Acordo cedo na manhã seguinte, com o som de Grace aos gritos. Eu me sento na cama de supetão, com o coração acelerado e os punhos cerrados, só para perceber que tudo não passou de um sonho. Ainda que estivesse gritando no meu pesadelo, a Grace de verdade está virada de lado, roncando baixinho.

Deito-me de costas, desejando que meu coração pare de bater tão forte. Mesmo enquanto faço isso, sei que não vou mais conseguir voltar a dormir. Não com todas as possibilidades das próximas vinte e quatro horas ainda dando voltas na minha cabeça como a montagem mais fodida do planeta.

Desisto depois de alguns minutos e saio da cama. Tomo um banho rápido. Então visto uma calça jeans e vou para a cidade. Não sei como estão as coisas na praça e nos arredores, mas preciso fazer algo antes que Grace acorde.

Só espero que alguns dos lojistas tenham encarado as ruas incendiadas de Adarie para tentar ganhar a vida hoje.

Mas não consigo sair da estalagem sem que Nyaz me pare e me pergunte se Grace e eu nos sentimos confortáveis sendo iscas para atrair Souil para fora de casa esta noite.

Eu concordo — principalmente porque sei que planejamos fazer isso de qualquer jeito — e saio para resolver algumas questões.

Contudo, assim que saio da estalagem, percebo que a praça ainda está fechada devido aos danos. Mas as pessoas da cidade já começaram a arrumá-la — pegando o lixo, recolhendo o equipamento do hospital quebrado na noite passada, limpando os jardins destruídos.

Estou impressionado com a rapidez com a qual as coisas são feitas, em especial considerando que o vilarejo não tem mais um prefeito para dirigir as coisas. Até onde sei, Souil continua trancado em sua casa imensa, à espera dos primeiros raios de sol para destruir tudo o que as pessoas estão trabalhando tão duro para arrumar.

É irritante, odioso e me faz querer arrancar cada um dos membros dele. Sei que não é possível no momento, considerando todo o poder que reuniu dentro de si, mas isso não faz com que a vontade diminua. O cara é um bastardo manipulador, e o mundo seria um lugar muito melhor sem ele.

Em breve, prometo a mim mesmo ao atravessar a praça e adentrar em uma das ruas laterais repleta de lojas. Em breve, vamos nos assegurar de que esse maldito nunca mais mexa com ninguém.

É uma promessa tanto para mim quanto para todo mundo a quem ele machucou, e digo a mim mesmo que vou cumpri-la.

Enquanto caminho, alguns frequentadores do vilarejo finalmente voltam às ruas, e acenam para mim quando passo. Faço uma anotação mental para conversar com Nyaz, para garantirmos que todos fiquem dentro de suas casas para a batalha iminente.

Os malditos lobisomens rosnam e fazem pose assim que apareço, e isso me dá vontade de lhes providenciar algo para o que rosnar. Mas não tenho tempo para as babaquices deles — quero voltar antes que Grace acorde —, então sigo em frente sem nem mesmo um olhar sarcástico na direção deles. Mas dói um pouco, em especial quando o mais baixo e mais atarracado do grupo solta um uivo que acha que vai me intimidar.

Mas fodam-se. Tenho coisas mais sérias com as quais lidar agora, então sequer me incomodo em mostrar minhas presas. Em vez disso, só procuro o que preciso nas vitrines das lojas.

Estou no meio da rua repleta de butiques quando encontro a loja perfeita e quase desmaio quando vejo o lojista lá dentro. Sinto uma bola no estômago quando abro a porta, mas a ignoro e continuo andando. Não há lugar para nervosismo aqui, não quando já me convenci do que vou fazer.

É uma loja pequena, e não me apresso, analisando tudo devagar, até que encontro exatamente o que estou procurando. Então fico parado ali por um minuto, olhando, enquanto a alegria e o terror guerreíam dentro de mim.

Uma rápida conversa com o homem atrás do balcão, mais uma espera inevitável de quinze minutos, e estou a caminho da estalagem novamente. Eu me obrigo a não acelerar, a desfrutar de cada momento que estou vivendo. É mais difícil do que deveria, considerando que Grace ainda deve estar dormindo.

Entretanto, isso não importa, porque em breve — muito em breve — vou descobrir exatamente o que Grace quer. E isso não é nem um pouco apavorante...

Capítulo 133

PROMETO PARA VOCÊ, E JURO QUE
NÃO VOU ACABAR FRITA

— Grace —

Acordo sozinha.

O cheiro do xampu de Hudson ainda está no ar, então sei que não saiu há muito tempo. Mas ele não deixou um bilhete me dizendo para onde ia — o que é pouco típico dele —, e começo a me preocupar. Admito que isso é ridículo, considerando que provavelmente ele está só resolvendo alguma coisa. Porém, com tudo o que está acontecendo, não acho que nenhum de nós devia ficar lá fora sozinho por muito tempo.

Quem sabe o que pode acontecer?

Para impedir minha mente de imaginá-lo morto na rua como Orebon e Smokey, eu me levanto e tomo um banho rápido.

Hudson volta enquanto ainda estou me vestindo, e só preciso dar uma olhada nele para que meu coração afunde no peito.

— Qual é o problema? — pergunto, vestindo a camiseta por sobre a cabeça. — O que aconteceu?

— Nada. Por quê? — Ele tenta sorrir para mim, mas sua covinha não aparece.

— Ah, não sei. Talvez porque você esteja pálido para caramba. — Atravesso o quarto para me aproximar dele. — O que está acontecendo?

— Nada — repete e, se possível, seu sorriso é ainda mais doentio. — Juro.

Não acredito nele — não mesmo. Mas não vou brigar com ele agora tampouco. Então passo o tempo arrumando o quarto, colocando nossas roupas sujas da noite passada no cesto que deixo perto da porta do banheiro. Arrumo os lençóis. Ajeito a pia do banheiro.

Qualquer coisa para me impedir de ficar olhando para Hudson, que parece tão surtado, e tentar não surtar também.

Estou no meio da tarefa de organizar meus produtos para o cabelo em ordem alfabética, quando Hudson aparece atrás de mim e coloca gentilmente uma mão no meu ombro.

— Ei, você pode parar por um segundo? Eu meio que esperava poder conversar com você.

— Tenho certeza de que não parecia querer isso há alguns minutos — reclamo.

Estamos parados diante do espelho do banheiro, e levanto os olhos para identificar se consigo captar sua reação. Então me surpreendo um pouco quando — é claro — ele não está ali. Balanço a cabeça ante a minha própria tolice, e me pergunto se algum dia vou me acostumar com o fato de Hudson não ter um reflexo.

— Sinto muito. Eu só... — Ele para de falar, limpa a garganta e, pela primeira vez, pondero se entendi errado alguma coisa.

Eu achava que Hudson estava escondendo algo de mim porque não queria me preocupar. Agora me pergunto se ele não está simplesmente nervoso. O jeito como fica tamborilando na pia, o jeito como fica limpando a garganta? Isso me parece nervosismo, não um subterfúgio.

Mas Hudson está nervoso com o quê?

Eu me viro para encará-lo, porque quero ver seu rosto de um jeito ou de outro quando pergunto:

— O que está acontecendo?

Ele segura minha mão, me leva até o quarto e gesticula para que eu me sente na pequena cadeira do canto.

Faço isso, e sinto um aperto inquieto no estômago quando ele começa a andar de um lado para o outro diante de mim.

Em sua quarta volta, estendo a mão e seguro seu pulso.

— Ei, Hudson. Você está me deixando nervosa. Pode simplesmente me dizer o que está passando na sua cabeça?

— Sim, é claro. Me desculpe. — Ele para e fica ali por um segundo. Então fica de joelhos diante de mim.

— Você está bem? — pergunto, e a preocupação supera a irritação. — Não está se sentindo bem?

Hudson ri, mas é um som torturado, que vem do fundo de sua garganta.

— Estou bem, Grace.

— Tem certeza? — Sei que pareço em dúvida, mas olhe para o cara. Tenho quase certeza de que ele está suando, e eu nem sabia que vampiros podiam suar.

— Estou, sim. — Hudson pega o meu livro e o abre em uma página. Respira fundo. Solta o ar devagar. Então segura minha mão com gentileza entre as dele. — Não é assim que me imaginei fazendo isso — ele explica. — Mas é claro que, antes de você, nunca imaginei sequer fazer isso.

— Fazer o quê? — indago, cautelosa. Um novo tipo de nervosismo está tomando conta do meu estômago, um que me fez fitar Hudson com novos olhos.

— Eu amo você, Grace — ele me diz, e há tanta sinceridade, tanto amor brilhando em seu olhar que derreto por dentro. Simplesmente derreto, me transformando em uma pilha de mingau bem diante dele. — Eu amo você e...

— Eu amo você também — eu o interrompo, e Hudson sorri, levando minha mão até seus lábios para poder dar um beijo bem no meio da minha palma.

— Eu amo você — repete. — Durante o tempo em que estivemos juntos, senti coisas por você que nunca imaginei sentir por outra pessoa. Sinto admiração por você, Grace. Pela sua força, sua gentileza e sua resiliência. Pelo jeito como você sempre tenta ajudar os outros, o jeito como você sempre se levanta, não importa o que de ruim aconteça com você...

— Hudson...

— Me deixe terminar, por favor. — Ele balança a cabeça, solta uma respiração trêmula enquanto lágrimas dançam em seus olhos. — Nunca conheci alguém como você antes. Nunca ninguém me fez rir como você faz. Nunca tive ninguém que cuidasse de mim como você cuida. Nunca amei ninguém do jeito que amo você. É a coisa mais arrebatadora que já senti, e não posso imaginar voltar a uma vida sem você nela.

— Ah, Hudson. — Estendo as mãos, segurando seu rosto enquanto o puxo para um beijo. — Vai ficar tudo bem...

— Você não sabe isso — ele me interrompe, e está tremendo agora, tremendo de verdade. — Não quero que Souil destrua tanto a linha do tempo, a ponto de eu ter de viver uma vida sem você, Grace. Não quero me esquecer de você. Não quero que as coisas voltem a ser como eram... Prefiro ficar trancado em uma cripta por mais duzentos anos do que encarar uma vida inteira sem você nela.

Eu me sinto do mesmo jeito em relação a ele. Talvez não a parte da cripta escura e assustadora, mas definitivamente todo o resto, e parte meu coração vê-lo tão preocupado. Hudson está sofrendo tanto, e me mata o fato de não haver nada que eu possa fazer para consertar isso. Nada que eu possa fazer para que se sinta mais seguro — não só com relação a mim, mas sobre qualquer que seja o nosso destino.

— Não vou a lugar algum, Hudson, nem você. — Inclino-me para a frente e dou um beijo suave em seus lábios. — Nosso destino é ficarmos juntos. Você só precisa ter um pouco de fé.

— Eu gostaria de poder ter — ele responde. — Eu gostaria de ter o tipo de fé no mundo que você tem... É uma das coisas que mais amo em você. A crença otimista de que tudo vai dar certo. E estou tentando, Grace. Estou tentando de verdade. E é por isso que...

Hudson enfia a mão no bolso e pega uma caixinha que se parece muito com aquelas em que se guarda um anel.

— O que você... — Paro de falar e levo a mão à boca, enquanto todo o meu corpo fica quente e gelado.

Ele sorri, como se pudesse ver o que se passa em minha mente.

— Não é um anel de noivado, se é disso que você tem medo — me diz, revirando os olhos.

— Eu não disse que estava com medo de alguma coisa — respondo com uma fungada. Mas tampouco tirei os olhos da caixinha.

— É um anel de promessa — explica. — E aqui e agora, eu gostaria de fazer uma promessa para você... se você aceitar.

— Uma promessa? — repito, porque quero ter certeza de que sei o que está acontecendo aqui. Na nossa terra, um anel de promessa é uma espécie de símbolo para o outro de que um casal é sério. Mas isso não exige que ninguém prometa nada para a outra pessoa. Pelo menos, não do jeito que Hudson faz parecer.

— É uma promessa especial — ele continua. — Uma Promessa das Sombras, feita com uma magia tão antiga quanto o universo, de mim para você. É uma promessa que não pode ser quebrada do meu lado.

— Mas você não precisa me fazer uma promessa inquebrável, Hudson — eu lhe asseguro enquanto contemplo os ansiosos olhos azuis deste orgulhoso príncipe vampiro ajoelhado diante de mim. — É o suficiente que você me ame hoje, e que eu tenha fé de que você vai me amar amanhã.

Hudson estende a mão e coloca um cacho do meu cabelo atrás da minha orelha.

— A promessa é tanto para mim quanto é um presente para você. — Ele aperta minha mão. — Não sei muito sobre o amor, Grace. Mas você me ensinou que o amor de verdade não é sobre encontrar alguém que faça você feliz. É sobre encontrar sua própria felicidade e então partilhá-la com a pessoa que você ama. Você sempre será a luz que ilumina minha escuridão, mas não porque é sua tarefa me fazer feliz. É porque você ilumina o caminho que posso seguir para encontrar minha própria felicidade. E quero sempre ver esse caminho, deixá-lo que ele me leve até você. Sempre.

Com a mão trêmula, ele abre a caixa, e meu coração, que já está acelerado, fica completamente fora de controle. Porque o anel que escolheu para mim é lindo — a coisa mais linda que já vi. É um aro simples, feito de um delicado metal roxo-prateado, com símbolos pequenos e bonitos gravados ao redor.

É maravilhoso e perfeito, e eu não teria escolhido nada que eu teria gostado mais do que disso.

— Ah, meu Deus — sussurro, enquanto ele tira o anel da caixa bem devagar.

— Se você me aceitar, Grace — diz e, pela primeira vez, percebo como parece vulnerável, com o cabelo despenteado pelos dedos nervosos e o rosto pálido de preocupação. Amo que ele tenha certeza de sua decisão, e gostaria que entendesse que eu também tenho certeza.

— Sempre — respondo para ele, com uma risada chorosa. Então pego a mão dele e levo sua palma aos meus lábios. — Amo você, Hudson. Sempre vou querer você.

Ele sorri, o primeiro sorriso verdadeiro que vi desde que entrou no quarto.

Então coloca o anel no meu dedo e se inclina para a frente em busca de sussurrar no meu ouvido:

— Amo você com um amor que não vai morrer, até que o sol esfrie e as estrelas envelheçam.

No instante em que termina de falar, meu dedo formiga onde o anel o toca e se aperta por um instante, como se estivesse se acomodando no lugar. Então está acabado, e um calor se espalha da minha mão até a dele quando seguro seu rosto e o beijo com todo amor, alegria e determinação que ardem em mim.

Hudson Vega é meu consorte, e lutarei por ele com toda a força que tenho no meu corpo e em minha alma. Porque ele merece que alguém lute por ele. Ele merece que alguém o queira.

E eu o quero. Eu o amo. E estou determinada a não deixar que nem o tempo o afaste de mim.

Quando nosso beijo termina, Hudson me dá a mão para que eu fique em pé. Ele deve ter surrupiado meu celular, porque, de repente, as primeiras notas de "Fallin' All in You", de Shawn Mendes, começam a tocar.

— Dança comigo? — ele convida, a covinha aparecendo com toda a força e os olhos azuis mais brilhantes do que as estrelas cadentes que cruzam o céu do lado de fora da nossa janela.

Dou-lhe a mão, e Hudson me leva em um rodopio que cruza todo o quarto.

— Então este é o nosso lance? — pergunto, quando ele deita meu torso no começo do refrão. — Dançar músicas de amor bregas?

— Quero que tenhamos vários lances diferentes — responde, enquanto me ergue e rodopia novamente comigo, como só um príncipe herdeiro que passou a vida tendo aulas de dança consegue fazer. — Mas, sim, se não se importar. Adoro dançar com você.

— E eu adoro estar nos seus braços — informo e, pela primeira vez, não há ironia ou provocação nas nossas vozes. Só amor e uma honestidade nua e crua que eu jamais imaginaria ser possível naquela primeira noite, quando Hudson me disse para acender a maldita luz. — E qualquer maneira que me faça chegar aqui. Mas especialmente desta forma.

Ele nos gira novamente, percorrendo o pequeno quarto da estalagem em uma série de passos complicados. Se dançar comigo dá a ele um pouco da alegria que me traz, dançarei para sempre com ele, se Hudson quiser.

Contudo, quando uma das minhas canções favoritas de Shawn Mendes é seguida pela lenta e profunda "Hold My Girl", de George Ezra, uma batida urgente soa à nossa porta. Hudson e eu temos um instante para olharmos um para o outro, alarmados, antes que a porta se abra.

Nyaz está parado ali, parecendo mais abalado do que nunca.

— A esposa de Yrrah deve ter conseguido avisar a Rainha das Sombras. O exército dela está no portão. Chegou a hora.

Capítulo 134

A RODA DO INFORTÚNIO

— Grace —

Meu coração bate duas vezes mais rápido enquanto descemos as escadas correndo. Esperávamos que a rainha só fosse conseguir derrubar o portão mais ou menos uma hora depois do nascer do sol, então estamos todos em pânico agora.

— O primeiro grupo de combatentes está mantendo a rainha perto do portão, pelo menos por enquanto — Nyaz informa, enquanto corre bem atrás de nós. — Mas precisamos nos apressar.

— Precisamos chamar Caoimhe! — aviso Hudson quando chegamos ao primeiro andar e começamos a descer o último lance de escadas.

— Ela já está lá embaixo — Nyaz grita para nós. — E Lumi também.

— Lumi? — Quase tropeço no último degrau quando me viro para ele, surpresa. — Mas e a bebê...?

— Ele a deixou com amigos. Falou que quer lutar. — Nyaz acrescenta a última frase como se essa fosse toda a informação. E talvez seja. Sei que, se algo acontecesse com Hudson e eu tivesse a chance de enfrentar o homem que o matou, nada me obrigaria a me afastar dessa oportunidade. De jeito nenhum eu ficaria em casa e deixaria que outra pessoa cuidasse do assunto.

Entramos no lobby e quase trombo com Gillie, a padeira para quem trabalhei durante um dia assim que chegamos a Adarie. Ela faz um discreto sinal de positivo com o polegar. Graças a Deus. O primeiro passo no plano traçado por Hudson e Nyaz já está em ação.

Todo o térreo da estalagem está tomado por pessoas do vilarejo. Gillie e o homem que, tenho quase certeza, é seu marido. Tinyati, o marido e as duas filhas adultas. A diretora da escola de Hudson e sua esposa. Duas das bibliotecárias. O chupa-cabra. Alguns dos lobos que vivem fora da cidade, mas fazem compras e visitam o lugar com frequência. Até Arnst e Maroly estão aqui, embora Arnst nem seja do vilarejo. Tiola não está à vista, graças a Deus.

Eles seguem direto na nossa direção, com um sorriso no rosto, e corremos para encontrá-los no meio do caminho.

— Grace! Hudson! — Arnst me agarra e me puxa em um abraço de urso gigante. — Estamos tão felizes em encontrá-los inteiros e em segurança. Nós dois tivemos mais do que algumas noites insones, preocupados com vocês, depois que deixaram a fazenda. Quando Nyaz comentou o que estava acontecendo, outro dia, viemos imediatamente.

— Nós nos preocupamos com vocês também — digo-lhes, enquanto me aproximo de Maroly para poder abraçá-la.

— Como está Tiola? — Hudson pergunta depois que dá um caloroso aperto de mão e ganha um tapinha nas costas de Arnst. — Sentimos falta dela.

— Ela também sente falta de vocês dois — Maroly comenta. — Mas está bem. Ainda reunindo qualquer umbra vira-lata que apareça em seu caminho.

— Há uma questão nos olhos de Maroly que não quero responder agora. Pelo menos não na frente de Hudson, que carrega a culpa pela morte de Smokey como uma ferida que não quer curar.

Felizmente, Caoimhe e Lumi escolhem esse momento para se juntarem a nós. Caoimhe tem os olhos vermelhos, mas está lúcida. Já Lumi é outra história: ele está acabado. Não só os olhos e o rosto inchados pelo choro óbvio, mas as olheiras escuras e o cabelo escorrido e sem brilho.

Combinando com a linguagem corporal exausta e o ar de tristeza que irradia dele, fico apavorada com a ideia de deixá-lo ir à batalha conosco. Não que eu não confie nele, mas a última coisa que quero é permitir que ele cometa um erro que deixe a filha sem nenhum de seus pais.

Mas, antes que eu possa imaginar o que dizer — se é que é possível dizer alguma coisa —, as pessoas começam a se reunir ao redor de Hudson e de mim. E sei que é hora de entrarmos em ação.

Olho para Hudson, para ver se quer dizer alguma coisa antes de executarmos o plano, mas ele simplesmente recua com os demais, e espera que eu fale.

— Antes de mais nada — começo, virando ao redor enquanto falo para ter a chance de fitar cada uma dessas pessoas nos olhos. Elas merecem isso e muito mais, uma vez que estou aqui pedindo que lutem. — Eu gostaria de dizer "obrigada" a todos vocês por estarem aqui hoje à noite para nos ajudar na defesa de nossa posição. Muitos de vocês sabiam que isso estava para acontecer há um tempo. Sabiam que um dia teriam de se levantar contra a Rainha das Sombras e o prefeito. Não sabíamos que seria ao mesmo tempo, mas pelo menos isso significa que nosso pesadelo vai acabar muito mais rápido. — As pessoas murmuram e acenam com a cabeça, concordando comigo, e isso ajuda a manter sob controle o pânico que surge em minhas entranhas. — Porque não podemos continuar com medo de que cada dia...

cada Festival da Estrela Cadente... seja o último. Com medo de que a vida e a família que construímos aqui em Noromar desapareçam um dia porque algum feiticeiro ou alguma rainha assim o deseja.

— Não! — alguém grita na multidão. — Não vamos permitir!

— Não vamos mesmo! — Nyaz concorda, juntando sua voz à minha. — Este é nosso vilarejo. Estes são nossos amigos. Estas são nossas vidas. E lutaremos por tudo isso, até o último de nós. Nenhum feiticeiro vai nos apagar da existência.

Várias pessoas ao nosso redor aplaudem. Hudson e eu não fazemos isso — posso concordar com o sentimento que Nyaz está expressando, mas não acho que algum dia me sentirei bem em aplaudir e assobiar por causa de uma guerra.

Meus pais me criaram para acreditar que lutar era o último recurso. Afastar-se de uma briga que não importa é sempre uma opção melhor do que ser machucado ou machucar alguém. Mas há uma grande diferença entre um valentão me xingando no parquinho ou alguém pichando minha bicicleta e deixar uma pessoa seguir seus planos egoístas e basicamente estragar o mundo inteiro — e muitas das vidas nele.

Esta não é uma luta para ser aplaudida, mas muito menos é uma luta da qual podemos nos afastar.

Não quando perder significa que Souil vai redefinir a linha do tempo, não só no mundo de Hudson e meu, mas neste mundo também. Não podemos permitir que isso aconteça. Não vamos permitir que isso aconteça. Não com nossos amigos nem com ninguém neste reino. Eles merecem o direito de viver suas vidas sem a ameaça de alguém escolher tirar tudo deles, só porque tem o poder para tanto.

— Falei com Artelya. Ela é a gárgula ali na frente, caso queiram saber o nome dela. Artelya concordou em libertar o dragão do tempo, exatamente como queremos. — Mais aplausos. — Mas há uma mudança de planos. — Mais uma vez, tento fitar os olhos do máximo de pessoas que consigo. Porque esta é a parte sobre a qual preciso convencê-los. A parte que realmente preciso que aceitem.

Espio de relance para Hudson, que me dá um aceno de cabeça, como se dissesse "você consegue". É tudo de que preciso para lembrar a mim mesma que, sim, tenho mesmo de fazer isso.

— Temos um problema em deixar o dragão do tempo solto. — Ainda balanço a cabeça quando penso em como o plano de Souil era simples. Também fico surpreendida em ver como quase deu certo. Se não fosse pelo sacrifício de Artelya, quero dizer. — O prefeito é um feiticeiro do tempo que estava esperando a morte de dois dragões do tempo para absorver seus poderes e poder voltar para casa, para redefinir o tempo no meu mundo. Uma gárgula corajosa percebeu que esse era o plano dele e está paralisada no tempo há cerca de mil anos para impedi-lo de conseguir. Mas, hoje, ela vai fazer o sacrifício final e libertar o dragão. — Olho para cada pessoa quando digo: — Não podemos deixar que o sacrifício dela seja em vão. Se o dragão matar Souil com seu fogo... a linha do tempo do seu mundo vai ser redefinida. Muitos de vocês, seus amigos e família, deixarão de existir. A todo custo, o dragão não pode matar Souil com fogo.

— Então para que despertar o dragão? — a diretora da escola de Hudson, Saniya, pergunta sem entender. — Se o deixarmos adormecido, o fogo nunca atingirá Souil.

— Porque não podemos matar o feiticeiro sem ele. Souil é poderoso demais... Sequer podemos tocar nele. A essa altura, nada consegue detê-lo exceto a própria energia do tempo.

Todos arregalam os olhos, mas começam a concordar com a cabeça e a murmurar.

Continuo:

— Acreditamos que o único meio de salvar nossos dois mundos é matando o dragão do tempo e obrigando Souil a absorver sua magia. Como uma garrafa que já está cheia de água, achamos que a magia extra vai matá-lo. Vamos mostrar para esse babaca... se ele quer poder, nós lhe daremos poder. Mais poder do que ele pode suportar, e então vamos observá-lo ser destruído.

Todos aplaudem e se dão tapinhas nas costas. Mas eu levanto uma mão e tranquilizo a multidão novamente.

— Mas matar esse dragão do tempo não vai ser tarefa fácil. Ela é grande. É poderosa. E está acorrentada há mais de mil anos. E se isso já não fosse ruim o bastante... a Rainha das Sombras e seu exército farão de tudo para nos impedir de matar o dragão-fêmea também. A Rainha das Sombras *quer* que Souil redefina o tempo. Ela *quer* destruir este lar... o lar de vocês. Mas não a deixaremos fazer isso!

Quando os gritos e as discussões sobre os planos se acalmam, Nyaz interrompe e diz:

— Ok. Mas como vamos impedir que o dragão do tempo mate todo mundo quando o soltarmos? Este vilarejo tem muitos moradores...

— Já cuidei disso — Gillie diz. — Imprimi alguns avisos, e minha equipe está distribuindo os panfletos agora. Todo mundo está atualizado, o que significa que ninguém vai sair pelas ruas nas próximas horas.

— Isso foi realmente inteligente! — Maroly exclama, sorrindo para mim com expressão de aprovação.

Hudson dá um passo adiante.

— Então o plano A é simples: Grace vai dar o sinal para a gárgula libertar o dragão e vamos matá-lo instantaneamente. A magia do tempo sairá dele, irá até Souil, o destruirá, e todos ficarão em segurança. Se o dragão não morrer instantaneamente... bem, teremos que partir para o plano B, que só tem dois objetivos. — Ele levanta o dedo indicador. — Não deixar o dragão matar Souil com fogo. — E levanta outro dedo. — Matar o dragão antes do nascer do sol. — Ele olha ao redor da sala, dá um sorrisinho e acrescenta: — Então, nem é preciso dizer, vamos tentar matar o dragão imediatamente.

Saniya ergue uma sobrancelha.

— Tenho mais uma pergunta: o dragão não vai querer ir atrás do prefeito assim que nós o despertarmos? Isso vai fazer com que seja muito difícil impedi-lo de atacar Souil com suas chamas.

— Não se preocupe. Tenho um plano para isso também — digo-lhes. — E, para fazê-lo acontecer, vamos precisar de cordas. Muitas e muitas cordas.

Capítulo 135

CORDAS, DRAGÕES, PEDRA E MAGIA

— Grace —

Graças a Nyaz e ao chupa-cabra, cujo nome descubro ser Polo, só precisamos de cinco minutos para reunir todos os suprimentos dos quais precisamos.

Então seguimos para a praça o mais rapidamente que podemos. O tempo está acabando e o amanhecer se aproxima, o que significa que o exército da Rainha das Sombras ficará poderoso demais para ser contido. E, assim que a rainha conseguir se esgueirar em uma sombra, Souil também conseguirá escapar.

Corremos até o outro lado da praça, os lobos e Hudson começam a envolver o dragão nas cordas mais pesadas de Caoimhe, enquanto Arnst, Maroly e eu fazemos o mesmo com Artelya.

— Tem certeza de que isso vai funcionar? — Nyaz pergunta depois que amarramos os dois o mais apertado que conseguimos... ainda que por motivos diferentes.

— Deveria — Hudson comenta. — No instante em que Artelya despertar o dragão, vocês puxam as cordas e seguram o dragão no lugar, para que eu possa matá-lo. Enquanto isso, Grace e os outros vão puxar Artelya, para que as chamas que já estão seguindo em sua direção não a toquem... se tivermos sorte. O fogo já está bem perto dela, mas precisamos tentar. No fim, é tudo uma questão de *timing*.

— E de sua capacidade de matar esse dragão grande e poderoso — o marido de Tinyati lhe diz enquanto balança, para a frente e para trás, a espada que lhe demos. — Sei que supostamente somos o reforço, mas talvez eu pudesse ficar do seu lado. Só por precaução. Podemos matar a besta juntos.

— Não vou recusar. — Hudson lhe dá um sorriso rápido. — Aceitarei qualquer ajuda que me der. Pelo que entendo, esta criatura é feroz.

— Ela é — confirmo para ele, e para mim mesma. Porque, mesmo que eu saiba que essa é a coisa certa para se fazer, mesmo que eu saiba que é o único jeito de salvar todas as pessoas em Adarie e sabe-se lá mais quantos milhares de outras no meu reino, ainda é difícil pensar em matar uma criatura viva que não está me atacando ativamente.

Artelya me assegura de que isso vai mudar no instante em que Asuga despertar. Que ela é incrivelmente poderosa, incrivelmente má, e que tem uma fome de mil anos batendo em seu peito. Não dá para lhe dar uma chance de se libertar.

— As cordas do dragão estão prontas — o chupa-cabra declara, afastando-se.

— As de Artelya também — Arnst avisa, enquanto faz a mesma coisa.

— Ok, então vamos nessa. Faremos isso agora, e então a energia vai procurar Souil em casa. E, felizmente, isso acaba rápido...

Hudson termina:

— E vocês deixarão de viver sob a ameaça de que ele destrua Adarie para sempre.

— Mas não subestimem a Rainha das Sombras — eu os advirto. — Ela tentará ajudá-lo de todas as formas possíveis.

— E isso significa que precisamos mantê-la afastada de Grace e Hudson, para que eles possam matar o dragão e acabar de uma vez por todas com essa história — Nyaz complementa. — Podemos fazer isso, certo?

Todos concordam com gestos de cabeça. Eu me viro para o dragão — para Artelya — com um único pensamento em mente. *Por favor, por favor, permita que isso funcione.*

Entretanto, antes que eu possa pedir a Artelya que deixe sua forma de rocha, como conversamos, os lobisomens param e começam a farejar o ar.

Eles levantam os narizes, e sinto um pressentimento péssimo nas entranhas.

— O que foi? — pergunto, já com medo de qual será a resposta.

Porque Hudson também inclinou a cabeça, como se escutasse alguma coisa com sua audição incrível. Quando se volta para mim, está com os olhos apertados.

— A Rainha das Sombras conseguiu passar pelo portão.

— Sim, bem, foda-se ela — respondo-lhe, e a irritação marca meu tom de voz. — Vamos em frente.

— Todos prontos? — Hudson pergunta enquanto pega uma espada gigante. O marido de Tinyati faz o mesmo, e se posiciona do outro lado do dragão.

— Tão prontos quanto conseguimos estar — Gillie replica, com um tom de voz sombrio. Ela segura sua espada com as duas mãos e a ergue diante de si.

As outras trinta ou quarenta pessoas que não estão segurando as cordas fazem a mesma coisa.

— Ok. Vou falar com Artelya agora. Mas, não se esqueçam, caso alguma coisa dê errado, não podemos...

— Deixar o dragão matar Souil com fogo — todos repetem ao mesmo tempo.

— Nós vamos conseguir — Tinyati me diz. — Não importa o que aconteça, não deixaremos que ela chegue perto do prefeito.

A garantia dela é tudo o que eu estava esperando, e depois de um sorriso de encorajamento de todos eles, levo um segundo para me centrar.

Então fecho os olhos e digo a mim mesma:

— Artelya?

— Está tudo pronto? — ela pergunta, e sua voz ecoa em minha mente e, sim, estou um pouco surpresa por poder ouvi-la. Não, muito surpresa. Mas deixo isso de lado rapidamente e volto ao que interessa.

— Está, sim — digo para ela. — Consigo fazer isso. Prometo. E não vamos deixar que nada aconteça com você.

Posso senti-la sorrir através da nossa conexão.

— Não estou com medo, Grace. Proteger as pessoas é o que as gárgulas fazem, não importa a que custo. Tem sido uma honra proteger o povo de Adarie pelos últimos mil anos. E continuará a ser uma honra protegê-los, não importa o que aconteça a seguir.

— Obrigada — eu sussurro. — Pelo seu serviço e todo o seu sacrifício. Você é incrível.

— Assim como você, Grace. — Posso ouvi-la respirar fundo, e então ela continua: — Agora vou me desfortificar, então se prepare para dar um belo chute no traseiro de um dragão.

Um segundo mais tarde, ela sai da forma de rocha — assim como o dragão do tempo.

Não temos sequer um segundo para tirá-la do caminho das chamas antes que o fogo a transforme em pó em um piscar de olhos diante de nós.

Grito de pavor, mas não tenho tempo de absorver o que acaba de acontecer, porque Hudson desce a espada sobre o dragão, assim como o marido de Tinyati. Todos seguram as cordas como se fossem a única coisa que os separa da morte — o que pode muito bem ser verdade.

Contudo, assim que a espada de Hudson entra em contato com o pescoço do dragão-fêmea, ela se livra das cordas e desaparece em um instante.

Capítulo 136

É MAIS ESCURO ANTES DO AMANHECER

— Hudson —

O dragão-fêmea reaparece vários segundos depois — no céu.

Brilhante. De repente, a situação acaba de ficar muito mais difícil do que prevíamos. E nunca pensamos que seria nada além de difícil.

— Precisamos nos mover mais rápido! — Grace grita, enquanto sai correndo para o outro lado da praça. — Não podemos deixar que ela encontre o prefeito!

Como se pudesse sentir o cheiro da fenda do tempo em Souil, o dragão se inclina rapidamente e atravessa a praça, direto para a mansão, como um míssil guiado por calor.

— Já estou trabalhando nisso! — grito em resposta ao acelerar na direção da casa do prefeito. Porque não posso deixar aquela maldita criatura pegar aquele babaca. Não quando estamos tão perto. E não com tudo o que temos a perder.

Porém, se há uma coisa que meu velho e querido pai me ensinou, é que as coisas sempre podem piorar. E, aparentemente, hoje não é uma exceção. Porque mal cheguei à extremidade da praça, desviando de fogo de dragão o tempo todo, quando Souil aparece com uma fantasia completa de rei da discoteca, incluindo uma capa.

E tudo mais vira um inferno.

Grace deve tê-lo visto antes de mim, porque já está correndo na direção dele em modo gárgula completo. Souil a vê se aproximar, e pisca para desaparecer, surgindo três metros mais perto de onde os primeiros raios de sol vão aparecer, mesmo assim, claramente fora da vista do dragão.

Mas ainda temos uma hora até o nascer do sol, então não tenho ideia do que o Homem Discoteca está fazendo na praça tão cedo. Não que eu me importe. Porque, neste momento, o dragão para de me perseguir e resolve ir na direção de Grace, vindo baixo e ardendo como uma chama.

Que merda. Não. Estou preparado para muitas coisas esta noite — inclusive para minha própria morte. A única coisa para a qual não estou preparado é para Grace deixar de existir. Não no meu turno.

Acelero até elas em um instante, e salto direto na besta. Atinjo-a com os pés, empurrando-a no ar — o suficiente para que as chamas se afastem de Grace e sigam direto para o palco da cidade.

A pequena área pega fogo, e os lobos correm para lá a fim de tentar apagá-lo antes que se espalhe. Todos os demais correm na direção de Souil, com as espadas erguidas. Nunca dissemos que ninguém podia tentar matá-lo — exceto com fogo de dragão —, então as pessoas devem ter decidido que ele precisa morrer agora. Uma pena que não saibam o que vimos... Que ele não é uma presa fácil de ser abatida.

Souil lhes dá uma olhada, some e reaparece a vários metros de distância. Então vira a mão no ar, como se girasse um disco, e cinco das seis pessoas que o perseguem ficam congeladas imediatamente. Interessante.

Quatro piscadas de olhos depois, Souil já despistou o sexto cara, mas — e isso é *realmente* interessante — nenhum de seus movimentos no tempo-espaço o levou mais longe do que um metro de distância, e as cinco primeiras pessoas que ficaram congeladas no tempo voltam ao normal.

— Souil não consegue manter as pessoas congeladas se precisa se movimentar no tempo-espaço! — grito para Grace quando me viro para olhá-la e percebo que o dragão-fêmea se recuperou do fato de ter sido chutada por um vampiro. E está vindo atrás de mim novamente. Ótimo. Ela pode vir o quanto quiser. Porque, enquanto estiver me perseguindo, não irá atrás de Souil.

E isso dá aos demais tempo para se reagruparem. Grace já pensou em outro plano para matar o dragão, enquanto mantenho a atenção da fera focada em mim. E Souil não vai a lugar algum se mantivermos a criatura ocupada. Olho de relance para o horizonte e percebo que a noite escura está lentamente ganhando um tom azul-marinho. Merda. Temos menos de uma hora para matar esse monstro.

Com tal pensamento em mente, corro direto para o dragão do tempo de novo. Mas, dessa vez, ela não está distraída com mais ninguém. Sabe que estou chegando e está mais do que pronta para mim.

Para prová-lo, ela voa direto na minha direção, e tudo em que consigo pensar é: Que merda, ela é imensa. Tipo muito, muito grande. Eu achava que o dragão-fêmea da última vez era grande, mas Asuga, como Grace mencionou que essa criatura se chama, é monstruosa. Suas escamas verdes brilham na escuridão do início da manhã, enquanto ela corre na minha direção, com os olhos vermelhos ardendo de raiva. Sua boca está aberta, seus dentes imensos à mostra, e ela solta um grito com uma rajada de fogo que atravessa a praça.

Pulo vários metros no ar para evitar as chamas, mas ela simplesmente dispara outra rajada na minha direção. E, já que estou no meio do ar, não tenho muitas opções além de virar o corpo e torcer pelo melhor.

O dragão erra mais uma vez, mas está captando os meus truques, e a próxima rajada de chamas que vem na minha direção é impossível de ser evitada. Fecho os olhos e me preparo para desaparecer da linha do tempo — só para que Grace, feita de rocha bem pesada, trombe comigo.

Atingimos o chão com força, com ela em cima de mim e as chamas do dragão vindo bem na nossa direção. Tenho um segundo para nos virar para longe, enquanto a fera avança, antes que mais fogo nos atinja.

Dois dos lobos entram na batalha então, atingindo o dragão-fêmea dos dois lados com as garras e os dentes. A criatura se livra deles com um rugido ultrajado, mas os dois conseguem arrancar um pedaço dela. Não é o suficiente para enfraquecê-la, mas é o bastante para atrasá-la um pouco.

E é tudo de que preciso.

Pego a espada de onde a deixei cair, e corro na direção dela à medida que tenta alçar voo novamente. Ela é rápida, mas sou mais ainda, e consigo cortar alguns metros de sua barriga macia.

Dessa vez, seu grito é de dor e de fúria, e ela vira a cabeça na minha direção e me ataca com o que, tenho certeza, é tudo o que tem. Pulo para longe, e Souil — graças ao maldito universo — usa seu aguçado instinto de proteção para desaparecer e reaparecer a vários metros de distância, e sai correndo para a muralha que cerca a cidade. Quando o amanhecer chegar, as primeiras luzes vão atingi-lo bem ali.

Mas Polo, o chupa-cabra, está na cola dele, determinado a pegar o feiticeiro do tempo antes que ele chegue ao seu destino. Além disso, o dragão-fêmea está voando na direção dos dois, soltando chamas pela boca em todas as direções. Morrendo de medo de que o escudo de força pessoal de Souil não seja páreo para as chamas, acelero na direção deles.

O chupa-cabra se joga contra o feiticeiro com força suficiente para abalar o escudo de força, e eu assumo, atacando Souil e rolando com ele para debaixo de um dos enormes bancos de parque que se espalham pela área ao redor de onde costumava ficar o gazebo. Os bancos são de metal, e isso deve ser o bastante para desviar as chamas se ela mirar em nós novamente — o que, não tenho dúvidas, Asuga vai fazer.

— Obrigado pelo salvamento — Souil agradece, em um tom de voz desagradável, então desaparece do meu lado assim que paramos. Saio em disparada atrás dele, mas ele continua a desaparecer e a reaparecer na direção da muralha.

O dragão está atrás dele, e preciso me perguntar mais uma vez o que esse idiota está fazendo correndo por aí antes do amanhecer. É sério.

Todos sabíamos que precisávamos manter o prefeito fora do caminho do fogo de Asuga, mas tínhamos imaginado que não seriam mais do que alguns minutos entre o momento em que ele provavelmente sairia de sua mansão protegida e quando o dragão desapareceria com a luz do sol. Em vez disso, ele aparentemente acreditou no próprio discurso e pensa ser invencível, dado que está correndo por aí, com a capa se agitando atrás de si, enquanto torna minha tarefa dez vezes mais difícil. Eu devia tentar matar a maldita criatura, e em vez disso estou bancando o guarda-costas para esse babaca excêntrico.

Falando nisso, esse dragão parece um jumbo a jato de tão rápido que é no ar, muito mais rápido do que pareceria, dado o seu tamanho, e está diminuindo a distância que o separa de Souil em muito menos tempo do que eu gostaria.

Aperto os dentes e acelero em sua direção, determinado a alcançá-la antes que ela dispare suas chamas no prefeito. Mas a criatura não concorda com isso, e espalha as chamas com a boca enquanto suas asas poderosas a levam cada vez mais perto do prefeito. Grace já está no ar, voando bem na direção de Asuga, em uma tentativa de desviá-la enquanto acelero ao máximo até Souil.

Mas ainda não acho que um de nós vá conseguir antes que o fogo o alcance.

Consigo um pouco mais de velocidade e...

Em um gesto que parece ser do nada, Gillie pula na frente do prefeito e recebe uma rajada poderosa do fogo destinado a ele.

Capítulo 137

QUANDO AS COISAS REALMENTE SAEM DE CONTROLE

— Grace —

Gillie grita quando as chamas a atingem, e tento alcançá-la. Juro por Deus que tento. Mas Hudson pula e me segura, tirando-me do ar.

— É fogo de dragão — ele me diz quando atingimos o solo. — Ninguém pode sobreviver a isso. Se pudéssemos salvá-la, eu o faria em um instante. Mas é tarde demais.

Sei que ele está certo, e posso ver que Gillie já está seriamente ferida. Mas isso não faz com que seja mais fácil ficar parada aqui. E então ela se vai.

Lágrimas descem pelo meu rosto enquanto os mesmos lobos que apagaram o incêndio no gazebo correm na direção de Gillie. E é como se devêssemos fazer alguma coisa, como se devêssemos prestar nossos respeitos de algum modo. Mas Asuga está dando a volta mais uma vez, e Souil se aproxima da muralha.

Caoimhe e Lumi o perseguem, mas toda vez que se aproximam dele, Souil desaparece para reaparecer em algum outro lugar. Além disso, ele está com aquela maldita arma com a esfera de discoteca, e a gira ao redor da cabeça, em uma advertência óbvia.

Por um instante, tudo o que consigo ver é Orebon, momentos antes que Souil o assassinasse. Grito sem querer, enquanto Hudson e eu corremos na direção dos nossos amigos.

Há uma brilho de luz quando Souil abaixa seu escudo — só o suficiente para girar a arma direto na cabeça de Caoimhe, e meu coração bate na minha garganta. Graças a Deus, ela se abaixa no último segundo, jogando-se em Souil e derrubando-o do mesmo jeito que Hudson fez há alguns minutos. Ao mesmo tempo, Lumi levanta o porrete que carrega consigo. Todavia, antes que seu golpe acerte a cabeça de Souil, o prefeito desaparece e reaparece a um metro de distância novamente.

E Lumi — que definitivamente quer acertar um golpe — quase acerta o porrete na cabeça de Caoimhe.

Bem nesse momento, Saniya sai do meio da escuridão com a espada erguida. Infelizmente, Souil ergue seu escudo, e a espada dela ricocheteia de maneira inútil.

O restante dos moradores do vilarejo corre na direção de Souil, e o prefeito — sempre o showman — faz-lhes um espetáculo e tanto. Sempre que alguém se aproxima, Souil desaparece e reaparece em algum outro lugar, até que todo mundo cansa e para de tentar. O que, claro, é exatamente o que ele quer que aconteça enquanto o ponteiro do minuto do relógio da torre se aproxima inexoravelmente do horário do nascer do sol.

Porque, se não matarmos esse maldito dragão do tempo nos próximos minutos, Souil vence. Tudo o que ele precisa é de um caminho iluminado que o leve direto para fora daqui.

Não que eu precise do relógio para me informar isso. O fato de que as sombras começam a se espalhar lentamente pela grama me diz tudo o que preciso saber. Ainda são fracas, quase inexistentes, mas estão ali. Posso vê-las. Mais ainda, posso senti-las enquanto deslizam pelos meus pés e roçam nas minhas pernas, ainda que eu não saiba como.

Então, como se o universo decidisse me dar um breve instante para celebrar, Asuga se inclina para a esquerda e começa a dar a volta — e lança suas chamas em um círculo gigante ao nosso redor e de Souil, incendiando a grama, as árvores e várias estruturas. A má notícia, claro, é que há fogo de dragão por todo lado, mas a boa notícia é que Souil não pode desaparecer e reaparecer no lugar que começa a ser tomado pela luz do sol. Ele terá que esperar que a luz chegue até ele.

Mas as sombras parecem crescer, de algum modo se arrastando pelo fogo, e até mesmo além, onde os primeiros raios de sol tocam a praça.

De repente, meu sangue gela quando penso em Smokey e em todas as outras sombras que seguiam Tiola pela fazenda. Não eram sombras, agora que penso nisso. Eram umbras.

Umbras que mudam de forma.

Outra sombra roça em minha panturrilha, e me assusta o suficiente para que eu me aproxime de Hudson. E se essas sombras forem isso também? Umbras que podem tocar você, comunicar-se e causar estragos, se for isso o que desejam fazer.

Smokey certamente sabia como fazer todas essas coisas, mesmo quando não estava tentando.

— Tem algo errado — comento com Hudson, ao passo que vejo as sombras se esgueirarem mais e mais para o meio da praça.

— Fala sério — ele rosna, mas ainda está concentrado no que está acontecendo com Souil.

— Não. — Estendo a mão e seguro seu braço. — Não estou falando dele. Estou falando das umbras.

— Umbras? — Ele parece confuso, então segue meu olhar e arregala os olhos também. — Puta merda. Isso são...

— Acho que são, sim.

E é quase como se nosso reconhecimento das coisas as trouxesse à vida. Ou, pelo menos, tirasse-as de qualquer que fosse a manobra evasiva que estavam fazendo até este ponto. Porque, de repente, as umbras estão em toda parte.

E também não são um tipo qualquer de umbra. Certamente não são umbras pequeninas, esponjosas e bonitinhas como Smokey era. Não, essas coisas são sérias. E feias. E absolutamente apavorantes.

No início, as que estão na grama se transformam em insetos-sombras — sombras em forma de baratas, formigas e aranhas rastejando e se mexendo sobre a grama, em um esforço para alcançar as pessoas que estão contra Souil.

— Ah, meu Deus! — exclamo, assustada, quando uma umbra que roça em mim se transforma em uma onda de tarântulas-sombras se arrastando pelos meus pés e subindo em minhas pernas. — Hudson!

É mais um gemido do que um grito, mas meu consorte me ouve. Ele acelera para me pegar e me erguer em seus braços, mas já estou me transformando em pedra. O que realmente não ajuda muito, considerando que ainda há insetos subindo em mim.

Mas pelo menos não consigo senti-los — não do mesmo jeito que podia quando estava na forma humana, de todo modo. E pelo menos, desse jeito, elas não podem me picar, o que é mais do que posso dizer sobre muitas das outras pessoas ao meu redor nesse instante.

Infelizmente, tampouco consigo me mover quando estou assim. Não bem, pelo menos. Então, depois de gritar internamente pelo que parece ser um minuto inteiro, mudo para minha forma normal de gárgula — e então alço voo, de modo a pairar uns bons sessenta centímetros do chão onde Hudson está preso, com baratas-sombras percorrendo suas pernas e braços.

— Quer que eu levante você? — pergunto, estendendo a mão para ele. — Para te tirar desta confusão?

Ele parece enojado enquanto chuta os insetos, mas apenas balança a cabeça.

— Temos problemas maiores.

— Problemas maiores do que um feiticeiro do tempo narcisista empenhado na aniquilação global, um dragão do tempo irritado e uma praça cheia de insetos rastejantes e assustadores? — pergunto incrédula. — Como isso é possível?

Hudson não me responde. Em vez disso, acena com a cabeça na direção do céu atrás de mim. E ainda que eu não tenha a mínima vontade de me virar, não me resta mais nada a fazer.

É quando os vejo. Corvos e abutres gigantes de sombras, pairando no ar e mergulhando na direção de qualquer um que tente fugir. E em qualquer um que chegue muito perto de Souil — em especial Caoimhe e Lumi, que ainda correm atrás dele, juntos aos lobos.

— Ele está fazendo isso? — pergunto, a repulsa revirando meu estômago enquanto uma pilha de baratas gigantes se espalha sob meus pés.

Polo grita lá embaixo enquanto os insetos de sombra rastejam em seus braços, cobrem seu corpo e avançam por seu rosto. Mergulham em sua boca aberta quando solta outro grito involuntário antes de sair correndo na tentativa de se livrar dos insetos.

— É a Rainha das Sombras — Hudson responde, entredentes, quando os insetos começam a picá-lo.

Claro que é. A cretina. Quero perguntar mais, no entanto ele grita para mim:

— Apenas mate a porra do dragão!

E ele está certo. Se conseguirmos matar Asuga, tudo aquilo acaba.

Levanto voo enquanto Hudson acelera pela praça. Ele salta das varandas até os telhados, cada pulo levando-o mais e mais alto até conseguir um ponto de vantagem maior para ajudar com o dragão-fêmea que está dando a volta na praça mais uma vez. Felizmente — ou não, a depender de como você olha a situação —, devemos ceder à fenda no tempo tanto quanto Souil, porque a criatura não tem problemas em abandoná-lo e vir atrás de nós.

Mas agora temos outro problema. Porque estar no ar e em um telhado significa que somos os alvos perfeitos para as malditas aves de sombras que estão voando por toda parte. Uma sombra que parece um condor gigante voa bem na minha direção, com as garras estendidas como as armas que são.

Sem mencionar Asuga, que circula com lentidão sobre nossa cabeça, à procura de uma oportunidade para disparar suas rajadas de fogo nas proximidades.

Quando o condor se aproxima de mim, primeiro penso que está tentando me assustar ou me arranhar, mas então percebo que é muito pior.

Ele quer arrancar meus olhos.

Solto outro grito e mergulho na direção da terra com a ave gigante na minha cola. Meio que espero que, se nos aproximarmos o bastante do solo, a ave resolva ir atrás das tarântulas ou de alguma outra coisa — alguma presa fácil ou coisa assim. Infelizmente, a única coisa na qual ela parece estar interessada é em mim.

É uma pena que o sentimento não seja mútuo.

Mergulho baixo o bastante para fingir uma aterrissagem, então dou meia-volta e me preparo para subir, em um esforço para distrair a ave com minha mudança súbita de direção. Mas Hudson não quer saber de nada disso — que grande surpresa. Ele cai agachado em um telhado ali perto. Então se lança para o alto — e agarra a ave de sombra, segurando suas asas que batem no ar.

Hudson se agarra à asa, e ouço o som de algo sendo rasgado antes que ele arremesse o condor no ar com tanta força que bate em duas outras aves gigantes e as derruba também.

Sinto que talvez eu devesse ficar chateada por machucar as malditas coisas, mas então me lembro, que não são aves. São apenas sombras, nos dando sua melhor encenação de Hitchcock — ainda que pareçam apenas seres conjurados pela rainha, em vez de seres sencientes, como Smokey.

Pessoalmente, acho um pouco exagerado, e isso é antes que todas as aves passem a voar em formação circular bem em cima da praça da cidade — bem acima de Souil — e comecem a atacar qualquer um que se aproxime do prefeito.

Acrescente a isso o fato de que a luz do dia começa a surgir no céu, a menos de quinze minutos de Souil, na melhor das hipóteses, e temos um problema bem sério. E isso é antes que os uivos e rosnados preencham o ar.

Capítulo 138

BATENDO EM RETIRADA

— Grace —

Corro de volta até Hudson à medida que os rosnados se aproximam, e tento descobrir de onde vêm esses novos ruídos.

Ele está tentando descobrir a mesma coisa, girando ao redor de si mesmo no telhado, ao mesmo tempo que chuta outra ave-sombra para longe.

— Que diabos é isso? — Hudson questiona quando aterrisso bem ao lado dele.

— Eu não... — Paro de falar quando os rosnados pioram, e finalmente vejo de onde eles vêm.

Lobos. Dúzias e mais dúzias de lobos de sombras correndo pelas ruas de Adarie, direto para a praça. Direto para Souil.

Como se já não fosse ruim o bastante, Asuga — que estava esperando pacientemente que nos livrássemos dos animais-sombra — deve ter decidido que este é o seu momento, porque mergulha direto na nossa direção, lançando chamas para todo lado.

— Dragão ou sombras? — Hudson pergunta, mas tudo que quero é responder "nenhum dos dois". Mas sei que precisamos nos dividir para conquistar, se pretendemos matar o dragão. Um de nós precisa distrair as criaturas de sombras enquanto o outro fica livre para se concentrar em como matar a maldita criatura.

Então escolho:

— Sombras.

Ele concorda com a cabeça e salta do telhado, aterrissando em um estilo super-herói em um telhado no meio do caminho e depois correndo direto na direção da fera. Embora o que eu mais gostaria de fazer fosse continuar observando-o, protegê-lo é mais importante neste momento. E isso significa manter essas malditas criaturas de sombras longe dele, para que possa alcançar Asuga e matá-la.

Enquanto Hudson corre, um corvo gigante passa voando por ele, e eu me lanço ao céu. Intercepto a ave no último instante, e ela crava uma garra na minha bochecha de pedra.

— Sério mesmo? — grito para a ave, para o universo, e só Deus sabe para quem mais. — Não acha isso um pouco exagerado?

— Um pouco? — Polo diz, que aterrissa perto de mim, balançando a cabeça. — Quem imagina uma coisa dessas?

Antes que eu possa responder, um lobo-sombra pula em cima dele. O chupa-cabra passa um braço ao redor do peito gigante do lobo e uma mão ao redor de seu focinho de aparência bem desagradável antes de arremessar o animal por sobre o ombro, jogando-o no chão com tanta força que tudo treme ao nosso redor.

O lobo choraminga e treme também, mas assim que o chupa-cabra o solta, ele parte para cima novamente. Este ataque é muito mais fraco, mas ainda assim é um ataque, e pulo no meio dos dois. Eu me transformo em pedra em um instante, e o lobo me acerta com força.

É a distração de que o chupa-cabra precisa para colocar as mãos nele novamente e, dessa vez, pega o animal e o bate no chão várias e várias vezes, até que a coisa fique caída, imóvel, a seus pés.

Insetos aparecem no mesmo instante, e atacam Polo, que grunhe enquanto eles o mordem várias e várias vezes.

É a cena mais nojenta que já vi, e estendo a mão para interferir, afastando as coisas nojentas de suas costas o mais rápido que posso. Mas elas continuam voltando, cada vez mais rápido e em número crescente.

Enquanto tento livrar Polo daquilo, os insetos rastejam em mim também. Ainda estou na minha forma de pedra, felizmente, então não podem me morder mais do que já o fizeram. As poucas picadas que tenho ardem como o inferno. Eu me pergunto como Hudson está aguentando todas aquelas mordidas, enquanto me viro bem devagar, atrapalhada pela pedra. Como as outras pessoas estão aguentando?

Observo ao redor e percebo que a resposta é: não estão. Mais da metade das pessoas que começaram esta manhã ao nosso lado estão agora no chão. Tanto fantasmas quanto criaturas de outros mundos, derrubadas por insetos, pelas aves e pelos lobos que, de algum modo, parecem estar em toda parte.

Um grito corta o ar, e é familiar o bastante para que eu me vire para ver quem é. E dou de cara com Caoimhe no chão, embaixo de um lobo gigante. Suas mãos estão no peito dele e o empurram com toda a força, mas a coisa bate os dentes e baba, enquanto tenta alcançá-la com o mesmo empenho.

Sei que ela não vai aguentar muito tempo, então saio correndo em uma tentativa desesperada de alcançar Caoimhe antes que o lobo a consiga eliminar.

No mesmo instante, Hudson sai rodopiando no ar e cai com tudo na torre do relógio. Ele consegue se abaixar bem quando uma rajada de fogo de dragão o alcança, e, de repente, estou apavorada demais para olhar. Morrendo de medo de erguer os olhos e descobrir que ele não está mais lá.

Mas felizmente está. Enquanto Asuga circunda a torre, Hudson sobe no telhado e salta em cima do monstro. Observo tempo o bastante para ter certeza de que conseguiu se agarrar em algo e não está em queda livre. Então me lanço no ar, determinada a ajudar Caoimhe como puder.

Voo na direção dela, desvio de aves, insetos e gatos selvagens com aparência enlouquecida e dentes gigantes, tudo no esforço para ajudar minha amiga.

Lumi chega lá segundos antes de mim e bate com o porrete no lobo com força o bastante para fazer a coisa uivar. Ele bate mais uma vez e mais outra, então consegue puxar Caoimhe e a ajuda a ficar em pé.

Assim que ele o faz, os dois ficam de costas um para o outro para se defenderem — e um ao outro — da besta, que volta rosnando na direção deles.

Estou quase lá, quase lá — até que algo imenso e pesado me pega de surpresa e me arremessa pelo ar. Tento me endireitar, voar de volta, mas outra coisa me atinge com a mesma força pelo outro lado.

O golpe tira o meu fôlego, tornando impossível para meus pulmões colapsados inalarem oxigênio enquanto capoto, capoto, capoto no chão. Uma espiada para o lado me mostra que, não um, mas dois lobos-sombra estão vindo bem na minha direção.

Estou presa entre os dois, sem saída à vista.

Olho de relance para o céu e vejo que estamos ficando sem tempo. O prefeito está posicionado perto da muralha, com o escudo de força ativado, enquanto as criaturas de sombra conjuradas pela rainha o protegem, lotando a área ao seu redor. Em minutos, haverá luz suficiente para que ele escape, se não encontrarmos um jeito de detê-lo. Mas como vamos fazer isso quando o exército saído de um pesadelo da Rainha das Sombras — ou seja lá que diabos aquelas criaturas forem — nos cercou e nos derrotou um a um?

É apavorante, desmoralizante e não sei o que fazer a respeito. Não sei como fazer qualquer um dos ataques parar por tempo o bastante para que alguns de nós realmente possam tentar se aproximar do ex-prefeito. E sem contar o fato de que Asuga e Hudson ainda estão destruindo a torre do relógio e mandando vários outros edifícios para o inferno enquanto lutam do outro lado da praça.

Tudo que mais quero é poder ajudá-lo, mas o amanhecer está próximo demais para que eu deixe o prefeito sozinho. Se eu ficar presa lá, com Hudson e o dragão do tempo, não serei capaz de voltar antes que o sol suba o suficiente no céu para lançar sombras. E, se isso acontecer, Souil vai embora. E muitas outras pessoas estão fora de ação para poder detê-lo.

Todavia, antes que eu possa decidir o que fazer, a escolha é retirada das minhas mãos.

Um dos lobos-sombra solta outro rosnado alto e brutal, e eu me viro em sua direção, preparada para fazer o que for necessário para sobreviver. Mas ele não salta em mim. Em vez disso, quem avança é o outro — aquele a quem fui tola o bastante para dar as costas, mesmo que só por um segundo.

Caio sem lutar, mas é bem difícil fazer isso quando se é emboscada por trás. Eu me transformo em pedra assim que atinjo o chão — a última defesa que tenho —, e acontece que faço isso bem a tempo. Porque um dos lobos tenta arrancar um pedaço imenso das minhas costas, enquanto o outro vai direto na jugular.

Os dois acabam gritando quando seus dentes atingem a pedra com toda a força. No entanto, isso não os impede de me atacar mais uma vez. E outra. E mais outra. E já que estou atualmente no chão, com os dois em cima de mim, a pedra continua sendo minha única defesa. Enquanto isso, as outras pessoas estão feridas ao meu redor.

Estou desesperada para ver como estão Hudson, Caoimhe e Lumi, desesperada para saber se os três estão bem no meio de toda essa loucura. Mas, até que esses malditos lobos percam o interesse por mim, estou totalmente ferrada.

Só espero ser a única nessa situação, porque se Hudson está ocupado com o dragão, e os trovadores estão ocupados com os lobos, não posso deixar de me perguntar quem está de olho em Souil — se é que tem alguém. E se ele ainda está despistando todo mundo ao desaparecer e reaparecer em pontos distintos da muralha com seu escudo de força totalmente intacto.

Por um instante, as mordidas param, e acho que pode ser seguro. Espero mais alguns segundos, só para ter certeza, e me sento — ainda como pedra — para ver se as criaturas se esqueceram de mim. Acontece que é apenas um truque e, assim que levanto a cabeça, eles me atacam de novo.

Só que dessa vez Hudson está ali para me salvar. Ele agarra um lobo e o arremessa do outro lado da praça. Depois pega o segundo e repete a ação. Eu me levanto, passando da forma de pedra para minha forma regular de gárgula.

Hudson vai embora, acelerando pela praça, na direção de onde Asuga está.

— Obrigada! — grito e vou para o ar, para poder interceptar pelo menos um dos lobos, se ele decidir voltar.

Mas então, com a mesma facilidade, estou novamente no chão, embaixo dos dois lobos. Só que, agora, não estou na forma de pedra.

Grito quando um deles afunda os dentes na minha panturrilha esquerda, e o outro agarra meu braço. Tenho um momento — dois — de dor excruciante e então, de algum modo, consigo me transformar em pedra de novo.

Não sei o que aconteceu, não sei como podia estar livre em um segundo e depois de volta na mesma posição no segundo seguinte, ainda que eu soubesse que não era possível que os lobos tivessem me atacado novamente. Eles estavam do outro lado da praça... até que não estavam mais.

É quando percebo porque estamos tendo tanta dificuldade para derrotar as criaturas de sombra. Sim, em parte é porque há muitas delas e poucos de nós, mas é também porque Souil está voltando o tempo. É a única maneira de esses lobos terem conseguido voltar tão rápido. Em especial porque Hudson não estava ali para tirá-los de cima de mim uma segunda vez, embora estivesse parado bem na minha frente.

Mais meio minuto se passa e continuo bancando o brinquedo de morder desses malditos lobos, e então decido que já chega. É difícil me mexer quando estou na forma de pedra — muito difícil —, mas tenho de descobrir como fazer isso. Os primeiros raios de sol riscam o céu, e só temos mais uns minutos até que Souil consiga se esgueirar em uma sombra e dar o fora de Adarie — mandando a linha do tempo para o inferno no processo.

Com esse pensamento em mente, eu me obrigo a rolar de lado, para grande desgosto e surpresa dos lobos. Então, assim que fico de costas, chuto com a perna direita usando toda a minha força, enquanto soco com o braço esquerdo do mesmo jeito.

Acerto um dos lobos na perna com força suficiente para derrubá-lo com um grito, e acerto o segundo lobo bem no focinho. Mas esse último não cai com tanta facilidade, e fecha a boca na minha pedra com tanta força que posso sentir — e ouvir — seus dentes raspando em mim.

Acho que vou ficar com uma cicatriz feia, mas esta é a última das minhas preocupações agora. Tenho de me livrar desse lobo, e tenho de pegar Souil antes que seja tarde demais.

Então tomo a única atitude possível neste caso. Respiro fundo e me transformo mais uma vez na minha forma regular de gárgula. Ao fazê-lo, tento convencer a mão que está sendo mordida a permanecer como pedra, mas estou preparada para o que vai acontecer se não der certo. Ou, pelo menos, acho que estou — até que me transformo e o dente do lobo entra na minha carne.

Que merda, isso dói! Mesmo assim, ignoro a dor o máximo possível enquanto me lanço direto no ar. Ao fazer isso, tento mais uma vez fazer com que minha mão se transforme em pedra e, dessa vez, dá certo, felizmente. Momentos mais tarde, estou voando cada vez mais alto sobre a praça, com uma sombra em formato de lobo ainda presa no meu braço de pedra.

Mas não por muito tempo dessa vez. Porque já cansei dessa merda toda, e vou acabar com isso.

Transformo minha outra mão em pedra também, puxo o braço para trás e acerto o lobo bem na cara com toda a força que tenho.

Ele solta com um grito, e eu o observo despencar, sem um pingo de culpa.

Sigo em frente antes mesmo que o lobo atinja o chão. Quando me viro, encontro Souil ainda saltando no tempo para a esquerda, para a direita, para a frente e para trás. E só está se movendo meio metro ou um metro por vez. Talvez, apenas talvez, isso signifique que teremos uma chance de pegá-lo quando ele finalmente mergulhar na sombra que precisa para poder dar o fora daqui.

Sigo na direção dele, sem ter certeza do que fazer, mas ciente de que preciso fazer alguma coisa. Mas não avancei mais do que uns poucos metros quando Hudson passa direto por mim — o que é particularmente preocupante, porque estou voando, e este vampiro não pode voar.

Capítulo 139

SÓ CONFIE NELA À MEDIDA QUE POSSA ARREMESSÁ-LA PARA LONGE

— Hudson —

— Hudson! — Grace grita, e sai voando atrás de mim, enquanto voo pelo ar.

Quero lhe dizer que estou bem, mas o último golpe de Asuga me deixou sem fôlego e não tenho ar nos pulmões para falar.

A gravidade finalmente entra em ação, e atinjo o chão com força, escorregando vários metros. A única coisa boa nesse desastre todo é que, quando olho para o dragão-fêmea, percebo que também a atingi, e talvez — apenas talvez — ela me dê alguns minutos antes de vir atrás de mim novamente.

No momento, ela está sentada no alto de um dos edifícios. Ou talvez "deitada" seja uma palavra melhor, já que parece tão cansada quanto eu. Vejo sangue escorrendo do telhado e, por um segundo, acho que ela está morta. Mas então Asuga mexe a asa, e posso ver que tenta se levantar, para poder alçar voo novamente.

Mas a criatura não está tendo muita sorte. Pelo menos, isso me dá alguns minutos para ajudar Grace. Sei que devia voltar e tentar acabar com ela, mas Grace e as poucas pessoas que continuam em pé estão praticamente se afogando aqui. E o amanhecer está cada vez mais perto, o que significa que Souil quase conseguiu sua passagem de saída da cidade. Então alguém precisa ficar por perto para garantir que ele não tenha uma chance de dar o fora.

Sigo na direção de Grace para ver o que quer fazer, mas, antes de chegar lá, outro lobo salta nela e a derruba novamente. Ela luta contra a sombra com valentia, mas sei que outro se aproxima. E mais outro. E mais um ainda depois desses, porque a Rainha das Sombras já está no vilarejo, e não vai partir até que Souil tenha ido embora e ela esteja livre deste mundo amaldiçoado.

E isso quer dizer que, por mais que eu tenha de lutar contra todos os meus instintos que não me permitem deixar minha consorte sozinha, o único jeito de parar esse ataque é me concentrar na Rainha das Sombras, e acabar com a situação de uma vez por todas.

Com isso em mente, observo mais uma vez para ver se Grace está bem — ela está — e acelero para atravessar a praça e me jogo na Rainha das Sombras, com suas aves malignas, insetos, serpentes e lobos.

Criaturas das sombras à parte, a mulher sacudindo os braços diante de mim não é nada como eu esperava e, ainda assim, exatamente como imaginei que seria.

A Rainha das Sombras é apenas uma mulher mediana com uma roupa que comunica "tenho muito mais dinheiro e poder do que você", e uma expressão assassina nos olhos enquanto escolhe pessoas que considera menos importantes do que ela mesma. Basicamente, ela se parece muito com minha mãe, com um cabelo roxo gigante.

Já passei por isso e não tenho interesse em repetir a experiência.

Atinjo-a com tanta força que ela sai voando, rodopiando no ar. Mesmo assim, não é o bastante — não para o que ela fez com Grace e com as pessoas a quem supostamente deveria governar. As pessoas que a cercam, que a chamam de rainha, que cumprem suas ordens, não importa o que aconteça.

Não é o bastante, porque posso ver o jeito como ela já reúne seu exército de sombras ao seu redor. Antes que termine de convocá-los, levanto-a no ar e a jogo no chão com força suficiente para fazer tudo tremer. Definitivamente, com força suficiente para roubar o ar de seus pulmões.

Mas ela se levanta em um instante, e agora parece que cada uma de suas criaturas — cada inseto, escorpião, besouro ou ave — está com ela. E estão todas concentradas em uma única coisa: me eliminar.

Tento correr, mas os insetos me alcançam, subindo nas minhas pernas, no meu estômago e no meu peito. Eles me mordem mais de mil vezes, e seu veneno percorre meus músculos e entra nas minhas veias. E isso me queima como mil sóis do Reino das Sombras, ardendo de dentro para fora.

As aves mergulham sobre mim, arranhando meus braços, meu rosto, meus ombros. Em outro mundo — em um mundo normal —, talvez elas realmente estariam me ajudando, ao tirarem os insetos de mim. Mas, aqui, são apenas outra maneira de me torturar. Outra maneira de injetar o veneno da Rainha das Sombras em mim enquanto o dragão do tempo sobrevoa acima de nós.

Odeio cada segundo disso, e tudo o que quero é acelerar tão rápido que tudo mais desapareça e eu fique livre. Livre para dar o fora desse lugar fodido. Livre para esquecer a dor que me rasga de todos os lados. Livre para esquecer tudo e todos, exceto Grace.

Mas, se eu o fizer, se eu der o fora daqui, é Grace quem vou deixar em apuros. É dela que me afastarei. E não posso fazer isso. Não farei isso.

Em especial não agora, quando uma terceira opção começa a se formar no fundo da minha mente, na qual nenhum de nós pensou antes. Nem Grace, nem Nyaz, nem Souil, nem eu. É um tiro no escuro — talvez o tiro mais no escuro de todos os tiros no escuro —, como Grace provavelmente diria.

Mas é algo. Uma luz no fim do túnel. Uma segunda chance para alguém que nunca soube que a vida sequer oferecia primeiras chances.

Foda-se. Vou agarrar esta chance com unhas e dentes. Ou morrer tentando.

Eu me viro na direção da rainha e começo a avançar, apesar das serpentes que se enrolam em meus tornozelos e os insetos que mordem qualquer pedaço de pele que consigam alcançar. A parte boa e ruim de ser um vampiro é que é preciso de muita coisa para me derrubar. Não é preciso muito para me machucar — os insetos, as aves e as serpentes com suas presas venenosas estão fazendo um bom trabalho nesse sentido. Mas mal estão me atrasando, e certamente não vão me derrubar.

Não existe a menor chance disso.

Enquanto avanço na direção dela, a Rainha das Sombras manda mais e mais coisas nojentas sobre mim.

Uma mamba gigante de sombra corre pela grama e se lança sobre mim, mas consigo agarrá-la pela cabeça e rasgá-la ao meio.

Em seguida vem uma onda de aranhas-armadeiras maiores do que minha cabeça. Chuto o máximo que posso, mas algumas conseguem me pegar. E dentre muitas coisas nojentas que vi na vida, esta é, de longe, a pior de todas.

Quando uma delas me morde, a dor quase me faz cair de joelhos. Merda. Quem diabos sabia que uma aranha — em especial uma maldita aranha de sombra — podia fazer isso com um homem?

Agarro uma delas por uma pata peluda e a lanço ao ar por sobre as outras enquanto murmuro baixinho uma série de palavrões. Depois faço o mesmo com as outras aranhas que estão atualmente subindo em qualquer parte do meu corpo que consigam alcançar.

Uma aranha particularmente gigante dessa espécie, que já é grande, aparece bem na minha frente, pendurada em sua teia, com a boca aberta e as presas venenosas à mostra. E foda-se. Simplesmente foda-se. Enfio o punho direto por seu corpo e arranco suas entranhas gosmentas e nojentas.

E isso parece o suficiente para que as outras aranhas que estão em mim saiam correndo — e, que merda, eu queria ter pensado nisso antes.

Gostaria de ter pensado em várias coisas antes, incluindo nessa ideia. Porque pode dar certo, percebo quando uma matilha de lobos vem correndo na minha direção. Pode dar certo, sim.

O primeiro lobo pula em mim, e eu o agarro pelo pescoço e por baixo do estômago, arremessando-o no ar pelo comprimento de um campo de futebol.

Mas é a única chance que tenho antes que os outros lobos me alcancem. Eles atacam meus braços e pernas, mordendo, puxando e tentando me fazer em pedaços. Uns dois até tentam alcançar minha jugular enquanto faço o melhor possível para derrotá-los.

Mas há muitos deles e estão determinados. Ou a Rainha das Sombras está — é ela quem sabe e se importa.

De qualquer maneira, eles me arrastam para o chão, amontoando-se sobre mim. Mas então Grace está aqui, lutando contra cada criatura nojenta ao meu lado, e não posso decepcioná-la. Não posso deixar que a machuquem.

Então continuo me mexendo, arrancando os lobos de cima de mim. Batendo com eles no chão. Arremessando-os para longe, chego a ponto de chutar um para fora da praça, até uma das ruas laterais.

Quando enfim consigo sair de baixo do último deles, decido que já deu. Cansei de todos esses animais e insetos de merda que a Rainha das Sombras está jogando em mim, em um esforço para me retardar.

Cansei de tentar jogar segundo as regras que não funcionam em um jogo que já foi destruído há muito tempo. Se Grace consegue ter coragem suficiente para correr todos os riscos que corre, eu também posso.

E foda-se qualquer um que tentar me impedir.

Mas, para chegar lá, preciso enfrentar a Rainha das Sombras de uma vez por todas. Depois de tudo o que ela me fez passar, acabar com ela não vai ser tão duro. Vai ser um prazer e tanto.

É por isso que, quando acena com a mão mais uma vez na minha direção e manda uma onda de dragões de sombras direto para mim, decido que já deu. Ser morto por um dos dragões gigantes com os quais estou acostumado na Academia Katmere é uma coisa. Ser comido vivo por dragões do tamanho de urubus grandes é outra completamente diferente.

Não vou cair assim.

Não vou recuar tampouco. Não quando estou tão perto.

Quanto mais me aproximo da Rainha das Sombras, pior a dor das mordidas e do veneno fica. Por isso, quando chego diante dela, mal consigo ouvir ou ver alguma coisa. Mal consigo sentir alguma coisa que não seja o calor percorrendo meu sangue, e o sangue escorrendo do meu corpo em um milhão de ferimentos.

Mas não dou a mínima. Porque estou quase lá. Estamos quase lá. A Rainha das Sombras e seu reino de pesadelos podem ir se foder. Porque estou de saco cheio de todos eles.

Quando encontro energia para acelerar até ficar bem diante dela, a Rainha das Sombras recua, assustada. Ela arregala os olhos e abre a boca no que tenho quase certeza de que vai se tornar um grito. Porém, enquanto suas criaturas correm até nós em todas as direções, prontas para me fazer em pedacinhos por ousar tocar em sua rainha, aproveito a chance que tenho.

Estendo os braços e a seguro pela cintura. Ela grita e cerra um punho, tentando me bater. Mas, depois de tudo o que passei, nem sei se ela acerta o golpe. E não me importa.

Porque para mim já deu, e para ela também.

Eu a levanto — o que não é uma tarefa fácil, considerando que está chutando, me batendo e se mexendo como uma criancinha mimada —, uso cada gota de força que tenho dentro de mim e a arremesso o mais longe que posso.

Eu a jogo com tanta força que meu braço dói, com tanta força que minhas costas, meu baço, tudo dói. Mas não dou a mínima. Porque dá certo.

A Rainha das Sombras, a bruxa dos pesadelos que é, sai voando pela praça da cidade.

Ela voa sobre as lojas que circundam a praça.

Voa pelas ruas atrás da praça.

E então sai voando por cima daquele maldito muro que Souil levantou para tornar Adarie uma cidade-refúgio. Até parece.

Se isso é o que ele chama de refúgio, prefiro me arriscar no inferno.

Capítulo 140

NÃO É NEM MESMO MEU TERCEIRO RODEIO

— Hudson —

Acontece que o inferno não está tão longe assim, porque nem bem terminei de lidar com a bruxa das sombras, eu me viro e vejo Grace em um combate mortal contra Asuga.

Grace está embaixo do peito do dragão nesse momento, enquanto agarra seu pescoço com os braços. Asuga, por sua vez, grita e lança chamas enquanto gira a cabeça sem parar, em um esforço para se livrar de Grace.

Pelo lado bom, as chamas não conseguem alcançar Grace, porque ela está embaixo da criatura. Pelo lado negativo, os braços dela não conseguem dar a volta no pescoço de Asuga, e tenho quase certeza de que ela vai cair a qualquer momento — diretamente na linha de fogo.

Saio correndo, acelerando o máximo que posso sem quase nem mesmo sentir meus pés, para o lado da praça onde fica a torre do relógio, que é onde as duas estão. Quando faço isso, o dragão solta outro grito estridente, e percebo que ele deve ter visto o mesmo que eu — começou a amanhecer. O dragão está ficando sem tempo, e nós também.

Grace se agarra ao pescoço da criatura o melhor que pode, enquanto Asuga continua girando a cabeça, em um esforço para derrubar Grace. Mas ela não solta.

Em vez disso, ela se segura com mais força ainda, enquanto faz o máximo possível para tentar estrangular o dragão — pelo menos é o que eu acho. Claro que não funciona, porque os braços dela não se fecham completamente ao redor do pescoço da besta. Sem contar que é muito difícil estrangular um dragão, mesmo quando se tem braços mais compridos.

Estou quase lá quando Asuga fica completamente farto de sua passageira indesejada. Ela para de girar a cabeça e começa a se debater com força suficiente para se dar uma chicotada — e com força mais do que suficiente para arremessar Grace no céu noturno.

Claro que, assim que se livra de Grace, Asuga solta uma rajada de fogo nela. E Grace está atordoada demais depois de tantos solavancos para perceber.

Meu coração para no peito, e berro o nome dela a plenos pulmões. Mas minha voz deve tê-la alcançado, porque Grace desce vários metros no ar no último segundo, e as chamas passam direto.

O dragão grita de raiva e se aproxima dela. Em desespero, começo a subir correndo a torre do relógio. Não é alto o bastante — nem de perto alto o suficiente para me fazer alcançar a criatura —, mas tenho que tentar. Tenho de encontrar um jeito de impedi-la de matar Grace.

Polo sobe correndo as escadas da torre, me acompanhando. Estou tão concentrado em Grace que não presto atenção nele até chegarmos ao telhado.

— Vou jogar você — ele avisa, e tenho um segundo para pensar que esse é o pior plano do mundo.

Mas não tenho outro melhor, e Asuga está mirando em Grace, então concordo com um aceno de cabeça. E saio correndo na direção da mão que ele tem apoiada no joelho. Então pulo com toda força que tenho ao mesmo tempo que Polo me empurra para cima com o máximo de força que consegue e de algum modo, de algum modo, funciona.

Consigo altura suficiente para me agarrar a um dos pés da fera, o que a assusta o bastante para que se esqueça de atacar Grace com fogo e tente se livrar de mim. Contudo, eu me seguro o máximo que posso, e quando ela recolhe as asas e voa a toda velocidade na direção do prédio mais próximo — imagino que queira me arrancar do pé como se eu fosse um chiclete colado na sola do sapato —, faço a primeira coisa na qual consigo pensar.

Começo a escalar.

Passo do pé para a perna, e então subo até ficar perto o suficiente para saltar na cauda. O dragão balança o rabo como uma pipa em uma tempestade, então quase erro o alvo e aterrisso em um lugar muito, muito pior.

No fim, consigo evitar um encontro de um tipo bem desagradável e consigo pegar a cauda dela com a mão. Tenho que enfiar os dedos em sua carne para conseguir isso, e então consigo balançar o corpo até subir em suas costas.

O que é exatamente o que jurei que nunca mais faria depois do último e maldito dragão. Mas vampiros não podem ser exigentes — em especial quando estão voando —, então aqui estou eu. De volta à sela.

O único problema é que não tenho nenhum tipo de arma, e Asuga é imensa. Ela não vai cair sem alguma ajuda.

Pior ainda, ela continua concentrada em Grace, que voa em círculos ao redor dela, na tentativa de encontrar um jeito de me ajudar... e desviando do fogo a cada poucos segundos enquanto faz isso.

— Saia daqui! — grito depois que uma rajada de chamas chega bem perto dela. — Eu me viro aqui.

No entanto, Grace apenas revira os olhos e me ignora, voando para a frente e para trás diante do dragão, até que a besta solta um grito frustrado.

— Você a está irritando! — berro para ela.

— Não diga, Xeroque Rolmes! — ela grita em resposta e então sai em disparada para as costas do dragão.

O raio de retorno de Asuga é muito maior do que o de Grace, mesmo assim, ela consegue virar tão rápido que eu quase caio. Mais chamas são lançadas na direção de Grace, mas ela voa rapidamente para debaixo da criatura bem a tempo, e Asuga urra mais uma vez e dá um mergulho que se transforma em cambalhota quando Grace dispara para cima novamente.

Foda-se. Preciso de uma arma e preciso acabar com isso. Agora.

De repente, vislumbro algo. O pináculo da igreja, bem na nossa frente. É de metal, comprido, pontiagudo e afiado o bastante para fazer estragos sérios. Só preciso fazer com que Asuga se aproxime dele.

— Grace! — chamo e, quando ela olha para mim, aponto na direção da igreja.

Por um instante, ela parece confusa, mas então arregala os olhos e voa naquela direção. Mas esses momentos de perda de concentração lhe custam, porque o dragão se aproxima e, dessa vez, seu fogo passa perto o suficiente para chamuscar as pontas do cabelo de Grace.

Meu coração para ao observar a cena, mas, no final, os fios não pegam fogo — nem Grace, que quebra o que imagino serem todos os recordes de velocidade para gárgulas enquanto sai em disparada na direção da igreja. E do pináculo.

Depois de algumas cambalhotas e um rápido mergulho, estamos lá. Asuga está tão focada em Grace que mal presta atenção em mim — o que é exatamente o que preciso agora. Então me inclino para o lado só um pouquinho enquanto voamos, estendo o braço para baixo e, usando cada gota de força de vampiro que tenho, arranco a lança do pináculo.

Neste exato segundo, Grace se aproxima do dragão do tempo e dá um chute bem no seu focinho, com força suficiente para fazê-la gritar e soltar fogo. Mas continua a persegui-la, cada vez mais alto no céu.

É quando ataco, aproveitando a distração para me inclinar, dessa vez com a lança na mão. E quando os primeiros instantes do dia irrompem no horizonte, ignoro a sensação do sol tocando — queimando — minha pele enquanto balanço a lança de lado com toda a força e a enfio direto na jugular Asuga.

O sangue laranja jorra como um gêiser, banhando Grace e a mim com aquela substância viscosa e nojenta. O dragão engasga em pleno voo, ergue a cabeça para trás quando eu arranco a lança. Então a passo para a outra mão e a levanto acima da minha cabeça para ganhar impulso.

Mais uma vez, a agonia percorre meu corpo quando o sol toca minha pele. Queima. Mas quase terminei aqui, e não vou deixar isso me deter. Dou um pulo no ar e levo todo o peso do meu corpo para a frente, enfiando a lança bem no crânio da criatura.

O sangue jorra em um jato inicial, mas então apenas esguicha, e o dragão começa a oscilar no ar. Olho para Grace, esperando que ela se aproxime e me tire das costas da criatura.

Mas Grace já foi embora. Está se aproximando do solo a uma velocidade alarmante, e não consigo entender o que ela está fazendo.

Até que percebo que ela está mirando em Souil.

Capítulo 141

POR ACASO ESTE É UM MAU MOMENTO?

— Grace —

Odeio deixar Hudson com o dragão, mas a fera não está morrendo rápido o bastante. Tudo bem que só tem mais um ou dois minutos, mas a luz do dia já terá alcançado Souil então, e ele terá ido embora. Tudo isso terá sido em vão.

Não posso permitir que isso aconteça. Não posso deixar as vidas de todas essas pessoas terminarem em um instante porque chegamos trinta segundos atrasados. Porque não consegui chegar a tempo. Sem chance.

Chegamos longe demais para desistir de tudo agora.

Então mergulho, usando toda velocidade que tenho para ultrapassar a luz do sol que percorre a terra. Souil também percebeu. Posso vê-lo olhando para um lado e para o outro, posso vê-lo tentando descobrir de que modo pode conseguir alcançar a primeira sombra.

Estou cada vez mais perto dele, mas o sol também se aproxima. Posso senti-lo em minhas pernas, posso senti-lo cobrindo minhas costas. Então acelero mais ainda, mais, mais, até que ganho só um pouquinho de vantagem.

E então um pouquinho mais.

Estou tão perto, tão perto. Só preciso...

Souil olha para a esquerda um milissegundo antes de abaixar o escudo de força, e é tudo o que preciso. Ajusto meu curso de leve e, quando ele desaparece e reaparece um metro à esquerda, estou bem ali.

Trombo com ele com toda a força que tenho e mando nós dois pelo ar uns sessenta metros para a esquerda. Não é muito, mas é o bastante. Talvez. Por favor, por favor, por favor, que seja o bastante.

Souil perdeu o fôlego, e luta para voltar a respirar. Enquanto isso, não tem forças para levantar novamente o escudo. Ou para saltar para qualquer outro lugar.

Só para garantir que ele vai ficar onde está, transformo minha mão em pedra e bato com força no peito dele.

O corpo dele cede, e o pouco de ar que ele finalmente conseguiu levar para os pulmões lhe é arrancado novamente.

A esta altura, está acabado.

Asuga está morta, e sua magia rodopia pelo ar em pequenas gotas douradas, prateadas e verdes. Quanto mais perto elas chegam de Souil, mais rápido elas giram, até formarem uma bola de luz gigante que vai na direção dele.

Pulo para o lado no último instante, e ele consegue ficar de joelhos, com os braços abertos, lutando para respirar.

Souil tenta levantar o escudo de força, tenta saltar no tempo, mas só consegue se mover alguns poucos centímetros. E então é tarde demais. A energia o encontra e o atinge com tudo no peito.

Ela o acerta com tanta força que o lança no ar. Ele fica pendurado uns dois segundos, com a boca aberta, arfando, enquanto a magia do tempo percorre seu corpo. Conforme isso acontece, ele fica mais e mais brilhante, até que ilumina o início da manhã como a esfera de discoteca que tanto ama.

E então explode.

Capítulo 142

CHEIO DE LUZ, CHEIO DE GRAÇA

— Hudson —

Aterrisso nas costas de um dragão morto, suas asas ainda deslizam no ar enquanto desce mais e mais em direção ao solo. Sinto a vida deixar seu corpo, e envio uma prece ao universo, pedindo que lhe forneça uma passagem segura e fácil desta vida para a próxima. Então pulo antes que eu bata com a criatura, e chego bem no meio da batalha.

As pessoas se aglomeram ao meu redor, aplaudindo e me dando tapinhas nas costas. É constrangedor pra caralho, em especial considerando o que está acontecendo agora, mas é bom saber que tenho um lar, um lugar cheio de pessoas que me respeitam e que gostam de mim. Mas só tenho um momento para absorver esse sentimento, porque, quando olho para Grace, percebo que ela está parada perto demais de Soul para meu gosto.

Abro caminho entre a multidão, tentando me aproximar dela, mas agora todos observam o que está acontecendo e não prestam atenção ao fato de que estou tentando passar. E, quando Soul explode, sua própria essência se transforma em gotas de energia — de magia —, assim como aconteceu com o dragão antes dele, e percebo que talvez tenhamos um problema.

Porque os minúsculos pontos de magia do tempo que explodem de Soul estão se juntando, e a energia procura outro lugar para ir.

E, naquele momento, mesmo antes que Grace se concentre na magia. Mesmo antes que ela arregale os olhos. Mesmo antes que respire fundo e solte o ar, enquanto abre os braços, sei o que vai fazer. Ela percebeu — assim como eu — que tanto poder, tanta magia, precisa ir para algum lugar. Por algum motivo, está disposta a receber tudo aquilo, mesmo que a destrua, desde que os demais fiquem em segurança.

Tenho um segundo para dizer para mim mesmo que ela não fará isso, que não ousaria fazer isso depois de tudo pelo que passamos. Só que, mesmo enquanto tento me convencer, sei que não é verdade.

Porque essa é Grace. Minha bela, maravilhosa e inacreditavelmente altruísta Grace. Ela jamais poderia fazer outra coisa, não enquanto estiver respirando.

E não enquanto souber que, de algum modo, pode ajudar outra pessoa.

Parte de mim quer odiá-la pelo que está prestes a fazer. Que quer culpá-la por me deixar depois de me fazer amá-la tanto.

Mas a verdade é que eu sempre soube onde estava me metendo. Porque a garota que faz isso — a garota que não pensa duas vezes antes de se sacrificar para salvar todo mundo —, essa é minha Grace. Sempre foi minha Grace.

Durante o ano em que ficamos no covil, eu vi todas as lembranças dela — incluindo alguns incidentes dos quais mal se lembra. Estavam todos ali, para que eu os visse, como ela fez com meus diários, e, assim que comecei, não pude mais parar.

Não quando cada lembrança era outra peça do quebra-cabeça de quem ela é. E não quando cada uma das histórias me ensinou quão gentil, atenciosa e maravilhosa Grace realmente é. Mesmo as lembranças das quais ela se envergonha, mesmo as coisas que pensa que a tornam uma pessoa não tão boa assim me fazem amá-la ainda mais, porque ela tem algo que ninguém na Corte Vampírica jamais demonstrou ter — remorso.

Não amo Grace porque ela é perfeita o tempo todo. Diabos, ninguém consegue me tirar do sério com tanta rapidez quanto ela às vezes. Eu amo Grace porque ela quer ser melhor, sempre luta para ser o melhor que pode. Isso não significa que não tenha seus dias ruins. Quer dizer que seus dias ruins não são aqueles que a definem. É sua teimosia, sua disponibilidade para aprender com seus erros e sua força para se reerguer e sempre fazer melhor.

Ela me faz querer ser um homem melhor — alguém digno dela.

Ela vai além do que eu jamais esperei encontrar em uma consorte. E, definitivamente, mais do que jamais mereci.

Quando vejo a energia rodopiar sem parar, concentrando-se cada vez mais, sinto as lágrimas arderem no fundo dos meus olhos. Luto contra elas, recusando-me a ceder para elas neste momento. Eu não choro há muitos anos, e não vou começar agora. Não quando Grace ainda precisa de mim.

E ela precisa de mim. Mesmo agora.

Porque não há mais tempo. É agora ou nunca, e não posso deixar que seja nunca. Não posso permitir que minha Grace seja apagada da linha do tempo como se nunca tivesse existido. Não quando posso levar o golpe e deixar que tudo volte a ser como era.

Grace, consorte de Jaxon.

Eu morto, ou fingindo estar morto, dependendo de como isso termine.

Ninguém se lembrando de mim, certamente não a mulher que amo.

A perda de Grace já é um vazio dentro de mim. É um ácido no meu sangue, um ardor, uma dor persistente que ficará comigo enquanto eu viver. Nunca amei ninguém do jeito que a amo, nunca sequer imaginei ser possível amar alguém desse jeito.

Mas amo. E, como amo, farei qualquer coisa por ela. Até isso. Especialmente isso. Porque vale a pena. Mais do que vale a pena, se isso significar que Grace, minha bela, adorada e perfeita Grace, consegue viver. Mesmo se essa vida não me incluir.

Olho para a energia brilhante e percebo que se transformou em uma flecha, rodopiando no ar enquanto desce bem rápido na direção de Grace. Então acelero o mais rápido que já acelerei em toda a minha vida, abrindo caminho entre a multidão como se ninguém existisse.

Estou quase lá. Quase lá. Quase...

Pulo na frente de Grace e me agarro a ela.

E bang. O mundo explode em um caleidoscópio de cores.

Capítulo 143

A GRAÇA QUE VAI, VOLTA

— Grace —

Acordo bem devagar, com uma dor de cabeça e um estômago embrulhado que parecem muito como imagino que deve ser uma ressaca. E isso é estranho, considerando que não me lembro de ter bebido absolutamente nada na noite passada. Pensando bem, não me lembro de absolutamente nada que aconteceu, exceto...

Puta merda!

Viro-me de lado rapidamente e estendo a mão para Hudson. E quase acabo caindo do sofá.

Mas que diabos?

Seguro uma almofada como se minha vida dependesse disso.

Quando foi que arrumamos um sofá? E por que estou dormindo nele, em vez de na cama, com Hudson? Nós sempre dormimos juntos.

Confusa, desorientada e mais do que um pouco preocupada, eu me sento rapidamente e analiso ao redor. Ao fazê-lo, percebo que não estou na estalagem. Na verdade, não estou sequer no Reino das Sombras. Estou de volta ao covil de Hudson.

Como? Por quê?

Eu me levanto do sofá em um pulo, em pânico, e praticamente dou uma volta de trezentos e sessenta graus enquanto procuro por Hudson. Finalmente o encontro — ou, pelo menos, uma protuberância com o formato de Hudson —, na cama, com a coberta cobrindo a cabeça.

Ah, meu Deus. Ele está aqui. Ele está aqui, e eu também.

O alívio percorre meu corpo de maneira tão poderosa, tão avassaladora, que quase caio em lágrimas. Porque Hudson e eu estamos no covil dele, e eu me lembro de tudo.

Eu me lembro do Reino nas Sombras.

Lembro-me de me apaixonar por Hudson.

Lembro-me da última batalha horrível e da barata de sombra bem na minha boca.

E me lembro de Souil explodindo em um bilhão de pontos de luz. Magia do tempo.

Lembro-me de olhar para as lindas luzes, pensando em como elas se pareciam com as luzes de fada penduradas por toda a Adarie durante o festival, e como era apropriado que o prefeito finalmente fizesse a praça da cidade brilhar daquele jeito.

Nós vencemos! Nós impedimos Souil de arruinar dois mundos.

Começo a me perguntar por que estamos novamente no covil de Hudson, quando me lembro de outro detalhe...

Lembro-me da magia do tempo flutuando no céu, rodopiando e dançando e, depois, ganhando nova forma. E eu sabia, simplesmente sabia, que a energia vinha atrás de mim. Alguma coisa dentro de mim vibrava, chamando a magia do tempo, e ela queria ir para casa.

Me pareceu certo erguer os braços e recebê-la dentro de mim.

Mas, pouco antes de ela se conectar a mim, Hudson acelerou bem na minha frente e recebeu aquela flecha de magia do tempo, que atravessou o coração dele e o meu.

Meus joelhos ficam fracos, e minha respiração fica presa no peito.

Ah, meu Deus. E se ele não se lembrar? O que eu vou fazer?

O horror toma conta de mim só de pensar a respeito, e quero me esconder no sofá e esperar que ele acorde. Porque, se ele não se lembrar de mim — não se lembrar de nós —, não sei como como vou lidar com isso.

Mas ficar sentada no sofá me preocupando com o que Hudson sabe ou não sabe também não vai me ajudar muito. Então digo a mim mesma para parar de ser boba e simplesmente fazer o que precisa ser feito.

Estou aqui e eu me lembro, certo? É querer forçar muito a barra pensar que Hudson também se recorda? Às vezes um relâmpago cai duas vezes no mesmo lugar... assim como os milagres.

Parte de mim acha que já tive meu próprio milagre — estou aqui. Saudável e relativamente feliz.

Quando chego à cama de Hudson, puxo o travesseiro que está em cima de sua cabeça. E olho para ele, simplesmente olho para ele.

Ele não parece pior depois de tudo o que acabamos de passar. Nada de mordidas de insetos, nada de marcas de garras. Olho para meus próprios braços e percebo que tampouco eu tenho marcas. A similaridade deve ser uma coisa boa, certo?

Não que eu tenha como saber sem criar coragem e ser mulher o suficiente para lhe perguntar.

Mesmo assim, fico parada ali por um minuto, apenas observando seu rosto relaxado e seus cílios ridiculamente compridos que lançam sombras em suas bochechas. Embora não esteja sorrindo, a covinha que tem do lado esquerdo está em destaque em sua bochecha e sua pele parece impecável.

Então, sim, este Hudson definitivamente não entrou em nenhuma briga recente contra um lobo de sombras raivoso. Ainda preciso descobrir se isso é uma coisa boa ou não.

Respiro fundo e solto o ar bem devagar. Digo a mim mesma que, o que quer que aconteça, vai ficar tudo bem. Então estendo a mão e passo os dedos suavemente pelos fios de cabelo sedosos de Hudson.

Ele se mexe só um pouco, e seguro a respiração. Espero que abra os olhos.

Quando nada acontece, acaricio seu cabelo de novo e sussurro seu nome. E perco o fôlego quando aqueles olhos azuis oceânicos se abrem.

Capítulo 144

FORA DAS SOMBRAS, DIRETO NA LUZ

— Grace —

No início, a confusão se reflete em seu rosto. Mas então ele sorri — um sorriso de orelha a orelha — e segura minha mão.

— Grace — sussurra, enquanto leva a ponta dos meus dedos aos seus lábios. — Nós conseguimos.

— Conseguimos — respondo, sussurrando também, com um sorriso que combina com o dele.

Com a rapidez de um raio, Hudson estende a mão e segura minha cintura. Então me puxa para a cama.

Solto uma gargalhada ao aterrissar em seu peito, porém, quando tento me erguer, ele nos rola até ficarmos enroscados no edredom, e se acomoda em cima de mim.

— Ora, ora, alguém está se sentindo bastante ousado esta manhã — comento, maliciosamente, ao mesmo tempo que prendo meus tornozelos atrás de suas coxas.

— Alguém está — concorda. E então se inclina e me beija como se fosse a primeira e a última vez, tudo ao mesmo tempo.

Com desespero.

Animação.

Felicidade.

Devoção.

Alívio.

Está tudo ali, claro como o dia. Assim como o desejo — um desejo profundo, poderoso e avassalador.

Hudson solta um gemido que vem do fundo da garganta, e então me deixa tremendo quando passa as presas na parte de dentro do meu lábio inferior.

Faço o mesmo com ele, mesmo sem presas, e então me afasto relutantemente. Porque ainda tenho perguntas, e realmente espero que Hudson tenha respostas.

A primeira delas é:

— Como?

Ele segura minha mão e quando leva meus dedos à boca, beija o anel de promessa que me deu no Reino das Sombras.

É a primeira vez que percebo que ele está ali. Não desapareceu, como todo o resto.

— Como? — pergunto de novo.

Hudson dá de ombros, mas abre para mim aquele sorriso descuidado que amo tanto e que mostra sua covinha com tanta nitidez. Ou eu deveria dizer "cavidade"?

— Eu me arrisquei — ele me diz. — A magia das sombras está entre as mais antigas e mais poderosas do planeta. Pesquisei sobre isso na biblioteca, e depois conversei com Nyaz sobre o que aprendi. Ele me disse que era para sempre. Completamente inquebrável, exceto, talvez, pela magia de um dragão do tempo.

Hudson deposita outro beijo no meu anel e começa a distribuir beijos ao longo do meu pescoço, porque sabe que adoro isso. E também porque acho que ele também adora.

— Eu me arrisquei — repete. — Apostei que a magia das sombras, nosso elo entre consortes e o amor que sinto por você seriam fortes o suficiente para sobreviver a qualquer coisa.

— Até mesmo a uma imensa flecha de magia do tempo — murmuro, enquanto começo a beijá-lo, a lambê-lo e a mordiscá-lo ao longo de sua mandíbula marcada.

— Mesmo isso — concorda.

E então ele me beija, me beija de verdade, e nada jamais foi tão bom. Porque estamos livres, somos nós e, de algum modo, apesar de todas as probabilidades, conseguimos superar tudo aquilo juntos.

Quando Hudson finalmente para de me beijar — e talvez de fazer algumas outras coisas também —, olho ao redor, em busca do meu celular, e percebo que ele não retornou do Reino das Sombras comigo.

— Que dia é hoje? — pergunta, olhando para seu relógio.

No início, não sei o que ele está perguntando, mas então percebo que ficamos aqui durante mais de um ano. Até onde sabemos, a magia do tempo pode ter nos enviado de volta para qualquer um dos dias que passamos aqui ou até para um dia no futuro.

Acontece que estamos em março. Segundo a linha do tempo regular, estamos aqui há quase quatro meses, o que parece muito estranho, considerando tudo pelo que passamos. E o tempo que realmente estamos juntos.

— Quatro meses — Hudson comenta. — Não é tanto tempo assim, não é?

— Não é — concordo. E, ao fazer isso, não posso deixar de pensar no que provavelmente aconteceu na Academia Katmere durante esses quatro meses. Em como Macy, o tio Finn e Jaxon ainda devem estar preocupados comigo. Em como todos ainda provavelmente culpam Hudson por essa confusão, ainda que ele não tenha culpa alguma.

— Hudson... — hesito ao tentar abordar o assunto.

— Não — me interrompe, enquanto se deita de costas e cobre os olhos com as costas da mão.

— Acho que precisamos pelo menos conversar a respeito.

— Sim, bem, eu não acho. — Ele se descobre e se levanta da cama.

Tenho um segundo para admirar seu corpo em toda a sua perfeição antes que vá até a cômoda e pegue — que surpresa — uma boxer da Versace, sem bigodes, chifres de demônios e sinais de paz.

— Olhe! — exclamo para ele, enquanto me levanto para remexer em suas gavetas. — São todas as suas Versace de novo.

Hudson revira os olhos para mim, mas não parece muito feliz quando volta até a cômoda para arrumar sua roupa íntima que tive a ousadia de tocar.

— Sabe o que isso significa, não sabe? — pergunto enquanto começo a me vestir também.

— O quê? — me pergunta, cauteloso.

Aceno com a cabeça na direção de seu toca-discos.

— Sua coleção de vinil...

— Ainda está em ordem! — exclama ao mesmo tempo que corre até onde está o aparelho de som e se agacha.

Ele passa os quinze minutos seguintes tirando os álbuns perfeitamente organizados em ordem alfabética com tanta alegria que não posso deixar de rir o tempo todo com ele. Pelo menos até que ele se decida pela edição em vinil da trilha sonora do filme *O Rei do Show*.

Então eu o observo com lágrimas nos olhos enquanto ele escolhe a música que me disse ser nossa canção, todos aqueles meses atrás.

— Dança comigo? — pergunta, estendendo a mão assim que as primeiras notas de *Rewrite the Stars* preenchem o ar.

E sei que precisamos conversar sobre voltar. Sei que precisamos fazer um plano, porque não podemos deixar nossos amigos e família preocupados conosco para sempre. Em especial, não quando sei como nos levar de volta para casa.

Entretanto, quando Hudson sorri para mim, com o cabelo desarrumado caindo sobre a testa, decido que tudo isso pode esperar mais um pouco. Porque nunca haverá um momento em que esse cara — o meu cara — me peça para dançar e eu diga não para ele.

Então aceito sua mão. Deixo que me puxe para seus braços. E, ainda que eu esteja pronta para rodopiar e girar por aí, não é esse tipo de dança que ele tem em mente. Dessa vez, somos apenas ele e eu com nossos braços e corpos entrelaçados, movendo-nos ao som da música tão familiar.

Mas Hudson deita meu tronco no fim da música e, ao me levantar, percebo o medo em seus olhos. Assim como sei que ele pode ver a decisão nos meus.

— Vai ficar tudo bem — garanto-lhe.

— Você não tem como saber — responde. — Você não tem ideia de tudo o que aquela magia do tempo causou em você... ou em mim... quando nos acertou.

Seguro a mão dele.

— Sei que tudo vai ficar bem. Como as coisas não ficariam bem? Com tudo pelo que passamos, tudo o que fizemos e fomos um para o outro, como voltar poderia estragar o que temos?

— Não sei — me diz, e solta um suspiro profundo. — Mas sei que não é tão simples.

Tento abraçá-lo, para mostrar que o amo e que tudo vai funcionar, todavia ele se esquiva do abraço e se afasta vários passos.

— Poderíamos ficar aqui — Hudson sugere, e há um toque de desespero em sua voz que é impossível ignorar. — Podemos ser felizes aqui, Grace. Juro que eu faria você feliz.

— Você vai me fazer feliz onde quer que estejamos, Hudson — respondo, com firmeza. — Voltar para Katmere não vai mudar isso.

Ele não parece convencido, e eu entendo. Entendo de verdade. Na primeira vez que estivemos aqui, quatro meses depois eu ainda estava apaixonada por Jaxon. Provavelmente ainda era consorte dele. E estava tentando descobrir um jeito de voltar para ele.

Mas muita coisa mudou desde então — várias coisas realmente importantes. E, quando olho para dentro de mim agora, vejo o cordão azul brilhante que conecta Hudson a mim. Nosso elo entre consortes, brilhante, saudável e lindo. Nada pode mudar isso agora, e certamente não o ato de voltar para a Academia Katmere.

Mesmo assim, ainda há um cordão que me conecta a Jaxon, mas não é nada como o que Hudson e eu temos. Na verdade, parece quase como todos os outros cordões, e sei que não é mais um elo entre consortes. É só uma conexão, porque é claro que ainda amo Jaxon. Claro que ainda quero o melhor para ele. No entanto, não é o tipo de amor que eu deveria ter pelo meu consorte, e tenho certeza absoluta de que não é nada se comparado ao que sinto por Hudson.

Digo-lhe isso, digo-lhe tudo isso, mas Hudson ainda não parece convencido. Em especial quando afirmo que teremos de ter cuidado com os sentimentos de Jaxon durante um tempo.

Mas, se não é um elo entre consortes para mim, certamente não será para Jaxon tampouco. Ele vai precisar de tempo para processar o acontecido, mas, de algum modo, sei no fundo de minha alma que em algum momento ele vai ficar bem com o fato de não sermos mais consortes. Não sei como tenho ciência disso, eu simplesmente sei.

— Sim, é claro — comenta, com a voz carregada de sarcasmo. — De jeito nenhum. Vamos garantir que cuidaremos direitinho de Jaxy-Waxy.

Reviro os olhos.

— Você não vai chamá-lo assim de verdade, vai?

— Talvez. Se ele merecer. — Hudson bufa, balançando a cabeça. — Quem estou enganando? É claro que ele vai merecer.

— Eu amo você — repito, envolvendo os braços em sua cintura. — Não Jaxon. É você, Hudson, e nada vai mudar isso. Você é meu consorte. Você é meu melhor amigo. — Eu me encosto nele. — Você é meu verdadeiro norte, e eu sempre, sempre escolherei você.

— Pode falar isso agora, mas como isso vai funcionar quando estivermos de volta? — pergunta. — Quando você vir Jaxon e todos os demais, e todo mundo falar para você sobre o desgraçado que sou.

— Vai funcionar exatamente do mesmo jeito. E se alguém falar merda de você, vou esclarecer. E você também pode fazer isso.

Ele dá uma gargalhada, mas não há humor algum nela.

— Vai ser bem difícil, considerando que provavelmente não terei um corpo.

— De nenhuma forma? — pergunto, sentindo-me alarmada. — Você não terá nenhum corpo? Nunca?

Dessa vez, quando ele ri, é de um jeito bem-humorado.

— Relaxa, Grace. Eu ainda vou poder...

Hudson para de falar quando coloco a mão na boca dele.

— Não foi isso que eu quis dizer.

Ele ergue uma das sobrancelhas.

— Ok — admito, e o calor sobe pelas minhas bochechas. — Talvez seja um pouco sobre isso. Mas não principalmente isso. Só fico preocupada com você.

— Fico um pouco preocupado comigo também — admite, com uma careta. — E muito preocupado com isso, mas podemos dar um jeito por um tempo.

Hudson vai até a estante que tem os livros mais antigos e pega um com a lombada estourada, que parece ter mil anos de idade.

— Além disso, não vou precisar fazer uma festa do pijama na sua mente por muito tempo. Só precisamos de algumas coisas, e você pode fazer este feitiço e me devolver o meu corpo.

— Que tipo de coisas? — pergunto, curiosa e também um pouco cautelosa. — Já vi desenhos da Disney o suficiente para saber que tipo de coisa é necessária para fazer um feitiço, e não sou muito fã de olhos de salamandra, ou de olhos de qualquer coisa, para dizer a verdade.

— Não se preocupe. Nenhum dos ingredientes é algo ruim. Mas um deles é difícil conseguir. Bem difícil. — Ele faz uma pausa. — Embora, quando voltarmos ao nosso mundo, provavelmente terei meus poderes de volta, o que deve tornar tudo mais fácil.

— Mais fácil para conseguir o ingrediente? — indago, em dúvida.

— Sim. — Ele mantém meu olhar. — Embora você provavelmente não vai gostar muito de como vou precisar fazer isso.

Nesse instante, sei aonde quer chegar. Ainda que a Grace que chegou ao covil pela primeira vez teria preferido morrer a dar a Hudson qualquer poder sobre ela, a Grace que o ama há tanto tempo sabe que não há ninguém melhor do que ele para confiar em todo o mundo.

É por isso que solto um suspiro profundo e digo:

— Tudo bem, tudo bem. Se... e é um grande "se"... você precisar mexer com minha mente ou corpo por um tempo, com o expresso propósito de torná-lo inteiro de novo, então tudo bem. Eu lhe dou minha permissão. — Faço uma careta para ele. — Mas precisa me prometer que vai me avisar antes de fazer qualquer coisa, ok? Pelo menos eu preciso saber o que está acontecendo.

— Se tiver algum jeito de fazer isso, prometo que farei — garante, com seriedade. Então sorri e continua: — Embora eu sempre tenha me perguntado como seria poder voar.

Nós dois caímos na risada. Ele joga o livro no sofá e me pega no colo, como uma recém-casada, e me leva de volta para a cama. Eu me aconchego nele, erguendo o rosto para um beijo.

— Se esta vai ser a última vez que faremos isso por um tempo, você precisa caprichar — aviso-lhe.

— Fico feliz em lhe atender — responde ao erguer uma das sobrancelhas. E atende. Realmente atende.

Quando enfim se afasta, digo:

— Então, só nos resta uma questão.

— E qual é?

— Como vou conseguir nos libertar deste covil? — Observo ao redor do local que foi nosso lar por tanto tempo e me sinto um pouco triste, porque quem sabe se viremos para cá novamente algum dia.

Mas Hudson sorri do jeito mais doce do mundo, e sei que não importa se voltaremos ou não para cá. Porque ele é de fato meu norte verdadeiro, é de fato o meu lar, e onde quer que ele esteja é onde sei que sempre vou querer estar.

— É fácil — ele me responde. — Você só precisa acreditar em mim.

— Eu acredito — afirmo, ficando na ponta dos pés para mais um beijo naqueles lábios ridiculamente sensuais. — E sempre acreditarei.

O calor se espalha pelo meu corpo e eu o puxo para o peito. Ao mesmo tempo, puxo o sorriso de Hudson, sua gentileza, seu sarcasmo e seu amor para dentro de mim, e então... o mundo desaparece.

Epílogo

TODAS AS LEMBRANÇAS VOLTARAM AGORA

— Grace —
Semestre de outono na faculdade

— Eu me lembro. Ai, meu Deus, Hudson. Eu estou me lembrando *de tudo*.

Seguro o rosto dele entre minhas mãos trêmulas. Mas o restante de mim também treme enquanto lembrança após lembrança — dia após dia — retornam como uma onda crescente de momentos e emoções.

Hudson arregala os olhos — mais do que jamais vi antes. E, ao pegar minha mão, percebo que as mãos dele também estão trêmulas.

— O que quer dizer? Do que você se lembra?

— De tudo. — As lembranças continuam a escorrer por mim como se fossem mel quente e viscoso. Trazem um brilho a tudo o que tocam, tornando impossível não perceber e ainda mais impossível ignorar. — O Reino das Sombras. O covil. — Dou uma risadinha, mas parece mais um soluço. — As sanguessugas.

O choque desaparece pouco a pouco da expressão de Hudson, a cada coisa que listo, mas quando cito as sanguessugas, ele ergue as duas sobrancelhas.

— É sério? As malditas sanguessugas? É sobre isso que você quer falar agora?

— Do que você quer que eu fale? — eu o provoco. — Do seu amor exagerado pelas boxers da Versace?

— Com licença, mas você já está ciente do meu amor completamente normal pelas boxers da Versace há vários meses.

— Você está certo. Estou mesmo. — Fico na ponta dos pés e envolvo os braços em seu pescoço. — Eu me lembro de tudo — digo para ele novamente, mas a alegria desaparece e é substituída pela vergonha. — Eu sinto muito, Hudson. Sinto muito mesmo.

Ele balança a cabeça e diz:

— Não. Por favor, não faça isso.

— Como não? — pergunto, e as lágrimas começam a descer pelo meu rosto. — Como pude tratar você daquele jeito? Como você me deixou tratá-lo daquele jeito?

— Porque amo você, Grace. E porque eu entendia.

— Como você podia entender? — Começo a tremer de novo. — Deve ter sido tão horrível para você.

Ele inclina a cabeça e, como estamos falando de Hudson — do meu Hudson —, ele me diz a verdade, como sempre faz.

— Às vezes era horrível — concorda. — Às vezes não era ruim. Às vezes era ótimo. — Os olhos dele brilham um pouco.

— Agora. Agora é ótimo. Mas e no começo? Quando eu ficava afastando você. Dizendo para você que Jaxon era meu consorte. Beijando-o quando você estava na minha mente? — Fecho os olhos. — Como você não botou fogo em mim?

— Você diz além do fato de que eu estava em sua mente? — Ele sorri. — Você nunca teve motivo para se preocupar. Eu jamais machucaria você. Jaxon, por outro lado... — Abro os olhos e vejo-o passar a língua pela ponta das presas. — Pensei em colocar fogo nele várias vezes.

— Sinto muito — repito.

Acho que repetirei isso várias vezes ao longo das próximas semanas e meses. Como não? Depois de tudo o que compartilhamos e pelo que passamos, se Hudson tivesse me tratado do jeito que o tratei quando "nos conhecemos" em minha mente, tenho certeza de que eu teria ficado devastada. Não sei como poderia me recuperar. Tenho certeza de que teria colocado fogo em alguma coisa dele — talvez nas boxers da Versace e talvez em todo o seu maldito mundo.

Contudo, ele nunca me tratou assim. Não importa quanto eu o tenha magoado — e, olhando para trás, sei que de fato o magoei muito —, ele nunca fez com que eu me sentisse assim. E sempre, sempre me apoiou, mesmo quando não o apoiei.

— Ei. — Hudson coloca um dedo sob meu queixo quando olho para baixo, e ergue meu rosto na direção do seu. — Eu não queria que você se lembrasse para que se sentisse mal, Grace. Eu queria que você se lembrasse para poder me provocar por causa das minhas cuecas e para que se lembrasse da nossa primeira vez e... — Ele balança a cabeça. — Eu só queria que você se lembrasse. Mas nunca quis que ficasse chateada ou envergonhada com o que aconteceu entre nós ou como as coisas se deram.

Hudson pressiona um beijo na minha testa, inclina a cabeça e dá outro beijo em meus lábios. Ele pretende que seja suave, doce, contudo, neste momento, não quero nenhuma dessas coisas. Ou, pelo menos, não só essas coisas.

Deslizo minhas mãos pelos seus braços e enrosco os dedos em seu cabelo. E mantenho sua boca na minha enquanto exploro todos os lugares que explorei uma centena — não, milhares — de vezes antes.

Quando por fim se afasta e me contempla, ele levanta uma das sobrancelhas. E diz:

— Ei, quantos caras podem dizer que suas mulheres se apaixonaram perdidamente por eles duas vezes? Não é tão ruim ser eu.

— Seguindo essa lógica, quantas garotas podem dizer que seus caras são tão incríveis que elas se apaixonaram duas vezes por eles? — rebato.

— Exatamente meu ponto. — Hudson dá um sorriso de satisfação. — Não é tão ruim ser eu.

Só que foi. Foi de verdade, e ele está me dando um desconto. Porque estamos falando de Hudson.

— Por que não falou alguma coisa? No começo, quando eu estava tão desconfiada de você? Ou depois, quando começamos a nos tornar amigos. Você podia ter me falado então.

Ele segura a minha mão, passa o dedo pelo anel de promessa que me deu quando estivemos na cidade dos gigantes. Sempre amei esse anel, mesmo antes de saber o que ele me prometeu, mas agora me pego sentindo falta do outro anel também. O anel de metal roxo e inscrições de sombra que ele me deu quando prometeu pela primeira vez me amar até o sol esfriar e as estrelas envelhecerem.

Só que, quando ergue o polegar, percebo que há algo diferente no meu anel agora. Levanto a mão para olhar mais de perto, e minha respiração fica presa na garganta. Porque, entre o momento que Hudson sussurrou sua promessa para mim e agora, meu anel ganhou um padrão diferente.

Em vez do anel de prata com as delicadas gravuras rúnicas que Hudson comprou para mim no mercado dos gigantes — ou do aro roxo com as marcas do Reino das Sombras —, este anel é uma combinação de ambos. Os dois anéis, um dos quais eu achava ter perdido para sempre, se entrelaçaram em um belo anel novo que quero usar para sempre.

— Não parecia haver motivo para isso — Hudson enfim responde à minha pergunta, enquanto continuo a examinar meu novo anel. Ergo os olhos e vejo que ele me observa, e finalmente consigo desviar a atenção do meu novo anel de promessa duplo.

— A magia das sombras é a magia mais antiga do mundo — ele continua. — Ela veio antes da luz, antes do tempo, antes de tudo. E se não podia sobreviver ao nosso retorno a Katmere, imaginei que não fazia sentido. Nós nunca voltaríamos ao que perdemos, então por que fazer você carregar esse fardo?

— Mesmo assim, você me deu um anel de promessa quando estivemos na cidade dos gigantes. Você repetiu as mesmas palavras... a mesma promessa que me fez no Reino das Sombras.

Hudson confirma com a cabeça.

— Eu dei. Sim.

— Mas por quê?

Pela primeira vez desde que recuperei minha memória, ele parece confuso:
— Por que o quê?
— Por que prometer me amar novamente quando achava que eu nunca mais amaria você? Por que fazer uma promessa com magia antiga que ligaria você a mim para sempre, mesmo sem saber se eu me apaixonaria por você?

Ele cai na gargalhada. Cai na gargalhada de verdade — e continua rindo, apesar da advertência que sei estar nos meus olhos semicerrados.
— É sério? — exijo saber, com as mãos nos quadris. — Acha isso engraçado?
— Acho engraçado você ter de perguntar — responde. — Grace, já estou ligado a você, e não só pelo elo entre consortes. Quando ele se partiu, quando voltamos para cá e a magia antiga da Carniceira rompeu nosso elo e interrompeu a magia das sombras para que você e Jaxon pudessem ficar juntos novamente... Acha mesmo que isso me fez parar de amar você?
— Bem, não. Mas...
— Nada jamais vai me fazer parar de amar você, Grace — me diz e faz um carinho cheio de ternura no meu rosto. — Nada jamais vai fazer com que eu me sinta de qualquer jeito que não ligado a você para sempre. É legal ter o anel, e é legal ter o elo entre consortes. E, definitivamente, é legal ter o anel de promessa, já que repetir as palavras disparou a promessa das sombras e, de algum modo, devolveu sua memória. Mas amei você sem tudo isso uma vez, e vou amar você sem tudo isso para sempre.
— Ah, Hudson... — começo a falar, mas ele me detém com dedo gentilmente pressionado nos meus lábios.
— Me ligar a você não faz nada além de dar uma manifestação física ao que eu já sabia. Eu pertenço a você, Grace. De coração, alma e corpo. E pertenço desde que deixamos o covil pela primeira vez. E serei seu até o dia que morrer, e, se existir algum tipo de vida após a morte, serei seu lá também. Nada jamais mudará isso, então por que eu não faria uma promessa para você?

Agora estou chorando de soluçar, enquanto as palavras de Hudson me inundam. Elas acalmam uma parte do meu coração, ao mesmo tempo que fazem outra parte perceber que realmente fiz uma confusão e tanto. Não só ao me esquecer dele — embora imaginemos que isso era a magia antiga em ação, não eu —, mas porque nunca lhe dei as mesmas garantias que ele me dá. Nunca permiti que esse homem brilhante, lindo e maravilhoso soubesse que eu o amo do mesmo jeito que ele me ama.

Através de qualquer coisa.
Através de tudo.
Através da eternidade... não importa o quê.

E não parece haver lugar mais perfeito para lhe dizer isso do que aqui, no lar que estamos construindo juntos. Não há momento mais perfeito para lhe dizer isso do que agora, antes de voltarmos para o Reino das Sombras, onde tivemos nosso primeiro lar juntos.

Então vou até minha cômoda e enfio a mão no fundo da gaveta, onde escondi o presente de aniversário de Hudson desde que o encontrei em uma feira artesanal, há várias semanas. Pego a caixinha e a entrego para ele.

— O que é isso? — indaga.

— Um presente de aniversário antecipado — respondo. Mas quando começa a abrir a tampa, com um sorriso bobo no rosto, eu o detenho com gentileza.

— Sabe... — Minha voz falha e tenho que parar e limpar a garganta. Respiro fundo e solto o ar devagar, querendo que os beija-flores que estão fazendo festa no meu estômago se acalmem um pouco. Estamos falando de Hudson, do meu Hudson, e não preciso ficar nervosa com ele, entre todas as pessoas.

Mas estou. Estou de verdade, porque estamos falando de Hudson. O amor da minha vida. E ninguém merece uma declaração de amor mais impecável do que ele. Só não sei se vou conseguir dar isso.

Não com as lágrimas que ainda escorrem pelo meu rosto e com o pânico batendo asas dentro da minha caixa torácica. E não quando as palavras perfeitas estão todas bagunçadas na minha mente.

Respiro fundo mais uma vez, solto o ar devagar e tento juntá-las em algo coerente. Algo que seja tão bonito e especial quanto ele.

Só que não consigo. Fico tropeçando nas palavras, tropeçando em meus pensamentos e fazendo uma confusão imensa com isso. Do mesmo jeito que fiz uma confusão imensa em grande parte do nosso relacionamento.

É incrível que ele me ame mesmo assim.

Mas ele me ama. Ele me ama, apesar da confusão.

E talvez esse seja o x da questão. O ponto central de tudo isso.

O amor nem sempre é fácil. E nem sempre é bonito. Às vezes é confuso, dolorido e completamente fodido. Mas talvez esteja tudo bem. Talvez o amor não precise ser perfeito.

Talvez só precise ser real.

Esse pensamento me acalma, porque nada é mais confuso — ou mais real — do que meu amor por Hudson Vega. É hora de ele saber disso.

— Você está bem? — ele me pergunta, e percebo que estou encarando-o há mais de um minuto, enquanto tento ajeitar tudo isso na minha cabeça.

Porque é claro que fiquei encarando. Nunca fui discreta.

— Estou bem, na verdade — digo para ele. Não perfeita, não incrível, e definitivamente não impecável. Mas estou bem. E ele também. — Sabe, agora que recuperei minha memória, tem algo que preciso dizer para você.

Hudson pisca, e, tão fácil assim, sua expressão passa de divertida para cautelosa, de feliz para esperando que algo dê errado. E isso é minha culpa... Bem, minha e de todo mundo com quem Hudson já se importou.

Minha e de todo mundo que fez com que ele duvidasse de si mesmo.

Minha e de todo mundo que sacaneou esse garoto várias vezes e ainda disse que era culpa dele que isso tivesse acontecido.

Isso acaba agora.

— Você é vaidoso — começo.

— Como é que é? — Hudson levanta uma sobrancelha.

— Você é vaidoso. É verdade. Soube na primeira vez que vi aquelas ridículas cuecas extravagantes que você gosta de usar.

— São boxers...

— Shiiiu. — Faço-o se calar fazendo cara feia. — É minha vez de falar agora.

— Que sorte a minha — ele murmura, e cruza os braços diante do peito, do jeito que faz quando está se sentindo na defensiva.

— Várias vezes você é arrogante.

— É sério? — Dessa vez, a segunda sobrancelha se junta à primeira.

— É, sim. É porque, em geral, você é a pessoa mais inteligente em um ambiente, e sabe disso. Mesmo assim, você consegue ser arrogante. E mais do que um pouco antipático... em especial quando acha que as pessoas não estão vivendo suas melhores vidas.

— Tudo bem, então. — Ele tenta me devolver a caixa, mas não a aceito.

— Você também é sarcástico demais, tipo, noventa por cento do tempo... e odeia o fato de que já fui consorte de Jaxon. Você tenta fingir que não, tenta fingir que isso não importa, mas sei que sente ciúme às vezes, quando pensa em nós dois juntos.

— Se é isso o que vou ganhar por você ter recuperado a memória, voto pela amnésia — ele comenta, com um tom de voz que parece cortar como vidro quebrado. Mas não corta. Não desta vez.

— Provavelmente, eu deveria acrescentar "defensivo" à lista. E você é um cozinheiro horrível. — Eu me aproximo dele, até que nossos corpos estão tão juntos que posso sentir seu coração bater acelerado sob minha bochecha. — Mas amo você mesmo assim.

— O quê? — retruca, como se fosse a última coisa que esperava ouvir.

E provavelmente era, então eu repito:

— Amo você mesmo assim.

— Grace? — A irritação sumiu de seus olhos, só para ser substituída por uma insegurança que parte meu coração.

— Eu amo você, Hudson. Amo o jeito como você me faz sorrir e o jeito como você é mal-humorado quando acorda de manhã. Amo o jeito como você sempre tem uma resposta rápida, e como é sempre brutalmente honesto, mesmo consigo mesmo. Mesmo quando dói.

— Grace. — A voz dele falha quando pronuncia meu nome, e seus brilhantes olhos azuis estão cheios de lágrimas. Ou talvez não... talvez os meus olhos estejam cheios de lágrimas.

— Amo como você é protetor, como você é leal e como sempre me acusa de ter um lado malvado, mas você também tem. Amo como você é metódico com suas coisas e como fica irritado quando eu as bagunço, mesmo que em geral você não se manifeste sobre isso. Amo como parece irritado quando fala alguma coisa.

— O que você está fazendo? — pergunta e, sim, definitivamente, seus olhos estão cheios de lágrimas, definitivamente há lágrimas escorrendo no rosto desse garoto que não se permite chorar há um século.

— Estou dizendo que amo você, Hudson. As partes boas e as ruins. As partes que você esconde porque acha que ninguém vai amá-lo se souberem delas. Eu vejo essas partes e amo você mesmo assim. Mais ainda, amo você por causa delas. E por causa dos seus pontos positivos. E por causa de todas as coisas no meio. Amo você porque consegue imitar uma dúzia de cantos de pássaros a qualquer momento. Amo você porque me deixa chorar às vezes, cobri-lo de ranho e nunca reclama nem mesmo quando sente nojo. Amo você porque sempre me apoia, e amo você por me deixar apoiá-lo. Eu amo você, Hudson Vega.

Pego a caixa da mão dele e levanto a tampa, para que possa ver a pulseira que está lá dentro. A pulseira que, à primeira vista, parece ser feita de correntes entrelaçadas, mas que, quando olhada mais de perto, percebe-se que, na verdade, são corações.

— Até que o sol esfrie e as estrelas envelheçam — sussurro para ele, enquanto abro a pulseira e mostro a gravação no interior do fecho. Exatamente a mesma gravação que agora sei estar dentro do meu anel de promessa.

Ele parece chocado, embora as lágrimas ainda escorram.

— Como você sabia?

— Eu não sabia — falo para ele. — Só amo você do mesmo jeito que você me ama. Acho que sempre amei. E sempre vou amar.

— Grace. — Dessa vez, quando profere meu nome, é cheio de tudo que ele sente por mim. Tudo que sempre vai sentir por mim. É confuso, maravilhoso e, do seu jeito imperfeito, é absolutamente perfeito.

Coloco a pulseira ao redor de seu punho e deixo que ele me beije. Uma vez, duas, e depois outra vez e mais outra. Contudo, quando começa a nos guiar para a cama, coloco a mão em seu peito e digo:

— Calma aí, rapidinho.

— Rapidinho? — Agora ele parece ofendido de novo. Muito, muito ofendido.

— Só acho. Temos mais o que fazer. Temos um vampiro para salvar e uma Rainha das Sombras para derrotar. Não há tempo para outras coisas.

— Sempre há tempo para "outras coisas" — me diz, deslizando os lábios pelo meu pescoço de um jeito que me faz estremecer.

— Não desta vez — falo e me abaixo para pegar a mochila. — Além disso, eu me lembrei de algo que acho que você se esqueceu do tempo que passamos no Reino nas Sombras.

— Minha vaidade? — ele pergunta ao pegar a própria mochila. — Minha arrogância? Meus ciúmes?

— Não, não e não. — Penduro a mochila no ombro e me dirijo para a porta. — Nós não voltamos para o covil por causa do fogo de dragão. Fui atingida por uma flecha de magia do tempo... e sabendo agora que sou uma semideusa do Caos, bem, faz todo o sentido que ela tenha vindo atrás de mim.

— É claro que faz — rosna.

— Mesmo assiiiiiiim. — Reviro os olhos. — Acho que você está se esquecendo de quem foi atingida pelo fogo do dragão. O que, como você sabe, não mata. Só redefine sua linha do tempo.

— Quem? — questiona, quando descemos as escadas e saímos do prédio.

— Bem, não tenho cem por cento de certeza aqui, mas você já pensou na possibilidade de que Smokey não tenha morrido? Acho que ela só voltou para um ponto diferente no tempo.

Hudson fica paralisado, arregalando os olhos enquanto seu cérebro grande e lindo analisa todas as teorias e possibilidades.

— Você acha? — indaga, depois de um minuto. Não posso deixar de notar que as mãos dele estão trêmulas mais uma vez.

— Acho — garanto. — Acho de verdade. E acho que devíamos levar algumas fitas com purpurina, só por precaução.

— Caralho. — Ele balança a cabeça. — Amo você, Grace.

— Amo você também. — Dou-lhe um sorriso. — Então, vamos salvar Mekhi e dar um belo chute na bunda daquela cretina até fazê-la atravessar todo o Reino das Sombras.

Estendo a mão, entrelaço meus dedos nos dele e acrescento:

— E vamos trazer nossa Smokey de volta.

AGRADECIMENTOS

Escrever uma série longa, em especial uma história que aconteceu antes, e com uma viagem no tempo, é muito divertido, mas nem sempre é fácil, então preciso começar agradecendo às duas mulheres que tornaram isso possível: Liz Pelletier e Emily Sylvan Kim.

Liz, você é uma editora realmente incrível, além de amiga, e tenho muita, mas muita sorte em ter você ao meu lado. Obrigada por tudo o que você fez para que este livro acontecesse.

Emily, tirei a sorte grande no que se refere a agentes. Sinceramente. Já temos 79 livros juntas, e eu não podia estar mais grata por tê-la comigo. Seu apoio, encorajamento, amizade, determinação e alegria por essa série me faz seguir em frente mesmo quando não tenho certeza se vou conseguir. Obrigada por tudo o que faz por mim. E tenho muita, muita, muita sorte por ter aceitado trabalhar comigo tantos anos atrás. Eu não gostaria de fazer esta jornada sem você.

Stacy Cantor Abrams, não sei como agradecer por tudo o que você fez por mim, por este livro e por esta série. O fato de ainda trabalharmos juntas depois de todos esses anos é fonte de enorme orgulho e alegria para mim. Sinto que tenho muita sorte em ter você ao meu lado. Você é realmente a melhor!

A todos na Entangled que participaram do sucesso da série Crave, obrigada, obrigada, obrigada, do fundo do meu coração. A Jessica Turner, pelo apoio constante. A Bree Archer, por criar TODAS as lindas capas e artes o tempo todo. A Meredith Johnson, por toda a ajuda na série, nas mais diferentes áreas. Você torna meu trabalho muito mais fácil. À equipe incrível de preparação de texto, Greta, Hannah, Jessica M., Brittany, Erin, Debbie, Lydia e Richard, obrigada por fazerem minhas palavras brilharem! Zac Smith, obrigada pela leitura cuidadosa e por garantir que as expressões britânicas estivessem corretas. A Toni Kerr, pelo cuidado incrível na formatação e no design do meu bebê.

Ele ficou incrível! A Curtis Svehlak, por fazer milagres acontecerem várias e várias vezes do lado da produção — você é incrível! A Katie Clapsadl, por consertar meus erros e sempre me apoiar; a Angela Melamud, por divulgar a série; a Riki Cleveland, por ser sempre tão adorável; a Heather Riccio, pela atenção com os detalhes e pela ajuda na coordenação de um milhão de coisas diferentes que acontecem na administração de uma editora.

Um agradecimento especial a Valerie Esposito e à incrível equipe de vendas da Macmillan, por todo o apoio que demonstraram para com esta série ao longo dos anos, e a Beth Metrick e Grainne Daly, por todo o trabalho duro para levar este livro até as mãos dos leitores. E a Ellen Brescia, da Prospect Agency, e a Julia Kniep, da DTV, pela leitura sempre meticulosa que fizeram da série ao longo dos anos.

A Eden Kim, por ser a melhor leitora que uma autora poderia pedir. E por aturar as exigências da sua mãe e as minhas o tempo TODO.

In Koo, Avery e Phoebe Kim, agradeço por me emprestarem a mãe de vocês até tarde da noite, de manhã cedo e em conversas no café da manhã, no almoço, no jantar e à meia-noite, que tornaram possível a criação deste livro.

Stephanie Marquez, obrigada por todo o seu amor, paciência, força e apoio todos os dias das nossas vidas juntas. Você torna tudo na minha vida muito melhor.

À minha mãe, obrigada por me ensinar tanto sobre o que significa ser uma mulher forte e uma boa pessoa, lições que tentei passar para Grace nestes livros.

E para meus três meninos, que amo com todo o coração e a alma. Obrigada por entenderem todas as noites que tive de me esconder no meu escritório e trabalhar, em vez de ficar com vocês, por me ajudarem quando mais precisei de vocês, por ficarem comigo durante todos os anos difíceis, e por serem os melhores filhos que eu poderia pedir.

E, finalmente, aos fãs de Grace e Hudson, além de todos os novos personagens. Obrigada, obrigada, obrigada pelo apoio inabalável e pelo entusiasmo com a série Crave. Não tenho palavras para expressar o que seus e-mails, suas DMs e suas postagens significam para mim. Estou tão grata por terem nos aceitado em seus corações e escolhido fazer essa jornada comigo. Espero que gostem deste livro tanto quanto gostei de escrevê-lo. Amo e sou grata por cada um de vocês.

Beijinhos.

Primeira edição (junho/2023)
Papel de miolo Ivory slim 65g
Tipografias Lucida Birght e Goudy Oldstyle
Gráfica LIS